ROBERT MAWSON

Das Lazaruskind

Buch

Als der zwölfjährige Ben und seine jüngere Schwester Frankie eines Morgens das Haus verlassen, deutet nichts darauf hin, daß sich dieser Tag von einem gewöhnlichen Schultag unterscheiden könnte. Doch dann geschieht ein grauenhafter Unfall. Ben steht starr und schaut mit weit aufgerissenen Augen zu, noch Stunden später verharrt der Junge an derselben Stelle. Seine schwer verletzte Schwester Frankie ist längst abtransportiert, der Verkehr rollt weiter, als sei nichts geschehen. Doch für Ben und seine Familie ist nichts mehr, wie es war. Frankie liegt im Koma, unerreichbar, von den Ärzten schon bald aufgegeben. Nur ihre Mutter Alison will Frankie nicht endgültig gehen lassen. Dann hören sie von einer Ärztin in den USA, der es gelingt, durch neuartige Methoden Kontakt zu Komakindern aufzunehmen und sie in die Welt der Wachen zurückzuholen. Alison und ihr Mann Jack beschließen, mit Hilfe von Dr. Elizabeth Chase um Frankie zu kämpfen. Es gelingt Elizabeth, eine Verbindung in jene dunkle Traumwelt aufzubauen, in der Frankie vor den schrecklichen Geschehnissen geflohen ist. Doch das Mädchen ist auf einer tiefen Stufe des gefährlichen Schattenreiches zwischen Leben und Tod angekommen. Sie hat die Grenze zum ewigen Schlaf überschritten. Elizabeth will sie nicht allein lassen, und zusammen mit Ben macht sie sich auf zu einer Expedition in das dunkle Paradies am Grunde unseres Seins – dorthin, wo der Tod näher ist als das Leben.

Autor

Robert Mawson wollte schon immer Schriftsteller werden, mußte sich aber aus Geldmangel viele Jahre in anderen Berufen verdingen. So arbeitete er als Redakteur, Journalist, Werbetexter und über zehn Jahre lang als Pilot. Schließlich lieh er sich das Geld, um sein lange gehegtes Romanprojekt »Das Lazaruskind« zu Ende zu bringen. Das Buch wurde auf Anhieb ein sensationeller internationaler Bestseller und ist in 22 Sprachen übersetzt. Der 1956 in London geborene Autor lebt heute in Suffolk und Frankreich.

Ein weiterer Roman von Robert Mawson ist bei Goldmann in Vorbereitung.

Robert Mawson

Das Lazaruskind

Roman

Deutsch
von Kristian Lutze

GOLDMANN

Die Originalausgabe erschien 1998 unter dem Titel
»The Lazarus Child« bei Transworld Publishers, London

Umwelthinweis:
Alle bedruckten Materialien dieses Taschenbuches
sind chlorfrei und umweltschonend.

Der Wilhelm Goldmann Verlag, München, ist ein Unternehmen
der Verlagsgruppe Random House GmbH.

1. Auflage
Neuveröffentlichung November 2004

Umschlaggestaltung: Design Team München
Umschlagfoto: Wolf Huber
Druck: GGP Media GmbH, Pößneck
Verlagsnummer: 45822
An · Herstellung: sc
Made in Germany
ISBN 3-442-45822-6
www.goldmann-verlag.de

FÜR JULIETTE

1. KAPITEL

Ben Heywood fand es nicht gerecht, daß er mit zwölf Jahren den Tod seiner kleinen Schwester aus so großer Nähe mit ansehen sollte. Doch in dem Augenblick, als es geschah, wußte er auch, daß es Teil der Strafe war.

Sie verließen das Haus zur gewohnten Zeit. Die Luft war frisch und klar, die frühe Morgensonne schien hell in ihre hastig abgewischten Gesichter.

»Schönertag«, sagte Frankie auf der Veranda und blickte zu den herabrieselnden weißen Kirschblüten auf. Es war das letzte, was sie zu ihm sagte. Ben sagte nichts, sondern sah sie nur an, während sie hochblickte. Er registrierte den Zickzackscheitel in der Mitte ihres braunen, zu Zöpfen gebundenen Haares, den verräterischen grünen Filzschreiberstrich auf ihrem Kinn und die Lücke, die zwischen dem Kragen ihrer zu großen Bluse und der falsch gebundenen, schiefsitzenden Schulkrawatte klaffte. Flüchtig kam ihm der Gedanke, daß er die Hand ausstrecken und sie geraderücken könnte. Wenn er wollte.

»Komm schon«, sagte er mürrisch. »Wir müssen los.«

Schweigend gingen sie den Bürgersteig entlang. Bis zum Gartentor von Isabelles Haus ließ Ben es zu, daß seine Schwester direkt neben ihm ging. Wie üblich hockte Frankies beste Freundin bereits auf dem Tor und erwartete sie, wobei sie immer wieder eine Stoffpuppe hochwarf, deren Gliedmaßen sich aberwitzig verdrehten, während sie himmelwärts trudelte.

»Hi, Ben!« rief Isabelle schelmisch, als gäbe es irgendein großes, mysteriöses Geheimnis, von dem nur sie und Frankie wußten. Doch er beachtete sie gar nicht, sondern ging einfach weiter, den Kopf gesenkt, die Hände tief in den Taschen vergraben, die Schultasche über die Schulter geworfen und maßlos verärgert. Wie er es haßte, jetzt immer mit den Mädchen zur Schule gehen zu müssen. Es war so entwürdigend. Er hörte, wie sie ihm schwatzend und kichernd folgten.

Es passierte an der Ecke Newmarket Road/Golhanger Crescent, in der Kurve direkt vor Mr. Guptas Zeitungsladen. Ben blickte über die Straße zu dem Laden und dann zurück zu den Mädchen, die jetzt dreißig Meter hinter ihm waren. Sie kamen ihm ohne Eile nachgeschlendert, die Arme untergehakt, die Köpfe zusammengesteckt. Wenn er sich beeilte, konnte er über die Straße rennen, nachsehen, ob das neueste Road-Ranger-Paket eingetroffen war, sich eine Rolle Pfefferminzbonbons kaufen und wieder zurück sein, bevor die Mädchen es merkten.

Die Straße war breit, und es herrschte dichter Pendlerverkehr. Er paßte eine Lücke zwischen zwei Wagen ab und rannte bis zur Mitte, wo er stehenblieb, bis in der Gegenrichtung ein Taxi vorbeigerast war. Dann sprintete er die letzten paar Meter zum Laden.

Keine Minute später stand er wieder auf dem Bürgersteig. Die Mädchen hatten die Straße halb überquert und klammerten sich angsterstarrt aneinander, während überraschte Fahrer aus beiden Richtungen bei ihren hektischen Ausweichmanövern ins Schleudern gerieten. Ben war vor Schreck wie gelähmt. Mit weit aufgerissenen Augen fing Frankie seinen Blick auf, ihre Lippen formten seinen Namen. Ein Fahrer drückte geschockt auf die Hupe, dann ein weiterer. Als ein Laster vorbeidonnerte, verlor Ben für einen Moment die beiden kleinen Gestalten aus den Augen. Ein Motorradfahrer, der mit hohem Tempo in der Lücke zwischen den beiden Fahrbahnen fuhr, sah die Mädchen zu spät, wich auf die Gegenspur aus und krachte seitlich in einen Transporter, bevor er in den Rinnstein vor Bens Füße geschleudert wurde. Auf einmal war die Luft erfüllt von Hupen, kreischenden Bremsen und einer Folge von splitterndem Krachen, als sich Wagen für Wagen in das Heck seines Vordermanns schob. Ben nahm davon kaum Notiz. Über dem Lärm und Durcheinander hörte er Isabelle schreien. In ihrer Panik versuchte sie blindlings und vollkommen orientierungslos durch den Verkehrsstrom auf die gegenüberliegende Seite zurückzurennen. Frankie drehte sich um, packte ihre Freundin und fiel bei dem Versuch, sie aufzuhalten, fast vornüber. Doch Isabelle war nicht zu bremsen im Kampf, die gegenüberliegende Straßenseite zu erreichen. Als wäre das ihre einzige Chance auf Erlösung, schlug sie mit irrem Blick um sich wie ein verwundetes Tier. Ben sah, daß Frankie wie in Zeitlupe erst einen, dann einen weiteren taumelnden Schritt nach vorn gezogen wurde wie beim Tauziehen. Das Geräusch von sechs schweren, blockierenden Rädern, die unkontrollierbar über den Asphalt schlitterten, ließ ihm das Blut in den Adern gefrieren. Der Fahrer hupte in ohnmächtiger Verzweiflung, bevor der Bus die Mädchen mit einem widerwärtig dumpfen Aufprall erfaßte.

Dann waren sie in der Luft. Ein Gewirr aus Armen und Beinen, Haaren und Schultaschen wirbelte durch den blitzblauen Himmel, schlaff, schlackernd und grotesk verrenkt. Wie in die Luft geworfene Stoffpuppen.

* * *

Jack Heywood schreckte aus dem Schlaf. Einen Moment lag er da und bemühte sich, seine in einem Nebel aus Alkohol und Schlafmangel verschwommenen Gedanken zu sammeln. Irgend etwas Wichtiges… Er blickte auf seine Uhr und fuhr fluchend hoch, als es ihm wieder einfiel. Er warf die Reisedecke zurück und stöhnte, als ihm ein stechender Schmerz durch Nacken,

Schulter und Rücken fuhr. Steif und schwerfällig erhob er sich von der Couch und rieb sich den steifen Nacken.

Es war zehn vor neun. Zehn Minuten. In zehn Minuten würden sie hier sein! Kostbare Sekunden verrannen, als er benommen auf seine Armbanduhr starrte. Der verdammte Weckruf hatte versagt. Sein Kopf tat weh, seine Kehle fühlte sich an wie Schmirgelpapier. Widerborstige Strähnen glitten durch seine Finger, als er sich durchs Haar fuhr und das Zimmer mit wachsendem Entsetzen musterte. Das Konferenzzimmer erinnerte eher an eine Studentenbude nach einer Semesterabschlußfeier: überquellende Aschenbecher, halbleere Imbißverpackungen, dreckige Teller, Kaffeebecher und leere Flaschen.

Und erst der Geruch! Der setzte ihn schließlich schlagartig in Bewegung. Rasch bewegte er sich durch den Raum, sammelte die Reste ein und trug sie in die kleine Kaffeeküche, wo er sie in Mülltüten, im Waschbecken oder in den Schränken verschwinden ließ. Gleichzeitig füllte er die Kaffeemaschine mit frischem Wasser auf und schaltete sie ein. Angewidert schnüffelnd kehrte er in das Konferenzzimmer zurück, zog die Jalousien hoch, riß die Fenster auf und sog gierig die frische Frühlingsluft ein. Heller Sonnenschein durchflutete das Zimmer zusammen mit dem Gesang einer Lerche und dem leisen Brummen einer Lycoming, als draußen eine Cessna des privaten Fliegerklubs warmlief. Im Morgendunst waren die Turmspitzen von Cambridge weiter westlich kaum auszumachen. Er senkte den Blick und hielt einen Moment inne, als er die drei polierten silbergrünen Turboprop-Maschinen der Firma streifte, die ordentlich unten auf dem Rollfeld standen. Dann wandte er sich wieder dem Zimmer zu.

Er nahm sein Bettzeug vom Sofa, schüttelte die Kissen auf und ordnete die Luftfahrtmagazine auf dem Couchtisch. Während er die Stühle am Konferenztisch zurechtrückte, blickte er zu der Uhr an der Wand. Sie konnten jede Minute hier sein!

Wo zum Teufel war Bill? Und Carol? Was für einen Eindruck machte denn eine Charterfluggesellschaft für Geschäftsreisen ohne Empfangssekretärin! Er hatte ihnen doch gesagt, um neun. Oder nicht?

Fünf Minuten später kam er frisch rasiert, gekämmt und in einem sauberen weißen Hemd unter seiner leicht zerknitterten marineblauen Anzugjacke aus dem winzigen Bad. Nervös überprüfte er den Sitz seiner Krawatte und sah sich fast mit einem Funken von Stolz in dem nunmehr ordentlichen Konferenzzimmer um. Er betrachtete die gepolsterten Ledersessel und Stühle, die Tische aus Chrom und Glas, die metallgerahmten Fotografien glänzender Flugzeuge, die elegant an einem azurblauen Himmel schwebten – alles sorgfältig ausgewählt, um Respektabilität, Verläßlichkeit und Professionalität zu suggerieren. Doch das Leder war an manchen Stellen ziemlich abgewetzt, das Chrom wurde fleckig, und die strahlenden Farbfotos verblaßten wie Träume.

Der Türsummer ertönte. Sie waren da. Auf dem Weg zur Tür straffte er unbewußt Kinn und Schultern. Als er an Carols Schreibtisch vorbeikam, klingelte das Telefon.

* * *

Stille hatte sich über die Straße gesenkt. Der Verkehr war in beiden Richtungen zum Erliegen gekommen. Benommene Fahrer stiegen aus ihren Wagen, auf dem Bürgersteig versammelten sich Passanten. Mr. Gupta kam aus seinem Laden. »Was ist passiert? Ist irgend jemand verletzt?« Neben ihm stand starr und bewegungslos ein dunkelhaariger Junge, der die Faust um eine ungeöffnete Rolle Pfefferminzbonbons geballt hatte.

»Rufen Sie einen Krankenwagen, schnell!« rief jemand von der gegenüberliegenden Straßenseite. Mr. Gupta eilte in seinen Laden zurück. Menschen scharten sich um zwei reglose Gestalten auf dem Bürgersteig. Auf dieser Seite der Straße stöhnte ein lederbekleideter Motorradfahrer und machte schwache Anstrengungen, sich von dem verbogenen Wrack seiner Maschine zu lösen. Ein Lkw-Fahrer beugte sich hinunter, um ihm zu helfen. »Sachte, Junge, ganz sachte.« Auf der gegenüberliegenden Straßenseite ertönte inmitten der Menschenmenge eine Frauenstimme wie ein Klageruf, ein protestierender Aufschrei: »Heilige Maria Mutter Gottes, es sind doch kleine Mädchen! Kleine Mädchen, heilige Mutter Gottes.«

»Ein Arzt. Ist hier irgendwo ein Arzt?« Ein älterer Herr mit einem kleinen Hund richtete sich langsam auf und begann, sich umzusehen. »Ist hier ein Arzt?«

Plötzlich hörte man das Geräusch schwerer Schritte. Sekunden später traf atemlos ein Polizist ein. »Wie viele Verletzte?« fragte er und schnappte nach Luft.

»Diese beiden«, sagte der Mann mit dem Hund. »Und auf der anderen Straßenseite ein Motorradfahrer.«

»In Ordnung«, sagte der Polizist und bahnte sich mit den Ellbogen einen Weg durch die Menge. Neben dem Körper eines kleinen Mädchens in Schuluniform ging er in die Hocke. Sie lag mit dem Gesicht nach unten, ihre Zöpfe waren blutverklebt. »In Ordnung«, murmelte er noch einmal zwischen zusammengebissenen Zähnen, klemmte sein Funkgerät zwischen Kopf und Schulter und streckte die Hand aus, um den Hals des Mädchens abzutasten.

»Ich glaube, sie ist tot«, sagte der Mann mit dem Hund leise.

* * *

»Wie nehmen es die Kinder auf?«

Alison seufzte und griff nach einem angebissenen Toast auf dem Frühstückstisch. »Soweit ganz gut, glaube ich«, sagte sie skeptisch und klemmte den Hörer beim Kauen unters Kinn.

Eines der Kinder hatte den runden Tisch für drei Personen gedeckt. Ben, vermutete sie. Doch anstatt die Teller gleichmäßig auf dem Tisch zu verteilen, hatte er absichtlich einen vierten Platz frei gelassen. Jacks Platz. Er hatte sogar einen Stuhl hingestellt, hinreichender Ausdruck seiner Meinung zu dem Thema.

»Na ja, ehrlich gesagt, weiß ich es nicht. Frankie scheint ganz gut klarzukommen. Sie redet eigentlich gar nicht darüber, du kennst sie ja. Aber Ben, also, ich weiß, daß er nicht glücklich ist. Er ist sehr, na ja, still. Zurückgezogen.«

»O Liebes, bist du ganz sicher, daß du das Richtige getan hast? Ben vergöttert Jack, sie vergöttern ihn doch beide.«

»Mum, er ist mit seiner verdammten Sekretärin ins Bett gegangen!«

»Ja, aber davon mal abgesehen. Ich meine, hast du dich mal gefragt, warum?«

»Mal abge... Mutter! Ich finde, daß die Tatsache allein ausreicht, oder etwa nicht?«

Einen Moment lang herrschte Schweigen in der Leitung. »Nun ja, ich nehme an, du weißt selbst am besten, was du tust«, sagte ihre Mutter schließlich, obwohl Alison an ihrem Tonfall erkannte, daß sie das offensichtlich ganz und gar nicht dachte. »Wo schläft er, wo wohnt er?«

»Ich weiß es nicht. Bei Bill, bei der verdammten Sekretärin, auf einer Parkbank meinetwegen, es ist nicht mein Problem.« Aber es *war* ihr Problem. Sie blickte vom Tisch auf. Heute hatte er eine Besprechung. Er hatte ihr davon erzählt – es war doch heute? Sekt oder Selters, hatte er gesagt, alles oder nichts. Sie versuchte sich zu erinnern, während sie durch das Küchenfenster auf den Kirschbaum vor dem Haus starrte, dessen Blüten lautlos herabrieselten wie Schnee. In letzter Zeit war jedes Treffen Sekt oder Selters gewesen. »Ich glaube, er hat im Büro geschlafen«, sagte sie leise.

»Was willst du tun?«

»Ausziehen, vermutlich. Das Haus verkaufen, aus Cambridge weggehen, zurück nach London, die Kinder auf irgendeine Schule schicken und die ganze traurige Angelegenheit so schnell wie möglich hinter mir lassen.« Wenn sie es so sagte, klang es einfach genug. Doch jedesmal, wenn sie über konkrete Schritte nachdachte, fühlte sie Panik in sich aufsteigen. So viele Unbekannte, so viele Fragen, so viele Zweifel. Hol dich der Teufel, Jack Heywood.

»Was, wenn er es nicht getan hätte? Du weißt schon, mit seiner Sekretärin geschlafen.«

»Mum! Das ist, als würde man sagen: ›Abgesehen davon, Mrs. Kennedy, wie hat Ihnen die Fahrt durch Dallas gefallen?‹ Es ist passiert. Er hat es getan. Jetzt muß er sich den Konsequenzen stellen.«

»Ja, aber was, wenn er es nicht getan hätte?« beharrte sie.

Alison seufzte erneut. »Wahrscheinlich würde es keinen Unterschied machen.« Sie drückte mit dem Daumen die Kappe auf einen grünen Filzstift, der auf dem Tisch lag. »Es läuft schon seit Ewigkeiten falsch. Eigentlich seit Jahren, seit wir nach Cambridge gezogen sind. Die Firma, es hat alles mit der verdammten Firma zu tun.«

»Könntest du nicht mit ihm darüber reden? Ich meine, ihm deine Gefühle erklären?«

»Er ist ja nie da. Ich müßte mir einen Termin geben lassen«, schnaubte sie verbittert. »Wahrscheinlich von seiner verdammten Sekretärin.«

»Und was ist mit einer Eheberatung? Könntest du nicht einen Therapeuten suchen oder zumindest ein paar Erkundigungen einziehen?«

»Mum, um Himmels willen, warum ich? Ich bin doch die geschädigte Partei! Er soll sich doch bemühen! Aber er tut gar nichts, keinen verdamm ...« Es klingelte. Einmal und gleich noch einmal. »Moment mal, Mum, da ist jemand an der Tür.«

Es waren zwei. Ein Mann und eine Frau. Beide in Uniform. Sie erinnerte sich später daran, wie klein die Frau neben dem Mann aussah. Und wie jung und zierlich ihr Gesicht war, wie groß ihre Augen unter der albernen kleinen Mütze wirkten. Das schwarz-weiß karierte Halstuch, über der gestärkten weißen Bluse zu einem ordentlichen Knoten gebunden. Der altmodische schwarze Uniformrock, die blickdichte schwarze Strumpfhose, die festen flachen Schuhe.

»Mrs. Heywood? Mrs. Alison Heywood?«

* * *

Der junge Polizist richtete sich auf und atmete langsam aus. Die Kleine war hinüber, daran bestand kein Zweifel. Er war kein Arzt, aber er hatte schon ein paar Leichen gesehen und wie jeder Polizist eine entsprechende Grundausbildung absolviert. Ihre Augen waren offen und starr, er konnte keinen Puls spüren, sie atmete nicht und, na ja, ihr ganzes Aussehen: der in einem ungewöhnlichen Winkel zur Seite und nach oben verdrehte Kopf, der häßliche dunkelviolette Bluterguß auf ihrer Stirn, das geronnene Blut, das aus ihrem Ohr gesickert war. Vermutlich war ihr Genick gebrochen.

Er ließ sich auf seine Absätze zurücksinken, das Pflaster unter seinen Knien war hart und kalt. Die umstehende Menschenmenge gaffte ihn an. Es war schrecklich, sie konnte höchstens sechs oder sieben gewesen sein. Er griff nach einer alten Stoffpuppe, die neben ihr lag, und legte sie ihr auf die Brust. Dabei merkte er, daß seine Hand zitterte, und das Gesicht des Mädchens verschwamm, als ihm die Tränen in die Augen stiegen. Zwei kleine Mädchen, einfach so ausradiert. Warum, um Gottes willen, warum? Kurz darauf hörte er in der Ferne eine Sirene. Endlich, sagte er, Gott sei Dank.

Er stand rasch auf, klopfte sich den Schmutz von der Hose und wischte sich mit dem Ärmel hastig die Nase ab. Als er sich einen Weg durch die Menge bahnte, knirschten die Scherben zersplitterter Scheinwerfer unter seinen Stiefeln. Das konnte er, das war seine eigentliche Aufgabe: die Dinge vor Ort so gut wie möglich für die Rettungsdienste vorbereiten. Als er den Fahrern gestikulierend Zeichen machte, die Zufahrt zur Unfallstelle zu räumen, fiel sein Blick auf die andere Straßenseite. Ein Ladenbesitzer hatte den Arm um einen Mann gelegt, der auf dem Bürgersteig saß, den Kopf schüttelte und hemmungslos weinte. Der Busfahrer, schloß der Polizist. Später würde er eine Menge Aussagen zu Protokoll nehmen müssen. Ein paar Meter weiter hatten ein paar Passanten den Motorradfahrer von dem Wrack seiner Maschine gezogen und ihn in einer halb sitzenden, halb liegenden Position an die Fassade eines Ladens gelehnt. Einer drückte ein blutiges Taschentuch an seinen Kopf.

Zwischen den Schaulustigen entdeckte der Polizist einen Jungen. Er schien ohne Begleitung zu sein, stand ganz allein, vollkommen reglos und hielt irgendwas in der Hand. Sein Gesicht war ausdruckslos. Wahrscheinlich hat er gesehen, wie es passiert ist, dachte der Polizist.

Für einen Jungen wie ihn mußte das Erlebnis ein fürchterlicher Schock sein, und er überlegte, ob er zu ihm gehen und mit ihm reden sollte, doch das erneute Aufheulen der Sirene hielt ihn davon ab. Er wandte sich wieder der Straße zu, um dem Rettungswagen, der sich mit flackerndem Blaulicht langsam durch den stillstehenden Verkehr drängte, den Weg zu bahnen. Kurz darauf hielt der Wagen direkt vor ihm, und zwei junge Männer sprangen heraus.

Beide trugen silbern-gelbe Jacken, auf deren Rücken in Blau das Wort »Notarzt« gestickt war. »Was haben wir denn?« fragte der erste. Der zweite ging sofort zu der Stelle, wo die Mädchen lagen.

»Zwei Mädchen, die von einem Bus angefahren wurden«,

sagte der Polizist und wies mit dem Kopf in die Richtung. »Dort drüben ein Motorradfahrer, der bei einem Ausweichmanöver verunglückt ist. Er ist bei Bewußtsein. Und ein paar Schnittwunden und Prellungen, die die nachfolgenden Fahrer bei Auffahrunfällen erlitten haben.«

»Also gut. Zunächst mal müssen wir die Unfallstelle räumen, damit wir hier rauskommen. Können wir das Ihnen überlassen? Zwei weitere Einheiten sind von Addenbrookes unterwegs – die werden sich um die Schnittwunden und Prellungen kümmern. Inzwischen werden wir uns die drei hier mal ansehen.« Er reckte das Kinn. »Stan!« rief er.

Der zweite Notarzt erhob sich, verzog das Gesicht und schüttelte den Kopf.

»Mein Gott«, murmelte der erste.

* * *

Der ältere Mann klappte die Akte zu, nahm seine Brille ab, zauberte ein Taschentuch hervor und begann mit nachdenklichem Gesicht die Gläser zu polieren. Im Raum wurde es totenstill. Draußen hörte man das Brummen einer Cessna, die ihre Runden drehte, und am anderen Ende der Rollbahn ließ eine Hercules den Motor warmlaufen. Jack zwang sich, ruhig zu bleiben. Er atmete langsam aus, senkte den Blick bis zu den weißen Knöcheln seiner eng verschränkten Finger auf dem Glastisch und wartete.

»Sagen Sie, Jack, Bill Knight kommt doch noch?« fragte der zweite Mann höflich. Er war jünger als sein Vorgesetzter, schlank, mit einer hohen Stirn. Er lächelte stets, wenn er sprach, legte einem beim Hinausgehen die Hand auf die Schulter und versäumte es nie, sich nach dem Befinden der Familie zu erkundigen. Doch Jack wußte, daß sich hinter der leutseligen Fassade und den unschuldigen blauen Augen ein rasiermesserscharfer

Verstand und eine brutale Fähigkeit zur Rücksichtslosigkeit verbargen.

»Ja, ja, er ist unterwegs. Er hat angerufen, kurz bevor Sie gekommen sind. Er wurde aufgehalten. Ein Verkehrsunfall oder so. Er bemüht sich, so bald wie möglich hier zu sein.«

»Nun, ich denke, wir fahren trotzdem fort«, sagte der erste Mann und klappte den Aktenordner wieder auf. »Wenn Sie nichts dagegen haben. Lassen Sie mich zunächst sagen, daß Sie sich mit Ihrem neuen Geschäftsplan offensichtlich sehr viel Mühe gemacht haben, Jack. Er ist sehr gründlich und sehr professionell.« Jack nickte und lächelte matt. »Nun, lassen Sie mich sehen, ob ich Sie richtig verstanden habe. Wir reden von einer kompletten Umschuldung der existierenden Verbindlichkeiten von Heywood-Knight plus einer sofortigen Finanzspritze von sechzigtausend, die im wesentlichen gedeckt werden soll durch die Aufnahme einer neuen Hypothek auf die drei Flugzeuge, die da draußen parken. Ist das zutreffend?« Jack nickte erneut; das Finanzierungskonzept war auf den Punkt gebracht. Er zupfte verstohlen an seinem Hemdkragen und fluchte innerlich. Wo zum Teufel steckte sein sogenannter Geschäftspartner, schließlich war Bill der Buchhalter, verdammt noch mal. »Und die zusätzlichen Einnahmen zur Tilgung dieser Restfinanzierung sollen aus den Geschäften kommen, die sich zum Teil aus dem ins Auge gefaßten Paket ergeben. Wären Sie so freundlich, uns noch einmal mit Ihren eigenen Worten darzulegen, wie die konkret aussehen sollen?«

Jack holte tief Luft. »Wir haben bereits Angebote für zwei große Luftfrachtaufträge abgegeben. Eine Verbindung Cambridge–Amsterdam–Glasgow und eine Verbindung Heathrow–Madrid, beide täglich«, setzte er an, ohne den zwei Männern in die Augen zu sehen. Das Heathrow-Madrid-Angebot war vor zwei Tagen abgelehnt worden. »Eine Reihe von Verträgen stehen im kommenden Sommer zur Erneuerung an, und wir werden entsprechende Angebote vorlegen. Zusätzlich überprüfen wir die Möglichkeit, einen täglichen Passagierflug von Cambridge nach Dublin einzurichten. Schließlich werden wir einen Teil der sechzigtausend für eine Werbe- und Marketingkampagne verwenden, um Charterflüge für Geschäftsreisende populärer zu machen.«

»Gott bewahre, Jack, aber was, wenn Sie diese beiden Verträge nicht bekommen? Wie wollen Sie Ihre Rückzahlungsraten kurzfristig aufbringen?«

»Nun, wie ich schon sagte, sind eine Reihe weiterer Angebote, ähm, in Vorbereitung, und ich bin zuversichtlich, daß wir mit der geplanten Marketingoffensive für Geschäftscharterflüge die Raten termingerecht zahlen können. Wie Sie an den Prognosen für die Geschäftsentwicklung unten auf der Seite sehen können...« Seine Stimme verlor sich.

Wieder senkte sich Schweigen über den Raum. Schließlich lehnte der zweite Mann sich zurück und ließ den aufgeklappten Ordner auf den Tisch fallen. »Die sind nur...«, setzte er zögerlich und mit wie von quälenden Schmerzen verzerrtem Gesicht an, »... ein klein wenig dünn, meinen Sie nicht auch, Jack?«

»Dünn?«

»Jack, was ist eigentlich aus dem Angebot geworden?« fragte der ältere Mann unumwunden. »Das Übernahmeangebot der anderen Chartergesellschaft hier auf dem Flugplatz, Myriad, nicht wahr? Haben Sie sich das je ernsthaft angesehen?«

Jack spürte, wie ihm plötzlich die Galle hochkam. Er schob abrupt seinen Stuhl zurück und legte die Hände flach auf den Tisch. »Nun hören Sie mal gut zu«, ereiferte er sich, »ich habe sechs Jahre gebraucht, um diese Firma aufzubauen. Und ich habe einen hohen Preis dafür bezahlt, einen sehr hohen Preis. Wenn Sie glauben, ich würde mich einfach auf den Rücken drehen und aufgeben oder, schlimmer noch, meine Firma an diese Haie bei Myriad verkaufen...«

Es klopfte an der Tür, und Carol steckte mit besorgter Miene den Kopf ins Zimmer. »Verzeihung, Jack, aber da ist eine Nachricht, auf dem Anrufbeantworter. Es… du kommst besser sofort.«

* * *

Der Rettungswagen bremste scharf und neigte sich leicht zur Seite, als er mit heulender Sirene in der Kurve wieder beschleunigte. Der Notarzt hielt instinktiv inne, stützte sich an einem Haltegriff ab und fuhr erst fort, als der Wagen wieder fest auf allen vier Rädern stand.

Er arbeitete schnell. Er riß ein frisches Paket auf, entnahm einen biegsamen 5er-Plastikschlauch, legte den Kopf des zweiten Mädchens sanft nach hinten und führte den Tubus in ihre Luftröhre ein. Dann klemmte er ein Mundstück an und öffnete das Steuerungsventil. Sauerstoff blähte den an den Schlauch angeschlossenen schwarzen Ambubeutel aus Gummi. »Luftwege frei, kein Widerstand bei Sondierung, beide Lungen belüftet«, murmelte er vor sich hin, als er den Beatmungsschlauch an dem Vakuumkissen fixierte. »CPR wird fortgesetzt.« Dann drückte er rasch eine Hand auf ihr Brustbein, legte seine zweite Hand auf die erste und preßte beide Handballen in einer Reihe von kräftigen Stößen auf ihre Brust. »Eins, zwei, drei, vier«, zischte er bei jedem Stoß mit zusammengebissenen Zähnen.

Ohne die Herzmassage zu unterbrechen, drückte er auf den Beutel, bevor er den Zyklus unverzüglich wiederholte. Fünf rasche Stöße auf das Herz, ein fester Druck auf den Ambubeutel, um Sauerstoff in die Lunge zu pumpen, und zuletzt eine Pause, um auf Vitalfunktionen zu achten. »Oh, nun komm schon, Süße!« schimpfte er atemlos, während der Trichter seines Stethoskops sich rasch über die blasse Haut ihrer Brust bewegte. Schweißperlen rannen über seine Wangen. »Jetzt streng dich bitte ein bißchen mehr an, ich weiß, daß du es besser kannst.«

Er unterbrach seine Tätigkeit nur kurz, um die schwere Jacke abzuwerfen, bevor er in der Hocke um hundertachtzig Grad herumfuhr, um die reglose Gestalt des anderen Mädchens zu betrachten, die auf die gegenüberliegende Trage geschnallt war. »Also gut, und was ist mit dir, Miss Blue Eyes?« Unverzüglich begann er seinen Wiederbelebungszyklus aufs neue. Wenn er noch lange so weitermachte, würde es geprellte oder gebrochene Rippen geben. Dies war kein Moment für Halbheiten, und die Uhr tickte.

»Noch etwa fünf Minuten!« rief sein Kollege vom Fahrersitz. »Wie sieht es aus?«

»Weiß der Himmel.« Er richtete sich kurz auf und betrachtete die beiden Mädchen. »Ich hab noch nie ein Pärchen gesehen, das sich so hartnäckig sträubt.« Er wischte sich mit dem Arm den Schweiß von der Stirn. »Im Augenblick würde ich sagen, Nummer eins keine Chance, Nummer zwei keine Ahnung.« Er blickte auf die beiden Mädchen herab. Ausdruckslose Gesichter, fleckige weiße Blusen, gestreifte Schulkrawatten, kleine graue Röckchen, weiße Söckchen, ein fehlender Schuh.

»Aber ich bin noch längst nicht mit ihnen fertig, verdammich noch mal!« sagte er, schluckte und beugte sich wieder vor.

* * *

Alison sprang aus dem Wagen und rannte durch den Haupteingang des Krankenhauses. »Unfall!« rief sie laut und sah sich hektisch um. »Wo ist die Notaufnahme?«

»Falscher Eingang, Miss«, sagte ein Krankenpfleger, der einen Rollstuhl vor sich herschob. »Sie müssen zur anderen Seite des Gebäudes fahren. Folgen Sie den Schildern für die Parkplätze A und E.«

»Mein Gott, gibt es denn keinen anderen Weg?«

Der Krankenpfleger wies mit dem Kopf auf den Boden. »Folgen Sie einfach dem roten Streifen, dann landen Sie auch irgendwann dort.«

Vier Minuten und drei falsche Abzweigungen später rannte sie atemlos durch einen endlosen Flur, der unvermittelt in einer großen Eingangshalle endete, die genauso aussah wie die erste. Sie war wieder da, wo sie angefangen hatte.

»Um Himmels willen!« schluchzte sie verzweifelt. Tränenblind starrte sie in die Halle. Überall waren Menschen. Einige saßen, andere liefen herum, einige sahen aus wie Ärzte, andere hatten Kopf oder Arm bandagiert und waren offensichtlich Patienten. Es war das reinste Chaos. Dann sah sie den glasverkleideten Tresen und darüber ein Schild mit der Aufschrift »Notaufnahme«.

In dem Moment, als sie auf den Tresen zueilte, öffnete sich die automatische Eingangstür für einen Notarzt in silbern-gelber Jacke, der eine Rolliege hinter sich herzog. Hinter ihm sah sie einen Krankenwagen, der rückwärts an die Rampe gefahren war und dessen Türen offenstanden. Sie erstarrte und spürte ein bleiernes Gewicht im Magen.

»Frankie«, flüsterte sie.

»Verzeihung, Madam«, sagte der Notarzt barsch, als er rückwärts auf sie zukam. Draußen wurde eine zweite Liege aus dem Wagen gehoben. »Madam, bitte, der Durchgang muß immer frei bleiben!«

Alison rührte sich nicht vom Fleck. Ihr Herz schlug bis zum Hals, während sie auf die zweite Rolliege starrte, die durch die Tür geschoben wurde.

Zwei Ärzte in kurzärmeligen grünen Kitteln tauchten neben dem Notarzt auf. »Zwei Passagiere an Bord«, berichtete er ihnen und beugte sich über die Liege. »Verkehrsunfall, keine Vitalfunktionen am Unfallort, seither wurden die üblichen Wiederbelebungsmaßnahmen durchgeführt.«

»Hm-hm. Wie lange?« fragte einer der Ärzte, während der andere schnell zu der zweiten Liege weiterging. Unwillkürlich folgte ihm Alison. Langsam, wie in Trance.

»Etwa vierzig Minuten«, antwortete der Notarzt.

Es war Frankie. Auf der zweiten Liege. Ihr Gesicht war aschfahl, leichenblaß, wies aber keine Spuren von Verletzungen auf. Sie sah aus, als würde sie friedlich schlafen. Wie sie es als Baby getan hatte. Mit dem Stöpsel im Mund, der an ihren alten Schnuller erinnerte, den Kopf leicht zur Seite geneigt, die Augen geschlossen und die Decke bis zum Kinn hochgezogen. Genauso wie sie als schlafendes Baby ausgesehen hatte.

»Schätzchen«, murmelte Alison und sah aus großer Entfernung zu, wie sie an ihr herumhantierten. »Mein Schatz, mein kleines Mädchen.«

»Bei Ankunft keinerlei Vitalfunktionen, vermutlich beide auf dem Transport verstorben«, sagte der Arzt und richtete sich auf. »Aber bringt sie in die Notaufnahme, und wir sehen sie uns mal an. Weiß irgend jemand, ob schon Verwandte eingetroffen sind?«

* * *

Binnen einer Stunde waren der Asphalt gefegt, das verbogene Motorradwrack abtransportiert und die beschädigten Fahrzeuge abgeschleppt worden. Der Vormittagsverkehr rollte wieder stetig vorbei, als wäre nichts geschehen. Der einzige Hinweis auf den Unfall waren die unverkennbaren, breiten, vier Meter langen Bremsspuren des Busses und ein kleiner brauner Fleck auf dem Bürgersteig gegenüber. Passanten trampelten achtlos darüber hinweg.

Mr. Gupta legte den Telefonhörer wieder auf. Was für ein Vormittag. Diesmal war es seine Mutter gewesen. Offenbar hatten alle seine Freunde und Verwandten von dem Unfall gehört und wollten jede Einzelheit erfahren. Wenig später kassierte er bei einer Dame, die Süßigkeiten für ein Kind in einem Buggy kaufte, bevor er um den Tresen hastete, um ihr die Tür aufzuhalten. Als sie sich mit einem Lächeln bei ihm bedankte, fiel ihm der Junge draußen auf. Der Junge mit den dunklen Haaren, der während des ganzen Trubels auch schon dagewesen war.

»Hallo, du da«, sagte er und trat hinaus auf den Bürgersteig. »Bist du noch immer hier?«

Der Junge sagte nichts. Er stand einfach nur da, den Kopf ein wenig gesenkt, die Arme schlaff neben dem Körper.

Mr. Gupta wandte sich nach dem vorbeirauschenden Verkehr um. »Das war wirklich schrecklich«, sagte er kopfschüttelnd. »Und es war auch ganz bestimmt nicht schön, es mit anzusehen.« Er blickte erneut zu dem Jungen hinunter. »Aber weißt du, manchmal passiert so was eben. Es gehört zum Leben, obwohl es sich vielleicht albern anhört, daß eine solche Tragödie zum Leben gehört, aber so ist es nun mal.« Der Junge sagte noch immer nichts. »Und im Grunde kann niemand etwas dafür, verstehst du, das ist es ja gerade, so was passiert eben einfach.«

Er verstummte und fing an, sich Sorgen um den Jungen zu machen. Wer war er? Müßte er nicht in der Schule sein? Oder irgendwo bei seiner Familie? »Ich mache dir einen Vorschlag«, sagte er und klopfte dem Jungen auf die Schulter. »Warum kommst du nicht mit rein und trinkst eine Cola, und dann rufen wir jemanden an, okay?«

Ben wandte sich ab und ging rasch weg. Mr. Gupta beobachtete, wie er irgendwas aus der Hand fallen ließ. Es war eine halb aufgerissene Rolle Pfefferminzbonbons, die, während der Ladenbesitzer dem Jungen nachsah, langsam vom Bürgersteig in den Rinnstein kullerte.

2. KAPITEL

Alison stieß die Tür ungewohnt heftig auf, woraufhin ihr die Klinke entglitt und die Tür krachend gegen den Stopper schlug. »Hoppla!« flötete sie fröhlich und durchquerte den Raum, ohne stehenzubleiben. »Guten Morgen, mein Schätzchen. Puh, hier drinnen ist es aber stickig, was?« Sie ließ ihre schwere Umhängetasche auf einen Stuhl fallen, riß die Vorhänge vor dem einzigen Fenster auf, löste die Verriegelung und stieß es so weit wie möglich auf. »So ist es besser!« fuhr sie nunmehr fort und sog die Luft in ihre Lungen wie eine übermotivierte Turnlehrerin. »Und ich darf wohl sagen, es ist ein wirklich guter Morgen, ein echter ›Schönertag‹ sozusagen.«

Sie blieb am Fenster stehen und sammelte sich. Strahlendweiße Kumuluswolken zogen am blauen Himmel dahin wie Segelschiffe auf einem Ozean. Der Duft frisch gemähten, taufeuchten Grases vermischte sich mit den Gerüchen der Läden, Autos und Straßen, die fünf Stockwerke unter ihr lagen. Von überall her ertönten die Geräusche der Stadt, während die Menschen wie Blutkörperchen durch ihre Adern strömten, um eilig einen neuen Tag zu beginnen. Das Klingeln eines kleinen Milchwagens erhob sich über das leise, stete Rauschen des Verkehrs, und von weitem durchbrach der Glockenschlag eines Colleges den Dauerlärm einer Alarmanlage. In der Ferne hörte man das Donnern eines Düsenantriebs, als eine Militärmaschine sich steil über dem Flughafen erhob.

Sie stemmte sich mit den Armen auf die Fensterbank, spannte

die Muskeln an wie ein Boxer im Ring und erlaubte sich noch einen Moment, um ihre Gedanken zu konzentrieren, bevor sie ein letztes Mal tief durchatmete, ein breites Lächeln aufsetzte und sich wieder dem Zimmer zuwandte. »Also gut«, sagte sie und rieb sich die Hände, »wir haben einen ziemlich anstrengenden Vormittag vor uns. Zuerst Waschen und Frischmachen, dann die verhaßte Physio, dann haben wir einen ganzen Haufen Lektüre durchzugehen, bevor Dr. Stanhope vorbeikommt, und, ach ja, sieh mal, deine Klassenkameraden haben dir wieder eine Karte geschickt, ist das nicht nett von ihnen? Wir müssen gleich zurückschreiben ...«

Ohne ihren Dauerkommentar zu unterbrechen, ließ Alison sich auf den Stuhl neben dem Bett fallen, holte ein Notizbuch aus ihrer Tasche, während sie automatisch die Daten auf dem Überwachungsmonitor neben dem Bett überflog. Herzfrequenz 68, Temperatur 36, Blutdruck 100 zu 70, Atmung 18. Keine Veränderung, sie kannte sie alle in- und auswendig. Sie notierte die Daten und erlaubte sich im Einklang mit ihrer strengen Routine erst jetzt einen Blick auf ihre Tochter.

Frankie lag reglos auf dem Bett. Ihre Augen waren nicht ganz geschlossen; zwischen ihren langen braunen Wimpern konnte man dünne Schlitze eines zarten Graus erkennen. Ihre Mundwinkel waren wie in einer angedeuteten Grimasse des Widerwillens leicht herabgezogen, und von einem lief eine glänzende Spur getrockneten Speichels über ihr Kinn. Der Verband an ihrem Hals verdeckte den Eintrittspunkt der Trachealkanüle, durch die ein Beatmungsgerät neben dem Bett Luft in ihre Lunge pumpte. Unterhalb ihres Schlüsselbeins und in einen Arm hatte man intravenöse Sonden eingeführt, durch die sie mit Flüssigkeit, Nährstoffen und Medikamenten versorgt wurde. Unter der Bettdecke verbargen sich Katheter, durch die die Blase in Plastikbeutel entleert wurde. Elektroden maßen ihre Herzfrequenz und den Blutdruck, eine rektale Sonde die Körpertemperatur.

»Oh, ich habe dir übrigens die neue CD dieser Mädchenband mitgebracht, von der du ständig redest, wie heißen sie noch? Storker? Also, ich weiß wirklich nicht, Frankie, soll das obszön sein oder was, ach, hier ist sie ja, Stonker, klingt schon besser, nehme ich an. Die hören wir uns später zusammen an, was meinst du?«

Eine Krankenschwester betrat das Zimmer, registrierte stirnrunzelnd das offene Fenster, lächelte Alison knapp zu und griff nach einem Clipboard am Ende des Bettes. »Guten Morgen, Mrs. Heywood, guten Morgen, Frances«, säuselte sie und zwängte sich mit übertriebener Anstrengung an Alisons Stuhl vorbei zu dem Tisch mit dem Monitor.

»Frankie«, verbesserte Alison sie. »Guten Morgen, Emily. Um wieviel Uhr ist Visite?«

»Oh, weiß der Himmel. Ich nehme an, sie könnten jederzeit auftauchen«, erwiderte die Schwester unkooperativ. Sie kritzelte etwas auf das Krankenblatt und hängte das Clipboard wieder ans Fußende des Bettes. »Sie kennen das doch, die Visite folgt ihren eigenen Regeln, was? Bis später.«

In den vierzehn Wochen, die seit dem Unfall vergangen waren, hatte es keinerlei Anzeichen dafür gegeben, daß Frankie das Bewußtsein auch nur teilweise wiedererlangt hätte. Hin und wieder bewegte sie sich, ein plötzliches Zucken des Kopfes oder einer Schulter. Manchmal konnte man sehen, wie ihre Augen unter ihren blassen, feingeäderten Augenlidern hin und her rollten, und ihre Gesichtsmuskeln kontrahierten von Zeit zu Zeit, so daß ihre Nase sich kräuselte oder ihr Mund sich zu einem schrägen Grinsen verzog. Doch es gab kein Muster, keine Anzeichen dafür, daß sie sich bewußt bewegte. »Spontan und unwillkürlich«, nannten es die Ärzte. Alison hatte widerwillig zugeben müssen, daß sie wahrscheinlich recht hatten.

Frankie hatte glücklicherweise keine schweren körperlichen Verletzungen erlitten. Röntgenaufnahmen nach dem Unfall zeigten einen Beckenbruch und einen Bruch des linken Oberschenkelknochens, die beide inzwischen fast vollkommen verheilt waren. Sie hatte tiefe Weichteilverletzungen am linken Oberschenkel erlitten, die sich entzündet hatten, jedoch auf Antibiotika reagierten. Sie hatte anscheinend erstaunliches Glück gehabt. Doch die anfängliche Erleichterung der Heywoods darüber, daß Frankie offenbar keine multiplen lebensbedrohlichen Verletzungen davongetragen hatte, war rasch gedämpft worden. CTs ergaben, daß sie einen harten Schlag auf den Hinterkopf erlitten und sich eine schwere Hirnquetschung zugezogen hatte, die in den ersten vierundzwanzig Stunden kritisch war. Danach waren Prognosen bezüglich einer vollkommenen Genesung sehr verhalten.

Achtundvierzig Stunden lang waren sie kaum von Frankies Bett in der Intensivstation gewichen. Sie wechselten wenig Worte, es gab nicht viel zu sagen: »Das ist alles meine Schuld«, murmelte Jack irgendwann.

Alison blickte über das Bett hinweg zu ihm auf, und ihr Blick wurde weich. Sie schüttelte den Kopf. »So darfst du nicht denken.«

In dieser Phase war Frankies Gehirn besorgniserregend angeschwollen, hatte die Körpertemperatur in die Höhe getrieben und die vitalen Lebensfunktionen beeinträchtigt. Zweimal hatte eine Bradykardie mit unregelmäßiger Herzfrequenz den Alarm ausgelöst und das Reanimationsteam im Eiltempo an ihr Bett gerufen. Frankie blieb die ganze Zeit bewußtlos. Nur in der ersten Nacht hatte sie ein einziges Mal unvermittelt den Kopf gehoben.

Alison, die aus einem erschöpften Traum hochschreckte, beugte sich hastig vor. »Frankie?« flüsterte sie und drückte die Hand ihrer Tochter.

Frankie schluckte, die Wangen gerötet, während ihre Augen blind vor sich hin starrten und ihr Hals vor Anstrengung schwankte.

»Frankie, Schätzchen, Mami ist hier. Alles wird gut.« Alison sah sich ängstlich um, doch bevor sie etwas unternehmen konnte, war Frankies Kopf aufs Bett zurückgesunken.

Isabelle war tot, ihr Genick war beim Aufprall des Busses gebrochen. Die Heywoods verbrachten alptraumhafte anderthalb Stunden mit ihren Eltern in einem stickigen kleinen Raum neben dem Wartebereich der Notaufnahme, während die Ärzte um das Leben ihrer Töchter kämpften. Alle fürchteten das Schlimmste, doch niemand wagte es auszusprechen. Sie redeten kaum, lange Phasen des Schweigens wurden nur hin und wieder von unlogischen Bekundungen der Fassungslosigkeit unterbrochen, wie sie massiv geschockte Menschen von sich geben.

»Ich verstehe das nicht, beim Frühstück war sie noch putzmunter.«

»Um fünf muß sie auf einen Kindergeburtstag, was sollen wir machen?«

»Ich habe ihr gar nichts zum Übernachten mitgebracht.«

Als die Nachricht schließlich kam und ihnen brutal und unerklärlicherweise gleichzeitig übermittelt wurde, als ob sie alle zur selben Familie gehörten, hatten sie sich nur zu einer befangenen Umarmung durchringen können, bevor sie getrennt über verschiedene Flure zu den lebenden und toten Körpern ihrer Kinder geführt wurden.

An einem verhangenen Nachmittag etwa eine Woche später hatten Jack und Alison zwischen Reihen von Grabsteinen auf dem zugigen Friedhof hinter der Kirche gestanden und schweigend zugesehen, wie der Kindersarg in den Boden gesenkt wurde. Keiner von beiden wurde das ungebetene Gefühl schuldhafter Erleichterung darüber, daß sie nicht ihre Tochter beerdigten, ganz los. Als Jack den Kranz aus Frühlingsblumen sorgfältig niedergelegt hatte, fing er unvermittelt den todunglücklichen und verständnislosen Blick von Isabelles Mutter auf, und er spürte ihre stummen Fragen wie einen kalten Schauer. Nach der

Beerdigung waren sie nicht lange geblieben; ein kaum spürbarer Hauch unausgesprochener Schuldzuweisungen hatte die allgemeine Trauer durchdrungen.

Die Tür ging auf, und Jack kam herein. »Waren sie schon da?«

Alison schüttelte den Kopf. Er nahm den einzigen anderen Stuhl und setzte sich seiner Frau gegenüber neben das Bett.

»Mit Ben alles in Ordnung?« fragte sie.

»Bestens. Ich hab ihn gerade abgesetzt. Deine Mutter holt ihn später ab.«

»Gut, danke.« Sie wartete und sah ihn mit hochgezogenen Brauen erwartungsvoll an.

»Ach ja, richtig, ähm, nun gut, also«, begann er und räusperte sich. »Hallo, Frankie, schön dich wiederzusehen. Tut mir leid, daß ich zu spät komme, aber ich bin im Büro aufgehalten worden.« Er zögerte. »Ja, ja, wie üblich, ich weiß. Ähm, Bill läßt dich grüßen. Und Carol auch.« Seine Stimme versagte ob des begangenen Fauxpas, und er sah Alison an. Sie hatte den Kopf gesenkt, ihre Miene war ausdruckslos. Langsam atmete er aus und ließ seinen Blick über die Wände um das Bett wandern, über die grell-fröhlichen Pop-Poster, die blassen Pastellfarben des gerahmten Wasserfarbenbildes aus Frankies Zimmer und den bemüht bunten Flickenteppich aus Genesungspostkarten. Zuletzt betrachtete er das blasse, leblose Gesicht seiner Tochter. »Tut mir leid«, murmelte er schließlich.

»War's das?«

»Was?«

»Tut mir leid, daß ich zu spät komme, Bill läßt grüßen. War das alles?« Sie sah ihn wütend an und wies mit dem Kopf auf Frankie.

Er seufzte. »Oh, äh, ja, wo war ich stehengeblieben, Frankie?« fuhr er fort und sprach laut und langsam wie mit einem schwachsinnigen Verwandten. »Ich hatte gestern übrigens eine Besprechung in Liverpool mit einem Frachtunternehmer, der möglicherweise an einer Art Partnerschaft oder einem Jointventure interessiert ist, vorausgesetzt, er bringt das nötige, ähm, wie dem auch sei, das ist übrigens ...«

Alison schob ihren Stuhl zurück. »Um Himmels willen«, stöhnte sie und ging zum Fenster.

»Hör mal, ich kann das einfach nicht so gut, so mit ihr reden, okay?«

»Na, vor dem Unfall hast du es doch auch hingekriegt, oder nicht?« sagte sie mit dem Rücken zu ihm. »Was ist der Unterschied?«

»Der Unter ...?« Er brach ab. »Gott, es ist ein Riesenunterschied. Es fällt mir einfach nur sehr schwer, das ist alles.«

Sie drehte sich wieder um. »Ich weiß. Tut mir leid. Es ist für uns alle schwer.« Sie wies mit dem Kopf auf Frankie. »Ich vermute, für sie ist es auch nicht gerade lustig.«

»Alison«, fuhr er leise fort. »Du weißt, wie sehr ich mich an jeden Strohhalm klammern möchte, wie sehr ich glauben möchte, daß da irgend etwas ist, eine Chance, auch nur der blasseste Schimmer einer Hoffnung.« Er sah seine Tochter an. »Aber das geht jetzt seit mehr als drei Monaten so, und da ist nichts, absolut überhaupt nichts. Nicht das geringste Anzeichen dafür, daß sie hören, fühlen oder irgend etwas wahrnehmen kann. Siehst du das nicht?«

»Nein, das sehe ich nicht. Und das werde ich auch nicht. Sie ist noch immer da drinnen, und sie wird herauskommen. Und ich finde, du solltest dir die Mühe sparen herzukommen, wenn das deine wahren Gefühle sind.«

* * *

Es war Jack, der Ben am Tag des Unfalls gefunden hatte. Stunden später, am Nachmittag. Sie waren zunächst so beschäftigt mit Frankie und der Krise im Krankenhaus gewesen, daß sie einfach nicht auf den Gedanken gekommen waren, er könnte nicht in der Schule sein. Doch als Frankie gegen Mittag zum Röntgen gebracht wurde, hatte Jack kurz in der Schule angerufen und erfahren, daß Ben gar nicht dort angekommen war. Der Direktor, der von dem Unfall gehört hatte, hatte angenommen, daß Ben bei seinen Eltern war.

Jack brach sofort auf. Als erstes fuhr er nach Hause. Als er durch die Hintertür trat, rief er laut nach Ben. Nichts. Er schrieb ihm eine kurze Nachricht und deponierte sie zwischen den verlassenen Überresten des Frühstücks auf dem Tisch, bevor er zurück zum Auto rannte. Er probierte es im Park und auf dem Spielplatz sowie an Orten in der Nähe, die Ben kannte und an denen er sich gern aufhielt. Dann fuhr er zur Schule, wo der Direktor den Unterricht in Bens Klasse sofort unterbrach, um seine Mitschüler zu fragen, ob irgend jemand ihn im Laufe des Tages gesehen hatte. Vom Büro des Direktors aus benachrichtigte Jack die Polizei, bevor er erneut aufbrach. Er versuchte sein Glück in verschiedenen Geschäften, stellte den Wagen ab und lief durch die ganze Einkaufspassage, wobei er hin und wieder atemlos stehenblieb, um seine Nase an eine Schaufensterscheibe zu drücken – vor dem Spielzeugladen, dem Modellbauladen, dem Supermarkt.

Dann fuhr er zum Unfallort. Der Besitzer des Zeitungsladens konnte die Stelle ganz genau bezeichnen und wies ihn auf die Bremsspuren hin, die kleinen Glassplitter von den Scheinwerfern, die nach dem Zusammenkehren übriggeblieben waren, sogar auf den Blutfleck. Jacks Magen drehte sich um, als er erfuhr, daß ein dunkelhaariger Junge, auf den Bens Beschreibung paßte, tatsächlich alles mit angesehen hatte und auch geblieben war, bis der Krankenwagen die beiden kleinen Mädchen abtransportiert hatte, ja sogar noch lange, nachdem alle anderen weg waren.

Schließlich fuhr Jack erneut nach Hause, um telefonisch bei der Polizei nachzufragen und im Krankenhaus anzurufen. Gerade hatte er die ersten Ziffern der Nummer gewählt, als er instinktiv den Hörer auflegte und die Treppe hinaufrannte.

Er lag in seinem Zimmer auf dem Bett. Zu einem Knäuel zusammengerollt, das Gesicht zur Wand.

In den ersten Tagen danach blieb er still und wirkte doch irgendwie gefaßt. Er erwähnte den Unfall mit keinem Wort, und man riet Alison und Jack, ihn auch nicht danach zu fragen. Er aß, was man ihm vorsetzte, sah fern, blätterte in seinen Büchern und Zeitschriften und ging zur normalen Zeit schlafen, wobei er darum bat, das Licht anzulassen. Er schlief tief und machte auch im Laufe des Tages häufig zusätzliche Nickerchen. Er fragte nicht ein einziges Mal nach Frankie, obwohl Alison ihm versicherte, daß es ihr gutgehe, genausowenig wie er Isabelle erwähnte, über die man ihm nichts erzählte. Außer Jack, Alison und seiner Oma wollte er niemanden sehen und auch das Haus nicht verlassen. Überhaupt nicht.

Und sein Haar wurde weiß.

Es geschah im Laufe von wenigen Tagen, zirka zwei Wochen nach dem Unfall, etwa zur gleichen Zeit, als sie anfingen, die Kinderpsychologin Heather Pritchard zu konsultieren. Sie meinte, daß Ben den Unfall bis zu diesem Zeitpunkt wahrscheinlich komplett aus seinem Bewußtsein und Unterbewußtsein verdrängt hatte. Er war nicht geschehen und bereitete ihm deshalb auch keine Sorgen, nicht einmal im Schlaf. Das sei ein sehr wirksamer und sehr wertvoller Abwehrmechanismus, erläuterte sie. Das Problem sei nur, daß es sich hierbei immer nur um eine vorübergehende Blockade handeln könne, weil die Anstrengung, sie aufrechtzuerhalten, ihn erschöpfe und seine Fähigkeit, auf anderen Ebenen zu funktionieren, massiv beeinträchtige. Früher oder später werde er damit anfangen müssen, Aspekte des Traumas wieder in sein Bewußtsein vordringen zu lassen, und dann müsse man ihm helfen, sie zu bewältigen.

Ben hatte Angst vor den Sitzungen mit der Psychologin und

schloß sich im Badezimmer ein, wenn die Stunde ihres Besuchs nahte. Doch Heather reagierte einfühlsam und geduldig, drängte ihn nie und wirkte stets entspannt und aufmunternd. In den ersten Sitzungen saßen sie in der Küche oder im Wohnzimmer, allein oder mit Alison und seiner Großmutter, ganz wie er wollte. Sie versuchte behutsam, ihn zu irgendeinem beliebigen Thema zum Reden zu bringen – Schule, Sport, Computer, Raumfahrt –, was immer ihn vielleicht interessieren könnte. Manchmal war er kooperativ und redete ein wenig, manchmal blieb er einsilbig oder stumm und verschwand gleich nach Ende der Sitzung wieder in seinem Zimmer.

Eines Nachmittags, sieben Wochen nach dem Unfall, erzählte er ihr von einem Urlaub, den die Familie im Sommer vor zwei Jahren in Frankreich verbracht hatte. Er war redseliger als zuvor und erinnerte sich an mehr Einzelheiten über das Ferienhaus, das Dorf, das Essen und die Leute, als Alison es je für möglich gehalten hätte. Gegen Ende der Sitzung erwähnte er Frankie zum erstenmal namentlich. Eine Qualle hatte ihr Bein gestreift, und sie hatte einen heftigen Ausschlag bekommen.

Heather nickte. »Frankie hatte einen Unfall, wußtest du das?« fragte sie nach einer Weile sehr leise.

»Sie ist tot«, erwiderte Ben prompt und starrte auf den Tisch.

»Nein, das ist sie nicht. Sie ist im Krankenhaus. Sie hat einen Schlag auf den Kopf bekommen, aber ansonsten geht es ihr gut. Du könntest sie besuchen, wenn du möchtest.«

»Sie ist tot!« schrie er plötzlich, und seine Augen füllten sich mit Tränen. »Ich weiß es. Sie sind beide tot!«

In dieser Nacht wachte er schreiend auf, wie von nun an in jeder Nacht.

* * *

Der Facharzt kam schließlich gegen Mittag mit seinem Gefolge zur Visite. Jack starrte aus dem Fenster, während Alison Daten aus einer medizinischen Fachzeitschrift in einen DIN-A4-Hefter übertrug. Aus dem Kopfhörer auf Frankies Ohren drang das rhythmisch-metallische Gezirpe von Popmusik.

»Unglaublich!« rief Alison und nahm wieder die Zeitschrift zur Hand. »Hör dir das mal an. In Stockholm gab es einen Patienten, der bei einem Unfall fast achtzig Prozent seines Gehirngewebes verloren hat und sich trotzdem ganz normal mit seinen Ärzten unterhalten konnte.«

»Hmm?« Jack sah sich um und blickte auf seine Uhr. »Ja, wirklich unglaublich. Das kommt einem vollkommen unmöglich vor, nicht wahr?«

»Offenbar hängt alles davon ab, daß der verbliebene unbeschädigte Teil des Gehirns sich selbst beibringt, Funktionen zu übernehmen, die vorher der beschädigte Teil ausgeführt hat. Das Gehirn ist wirklich ein erstaunliches Organ. Hör dir das an.«

Jack sah zu ihr hinüber. Sie trug eine schmuddelige alte Jeans und ausgetretene Turnschuhe, dazu dieselbe Bluse, die sie schon getragen hatte, als er vor drei Tagen zu Besuch gekommen war, und eine schreckliche alte Strickjacke, die aussah wie ein Relikt aus den sechziger Jahren. Ihr Gesicht war bleich und ungeschminkt, ihr einst makellos gepflegtes Haar war mit einem Gummiband straff nach hinten gebunden. Im Laufe weniger Wochen hatte sie sich bis zur Unkenntlichkeit verändert. Sie sah regelrecht schlampig aus. Dabei war sie nie schlampig gewesen, nie. In all den Jahren, die er sie jetzt kannte. Leger, ja, entspannt, auf jeden Fall, aber niemals schlampig.

Nun saß sie vorgebeugt auf ihrem Stuhl und kaute unentwegt auf dem Daumennagel herum, die Zeitschrift auf den Knien, während ihr Oberkörper sanft vor und zurück wiegte. Die Frau, die er geheiratet hatte, war gepflegt gewesen, ordentlich, sich ihrer eigenen Attraktivität bewußt und geradezu pingelig in bezug auf ihr Aussehen. Nicht eitel oder so, sondern nur wählerisch und aufmerksam. Das gefiel ihm. Als sie sich kennengelernt hatten, war sie Stewardeß gewesen und hatte es immer geschafft, gut auszusehen, auch nach einem anstrengenden Zwölf-Stunden-Einsatz. Auf einem Charterflug von Luton nach Athen hatten sie zum erstenmal miteinander gesprochen. Er war Kopilot und wurde erst seit kurzem auf der 737 eingesetzt, sie hatte die Erfrischungen ins Cockpit gebracht und sich über ihn gebeugt, um ihm Kaffee nachzugießen. Sie hatte schelmisch lächelnde Augen, schulterlanges, glänzendes braunes Haar, und sie roch wundervoll.

»Haben Sie die Akropolis schon besichtigt?« hatte er mit einem scheuen Lächeln zu fragen gewagt.

»Noch nie beim ersten Rendezvous.« Sie hatte ihm zugeblinzelt und war aus dem Cockpit verschwunden, während der Captain sich zum Fenster gedreht und leise in seinen Kaffee gekichert hatte.

Jetzt konnte alle Welt sie für eine ausgebrannte Studentin halten, die schwere Zeiten durchmachte. Aber das war sie im Grunde ja auch, sinnierte er. Ihre ganzen irdischen Schätze trug sie in einer Baumwolltasche mit sich herum, die überquoll von medizinischen Fachbüchern, klinischen Studien, neurologischen Doktorarbeiten, Zeitschriftenartikeln und allem, was sie in die Hände bekam und in irgendeinen Bezug zu Frankie und ihrem Zustand bringen konnte. Ihre Sorge war an sich nur natürlich. Selbstverständlich wollten sie beide die bestmögliche Behandlung für Frankie. Natürlich wollten sie beide das Richtige für sie tun. Aber welchen Sinn hatte dieses zwanghafte Wühlen nach Wissen? Welchen Nutzen sollte es bringen? Schließlich waren sie nicht die Ärzte.

Er musterte sie verstohlen, als sie sich müde die Augen rieb, bevor sie sich weiter Notizen machte. Sie war jeden Tag hier, den ganzen Tag lang. Sie vernachlässigte nicht nur sich, sondern auch das Haus – als sie ihn das letzte Mal hineingelassen hatte, hatte es ausgesehen wie die reinste Müllkippe. Und er machte sich Sorgen, daß sie auch Ben vernachlässigen könnte: Er schien immer mehr Zeit unter der Obhut ihrer Mutter zu verbringen.

Außerdem vernachlässigte sie ihre Partnerschaft. Das taten sie beide. Jeden Tag wurde die Kluft zwischen ihnen ein wenig größer. Wenn sie nur miteinander reden könnten, wenn er versuchen könnte, ihr seine Gefühle zu erklären, und sie ihm ihre. Alles.

»Ali«, begann er sanft. Es hatte geklopft.

Es waren drei. Mit Jack und Alison sowie einer Stationsschwester, die im letzten Moment leise hinzugetreten war, war es im Raum auf einmal sehr eng. Jack zog sich an die Wand zurück, um das Ganze von hinten zu beobachten. Die Stationsschwester und ein hagerer, blasser junger Mann in Kordhose und Blousonjacke, der sich als Colin Winstanley vorstellte, gesellten sich zu ihm. »P-p-postgraduierten-Forschung«, erklärte er nervös stotternd, als er Jacks Hand schüttelte. »Assistent von P-P-Professor Keach, ich m-m-mache Notizen und stehe g-g-ganz allgemein im Weg rum.«

»Ah«, erwiderte Jack, ratloser denn je.

Das einzige Gesicht, das er erkannte, war das von Trevor Stanhope, Frankies behandelndem Facharzt, einem kleinen, etwa fünfzigjährigen Mann mit schütterem Haar und einer Vorliebe für grelle Krawatten. Er war stets enervierend gut gelaunt und neigte dazu, seine Mitmenschen mit leichter Herablassung zu behandeln. Er eröffnete die Untersuchung, indem er Keach allen einschließlich Frankie vorstellte.

»Er ist ein Professor für Neurologie, Frankie, der den weiten Weg aus London gekommen ist, nur um dich zu sehen. Wie findest du das?«

Alison, die keinen Zentimeter von ihrem Platz neben dem Bett gewichen war, ergriff Keachs dargebotene Hand mit einem höflichen Lächeln, während sie gleichzeitig registrierte, daß er Frankie nicht begrüßte.

Es war ein Check, eine Routineuntersuchung, um Fortschritte im Behandlungsverlauf festzustellen. Zunächst berichtete Stanhope munter, die jüngsten CTs hätten ergeben, daß die Hirnschwellung komplett abgeklungen war, was sehr gut war, daß es jedoch nach wie vor beträchtliche Flächen mit verdichteten Signalanhebungen gab, die auf mögliche Verletzungen hindeuteten, wo Blut ins Hohlkammersystem des Gehirns eingedrungen war, was weniger gut war, und daß das letzte Enzephalogramm keinerlei Veränderung im Muster von Frankies Hirnströmen ergeben hatte, was überhaupt nicht gut war.

Jack trat an der Wand unruhig von einem Fuß auf den anderen, während sie die üblichen Tests durchführten. Irgendwann erwähnte Keach in dem zwecklosen Versuch, Alison aus dem Weg zu komplimentieren, daß es vielleicht ein wenig eng wäre. Alison ignorierte die Anmerkung. Jack, der dankbar gewesen wäre, den Raum verlassen zu dürfen, hätte sich beinahe freiwillig gemeldet, aber da auch sonst niemand anbot hinauszugehen, blieb er ebenfalls stumm und ballte seine Hände hinter dem Rücken zu Fäusten.

Mit zusammengepreßten Lippen beobachtete er, wie sie Frankies Augenlider aufdrückten, um ihr mit einer Stablampe in die Augen zu leuchten, wie sie ihr mit einem Otoskop ins Ohr blickten und einen Rachenabstrich vornahmen. Dann schlugen sie die Decke zur Seite, schoben ihr Nachthemd hoch und entblößten die schreckliche Magerkeit und Blässe ihres Körpers. Sie klopften ihre Brust ab, preßten auf ihren Magen, beugten Arme und Ellbogen und drehten sie auf den Bauch, um ihren Rükken zu untersuchen. Sie fummelten an ihren Ernährungssonden herum, palpierten ihre inneren Organe und untersuchten ihre Genitalien. Sie hoben einen Arm und ließen ihn wieder fallen, sie stachen mit einer Nadel in die Fingerkuppen, hoben ihr Bein an, schlugen mit einem kleinen Gummihammer auf ihr Knie und kratzten mit einem Holzspatel über ihre Fußsohlen. Es war nicht das erste Mal, daß er diese Prozedur mit ansehen mußte, aber sie empörte ihn erneut. Sie behandelten sie wie ein Stück Fleisch, ein Exemplar, ein interessantes Rätsel. Nicht wie einen Menschen, wie seine Tochter, seine Frankie. Er wollte schreien, damit sie aufhörten. Damit sie sie in Ruhe ließen.

Derweil erlahmte Alisons Aufmerksamkeit keine Sekunde. Ihre Miene blieb angespannt und konzentriert, während sie unter den Armen der Ärzte hindurch- oder an ihnen vorbeispähte, um sicherzugehen, daß sie nichts verpaßte. Gelegentlich machte sie sich Notizen in ihre Kladde. Die anderen arbeiteten weiter um sie herum, als ob sie ein Möbelstück wäre.

Schließlich deckten sie Frankie wieder zu und traten, offenbar befriedigt, einen Schritt zurück. Jack atmete erleichtert auf, genau wie die Stationsschwester neben ihm, wie er zu seiner Überraschung bemerkte.

»Nun, scheint alles tipptopp in Ordnung«, sagte Stanhope und strahlte in die Runde. »Professor Keach und sein junger Assistent, ähm, Colin hier forschen über … über Patienten mit ähnlichen Symptomen wie Frankies, und er und ich werden die weitere Entwicklung erörtern und korrespondieren, was gewiß sehr hilfreich und, ähm, überaus nützlich sein wird. Nicht wahr?«

»Was ist mit einem Test der Spontanatmung?« fragte Alison leise und blätterte in ihrem Notizbuch.

»Verzeihung?«

»Sie haben gesagt, es wäre ein anerkannter Test. Das Beatmungsgerät abzuschalten, um zu sehen, ob sie ohne Hilfe atmet. Sie haben es beim letztenmal erwähnt.«

»Habe ich das? Ah, nun ja, das ist sehr gut möglich, gnädige Frau«, polterte Stanhope. »Aber das war wirklich nur im Vorübergehen. Ich habe nicht gemeint, daß wir ihn notwendigerweise heute durchführen.«

»Warum nicht? Sie ist doch fit genug, oder?«

»Fit? Aber ja, fit wie ein Turnschuh!« Stanhope lachte nervös. »Das heißt, unter den gegebenen Umständen. Nun, wir haben aber noch nicht beschlossen, daß jetzt der richtige Zeitpunkt für diesen Test ist, und wir möchten Sie und Frankie in diesem Stadium keinem unnötigen Druck aussetzen.«

»Ich möchte, daß der Test gemacht wird. Wir möchten es beide.«

Jack machte den Mund auf, brachte jedoch kein Wort heraus.

»Darf ich etwas sagen?« Es war Keach, der sich zum erstenmal direkt an Alison wandte. »Der Atmungstest ist, für sich genommen, noch kein determinatives Indiz für vorhandenes Bewußtsein.«

»Schon möglich, aber soweit ich weiß, ist die Atmung als autonome Funktion fast einzigartig«, zitierte sie ruhig und flüssig, ohne den Blick abzuwenden. »›Obwohl die Atmung der allgemeinen Kontrolle durch das vegetative Nervensystem unterworfen ist, ist sie eine zwar weitgehend, aber vom Willen nicht vollkommen unabhängige Funktion. Ohne Hilfe zu atmen, erfordert eine minimale bewußte oder unbewußte Anstrengung.‹«

»Das ist durchaus möglich, aber keineswegs zweifelsfrei bewiesen«, erwiderte Keach. »Und es gibt zahlreiche Beispiele von PVZ*-Patienten, die etliche Stunden ohne künstliche Hilfe geatmet und dann plötzlich aufgehört haben.«

»Frankie ist nicht permanent vegetativ«, sagte Alison kalt. »Diese Diagnose läßt sich nach nur vierzehn Wochen noch nicht stellen. Bitte bezeichnen Sie meine Tochter nie wieder als PVZ.«

* * *

* Anm. d. Übers.: PVZ ist die Abkürzung für »permanent vegetativer Zustand«, eine direkte Übersetzung des englischen Fachterminus »permanent vegetative state«, was es so als stehenden Begriff im Deutschen nicht gibt. Im Deutschen spricht man normalerweise von »Patienten mit apallischem Syndrom«, wobei das apallische Syndrom einen Funktionsausfall der Großhirnrinde infolge von Sauerstoffmangel, z. B. nach Schädelhirntrauma, bezeichnet.

Er liegt, die Arme starr neben dem Körper, auf dem Bett und blickt blinzelnd auf, als ein Strahl der Nachmittagssonne ins Zimmer dringt und auf den Tarnanstrich des Flügels einer Plastik-Spitfire fällt, die an der Decke hängt und sich langsam dreht. Nach einer Weile bebt seine Brust nicht mehr so heftig, und sein Atem beruhigt sich, während der Traum verblaßt. Der Traum. Der mit Frankie. Sie scheint ihn zu rufen, zu schreien, aber er kann sie nicht hören. Da ist zuviel Lärm, eine Art donnernder Wind, während sich zwischen ihnen langsam Dinge bewegen. Große Umrisse wie von Schiffen oder Gebäuden treiben in den Weg und versperren ihm die Sicht, auch wenn er den Kopf zur Seite legt, um an ihnen vorbeizusehen. Jedesmal, wenn sie erneut auftaucht, ist sie kleiner und weiter entfernt. Sie ruft ihn, ruft seinen Namen und versucht, ihm etwas zu sagen. Er sieht, wie ihre Lippen sich bewegen. Es ist wichtig, und er möchte es hören, möchte zu ihr gehen, aber er hat Angst, und ein Teil von ihm würde am liebsten weglaufen. Schon bald ist sie sehr klein und sehr weit weg, und obwohl er sieht, daß sie ihn noch immer ruft, wird sie kleiner und kleiner, bis sie praktisch verschwunden ist. Ein Teil von ihm ist froh, daß sie weg ist. Dann wacht er auf, und manchmal ist das Bett naß.

Er drehte sich auf die Seite, ließ seine Hand auf den Boden sinken und strich mit den Fingerspitzen über den Teppich. Mum hatte ihn gefragt, ob er nicht versuchen wolle, heute wieder zur Schule zu gehen. Doch er hatte sich geweigert. Er haßte es. Jeder versuchte, besonders nett zu ihm zu sein, und dabei guckten sie ihn so komisch an. Die Ärztin hatte gesagt, das wäre normal, und sie würden sich bald daran gewöhnt haben, daß er wieder da war. Laß ihnen Zeit. Aber es war schrecklich. Er spürte, wie sie ihn angafften oder ihn manchmal absichtlich gar nicht ansahen, als ob er unsichtbar wäre.

Es war sein Haar. Und der Unfall. Mr. Rawlins, der Direktor, war sehr nett gewesen an jenem ersten Morgen, als er wieder zur

Schule gegangen war. Er hatte sich in seinem Büro lange mit ihm unterhalten, ihm ein Bonbon angeboten und ihm erklärt, daß er in der Schulversammlung darüber geredet habe, was bei dem Unfall passiert sei. Daß er auch über sein Haar geredet und allen gesagt habe, ihn genauso zu behandeln wie vorher. Daß er alle gebeten habe, einfach so weiterzumachen wie vorher.

Aber niemand redete mit ihm. Außer den Lehrern, die alle freundlich waren, und das war nicht normal. Und ein oder zwei Jungs aus höheren Klassen, was noch weniger normal war, weil Oberstufenschüler nie mit Kindern aus der Sechsten redeten: Sehr wahrscheinlich hatte man sie angewiesen, sich mit ihm zu unterhalten.

Nicht einmal Kevin und Davey redeten mit ihm. Seine beiden besten Freunde auf der ganzen Welt. Das war am unnormalsten. Einmal hatte er sie von weitem gesehen, als sie zusammen von der Aschenbahn neben der Turnhalle zurückkamen. Als sie ihn gesehen hatten, waren sie weggerannt. Er hatte der Ärztin davon erzählt, aber sie hatte nur gesagt, sie wären bloß nervös und wüßten noch nicht, wie sie wieder mit ihm befreundet sein könnten oder so. Laß ihnen Zeit, hatte sie gesagt, laß ihnen Zeit. Das sagte sie immer. Aber als er heute von der Schule nach Hause gekommen war, hatte er Granny erklärt, daß er nicht wieder hingehen würde. Komme, was wolle. Mum war wütend gewesen und hatte gesagt, sie werde am nächsten Morgen in der Schule anrufen, um sich über Kevin und Davey zu beschweren. Und Dad hatte gesagt, man könne Kindern nicht die Schuld dafür geben, daß sie Kinder sind, und sie solle es lassen. Dann hatten sie sich gestritten.

Er drehte sich zur Wand. Kurz darauf rief Granny ihn zum Mittagessen.

* * *

Frankies Spontanatmungstest war eine Katastrophe. Nach zehnminütiger Vorbereitung waren Stanhope und Keach endlich soweit, daß es losgehen konnte. Wieder versuchte Keach, das Zimmer zu räumen. »Es wäre das beste, wenn wir diesen Test nur in Gegenwart von mir und Dr. Stanhope durchführen könnten«, sagte er und sah sich um. »Sie könnten ihn möglicherweise als quälend oder bedrückend empfinden.«

Erneut rührte sich niemand. »Danke, mir geht es gut«, sagte Alison knapp und warf Jack einen Blick zu. Er schloß die Augen und lehnte sich an die Wand. Ihm war schwindlig.

»Also gut.« Keach beugte sich über den Beatmungsschlauch.

Alisons Hand schnellte vor, um ihn aufzuhalten. »Einen Moment bitte, wenn Sie nichts dagegen haben.« Sie erhob sich von ihrem Stuhl und legte den Mund direkt neben Frankies Ohr. »Frankie, Liebes, wir sind hier, Mummy und Daddy und Dr. Stanhope. Der Professor wird jetzt den Schlauch aus deinem Hals ziehen, und ich möchte – wir möchten –, daß du versuchst, ob du ohne ihn atmen kannst, okay?« Ihre Stimme wurde brüchig. »Hab keine Angst, Schätzchen, wir wissen, daß du dein Bestes versuchen wirst.« Sie schluckte und setzte sich langsam wieder hin. Dann nahm sie ihr Notizbuch zur Hand und nickte Stanhope zu.

Der Schlauch löste sich mit einem leisen Klicken aus seiner Verankerung. Jack biß die Zähne zusammen und hielt die Augen fest geschlossen. Eine Ewigkeit später, so kam es ihm vor, öffnete er sie wieder. Das Bild vor seinen Augen erschien ihm wie das Standbild aus einem Videofilm. Keiner bewegte sich. Stanhope und Alison starrten auf Frankie hinunter, Stanhope hielt den Beatmungsschlauch einsatzbereit.

Neben sich spürte Jack die steife und atemlose Gegenwart von Winstanley und der Stationsschwester. Keach betrachtete den Sekundenzeiger seiner Armbanduhr. Das Schweigen zog sich dahin.

»Hören Sie auf«, flüsterte er, nachdem eine endlose Weile verstrichen war. »Bitte, hören Sie auf.«

»Doktor.« Es war die Schwester, ein bloßes Murmeln, doch das war genug.

Stanhope versteifte sich. »Nun, ich denke, das dürfte fürs erste für uns alle reichen«, erklärte er forsch und schloß den Schlauch wieder an. Frankies Brust begann sich wieder gleichmäßig zu heben und senken. »Gut gemacht, alle miteinander, und gut gemacht, Frankie. Ich denke, das war großartig – für einen ersten Versuch, meine ich.«

Alison hielt den Kopf gesenkt. »Wann werden Sie anfangen, etwas zu tun?« fragte sie leise.

»Verzeihung?«

Sie blickte auf, ihr Blick aus rotgeränderten Augen flatterte zwischen Stanhope und Keach hin und her. »Wann werden Sie endlich anfangen, irgend etwas zu unternehmen, um sie zurückzuholen?«

»Nun, Alison, Sie können mir glauben, daß wir alles in unserer Macht Stehende tun, aber wir müssen mit Be ...«

»Nein, das tun Sie nicht!« Sie sprang auf, und ihre Bleistifte fielen zu Boden. »Sie füttern sie, wechseln die Schläuche, wischen den Speichel von ihrem Mund ab und pumpen irgendwelches Zeug in sie hinein und wieder heraus. Sie sorgen dafür, daß sie es warm genug hat, häufig genug umgedreht wird, ihre Übungen, ihre CTs, EEGs und ECGs macht, aber Sie unternehmen nichts, um sie wirklich zu erreichen, um tatsächlich dort hineinzugehen und sie rauszuholen. Überhaupt nichts!«

»Mrs. Heywood«, unterbrach Keach sie leise. »Ich habe diesen Zustand recht ausführlich erforscht und viele Patienten mit den gleichen oder ähnlichen Symptomen behandelt. Was ich heute gesehen habe, läßt meiner Ansicht nach nur sehr geringe Zweifel daran, daß Ihre Tochter eine massive und irreparable Schädigung wesentlicher, für die Steuerung höherer kognitiver Funktionen zuständiger Gehirnpartien erlitten hat. Ich glaube, daß wir der Möglichkeit ins Auge sehen müssen, daß diese Schäden permanent sein könnten.«

»Nein, das werde ich nicht. Ich weigere mich schlicht und einfach, das zu tun.«

»Alison«, ergriff Dr. Stanhope erneut das Wort und legte seine Hand auf ihren Arm. »Wir alle wollen nur das Beste. Aber wir müssen vorsichtig sein. Behutsam vorgehen. Vieles von dem ist noch unerschlossenes Gebiet. Wir wissen einfach nicht genug...«

Sie schüttelte seine Hand ab. »Nun, wenn Sie nicht genug wissen, wer dann, verdammt noch mal?« Unter Tränen sammelte sie ihre Sachen ein, stopfte sie in ihre Tasche und stürmte aus dem Zimmer.

* * *

Sie nahm den Fahrstuhl ins Erdgeschoß und flüchtete, die Hand vor dem Mund, durch die Lobby auf die Straße. Mit gesenktem Kopf hastete sie weiter, ihre Tränen flossen ungehemmt, so daß ihre Füße, die sie stetig vom Krankenhaus forttrugen, vor ihren Augen verschwammen. Wahllos bog sie in Seitenstraßen ab, ohne einer bestimmten Richtung zu folgen, doch schließlich hatte sie die ruhigen Wohnstraßen hinter sich gelassen und das Gedrängel der Innenstadt erreicht. Bald fand sie sich wieder zwischen Passanten auf einem nachmittäglichen Einkaufsbummel, Büroangestellten, die von einem späten Mittagessen zurück zur Arbeit eilten, sowie Collegestudenten, die zu ihren Seminaren radelten. Menschen, Gedrängel, Aktivität, Leben. Sie verlangsamte ihre Schritte und sog gierig den Atem der Stadt ein, ließ sich dankbar treiben, ohne Ziel, anonym und unsichtbar.

Mit der Zeit entspannte sich ihre Brust, und der Schmerz ließ nach, als sich der Sturm, der in ihr tobte, langsam legte. Sie putzte sich die Nase mit einer zerknüllten Serviette, die sie aus ihrer

Tasche zupfte, und erblickte ihr Spiegelbild in einem Schaufenster. Der Anblick ließ sie erschreckt innehalten: Ihre Augen waren verquollen und von breiten schwarzen Ringen umgeben, die Wangen rot und fleckig, das Haar strähnig und zerzaust. Hinter der Scheibe nahm eine junge Frau nacheinander verschiedene Sommerkleider von einem Ständer und hielt sie nachdenklich vor ihren Körper. Sie war dunkel und hübsch, und sie ließ sich Zeit, kostete den privaten Moment selbstvergessen aus. Wie gebannt starrte Alison sie an. In einer Stunde würde diese Frau ihre Kinder von der Schule abholen, mit ihnen zum Abendbrot nach Hause gehen und geduldig ihren detaillierten Berichten über die Triumphe und Tragödien des Tages zuhören. Später würde sie die Kinder baden, ins Bett bringen und ihnen etwas vorlesen, bis ihr Vater nach Hause kam. Sie würden sich umarmen, nach unten gehen, zusammen einen Drink nehmen und sich über ihren Tag unterhalten, während sie das Essen bereitete. Anschließend würde sie sich an seine Schulter lehnen, um fernzusehen, zu reden oder zu lesen. Nach einer Weile würden sie sich enger aneinanderschmiegen und die winzigen geheimen Signale austauschen. Dann würde sie nach oben gehen, und während er die Lichter im Haus löschte und die Haustür abschloß, würde sie sich fertigmachen und entspannt und in warmer Vorfreude darauf warten, daß er zu ihr kam.

Erschreckt bemerkte Alison, daß die junge Frau sie durchs Fenster beobachtete. Ihre Blicke trafen sich, die andere Frau lächelte verlegen, in jeder Hand ein Kleid. Alison erwiderte ihr Lächeln, und die sanfte Sehnsucht in ihrem Blick schloß die Lücke zwischen ihnen. Die Vereinigung dauerte noch einen Moment, bevor die Frau im Laden ihren Blick abwandte, weil ein Verkäufer neben sie getreten war. Alison senkte den Blick, wandte sich von dem Schaufenster ab und ging zurück zum Krankenhaus.

Als sie die Tür zu Frankies Zimmer öffnete, sah sie ihre Mutter neben dem Bett stehen, die aufmerksam beobachtete, wie eine Krankenschwester die Fließgeschwindigkeit der Dauertropfinfusion einstellte. Alle anderen waren verschwunden.

»Also, das wär's dann. Sehen Sie?« sagte die Schwester munter. »Wenn der neue Beutel aufgehängt und angeschlossen ist, dreht man einfach an dem kleinen Hahn, bis man die Fließgeschwindigkeit reguliert hat. Das ist schon alles.«

»Phantastisch«, sagte Janet Catchpole skeptisch und schob ihre Brille vor den Augen auf und ab. »Obwohl ziemlich klein, wenn ich das sagen darf. Danke, Donna, das war höchst interessant.« Sie setzte sich wieder und nahm das Kinderbuch zur Hand, das auf Frankies Brust lag.

Alison hielt der Schwester die Tür auf und trat dann langsam ans Fenster. Ihre Mutter musterte sie nur kurz, bevor sie in Höchstgeschwindigkeit und einem monotonen, unbetonten Stakkato aus dem Buch vorzulesen begann.

Alison drehte sich um. »Was um alles in der Welt machst du da?« fragte sie. »Wo ist Ben?«

»Ben geht es bestens«, beruhigte ihre Mutter sie und blätterte die Seite um. »Er ist unten und stöbert im Laden des Krankenhauses. Und ich entwickle eine Schnellese-Lehrmethode für Frankie.« Alison beobachtete, wie ihre Mutter einen kompletten Absatz der Geschichte in einem Atemzug vorlas, um Frankie das Buch anschließend direkt unter die Nase zu halten. Sekunden später zog sie es wieder weg und wiederholte den Vorgang mit dem nächsten Absatz.

Alison seufzte und ließ sich schwerfällig auf den Stuhl auf der anderen Seite des Bettes fallen. Janet rasselte den nächsten Absatz herunter und betrachtete dann über den Rand ihrer Brille hinweg ihre Tochter, während sie Frankie das Buch hinhielt.

»Ich habe Jack getroffen«, sagte sie leise. »Er hat mir von dem Atmungstest erzählt. Es tut mir so leid.«

Alison ließ den Kopf in ihre Hände sinken. »Das muß nicht

unbedingt etwas bedeuten«, sagte sie verbissen. »Außerdem haben sie es auch gar nicht lange genug versucht.«

»Natürlich.« Janet legte das Buch auf das Bett. »Er macht sich furchtbare Sorgen um dich, Liebes, weißt du. Jack, meine ich. Wir machen uns alle Sorgen.«

»Ich weiß.«

»Willst du nicht mit ihm darüber reden?«

»Ihm fehlt der Glaube. Er haßt es, es regt ihn auf.«

»Ja, aber er sorgt sich. Verzweifelt sogar.«

»Das weiß ich.« Sie verstummte. »Aber da ist auch noch die ganze andere Geschichte. Ich kann doch bloß wegen Ben und Frankie nicht so tun, als wäre das alles gar nicht passiert, oder?«

»Vielleicht könntest du es zumindest für eine Weile hintanstellen. Er möchte so gern helfen, verstehen, teilhaben, eine Stimme haben. Siehst du das nicht? Was er auch getan hat, er ist immer noch ihr Vater.«

Alison schüttelte traurig den Kopf und sah ihre Tochter an. Frankies Lippen standen auf einer Seite ein wenig offen, ihre Zunge ragte ein Stück hervor, und eine braune Locke ihres Ponys war ihr ins Auge gefallen. Alison strich sie behutsam weg. »Ich habe nur das Gefühl, mit allem so komplett allein zu sein«, sagte sie leise. »Ich weiß, im tiefsten Herzen glaubt er, daß es hoffnungslos ist, alle glauben das, aber ich kann nicht –« Ihre Stimme brach, und die Tränen strömten aufs neue. Mit schmerzverzerrtem Gesicht wandte sie sich ihrer Mutter zu. »Ich kann sie einfach nicht aufgeben. Ich kann nicht!«

»Ich weiß, Liebes.« Janet streckte den Arm über das Bett und drückte die Hand ihrer Tochter. »Ich weiß.«

* * *

Am Abend kam Jack, um Ben zu besuchen.

»Hallo, wie geht's denn so?« sagte er fröhlich, als er in die Küche trat. Ben saß am Tisch und blätterte still in einem Buch. Alison stand am Spülbecken, neben sich ein Glas Wein. Sie drehte sich um und lächelte matt.

»Alles in Ordnung?« fragte er und zog die Brauen hoch.

»Bestens, mir geht es gut, danke. Tut mir leid, daß ich heute mittag einfach so rausgestürmt bin. Es war dumm von mir, eine Überreaktion.«

»Nein, du hattest recht«, sagte Jack. Ben starrte blindlings auf sein Buch, während er angestrengt die Ohren spitzte. »Ein ordentliches Donnerwetter ab und zu hat noch niemandem geschadet.«

»Mein Gott, war es so schlimm? Wie hat Stanhope reagiert?«

»So was perlt einfach an mir ab, mein Guter, wie Wasser vom Gefieder einer Ente«, parodierte Jack den Arzt. »Absolut verständliche Reaktion der kleinen Frau, das arme zarte Geschöpf.« Aus dem Ofen duftete das Abendessen verlockend. Jack schluckte; er hatte seit dem Frühstück nichts mehr gegessen.

Alison verzog das Gesicht und nickte. »Der andere hat mir auch nicht gefallen, dieser Keach.«

»Nein, ein ziemlich humorloser Knochen.« Jack stellte seine Plastiktüte auf dem Tisch ab. »Aber angeblich weiß er, wovon er redet. Laut Stanhope ist er eine absolute Koryphäe auf seinem Gebiet.«

Sofort drehte Alison sich wieder zum Spülbecken um. Jack starrte einen Moment lang ihren Rücken an, bevor er sich einen Stuhl heranzog, um sich neben Ben zu setzen. »Wie dem auch sei, guck mal, Ben, ich hab dir ein paar Sachen mitgebracht, die dich vielleicht interessieren könnten, dachte ich.« Er begann, die Plastiktüte auf den Tisch zu entleeren. Seltsam, irgendwie hatte er das Gefühl, daß er vielleicht vorher um Erlaubnis hätte bitten müssen. Nein, nicht seltsam, sondern dumm und erniedrigend.

Bitten zu müssen, ob er an seinem Tisch Platz nehmen durfte. In seiner Küche. Mit seinem Sohn. »Hier haben wir ein paar Modellflugzeug-Zeitschriften, und hier ist noch eine über den Space-shuttle und eine Airfix Superfortress – ich dachte, daran könnten wir uns mal gemeinsam versuchen. Was meinst du?«

»Okay.« Seine Stimme klang neutral, unverbindlich.

»Aber mach nicht zu lange, Ben, das Essen ist jeden Moment fertig«, sagte Alison leichthin vom Spülbecken her.

Bleib nicht zu lange, Jack, ich will dich hier raus haben, das ist es, was sie meint. »Super! Und was hast du heute so alles gemacht?« fragte er. Dabei wußte er das schon ganz genau. Zur gewohnten Zeit aus dem Bett, aber nicht in die Schule. Am Morgen eine einstündige Sitzung bei der Therapeutin, Mittagessen mit Alisons Mutter und am Nachmittag dann wieder ein Nickerchen vor dem Abendbrot.

»Nicht viel«, war die Antwort.

Wenigstens ging er inzwischen schon nach draußen, sinnierte Jack, während Ben den Karton mit dem Modellflugzeug öffnete. Doch er weigerte sich noch immer, Frankie zu sehen, und er weigerte sich noch immer, zur Schule zu gehen, und er weigerte sich noch immer, über den Unfall zu reden. Selbst nach mehr als drei Monaten. Das war nicht richtig, so ging das nicht. Es war, als würde er ihnen nicht näher kommen, sondern immer weiter entgleiten. Jack betrachtete seinen Sohn, während Ben die Bauanleitung studierte. Er hatte sich auch verändert, war dünner geworden, schmächtiger, fast kleiner. Als ob er tatsächlich geschrumpft wäre, obwohl Jack wußte, daß das unmöglich war. Vermindert, das war das richtige Wort. Und natürlich die Haare, selbst wenn sie sich mittlerweile daran gewöhnt hatten. Die Psychologin hatte Jack und Alison erklärt, daß sie wahrscheinlich irgendwann wieder ihre ursprüngliche Farbe annehmen würden. »Wenn der primäre Schock abklingt und er einen Weg findet, seine innere Krise zu bewältigen.« Sie hatte gesagt, sie sollten darauf achten, ob der Haaransatz nachdunkelte. Jack musterte ihn eingehend, während Ben über die Schachtel gebeugt saß, doch er konnte keine Veränderung erkennen. Als er wieder aufblickte, bemerkte er, daß Alison ihn mit geschürzten Lippen beobachtete. Sie trank einen Schluck Wein aus ihrem Glas und drehte sich wieder zum Spülbecken um.

»Mal sehen«, fuhr er fort. »Was haben wir denn hier? Flügel und Fahrwerk zuerst, nicht wahr? Okay, ich bereite die Teile vor, und du steckst sie zusammen.«

Keiner von ihnen wußte, was an jenem Tag auf der Straße genau passiert war. Sie wußten nur, daß sie Ben die Verantwortung übertragen hatten, die Mädchen jeden Morgen zur Schule zu bringen, und daß irgend etwas schiefgelaufen war. Die Polizei hatte gesagt, Zeugen hätten beschrieben, daß die Mädchen in der Mitte der Straße gestanden hätten, in Panik versucht hätten, auf die eine oder andere Seite zu gelangen, und dabei von dem Bus erfaßt worden seien. Obwohl die Einzelheiten der Aussagen zum Teil stark voneinander abwichen, stimmten sie in einem Punkt alle überein: Niemand konnte sich daran erinnern, daß ein drittes Kind in den Unfall verwickelt gewesen war.

Es war nicht richtig, es so in sich zu vergraben, es konnte nicht richtig sein. Es mußte irgend etwas geben, was sie noch tun konnten. Er legte seine Hand sanft auf Bens Schulter. Morgen würde er noch einmal mit der Therapeutin sprechen und einen Termin vereinbaren.

»Ich habe gedacht«, setzte er langsam an, während er ein Stück des Flugzeugrumpfes zur Hand nahm, »wie wär's mit einem Urlaub? Weißt du, einer kleinen Pause. Ein langes Wochenende oder so.«

Am Spülbecken drehte Alison sich abrupt um. Ben hob den Kopf und sah ihn direkt an. »Was, wegfahren, meinst du? Wir alle zusammen?«

»Warum eigentlich nicht? Irgendwo ans Meer oder so. Würde dir das gefallen?«

Ben starrte ihn an und nickte langsam.

»Ben, könntest du dir jetzt die Hände waschen, Schatz? Es ist Essenszeit.«

»Aber, Mum –«

»Bitte, Ben, keine Diskussion.«

Als sie allein waren, drehte sie sich mit geröteten Wangen zu ihm um. »Bist du total übergeschnappt?«

Jack zuckte die Schultern. »Es war ja nur ein Vorschlag. Ich dachte, daß es gut für ihn wäre, ihn aufmuntern würde.«

»Jack, wir leben getrennt. Ich versuche, Ben und Frankie zu helfen, sich mit dieser Tatsache abzufinden.«

»Mein Gott, Alison, es geht doch um Ben. Wir müssen gar nichts machen, zusammensein oder so. Wir können meinetwegen getrennte Zimmer nehmen, was immer du willst.«

»O ja, und vielleicht können wir gleich noch ein Einzelzimmer für deine verdammte Sekretärin dazubuchen! Wäre das nicht kuschelig?«

Jack schüttelte müde den Kopf. »Alison, hör mir doch mal einen Moment zu.«

»Nein, du hörst mir zu, Jack.« Sie wies mit einem Holzlöffel anklagend in seine Richtung. »Es kommt überhaupt nicht in Frage, daß wir einen gemeinsamen Urlaub machen.« Sie kam durch die Küche auf ihn zu und zählte die Gründe an ihren Fingern ab. »Erstens werde ich Frankie nicht allein lassen, nicht einmal einen Tag, sie braucht mich. Zweitens fahren wir mit Ben nirgendwohin, bevor wir nicht mit seiner Ärztin darüber gesprochen haben.«

Das Telefon klingelte. »Natürlich, Alison, das verstehe ich doch, um Himmels willen.«

Sie ging an ihm vorbei Richtung Telefon. »Und drittens werden wir nicht anfangen, einem der beiden falsche Signale zu übermitteln, indem wir gemeinsame Wochenendurlaube machen. Hab ich mich klar genug ausgedrückt?« Sie nahm den Hörer ab und deckte die Sprechmuschel mit einer Hand ab. »Es ist, ehrlich gesagt, schon schlimm genug, daß du jeden Tag hier vorbeikommst, aber das nehme ich um Bens willen in Kauf. Hallo?«

Es war Colin Winstanley.

»Wer?« wiederholte sie ärgerlich.

»C-C-Colin, Mrs. Heywood. Ich war heute mittag mit Professor K-K-Keach im Krankenhaus.«

»Oh, Colin.« Sie seufzte. »Ich bin explodiert, es tut mir leid, das hätte ich nicht tun dürfen, es war nicht Ihr Fehler. Was kann ich für Sie tun?«

»Nun, ich w-w-weiß nicht, ob ich Ihnen das s-s-sagen sollte, ab-ab-aber …« Sein Stottern wurde schlimmer, er klang nervös.

»Mir was sagen, Colin?«

»Nun, es gibt eine K-K-Klinik. Sie ist in Virginia. Der Name ist P-P-Perlman Institute.«

3. KAPITEL

Nach sieben Jahren an der Stanford University, Kalifornien, fast am Ende ihrer Assistenzzeit, verliebte sich Dr. med. Elizabeth Chase während der Arbeit an einem Postgraduierten-Forschungsprojekt. Die Beziehung und ihre Nachwirkungen erwiesen sich als äußerst unglückliche Erfahrung, doch sie gaben letztendlich den Anstoß zu einer zufälligen Begegnung, die den Lauf ihres Lebens verändern sollte.

Sie war sechsundzwanzig, schüchtern, hübsch, hochintelligent, aber in Herzensangelegenheiten gefährlich unerfahren und sexuell naiv. Er war mehr als zwanzig Jahre älter als sie, zweimal geschieden, Vater von zwei erwachsenen Kindern und ein Mann, der reihenweise junge Frauen verführte. Und obwohl er die Kraft ihres Intellekts wachsam registriert und ihre feinen Gesichtszüge und die Art, wie sich ihre Beine unter ihren Sommerkleidern bewegten, gefällig beobachtet hatte, waren es wie üblich ihre Unschuld und ihre Verletzlichkeit, die die Hauptanziehung auf ihn ausübten.

Er war Professor für Biochemie, protegierte ihre wissenschaftliche Karriere und umgarnte sie, wie er viele andere vor ihr umgarnt hatte. Eines Tages bat er Elizabeth nach der Vorlesung in sein Büro, wo er ihr erklärte, daß ihm Inhalt und Präsentation ihres letzten Referats zwar ausgezeichnet gefallen hätten, er jedoch einige Schwachstellen ausgemacht habe. Leider, fuhr er mit einem Blick über die Ränder seiner Designerbrille hinweg auf die Seiten seines Terminkalenders fort, habe er nicht die Zeit, die

Arbeit sofort mit ihr durchzugehen, er finde es jedoch wichtig, dies zu tun. Deswegen schlage er vor, daß sie sich am Mittwoch nachmittag zu einer privaten Sprechstunde trafen.

Zum vereinbarten Termin erschien er leicht verspätet, entschuldigte sich und erklärte, daß sein Büro von einem Kollegen genutzt werde. Da es ein so herrlicher Nachmittag war, schlug er vor, es sich irgendwo draußen auf der Wiese bequem zu machen. Sie saßen im Schatten einer alten Zeder, und er redete eine Stunde lang ununterbrochen. Freundlich, aber entschieden nahm er ihr Referat auseinander, lobte die Genauigkeit ihrer Forschungsarbeit, tadelte sie humorvoll für nicht existente methodologische Schwächen und machte ihr Komplimente für die überzeugende Darlegung ihrer These. Während der Nachmittag dahinflog, ertappte sie sich dabei, daß sie immer weniger darauf achtete, was er sagte, als vielmehr darauf, wie charmant er es sagte. Mit einemmal wurde ihr bewußt, daß er aufgehört hatte zu reden und sie einfach nur anlächelte. Er blickte auf seine Uhr, erklärte abschließend, sie müsse sich keine Sorgen machen, ihr Referat sei in jeder Hinsicht ausgezeichnet, und außerdem sollte er sie, nachdem er ihr stundenlang Vorträge gehalten hätte, nun wenigstens noch zu einem Glas Wein einladen.

Bei ihrem zweiten Treffen arbeiteten sie eine Weile und erörterten erste Ideen für ein neues Projekt, bevor sie einen Spaziergang machten. Sie erfuhr, daß auch er nur ungern über sich selbst sprach, eher der zurückgezogene, ganz seiner Arbeit zugewandte Typ war, der Beziehungen, ja sogar Freundschaften bedrohlich fand. Als sie es wagte, an diesem Punkt weiter in ihn zu dringen, blieb er stehen und sah sie traurig an. Dann gestand er ihr leise, daß er in der Vergangenheit sehr verletzt worden sei, die Suche nach einer Gefährtin längst aufgegeben und sich damit abgefunden habe, sein Junggesellenleben zwischen Büchern und seiner Schallplattensammlung nur mit seiner Katze zu teilen. Bei ihrem dritten Rendezvous, in einer Bar in San Francisco, war ihr fast übel vor nervöser Erwartung. Sie tranken eine Flasche Nappa-Chardonnay und redeten zwei Stunden lang, ohne die Biochemie auch nur ein einziges Mal zu erwähnen, bevor sie, fast ohne es zu bemerken, weil es ihr so selbstverständlich vorkam, mit ihm nach Hause ging, um sich seine Wohnung anzusehen, ein paar von seinen Platten zu hören und die Katze kennenzulernen. Während sie in seinem Wohnzimmer umherschlenderte, die Lithographien bewunderte und seine vollgestopften Bücherregale überflog, kochte er Nudeln mit Meeresfrüchten und bearbeitete sie mit Chianti und Burt Bacharach.

»Aber fühlst du dich nicht manchmal einsam?« fragte sie eine Stunde später, und alles drehte sich, als sie den Blick über das geordnete männliche Durcheinander des Zimmers schweifen ließ. Sie saßen im Schneidersitz auf dem Boden, zwischen sich mittlerweile die dritte Flasche Wein, während ihre Schatten im Kerzenlicht über die Decke huschten. Sachte bauschte eine sanfte Brise den indianischen Baumwollvorhang vor der Balkontür. Dahinter schimmerte der blasse Abendhimmel über der Bucht in weichem Orange-Blau.

»Man lernt, sich damit abzufinden.« Er seufzte leise und beugte sich vor, um sie zu küssen. Minuten später waren sie im Bett.

Es dauerte einen Monat. Nie hatte sie solches Glück gekannt, nie solche Leidenschaft, nie so tiefe Gefühle. Es war belebend, aufregend und erfüllend. Endlich hatte sie eine verwandte Seele getroffen, jemanden, der sie verstand und sich nicht von ihr eingeschüchtert fühlte, jemanden, mit dem sie von gleich zu gleich reden konnte, jemanden, der ihr Neues über das Leben, die Politik, die Kultur und die Liebe beibringen konnte. Und über Sex, besonders viel über Sex. Er war so großzügig und liebevoll und doch so erfahren und kühn. Sie trafen sich regelmäßig in seiner Wohnung; er versteckte den Schlüssel hinter einem losen Stein neben der Tür, damit sie einfach hereinkommen konnte. Eines

Tages kam sie einfach herein und erwischte ihn dabei, wie er seine Kühnheit und Erfahrung bei einer Ethnologin im ersten Semester demonstrierte. Sie machte wortlos auf dem Absatz kehrt, ging zurück in ihr Zimmer auf dem Campus und schloß sich dort drei Tage lang ein.

Die Vakanz am Boston General Hospital wurde in der folgenden Woche ausgeschrieben. Es war eine Stelle als Assistenzärztin in der Neurologie, einer Disziplin, über die sie wenig wußte und die sie bis zu diesem Zeitpunkt nicht als mögliches Spezialgebiet in Betracht gezogen hatte. Außerdem hatte sie in der Forschung gearbeitet und nur wenig klinische Erfahrung. Doch die Position hatte zwei entscheidende Vorzüge. Erstens konnte sie sie sofort antreten, und zweitens lag sie auf der anderen Seite des Kontinents, vier Zeitzonen und eine Million Meilen von Stanford entfernt. Sie packte ihre Sachen, kehrte an die Ostküste zurück und wurde Neurologin.

Zunächst erstaunten und frustrierten sie die langsamen klinischen Vorgehensweisen. Auch wenn sie die traditionellen Mechanismen und Werte respektierte, neigte sie selbst zu einer streng empirischen Methode, einem *modus operandi*, der schon in Stanford zu gelegentlichen Auseinandersetzungen mit ihren Professoren geführt hatte. Häufig verwarf sie eingeführte Konventionen zugunsten eines schnelleren intuitiven Ansatzes, der sich mehr an Induktion und Erfahrung orientierte als an der sehr viel langsameren Methode von Deduktion und Analyse. Weniger brillante Köpfe stoßen sich häufig an einem solchen Ansatz, da er ein phänomenales Gedächtnis erfordert. Doch es war schon seit ihrer frühesten Jugend klar gewesen, daß Elizabeth über einen außergewöhnlichen Verstand verfügte.

Nach und nach hatte sie sich in ihrem neuen Umfeld eingelebt. Eines Abends, etwa vier Monate nach ihrem Wechsel, begegnete sie einem neuen Patienten, der kürzlich von einem anderen Krankenhaus nach Boston verlegt worden war. Ein Blick auf sein Krankenblatt sagte ihr, daß er sechzehn Jahre alt war, künstlich beatmet und ernährt wurde und seit fast zwei Jahren bewußtlos war. Sein Name war Gary Perlman junior. An seinem Bett in einem Privatzimmer saß ein älteres Paar, wie sich herausstellte Garys Großeltern väterlicherseits. Sie erzählten ihr, daß er bei einem Autounfall, bei dem seine Eltern ums Leben gekommen waren, schwere Kopfverletzungen erlitten hatte und daß es keine Anzeichen für eine Veränderung seines Zustandes gebe, von einer Verbesserung ganz zu schweigen, so daß sie sich zu fragen begannen, ob sie dem wachsenden Druck nachgeben sollten, die lebenerhaltenden Systeme abzuschalten. Als Elizabeth sie fragte, welche Maßnahmen die Ärzte unternommen hätten, um Gary aktiv aufzuwecken, sahen sie sich nur gegenseitig ratlos an und zuckten die Schultern. Die Ärzte hätten sich einfach nur um seine primären Bedürfnisse gekümmert und ihn am Leben erhalten, antworteten sie.

Elizabeth war erstaunt. Als das alte Paar am Abend gegangen war, kehrte sie in Garys Zimmer zurück und setzte sich an sein Bett. Dort blieb sie die ganze Nacht. Als am Morgen die ersten rosafarbenen Streifen am Himmel die Silhouette von Boston mit einem matten Glanz überzogen, stand sie auf und ging den Flur hinunter zu einem Münzfernsprecher.

* * *

Elizabeths Eltern Elliot und Mary Chase war schon früh klargeworden, daß sie mit ihrer Erstgeborenen ein Wunderkind in die Welt gesetzt hatten. Die Erkenntnis, die erstmals belegt wurde, als Lizzie im Alter von zwei Jahren zu sprechen und zu lesen begann, erfüllte den intelligenten jungen Psychologen und seine Frau, eine Linguistin, sowohl mit Freude als auch mit Sorge. Elliot kannte die Schattenseiten eines überdurchschnittlich scharfen Intellekts nur zu gut. Als er selbst noch ein Kind gewesen war, hatte sein Vater ihn gnadenlos zu immer größeren Höhen akademischer Leistung getrieben, während er ihm gleichzeitig die schlichtesten Freuden einer unbelasteten Kindheit versagt hatte. Schon lange vor Lizzies Geburt hatte Elliot sich geschworen, daß seine Kinder nie ähnliche Entbehrungen zu erleiden haben sollten.

Trotzdem machte Lizzies Lernfähigkeit verblüffende Fortschritte. Als Mary sie nervös zum erstenmal in die kleine Grundschule in der Nähe ihrer Wohnung in Albany brachte, konnte sie bereits flüssig lesen, hatte das Mathematikpensum der vierten Klasse gemeistert und konnte sich nicht nur eloquent in ihrer Muttersprache ausdrücken, sondern hatte sich auch Grundkenntnisse sowohl in Französisch als auch in Deutsch angeeignet. Obwohl die Chases sorgfältig darauf achteten, ihre sommersprossige Tochter nie zu drängen und sie nur mit so viel Wissen zu füttern, wie sie es selbst verlangte, schien sie regelrecht unersättlich. Es war, als stünde ihr Mund permanent offen wie der eines neugeborenen Kükens: Je mehr die gestreßten Eltern sich bemühten, ihren Hunger zu stillen, desto mehr verlangte sie.

Schon bald überließ Mary die Verantwortung für Lizzies Entwicklung bereitwillig ihrem Mann. Vater und Tochter entwickelten ein enges Verhältnis, und Elliot widmete Lizzie jede freie Minute. Gemeinsam besuchten sie zoologische Gärten, Kunstgalerien und Museen, hörten klassische Musik, lasen Gedichte oder saßen einfach nur zusammen am Küchentisch und lösten mathematische Probleme. Er war immer sehr behutsam: In ihren Stundenplan waren stets Pausen und Erholungsphasen eingebaut, und er bestand darauf, daß sie diese mit Kindern ihres Alters verbrachte, auch wenn sie sich darüber beschwerte, wie dumm und langweilig ihre Spielkameraden wären. Und er achtete auf die Ausgewogenheit dessen, was sie in sich aufnahm: Sie sahen sich Disneyfilme an, er kaufte ihr Pop- und Rockkassetten, und sie wurde Mitglied in einer Kinderbaseballmannschaft.

Außerdem schenkte er ihr ein Geschwisterchen. Als sie sieben war, fuhr er sie eines Tages zum Krankenhaus und beobachtete sie aufmerksam, als man ihr ihren kleinen Bruder Daniel vorstellte. Er hätte sich keine Sorgen zu machen brauchen; sie war auf der Stelle verzaubert, saß stundenlang mit großen Augen reglos und kerzengerade an Marys Bett und hielt das winzige, gähnende und zu ihr aufblinzelnde kleine Bündel im Arm.

Da seine therapeutische Praxis stetig wuchs, zog Elliot mit der Familie aus der beengten Wohnung im Norden des Staates New York in ein kleines Haus in Connecticut um. Von dort konnte er täglich nach Manhattan pendeln, wo er einen wachsenden Kreis von Patienten betreute, während Lizzie Zugang zu besseren Schulen und Colleges hatte. Auch als Teenager zeigte sie weiter überdurchschnittliche Leistungen und hatte es bald heraus, die Grundlagen eines Themas zu erfassen und zu behalten, so daß sie rasch zum nächsten wechseln konnte, um oft erst Monate oder sogar Jahre später auf das Gelernte zurückzugreifen. Sie entwickelte ein Talent dafür, mit intuitiven Schlußfolgerungen und Gedankensprüngen weite Bogen zu schlagen, die das verwirrte Meer der Gedankenprozesse geringer begabter Geister mühelos überspannten und bis dato unverbundene Ansichten, Ideen und Konzepte miteinander verknüpften. Für sie war es vollkommen egal, ob etwas einen anderen Punkt oder sogar ein völlig anderes Thema berührte: Wenn es zwischen einer mathematischen Formel, die sie zwei Jahre zuvor gelernt hatte, und den Schriften von Plato eine Verbindung gab, würde sie sie erkennen und so konsequent verfolgen, bis sie entweder alle anderen überzeugt oder sich selbst widerlegt hatte.

Dafür war sie im Umgang mit ihren Mitmenschen weniger gewandt. Mit Beginn der Pubertät fiel es ihr zunehmend schwerer, in der Schule enge Freundschaften zu schließen und zu pflegen. Ihr Intellekt verbarg eine geradezu lähmende Schüchternheit, die häufig für Arroganz gehalten wurde. Ihr ehrliches

Bedürfnis zu gefallen wurde als Taktlosigkeit mißdeutet. Sie fand es in Wahrheit auch schwierig, die ewige Faszination für Trivialitäten zu teilen, die Mädchen ihres Alters offenbar zwanghaft beherrschte, und sie mußte feststellen, daß trotz ihrer angeborenen Schönheit Jungen in ihrer Gegenwart nervös wurden und sie deshalb lieber mieden. Obwohl sie sich weiter bemühte dazuzugehören, wurde es ihr bald zur Gewohnheit, in der Schule ihre eigenen einsamen Wege zu gehen, ihre Aufmerksamkeit nach innen zu richten und sich aufs Lernen zu konzentrieren.

Ihre Familie war ihr Leben. Wenn es ihr zunehmend enger werdender Terminplan erlaubte, verbrachte sie immer noch möglichst viel Zeit mit ihrem Vater. Nach der Schule fuhr sie oft mit dem Zug nach Manhattan und wartete in seiner Praxis, während er nach einem anstrengenden Arbeitstag Ordnung schaffte. Sie machte es sich auf seiner Couch bequem, blätterte in medizinischen Fachzeitschriften und nervte ihn mit endlosen Fragen nach seinen Patienten. Dann schlenderten sie gemeinsam die Fifth Avenue hinunter und besuchten ein Theater, einen Jazzklub oder ein Kino. Hinterher gingen sie in einer Pizzeria am Central Park, in Benny's Grill oder gelegentlich auch in einem schicken französischen Restaurant essen.

Ihre Beziehung zu ihrer Mutter war verhaltener. Mary war von Natur aus introvertiert und vergrub sich gern hinter ihren Büchern. Zu intensiver gesellschaftlicher Kontakt war ihr zuwider, sie zog es allemal vor, abends zu Hause zu bleiben und zu lesen, anstatt sich mit Elliots Kollegen zum Essen zu treffen oder eine Show zu besuchen. Sie konnte die Stärke der engen Bindung zwischen Lizzie und ihrem Vater still akzeptieren und ohne Bitterkeit erkennen, daß diese Beziehung in gewissen Aspekten ihre eigene Beziehung zu ihrem Mann ersetzt hatte. Sie und Lizzie waren sich unbeschwert nahe, ohne wirklich vertraut miteinander zu sein. Als Lizzie ihre erste Regel bekam, lief sie zuerst zu Elliot, um es ihm zu erzählen.

Doch vor allem vergötterte Lizzie ihren Bruder Daniel. Von Anfang an umhätschelte und verwöhnte sie ihn, als ob er ihr eigenes Kind wäre. Es war Lizzie, die ihm das Laufen, das Lesen, das Fahrradfahren und das Schwimmen beibrachte. An Sommerabenden spielten sie stundenlang in ihrem Garten in Connecticut, warfen sich einen Baseball zu oder zielten mit einem Basketball auf den Korb hinter dem Haus. Sie half ihm bei seinen Schularbeiten, ermutigte und drängte ihn sanft, die richtigen Lösungen selbst herauszufinden. Sie war geduldig und nachsichtig, obwohl sie sich sehr wohl bewußt war, daß sein Talent hinter ihrem zurückblieb und wahrscheinlich nie an das ihre heranreichen würde. Daniel, der seine fehlende geistige Beweglichkeit durch seine Begeisterung mehr als wettmachte, lehrte sie seinerseits, Spaß zu haben, die Welt nicht allzu ernst zu nehmen, die Liebe zum Sport und die Befriedigung, die darin liegt, hin und wieder eine Regel zu brechen.

Und eines Tages lehrte er sie den Sinn des Lebens.

* * *

Mit dem vollen Einverständnis und der Unterstützung seiner Großeltern begann Elizabeth, mit Gary Perlman zu arbeiten. In jenem ersten frühmorgendlichen Telefonat erklärte sie ihnen, daß sie die Absicht habe, eine umfassende Palette von Behandlungsmethoden und Therapien anzuwenden, die sie zum Teil möglicherweise recht ungewöhnlich finden würden, die jedoch alle ein einziges Ziel hätten: nämlich Gary aus seinem dauerhaft vegetativen Zustand zu wecken. Sie erklärte ihnen weiter, daß ihr nach dem nächtlichen Studium seiner Krankenakte klargeworden sei, daß seine medizinische Betreuung sich bisher fast ausschließlich in der Erhaltung eines stabilen Zustands, der Vorbeugung und Behandlung körperlicher Leiden oder Infektionen sowie der andauernden Überwachung seiner Bewußtlosigkeit erschöpft habe. Außer »ein bißchen Händeklatschen, Nadelspitzen und heller Beleuchtung« sei jedoch nur sehr wenig versucht worden, um ihn aus seinem Zustand herauszureißen. All das, so erklärte sie ihnen, werde sich nun ändern.

Von jenem Moment an widmete sie jede Minute ihrer Freizeit Gary und seinem Zustand. Sie durchforstete Bibliotheken und verschlang körbeweise Lehrbücher, wissenschaftliche Zeitschriften und Forschungsberichte. Sie löcherte Bioneurologen, Biochemiker und Physiker mit dem Spezialgebiet Biosensorik. Sie suchte Homöopathen, Akupunkteure, Verhaltensforscher und Hypnotiseure auf. Sie belagerte Krankenhäuser mit Anrufen und bewegte sie mit Drängen, Betteln oder, wenn es sein mußte, auch mit einer List dazu, ihr Kopien der Krankenblätter von ähnlichen Patienten wie Gary zu schicken. Sie sprach mit den behandelnden Ärzten, Verwandten, Freunden und Friseuren – mit jedem, der ihrer Ansicht nach vielleicht zu ihrem rasend schnell wachsenden Informationspool beitragen konnte. Sie besuchte Seminare, Vorlesungen und Konferenzen, lungerte wie eine übereifrige Studentin auf Fluren herum, um fünf oder zehn Minuten mit einem Professor für Neurologie, einem Verhaltenstherapeuten oder Endokrinologen zu sprechen. Anschließend kehrte sie in ihre Wohnung in der Nähe des Krankenhauses zurück und arbeitete bis spät in die Nacht, trug ihre Notizen zusammen, hielt ihre Erkenntnisse fest und sammelte alles in ihrer umfangreichen Datenbank.

Und sie plante ihren Angriff. Jeden Abend arbeitete sie nach Erledigung ihrer normalen Pflichten mit Gary. Langsam und methodisch begann sie eine Serie langer, gründlicher Tests an ihm durchzuführen, wobei sie zunehmend komplexere Kombinationen an stimulierenden und überwachenden Apparaturen verwandte. Dabei stieß sie nach kürzester Zeit auf ein Problem. Für eine Person wurde es rasch unmöglich, die wachsende Zahl von Bedienungselementen zu betätigen und gleichzeitig die Reaktionen zu beobachten. Also becircte sie einen jungen Programmierer und Biotechniker namens Nathan Greenwater, alles zusammenzubauen.

Nathan, ein ewig Kaugummi kauender Schwarzer aus Atlanta, zögerte zunächst. Für die verrückte Ziege aus der Neurologie unbezahlte Überstunden zu machen, klang wie ein schlechtes Geschäft. Elizabeth sah ihm fest in die Augen und erklärte ihm, daß die ganze Ausstattung an ihr getestet werden müßte. Er müßte sämtliche Schaltungen, Sender, Rezeptoren und Leitungen an ihr befestigen, an buchstäblich jedem Körperteil. Auf der nackten Haut.

Nathan war dabei. Bald war er mittels eines wachsenden Turms von Geräten in der Lage, von einem einzigen Computerbildschirm aus zahllose Kombinationen verschiedener Reize zu übermitteln und die Reaktionen zu überwachen. Als die neuen Apparate schließlich so weit getestet waren, daß sie in Garys Zimmer gebracht werden konnten, wußte er alles über Elizabeths Anatomie und war Feuer und Flamme für das Programm.

Elizabeth eröffnete jede Sitzung, indem sie Garys Stoffwechsel mit intravenösen Stimulanzien anregte – ihre »Weckrufe«, wie sie es nannte. Dann begannen sie und Nathan verschiedene Kombinationen von Reizen einzugeben, einzeln und zusammen. Geräusche von einem niederfrequenten Brummen bis zu unhörbaren Ultraschalltönen, Muster aus steten und flackernden Lichtquellen, die das gesamte visuelle Spektrum abdeckten. Dazu minimale elektrische Stimulationen von Garys Nervensystem, winzige Stromstöße an Lippen, Ohrläppchen, Fingerspitzen und Zehen. Dann änderte sie die Sequenz geringfügig und ließ sie erneut durchlaufen.

Es war eine mühselige, nervenaufreibende Arbeit, und die ganze Zeit reagierte Gary kein einziges Mal so, daß man es als etwas anderes als eine unwillkürliche Reaktion hätte deuten können. Außerdem wurden nach drei Monaten ohne sichtbare

Ergebnisse Zweifel am therapeutischen Nutzen des Programms laut. Die immer extremeren Methoden der unbekannten kleinen Assistenzärztin wurden hinterfragt, Gerüchte von bizarren Experimenten und sogar Mißbrauch machten in der Abteilung die Runde. Schon bald breitete sich auf den Krankenhausfluren eine Flüsterkampagne mit dem Motto »Stoppt Chase« aus. Schließlich berief der Chefarzt der Neurologie eine Fallstudiensitzung ein und verlangte einen detaillierten Bericht darüber, was Elizabeth eigentlich machte. Andere auf dem Treffen anwesende Ärzte äußerten schwere Bedenken, sprachen von Garys »Würde« und sagten, die Experimente könnten ihm möglicherweise mehr schaden als nutzen, weil die künstliche Stimulierung seines Herzens und anderer Organe ihn ernsthaft gefährden könnten. Und woher wollte Dr. Chase wissen, daß Gary keine Qualen litt? Oder schlimmer noch, daß er keinen Kollaps erleiden und sterben würde? Die juristischen Implikationen für das Krankenhaus könnten sich als katastrophal erweisen. Man gewährte ihr zwei Wochen, um die Behandlung zu einem Ende zu bringen.

Am Ende kriegte sie ihn mit intravenös verabreichtem Adrenalin, einem Hochgeschwindigkeitsstroboskop und die Motörhead in voller Lautstärke. Dazu eine hochkomplexe Sequenz aus schwachen, zirkulierenden elektrischen Entladungen, eine leicht erhöhte Körpertemperatur, direkte Stimulation des Nervus vagus, wiederholte kurze Zyklen von energischer Fußreflexzonenmassage und ein von Herzen kommender Fluch.

Es war spät an einem Donnerstag, kurz vor Ablauf der letzten Woche. Elizabeth hatte das Stroboskop gerade zum vierzigsten Mal an diesem Abend neu eingestellt. Sie war erschöpft und gereizt, nichts funktionierte richtig, das Computerprogramm war schon mehrmals abgestürzt, Nathan war mürrisch und Gary so unempfänglich wie eh und je.

»Fertig?« Elizabeth wischte sich mit dem Ärmel müde über

die Stirn und legte ihre Hand dann auf Garys Füße, um mit der Massage beginnen zu können. Nathan grunzte, ohne den Blick vom Monitor zu nehmen.

»Ich sagte, fertig, Nathan?«

»Fertig, Mann, Himmel noch mal.«

»Also gut. Los!« Nathan startete die Sequenz mit einem Mausklick. Elizabeth grub ihre Daumen fest in die Ballen von Garys Füßen, das Stroboskop blitzte zwei Sekunden lang und gab dann komplett den Geist auf. Elizabeth explodierte. »Verdammte Scheiße, Nathan, kriegst du das heute noch auf die Reihe, oder was?«

Nathan lehnte sich zurück und hob die Hände. »Hey, ganz cool, Mann, ich hab das Ding nicht angefaßt!« Er betrachtete den Bildschirm. »Irgendwas hat die Sequenz unterbrochen. Siehst du, da ist es wieder. Es ist – es ist irgendwas auf der Rezeptorenbank. Es ist einer von den verdammten Rezeptoren!«

Elizabeth stürzte an den Bildschirm. »Mein Gott, du hast recht!« Zehn quälende Sekunden starrten sie schweigend auf den Monitor. »Ja, siehst du, da, und es wiederholt sich, da ist es wieder. Es ist der Rezeptor an der Zunge. Mein Gott, Nathan, er versucht seine Zunge zu bewegen!«

* * *

In jedem Sommer machten Elliot und Mary Chase mit den Kindern Urlaub in einer Hütte in Vermont. Friedlich und abgelegen lag sie am Ufer eines stillen, breiten Sees, der von dichten Kiefernwäldern umgeben war. Vereinzelte Ferienhäuschen säumten das Ufer, und etwa fünf Meilen entfernt gab es eine kleine Stadt mit einer Gemischtwarenhandlung, einer Tankstelle, einem Eissalon und einer Kneipe. Die Straßen waren kaum mehr als holprige Feldwege, der Postbote kam mit einem Boot und kannte jeden mit Namen, und es gab weder Fernsehen noch

Telefon. Manchmal fiel der Strom aus, aber das störte niemanden. Die Tage verschwammen zu einer endlosen, friedlichen Folge aus Angeln und Schwimmen, Sonnenbaden und Segeln, Grillabenden und Nächten unter den Sternen. Für Elliot und Mary war es eine gesegnete Zuflucht vor der manischen Hektik der Stadt; für Lizzie und Daniel war es ein verzaubertes Wunderland.

Als die Kinder älter wurden, begann die Familie, auch über Weihnachten für ein paar Tage in ihre Hütte zu fliehen. Elliot sagte für eine Woche alle Termine ab, bepackte den Wagen mit Koffern voller warmer Kleidung, Kartons mit Vorräten, Schneeketten und Schaufeln. Aufs Dach schnallten sie einen Weihnachtsbaum, bevor sie einstiegen und sich auf die lange Fahrt gen Norden machten.

Im Winter war der See wie verwandelt. Das kristallklare Wasser war zu mit Puderzucker bestäubtem Granit gefroren, das sommerliche Brummen der Motorboote und das widerhallende Kinderlachen erstickt von einer dichten, schneegedämpften Stille, der berauschende Duft der warmen immergrünen Wälder dem harzigen Aroma von im Kamin brennenden Holzscheiten gewichen. Obwohl ursprünglich nur als Sommerquartier gedacht, hatte die Hütte dicke, robuste Wände. Sie schoben ihre Feldbetten ins Wohnzimmer, entzündeten ein prasselndes Feuer und scharten sich darum, um zu lesen, zu reden, Spiele zu spielen oder über riesigen Puzzles zu brüten, während ein Kassettenrecorder im Hintergrund Weihnachtslieder spielte.

Am Weihnachtsmorgen saß Lizzie mit angezogenen Beinen am Fenster und streckte ihre Zehen, die in einem Paar von Daniels dicken Eishockeysocken steckten. In ihrem Schoß lag ihr Tagebuch, die Seiten mit ihrer kleinen, ordentlichen Handschrift bedeckt. Seit fast zehn Jahren, genauer seit ihrem siebten Lebensjahr, hatte sie Tagebuch geführt und ihm bis ins kleinste Detail gewissenhaft ihre innersten Gedanken, Ängste, Hoffnungen und Träume anvertraut. Rasch blätterte sie durch die Seiten zurück, während ihre Augen in wenigen Sekunden fast unbewußt die Ereignisse der letzten Monate überflogen. Noch eine Woche, und sie würde ein neues Jahr beginnen, einen neuen Band. Er wartete schon auf sie, eingepackt in glänzendem Silberpapier unter dem Weihnachtsbaum, wie immer eines der Geschenke ihres Vaters. Als sie die Seiten vor ihr überflog, war sie nicht überrascht, in ihren Enthüllungen eine Flut von Veränderungen zu entdecken. Jungen beherrschten zunehmend ihre Gedanken. Vor allem einem ganz bestimmten Jungen schien eine statistisch überproportionale Summe an Einträgen gewidmet zu sein.

Sie blickte aus dem Fenster und schlang ihre Arme um die Knie. Bald würden ihre Eltern zurück sein: Sie waren in die Stadt gefahren, um im Gemischtwarenladen letzte Besorgungen zu machen, die Post abzuholen und sich vor allem bei dem Telefonauftragsdienst in Connecticut zu melden, um mögliche Nachrichten abzurufen. Daniel war nicht mitgefahren, sondern drehte wie jeden Tag stundenlang endlose Kreise auf dem immer gleichen sorgfältig abgefegten Stück Eis. Sie beobachtete, wie er, den Puck eng am Schläger führend, von hinten um zwei Torpfosten kurvte, die er aufgestellt hatte, eine Acht drehte, herumfuhr und den Puck mit gnadenloser Präzision zwischen die Pfosten hämmerte, bevor er jubelnd die Arme hochriß, den Puck wieder einsammelte und das Manöver von neuem begann. Er mußte es schon ein dutzendmal gemacht haben, dachte sie, und ihre Gedanken kehrten zu ihren Eltern und dem Auftragsdienst zurück. Frohe Weihnachten, Lizzie, und schöne Ferien, ich freue mich schon, dich im nächsten Semester wiederzusehen, dein Tom Ryder. Und wer war, bitte sehr, Tom Ryder? würde Dad fragen und mit ironischer Mißbilligung die Brauen hochziehen. Ach, nur ein Freund, würde sie geheimnisvoll antworten.

»Idiotin«, murmelte sie und nahm das Tagebuch wieder zur

Hand. *Vorsätze fürs neue Jahr, Nr. 7...*, notierte sie entschlossen, während in ihrem Hinterkopf ein Bild von ihrem Vater aufflackerte, wie sie ihm als kleines Mädchen zugesehen hatte, während er in seine Arbeit vertieft an der Werkbank in der Garage in Albany gestanden und sorgfältig Glas für einen Schrank zurechtgeschnitten hatte, den er bauen wollte. *... aufhören, sinnlosen Phantasien nachzuhängen*, schrieb sie und kritzelte die Zahl 56 an den Rand.

Es geschah unglaublich schnell. Von draußen hörte sie einen gedämpften Schrei. Als sie aufblickte, war Daniel weg. Sie verlor zwei kostbare Sekunden, in denen sie ungläubig auf den plötzlich verlassenen See starrte. Dann stürzte sie aus der Tür und über das schneebedeckte Ufer auf den See. Nur in Strümpfen verlor sie auf dem Eis rasch den Halt und schlug hart auf den Hinterkopf. Benommen rappelte sie sich wieder hoch. Hinter ihr hielt ein Wagen vor der Hütte. »Danny!« schrie sie und rannte auf die Torpfosten zu. Als sie näher kam, sah sie ihn, nur seinen Kopf und seine Schultern. Mit einer Hand umklammerte er noch immer den Eishockeyschläger, während seine andere Hand am Rand einer tiefschwarzen Spalte in dem Weiß nach Halt suchte.

Als sie sich dem Riß näherte, schwankte das Eis unter ihren Füßen, und sie verlangsamte ihre Schritte. Instinktiv ließ sie sich auf die Knie sinken und krabbelte auf allen vieren auf ihn zu, während das Eis widerwärtig knirschende Geräusche machte und sich überall um sie herum neue Risse auftaten. Am Ufer rief ihr Vater entsetzt, sie solle warten. Aber sie kroch weiter, sank tiefer und tiefer auf das schwankende Eis, bis sie schließlich flach auf dem Bauch lag. Als sie nur noch ein paar Schritte von ihm entfernt war, neigte sich das Eis unter ihr plötzlich nach vorn, und eine kleine Welle pechschwarzen Wassers schwappte langsam auf ihr Kinn zu, als die Spitze der Scholle in den See tauchte. Sie hielt inne, schnappte nach Luft, als der Schock des eisigen Wassers sie traf. Das Eis neigte sich weiter, stabilisierte sich dann aber wieder. An seinem Rand, etwa zwei Meter von ihren ausgestreckten Armen entfernt, zappelte Daniel schwach. Seine Arme und Ellbogen glitten immer wieder ab, während er vergeblich versuchte, sich aus dem Wasser zu ziehen.

»Danny, der Schläger!« rief sie und robbte weiter vor. Sofort neigte sich das Eis unter ihr wieder. Rechts von ihr und erschreckend nah krachte das Eis wie eine Gewehrsalve, und eine neue Spalte tat sich auf. Sie ignorierte sie und drehte sich vorsichtig auf die Seite, um eine Hand zu ihm auszustrecken. »Zapple nicht, streck den Eishockeyschläger zu mir rüber! Komm schon, Danny, streck ihn in meine Richtung. Dad ist schon unterwegs.«

»Lizzie.« Er zitterte, die Augen panisch aufgerissen.

»Los, Danny. Schieb den Schläger in meine Richtung.«

Langsam reagierte er und bewegte einen Arm unschlüssig in ihre Richtung, den Eishockeyschläger umklammernd. Sie streckte die Hand danach aus, aber er war noch immer zu weit weg. Sie robbte noch ein kleines Stück vor. Das Eis neigte sich gefährlich nach unten, ihr Kinn und ihr Oberkörper lagen jetzt ganz im eisigen Wasser. Trotzdem kroch sie immer noch weiter, flach auf dem Boden, den Kopf zur Seite gelegt und eine Hand in die Leere gestreckt. Schließlich berührten ihre Finger den Stock. »Genau so, Danny! Streck dich noch ein kleines Stück weiter.« Im nächsten Augenblick hatte sie ihn. »Ich hab ihn!« Sie hob ihren Kopf und sah ihn an. »Ich habe dich. Versuch nicht zu ziehen, halt dich einfach nur dran fest. Dad ist unterwegs. Er wird jede Minute hier sein.«

Er hielt noch zwei weitere Minuten durch. Lizzie redete die ganze Zeit auf ihn ein, ermutigte ihn, schimpfte mit ihm, flehte ihn an durchzuhalten. Ohne ihren Redefluß zu unterbrechen, drehte sie den Kopf und spähte an ihrem gedehnten Körper vorbei zum entfernten Ufer. »Siehst du«, sagte sie, als sie sich wieder umwandte, »sie kommen!«

Er war ganz still und sah sie an, nur sein Kopf und ein Arm ragten über die Oberfläche. Seine Lippen waren blau, seine Wangen aschfahl, doch die Panik war verschwunden, sein Blick war ruhig und fest. »Ich kann nicht mehr. Tut mir leid.«

»Du mußt! Sie kommen, sie werden jede Minute hier sein. Danny, du mußt durchhalten, du mußt!«

»Ist schon gut, Lizzie.« Seine Stimme war nur noch ein Flüstern. »Ist schon gut.« Er sah sie direkt an, und der gespenstische Hauch eines Lächelns umspielte seine Mundwinkel. »Nicht weinen.«

»Nein!« heulte sie auf und zog verzweifelt an der geschwungenen Kelle des Eishockeyschlägers. Plötzlich spürte sie es und starrte voller Entsetzen auf den Stock, während sie gemeinsam beobachteten, wie seine behandschuhten Finger von dem Griff abrutschten. Wieder trafen sich ihre Blicke. Im nächsten Moment tauchte sein Kopf leise unter die schiefergraue Oberfläche.

* * *

Als die Nachricht von Gary Perlmans »Rückkehr aus dem Abgrund«, wie eine Zeitung titelte, sich im Land verbreitete, fand Elizabeth sich in einem Wirbelwind öffentlicher Aufmerksamkeit wieder. Zeitungen, Fernsehstationen, Dokumentarfilmer, sogar Filmstudios wollten mit ihr sprechen. Es gab eine endlose Reihe von Interviews mit TV- und Radiomoderatoren, Reportern und Zeitungsredakteuren. Endlose Fototermine – Dr. Chase vor dem Krankenhaus, Dr. Chase bei der Arbeit, Dr. Chase an Garys Bett. Immer wieder die gleichen banalen Fragen, das gleiche verwunderte Lächeln, wenn sie zu erklären versuchte, der gleiche Mangel an ernsthaftem Interesse oder auch nur oberflächlichem Verständnis. Zunächst war es ganz lustig, aber dann wurde es ermüdend.

Und natürlich ließen die unvermeidlichen Trittbrettfahrer

nicht lange auf sich warten und drängelten sich nach Kräften ins Rampenlicht. Der Chefarzt von Elizabeths neurologischer Abteilung schrieb einen Artikel für den *Boston Globe* und nahm an einer Radioanrufsendung teil, in der über die bahnbrechende Arbeit berichtet wurde, die sein Team »unter seiner Anleitung« leistete. Auch der Pressesprecher des Boston General, der naturgemäß keine Gelegenheit ausließ, in die Medien zu kommen, machte das Beste aus der Geschichte: »Boston in der Komabehandlung weltweit führend« prangte als Überschrift über einer seiner Pressemitteilungen. Der Bürgermeister von Boston trat live im Fernsehen auf, wo er über den Pioniergeist Neuenglands sprach, der nach wie vor sehr lebendig und erfolgreich sei. Sogar Nathan wurde für seine »unbezahlbare und geduldige Mitarbeit«, wie Elizabeth es genannt hatte, kurzfristig von der Presse gefeiert.

Neben dem ersten Medienrummel zog die Debatte auch in der medizinischen Zunft immer weitere Kreise: Wie war der Durchbruch erzielt worden? War es nur Glück? War irgend etwas publiziert worden? Wer war sie? Bei wem hatte sie studiert? Wissenschaftliche und medizinische Fachzeitschriften wollten Elizabeths Notizen zu dem Fall veröffentlichen. Man bat sie, Seminare zu halten, und in der Post fand sie immer häufiger Angebote von anderen Einrichtungen.

Und es gab Anfragen, weitere Patienten zu behandeln. Anfangs handelte es sich lediglich um vereinzelte Nachfragen von anderen neurologischen Abteilungen oder um die inoffizielle Bitte eines behandelnden Arztes um eine zweite Meinung zu einem bestimmten Fall. Doch eines Tages, etwa drei Wochen nach dem Durchbruch mit Gary, erhielt sie einen Anruf von einem Anwalt in Portland.

»Ich vertrete die Familie von Dana Konakowsky«, stellte er sich vor. Der Name sagte ihr nichts. »Seit einem Reitunfall vor fast drei Jahren liegt Dana hier in Oregon im Krankenhaus in einem, so die Diagnose der Ärzte, dauerhaft vegetativen Zustand –«

»Ich halte den Begriff für falsch«, unterbrach Elizabeth ihn.

»Ähm, also nicht, natürlich, wenn Sie es sagen. Wie dem auch sei, Danas Familie hat sich im Einvernehmen mit den Krankenversicherungsträgern dafür ausgesprochen, daß Dana für eine erste Behandlungsphase von bis zu sechs Monaten in Ihre Einrichtung verlegt wird.«

Elizabeth war sprachlos. Binnen einer Woche baten vier weitere Familien um eine Verlegung. Sie wußte nicht, was sie sagen sollte. Ihre Arbeit mit Gary war eine einmalige Vereinbarung gewesen. Sie leitete weder eine Abteilung noch eine Station. Strenggenommen stand ihr nicht einmal mehr Garys Raum zur Verfügung. Die »Einrichtung« bestand aus einem Gewirr von größtenteils geliehenen Gerätschaften, die meist nicht besonders gut funktionierten. Das war alles. Sie hatte kein Personal, keine Ausrüstung, keine Computer, keine Betten, gar nichts.

An jenem Abend stattete sie wie üblich Gary einen Besuch ab und traf in seinem Zimmer seine Großeltern an. Als sie das Zimmer betrat, standen sie auf und umarmten sie herzlich. »Sehen Sie sich das an!« sagte Mr. Perlman und wies stolz auf einen Notizblock. »Er sagt, er fühle sich großartig, es sei aber verdammt heiß hier drinnen, und er möchte ein Bier.« Elizabeth blickte auf den Block, auf dem drei Wörter standen: HEISS GUT BUD. Das kann alles mögliche bedeuten, dachte sie, aber es war trotzdem ein gewaltiger Fortschritt.

Gary thronte halb liegend, halb sitzend im Bett. Sein Blick war stier und starr, doch die Tests zeigten, daß seine Sehfähigkeit sich täglich verbesserte und keinen irreparablen Schaden genommen hatte. Die meiste Zeit war er noch immer an das Beatmungsgerät angeschlossen, doch in dem Maß, in dem seine Brustmuskulatur sich daran gewöhnte, wieder ohne Hilfe zu atmen, wurde es auch für zunehmend längere Phasen abgeschaltet. Sein linkes

Bein zeigte offenbar Anzeichen wiederkehrender willkürlicher Beweglichkeit, und obwohl er noch keine Laute von sich geben konnte, war doch klar, daß er perfekt hören konnte und sein Gehirn begierig war zu kommunizieren.

Elizabeth setzte sich auf sein Bett. »Hallo, du«, sagte sie leise und ergriff seine Hand. Ein dünner Plastikschlauch verlief von Garys Mundwinkel zu einer kleinen, taschenbuchgroßen Kiste, die in seinem Schoß lag. Durch Muskelbewegungen mit Zunge und Kinn konnte er in der Kiste einen kleinen Summer auslösen, einmal für ja, zweimal für nein, und sich so auf schlichte Art verständigen.

In den letzten Tagen hatte er sich an die mühselige Arbeit gemacht, kurze Wörter zu buchstabieren, indem er sich durch das Alphabet zählte. Nathan arbeitete an einem mundgesteuerten Stimmenerzeugungsprogramm für Tetraplegiepatienten und wollte es in etwa einer Woche so weit entwickelt haben, daß Gary es ausprobieren konnte.

»Da ist etwas, was Sie wissen sollten«, fuhr sie leise fort, »Sie alle.« Sie lächelte Gary an und fuhr ihm sanft über die Nasenspitze. Schweigen senkte sich über den Raum. Am Ende des Korridors klingelte ein Telefon; in einem anderen Zimmer lief ein Fernseher. »Gary zurückzuholen war, wie ich Ihnen erklärt habe, eine Art Experiment. Die Sache ist bloß die, daß ich nicht weiß, wie es von hier aus weitergeht und wie weit es gehen kann. Von nun an liegt es an Gary.« Sie sah ihn erneut an, und es war, als würden ihre braunen Augen in seinem Gesicht nach Antworten suchen. »Aber ich möchte Ihnen allen danken, daß Sie mir die Chance gegeben haben, daß Sie das Vertrauen hatten, es mich versuchen zu lassen.« Sie brach ab und ließ den Kopf sinken.

»Aber das ist doch nicht notwendig«, sagte Rose Perlman und tätschelte ihre Hand. »Wir sind es, die Ihnen danken wollen.« Wieder wurde es still im Zimmer. Rose schniefte und tastete nach ihrem Taschentuch. Doch dann ertönte plötzlich Garys Summer einmal, und alle lachten.

»Ehrlich gesagt«, erhob Mr. Perlman räuspernd seine Stimme, »wollten wir mit Ihnen über ein kleines Geschenk reden. Eine Spende. Etwas zur Unterstützung Ihrer Forschungsarbeit, das Sie vielleicht in die Lage versetzt, anderen so zu helfen, wie Sie Gary geholfen haben.« Es war eine Spende von zwei Millionen Dollar.

* * *

Daniel war tot. Dreißig Minuten, nachdem man die schreiende Lizzie an Land gezerrt hatte, zog ein Taucher die Leiche des Zehnjährigen unter dem Eis hervor. Ein wartender Rettungshubschrauber flog ihn und Elliot direkt in das siebzig Meilen entfernte Krankenhaus von Montpelier; unterwegs wurde alles Erdenkliche versucht, um ihn zu reanimieren. Er bekam CPR, wurde künstlich beatmet und mit intravenösen Stimulanzien und wiederholten Stromstößen aus dem mobilen Defibrillator behandelt.

Als sie fünfundvierzig Minuten später auf dem Dach des Krankenhauses landeten, hatten sie seinen schwachen Puls stabilisiert.

Doch noch bevor Mary an jenem Abend mit dem Wagen vor dem Krankenhaus vorfuhr, eine fassungslose und unter schweren Beruhigungsmitteln stehende Lizzie auf dem Rücksitz, war Elliot und dem Ärzteteam in der Notaufnahme bereits klar, daß Daniels Hirnschäden aufgrund des halbstündigen Sauerstoffmangels katastrophal waren.

Zwei Wochen später wurde er bei permanenter künstlicher Beatmung zurück nach Connecticut geflogen und in ein Privatzimmer in einer Klinik in Hartford verlegt. Dort blieb er weitere sechs Wochen unter intensivmedizinischer Überwachung, während Elliot jeden Experten an der Ostküste konsultierte, um

Daniels Zustand untersuchen zu lassen und Prognosen einzuholen.

Sie lauteten alle gleich. Danny war permanent vegetativ und hoffnungslos.

Eines Abends, zwei Monate nach dem Unfall und eine Woche vor ihrem siebzehnten Geburtstag, setzte sich Elliot mit Lizzie an den Küchentisch und erklärte ihr, daß sie Daniels lebenerhaltende Maschinen abschalten und ihn in Frieden sterben lassen würden.

Zunächst sagte sie nichts, sondern starrte nur stumm in ihren Schoß, während die Tränen über ihre Wangen kullerten und auf den Tisch tropften. Schließlich sah sie auf, und ihr Blick suchte den ihres Vaters. »Das könnt ihr nicht machen!« schluchzte sie und ließ sich in seine Arme fallen. »Es muß doch noch irgendwas geben, was wir tun können!«

Nach einer Weile erwiderte er ruhig: »Nein. Es gibt nichts mehr, was irgend jemand noch für ihn tun kann.«

»Aber woher weißt du das? Wie kannst du dir so sicher sein?«

Elliot seufzte und strich ihr übers Haar. »Das menschliche Gehirn muß konstant mit Sauerstoff versorgt werden, damit es funktioniert, Lizzie, das weißt du doch. Dannys Gehirn hat mehr als eine halbe Stunde lang keinen Sauerstoff bekommen. Dadurch hat es furchtbaren Schaden genommen, und alle Tests zeigen, daß es nicht mehr arbeitet und nie mehr arbeiten wird.«

»Aber vielleicht wird es das eines Tages doch wieder tun. Ich habe von Fischen und Fröschen gelesen, die Wochen, manchmal sogar Monate in einem See eingefroren waren und sich wieder erholt haben.«

»Ich weiß«, sagte er leise. »Aber dabei handelt es sich um andere Metabolismen, andere Prozesse, andere Organismen. Es ist nicht das gleiche.«

»Aber –«

»Elizabeth«, unterbrach er sie, löste sie sanft aus seinen Armen und sah sie an. Ihre Miene war verkniffen, ihre Augen gerötet, ihr Blick stumpf, ihre Haut blaß. Sie war abgemagert, denn seit dem Unfall hatte sie kaum gegessen und geschlafen. Elliot hatte privat Kollegen konsultiert, und alle hatten bestätigt, was er bereits vermutet hatte: Die Verlängerung von Daniels lebloser Existenz würde auch ihr Leiden nur verlängern. »Wir müssen ihn jetzt gehen lassen. Wir müssen. Es war richtig, es zu versuchen. Es war richtig, alles in unserer Macht Stehende zu tun. Aber mehr können wir nicht machen, und seinen Körper künstlich am Leben zu erhalten wäre falsch, schlicht falsch.«

Zehn Tage später wurde er begraben. Nach wenigen Wochen erkannte Elliot, daß sein Instinkt und der Rat seiner Kollegen richtig gewesen waren. Doch beinahe gleichzeitig mußte er sich auch eingestehen, daß sie sich geirrt hatten. Ja, Elizabeth begann ihre innere Krise zu bewältigen, zumindest unbewußt, indem Elliot das Trauma in der Abgeschiedenheit seines Behandlungszimmers mit ihr zusammen noch einmal durchlebte, eine für beide überaus schmerzhafte Tortur. Ja, sie begann wieder zu essen, zu schlafen und Sport zu treiben. Nach und nach schien sie ihre Fassung, ihr Gleichgewicht und ein gewisses Maß an Selbstvertrauen wiederzufinden. Sie kehrte zur Schule zurück, setzte ihre Studien fort und traf sich sogar hin und wieder mit Klassenkameraden.

Doch sie war verändert. Ihre Beziehung zu ihrem Vater war nicht mehr dieselbe. Ein Riß hatte sich zwischen ihnen aufgetan. Sie suchte nicht mehr bei jeder Gelegenheit seine Gesellschaft und kam abends nicht mehr mit dem Zug nach Manhattan. Statt dessen verbrachte sie mehr Zeit mit ihrer Mutter, in ihrem Zimmer oder, als die Frühlingssonne Connecticut erstrahlen ließ, mit langen Spaziergängen. Obwohl ihr Vater behutsam versuchte, sie auf das Thema anzusprechen, redete sie nie über Dannys Tod und trug die Last der Trauer allein mit sich herum wie eine private Verletzung. Elliot mußte nach und nach zugeben, daß er unter dem Eis an Weihnachten nicht nur ein, sondern letztendlich beide Kinder verloren hatte.

Im Mai machte Elizabeth ihre Abschlußprüfung, wie erwartet als Jahresbeste. In diesem Sommer fuhren sie in den Ferien nicht nach Vermont. Elliot hatte statt dessen für alle drei eine einmonatige Europareise gebucht, die er Lizzie als Überraschungsgeschenk zum Abitur präsentierte. Sie bedankte sich herzlich, erklärte jedoch, daß sie eingeladen worden sei, den Sommer bei der Familie einer Freundin in Toronto zu verbringen, und ob es in Ordnung wäre, wenn sie lieber dorthin fahren wolle. Schon vorher hatte sie sich definitiv an einer Universität eingeschrieben, nachdem diese Entscheidung wegen Daniels Tod zunächst vertagt worden war. Elliot hätte eine der Ostküstenunis wie MIT oder Harvard bevorzugt, doch im letzten Moment erklärte Lizzie ruhig, daß sie nach dem Grundstudium gern weiterführende Forschung in Genetik oder vielleicht auch Biochemie betreiben würde. Nach erneuter Durchsicht der Prospekte sei sie zu dem Schluß gekommen, daß die Stanford University in dieser Hinsicht ihrer Meinung nach exzellente Bedingungen biete, so daß sie, wenn ihre Eltern nichts dagegen hätten, lieber in Kalifornien studieren wolle.

Als es soweit war, brachte er sie zum La-Guardia-Flughafen, von wo aus ihr Flugzeug nach San Francisco startete. Auf der ganzen Fahrt schwiegen sie. Lizzie starrte aus dem Fenster auf das belaubte Grün Connecticuts, das langsam dem graffitiverschmierten Beton und dem Asphalt der Stadt wich.

Sie checkte ein, und er trug ihr Handgepäck bis an die Sperre. »Ich liebe dich«, sagte er schlicht und drückte ihren schlanken Körper an sich. »Bitte laß von dir hören.«

»Bestimmt!« versprach sie. Sie umarmten sich noch einen Moment länger, bevor sie sich löste und ihre Tasche nahm.

»Und daß du mir ja bald wieder nach Hause kommst!« scherzte er matt. Es sollte zehn Jahre dauern, bis sie es tat.

4. KAPITEL

Um neun Uhr wurden Ben und Alison in ein Wartezimmer geführt, wo Jack sie bereits erwartete. Die Hände tief in den Hosentaschen vergraben, lief er nervös auf und ab, doch sobald die Tür aufging, blieb er stehen und warf Ben ein breites Lächeln zu. »Hallo, Leute, wie geht's uns denn heute?« sagte er und beugte sich herab, um seinen Sohn zu küssen.

Ben steuerte unverzüglich einen Plastikstuhl in der Ecke an, wo er sich setzte, die Beine baumeln ließ und auf den Boden starrte. Sein üblicher Platz, vermutete Jack und sah Alison mit fragend hochgezogenen Brauen an. Alles okay? formten seine Lippen tonlos, während sein geneigter Kopf in Richtung Ben wies. Sie verzog rasch das Gesicht und deutete mit einer Hand eine flatternde Bewegung an. Heute war der große Tag.

»Also gut, Ben«, sagte Heather Pritchard ein wenig später. »Wie ist es dir in den letzten paar Tagen ergangen?«

»Okay«, sagte er leise, und Jack erkannte, daß er sehr angespannt war.

»Also okay, gut. Du erinnerst dich bestimmt daran, daß wir beim letzten- und beim vorletztenmal über die Idee gesprochen haben, nach oben zu gehen und Frankie zu besuchen, weißt du noch, Ben?«

Sein silbern-weißer Haarschopf bewegte sich minimal, doch er starrte weiterhin vor sich auf den Boden.

»Wir haben über die Möglichkeit gesprochen, das heute zu tun, nicht wahr? Was hältst du von der Idee?«

Stoffpuppen, die durch die Luft wirbeln, Arme und Beine grotesk verdreht.

»Okay.«

»Ben hat mir erzählt, daß Sie vielleicht zusammen in Urlaub fahren wollen«, fuhr Heather fort, das Thema geschickt von dem kritischen Punkt auf etwas lenkend, worauf sich Ben freuen konnte.

Alison erstarrte. »Nun, es ist bloß eine Idee, nichts Konkretes, vielleicht ist es noch zu früh.«

»Danach wollte ich Sie fragen, Dr. Pritchard«, hakte Jack nach. »Was halten Sie von der Idee?«

»Oh, ich halte es für eine ausgezeichnete Idee. Ein Tapetenwechsel wäre bestimmt sehr förderlich. Für Ben und wahrscheinlich auch für Sie.« Sie sah Ben an und lächelte. »Vorausgesetzt natürlich, er will.«

Ben nickte langsam.

Sie redeten noch eine Weile, bevor Heather Ben in ein anderes Wartezimmer brachte. Als sie wiederkam, schloß sie die Tür hinter sich.

»Ich wollte Sie kurz unter sechs Augen sprechen, bevor wir hochgehen«, sagte sie. »Ben macht Fortschritte, sogar recht gute, aber es gibt ein, zwei Dinge, die mir doch Sorge bereiten. Sagen Sie, wie erleben Sie beide ihn im Moment zu Hause?«

»Soweit okay«, sagte Alison nachdenklich. »Ziemlich genauso wie vorher. So, wie Sie ihn jetzt erlebt haben. Still, unverändert.«

Die Psychologin blätterte in ihren Notizen. Von draußen hörte man Vogelgezwitscher; ein Stück die Straße hinunter wurde der Asphalt aufgerissen.

»Ich nicht«, sagte Jack leise.

Heather blickte irritiert auf. »Verzeihung?«

»Ich finde nicht, daß er soweit okay ist. Überhaupt nicht.«

»Inwiefern?«

»Jedesmal wenn ich ihn besuche, wirkt er distanzierter, zurückgezogener. Nicht unbedingt mir gegenüber, sondern sich selbst gegenüber. Irgendwie abwesend, ich kann es nicht erklären.«

»Jedesmal?«

»Hm?«

»Sie sagten, jedesmal wenn Sie ihn besuchen.«

Er spürte, wie Alison neben ihm unruhig auf dem Sofa hin und her rutschte. »Mein Mann und ich leben getrennt«, sagte sie hastig.

»Oh, ich verstehe.« Die Psychologin verstummte und betrachtete stirnrunzelnd ihre Akten. »Das wußte ich nicht. Ist das eine neuere Entwicklung, wenn ich fragen darf?«

»Seit kurz vor dem Unfall. Das haben wir, ähm, Ihnen gegenüber vielleicht nicht, ähm, hinreichend deutlich gemacht.«

Jack holte tief Luft. »Ist das Ihrer Ansicht nach von Bedeutung oder möglicherweise sogar schädlich für Ben, ich meine, was seine Genesung betrifft?«

»Nun, die Trennung einer Familie ist für ein Kind immer bedeutungsvoll, egal unter welchen Umständen. Und, nun ja, in Bens Fall könnte es den normalen Verlauf seiner Genesung beeinträchtigen. Es ist auf jeden Fall ein weiteres Thema, das ihn beschäftigt, sozusagen eine zusätzliche Sorge. Es ist schwer zu sagen, aber es könnte durchaus bestimmte Aspekte seines Verhaltens erklären.«

»Wie meinen Sie das?« Sie starrten die Psychologin an, ängstlich und beflissen wie zwei ansonsten vorbildliche Schüler, die unerklärlicherweise beim Spielen mit Streichhölzern erwischt worden waren.

Sie sei zunehmend besorgt, erklärte Heather ihnen. Etwas habe Bens Fortschritte behindert, wenn nicht gar vollkommen blockiert. Offenbar wehre er sich gegen irgend etwas. Gegen etwas, was nicht mit seinen Gefühlen für Frankie und dem Unfall zu tun habe, etwas, das sehr tief gehe. »Nun, ich kann Ihnen im Moment noch nicht sagen, was es ist«, fuhr sie fort und blickte beide abwechselnd an, »aber sicher muß ich Ihnen nicht erklären, daß es etwas mit Ihrer häuslichen Situation zu tun haben könnte.«

Es entstand ein langes Schweigen. Jack rutschte auf dem Sofa nach vorn und vergrub, die Ellbogen auf die Knie gestützt, sein Gesicht in den Händen. Alison starrte auf seinen gebeugten Rücken, die zerknitterte Jacke, seinen ungebügelten Hemdkragen. Er wirkte erschöpft und hatte abgenommen. Vermutlich aß er nicht regelmäßig. Und sie wußte, daß er noch immer im Büro schlief; sie hatte es überprüft.

Gemeinsam fuhren sie mit dem Aufzug nach oben. Als im fünften Stockwerk die Türen aufgingen, blieb Ben, den Kopf gesenkt, an der Rückwand des Fahrstuhls stehen.

»Wir müssen es nicht heute machen, wenn du nicht willst«, sagte Heather freundlich.

Ben rührte sich nicht.

Jack beugte sich zu ihm herab, während Alison die Tür aufhielt. »Sieh mal, es ist in Ordnung, Angst zu haben«, sagte Jack leise. »Ich hatte beim erstenmal auch Angst. Ich habe noch immer Angst, um ehrlich zu sein.« Er hielt ihm die Hand hin. Langsam streckte Ben den Arm aus und ergriff sie. Alison nahm seine andere Hand und lächelte aufmunternd.

Das Zimmer war klein und stickig, die Wände mit Genesungswünschen und Bildern bedeckt, die die Kinder in der Schule gemalt hatten. Ein übler Geruch lag in der Luft: Desinfektionsmittel, welke Blumen und etwas anderes, wie Durchfall. Frankie lag auf dem Bett, das ein wenig hochgestellt war. Ihr Kopf war dadurch leicht erhoben und lag seitlich auf ihrer Brust wie bei einer schlafenden Taube. Ihre Haare waren gewaschen. Ihre Augen standen offen, zumindest das eine; das andere war nur halb geöffnet. Die Augen waren rot und wäßrig und irgendwie starr, während sie gleichzeitig hin und her zuckten. An ihrer

Nase hatte sich eine kleine Schnodderblase gebildet; aus einem der herabhängenden Mundwinkel lief ein dünner Speichelfaden. Unter dem Bett stand eine elektrische Maschine. Ein schwarzer Blasebalg aus Gummi blähte sich und verharrte einen Moment, bevor er zischend wieder zusammengedrückt wurde. Von der Maschine führte ein Schlauch zu Frankies Hals. Wenn der Blasebalg zusammengedrückt wurde, ruckelte der Schlauch ein wenig, und Frankies Brust hob sich, nicht sanft wie beim normalen Atmen, sondern ziemlich abrupt, so daß ihr Kinn angehoben wurde wie das einer Puppe. Wenn die Maschine klickte und die Luft hinausließ, sank ihre Brust in sich zusammen, und ihr Kopf sackte wieder auf die Brust. Außer dem Schlauch im Hals hatte sie einen weiteren im Arm, der zu einem, an einem Metallständer hängenden Beutel mit durchsichtiger Flüssigkeit führte. Von ihrer Brust gingen Drähte zu einer Maschine neben dem Bett, wo gezackte grüne Linien über einen Bildschirm huschten. Neben dem Bett stand eine Krankenschwester, die einen Plastikbeutel mit gelbbrauner Flüssigkeit von einem weiteren Schlauch löste, der unter dem Laken hervorragte. Bevor sie einen neuen Beutel befestigte, verschloß sie den Schlauch mit einer Klammer.

»Wir haben uns heute ein bißchen erkältet«, sagte die Schwester und wischte Frankies Nase ab. »Weiß der Himmel, woher wir das haben, aber wir müssen es im Auge behalten. Wir wollen schließlich nicht, daß es unsere Bronchien angreift.« Sie stopfte das Laken unter die Matratze, nahm ein Tablett mit Instrumenten und den Beutel mit der gelbbraunen Flüssigkeit und verließ das Zimmer.

»Frankie, sieh mal, wer gekommen ist, um dich zu besuchen«, sagte Alison und setzte sich auf ihren Stuhl neben dem Bett. »Es ist Ben.«

Er blieb in der Nähe der Tür stehen. Von der Wand auf der anderen Seite des Bettes beobachtete die Psychologin aufmerksam die Szene. Jack lehnte sich mit vorgetäuschter Beiläufigkeit ans Fenster und verfolgte Bens Reaktionen aufmerksam.

»Willst du dich nicht neben mich an ihr Bett setzen?« fuhr Alison fort.

Er machte einen Schritt zurück und schüttelte den Kopf. »Was ist mit ihr?«

»Sie ist, nun ja, sie ist bewußtlos, wie wir es dir erklärt haben.«

»Warum sind ihre Augen offen und bewegen sich?«

»Das liegt daran, daß der bewußte Teil ihres Gehirns ihre Augen und auch andere Körperteile im Moment nicht kontrollieren kann, weil sie ja bewußtlos ist. Manchmal sind ihre Augen also offen. Oder sie bewegt sich ein wenig oder verzieht das Gesicht. Das nennt man unwillkürliche Bewegungen.«

Sie sollte nicht hier sein, sie gehörte nicht hierher. »Kann sie sehen?«

Alison atmete tief ein. »Manche Menschen meinen ja.« Sie warf einen kurzen Blick zu Jack, der mit verschränkten Armen und zusammengepreßten Lippen noch immer am Fenster stand. »Andere Menschen glauben das nicht. Weil Frankie bewußtlos ist, kriegt sie vielleicht nicht richtig mit, was sie sieht. Es kommt in ihrem Kopf nicht richtig an. Aber das heißt nicht, daß sie, vielleicht in einem anderen Teil ihres Gehirns, nicht sehen und nicht fühlen und nicht hören kann. Ich glaube, daß sie es kann. Deswegen reden wir mit ihr und spielen ihr Popmusik vor. Du könntest auch mit ihr reden, wenn du möchtest. Vielleicht hilft es ihr. Würdest du das gern tun?«

Er sagte nichts, sondern starrte nur auf das Fußende des Bettes.

»Gibt es gar nichts, was du ihr gern sagen möchtest, Ben?«

Er ließ den Kopf hängen. »Tut mir leid«, flüsterte er, und sofort zerknitterte sein Gesicht.

»Nein, Ben! Das habe ich nicht gemeint! Ich meinte nicht, daß du dich entschuldigen sollst! Ich meinte irgendwas, Neuigkeiten aus der Schule, alberne Kleinigkeiten, bitte, Ben.«

Doch er war plötzlich am Boden, ein einziges Häufchen Elend, und tief aus seinem Innern drang ein leises, katzenartiges Wimmern. Alison und die Psychologin wollten ihm zu Hilfe eilen, doch Jack kam ihnen zuvor. Mit einem Schritt war er bei dem todunglücklichen Jungen, hob ihn vom Boden hoch, wiegte ihn in seinen Armen. »Ist schon gut, ist schon gut, schschsch, ist schon gut.«

»Am liebsten wäre ich tot!« rief Ben verzweifelt in Jacks Armen, und aus seinen zusammengekniffenen Augen quollen dicke Tränen. »Ehrlich! Am liebsten wär ich … wär ich tot!«

* * *

Jack stellte den Aktenkoffer neben seinen Schreibtisch und nahm die Post und einen Haufen Faxe zur Hand, die freigebig mit gelben Haftnotizen verziert waren.

Kurz darauf summte die Gegensprechanlage auf seinem Schreibtisch.

»Hallo. Bill ist heute morgen bei den Banken und möchte dich nach dem Mittagessen hier treffen«, sagte Carols Stimme. »Desmond hat aus der Wartung angerufen. Ein kleines Leck in der Hydraulik von Charlie Echos Bremsen. Er meint, es müßte repariert werden, aber das würde bedeuten, daß die Maschine bis morgen ausfällt. Er will wissen, was er tun soll.«

»Hm-hm, sonst noch was?« Jack klemmte den Hörer unter sein Kinn und blätterte die Post durch, während Carol ihre Liste herunterleierte.

»Shell will den Treibstoff vom vergangenen Monat bezahlt haben – und zwar noch heute. Marshall's will wissen, was mit der Büromiete passiert ist; LAC hat für heute nachmittag eine Buchung Brüssel–Gatwick, vier Passagiere, sie bitten um sofortige Rückmeldung, ob wir das übernehmen, sonst geben sie den Auftrag an Myriad weiter.«

»Ja, machen wir! Das kann Bob Burgess mit Charlie Delta übernehmen, wenn er aus Glasgow zurück ist.«

»Bob Burgess ruft von Glasgow aus auf der anderen Leitung an. Charlie Deltas Autopilot ist wieder ausgefallen, und Bob macht keinen sehr glücklichen Eindruck.«

»Tatsächlich? Der Ärmste.« Jack ließ den Haufen Post wieder auf seinen Schreibtisch fallen. »Gut, sag Desmond, er soll die Bremsen reparieren, sag LAC, daß wir den Brüssel-Gatwick-Transfer auf jeden Fall übernehmen, und bitte Bob, er möge Charlie Delta eigenhändig zurückfliegen, wenn es ihm keine allzu großen Umstände bereitet. Shell kann noch ein bißchen warten, und ich rede mit Marshall's über die Miete.«

»Alles klar. Kaffee?«

»Ja, gerne, und vielen Dank, Carol, daß du die Stellung gehalten hast.«

»Kein Problem. Wie ist es gelaufen?«

Er rieb sich mit Daumen und Zeigefinger über den Nasenrücken. Draußen ließ jemand einen Motor auf vollen Touren laufen, ein lauter werdendes Dröhnen, das die Fensterscheiben leise klirren ließ. »Nicht gut«, sagte er, während der Boden unter seinen Füßen vibrierte. »Gar nicht gut.«

Mittags rief Alison an.

»Wie geht es ihm?« fragte Jack.

»Er schläft jetzt, vor einer halben Stunde ist er endlich eingeschlafen.«

»Gott sei Dank. Was für ein Alptraum.« Er hielt inne, als er plötzlich realisierte, daß ihre Stimme zutiefst deprimiert geklungen hatte. »Alles in Ordnung mit dir?«

»Mir ist schlecht.« Sie seufzte. »Ich kann nicht glauben, daß ich es gesagt habe. Es war so unglaublich dumm. Ich wollte nicht, daß es so rauskommt. Wirklich nicht.«

»Natürlich nicht. Du mußt dir nicht die Schuld geben. Er war sehr angespannt, wie wir alle.« Er zögerte. »Hör mal, Alison, ich denke wirklich, daß wir miteinander reden sollten, alleine und außerhalb des Krankenhauses.«

»Über uns? Ich bin nicht sicher, daß ich das im Augenblick will, Jack.«

»Nicht nur über uns. Über die Kinder, über alles. Über diese Perlman-Klinik, zum Beispiel. Ich weiß, daß du ganz angetan bist von der Idee, aber wir haben noch gar nicht darüber gesprochen.«

»Hast du ihre Website abgerufen?«

Er blickte schuldbewußt zum Computerbildschirm. »Noch nicht«, gestand er. »Aber ich werde es heute tun, sobald ich dazu komme.«

»Macht nichts, die meisten Informationen habe ich ohnehin schon besorgt.«

»Gut«, sagte er tonlos und schürzte die Lippen. »Also, wie wär's?«

»Mum hat versprochen, heute abend mit Ben ins Kino zu gehen. Es sollte eine Belohnung für den Besuch bei Frankie sein ...« Sie zögerte. »Okay, komm gegen sieben vorbei. Dann sollten wir das Haus für uns haben.«

Am Nachmittag stand sein Partner Bill mit langem Gesicht in der Bürotür.

»Wie ist es gelaufen?« fragte Jack sofort und legte den Telefonhörer auf.

Bill ließ sich in einen Stuhl vor dem Schreibtisch fallen und fuhr sich mit seinen Wurstfingern durch die Haare. »Nun, wir haben es geschafft, ihnen eine weitere Aussetzung der Fälligkeit abzuringen. Die Kreditlinie wird für einen, höchstens zwei Monate ausgedehnt.« Er lockerte seine Krawatte und knöpfte mit einem erschöpften Seufzen den Kragenknopf seines Hemdes auf. »Aber das Refinanzierungspaket bleibt weiter auf Eis. Sie sind zur Zeit nicht bereit, es zu genehmigen. Nicht ohne feste Abschlüsse.«

»Aber wir haben feste Abschlüsse. Es tut sich eine Menge, wir haben etliche Verträge in Aussicht.«

Bill zuckte die Schultern. »Sie wollen harte Belege und keine warmen Worte.«

»Was für harte Belege zum Beispiel?«

»Zum Beispiel die Unterschriften von Kunden unter irgendeinem Stück Papier.«

»Aber das ist doch lächerlich! So funktioniert unser Geschäft nicht.«

Bill warf ihm einen warnenden Blick zu. »Ich weiß das, Jack«, erklärte er langsam. »Und ich habe es ihnen auch noch einmal erklärt. Aber wie du vielleicht bemerkt haben wirst, sind sie zur Zeit nicht gerade in der Stimmung, geduldig zuzuhören.«

»Tut mir leid, ja, natürlich.«

Sie verstummten. Schließlich nahm Bill das Modell eines ihrer Flugzeuge vom Schreibtisch und begann, daran herumzuspielen.

»Wird alles ein bißchen eng im Moment, was?« sagte er leise, Jacks Blick meidend.

Jack sah ihn. »Was willst du damit sagen, Bill? Willst du sagen, daß wir verkaufen sollten?«

»Nicht unbedingt. Aber vielleicht sollten wir uns das Angebot von Myriad noch einmal ansehen. Für alle Fälle.«

»Aber es ist ein miserables Angebot. Gateskill, der Geier, hat es nur gemacht, weil er weiß, daß wir in Schwierigkeiten stecken. Wie dem auch sei, wir brauchen es nicht. Wir schaffen es, uns aus diesem Loch wieder rauszuarbeiten, da bin ich ganz sicher.«

Bill sagte nichts, sondern drehte gedankenverloren an den Propellern des Modellflugzeugs.

Jacks Blick fiel auf das Durcheinander von Stichwörtern, Zahlenreihen und Telefonnummern, die er auf die Schreibtischunterlage gekritzelt hatte. Die Namen von Luftcharteragenten,

Marketing Consultants und selbständigen Piloten standen neben denen von Kinderpsychologen, Krankenversicherungsvertretern und Anbietern für Spezialbedarf. Neben der Unterlage ein Foto von Alison, Ben und Frankie. Lächelnd, glücklich, sorglos. Alle inzwischen verwandelt. Unerreichbar. Er blickte auf und sah Bill an.

»Du willst sagen, du möchtest aussteigen.«

* * *

Er ging durch einen Garten. Es war warm und sonnig. Er trug nur Shorts, seine alten Turnschuhe aus der Schule und den breitkrempigen Strohhut, den Dad ihm in Frankreich gekauft hatte. Sein Oberkörper war nackt, aber ihm war nicht kalt: Eine sanfte Brise strich warm über seinen Rücken und seine Schultern. Der Garten war groß und weitläufig, aber ordentlich angelegt: Lange Laubengänge aus verwobenen Kletterpflanzen führten zu versteckten kleinen Ecken mit Holzstühlen, rosenumrankte Bogen öffneten sich unvermittelt zu gemusterten Blumenbeeten, in der Mitte von buchsbaumgesäumten, großen, grünen Rasenstücken plätscherten anmutige Springbrunnen. Er war schon eine ganze Weile gelaufen, aber er war nicht müde. Leichtfüßig hüpfte er einen sanft geschwungenen Hügel hinunter und folgte einem sorgfältig gepflegten Rasenpfad, der sich zwischen Beeten mit Ringelblumen und Stiefmütterchen wand, an einem hohen Torbogen aus Ligusterstäuchern eine Biegung machte und unversehens in eine lange, breite Allee einmündete. Die Allee war kühl und schattig. Nur hin und wieder fiel ein schmaler Sonnenstrahl durch das Laub und spaltete die Schatten, die die hohen Buchen zu beiden Seiten der Straße warfen. Am Ende der Allee, wo die Schatten verschmolzen, sah er in der Ferne einen strahlenden Bogen aus Sonnenlicht und begann darauf zuzugehen. Der Duft warmer Erde und feuchten Laubs stieg ihm in die Nase. Vogelgezwitscher und das Rascheln der Buchenblätter auf beiden Seiten der Straße erfüllten die Luft. Als das Licht näher kam, erkannte er, daß dahinter eine Wiese mit sanft sich hin und her wiegenden Gräsern lag, von deren Ende ihm eine winzige Gestalt, kaum größer als ein Punkt, entgegenschritt. Am Ende der Allee befand sich ein hölzernes Tor. Als ein leichter Wind träge über die Wiese hinwegstrich, kräuselte sich die Oberfläche wie die eines Sees. Es roch nach getrocknetem Heu und Kornblumen. An dem Tor blieb er stehen. Ein Mädchen kam leichtfüßig durch das kniehohe Gras auf ihn zu. Sie war jung, etwa so alt wie er, trug einen Badeanzug mit einem einfachen Muster, darüber knappe weiße Shorts und einen Strohhut, der seinem ähnlich sah. Sie hatte langes, maisfarbenes Haar und lachende, grüne Augen. Die Krempe ihres Hutes brach das Sonnenlicht in ihrem Gesicht und sprenkelte ihre Wangen mit Licht und Schatten, so daß sie wie mit winzigen Sommersprossen übersät wirkten. Ihre langen Beine waren nackt, ihre Haut war glatt und braun. Er konnte die winzigen goldenen Härchen auf ihrem Arm erkennen, als sie ihm ihre Hand entgegenstreckte. »Komm.« Sie lächelte, und unter ihrem Badeanzug zeichneten sich die sanften Rundungen ihrer knospenden Brüste ab. Von ferne, wo sich die Wiese in entlegenen Hügeln verlor, über denen schneebedeckte Gipfel aufragten, hörte er andere Menschen, andere Kinder. »Komm«, sagte sie noch einmal, bevor ihr Gesicht zerfloß.

* * *

Bereits zum drittenmal entleerte Janet Catchpole den Inhalt ihrer Handtasche auf dem Ablagetischchen im Flur. »Himmel noch mal, wo habe ich die verdammten Dinger bloß hingetan?« murmelte sie, während sie erneut im Durcheinander herumwühlte. »Ben, mach voran!« rief sie in Richtung Treppe. »Sonst kommen wir zu spät! Und hast du meine Autoschlüssel irgendwo gesehen?«

Alison tauchte auf. »Sie lagen in der Küche«, sagte sie und hielt ihr die baumelnden Schlüssel hin. »Mutter, sind das etwa Kondome? Ja, tatsächlich! Was, um alles in der Welt, machen Kondome in deiner Handtasche?«

»Du liebe Güte, nun sei nicht so prüde! Soll ich etwa keine Kondome mit mir herumtragen dürfen, wenn ich möchte? Ben! Nun komm endlich, Himmel noch mal!«

»Also, nein, ich meine, ja«, stotterte Alison. »Aber wozu brauchst du sie?«

»Was ist denn das für eine Frage? Was glaubst du, wofür ich sie brauche, verdammt noch mal? Manchmal frage ich mich ernsthaft, ob du auf demselben Planeten lebst wie wir anderen, Alison.«

Von der Treppe hörte man Bens polternde Schritte.

»Na ja, ich hatte bloß nicht – also, ich hätte nie gedacht ...«

»Du hättest nie gedacht, daß eine vertrocknete alte Pflaume wie deine verwitwete Mutter noch Anspruch auf ein Sexleben hat. Alison, du solltest wirklich hin und wieder versuchen, die Dinge aus der Sicht anderer Menschen zu betrachten.« Sie richtete sich auf und musterte ihre Tochter kritisch von Kopf bis Fuß. »Aus Jacks Sicht zum Beispiel. Oh, und könntest du dir nicht einen Rock anziehen oder so und dich ein bißchen schön machen? Du siehst aus wie eine unterernährte Vogelscheuche. Ah, Ben, mein Schatz, da bist du ja. Sei ein braver Junge und hol deinen Mantel, es gibt bestimmt Regen, und deine Baseballmütze hängt an dem Haken, wenn du sie anziehen willst.«

Sie drehte sich zu Alison um und hängte sich ihre Handtasche über den Arm. »Und du kannst aufhören, so zu glotzen«, sagte sie und senkte ihre Stimme. »Ich hab sie vor dem Supermarkt geschenkt bekommen, Woche der Aids-Hilfe oder so. Ich hab ihnen ein bißchen Geld gegeben, und sie haben mir eine Broschüre und eine Schachtel Kondome geschenkt. ›Safer Sex ist für jeden gut‹, hat das Mädchen gesagt. Ich fand das recht schmeichelhaft.«

Alison klappte den Mund auf. »Tut mir leid. Ich war nur ein wenig überrascht, das ist alles.«

Janet rückte den zerschlissenen Kragen von Alisons Hemd über dem ausgewaschenen Sweatshirt zurecht. »Weißt du, ein Quickie mit irgend jemandem bedeutet nicht unbedingt das Ende der Welt«, sagte sie. »Nicht der Sex an sich ist wichtig, sondern was er bedeutet. Es kann das verzweifelte Bedürfnis nach Gesellschaft, eine kurze Erlösung aus der Einsamkeit oder einfach ein Hilferuf sein.« Sie steckte ihre Finger in ein Paar Kalbslederhandschuhe. »Denk mal darüber nach, ja?« Ben tauchte neben ihr auf, das Haar unter einer großen Baseballmütze verborgen, die er bis weit über die Ohren gezogen hatte. »Sind wir soweit? Ausgezeichnet. Also, warte nicht auf uns, Mummy, ich nehme an, daß wir uns nach dem Kino noch einen Drive-in-Hamburger und ein McGin-Tonic oder irgendwas genehmigen. Ich wünsch dir einen schönen Abend, und bis später.« Sie kniff Alison in die Wange. »Sie sind gerippt«, murmelte sie und verdrehte die Augen. »Für erhöhte Sensitivität.«

Eine Viertelstunde später kam Jack, von seiner Jacke perlten Regentropfen. In der einen Hand hielt er eine Flasche Wein, in der anderen einen Topf Chrysanthemen.

»Was hat das zu bedeuten?« fragte sie, als sie die Tür schloß.

»Herz und Verstand. Konfuzius oder so, hat die Frau in dem Laden mir jedenfalls erzählt. Das eine weitet das Herz, das andere befeuchtet.«

»Mein Gott, fang du nicht auch noch an.«

»Was?«

»Mutter hat – sie, ach vergiß es. Wohin wollen wir uns setzen?«

Er folgte ihr ins Wohnzimmer, verzaubert von dem Dufthauch frisch gewaschener Haare, und ertappte sich dabei, wie er sich verstohlen umblickte, während er die Flasche zwischen den Knien entkorkte. Es war das erste Mal seit Wochen, daß er diesen Raum wieder betreten durfte, das erste Mal seit seiner Vertreibung. Dieselbe alte, dreiteilige Sitzgruppe mit dem verblaßten Blumenmuster, der Couchtisch aus Mahagoni, Frankies Klavier, die Noten noch aufgeschlagen auf dem Ständer, Familienfotos, die sich auf dem Sims des pseudoantiken Kamins drängten. Obwohl der Raum so lange nicht bewohnt worden war, daß er ein wenig muffelte, roch er noch genauso wie früher: nach Möbelpolitur, Holzasche aus dem Kamin und einem feinen Hauch von Alisons Lieblingsduft.

Sie nahmen vor dem unangezündeten Kamin Platz und tauschten eine Weile höfliche Allgemeinplätze aus wie zwei Fremde, die man auf einer Party miteinander bekannt gemacht hat. Sie fragte ihn nach der Firma, er sagte, alles würde bestens laufen, danke der Nachfrage, bevor er sich seinerseits nach ihrer in Paris lebenden Schwester Rosemary erkundigte und ihr Komplimente für den gepflegten Garten machte. Schließlich stellte sie ihr Glas auf dem Couchtisch zwischen ihnen ab und lehnte sich zurück. »Und wo möchtest du anfangen?«

»Irgendwo vor ungefähr zwei Jahren?« begann er mit einem schüchternen Lächeln. Ihr Gesicht blieb ausdruckslos, also mühte er sich weiter. »Ich hatte mir sogar ein paar Sätze zurechtgelegt.« Er klopfte auf seine Jackentasche und zog ein gefaltetes Stück Papier hervor. »Aus Nervosität, nehme ich an.« Er ließ den Zettel auf den Tisch fallen. »Aber ich glaube, jetzt werde ich sie doch nicht verwenden. Es kommt mir irgendwie komisch vor.«

»Jack, wir wollen das Ganze möglichst unkompliziert halten, ja? Tatsache ist, daß wir, wenn es nicht um die Situation der Kinder ginge, gar nicht hier sitzen und dieses Gespräch führen würden.«

»Ja, ich weiß, Alison. Aber ich würde nur einfach gern sagen, daß das, was passiert ist – ich meine Carol und der ganze Mist, den du vorher ertragen mußtest –, also, ich möchte nur sagen, daß das unverzeihlich war. Das weiß ich, und ich verstehe deine Gefühle, und ich kann dir deine Reaktion nicht übelnehmen –«

»Aber was mit Frankie passiert ist und was mit Ben gerade passiert, ist wichtiger«, unterbrach sie ihn, »und du meinst, wir sollten gemeinsam daran arbeiten und uns nicht ständig gegenseitig an die Gurgel gehen.«

Jack starrte sie an. »Ja. Ja, genau.«

»Ich bin ganz deiner Meinung.«

»Wirklich? Nun, das ist gut. Sehr gut.« Er nahm sein Glas und warf ihr über den Rand hinweg einen verstohlenen Blick zu. Sie hatte sich seit dem Vormittag noch einmal umgezogen und trug tatsächlich einen Rock und eine saubere weiße Bluse unter der gelben Cashmere-Strickjacke, die er ihr vor drei Jahren zu Weihnachten geschenkt hatte. Auf ihren Lippen glänzte eine Spur von Gloss. Er schluckte den Wein und versuchte, nicht auf ihre Beine zu starren. Wie lange war es her? Fünf Monate, sechs? Mit einiger Verspätung fiel der Groschen. »Wieso?«

»Du hast doch die Reaktion der Psychologin heute gesehen. Sie hält es ganz offensichtlich nicht für eine gute Idee, daß wir zum jetzigen Zeitpunkt eine Trennung und Scheidung durchziehen. Es schadet den Kindern.«

»Und?«

»Und wenn wir Frankie nach Virginia bringen wollen, wäre es sehr viel leichter, wenn wir zusammenarbeiten würden.«

Jack seufzte. »Ich hab's gewußt.« Er ließ den Kopf nach hinten sacken, und sein Blick fiel auf die abblätternde Farbe auf dem Stucksims an der Decke. Das steckte also dahinter. Die bereitwillige Einigung, der saubere Rock, ein Hauch von Make-up. Frankie und die verfluchte Klinik. Er sah sie an. »Alison«, begann er leise, »ich versuche zu sagen, daß es mir leid tut. Und das jetzt schon seit Wochen und Monaten. Ich bedaure zutiefst, was ich dir und den Kindern angetan habe. Aber das hat nichts mit Frankie und irgendeiner Wolkenkuckucksheimklinik in Amerika zu tun. Hier geht es um dich und mich und unsere Zukunft.«

»Wahrscheinlich hat unsere Zukunft, wie du es nennst, auch keine so große Rolle gespielt, als du damit beschäftigt warst, eine Sekretärin zu bumsen.«

»Es war nur einmal, ein Ausrutscher. Deswegen habe ich es dir auch gleich erzählt. Ich habe es schon in dem Moment bedauert, als es passiert ist.«

»Nein, das hast du nicht! Du hast dich schuldig gefühlt und bist in Panik geraten. Liebst du sie?«

»Nein, natürlich nicht.«

»Hat es Spaß gemacht?«

»Ich kann mich kaum dran erinnern, um ehrlich zu sein. Ich war betrunken.«

»Das spricht ja nicht gerade für mich und die Kinder, oder?« Sie leerte ihr Glas und lehnte sich mit verschränkten Armen zurück. Beide schwiegen. Der Raum wurde dunkler, ihre Mienen verblaßten im Schatten. Durchs Fenster konnte Jack im Neonlicht der Laternen vor dem Haus den stetig fallenden Regen sehen. Dasselbe Licht, bei dem sie sich manchmal im Schlafzimmer oben geliebt hatten. Die Vorhänge mutwillig offen, hatten sie, auf der Decke dicht aneinandergeschmiegt, in dem gelben Schimmer ohne Eile zärtlich ihre nackten Körper gestreichelt.

Er atmete langsam aus. »Nein, wohl nicht.«

»Tut mir leid«, sagte sie nach einer Pause. »Das hab ich nicht so gemeint.«

»Nein, nein, du hast recht«, sagte er tonlos. »An deiner Stelle würde ich genauso empfinden. Wahrscheinlich wäre es noch schlimmer, mit meiner männlichen Unsicherheit und allem. Weißt du, ich wüßte wahrscheinlich überhaupt nicht mehr, wie ich damit klarkommen sollte, wenn du es getan hättest.«

»Wenn ich mit Carol geschlafen hätte? Das will ich doch hoffen!«

Er hob den Kopf und lächelte dankbar. Doch ihr Gesicht blieb im Schatten verborgen. Der Raum war jetzt fast völlig dunkel.

»Erzähl mir davon«, sagte sie schließlich. »Ich muß es wissen.«

Er atmete tief ein. »Nun, es ging nicht um den Sex, Ali, das mußt du mir glauben. Es war nicht wie eine Affäre oder so. Aber irgendwo unterwegs haben wir beide, du und ich, einfach aufgehört. Aufgehört zu reden, aufgehört zu kommunizieren, aufgehört, ein Team zu sein. Ich hatte das Gefühl, du wolltest es nicht mehr wissen, die Firma, meine Gefühle und Sorgen. Carol war einfach nur da. Sie kennt die Firma in- und auswendig, sie ist Teil der Firma, und sie nimmt Anteil daran. Ich hab mich nur verzweifelt nach dem Gefühl gesehnt, daß es irgend jemanden irgendwo wenigstens ein bißchen kümmert, was ich mache.«

»Und weiter?« Ihre Stimme klang ganz flach.

Er seufzte. »Nun, es war genauso, wie ich es dir erzählt habe. Der Freitag, an dem du mit den Kindern zu Rosemary geflogen bist. Das Ende einer besonders beschissenen Woche, alles hing in der Luft, ich hatte ein paar Drinks zuviel mit Bill und Carol an der Flughafenbar, und ich konnte den Gedanken, in ein leeres Haus zurückzukommen, einfach nicht ertragen. Carol hat angeboten, etwas für mich zu kochen. Wir sind zu ihr gegangen, und es ist einfach passiert. Es ist einfach passiert.« Seine Stimme verlor sich.

Sie weinte. Leise, beinahe still. Zunächst glaubte er, sie wäre nur in Gedanken versunken, als sie so vorgebeugt auf dem Stuhl saß und ihre Füße betrachtete. Doch dann sah er die blassen Umrisse ihrer Schultern zucken, hörte, wie sie abgerissen Luft holte und heftig schluckte. Instinktiv sprang er auf. »Mein Gott, Alison, es tut mir so leid.« Er trat einen Schritt auf sie zu, doch sie richtete sich auf und hob die Hand, um ihn aufzuhalten.

»Ist schon okay, ich krieg mich schon wieder ein.« Sie schniefte und zupfte ein Taschentuch aus dem Ärmel. Zögernd machte er einen Schritt zurück. »Es war, als würdest du dich plötzlich nicht mehr für uns interessieren. Als hättest du uns einfach aufgegeben.« Sie schluchzte erbärmlich. »Du warst nie hier. Es war immer bloß die Firma, die Firma, die Firma. Wir haben für dich gar nicht mehr existiert, die Kinder und ich, ich habe nicht existiert. Wir waren nicht wichtig.« Sie schneuzte sich geräuschvoll.

»Mein Gott«, flüsterte er und ließ sich in den Stuhl zurücksinken. Auf der Straße platschten eilig schwere Schritte vorbei, als jemand nach einem Unterstand suchte.

»Du stärkst mir nie den Rücken«, fuhr sie nach einer Weile mit belegter, aber fester Stimme fort.

»Hmmm?«

»Wie zum Beispiel heute morgen mit Bens Therapeutin. Ich mußte ihr erklären, daß wir getrennt leben. Du hast mich nicht unterstützt, du hast gar nichts gesagt. Ich mußte es übernehmen. Das gibt mir das Gefühl, ich wäre die schuldige Partei, und das ist nicht gerecht.«

»Ich nehme an, das liegt daran, daß ich nicht möchte, daß es so ist«, sagte er betreten.

»Und dann mit Ben in Frankies Zimmer. Ich mußte alles machen, das ganze Gespräch führen. Du hast bloß dagestanden und nichts getan.«

»Ich hatte Angst!«

»Aber ich habe auch Angst!« flehte sie mit lauter werdender Stimme in die Dunkelheit. »Und mit Frankies Ärzten ist es das gleiche. Du sagst und machst nie etwas. Immer muß ich sie drängen, Fragen und Forderungen stellen und Dinge veranlassen. Ich muß alles machen und mich um alles kümmern.« Sie schneuzte sich erneut. »Das ist einfach nicht gerecht.«

»Ich weiß, aber das ist etwas anderes«, sagte er. »Das liegt daran, daß ich nicht sicher bin, ob ich mit dir einer Meinung bin.«

Ihr Kopf fuhr ruckartig hoch. »Worüber?«

»Über das, was mit Frankie geschieht. Daß wir ihren Körper am Leben erhalten und das ganze Gerede über diese Klinik in Amerika. Alles. Ich bin mir einfach nicht so sicher, daß es das Richtige ist, für sie und für Ben.«

Alison starrte ihn in der Dunkelheit an. »Aber wir müssen es tun. Wir müssen es auf jeden Fall tun.«

»Nein, das müssen wir nicht. Was, wenn wir das Gefühl haben, daß es falsch ist? Mal angenommen, ich glaube nicht, daß es das Beste für sie ist. Oder für Ben.«

»Aber das ist unmöglich, Jack. Es muß das Beste für sie sein. Und für Ben auch.«

»Aber was, wenn es nicht so ist?«

* * *

Später saß er in der überfüllten Bar des Fliegerklubs. Doch es waren Menschen seines Schlages, die sich hier trafen, die Atmosphäre war vertraut und gesellig. Nachdem er Alison verlassen hatte, war er langsam zum Flughafen zurückgefahren, hatte die dunklen Büros seiner Firma betreten, sich an den Schreibtisch gesetzt und den Computer gestartet. Er hatte eine Weile gearbeitet und dann versucht, auf der Couch im Konferenzzimmer einzuschlafen. Doch ihm schwirrte der Kopf; er war zwar erschöpft, konnte aber nicht schlafen, und außerdem wurde der Lärm aus der Bar immer lauter. Schließlich hatte er die Decke zurückgeworfen und war noch einmal in die Schuhe geschlüpft.

Während er das Bierglas ansetzte, sah er sich um. Fluglehrer schnorrten Drinks von ihren Schülern, die sich dafür im Gegenzug mit aufgerissenen Augen endlose Geschichten über wagemutige Flugabenteuer anhören durften. Die Crew eines deutschen Learjet auf einem Zwischenstopp von Düsseldorf wurde mit jedem Guinness lauter. Ingenieure und Mechaniker aus den

Wartungshangars baggerten Studentinnen der Fachhochschule für Luftfahrt an. In einer Ecke erzählten zwei Möchtegern-Berufspiloten, die die Islander des Fallschirmklubs in krasser Selbstausbeutung unbezahlt flogen, einer Gruppe junger weiblicher Büroangestellter aus London, die anläßlich einer Wohltätigkeitsveranstaltung ihren ersten Sprung wagen wollten, Horrorgeschichten von sich nicht öffnenden Fallschirmen und zerschmetterten Leichen.

»Die Sache ist die, Bill«, fuhr er verbissen fort, »sie hat sich in den Kopf gesetzt, daß der Trip nach Amerika der einzige Ausweg ist. Als wäre es der verdammte Heilige Gral oder so. Sie ist total besessen von der Idee.«

Sein Partner nickte abwesend, und seine Aufmerksamkeit ließ noch weiter nach, als er versuchte, durch das Wedeln einer Fünfpfundnote die Blicke des Barkeepers auf sich zu ziehen.

»Ich vermute, es hat eine Menge mit Schuldgefühlen zu tun, zumindest zum Teil.« Auf der anderen Seite des verrauchten Raums entdeckte er Carol. Ihr schwarzes Haar fiel ihr wallend auf die Schultern, und sie lächelte bescheiden, als ein großer Mann in einem dunklen Anzug, der ihnen den Rücken zugewandt hatte, ihr etwas ins Ohr flüsterte. »Wir fühlen uns beide schuldig wegen dem, was passiert ist, und irgendwie hat sie sich eingeredet, daß ausgerechnet diese amerikanische Klinik uns von dieser Schuld erlösen könnte.«

»Aber es war doch weiß Gott nicht eure Schuld. Es war ein Unfall.«

»Es ist drei Wochen, nachdem sie mich rausgeschmissen hat, passiert«, sagte Jack leise. »Sonst hab ich die Kinder immer vor der Schule abgesetzt, weißt du noch? Jeden Tag auf dem Weg zur Arbeit. Wenn ich noch dort gewesen wäre, wenn ich noch zu Hause gewohnt hätte, wäre nichts von all dem geschehen, nichts. Da fühlt man sich schon schuldig, das kannst du mir glauben.« Er starrte in sein Bier. Der Mann, der mit Carol redete, war

Gateskill, der Boß von Myriad. Neben ihnen stimmten die Deutschen, die Arme untergehakt, mit erhobenen Gläsern ein Lied an.

Bill klopfte Jack auf die Schulter. »Und was ist mit dieser Klinik?« fragte er über den anschwellenden Radau hinweg. »Meinst du, die könnten irgendwas machen?«

Jack zuckte die Schultern. »Weiß der Himmel.« Er griff nach seinem Glas. »Manchmal sehe ich sie an, weißt du, ich sehe Frankie an, und ich denke, es ist hoffnungslos, total hoffnungslos, weil da nichts ist. Sie vegetiert zwischen lauter Maschinen vor sich hin. Manchmal denke ich, wir sollten die Dinger einfach abschalten und sie gehen lassen. Aber vielleicht ist da doch etwas, tief in ihr drinnen, ein Funken oder irgendwas. Doch wer weiß das schon, und wie will man es feststellen?«

»Und was machen sie in dieser Klinik?«

Er leerte sein Glas, mit einemmal war ihm leicht schwindlig. »Sie berechnen zehntausend Dollar im Monat, das machen sie. Und deswegen ist es völlig ausgeschlossen, absolut unmöglich.« Er ließ sich vom Barhocker gleiten und steuerte auf die Tür zu.

Es hatte aufgehört zu regnen, und der Himmel war aufgeklart; über dem grellen Licht der Scheinwerfer auf dem Vorfeld war ein blasser Streifen milchiger Sterne zu sehen. Der Flughafen lag eben und scheinbar endlos da, still bis auf das leise Brummen einer einsamen Turboprop, die zu ihrem Parkplatz rollte. Ihre rote Signallampe spiegelte sich in den Pfützen auf dem Asphalt und den feuchten Metallflanken eines leeren Flugzeugs, das in der Nähe stand. Er hörte, wie der Pilot den Motor ausschaltete; danach war es vollkommen still. Er setzte sich auf eine Besucherbank und atmete gleichmäßig die kühle Abendluft ein, der vertraute Geruch von Flugbenzin, nassem Asphalt und gemähtem Gras. Hinter ihm schwollen das Lachen und die Musik für einen Moment an, als die Tür der Bar geöffnet und wieder geschlossen wurde. Kurz darauf spürte er eine Hand auf seiner Schulter.

»Vermißt du es nicht manchmal?« sagte Carol und ließ ihren Blick über die Reihen verlassener Flugzeuge schweifen. »Ich meine das Fliegen.«

Er hatte gedacht, er würde es nicht vermissen. Er hatte gedacht, es wäre besser, ein großes Rad in seiner eigenen Firma zu sein als ein kleines Rädchen in der eines anderen. Er hatte geglaubt, es wäre auf der Leiter ein Schritt nach oben, die Dinge selbst in Bewegung zu setzen, anstatt nur ein einfacher Chauffeur zu sein. Er hatte es für ein Zeichen von Reife gehalten, den Pilotensitz für einen Chefsessel aufzugeben und seine vorübergehende persönliche Befriedigung gegen eine sichere Zukunft für sich und seine Familie einzutauschen. Doch irgendwie hatte es nicht ganz so funktioniert. Und er vermißte das Fliegen; er vermißte es, wie selbstverständlich die heikle, aber anmutig schlichte Balance zwischen einer menschengemachten Maschine und den dynamischen Kräften der Natur zu kontrollieren. Diese Mischung aus Hochtechnologie und purem jungenhaftem Staunen. Und er vermißte den Spaß.

»Weißt du was?« sagte er und klopfte mit der Hand auf den Platz neben sich. Carol setzte sich, doch der Abstand, den sie hielt, war wie eine unüberbrückbare Schlucht. »Trotz allem, trotz all der Probleme und der Belastung und allem liebe ich die Firma noch immer. Heywood-Knight. Sie gehört uns, wir haben sie geschaffen.«

»Ich weiß«, erwiderte sie schlicht. »Jack, David Gateskill hat mir gerade einen Job bei Myriad angeboten, als Leiterin einer Abteilung für Flugzeugleasing.«

»Ah.« Sein Blick schweifte über das Vorfeld. »Ein attraktives Angebot, nehme ich an.«

»Super.« Sie zögerte. »Ich habe abgelehnt.«

Danach schwiegen beide. »Es tut mir leid«, meinte er nach

einer Weile. »Die letzten paar Monate müssen für dich ziemlich beschissen gewesen sein.«

»Na ja, für dich können sie auch nicht gerade ein Riesenspaß gewesen sein«, antwortete sie leise. »Wie geht es allen?«

Er seufzte. »Frankie unverändert, genau wie vorher. Ben nicht gut. Alison versucht allein, mit dieser schrecklichen Situation zurechtzukommen. Zumindest glaubt sie, sie wäre allein.«

»Und du?«

Wütend, schuldig, ausgeschlossen, verärgert, ängstlich, verständnislos, isoliert. »Mir geht es gut«, sagte er. »Carol, was ist an jenem Abend in deiner Wohnung zwischen uns passiert?«

»Sag bitte nicht, daß du es bereust, Jack. Ich weiß, es war nicht richtig, ich weiß, es hätte nicht passieren dürfen, und ich weiß, daß es nie wieder passieren wird, aber ich könnte es nicht ertragen, dich sagen zu hören, daß du es bereust, selbst wenn es so wäre.«

»Nein, ich bereue es nicht«, log er. »Es war eine spontane, großzügige Geste der Freundschaft zu einem Zeitpunkt, als ich mich sehr einsam gefühlt habe. Aber sie hatte leider ihren Preis, und das wußte ich. Es war meine Entscheidung, meine Schuld, meine Verantwortung. Und jetzt muß ich dafür zahlen. Wir müssen dafür zahlen, wir alle.«

Sie blieben schweigend sitzen. Nach einer Weile begann sie zu zittern. »Komm«, sagte er und nahm sanft ihren Arm. »Ich bringe dich wieder rein.«

»Was wirst du machen?« fragte sie. In der Ferne hörte man das Heulen einer Sirene, als ein Polizeiwagen durch die Stadt raste.

»Ich weiß es noch nicht.« Er griff nach der Klinke der Bartür. »Aber ich werde es herausfinden.«

* * *

Alison saß lange in dem dunklen Zimmer und lauschte dem leisen Ticken der Uhr auf dem Kaminsims und dem nachlassenden

Heulen des Windes. Nach einer Weile fiel ihr Blick auf den blaßglänzenden weißen Zettel auf dem Couchtisch. Seine Notizen. Sie beugte sich vor, nahm den Zettel, erhob sich steif aus ihrem Sessel und trat ans Fenster. Es war ein einzelnes Blatt Papier, zerknittert und zigfach gefaltet. Sie strich es glatt und hielt es ins Licht der Straßenlaterne.

Notizen für das Treffen, hatte er in ordentlichen Großbuchstaben notiert. Darunter standen mitten auf der Seite nur zwei Einträge:

1. Es tut mir leid.

2. Ich liebe dich.

5. KAPITEL

Elizabeth ließ sich auf den einzigen freien Stuhl in dem beengten, nur schwach erleuchteten Zimmer fallen und vergrub ihr Gesicht in den Händen. Stille senkte sich über den Raum. Draußen bewegte eine abendliche Brise leise die Zweige der Kiefern. Die einzigen Geräusche im Zimmer waren das rhythmische Klicken, Saugen und Blasen des Beatmungsgeräts, das leise Summen der elektronischen Überwachungseinrichtung und die nachlassende Atemlosigkeit drei der vier anderen Anwesenden.

Der vierte lag auf dem Bett, sein jungenhafter, blasser, schmächtiger Körper vollkommen reglos. Er war nicht zugedeckt und vollkommen nackt, sein Kopf war rasiert. Wie eine riesige Nabelschnur quoll ein dicker, verworrener Strang elektrischer Kabel aus einem Anschluß in der Wand über seinem Kopf, schlängelte sich an seinem Körper entlang über das Bett und zerteilte sich dann in ein unübersehbares Gewirr zahlloser kleiner, bunter Drähte, die ein Netz von Elektroden versorgten, das seinen ganzen Körper bedeckte. Die blanke Kuppe seines Schädels, sein Gesicht, seine Lippen, sein Mund, seine Augenlider und Ohrläppchen waren mit Sensoren versehen. Ebenso seine Brust, seine Arme und Hände, seine Fingerspitzen, seine Schenkel, Beine und Zehen, sogar sein Penis und sein Hodensack. Dutzende weitere Drähte kräuselten sich zu nicht auszumachenden Stellen seines leblosen Körpers. Es war, als wäre er von oben bis unten in ein dichtes Gewebe aus farbigen Drähten gehüllt. Ein schwarzes Visier bedeckte seine Augen, in seinen Ohren steckten zwei pillengroße, mit Pflaster befestigte Kopfhörer.

Lange Zeit sagte niemand etwas. Dann hustete eine der Krankenschwestern leise. »Dr. Chase?«

Elizabeth hob langsam ihren Kopf und stützte ihr Kinn auf ihre zusammengelegten Finger. Auf einem Tisch neben dem Bett des Jungen befand sich ein Computer, vor dessen Monitor ein Techniker saß. Hinter ihm stand eine Krankenschwester, eine zweite wartete auf der anderen Seite des Bettes. Um sie herum Rollwagen der Reanimationseinheit, Sauerstoffbehälter und Tabletts mit Instrumenten. Die Schwestern warteten stumm und beobachteten Elizabeth mit angespannten Gesichtern.

»Es tut mir leid«, sagte diese schließlich. »Wir haben ihn verloren.«

Instinktiv blickten alle zu dem Jungen. Seine Brust hob und senkte sich nach wie vor regelmäßig, wenn das Beatmungsgerät durch die Trachealkanüle in seinem Hals Sauerstoff in seine Lungen pumpte. Aber sein Gesicht unter den Elektroden war erschlafft, und eine einzelne Träne, die aus dem Winkel eines zusammengekniffenen Auges entwichen war, glitzerte unter der elektronischen Brille.

»Unmöglich«, flüsterte eine der Schwestern. »Er war so nah dran.«

Elizabeth richtete sich auf: Im Flur näherten sich Schritte. Bestimmt Lewis, der einen neuen Zwischenbericht einholen wollte. »Ich weiß. Aber Sie haben Ihr Bestes getan.« Sie erhob sich müde von ihrem Stuhl. »Wir alle haben unser Bestes getan. Vielen Dank. Sie können jetzt anfangen, ihn zu entkoppeln.« Sie blickte auf ihre Uhr und hob ihr Kinn zu einem Mikrofon, das von der Decke hing. »Das war's, Nathan. Todeszeit: 2 Uhr 25.« Es war eine lange Nacht gewesen.

Im selben Moment ging die Tür auf, und zwei Gestalten

tauchten aus dem dahinterliegenden Schatten, ein Mann und eine Frau. Dann trat von hinten eine dritte Person hinzu. Lewis.

»Es tut mir leid, Lizzie«, setzte er an, »aber sie haben darauf bestanden. Ich –«

Seine Erklärung wurde unterbrochen von dem erstickten Aufschrei der Frau, die eine Hand vor den Mund schlug, während sie mit der anderen instinktiv nach dem Ärmel ihres Mannes faßte. Voller Entsetzen und mit weit aufgerissenen Augen starrte sie auf den leblosen Körper ihres Sohnes, der in seinem Käfig aus Drähten und Elektroden lag, angeschlossen an ganze Batterien von Maschinen, umgeben von Labortechnikern in weißen Kitteln, wie ein geschundenes Tier bei einem grausamen Tierversuch.

»Lewis, bitte.« Elizabeth trat rasch ans Fußende des Bettes, um ihnen den Weg abzuschneiden, aber sie kam zu spät.

»Allmächtiger Gott«, keuchte der Mann und starrte auf das Bett. Er war Mitte Fünfzig, in seinem eleganten, gedeckten Anzug eine stattliche Erscheinung und ganz offensichtlich daran gewöhnt, wichtig genommen zu werden.

»Herr Abgeordneter, bitte, dies ist nicht der richtige Zeitpunkt. Bitte warten Sie in der Halle, ich komme gleich zu Ihnen.« Elizabeth streckte den Arm aus und legte eine Hand auf seine Schulter, um ihn sanft zur Tür zu schieben.

»Allmächtiger Gott«, wiederholte der Kongreßabgeordnete laut und schüttelte ihre Hand ab. »Was haben Sie getan? Was, zum Teufel, haben Sie mit meinem Sohn gemacht?«

Elizabeth seufzte. »Alles, alles Menschenmögliche. Würdest du den Abgeordneten Willis und seine Frau jetzt bitte zurück ins Wartezimmer begleiten, Lewis?«

* * *

Knapp ein Jahr nach ihrem Durchbruch mit Gary Perlman drohte Elizabeths Komaklinik das Aus, noch bevor sie ihre Arbeit richtig aufgenommen hatte. Die Klinik bestand aus wenig mehr als einem Namen, ein paar hastig zu Papier gebrachten Ideen und einer ständig wachsenden Liste potentieller Patienten. Aber das war auch schon alles. Elizabeth arbeitete weiter am Boston General, war dort nach wie vor Assistenzärztin der neurologischen Abteilung, wo sie eine große Zahl von Fällen zu betreuen hatte. Sie war mit Arbeit regelrecht zugeschüttet und hatte kaum Zeit, eigene Projekte zu verfolgen. Außerdem hatte die Krankenhausverwaltung ihr unmißverständlich zu verstehen gegeben, daß private kommerzielle Unternehmungen von festangestellten Mitarbeitern nur höchst ungern gesehen wurden.

Elizabeth traf sich nach wie vor gelegentlich mit Nathan, um bei einem Kaffee in der Kantine oder einem Bier nach Feierabend Ideen auszutauschen. Nathan arbeitete jetzt wieder vollzeit als Biotechniker; er war befördert worden und so beschäftigt wie nie zuvor. Außerdem war er, wie er Elizabeth häufig vorhielt, Computerprogrammierer und kein Geschäftsmann. »Was weiß denn ich, wie man eine Klinik managt, Scheiße noch mal?« beschwerte er sich eines Tages. »Ich könnte ja nicht mal 'nen Ramschladen schmeißen.«

Und sie mußte ihm recht geben. Sie war Wissenschaftlerin und keine Geschäftsfrau. Sie verfügte über ein gottgegebenes Talent, eine natürliche, intuitive Begabung. Ihre Zukunft gehörte nicht irgendwelchen Vorstandssitzungen, sondern der Laborarbeit.

Doch da gab es auch noch die vielen Patienten, und jede Woche wurden es mehr. Sie wurde von ihren Ärzten bestürmt, von ihren Anwälten belästigt, von ihren Versicherungen behelligt und von ihren Familien belagert. Und alle waren zielstrebig entschlossen, sie zur Behandlung eines bewußtlosen Patienten,

Mandanten oder Verwandten zu überreden. Und obwohl sie es versuchte, konnte Elizabeth sich unmöglich verweigern; bei jedem Besuch begegnete ihr die gleiche ängstliche Fassungslosigkeit auf den Gesichtern der Familienangehörigen, der gleiche unbeirrbare Glaube, die gleiche verzweifelte Hoffnung.

Sie nutzte ihren eigenen Urlaub und die Wochenenden, um nach Tucson, Chicago, Miami und Salt Lake City zu fliegen. Nach Akron und Indianapolis nahm sie den Zug. Mit ihrem ramponierten VW-Golf fuhr sie hundert Meilen bis nach Rhode Island, hinüber nach Ohio und in den Norden nach Maine. An einem Ferienwochenende, in der ihr VW wieder einmal in der Reparaturwerkstatt stand und alle Flüge ausgebucht waren, nahm sie einen Greyhound-Nachtbus nach Washington, um einen Termin einzuhalten, den sie zugesagt hatte. Sie flog Stand-by oder Economy, schlief in billigen Motels oder Mediziner-Wohnheimen, manchmal sogar in leeren Krankenhausbetten. Sie ernährte sich von der Flugverpflegung, Krankenhauskost und Sandwiches aus der Kantine. Sie reiste auf eigene Kosten, überzog das Limit ihrer Kreditkarten und reizte den Dispositionskredit ihrer Bank bis an die Grenze aus, während sie die Belege mit steter Regelmäßigkeit verlor und meist auch vergaß, sich ihre Auslagen erstatten zu lassen.

Und bei all dem waren die Besuche häufig, allzuhäufig reine Zeitverschwendung. Die Bandbreite verschiedener Patiententypen und ihres jeweiligen Zustands war einfach zu groß. Es gab Rentner mit mehrfachem Organversagen, Schlaganfallopfer im mittleren Alter, drogensüchtige Teenager, unheilbar kranke Kinder und von Geburt an behinderte Säuglinge. Alle bewußtlos. Die meisten, wie sie wußte, unwiderruflich. Immer wieder trat sie müde und hungrig an das Bett eines Patienten, führte unter den hoffnungsvollen Blicken der Angehörigen detaillierte Untersuchungen durch und verbrachte kostbare Stunden mit dem Studium von Krankenakten und im Gespräch mit behandelnden Ärzten, während sie längst wußte, daß es hoffnungslos war.

An einem Wochenende reiste sie schließlich nach Philadelphia, um einen Infarktpatienten zu besuchen. Sie tat es gegen all ihre Instinkte. Außer den wenigen Details, die sie den Faxen seines Anwalts entnommen hatte, wußte sie herzlich wenig über den Mann, aber sie konnte sich den Rest zusammenreimen. Ende Fünfzig, übergewichtig, wahrscheinlich Raucher, ein Leben unter permanentem Hochdruck, unausgewogene Ernährung, nicht genug Bewegung. Und das hatte seinen Preis. Eine schwere Koronarthrombose hatte ihn auf offener Straße gefällt wie einen Elefanten bei einer Safari. Ein Notarztteam aus Philadelphia hatte ihn mehr oder weniger reanimiert, aber er war nicht wieder zu sich gekommen. Seit drei Monaten nicht.

Nichts stimmte. Schon bevor sie in Boston aufbrach, wußte sie, daß es nicht paßte, und sie hatte ihre Zusage, ihn zu untersuchen, bereits in dem Moment bedauert, in dem sie sie gegeben hatte. Doch der Anwalt des Patienten war unglaublich hartnäckig gewesen. Er hatte sie am Telefon belabert wie ein zweitklassiger Autoverkäufer. Redegewandt, kompromißlos, überzeugend. Er hatte sich schlicht geweigert, ein Nein zu akzeptieren. Am Ende hatte sie nachgegeben, nur um ihn loszuwerden. Doch damit war jetzt Schluß, schwor sie sich auf dem Weg zum Bahnhof. Das mußte aufhören. Dies war der letzte Trip dieser Art.

Als sie schließlich in Philadelphia ankam, erwartete der Anwalt sie am Empfang des Krankenhauses. »Lewis Kern«, sagte er und streckte ihr seine gepflegte Hand hin. Er war jung, klein und dunkel, mit den Raubtieraugen eines Anwalts, und sein dichtes, schwarzes Haar war ebenso gut geschnitten wie sein Anzug. »Sie kommen ziemlich spät«, fuhr er fort und musterte sie mit einem falschen, in Gerichtssälen erprobten Lächeln von oben bis unten. Sie trug ein altes graues Kostüm, das sie sich noch in Berkeley für Bewerbungsgespräche und Vorträge gekauft hatte. Es war ihr einziges Kostüm und schon ziemlich abgetragen, und nach der Reise sah es so zerknautscht und zerknittert aus, wie sie sich fühlte.

»Tut mir leid«, entschuldigte sie sich müde. »Der Zug wurde bei der Abfahrt aus Washington aufgehalten.« Über der Schulter trug sie eine Einkaufstüte mit frischer Kleidung, in der Hand einen reichlich mitgenommenen Aktenkoffer.

»Sie sind mit dem Zug gekommen?« fragte er erstaunt und nahm ihr die Tüte ab. »Aus Boston?«

Nach der Untersuchung trafen sie sich in der Kantine des Krankenhauses.

»Es tut mir leid«, setzte sie an und schob ihre Brille hoch. »Aber ich kann nichts für ihn tun.« Schweigend begann sie, ihre Notizen zu machen. Kern lehnte sich mit nonchalant übereinandergeschlagenen Beinen zurück und betrachtete sie, während er einen einzelnen Mullfaden von dem teuren, blauen Stoff seiner Anzughose zupfte. Nach einer Weile blickte sie erneut zu ihm auf. »Tut mir leid«, sagte sie noch einmal.

Er zuckte die Schultern. »Das ist schon in Ordnung, Sie brauchen sich nicht zu entschuldigen. Genau das hatten wir erwartet.«

»Wie bitte?«

»Mein Mandant. Er ist schon so gut wie unter der Erde, das wissen wir beide.«

»Entschuldigen Sie, aber das wissen wir nicht.«

»Klar wissen wir das – zumindest ich weiß es, das heißt, rein vom juristischen Standpunkt aus gesehen.«

Sie nahm ihre Brille ab. »Wenn das, wie Sie sagen, Ihr rein juristischer Standpunkt ist, warum haben Sie dann darauf bestanden, mich den weiten Weg hierherkommen zu lassen, um Ihren Mandanten zu untersuchen?«

Kern beugte sich vor. »Kommen Sie, Doktor, Sie wissen doch,

wie so was läuft. Seine Lebensversicherung wird seiner Krankenversicherung so lange nicht erlauben, den Stecker rauszuziehen, bis die Anwälte der Krankenversicherung genug unwiderlegbare medizinische Beweise zusammengetragen haben, um sie einem Richter beim Obersten Gericht vorzulegen, der daraufhin die Gegenklage der Anwälte der Lebensversicherung abweisen und den Anwälten des Krankenhauses die gerichtliche Erlaubnis zur Einstellung lebenerhaltender Maßnahmen erteilen wird, damit letztere ihren Ärzten erlauben können, die Maschinen auch tatsächlich abzuschalten.« Er grinste und breitete die Hände aus. »Sie sind ein entscheidender, glaubwürdiger und sehr einflußreicher Faktor in diesem Prozeß.«

»Und was ist Ihr Part in diesem Prozeß?« fragte sie ungläubig.

»Oh, ich bin natürlich auf seiner Seite.«

»Aber Sie wollen, daß sein Leben beendet wird!«

»Genau.« Er zwinkerte ihr zu, leerte seine Tasse und verzog das Gesicht. »Mein Gott, der schmeckt ja absolut widerlich. Hören Sie, was halten Sie davon, wenn ich Sie zum Mittagessen einlade, Dr. Chase. Sie sehen aus, als könnten Sie es gebrauchen.«

Elizabeth beachtete ihn gar nicht, sondern starrte auf ihre Notizen. »Das heißt«, sprach sie leise weiter, »ich bin im Endeffekt nur hier, um Ihnen zu helfen, ihn unter die Erde zu bringen, wie Sie es nennen.«

Er beugte sich langsam vor. »Wollen Sie sagen, daß Ihnen das nicht klar war?« Sie antwortete nicht, sondern sah ihn nur nachdenklich an. »Mein Gott, Sie wußten es wirklich nicht!«

Sie ließ sich von ihm zum Essen einladen. Sie nahmen ein Taxi quer durch die Stadt zu einem kleinen japanischen Restaurant namens Hashimoto's in der Innenstadt. »Es macht vielleicht nicht viel her«, meinte Kern, als er ihr einen abgewetzten Plastikhocker vor der Bar hinschob, »aber der Sake ist großartig, und mein Freund Hashy hier ist der größte Sushi-Künstler der Stadt.« Ohne zu warten, bestellte er für zwei Personen japanisches Bier und eine Auswahl von der Speisekarte. Elizabeth kletterte auf den Barhocker und vergrub ihr Gesicht dankbar in dem heißen Handtuch, das wie von Geisterhand neben ihr aufgetaucht war.

»Und was haben Sie bis jetzt?« fragte Lewis eine Weile später und legte seine Stäbchen auf einen Porzellanteller. Er griff in die Innentasche seines Jacketts und zückte ein in Leder eingefaßtes Notizbuch und einen passenden goldenen Kugelschreiber.

»Nun, ich habe die Stiftung.«

»Hm-hm, zwei Millionen sagen Sie, keine überwältigende Summe, aber für den Anfang reicht's. Was noch?«

»Na ja, da ist Nathan. Er gehört natürlich zum Team, und wir haben auch schon erste Gespräche mit ein, zwei anderen Interessenten geführt und ein paar Gerätschaften gesammelt.«

Lewis sah sie an. »Das ist alles? Ein verrücktes Computergenie und ein paar gebrauchte PCs?«

Sie unterdrückte ein Gähnen. Der Sake wirkte Wunder gegen ihren verspannten Nacken, doch sie begann die Wirkung monatelang aufgestauter Erschöpfung zu spüren. »Nun ja, das ist im Augenblick wohl alles.«

Er starrte auf seinen Notizblock und klickte geistesabwesend im Maschinengewehrsalvenstakkato mit seinem Kugelschreiber herum. »Nun, das ist kläglich, Elizabeth, wenn Sie mir die Bemerkung erlauben. Absolut kläglich.«

Vom Restaurant aus reservierte er ihr einen Flug und brachte sie mit dem Taxi zum Flughafen.

»Aber hören Sie, Elizabeth, bitte«, sagte er, während das Taxi sich durch den Nachmittagsverkehr quälte. Der Himmel über Philadelphia war grau und leblos. »Fangen Sie an, sich selbst ein paar Gefallen zu tun. Und wenn Sie es nicht für sich tun, dann tun Sie es für mich und mein armes Gewissen.«

»Anwälte haben kein Gewissen«, erwiderte sie matt.

»Und ob. Ich bewahre meins in einer Kiste auf dem Speicher

auf.« Dann zählte er die einzelnen Punkte an den Fingern ab. »Erstens, reisen Sie nie mit dem Zug, dem eigenen Wagen oder, Gott bewahre, in einem verdammten Greyhound an. Sie sind jetzt eine große Nummer und tun all diesen Leuten einen Riesengefallen. Ihre Bemühungen könnten jemandem das Leben retten oder, noch entscheidender, jemand anderem ein paar Millionen Dollar sparen, okay? Wenn man Sie bittet zu kommen, bestehen Sie darauf, daß sämtliche Reisearrangements für Sie getroffen werden. Einschließlich Flugzeug, und zwar Business Class, dann ein Wagen – kein Taxi, sondern eine private Limousine –, der Sie am Flughafen abholt. Verstanden? Und Sheraton oder besser. Sie verlangen mindestens zweitausendfünfhundert pro Tag, Mindesthonorar ein Tagessatz. Und wenn es Ihnen nicht paßt oder eine Fluggesellschaft streikt, dann fliegen Sie nicht. Sagen Sie einfach ab.«

»Aber ich fühle mich verpflichtet zu fahren. Ich habe das Gefühl, sie sind abhängig von mir. Die Angehörigen, die Patienten.«

»Die Patienten kriegen nichts mit, Elizabeth! Sie vegetieren im Niemandsland, haben nichts vor und auch nichts dagegen, noch ein bißchen länger zu warten. Und die Familien haben wahrscheinlich schon seit Monaten, manche sogar seit Jahren gewartet. Die warten auch noch ein paar Tage länger.«

»Anwälte«, murmelte sie und starrte aus dem Fenster. »Und was ist mit der Klinik?« fragte sie. »Was brauche ich?«

Er atmete langsam aus. »Nun, technisch gesehen handelt es sich wohl um eine normale Pflegeeinrichtung. Das heißt, Sie brauchen ein Grundstück mit Gebäuden. Haben Sie schon etwas im Auge?«

Sie schüttelte den Kopf.

»Einen ordnungsgemäß lizensierten Stab von Medizinern und Krankenpflegern. Dann die Krankenhaus- und Büroeinrichtung sowie medizinische Apparate. Kommunikationsanlagen, Telefone, Faxgeräte, E-Mail, Empfangspersonal. Sie brauchen eine Eintragung im Handelsregister, einen Namen –«

»Perlman«, unterbrach sie ihn. »Das Perlman Institute.«

»Perlman Institute klingt prima. Sie brauchen eine Genehmigung vom Gesundheitsamt, die Zulassung, eine Praxis zu eröffnen, Genehmigungen zur Lagerung und Anwendung von Medikamenten und die offizielle Erlaubnis, jemandem die Nase zu putzen. Versicherungen. Sie brauchen haufenweise Versicherungen. Dazu professionelles Marketing, Buchführung, Personalwesen und Verwaltung.« Er lehnte sich kurz zurück und holte Luft. »Himmel, es ist endlos, ein juristisches Minenfeld.« Er sah sie an. »Sind Sie sich wirklich sicher, daß Sie es machen wollen? Absolut sicher?«

Es war Wahnsinn. Ein wunderschöner, aber unerfüllbarer Traum.

Sie blickte aus dem Fenster, als das Taxi an einer Schule vorbeirollte. Schmutziggrauer Backstein, mit Graffiti beschmiert, dicke Milchglasscheiben hinter Drahtgeflecht. Vier Meter hohe Maschendrahtzäune mit einer Krone aus Stacheldraht. Das war keine Schule, das war eine Festung; Lehrer mit steinernen Gesichtern patrouillierten auf dem Schulhof wie Wachmänner. Doch durch all den großstädtischen Dreck, das erdrückende Grau und das ewige, smoghaltige Dröhnen des Durchgangsverkehrs drang das unwiderstehliche Lärmen spielender Kinder, das himmelwärts flatterte wie Schwärme aufgescheuchter Tauben. Eine Reihe singender Mädchen hüpfte in perfekter Symmetrie zwischen zwei schwingenden Seilchen hin und her. Ein Rudel Sechsjähriger kreischte vergnügt auf, während eifrige Jungen auf der Jagd nach einem gestohlenen Kuß sie verfolgten wie Barrakudas einen Schwarm Makrelen. Sechstkläßler zielten mit einem Basketball auf einen verbogenen und ramponierten Korb an der Schulwand. Auf einer Seite des Schulhofs jagte ein zehn- bis zwölfjähriger Junge in weltvergessener Konzentration um zwei provisorische Torpfosten einem selbstgebastelten Hockeypuck hinterher.

Elizabeth schloß die Augen. »Ja«, sagte sie und lehnte ihre Stirn an die Scheibe. »Ja, ich bin mir sicher.«

»Okay. Was brauchen Sie sonst noch?«

»Ich glaube, ich brauche einen Geschäftspartner.«

* * *

Elizabeth nahm ihre Brille ab, steckte sie in die Tasche ihres Laborkittels, lehnte sich an die Wand und blies einen langen Seufzer in den stillen Nachthimmel über Virginia. Langsam ließ sie ihren Kopf gegen die Backsteinmauer sinken und betrachtete die geschwungene Deichsel des Großen Wagens, der über den das Gelände säumenden Tannen aufstieg. Es war eine wunderschöne Nacht, still und warm, die Luft erfüllt von Fliederduft und dem kräftigen Aroma der Kiefern, dazu das Zirpen der Grillen und der entfernte Schrei einer Eule. Ausgerechnet in einer solchen Nacht hatte sie Robert Willis verloren. Und jetzt mußte sie seinen Eltern erklären, wie. Und warum. Sie zitterte und schlang sich die Arme um ihren Oberkörper. Noch zwei Minuten.

Irgend etwas lief falsch, irgend etwas, das sie nicht erklären oder definieren konnte. Sie brauchte dringend Zeit. Zeit, es zu erforschen und zu analysieren, Zeit, jede mögliche Informationsquelle anzuzapfen, bis sie es festgemacht hatte. Sie brauchte Zeit zum Nachdenken. Aber sie hatte keine Zeit, sie hatte nie mehr Zeit. Die anderen warteten. Dutzende, Hunderte, mit ihren ängstlichen Augen, den leeren Blicken und stummen Mienen. Es war eine Szene, die sie oft spielte und gut, zu gut kannte. Oh, die Gesichter wechselten, bisweilen auch der Ort, und selbst der Text wurde jedesmal leicht variiert. Aber es war immer die gleiche Szene, die sich wieder und wieder von vorn abspulte wie ein Filmclip auf einer Endlosschleife. Sie schob ein paar widerspenstige blonde Strähnen ihres lose aufgesteckten, langen Haares zurück, atmete ein letztes Mal tief durch und ging um die Ecke zurück zum Eingang.

Mrs. Willis saß in einem Sessel in dem kleinen Wartezimmer. Der Kongreßabgeordnete stand mit dem Rücken zur Tür am Fenster. Lewis saß zusammengesunken in einem anderen Sessel und drückte sich mit einer Hand die Augen zu, als würde er schlafen.

»Herr Abgeordneter, Mrs. Willis, es tut mir leid, daß es so lange gedauert hat«, begann sie behutsam und schloß leise die Tür. »Es tut mir schrecklich leid, aber ich fürchte, ich habe schlechte Nachrichten für Sie.«

Mrs. Willis brach sofort zusammen. Mit bebenden Schultern kramte sie nach einem Taschentuch. Der Kongreßabgeordnete wandte sich langsam vom Fenster ab und trat neben seine Frau. Mit ausdrucksloser Miene, den Blick fest auf Elizabeth gerichtet, legte er eine Hand auf die Schulter seiner Frau. »Was ist passiert?« fragte er mit eisiger Stimme.

Elizabeth setzte sich auf den Stuhl neben Lewis. »Wie Sie wissen, hat Bobby vor vier Stunden einen Herzinfarkt erlitten«, sagte sie und holte tief Luft. »Wir haben Sie sofort angerufen. Sein Herzstillstand dauerte eine ganze Weile an. Wir haben das Herz dann wieder in Gang bekommen, konnten es jedoch nicht stabilisieren, und schließlich hat es erneut ausgesetzt.« Bis auf Mrs. Willis' gedämpfte Schluchzer war es vollkommen still. »Es tut mir sehr leid.«

»Warum?« fragte der Abgeordnete, vom Text des Drehbuchs abweichend. Sein Blick war noch immer starr auf Elizabeth gerichtet.

»Verzeihung?«

»Warum? Warum der Herzinfarkt? Was war die Ursache?«

Sie dachte nach. »Nun, das ist zu diesem Zeitpunkt schwer zu sagen, nach der Autopsie werden wir mehr darüber wissen. Aber es gibt natürlich eine Reihe von Faktoren.« Sie schlug den Blick nieder, während sie ihre Aufzählung begann. »Bobby war schon sehr lange bewußtlos, was bekanntermaßen sowohl die Wände der Herzkammern als auch die Blutgefäße schwächen kann, die Blut zum und vom Herzen transportieren. Dann gibt es die Krankengeschichte vor seiner Bewußtlosigkeit. Und es besteht die Möglichkeit, daß, wie Ihnen gewiß erklärt wurde, einige der Medikamente, die im Rahmen der Rückholtherapie verabreicht wurden, das kardiovaskuläre System außergewöhnlich stark belasten. Ebenso –« Sie hörte, wie jemand scharf einatmete.

»Hören Sie, Herr Abgeordneter, Mrs. Willis«, fuhr der neben ihr sitzende Lewis rasch dazwischen. »Dies ist für Sie beide ein extrem schwieriger Moment, und ich bin sicher, wir sind alle sehr müde. Vielleicht wäre es besser, wenn wir es für den Augenblick dabei beließen und die weiteren Einzelheiten zu einem späteren Zeitpunkt ausführlicher erörtern würden. Derweil möchte Ihnen das Perlman Institute sein tiefstes Mitgefühl und –«

»Sie halten sich da raus!« fauchte Willis ihn mit verzerrtem Gesicht an, bevor er sich wieder an Elizabeth wandte. »Ich will wissen, was Sie mit ›außergewöhnlich stark belasten‹ meinen. Heißt das, daß Sie ihn mit Ihren Medikamenten und – und ...«, er beschrieb eine vage Geste zur Decke, »... dem ganzen Elektrostimulationskram umgebracht haben?«

»Nein, das heißt es nicht.« Elizabeth bemühte sich, ihre Stimme unter Kontrolle zu halten. »Herr Abgeordneter, bevor Ihr Sohn bewußtlos wurde, hatte er eine lange Geschichte von Drogenmißbrauch hinter sich. Das allein könnte sein Herz irreparabel geschädigt haben.«

»Wollen Sie vielleicht sagen, es wäre unsere Schuld, verdammt noch mal?« Er brüllte jetzt, vor Wut bebend. Er blickte zu seiner Frau hinunter. »Sie behauptet, es wäre unsere Schuld!«

»Nein, das tue ich nicht. Natürlich tue ich das nicht.«

»Sie haben ihn getötet! Sie haben unseren Bobby getötet, und Sie werden dafür bezahlen. Was, zum Teufel, haben Sie überhaupt mit ihm gemacht da oben?«

Lewis sprang auf und breitete die Hände aus. »Hören Sie, Leute, Lizzie, das bringt uns doch nicht weiter.«

»Ich habe gesagt, Sie sollen, verdammt noch mal, die Klappe halten«, spuckte der Abgeordnete ihm ins Gesicht und wies mit dem Finger auf Lewis, bevor er erneut zu Elizabeth herumfuhr. Er machte einen Schritt auf sie zu, und seine Stimme wurde auf einmal leise und bedrohlich. »Ich will wissen, was Sie da oben mit ihm gemacht haben, verdammt noch mal, gefesselt und verkabelt wie eine Laborratte. Himmel Herrgott, sogar seine Eier haben Sie verdrahtet!«

»Wir haben versucht, ihn zu retten!« Elizabeth erhob sich unter Tränen. »Wir haben einfach bloß alles in unserer Macht Stehende versucht, ihn zu erreichen – begreifen Sie das nicht? Und wir waren so nah dran, wir hätten ihn beinahe gehabt.«

* * *

Sobald der Flug aus Philadelphia auf dem Logan-Flughafen von Boston gelandet war, nahm Elizabeth ein Taxi nach Hause, betrat ihre Wohnung, warf ihre Taschen auf einen Stuhl und griff zum Telefon. Als erstes rief sie Lewis Kern an und hinterließ eine Nachricht auf seinem Anrufbeantworter, in der sie ihm eine Partnerschaft und den Posten des Verwaltungsdirektors am Perlman Institute anbot. Anschließend rief sie Nathan an und erklärte ihm, daß sie unverzüglich loslegen würden, jetzt oder nie, und daß er im übrigen technischer Direktor werden sollte. Dann meldete sie sich bei den drei anderen Interessenten aus dem Krankenhaus, mit denen sie erste Vorgespräche geführt hatte, und bot ihnen eine Stellung an. Zuletzt rief sie die Perlmans an, entschuldigte sich für den Stillstand der jüngsten Zeit und versicherte ihnen, daß das Projekt nun wieder vorangetrieben werde.

Am nächsten Morgen reichte sie ihre Kündigung beim Boston General ein und bat darum, vor der festgesetzten Kündigungsfrist aus ihrem Vertrag entlassen zu werden. Sie stellte fest, daß man sie mit einer gewissen Erleichterung zum Ende der Woche ziehen ließ. Binnen weniger Stunden hatte sich die Nachricht im Krankenhaus verbreitet, und ihr Piepser schien gar nicht mehr stillzustehen, weil Freunde, Kollegen und manchmal sogar vollkommen Fremde sie anriefen, um ihre Unterstützung anzubieten, ihr Glück zu wünschen und, mehr als einmal auch, um nach einem Job zu fragen.

Am Nachmittag rief Lewis zurück und erzählte ihr, daß er bereits drei mögliche Objekte in die engere Wahl gezogen habe, von denen vor allem eines sehr vielversprechend klang: eine kleine Abtreibungsklinik, die unlängst von Menschenrechtsaktivisten zur Schließung gezwungen worden war. Sie befand sich in einer einsamen, bewaldeten Gegend irgendwo an der Grenze zwischen Virginia und Westvirginia, war modern, gut ausgestattet, ruhig, aber verkehrsgünstig gelegen und leicht zugänglich. Es bestand die Möglichkeit, die letzten acht Jahre eines auf vierzig Jahre angelegten Pachtvertrags zu übernehmen, zu einem Spottpreis, wie er erklärte.

»Meinen Sie, die Leute werden kommen?« fragte sie ihn irgendwann im Laufe der hektischen ersten Woche bange.

»Aber sicher«, erwiderte er. »Wie Wespen zu einem verdammten Picknick.«

Zwei Monate später waren sie in den neuen Komplex eingezogen. Während er sich unverzüglich darauf stürzte, praktische Details zu organisieren und sich Verwaltungsaufgaben zu widmen, begann Elizabeth, sich auf die Patienten vorzubereiten.

Die Monate, die sie mit Besuchsreisen kreuz und quer durch

Amerika verbracht hatte, erwiesen sich nun als nicht vergeudet. Sie hatten nicht nur Elizabeths Wissen und Verständnis für den Zustand der Patienten immens erweitert, sondern sie vor allem die Notwendigkeit gelehrt, eine erbarmungslose Selektion zu treffen. Bei der ersten, bei Bier und Pizza auf dem Boden der unmöblierten Empfangshalle abgehaltenen Betriebsversammlung wurde beschlossen, daß das Perlman Institute in erster Linie eine Klinik für Kinder sein sollte. In den zurückliegenden Monaten war es Elizabeth immer deutlicher bewußt geworden, daß ihre Arbeit jungen Menschen gewidmet sein sollte. Gary war sechzehn, seine Großeltern wollten, daß das Geld verwendet wurde, um Menschen wie ihm zu helfen, und es bestand kein Mangel an Patienten, die darauf warteten, sich helfen zu lassen. Außerdem wußte Elizabeth, daß junge Menschen, vor allem vor der Pubertät, die besten Patienten waren: Sie waren robuster und kräftiger, und die Erholungsfähigkeit, das Nervensystem und die Selbstheilungskräfte des Körpers waren bei ihnen stärker ausgeprägt und arbeiteten sehr viel schneller als bei älteren Patienten. Zweitens sollten Bewerber sorgfältig untersucht und durchleuchtet werden, bevor sie zu dem Programm zugelassen wurden. Gefährlich geschwächte Patienten sowie chronisch oder unheilbar Kranke konnten bedauerlicherweise nicht angenommen werden. Drittens lag die endgültige Entscheidung darüber, wer angenommen wurde und wer nicht, bei Elizabeth als medizinischer Leiterin der Klinik. »Ich werde mich auf gar keinen Fall von irgendwelchen redegewandten Anwälten überfahren lassen«, bemerkte sie spitz. Lewis kaute auf seiner Pizza herum und nickte ernst.

Während sie sich auf die Patienten und die klinische Einrichtung konzentrierte und Lewis sich der schier endlosen Flut von Papierkram widmete, war Nathan für die Zusammenstellung der technischen Ausrüstung verantwortlich. Mit einem kleinen Team von Assistenten wandelte er die Galerie des Operationssaals in eine technische Kommandozentrale um, indem er eine große Glasscheibe einzog und den angrenzenden Lagerraum zum Kontrollzentrum ausbaute, das sich rasch vom Boden bis zur Decke mit Batterien von computergesteuerten Geräten füllte, die täglich lastwagenweise eintrafen. Ehe sie sich versahen, waren alle Genehmigungen und Zulassungen eingeholt, die Ausrüstung aufgebaut und startklar, die Zimmer möbliert und das Personal vorbereitet. An einem Abend, nur sieben Wochen nach dem Einzug, rief Elizabeth alle Mitarbeiter in Lewis' Büro zusammen, das noch nach frischer Farbe und neuen Möbeln roch. An der Wand hingen seine juristischen und betriebswirtschaftlichen Diplome, ein Poster von Groucho Marx und eine riesige Pinnwand aus Kork, in deren Mitte ein einzelnes Polaroid von Gary Perlman prangte.

»Morgen vormittag wird ein neunjähriges Mädchen namens Becky Poulston mit einem Krankenwagen aus South Dakota hier eintreffen«, begann sie und nahm den Pappbecher mit Wein, den Lewis ihr anbot. Acht Menschen hockten im Halbkreis um sie herum auf dem Boden, auf Tischkanten oder an die Wand gelehnt und hörten ihr aufmerksam zu. »In den nächsten Tagen werden fünf weitere Kinder eintreffen. Weitere sechzig warten auf ihre Aufnahme. Sie können nicht zu uns sprechen, sie können uns ihre Gefühle, ihren Schmerz, ihre Bedürfnisse, Hoffnungen und Ängste nicht mitteilen. Sie können uns nicht von ihrer Isolation erzählen. Aber wir können ihnen zuhören. Wir können sie mit Respekt und Würde behandeln, uns ihrer mit Herz und Verstand und allen uns zur Verfügung stehenden Mitteln annehmen. Und ich glaube, wenn wir genau und aufmerksam und geduldig genug zuhören, werden wir sie verstehen. Unsere Rolle, unser einziges Anliegen und Ziel ist es, zuzuhören und wahrzunehmen. Und diese verlorenen Kinder durch Zuhören von jenem dunklen Ort, an den sie gegangen sind, zurückzuführen.«

Sie stellte ihren Becher ab. Niemand sagte etwas. Als das Telefon auf Lewis' Schreibtisch klingelte, sprangen alle auf. »Uups, da haben wir's!« scherzte er und griff nach dem Hörer. »Becky hat es sich anders überlegt.«

Eine der jüngeren Schwestern tupfte sich still die Nase, eine andere ergriff Elizabeths Hand. »Das war wunderschön, Lizzie, vielen Dank.« Nathan grinste sie vom Boden aus an, hob die Hand und bildete mit Daumen und Zeigefinger einen perfekten Kreis.

»Ein gewisser Van Winkle«, sagte Lewis und reichte ihr den Hörer. »Er möchte jemanden namens Rip sprechen.«

»Hallo?« sagte sie und lächelte, als einer von Nathans Assistenten ihr die Hand schüttelte.

»Hallo, meine Süße«, sagte ihr Vater.

Sie legte das Gespräch auf den Apparat in ihrem Büro. »Ich rufe bloß an, um dir viel Glück und alles Gute zu wünschen«, fuhr er fort. »Alles startklar?«

»Ich glaube schon.«

»Toll. Drängeln die Kunden sich schon vor deiner Tür?«

»Morgen kommt die erste Patientin«, antwortete sie leise, und ihr Herz sank. »Du bist nicht damit einverstanden.«

»Aber, Lizzie! Natürlich bin ich einverstanden«, beteuerte er. »Du leistest wichtige Pionierarbeit und betrittst absolutes Neuland. Wenn es das ist, was du wirklich willst, und du es aus den richtigen Gründen tust, warum nicht, verdammt noch mal? Zieh los und hinterlaß ein paar Spuren!« Schweigen legte sich über die Leitung. Aus dem Nebenzimmer, wo die Party mittlerweile in vollem Gange war, drang Gelächter. »Und außerdem«, tadelte er sie sanft, »seit wann kommt es denn auf mein Einverständnis an?«

»Du glaubst, es geht um Danny, stimmt's?«

»Tut es das?«

Sie legte den Hörer auf und sank in ihren neuen Bürostuhl

wie ein Ballon, dem die Luft ausgeht. Eine Weile blieb sie allein in ihrem dunklen Büro sitzen, das Gesicht in den Händen vergraben. Schließlich erhob sie sich und gesellte sich wieder zu der Party.

* * *

Lewis stand auf, streckte sich stöhnend und tapste auf Socken über den Teppich zur Kaffeemaschine, wo er sich seine Tasse noch einmal vollgoß und die Kanne in Elizabeths Richtung hielt. Aber sie schüttelte den Kopf. »Es ist nichts«, sagte er und kehrte an seinen Schreibtisch zurück. »Nur eine Abweichung, ein vorübergehender Defekt, ein Ausreißer in der Statistik. Alles wird gut, du wirst schon sehen.«

»Da bin ich mir nicht so sicher«, erwiderte Elizabeth nachdenklich. Sie saß, die Beine unter dem Körper angezogen, auf dem Sessel in ihrem Büro. Vor einer Stunde waren der Kongreßabgeordnete Willis und seine Frau weggefahren, und noch immer stand sie unter Schock. Die Attacke hatte sie in einer eigenartigen Mischung aus Anspannung und Teilnahmslosigkeit zurückgelassen, und bei dem Gedanken an die erhitzten Vorwürfe und die angedrohte Vergeltung wurde ihr übel. »Lewis, hältst du je inne, um darüber nachzudenken, was wir hier eigentlich machen?«

»Hast du in letzter Zeit meinen Eingangskorb gesehen?« Er wies mit der Kaffeetasse in der Hand auf seinen Schreibtisch. »Leider hab ich im Moment gerade keine Zeit, über den Sinn des Lebens nachzudenken.« Er versuchte sie aufzumuntern, sie aus ihrer düsteren Stimmung herauszureißen. Lewis wußte nur zu gut, daß die Tirade des Kongreßabgeordneten in der Hauptsache seiner Wut über das eigene Versagen als Vater zuzuschreiben war. Seine Drohungen würden im Sande verlaufen. Wahrscheinlich. Er warf einen raschen Blick auf seinen Aktenschrank. Andererseits… Sie durfte die Nerven nicht verlieren, nicht jetzt.

»Ob es falsch sein könnte, verstehst du?«

»Falsch?«

»Moralisch.«

»Ah, moralisch. Tut mir leid, ich bin Anwalt, moralisch haben wir nicht, weißt du nicht mehr? Für moralisch brauchst du einen Rabbi oder einen Elektriker oder so was.«

»Lewis, bitte.«

Er hob den Blick zur Decke. Vor dem Bürofenster brach sich ein erster Hauch von Grau am pechschwarzen Himmel Bahn. Weiter entfernt, tief im Wald, rief eine einsame Nachtigall. Er senkte den Blick und betrachtete sie. Sie trug noch immer ihren Kittel und hatte sich in den Sessel gekuschelt wie ein übermüdetes Schulmädchen. Sie sah kaum älter aus als manche ihrer Patienten. Ihre kornblumenblauen Augen spiegelten ihre Zweifel, und ihr Mund unter der leicht aufwärts gebogenen, mit Sommersprossen übersäten Nase wirkte klein und verkniffen. »Meinst du, ob *ich* je darüber nachdenke oder ob ich *je darüber* nachdenke, daß es moralisch falsch sein könnte?«

Ihre Blicke trafen sich. »Beides.«

»Im ersten Fall nicht viel und im zweiten gar nicht.« Er ließ den Blick erneut sinken, hob jedoch eine Hand. »Warte, Lizzie, hör mir zu. Erwarte nicht von mir, daß ich hier sitze und dir einen Haufen Lügen auftische, von wegen, daß ich eigentlich nur all diese armen Kinder retten will. Wir wissen es beide besser. Ich habe sehenden Auges die Chance auf Ruhm und Reichtum bei einer der angesehendsten Kanzleien der Ostküste ausgeschlagen und mich dafür entschieden, hier mit einem Haufen gesellschaftlich unakzeptabler Langhaariger im Dschungel zu leben, und zwar aus einem Grund. Vielleicht zwei.« Er hielt inne und legte den Kopf zur Seite. »Ich habe von Anfang an gesehen, daß deine Arbeit absolut bahnbrechend war. Das ist alles. Hohe Anforderungen, ja, enormer Druck, gewiß, ein hohes Risiko, zweifelsohne. Aber auch der Stoff, aus dem man weltweite Anerkennung, Nobelpreise und Tee-Einladungen ins Weiße Haus macht. Der Stoff, der immense Fördergelder der Regierung nach sich zieht, ausländische Investoren, unbegrenzte finanzielle Unterstützung durch Industriekonzerne. Und deswegen der Stoff, aus dem man richtig ernsthaft Geld machen kann. Das habe ich erkannt und auf der Basis dieser Erkenntnis eine wirtschaftliche Entscheidung getroffen. Das ist alles.«

»Wirklich?« fragte sie leise und suchte seinen Blick. »Für dich geht es nur ums Geld?«

»Absolut.« Er klopfte auf seine Armbanduhr. »Das und um nette, geregelte Arbeitszeiten.«

»Das kann ich nicht glauben.« Sie verfiel erneut in Schweigen. »Weißt du«, fuhr sie nach einer Weile fort, »je weiter wir mit unserer Arbeit vorankommen, je größer unser Wissen wird, je perfekter unsere Technik, desto unbehaglicher wird mir bei dem, was wir finden. Zum Beispiel Bobby Willis heute abend – er war zurück, er war da. Nathan hatte ihn, hatte ihn absolut. Er hat reagiert und Signale ausgesandt, stärker als je zuvor. Doch dann war es plötzlich, als würde er sich zurückziehen, als würde er sich absichtlich zurückziehen. Und Minuten später war er ganz weg.«

Lewis preßte die Handballen auf seine Augen. »Sieh dich um, Elizabeth«, sagte er müde und wies auf die Wände, wo Dutzende gerahmter Fotografien von Patienten mit ihren lächelnden Familienangehörigen hingen. Kunstvolle Collagen aus Zeitungs- und Zeitschriftenartikeln verdeckten seine Diplome. Seine Pinnwand war hinter einer Tapete aus Dankesbriefen verschwunden. »In etwas mehr als drei Jahren hast du siebenunddreißig Kinder vom Rand des Abgrunds zurückgeholt. Und jetzt hattest du einen schlechten Tag. Aber du wirst darüber hinwegkommen. Das ist alles.«

6. KAPITEL

Kurz vor elf kam Alison in die Küche. »Ich gehe jetzt nach oben«, sagte sie und spülte ihren Kaffeebecher aus. »Machst du das Licht aus und schließt die Tür ab?«

Er blickte von den Papierstapeln auf, die den ganzen Tisch bedeckten. »Klar. Soll ich noch mal nach Ben sehen?«

»Brauchst du nicht. Das mach ich schon.« Sie blickte auf den Tisch. »Wie läuft's?«

Er betrachtete das Gewirr von Unterlagen vor sich. »Ein mittlerer Alptraum, um ehrlich zu sein.« Er zwang sich zu einem Lächeln. »Jetzt weiß ich wieder, warum Bill für unsere Bücher zuständig war!«

»Kann ich irgendwas für dich tun?«

»Danke, aber ich glaube, ich hab's einigermaßen im Griff.«

»Na dann, viel Glück. Bis morgen früh?«

»Hm-hm, schlaf gut.« Er widmete sich wieder seinen Papieren und zwang sich zur Konzentration auf Liquiditätsprognosen und Bilanzen, während seine Ohren gegen seinen Willen ihren Schritten über seinem Kopf folgten. Zunächst langsam die Treppe hinauf, zum Lichtschalter und den Vorhängen im Schlafzimmer, dann ins Bad, ausziehen und duschen. Zurück ins Schlafzimmer, barfuß jetzt, daher die leiseren Schritte. Über den Treppenabsatz zu dem Schrank, wo sie Kleider zum Lüften aufhängte, dann in Bens Zimmer. Er schloß die Augen und wartete auf die Auflösung. Schließlich hörte er, wie ihre Schlafzimmertür geschlossen wurde, kurz darauf ein kaum vernehmbares

Quietschen, als sie die Decke zurückschlug und zwischen die Laken schlüpfte. Langsam atmete er aus und öffnete die Augen, um sich wieder in seine Zahlen zu vertiefen.

Eine halbe Stunde später klingelte das Telefon. Er nahm ab, hörte aufmerksam zu, legte den Hörer wieder auf und kaute nachdenklich an den Fingernägeln. Schließlich blickte er auf seine Uhr und ging nach oben.

Er klopfte leise, öffnete geräuschlos die Tür und flüsterte eine Entschuldigung in die Dunkelheit. Sie rührte sich, erwiderte leise, es sei in Ordnung, sie habe noch nicht geschlafen. »Komm rein.«

»Tut mir leid«, flüsterte er erneut. »Aber ich dachte, daß du es gleich wissen möchtest. Ich hatte gerade Colin Wie-heißt-er-Gleich am Telefon.«

»Wen?«

»C-C-C-Colin.«

»Ach ja?« Sie drehte sich zu ihm um. Er stand am Fußende des Bettes, eine große, gesichtslose Silhouette, eine Hand in der Tasche, mit der anderen verlegen seine Schulter umklammernd, während das Licht aus dem Flur seinen Schatten auf die Bettdecke warf. »Was wollte er denn?«

»Ein junges amerikanisches Mädchen, eine ehemalige Patientin der Klinik – du weißt schon, vom Perlman Institute –, sie ist mit ihren Eltern hier in England. Er hat sie untersucht, Tests durchgeführt und so weiter. Er dachte, wir hätten vielleicht Interesse, sie zu treffen und mit der Familie zu sprechen.«

»Mein Gott, ja.« Sie setzte sich auf und strich sich das Haar aus ihrem im Schatten liegenden Gesicht. Der verirrte Strahl einer Straßenlaterne warf einen rasiermesserschmalen, rosafarbenen Strich auf den weißen Stoff ihres T-Shirts und teilte die wohlgeformte Rundung in der Mitte. »Könnte unglaublich nützlich sein. Für uns alle. Vielleicht auch für Ben. Was meinst du?«

»Ja, sicher. Das Problem ist nur, daß sie für ein paar Tage ans Meer gefahren sind, bevor sie am Wochenende zurück in die Staaten fliegen. Es müßte also morgen sein.«

Sie überlegte. »Gut. Das paßt mir gut. Aber was ist mit dir? Du hast doch morgen nachmittag diese Präsentation wegen des Kuriervertrags.«

Es war sehr wichtig, eine große Chance, sie waren in der Endauswahl. Er zögerte kurz. »Kein Problem. Ich sage ab.«

»Bist du sicher?«

»Ja. Wir müssen fahren. Ich will es.«

Sie brachen am späten Vormittag auf. Jack rief die Amerikaner an und verabredete einen Termin. »Alles klar, wir treffen sie um sechs. Sie fahren gleich morgen früh zum Flughafen.«

Alisons Mutter half bei den Vorbereitungen und überredete sie, ein Hotelzimmer für die Nacht zu buchen. »Ihr könnt unmöglich noch heute nacht den ganzen Weg wieder zurückfahren«, bedrängte sie Alison und folgte ihr nach oben. »Macht mal eine richtige Pause. Die Küste von Suffolk ist wunderschön.« Sie warf einen Blick in Bens Zimmer; der Junge lag auf dem Bett und hörte Walkman. »Ich würde auch mitkommen, ich hab bloß keine Lust, den blöden Anstandswauwau zu spielen.«

»Mutter, nun fang nicht wieder damit an«, schimpfte Alison und öffnete ihren Kleiderschrank. »Du könntest natürlich mitkommen, wenn du willst.«

»Nein, kann ich nicht. Irgendein alter Knacker aus dem Golfklub hat mich morgen abend zum Essen eingeladen. Außerdem habe ich zwei Tage Frankie-Dienst, oder nicht?«

Alison lächelte. »Und es macht dir bestimmt nichts aus?«

»Überhaupt nichts. Ich habe gerade angefangen, ihr meine Lebensgeschichte zu erzählen.«

»Das würde jeden ins Koma sinken lassen«, murmelte Alison vor dem Kleiderschrank.

»Das habe ich gehört. Genauer gesagt, kommen wir gerade zu dem Teil ›Wie ich alles über Sex entdeckte‹. Das sollte ihre Aufmerksamkeit erregen.«

Alison richtete sich auf und kniff die Augen zusammen.

»Vergiß bitte nicht, daß sie erst sieben ist.«

* * *

Sie erreichten das Hotel gerade rechtzeitig für ein spätes Mittagessen. Die kleine Villa stammte aus der Jahrhundertwende, und alle Zimmer hatten Blick aufs Meer. Nach dem Essen bummelten sie durch die Innenstadt und schlenderten am Strand entlang. Es war ein milder Nachmittag, und ein sanfter Seewind wehte einen warmen Hauch von Salz und frischem Fisch über den steil abfallenden Kiesstrand. In einigen Fischerhütten kauften sie Weißfische und Sprotten. Jack schenkte Ben ein Segelschiff und setzte sich dann mit Alison an den Rand eines kleinen Teiches, wo Kinder ihre Modellboote schwimmen ließen. Stumm aßen sie ein Eis und beobachteten, wie er sein Schiff in stiller Konzentration über das Wasser kreuzen ließ.

»Du hattest recht«, sagte Alison nach einer Weile, schob ihre Sonnenbrille hoch, wandte ihr Gesicht himmelwärts und schloß die Augen.

»Hmm?« Jack beugte sich vor, stützte die Ellbogen auf die Knie und schleckte sein Eis. Ben setzte die Segel, ließ das Boot los und trottete sofort zur anderen Seite des Teichs, um es dort wieder in Empfang zu nehmen. Seine Baseballkappe wirkte überdimensioniert, aber trotzdem konnte man an den Ohren deutlich weiße Strähnen erkennen, und wenn er rannte, spiegelte sich die Sonne in den silbernen Locken an seinem Hinterkopf. Doch keines der anderen Kinder am Teich schien es zu bemerken, und Ben wirkte zum erstenmal seit Monaten vollkommen selbstvergessen ins Spiel vertieft.

»Dein infamer Urlaubsvorschlag«, fuhr sie fort. »Du hattest recht, es war eine gute Idee.«

Er nickte und beobachtete Ben. »Es ist gut, ihn mal wieder so gelöst zu sehen, und sei es nur für ein paar Minuten.«

»Nicht nur ihn.« Er spürte unvermittelt ihre Hand auf seinem Rücken, und ein Stoß durchzuckte seinen ganzen Körper wie ein Stromschlag. Er erstarrte, sein Eis blieb auf halbem Weg zum Mund in der Luft stehen. Zögernd drehte er sich zu ihr um. Sie hielt die Augen noch immer geschlossen.

Die Amerikaner wohnten bei Freunden in einem großen Haus am Stadtrand. »Sam Corning«, stellte sich der Vater mit einem breiten Lächeln vor, als sie dort ankamen. »Kommen Sie rein. Die MacNamaras werden erst später zurück sein, so daß wir das Haus eine Weile für uns haben.« Er war groß und breitschultrig mit kurzgeschorenem, blondem Haar. Ein Lieutenant Colonel der US Air Force, wie er erklärte, während er sie in einen sonnendurchfluteten Wintergarten führte. Hier gab es tropische Gewächse mit glänzenden Blättern, Orchideen mit exotischen Blüten und riesige Fuchsien. »Ich war vor einiger Zeit für zwei Jahre an der Luftwaffenbasis in Woodbridge stationiert. Es waren zwei der glücklichsten Jahre unseres Lebens, und wir kommen so oft wie möglich hierher zurück.« Er forderte sie auf, Platz zu nehmen, und verschwand in der Küche, um Getränke zu holen. »Die Mädchen werden zu uns stoßen, sobald sie sich frisch gemacht haben.«

»Es tut uns leid, hier einfach so reinzuplatzen«, sagte Alison, als er zurückkam. »Wir müssen Ihnen schrecklich zur Last fallen.«

»Keineswegs, ich bin froh, Ihnen helfen zu können.«

»Wie geht es Ihrer Tochter? Susie, nicht wahr? Wie gefällt es Susie in England?«

»Oh, sie liebt es, sie ist ganz verrückt danach. Sie hat einen

Riesenspaß und stellt dauernd irgendwas an.« Er zwinkerte Alison zu. »Kinder, Sie wissen ja.« Jack spürte ein vages Unbehagen in der Magengrube. Hinter der Fröhlichkeit verbarg sich eine Anspannung, ein lange ertragener Schmerz wie von einer alten Kriegsverletzung.

Ben nahm seine Cola mit einem schüchternen Dankeschön entgegen und setzte sich auf den Stuhl am Fenster. Von dort starrte er nach draußen auf die ordentlich gepflegten Rosenbeete und die von Buchsbäumen gesäumte weite, grüne Wiese mit dem kleinen Springbrunnen in der Mitte. Kurz darauf erfaßten seine Augen den Widerschein einer Bewegung auf der Scheibe, woraufhin er sich wieder umdrehte und mit ausdrucksloser Miene die Augen niederschlug.

»Ah, da sind ja meine Mädchen. Und wo habt ihr zwei euch so lange versteckt? Ich wette, ihr habt wieder irgendwas ausgeheckt.«

Sie saß in einem Rollstuhl und wurde von einem Hüftgurt in einer halb sitzenden, halb liegenden Position gehalten, die Knie unter einer karierten Decke angewinkelt. Ihr Kopf war um neunzig Grad nach rechts gewendet und beschrieb nickend endlose Kreise und Achten. Sie trug eine bestickte Sommerbluse, darunter waren ihre Arme nackt, weiß, astdürr und ebenfalls permanent in Bewegung, als würde sie mit den Händen einen obskuren orientalischen Tanz vorführen. Sie krümmten und wanden sich in den Gelenken, während ihre langen, skelettartigen Finger sich streckten und langsam hin- und herschwankten wie Anemonen. Ihre Augen standen weit offen, doch ihr Blick war unfixiert, und ihre Augäpfel rollten in ihren Höhlen wie rastlose Tiere. Suchend, jagend, ständig in Bewegung, erst zur Decke, dann zur Seite, auf den Boden und schließlich wieder zur Decke …

»… ist meine wundervolle Frau Linda und dies hier ist unsere kleine Susie.«

* * *

Sie aßen im Hotel zu Abend, nachdem sie Ben in Alisons Zimmer schlafen gelegt hatten. Der Speisesaal war halb leer, nur vier weitere Paare saßen an den kleinen Tischen mit den gestärkten roséfarbenen Tischdecken und den Lampen in Form eines Kerzenleuchters. Sie folgten einer jungen Kellnerin in schwarzem Rock und weißer Schürze zu einem Tisch am Fenster. Für einen Moment blieben sie stehen und blickten auf das in der Dämmerung glasgrau vor ihnen liegende Meer.

»Alles in Ordnung?« fragte Jack mit besorgtem Blick, als sie Platz nahmen. Alison nickte, ohne ihm in die Augen zu sehen. Im Schein der Lampe wirkte ihr Gesicht sehr blaß.

Susie Corning war im Alter von neun Jahren von einem betrunkenen Autofahrer auf ihrem Fahrrad angefahren worden. Wie es das Schicksal wollte, war der Mann anschließend nach Hause gefahren und hatte sich erschossen, wie ihr Vater berichtete und beiläufig hinzufügte, daß er ihm dabei gern behilflich gewesen wäre. Die Ärzte diagnostizierten schwere Hirnschäden und eine tiefe Bewußtlosigkeit und hielten es für unwahrscheinlich, daß sie je wieder aufwachen würde. Nach achtzehn Monaten, in denen keinerlei Veränderung eintrat und in denen Sam Corning offenbar jeden Neurologen im Südwesten genervt hatte, hörte er schließlich vom Perlman Institute und machte sich unverzüglich daran, eine Aufnahme seiner Tochter in die Wege zu leiten.

»Diese Dr. Chase«, fuhr er begeistert fort, »ist eine verdammt harte Nuß, das kann ich Ihnen sagen. Zuerst wollte sie Susie nicht aufnehmen, stimmt's, Linda?« Seine Frau saß mit ausdrucksloser Miene neben dem Rollstuhl ihrer Tochter und nickte. Ben saß am Fenster und beobachtete Susie aufmerksam, seine Augen folgten dem endlosen Ballett ihrer Arme, Hände und Augen. »Aber ein Corning gibt nie auf, wie mein Vater immer zu sagen pflegte. Er hat '43 zwei komplette Einsätze in Folge geflogen, habe ich Ihnen das schon erzählt, Jack? Mit einer B17 von hier in Suffolk. Jedenfalls habe ich sie belabert und belabert, und zuletzt hat sie nachgegeben. Drei Monate später...« Er wies stolz auf seine Tochter.

»Wie lange liegt die Behandlung in der Klinik zurück?« erkundigte Jack sich.

»Bald zwei Jahre.«

»Und wie steht es um die partielle Wiedererlangung ihres Bewußtseins, ihre kognitive Autonomie, ihre funktionale Unabhängigkeit?« fragte Alison.

»Verzeihung, Ma'am?«

»Kann sie kommunizieren, kommt sie allein zurecht, kann sie sich ausdrücken und so weiter?«

»Sie hört verdammt gut, sie kann sogar ein bißchen reden, sich jedenfalls irgendwie verständlich machen. Im Grunde kann sie so ziemlich alles tun, was sie will, stimmt's, Liebling?« Er beugte sich verschwörerisch vor. »Sie und Linda kommunizieren ganz großartig miteinander. Sie haben so eine Art geheimes Einverständnis, Frauengespräche nenn ich das immer. So daß ich nicht weiß, was sie jetzt wieder ausgeheckt haben, nicht wahr, Linda?«

»Gewiß.« Sie hatte eine Hand auf den Griff des Rollstuhls gelegt. Susie war Ben zugewandt und balancierte ihren wackelnden Kopf, als wäre er nur lose an ihrem Hals befestigt. Ihre Augen waren von einem durchdringenden Grün, ihr langes Haar hatte die Farbe von Mais. Er sah sie an, sein Blick unter dem Schirm der Baseballmütze ruhig und fest. Für einen flüchtigen Moment trafen sich ihre Blicke, ihr Kopf stand für den Bruchteil eines Augenblicks still, und der leise Hauch eines Lächelns huschte über ihre Lippen.

»Für Sie muß es doch manchmal recht schwierig sein«, sagte Alison leise zu Susies Mutter, um sie ins Gespräch zu ziehen. Lindas Gesichtszüge wurden weicher, doch sie sagte nichts.

Während des Abendessens wirkte Alison sehr still. Sie bestellten Garnelen und Seezunge, dazu eine Flasche Chablis. Zum Nachtisch wählte Jack einen Apfelkuchen vom Dessertwagen, während Alison mit einem höflichen Lächeln ablehnte.

»Weißt du, was sie gesagt hat? Susies Mutter, als wir gegangen sind?«

Jack griff nach seinem Glas. Er war mit Ben vorgegangen, weil Sam Corning darauf bestanden hatte, ihnen den Mercedes zu zeigen, den er gemietet hatte, während Alison und Linda ein wenig zurückgeblieben waren.

»Sie hat gesagt, sie hätten es nicht tun sollen.«

Er sagte nichts. Sein Blick wanderte zu dem dunklen Fenster und durch sein Spiegelbild hindurch zum Strand hinunter, vorbei an der weißen Gischtkante der sich sanft brechenden Wellen weit hinaus aufs Meer zu den langsam am Horizont entlangziehenden Lichtern einer Fähre. Über dem ölig schwarzen Wasser war ein heller Dreiviertelmond aufgegangen. Vereinzelte Lichter säumten den dunklen Kiesstrand. Angler machten es sich hinter grünen Windschutzplanen aus Segeltuch am Ufer bequem und spießten im Schein ihrer Öllampen sorgfältig ihre Köder auf Haken. Er wandte sich wieder Alison zu. »Wie wär's mit einem Spaziergang?«

»Ich schau bloß noch mal kurz nach Ben und hol meinen Mantel.«

* * *

Er lief in der Mitte einer Geschäftsstraße. Es war Nacht, die Straße lag verlassen da, und er ging ohne anzuhalten bis zu ihrem Ende. Wie unsichtbar wanderte er an dunklen Ladenfassaden, verriegelten Türen und zugezogenen Vorhängen vorbei. Die Nacht war pechschwarz und sternenklar, doch die altmodischen Laternen spendeten ausreichendes Licht. Ihm war gar nicht kalt, und er hatte das Boot unter den Arm geklemmt; die Seeluft auf seiner Haut fühlte sich so mild an, der Asphalt unter seinen nackten Füßen von der Hitze des Tages noch warm und ein wenig weich. Zur Rechten sah er durch vereinzelte Lücken zwischen den Geschäften und Häusern, daß der Mond ihm folgte, während er ruhig die Straße entlangging. An ihrem Ende bog er links ab und folgte einer weiteren Straße landeinwärts einen steilen Hügel hinauf bis zu einer dunklen, düsteren Kirche. Gegenüber der Kirche bog er erneut links ab und erreichte ein schwach beleuchtetes Viertel mit großen, von hohen Bäumen umstandenen Häusern in gepflegten Vorgärten. Stetig und selbstgewiß ging er weiter, vorbei am dritten und vierten Haus, bis er es gefunden hatte, bis er die Haustür erkannt und den Wagen gesehen hatte. Ohne zu zögern trat er zwischen hohen Backsteinsäulen hindurch auf die Einfahrt und hörte den Kies unter seinen Zehen knirschen. Als er das Haus erreicht hatte, folgte er einem schmalen gepflasterten Pfad um das Gebäude, vorbei an einem beleuchteten Raum mit hohen Fenstern, aus dem das Gelächter von Erwachsenen drang. An der Rückseite des Hauses bog er erneut ab und verschwand wieder in der Dunkelheit. Feuchtes Gras kitzelte unvermittelt kühl und weich unter seinen Füßen. Am Ende des Pfades sah er den großen, verglasten Raum in den Garten ragen. Im Schein vereinzelter schwacher Lichter warfen die Pflanzen und Blätter grüne Schatten. Als er näher kam, sah es aus, als würde der ganze Raum grünlich schimmern.

Sie war da und wartete geduldig auf ihn, saß auf ihrem Stuhl zwischen den Pflanzen, den Kopf in den Nacken gelegt, das Gesicht himmelwärts gewandt, während ihre Augen endlos über das sternenübersäte Firmament jenseits des gläsernen Daches wanderten.

Er kam direkt ans Fenster und drückte sein Gesicht an die Scheibe, sein Haar glänzte in der Farbe des Mondlichts, sein nackter Körper war schmal und blaß. Er lächelte, als sie zum Gruß die Arme hob und ihre Hände sich wanden und drehten und lautlos durch die weichen Schatten auf ihn zutanzten, während ihre grünen Augen leuchteten und lachten.

So blieb er stehen, gefesselt von dem intimen Ballett ihres Körpers, dem endlosen Auf und Ab ihrer Hände und Blicke. Nach einer Weile trat er vom Fenster zurück, hielt das Boot mit beiden Händen hoch über seinen Kopf wie eine Trophäe und lächelte. Vor ihr umspielte das Mondlicht seinen nackten, reglosen Körper. Dann trafen sich ihre Blicke noch einmal, und sie hoben ihre Gesichter ein letztes Mal zu den Sternen.

Dann war er verschwunden.

* * *

»Er ist nicht da!« Alisons Augen waren fassungslos aufgerissen.

»Was? Bist du sicher?«

»Ja. Er ist nicht im Zimmer, da bin ich mir sicher. Und auch nicht in deinem oder im Bad.«

»Mein Gott!« Kostbare Sekunden verstrichen, während sie einander ungläubig anstarrten.

Dann rannten sie erneut nach oben, um noch einmal überall nachzusehen. Sie blickten in den Schrank, unters Bett und in das angrenzende Zimmer. Sie klopften an Türen, und bald beteiligten sich andere Gäste und zuletzt auch das Hotelpersonal an der Suche. Der Manager sah auf dem Dach nach, der Koch durchsuchte die Küchen, und ein Barkeeper durchstreifte mit einer Taschenlampe den Garten.

»Ich werde draußen weitersuchen«, sagte Jack und faßte ihren Arm. »Wenn ihr ihn nicht hier irgendwo findet, solltest du besser die Polizei benachrichtigen. Ich werd mich schon mal im Ort umsehen. Versuch, ganz ruhig zu bleiben, es wird schon nichts passiert sein. Er kann nicht weit weg sein.« Sie nickte mit angstvoll aufgerissenen Augen und schluckte.

Er lief nach draußen und suchte den verlassenen Strand ab.

Dann machte er kehrt und folgte einer engen Gasse, die in die Geschäftsstraße mündete. An einem Ende verließ eine Gruppe von Menschen gerade ein Restaurant und stieg in ein wartendes Taxi. Aus der anderen Richtung näherte sich ein Wagen, und Jack winkte, doch das Fahrzeug hielt nicht an. Er suchte beide Straßenseiten ab, aber da war nichts, niemand.

Zehn Minuten später blieb er taumelnd stehen und rang, die Hände auf die Knie gestützt, nach Luft. Keuchend sah er sich um und versuchte sich zu erinnern. Aber er hatte überall nachgesehen. Am Strand, bei den Läden, bei dem Eisstand auf der Wiese, wo sie am Nachmittag gesessen hatten. Der Parkplatz, das Rathaus, das Kriegerdenkmal, die öffentlichen Toiletten, der Teich. Er erstarrte, als er aus dem Augenwinkel eine leise Bewegung wahrnahm. Der Teich. Er lag etwa hundert Meter entfernt neben dem Rathaus. Etwas hatte sich auf dem Wasser bewegt. »Ben?« Er lief los, eiskalter Schweiß rann seinen Rücken hinunter. »Ben!«

Es war das Modellsegelboot, das er ihm am Nachmittag gekauft hatte. Er verlangsamte seine Schritte, als er mit pochendem Herzen näher kam, vor Angst wie hypnotisiert. Doch der Teich war leer, nur die Yacht dümpelte friedlich auf dem Wasser. Ben war hier gewesen, er mußte hier gewesen sein. Jack sprang auf die Backsteinmauer, die den Teich umgab, und blickte suchend über die Promenade, den Parkplatz, hinüber zum Strand und zum Meer.

»O Gott!« Das Meer. Er konnte einen winzigen weißen Fleck ausmachen, weit jenseits der sanft anrollenden Brandung. Eine Möwe? Ein auf dem Wasser treibender Pappbecher? Er sprang von der Mauer und riß sich noch im immer schneller werdenden Lauf über den steilen Kiesstrand Schuhe und Jacke vom Leib, stürzte sich in die Fluten und tauchte unter. Das eiskalte Wasser raubte ihm den Atem, das gedämpfte Rollen und Rauschen der Brandung summte in seinen Ohren. Kurz darauf tauchte er, heftig mit den Beinen strampelnd, wieder auf und schob sich in schnellem Rhythmus durch das Wasser, so daß sein Körper eine gerade, weiße Furche in die glatte, schwarze Oberfläche pflügte.

Auf halber Strecke hielt er inne und versuchte keuchend, sich zu orientieren. Er konnte ihn nicht mehr sehen. »Ben!« Als er sich umwandte, erkannte er, daß sich zwischen ihm und der Küste bereits ein breiter, schwarzer Abgrund auftat. Die Lichter entlang der Promenade waren zu einer winzigen, funkelnden Halskette geschrumpft, und ein Wagen huschte geräuschlos am Ufer entlang wie ein Spielzeugauto. Wasser tretend wandte er sich hektisch in diese und jene Richtung, während er mit wachsender Panik die bodenlose kalte Tiefe unter seinen strampelnden Beinen spürte. »Ben!« rief er verzweifelt und mit vor Kälte klappernden Zähnen.

Auf einmal hörte er hoch über seinem Kopf ein Krachen. Im nächsten Moment war das Meer um ihn herum in strahlendweißes, flüssiges Licht getaucht. Er sah ihn sofort, direkt vor sich, vielleicht zwanzig bis dreißig Meter entfernt, unbeirrt aufs offene Meer hinausschwimmend. Sein feuchter, silberner Haarschopf glänzte im grellen Lichtschein des Leuchtfeuers wie blanker Stahl. »Ben!« Jack schätzte die Entfernung, kraulte hektisch weiter und zählte seine Züge. Zwanzig Sekunden später hatte er ihn erreicht.

Er paddelte immer noch weiter. Langsam, aber zielstrebig, das Kinn über Wasser, die kleinen Schultern sanft von einer Seite zur anderen rollend, schwamm er ruhig und stetig auf den entfernten Horizont zu. Und er summte, brummte leise und amelodisch vor sich hin wie eine Biene über einer Blüte. Als Jack ihn erreichte und rasch einen Arm um seine nackte Hüfte legte, hörte er auf zu summen. Er machte auch keine Schwimmbewegungen mehr. Sein ganzer Körper wurde mit einemmal schwer, und seine Gesichtszüge erschlafften im flackernden Licht des verglühenden Signalfeuers. Sekunden später tauchte die Rakete ganz in der Nähe mit einem bösartigen Zischen ins Meer, und undurchdringliches Dunkel umfing sie.

* * *

Jack saß an seinem Schreibtisch und starrte aus dem Fenster. Er hatte seine Beine ausgestreckt und die Arme verschränkt, seine Miene war vollkommen ausdruckslos. Auf dem Flugplatz herrschte geschäftiges Treiben. Drei Fluglehrer summten mit ihren Maschinen kreisend über dem Gelände wie nimmermüde Wespen. Gerade war ein Shuttle aus Rotterdam gelandet. Jede Minute sollte eine King Air, eine von Heywood-Knights eigenen Maschinen, aus Dublin ankommen. Eine bullige Lockheed L1011 mit breitem Rumpf, die noch vor kurzem Passagiere befördert hatte und nun in einen riesigen, fliegenden Militärtanker umgebaut worden war, rollte zögernd in die Startposition für ihren ersten Testflug. Normalerweise hätte er solche Aktivitäten unwiderstehlich gefunden und wäre an einem Nachmittag wie diesem mehrfach geradezu magnetisch von seinem Schreibtisch ans Fenster gezogen worden, um das Kommen und Gehen zu beobachten. Doch heute starrte er nur teilnahmslos vor sich hin und sah den bauschigen weißen Schönwetterwolken nach, die vor dem Fenster vorbeizogen.

Die Gegensprechanlage auf seinem Schreibtisch summte. Es war Carol: DDL Air Couriers bat um die Klärung einiger Detailfragen bezüglich seines Angebots.

»Könntest du das übernehmen, Carol? Oder sag ihnen, ich rufe sie später zurück oder irgendwas.« Er legte den Hörer auf und hing weiter seinen Gedanken nach.

Der katastrophale Besuch an der Küste lag vier Tage zurück. Zehn Minuten, nachdem Jack Ben erreicht hatte, wurden sie von der Mannschaft eines Schnellboots der Küstenwache aus dem

Wasser gezogen. Sie verbrachten die Nacht in einem Krankenhaus in Ipswich, wo die Ärzte feststellten, daß sie beide bis auf eine leichte Unterkühlung und wahrscheinlich einen Schock körperlich unversehrt waren. Am nächsten Tag fuhren sie zu dritt nach Cambridge zurück, wo Ben ins Bett gesteckt und noch einmal von seinem Hausarzt untersucht wurde. Er wirkte vollkommen unverändert, als wäre nichts geschehen. Still, in sich gekehrt, aber von dem Drama offenbar nicht traumatisiert.

Im Gegensatz zu Jack. Er fühlte sich mut- und antriebslos und konnte nicht schlafen, sondern wälzte sich in dem Bett im Gästezimmer hin und her, verfolgt vom Bild seines zwölfjährigen Sohnes, der ruhig und entschlossen aufs offene Meer hinausschwamm. Später, als er endlich einschlief, quälten ihn Alpträume, in denen er sich in verzweifelter, blinder Panik über sturmgepeitschte Ozeane kämpfte oder orientierungslos durch dunkle Straßen rannte, auf der Suche, immer wieder auf der Suche.

»Es gibt da etwas, und ich halte es für meine Pflicht, es Ihnen beiden gegenüber offen anzusprechen«, hatte der Hausarzt unten in der Küche gesagt, nachdem er Ben untersucht hatte. Er war der Arzt der ganzen Familie und kannte sie alle gut. Sie vertrauten ihm. »Wie Sie wissen, bin ich kein Spezialist«, sagte er und nahm ein winziges Glas Sherry, das Alisons Mutter ihm angeboten hatte, »aber ich versuche die Dinge auch ganzheitlich zu betrachten. Ich schaue mir den ganzen Körper an, die ganze Familie, das ganze Bild. Ich habe mich nur gefragt, ob Sie die Möglichkeit in Betracht gezogen haben, daß es zwischen Bens Verhalten und dem Zustand seiner Schwester einen Zusammenhang geben könnte.«

»Nun, ja, selbstverständlich«, sagte Alison mit verwirrter Miene. »Wir verstehen, daß der Schock von Frankies Unfall und wahrscheinlich auch seine unterdrückten Schuldgefühle ...«

Der Arzt hob die Hand, um sie zu unterbrechen. »Das habe

ich nicht gemeint«, sagte er. »Haben Sie je die Möglichkeit in Betracht gezogen, daß Sie, indem Sie Frankies Existenz verlängern, auch Bens Probleme nur in die Länge ziehen und wahrscheinlich sogar noch schlimmer machen?« Er leerte sein Glas, überreichte Jack ein Rezept für Schlaftabletten und verabschiedete sich.

Jack und Alison hatten bisher noch nicht in Ruhe über den Besuch bei den Cornings gesprochen, weil die ganze Episode vom Entsetzen über Bens Reaktion überlagert gewesen war. Doch Jack wußte, daß die Erfahrung sie erschüttert und zutiefst enttäuscht hatte. Und er war wütend darüber, daß sie nicht besser vorbereitet gewesen waren. Vom Büro hatte er Colin Winstanley angerufen.

»Es t-t-tut mir schrecklich leid, wenn Sie den falschen Eindruck gewonnen haben«, stotterte er. »Aber aus meiner Sicht ist sie ein bedeutender F-F-Fall. Die Wiedererlangung eines solchen k-k-kognitiven Levels nach derartig massiven Hirnschäden g-g-grenzt an ein Wunder.«

»Aber ist das wirklich das – das Beste, was wir für Frankie hoffen können?« fragte Jack verlegen.

»G-g-gütiger Gott, ich fürchte, das läßt sich unmöglich sagen.«

Dann hatte eines späten Abends Linda Corning angerufen, kurz nach ihrer Rückkehr nach Fort Worth. »Nehmen Sie meinen Einwand nicht allzu ernst«, begann sie leise. »Ich war an jenem Tag einfach nur müde. Sam kann sehr anstrengend sein, und Susie macht viel Arbeit. Wir haben wahrscheinlich einfach zuviel unternommen.«

»Wie geht es ihr?«

»Oh, gut, gut«, sagte Linda fröhlicher. »Um ehrlich zu sein, wirkt sie seit Ihrem Besuch ziemlich aufgedreht, trotz der Reisestrapazen und allem. Sehr munter, sehr – wie sagt man – lebhaft.«

Verlegen nach den richtigen Worten tastend, versuchte Alison

Linda nach ihren Gefühlen für Susie zu fragen und ob sie den Eindruck habe, daß Susie sie überhaupt erkannte.

»Die Wahrheit ist, ich weiß es einfach nicht«, erwiderte sie. »Manchmal denke ich, da ist etwas, sie erkennt mich, sie kommt voran, verstehen Sie, sie macht Fortschritte. Und dann bin ich mir manchmal wieder ganz sicher, daß da nichts ist.« Es entstand ein längeres Schweigen. »Verstehen Sie mich nicht falsch, Mrs. Heywood«, fuhr sie schließlich fort, »ich liebe meine Tochter. Aber sie zurückzuholen hat unser Leben, mein Leben zerstört. Sie braucht ständige Pflege. Vierundzwanzig Stunden, rund um die Uhr.«

Jack nahm einen Kugelschreiber von der Schreibtischunterlage und spielte gedankenverloren damit herum. Wenig später klingelte das Telefon erneut. Er schnellte nach vorn und riß den Hörer von der Gabel. »Carol, ich ...« Aber es sei Dr. Pritchard, meldete Carol, Bens Psychologin, die seinen Anruf erwiderte.

Seit dem Zwischenfall am Meer hatte sie Ben zweimal gesehen und mit Alison und Jack mögliche Erklärungen gesucht sowie die Frage erörtert, was es bedeuten und ob so etwas eventuell noch einmal passieren könnte.

Jack nahm den Anruf entgegen und redete eine Weile mit ihr über Ben, wobei sie einige dieser Punkte erneut diskutierten. »Wollten Sie mich etwas Bestimmtes fragen?« erkundigte sich Heather nach einigen Minuten vorsichtig.

»Ja, ja. Das wollte ich in der Tat«, sagte Jack und rieb sich die Stirn. »Ich wollte Sie bloß fragen ... wir haben das Thema nie wirklich angesprochen, und ich möchte ... ich möchte meine Frau nicht ohne Not noch weiter beunruhigen. Deshalb habe ich Sie auch gebeten, mich hier im Büro anzurufen. Sie macht sich natürlich sehr große Sorgen, das tun wir alle, aber unser Hausarzt hat neulich etwas erwähnt, und ich wollte nur wissen, für meinen eigenen Seelenfrieden und, nun ja, um Klarheit zu gewinnen, wenn Sie so wollen ...«

»Sprechen Sie weiter, Mr. Heywood«, sagte sie sanft. »Nehmen Sie sich Zeit.«

Er atmete tief ein und kniff die Augen fest zu. »Wäre es besser für Ben, wenn Frankie sterben würde?« Sein Herz pochte bis zum Hals.

»Ja, das ist durchaus möglich«, antwortete Heather ganz ruhig. »Ich muß gestehen, daß mir der gleiche Gedanke in letzter Zeit auch ein paarmal gekommen ist. Wie ich bereits sagte, hält irgend etwas Bens Genesung auf. Unter normalen Umständen, wenn Frankie beispielsweise sofort tot gewesen oder nach dem Unfall gestorben wäre, hätte man erwarten können, daß Ben einen einigermaßen natürlichen Trauerprozeß durchläuft. Im Rahmen eines solchen Prozesses macht man viele verschiedene Phasen und Emotionen durch – Schock, Wut, Leugnung, Aggression, Schuld, Trauer und so weiter –, aber es gibt eine gewisse Folge, so daß der Zyklus irgendwann abgeschlossen ist und man erwarten könnte, daß sein Leben langsam, aber sicher zur Normalität zurückkehrt. Bei Frankies augenblicklichem Zustand jedoch …«

»Er hängt in der Luft«, sagte Jack düster.

»Wenn Sie so wollen. Ben kann den Prozeß jedenfalls nicht in normaler Weise durchlaufen und abschließen. Es ist, als wüßte er nicht, ob sie lebt oder tot ist, so daß seine Psyche nicht weiß, wie sie darauf reagieren und damit umgehen soll. Deswegen reagiert sie gar nicht.«

Jack atmete aus und ließ den Kopf nach hinten auf die Lehne seines Stuhls sinken. »Wie ist die, ähm, Prozedur, ich meine, wie ist das Verfahren?« Er starrte blind an die Decke. »Falls wir uns entscheiden sollten, diese Option der Situation in Erwägung zu ziehen?«

»Sie meinen, wenn Sie Frankies lebenerhaltende Maschinen abschalten lassen wollen?«

»Ja.«

»Ich fürchte, was das betrifft, so müssen Sie professionellen Rat einholen, Mr. Heywood, dazu kann ich Ihnen nichts sagen. Aber die Verwaltung des Krankenhauses und deren Justitiare, Frankies Ärzte und Ihr eigener Anwalt sollten Ihnen da helfen können. Soweit ich weiß, kann es ein sehr langwieriger Prozeß sein.«

»Ja, natürlich.«

»Gibt es sonst noch etwas?«

»Wie sicher können wir uns sein? Ich meine, was, wenn wir uns irren, in bezug auf Ben? Was, wenn die Entscheidung, Frankie sterben zu lassen, ihm nicht weiterhilft?«

»Sicherheiten kann Ihnen niemand geben. Ich weiß, die Vorstellung ist schrecklich, aber Sie müssen auch mit der Möglichkeit leben, daß es ihm nicht hilft.«

* * *

Er erklärte Carol, daß er sich dringend mit einem Kunden treffen müßte und über sein Handy erreichbar wäre, wenn sie ihn brauchte. »Es wird wahrscheinlich spät werden«, sagte er, ohne sie anzusehen, »also, bis morgen früh.«

»Ich habe mit DDL gesprochen«, sagte sie eilig und sah ihn fragend an. »Sie sind sehr zufrieden mit unserem Angebot. So wie es sich anhört, würde ich sagen, wir kriegen den Auftrag.«

»Oh, prima«, sagte er leise und wandte sich zur Tür.

»Jack?« Sie nahm das Handy von ihrem Schreibtisch.

Er verzog das Gesicht und steckte es in die Tasche. »Danke.«

Er fuhr hinaus nach Granchester und ging lange am Fluß spazieren. Es war ein strahlender Nachmittag, und die Uferpromenade war stark bevölkert mit spielenden Kindern, Paaren mit Hunden und Müttern mit Kinderwagen. In seinem Bedürfnis, allein zu sein, ging er zielstrebig weiter, obwohl er sich in seinem Anzug und den polierten Schuhen seltsam fehl am Platz fühlte. Nach einer Weile wurde der Weg einsamer, nur hin und wieder traf er einen einzelnen Wanderer oder einen einsam am Fluß sitzenden Angler. Ihm wurde heiß, und er zog die Jacke aus, warf sie über die Schulter, löste im Gehen seine Krawatte und rollte seine Hemdsärmel auf.

Er wanderte immer weiter, und mit jeder Meile wurde der Weg schmaler und überwucherter. Er kletterte über Zäune, stapfte über Kuhweiden und sprang über Schlammlöcher. Bald waren seine Schuhe verdreckt und die Hosenbeine bis zu den Knien feucht und mit Grassamen bedeckt. Schließlich blieb er keuchend und mit summendem Kopf stehen und blickte sich um, als wäre er plötzlich aus einem Traum aufgeschreckt. Weit und breit war keine Menschenseele zu sehen. Hoch über ihm zwitscherte laut eine einsame Feldlerche, auf einer Wiese in der Nähe kauten Schafe an dem satten, grünen Gras, ohne von seinem plötzlichen Auftauchen Notiz zu nehmen. In der Ferne zog ein Traktor seine Bahnen und pflügte neue, dunkle Furchen in den blassen Boden.

Er setzte sich ans Flußufer und blickte auf das träge unter überhängenden Bäumen dahinfließende grüne Wasser und die Gräser und Äste, die langsam in der Strömung trieben. Wenn ein Fisch auf Nahrungssuche mit einem Platschen kurz aus dem Wasser tauchte, bildeten sich auf der Wasseroberfläche winzige Strudel. Plötzlich huschte ein blitzender, leuchtendblauer Schimmer über das Wasser: ein Eisvogel, der nur Zentimeter über der glasigen Oberfläche dahinschoß. Mit seinem Blick folgte er seinem Flug, bis er hinter dem Schilf verschwunden war.

Er faltete seine Jacke, legte sie unter seinen Kopf und streckte sich im hohen Gras aus. Eine Weile starrte er in das unendliche Blau des Nachmittagshimmels und lauschte dem Ruf eines einsamen Teichhuhns und dem Rauschen der Blätter in den Bäumen. Sein Atem wurde schwerer, als er den durchdringenden warmen Duft der Flußgräser und Mohnblumen einsog, und er spürte dankbar, wie er ins Nichts hinüberglitt.

Als er aufwachte, war es dunkel. Ihm war kalt, sein Nacken war steif und sein Hemd feucht vom Tau. Er blieb ein paar Minuten reglos liegen, um sich zu sammeln, und blinzelte zu dem aufziehenden Sternenhimmel hoch. Dann erhob er sich, klopfte sich das Gras von den Kleidern und machte sich auf den langen Rückweg zu seinem Auto.

Im Krankenhaus war es still, und der Mann, der an der Rezeption Nachtdienst verrichtete, blickte nur beiläufig von seiner Zeitung auf, als Jack die Halle durchquerte und auf die Fahrstühle zuging. Im fünften Stock war alles friedlich, die Nachtbeleuchtung war eingeschaltet. Das Schwesternzimmer war leer, doch aus dem angrenzenden Lagerraum hörte er Stimmen. Rasch drückte er sich am Empfang vorbei und eilte den Flur hinunter. Lautlos öffnete er die Tür zu dem dunklen Zimmer und lauschte dann mit zusammengebissenen Zähnen, wie sie wieder ins Schloß fiel.

Sie lag auf der Seite, das Gesicht zum Fenster gedreht, halb im Schatten, halb im Licht der schwarzen Nachtlampe an der Wand über ihrem Bett. Er setzte sich auf die Bettkante und griff unter dem Laken nach ihrer Hand. Sie war schlaff und leblos, und er vermißte ihren warmen Druck, trauerte um das verlorene Vergnügen zu spüren, wie sie sich instinktiv in seine legte, wenn sie zu den Schaukeln oder zum Einkaufen gingen. Oder zur Schule.

Nach ihrer Geburt hatte er Alison in einem, wie er es hinterher schmerzhaft nannte, unerklärlichen Anfall sentimentaler Schwäche erklärt, daß er sich um Frankies nächtliche Fütterung kümmern würde. Ben war noch ein Kleinkind und sehr fordernd. Und seit Alison sich auch noch um das neue Baby kümmern mußte, waren ihre Tage vom Morgengrauen bis zur Dämmerung restlos ausgefüllt. Abends war sie total erschöpft, und es war das mindeste, was er tun konnte.

Anfangs war es ein Alptraum, das reinste Chaos. Frankie meldete sich pünktlich wie eine Schiffssirene alle halbe Stunde, so kam es ihm vor, und er quälte sich mit wirrem Haar und vor Schlafmangel wie erschlagen aus dem Bett. Mit verquollenen Augen nahm er den unordentlichen Inhalt der Wiege und trug ihn mit gestreckten Armen vor sich her in die Küche, wo er ihn als protestierendes Bündel auf dem Tisch deponierte. Dort lag es, kreischte wütend und strampelte gegen die Decke, während er unbeholfen das Fläschchen zubereitete. Er tat sich schwer mit der exakten Dosierung des Milchpulvers und kontaminierte die makellos sterilen, aber unerklärlich zahlreichen Einzelteile der Milchflasche durch endloses Rumhantieren. Er fluchte über winzige Häkchen und Druckknöpfe, während sie sich gemeinsam – sie blau angelaufen und zutiefst empört, er mit schmalen Augen und atemlos – in den verhaßten und unsagbar schrecklichen Kampf des Windelwechselns stürzten.

Wenn sie schließlich eingestöpselt in seinen Armen lag, breitete sich Ruhe aus im Haus. Sie saugte eifrig und in einem gierig pumpenden Rhythmus an der Flasche in seiner Hand, und ihre klaren, blauen Augen musterten ihn argwöhnisch. Wenn die Flasche zur Neige ging, wurde sie müde, das Saugen verlangsamte sich, und ihre Augenlider wurden schwer, bis ihre Lippen den Sauger schließlich mit einem leisen Plop freigaben. Dann trug er ihren reglosen Körper nach oben, legte ihn in die Wiege und fiel erschöpft ins Bett. Aber nur Minuten später, so schien es, begann das Ganze von vorn.

Doch nach einigen Wochen entwickelten sie eine gewisse Routine. Er machte die Fläschchen schon vor dem Schlafengehen fertig und setzte eine gewisse Regelmäßigkeit durch, bis sie einen Fütterungsrhythmus gefunden hatten, der ihnen beiden paßte. Ihre inneren Uhren synchronisierten sich, und oft wachte er kurz vor ihr auf und stand schon an ihrer Wiege, bevor ihre Mißfallensbekundungen ihre volle Phonstärke erreicht hatten. Sobald er sie hochnahm, legte sich ihr Geschrei, und sie ließ sich zufrieden und in wohliger Erwartung an seine vertraute Schulter sinken.

Wenn sie in die Küche kamen, zündete er ein paar Kerzen an, schaltete Alisons tragbaren Fernseher ein und ließ im Hintergrund nächtliche Seifenopern laufen oder schob die Greatest Hits der Eagles in den Kassettenrecorder. Das Windelwechseln verlief bald vollkommen problemlos. Sie begriff, daß der Sauger um so schneller in ihren Mund kam, je schneller es vorbei war, und sah mit ernstem Blick zu, wie er sie sorgfältig abwischte, eincremte und puderte. Er lernte, daß es wichtig war, ein Fütterungstempo zu finden, eine gewisse Kontrolle über ihren Saugrhythmus auszuüben und ihr zu helfen, um sicherzugehen, daß sie für den entscheidenden letzten Schluck noch wach war.

Danach spielten sie zehn Minuten miteinander; er summte ihr amelodisch die Eagles vor, während sie an einem Knopf seines Pyjamas spielte oder sabbernd an seinen Fingerknöcheln lutschte. Sie waren allein und zufrieden. Vertieft in ihr Miteinander, während in dem stillen Haus und den dunklen Straßen draußen die Welt ahnungslos schlief. Er hatte es Alison nie erzählt, aber als Frankie anfing durchzuschlafen und das nächtliche Füttern aufhörte, hatte er es vermißt.

Er streckte die Hand aus und strich ihr das Haar aus dem Gesicht, streichelte über ihre warmen Wangen und wischte mit dem Daumen eine getrocknete Tränenspur ab. »You can't hide your lying eyes«, flüsterte er leise und fuhr mit den Fingerspitzen über die Konturen ihres Gesichts. Über ihre sanft geschwungene Stirn, den Nasenrücken und die zarte Vertiefung oberhalb der Lippen, bis ihr Gesicht vor seinen Augen verschwamm, weil ihm die Tränen kamen. »And your smile's a thin disguise …« Seine Finger wanderten weiter über ihre zu einem leichten Schmollmund geschwungenen Lippen und die Wölbung ihres Kinns. Sie folgten der Linie ihres Halses bis zu dem flachen Tal oberhalb ihres Brustkorbs. Und weiter, bis er, den

Kopf gesenkt, mit bebenden Schultern das unnachgiebige, geriffelte Plastik des Beatmungsschlauchs ertastet hatte. Aus seiner Tasche ertönte ein leises Summen. »... thought by now you'd realize ...« Das Telefon. Es war das Handy! Gleichzeitig hörte er Schritte auf dem Flur. Er schreckte zusammen, tastete nach dem Handy in seiner Jacke, das Klingeln wurde lauter, als er es aus der Tasche zerrte und verzweifelt versuchte, die richtigen Knöpfe zu drücken. Die Tür ging auf, und eine Krankenschwester streckte mit entsetztem Gesicht den Kopf herein. »Was machen Sie –«

»Hallo?« tönte eine blecherne Stimme aus dem Telefon. »Hallo, Jack, bist du das?«

»Gütiger Himmel, Mr. Heywood«, sagte die Schwester, als sie ihn erkannte. »Was um alles in der Welt machen Sie denn mitten in der Nacht hier?« Sie öffnete die Tür ein Stück weiter, drückte auf den Schalter an der Wand, und das Deckenlicht flackerte blendend auf.

»Jack, kannst du mich hören?« Ihre Stimme klang angespannt und nervös.

»Mr. Heywood, ist das etwa ein Funktelefon? Himmel Herrgott, gerade Sie sollten es besser wissen.«

»Ja, ähm, Alison, ich kann dich hören, was ist denn?« stotterte er und wischte sich hastig mit dem Ärmel über die Augen.

»Es ist wegen Susie Corning.«

»Wer? Susie, ja, Susie Corning.« Die Schwester stand noch immer in der Tür und sah ihn mit argwöhnisch gerunzelter Stirn an, bevor ihr Blick durch das Zimmer zu den Monitoren, dem Bett und Frankie wanderte. »Susie, ja, Alison, was ist mit ihr?«

»Sie ist tot.«

7. KAPITEL

Lewis legte seufzend den Hörer auf und griff nach seinem Kaffeebecher, während er durchs Fenster beobachtete, wie ein Wäschereitransporter vor dem Haupteingang hielt. Dahinter konnte er die kurze, von Bäumen gesäumte Kiesauffahrt erkennen, die zur Straße hinunterführte, und in der Ferne das dichte Dunkelgrün der Kiefernwälder, die ihre Wipfel in den schweren, grauen Himmel reckten. Es war schon ironisch, sinnierte er düster und leerte seinen Becher. Ursprünglich hatte er seinen Schreibtisch vor dieses Fenster gerückt, um die Aussicht zu genießen; doch dieser Tage schien es immer öfter so, als diente es dem Zweck, Wache zu halten.

Es war ein schwüler, drückender Nachmittag, und Lewis öffnete den obersten Knopf seines Hemdes, lockerte seine Krawatte und nahm erneut die vier Tage alte Zeitung zur Hand. Der Kongreßabgeordnete Willis hatte Wort gehalten. In weniger als drei Wochen hatte er ein Verfahren gegen das Perlman Institute angestrengt und die Klinik und Elizabeth persönlich auf Schadensersatz verklagt. Außerdem hatte er eifrig mit der Presse geplaudert. Der *West Virginian* war zwar nicht die *Washington Post,* aber er brachte die Story auf der Titelseite, und Lewis wußte, daß es nur eine Frage der Zeit war, bis andere sie aufgriffen.

»Kongreßabgeordneter verklagt umstrittene Komaklinik«, lautete die Schlagzeile, darunter hieß es:

Der republikanische Kongreßabgeordnete John K. Willis jr. hat heute das Perlman Institute wegen Tötung seines Sohnes Robert (16) angezeigt, nachdem dieser während der Behandlung in der Komaklinik in Dalmatia County gestorben ist. Polizeiliche Ermittler gehen den Vorwürfen nach, um zu entscheiden, ob sie den Fall an Staatsanwalt William J. Warner übergeben sollen, damit er Anklage gegen die Klinik und ihre umstrittene Gründerin Dr. med. Elizabeth Ann Chase erhebt. Gleichzeitig hat John Willis eine private Schadensersatzklage eingereicht und will wegen Verletzung der Menschenrechte eine einstweilige Verfügung zur Schließung der Klinik erwirken.

»Arschloch«, murmelte Lewis und warf die Zeitung beiseite. Er beobachtete, wie der Wäschereitransporter, eine Staubwolke hinter sich herziehend, die Einfahrt hinunter Richtung Straße verschwand. Irgend etwas lief falsch, und er verstand nicht, was es war. Lizzie meinte, es habe mit den unrealistischen Erwartungen der Menschen zu tun, aber er vermutete, daß es eher etwas damit zu tun hatte, daß ihnen die Patienten starben. Robert Willis war der vierte innerhalb eines Jahres, und die Presse witterte es sofort, wenn sich irgendwo eine Hexenjagd zusammenbraute. Wen kümmerten die Triumphe und Erfolge, wen kümmerte, wenn wieder ein Kind aus der Welt der Toten zurückgebracht worden war, das war ein alter Hut, waren Nachrichten von gestern. Nur wenn wieder eines starb, dann kam die Presse noch schneller gerannt als ein Rudel geifernder Hyänen. Oder wenn eines einen Rückfall hatte oder verrückt wurde…

Die Klage des Abgeordneten war nicht die einzige ihrer Art. Sorgfältig außer Sichtweite in seinem Aktenschrank verstaut, lagerte ein wachsender Haufen Dossiers und vermehrte sich so stetig wie Bakterien in einer Petrischale. Die kleine Antonetti war die erste gewesen, erinnerte sich Lewis. Maria. Wohlhabende italienische Familie aus New Jersey. Mit Verbindungen nach Sizilien, hatte er damals vermutet, aber na und? Solange sie zahlten. Bei einer an sich harmlosen Mandeloperation war sie ins Koma gefallen, eine allergische Reaktion auf das verwendete Anästhetikum oder so. Jedenfalls war sie weggetreten, und zwar komplett. Achtzehn Monate später war sie immer noch ohne Bewußtsein. Sie wurde mit einem Privatjet ins Perlman Institute geflogen, und binnen sechs Wochen holte Lizzie sie zurück. Ein verdammtes Wunder. Aber sie war danach blind, bekam epileptische Anfälle und hörte schlecht, was alles mit den Hirnschäden zu tun hatte, die eine Folge ihrer ursprünglichen Reaktion auf das Betäubungsmittel waren, wie Lizzie den Antonettis erklärte. Sie nickten, bezahlten die Rechnung, hinterließen ein Trinkgeld von zehntausend Dollar und jetteten zurück nach Atlantic City. Alle waren glücklich, aber wer hätte es geahnt: *Junge Perlman-Patientin nach Behandlung blind, taub und schwachsinnig*, trompeteten die Schlagzeilen in die Welt. Als nächstes besuchten zwei Männer in dunklen Anzügen die Klinik und stellten sich als Mr. Antonettis Anwälte vor. Mr. Antonetti ist unglücklich über das, was mit seiner Tochter geschehen ist, sagten sie. Er hat »sein Gesicht verloren«, sagten sie. Wir treffen uns vor Gericht, sagten sie.

Und schon bald waren andere auf den fahrenden Zug aufgesprungen, und jetzt war die Jagdsaison auf das Perlman Institute eröffnet. Willis war nur der letzte in einer immer länger werdenden Schlange. Aber bei ihm war es anders. Er war prominent, er hatte Verbindungen, er kannte wichtige Leute in Washington und konnte eine Menge Druck ausüben. Wenn er sagte, er wolle die Klinik schließen lassen, bestand die realistische Möglichkeit, daß er genau das auch tun würde. Na, und ein Ermittlungsverfahren wegen der Tötung eines Minderjährigen – wenn das kein gefundenes Fressen für die Presse war.

Wie aufs Stichwort klingelte das Telefon. »Mr. Kern? Bob Royce, Channel Three, Fernsehnachrichten.«

Ein Stockwerk höher stand Elizabeth hinter einem Schreibtisch in dem dunklen Kontrollraum und starrte nachdenklich auf die zwei Körper, die auf der anderen Seite lagen. Ihre Betten standen verkehrt herum nebeneinander, Kopfende neben Fußende. Auf einem Tisch neben jedem Bett stand eine Konsole mit einem Bildschirm, vor dem jeweils eine Schwester saß. Die Patienten, ein junges Mädchen und ein älterer, dunkelhäutiger Junge, waren nackt, ihre Köpfe kahl rasiert. Ihre Körper waren von einem Netz von Elektroden überzogen, die verworrenen Drähte verbanden sich zu dicken Bündeln, die in die Wand des Kontrollraums führten. Auf der anderen Seite der Wand saß Nathan hinter seinem Master-Control-Keyboard. Neben ihm studierte Elizabeth das Geschehen auf seinem Monitor; zwei winzige blaue Spiegelungen tanzten rasch über die Gläser ihrer Brille.

In dem fensterlosen Kontrollraum war es heiß und stickig, die Luft abgestanden und muffig. Schweiß vermischte sich mit dem Geruch überhitzter elektronischer Anlagen. Um sie herum surrten zahlreiche Kühlventilatoren und übertönten beinahe das asthmatische Rasseln der überforderten Lüftung an der Decke. Die Ausstattung nahm die komplette Rückwand sowie beide Seitenwände ein, Batterien von zu Arbeitseinheiten miteinander verkabelten und bündig übereinandergestapelten Boxen und Armaturen, ein hypnotisches Flimmern von Oszillographen, Monitoren, blinkenden Kontrollämpchen, Digitalanzeigen und Schalttafeln. Das Unterhaltungselektronikzentrum der Hölle, wie Nathan es nannte. Mit verschränkten Armen wartete er geduldig, während sie auf den Bildschirm starrte.

Schließlich trat sie einen Schritt zurück, setzte den Kopfhörer wieder auf, richtete das Mikrofon vor ihrem Mund aus und legte eine Hand auf seine Schulter. »Noch mal«, sagte sie leise. »Aber ganz vorsichtig.«

»Okay. Sally, Gardner, wir starten noch einmal. Können wir erst den medizinischen Check haben, bitte?« Nathan ließ die Sprechtaste seines Mikros los, lehnte sich zurück und beobachtete durch die Scheibe, wie die beiden Schwestern sich über ihre Monitore beugten.

»Annie geht es gut. Sie ist bereit.«

»Raoul auch, leicht verlängerte Diastole, aber im vertretbaren Bereich.«

Nathan beugte sich wieder vor. »Also gut, Leute, dann sind wir alle startklar. Auf mein Zeichen, drei, zwei, eins, los.«

Nur Sekunden später schrillte aus einer der Kontrolleinheiten hinter ihnen der Alarm, wenig später ging ein zweiter Warnton los.

»Was ist los?« rief Elizabeth nervös in ihr Mikro.

»Systemüberlastung, wie vorher, aber ich kann es mir nicht erklären. Das verdammte System kann nicht überlastet sein.«

»Kannst du das Programm trotzdem hochfahren?«

Nathan zuckte die Schultern. »Das ist schon möglich, aber es wird eine Weile dauern, und am Ende brennt uns vielleicht die ganze Anlage durch.«

»Herzfrequenz bei Raoul auf 78 erhöht!« rief eine Schwester.

»REM bei Annie.«

»Wir haben noch fünfzehn Sekunden, bevor uns das Ganze wieder abstürzt«, warnte Nathan.

»Sieh zu, daß du es noch eine Weile zusammenhältst, Nate!« sagte Elizabeth. »Sally, was hast du?« Sie starrte durch die Scheibe, während eine der Schwestern den Bildschirm vor sich studierte und dann zu ihr hochsah. »Zusammenhangloses Zeug, Lizzie«, sagte sie und warf verwirrt die Hände in die Luft. »Hin und wieder ein Rezeptorimpuls und auch mehrfach sporadische Senderimpulse. Aber ich kann kein System darin erkennen.«

»Gardner?«

»Das gleiche. Es ist Müll, allerdings sehr schneller Müll, es muß ein Sequenzerfehler sein.«

»Lizzie ...«, murmelte Nathan grimmig.

»Noch nicht!«

»Herzfrequenz bei Raoul auf 84.«

»Ja, Annies Rate schnellt jetzt auch hoch, genau wie ihr Blutdruck.«

Wieder ging im Kontrollraum hinter ihnen ein Alarm los, auf Nathans Bildschirm leuchtete eine Warnung auf, daß das System sich in Kürze selbst abschalten würde.

»Lizzie!«

»Okay, stopp, aufhören.«

Sofort stoppte Nathan die Sequenz mit einem Mausklick, und seine Finger tanzten über das Keyboard seines Terminals. Schon bald senkte sich wieder Stille über den Raum, während er die Anlagen herunterfuhr und den Kontrollalarm abstellte.

»Siehst du?« sagte er schließlich und zog mit den Zähnen einen Streifen Kaugummi aus der Packung.

»Ja, ich sehe«, erwiderte Elizabeth nachdenklich. Sie schaltete ihr Mikrofon ein. »Wie geht es ihnen?«

»Raoul geht es gut, er fällt wieder zurück, wie vorher.«

»Ja, bei Annie das gleiche, Herzschlag wieder normal, alles sieht gut aus.«

»Danke, ich denke, wir machen erst einmal Schluß, aber laßt sie angeschlossen. Wir werden sie noch eine Weile intensiv überwachen.« Sie ließ den Knopf los, wandte dem Fenster den Rücken zu und lehnte sich an Nathans Schreibtisch. »Und es ist nicht der Sequenzer?«

»Nee. Der Sequenzer läuft prima, ich habe den ganzen Vormittag ein Fehlersuchprogramm laufen lassen, und er hat nicht einmal gemurrt.«

»Aber was ist es dann? Warum bricht alles ständig zusammen? Warum der Alarm?«

»Frag mich nicht.« Er versenkte das Kaugummipapier in einem eleganten Bogen im Papierkorb. »Aber wenn es nicht die Anlage ist, müssen es die Kinder sein.«

Sie sah ihn an. »Wie meinst du das?«

»Du bist doch das verdammte Genie«, gab er grinsend zurück und hob die Hände. »Finde es selber raus. Ich kann dir nur sagen, daß da ein Riesendatenaustausch abgeht, der das ganze System überlastet.«

»Du meinst, es gibt Interaktion. Du meinst, sie – sie kommunizieren irgendwie miteinander.«

Nathan zuckte die Achseln und widmete sich wieder seinem Monitor. Sie nahm ihre Brille ab, drehte sich zum Fenster und starrte durch die Scheibe.

Die Gegensprechanlage summte. »Lizzie, ich bin's, Lewis. Hast du ein paar Minuten Zeit für mich?«

»Ich komme gleich runter.« Sie begann, ihre Notizen einzusammeln. »Nate, hör mal, könntest du bitte alles für mich ausdrukken? Alles, die ganze Sequenz, von Anfang bis Ende. Leg es auf meinen Schreibtisch, ich gehe es heute abend noch mal durch.«

»Lieber du als ich, Babe«, sagte Nathan gedehnt, als die Tür zugefallen war. Er drehte sich wieder zum Monitor. »Das Päckchen wird sich auf etwa zweihundert Seiten belaufen.«

Lewis stand am Fenster, die Hände hinter dem Rücken verschränkt. Sie ging zum Wasserspender, füllte sich einen Becher und stellte sich ebenfalls ans Fenster. Ein bedrohlich dunkler, graubrauner Dunst bedeckte den Himmel, die Luft war schwer und drückend, ein Lufthauch bewegte die Blätter an den Bäumen entlang der Einfahrt.

»Was für ein Tag.« Sie seufzte und sah ihn, an ihrem Wasser nippend, von der Seite an. »Der neue VR-Satz will einfach nicht funktionieren. Nathan hat alles versucht, aber es ist hoffnungslos. Wir müssen ihn zurückschicken. Intertech hat ausnahmslos falsche Adapter für die Cochlear-Implantate geschickt.« Sie zögerte. »Und eben ist im Kontrollraum mit Annie und Raoul etwas sehr Merkwürdiges passiert.«

Lewis starrte weiter aus dem Fenster. »Wie geht es dem Hernandez-Jungen?« fragte er. Ein einzelner fetter Regentropfen platschte schwer gegen die Scheibe.

»Hmm?« Irgend etwas stimmte nicht; seine Stimme klang flach und distanziert.

»Hernandez. Du hast vor ein paar Tagen erwähnt, daß er da und wieder weg war oder so.«

»O ja.« Irgend etwas stimmte ganz und gar nicht. Lewis zeigte selten bis nie Interesse am Wohlbefinden einzelner Patienten, bestenfalls Interesse an ihrer Bonität. »Im Augenblick ist er wieder weg. Ich verstehe das nicht. Alles lief so gut. Wir hatten ihn schon, er hat stetige Fortschritte gemacht, doch dann war es plötzlich so, als würde er sich wieder zurückziehen. Jetzt haben wir ihn seit zwei Tagen nicht mehr erreicht.« Sie betrachtete ihn, seine hängenden Schultern, die zusammengepreßten Lippen, den in die Ferne schweifenden Blick. »Warum fragst du?«

Lewis zuckte die Schultern. »Ach, weißt du, ich hab mich bloß gefragt, ob vielleicht die Möglichkeit besteht, zur Abwechslung mal nur eine klitzekleine gute Nachricht zu hören. Dumm von mir, ich weiß.«

Sie stellte ihren Becher ab. »Lewis, was ist los?« Sie streckte die Hand aus und legte sie sanft auf seine Schulter.

Ihre Berührung ließ ihn zusammenfahren. Weitere Tropfen spritzten gegen die Scheibe. »Nichts.«

Sie trat hinter ihn und löste seinen Kragen. »Mein Gott, du bist ja total verspannt«, sagte sie und begann seinen Nacken zu massieren.

Er schloß die Augen. »Laß das, bitte.« Sie wandte den Kopf zur Seite und legte ihn an seinen Rücken, während ihre Daumen in kreisenden Bewegungen seinen Nacken hinunterwanderten. »Bitte.« Schließlich schüttelte er sie ab. »Nicht!« fauchte er und sah sie wütend an.

»Lewis, bitte, was ist los?«

»Nichts!« gab er zurück. »Gar nichts.« Er ging zu seinem Schreibtisch. »Abgesehen davon, daß es von hier bis zur Hölle und zurück Schadensersatzklagen regnet und unsere Kunden uns in letzter Zeit ziemlich häufig wegsterben, könnte es gar nicht besser sein.«

»Sie sterben nicht ›ziemlich häufig‹, Lewis, sag das bitte nicht. Es ist nur eine Durststrecke. Du hast selbst gesagt, daß wir das durchstehen.«

»Eine Durststrecke? Lizzie, du scheinst nicht zu begreifen, was los ist.« Er griff über seinen Schreibtisch nach der Zeitung. »Hast du das hier gesehen? Willis will uns wegen Totschlags drankriegen, Himmel noch mal. Die machen uns dicht, und dann schmeißen sie mit ihren verdammten Gesetzbüchern nach uns. Wir könnten im Knast landen.« Er knallte die Zeitung auf den Tisch. »Das Büro des Staatsanwalts schickt einen Ermittler. Morgen!« Er stieß mit dem Finger auf seinen Notizblock. »Nur um ein paar Fragen zu stellen und sich ein wenig umzusehen, Mr. Kern, kein Grund zur Besorgnis, Mr. Kern, reine Routine.«

Elizabeth nahm den Notizblock, ihr Lächeln erstarb. »Nun, wenn er sagt, daß es keinen Grund zur Besorgnis gibt, hat er vielleicht recht.«

»Machst du Witze?« schnaubte Lewis. Es entstand ein längeres Schweigen. Schwerer Regen fiel vom bleigrauen Himmel.

»Was ist denn das?« fragte sie schließlich. Er blickte auf. Sie blätterte in seinem Notizblock.

Er seufzte. »Irgend so eine Frau, verdammt hartnäckig, sie ruft dauernd aus England an. Hayworth, Heywood. Sie hat eine siebenjährige Tochter, die sie rüberbringen will.«

»Aus England? Was hast du ihr gesagt?«

»Sie soll es vergessen. Wir hatten den üblichen kleinen Plausch über die Belanglosigkeit von zehntausend im Monat, sie sagte, soviel Geld hätten sie nicht, und ich hab ihr erklärt, tut uns leid, ohne Knete keine Klinik. Das war dann auch schon fast das Ende unseres netten Gesprächs.«

»Was hat sie gesagt?«

»Sie sagte, sie würde wieder anrufen.« Er beobachtete die Sturzbäche von Regen, die mittlerweile an der Scheibe herabströmten. »Sie bringen ihn zurück nach Idaho«, sagte er leise.

»Was? Wen bringen sie zurück nach Idaho?«

»Hernandez. Der Anwalt der Familie hat mir heute morgen einen Brief gefaxt. Sie sagen, nach eingehender Beratung hätten sie den Eindruck gewonnen, daß es nicht zu seinem Besten sei, die Behandlung fortzusetzen. Also holen sie ihn nach Hause.«

* * *

Er traf, wie angekündigt, am nächsten Morgen um Punkt halb elf ein. Die Empfangsdame bot ihm eine Tasse Kaffee an, die er dankend ablehnte. Statt dessen bat er darum, in Mr. Kerns Büro geführt zu werden, wo er für den restlichen Vormittag Lewis befragte, Lizenzen und Versicherungspolicen durchsah und die Bücher der Klinikverwaltung prüfte. Lewis lud ihn zum Mittagessen ein, was er ebenso höflich ablehnte und statt dessen einige Patientenakten durchblätterte, während er seine mitgebrachten Butterbrote verzehrte. Um zwei klopfte Lewis an Elizabeths Tür und führte ihn in ihr Büro. »Das ist John Boyd«, sagte er beflissen und hielt dem Beamten die Tür auf. Als er an ihm vorbeiging, zog Lewis eine Grimasse, riß die Augen auf und fuhr sich mit einem Finger über die Kehle. »Ermittler der Staatsanwaltschaft, John, das ist Dr. Elizabeth Chase, unsere medizinische Leiterin.«

Sie erhob sich hinter ihrem Schreibtisch und lächelte steif, als er ihre Hand schüttelte. Sie hatte eines der verhaßten Kostüme an, die Lewis sie manchmal zu tragen zwang, »um Kunden, Fernsehjournalisten und Gesetzeshüter abzulenken und zu beeindrucken«. Es war ein dunkelblauer Zweiteiler, und der seidengefütterte Rock war eng, alarmierend kurz und strich beim Gehen ungewohnt an ihren bestrumpften Beinen entlang. Als sie sich vor ein paar Minuten im Spiegel des Waschraums betrachtet hatte, das Gesicht geschminkt, das dichte, blonde, schulterlange Haar ausnahmsweise einmal offen, war sie sich verkleidet und albern vorgekommen. Zurück in ihrem Büro, hatte sie sofort den Kittel vom Haken an der Tür genommen und ihn über das Kostüm gezogen.

Boyd sah sie kurz an und setzte sich dann vor ihrem Schreibtisch auf den dort stehenden Stuhl. Lewis wollte sich einen zweiten Stuhl hinzuziehen, doch Boyd hob die Hand. »Vielen Dank, Mr. Kern, aber ich möchte mich mit Dr. Chase allein unterhalten.«

Lewis, der schon fast Platz genommen hatte, erstarrte. »Selbstverständlich. Gut. Sehr gut«, sagte er leichthin und warf Elizabeth einen nervösen Blick zu. »Dann lasse ich Sie beide jetzt allein. Ich bin gleich nebenan, falls Sie mich für irgendwas brauchen.«

Ein paar Minuten lang sagte Boyd überhaupt nichts. Er zog Papiere aus seinem Aktenkoffer, blätterte durch einen dicken Ordner voller Dokumente und machte sich auf einem kleinen, gelben Block Notizen. Elizabeth lehnte sich zurück und wartete. Dabei fiel ihr Blick auf Nathans Computerausdruck, der auf ihrem Schreibtisch lag. Sofort begann ihr Verstand unwillkürlich erneut über den Zahlen zu grübeln, während ihr Blick zum Fenster schweifte und Boyd streifte, der weiter seine Unterlagen durchging und sich Notizen machte. Sein Wagen stand vor dem Haus, ein uralter Chevrolet mit ausgeblichener grüner Beschriftung, Weißwandreifen und einem Polizeilicht auf dem mit Papier übersäten Armaturenbrett. Sie wandte ihren Blick wieder ins

Zimmer und betrachtete ihn, während er seine Vorbereitungen ohne Eile fortsetzte. Er sah aus wie jemand, der es fast zum FBI geschafft hätte. Ordentlich mit Anzug und Schlips, aufrichtig und ernst. Jünger, als sie erwartet hätte. Mitte Dreißig, gut gebaut, mit hellbraunem, sauber gestutztem Haar, blaugrauen Augen und einem kleinen, festen Mund. Doch irgend etwas stimmte nicht. Sein Lächeln war warm und höflich, aber es wirkte gezwungen; seine Augen waren aufrichtig und sanft, doch in seinem Blick lag eine gewisse Traurigkeit. Und seine ganze Erscheinung wirkte irgendwie nicht ganz ausgewogen. Seine Krawatte war aus Seide, paßte aber nicht, so als hätte er sie einfach, ohne hinzusehen, aus der Schublade gezogen. Das Hemd war sauber, aber schlecht gebügelt; der Anzug Qualitätsware, aber altmodisch. So als sei ihm seine äußere Erscheinung früher einmal wichtiger gewesen als heute. Er sagte noch immer nichts, atmete leise und verschränkte die Arme. Außerdem saß seine Jacke nicht richtig. Sie fuhr zusammen, als sie die Ausbeulung unter einem der Ärmel sah. Er beugte sich erneut über seinen Aktenkoffer, und sie sah den matten Glanz einer im Halfter steckenden Waffe aufblitzen.

»Verzeihung«, sagte sie empört und ohne darüber nachzudenken. »Aber warum um alles in der Welt sollte jemand beim Besuch einer medizinischen Einrichtung bewaffnet sein?«

»Wie bitte, Ma'am?« sagte er höflich und blickte fragend von seinem Aktenkoffer auf.

»Die Pistole«, sagte sie und zeigte auf seine Schulter.

»Es ist, nun ja, es ist eine Vorsichtsmaßnahme, Ma'am.«

»Eine Vorsichtsmaßnahme gegen wen denn, um Gottes willen? Dies ist eine Klinik voller bewußtloser Kinder.«

»Das weiß ich, Ma'am«, sagte er ruhig. »Aber wenn ich schon in diese Gegend komme, muß ich auch in Everdene vorbeifahren, um die Aussage eines Mannes aufzunehmen, von dem wir annehmen, daß er möglicherweise seine ganze Familie umgebracht hat. Man hat mir geraten, Vorsichtsmaßnahmen zu ergreifen, und wir dürfen die Waffe nicht im Auto lassen. Wäre es Ihnen lieber, wenn ich sie ablege?«

»O nein.« Sie errötete verlegen. »Nein, lassen Sie sie an, selbstverständlich. Es tut mit leid.« Sie wandte den Blick ab. »Ich wollte Ihnen nicht zu nahe treten.«

»Das sind Sie auch nicht. Könnten Sie vielleicht mit Ihren eigenen Worten die medizinischen Ziele beschreiben, die sich das Perlman Institute gesteckt hat?« Er sah sie erwartungsvoll an, den Stift gezückt.

»Ja, ähm, ja, natürlich.« Sie räusperte sich. »Es ist unsere erklärte Mission, permanent bewußtlose junge Menschen in einen stabilen Wachzustand zurückzuholen.«

»Wie?«

»Wir verwenden verschiedene Methoden, Systeme, Therapien und Technologien, die wir umfassend und in zahlreichen Kombinationen einsetzen.«

»Ich verstehe. Ziehen Sie dabei irgendeine Grenze, wie umfassend diese, ähm, Methoden, Systeme und so weiter angewandt werden?«

»Im Prinzip nicht. Unsere Disziplin befindet sich noch im Entwicklungsstadium. Deshalb kann jede Therapie oder Technologie in Frage kommen, solange sie im Einklang mit unseren streng festgelegten Regeln und Werten steht.«

»Und wie sehen diese Regeln aus?«

»Würde, Respekt und das Nichtzufügen von unnötigen Schmerzen.«

»Und wie würden Sie ›unnötig‹ definieren, Ma'am?«

Sie blickte zur Decke. »Nun, wir haben es mit tief bewußtlosen jungen Menschen zu tun. Die wachen nicht auf, wenn jemand mit dem Finger schnippt oder ihnen mit einer Taschenlampe in die Augen leuchtet. Wir müssen ein Urteil fällen – *ich* muß ein Urteil fällen –, und jeder Fall, den wir annehmen, wird eingehend analysiert, um zu entscheiden, wie umfassend und rigoros

Behandlungsmethoden möglicherweise angewandt werden müssen, um eine Wiedererlangung des Bewußtseins zu bewirken.«

»Mit anderen Worten: Sie entscheiden.«

Sie nickte. Irgend etwas fühlte sich falsch an.

»Sie sagten, Ihre Disziplin befinde sich noch, ja, ›im Entwicklungsstadium‹. Wie meinen Sie das?«

»Ich meine, daß es keine oder nur sehr wenige Präzedenzfälle gibt. Das heißt, wir müssen im Laufe einer Therapie notgedrungen experimentieren.«

»Experimentieren?«

»Genau.«

»Nur, damit wir uns nicht mißverstehen, Ma'am. Wollen Sie mir etwa erzählen, daß Sie hier Experimente an bewußtlosen Patienten durchführen?«

»Nein – also, ja, bis zu einem gewissen Maß«, stotterte sie, und ihr wurde plötzlich ganz heiß. »Aber es ist überhaupt nicht so, wie Sie denken. Es gibt, wie gesagt, keine Präzedenzfälle, keine Lehrbücher, keine etablierten Verfahren. Niemand hat so etwas je zuvor gemacht. Wir müssen uns den Weg, den wir beschreiten, bis zu einem gewissen Grad ertasten. Das geht nicht anders.«

Er schrieb eifrig mit. Schließlich blickte er wieder auf. »Man sagt, daß Sie Ihre Patienten mit Stromstößen behandeln. Ist das richtig?«

»Sehr schwache Stromstöße, ja.«

»Des weiteren wird behauptet, daß Sie grelle Lichter, laute Musik und andere starke akustische und visuelle Effekte einsetzen.«

»Ja, das tun wir.«

»Man wirft Ihnen vor, nicht anerkannte und alternative Therapien wie Hypnose und Akupunktur anzuwenden.«

»Das ist ebenfalls richtig.« Sie verschränkte die Arme und preßte die Lippen zusammen. Das hörte sich alles ganz falsch an.

»Ihnen wird weiter vorgeworfen, halluzinogene Drogen, intravenöse Stimulanzien und genehmigungspflichtige Medikamente zu verwenden, darunter auch einige verbotene Substanzen.«

»Mit behördlicher Genehmigung, ja, aber –«

»Man sagt, Sie benutzen auch Virtual-Reality-Programme, bei denen über eine elektronische Brille graphische Bilder übermittelt werden, die man zum Teil für pornographisch halten könnte. Weiter wurde behauptet, daß Sie die Genitalien dieser jungen Menschen mit Elektroden versehen. Ist das richtig?«

»Es ist doch nur ein Weg, ein Kanal, ein Eingang. Einer von vielen«, beschwor sie ihn mit flehendem Blick. Er sah sie nur weiter ausdruckslos an. Schließlich schlug sie resigniert die Augen nieder, und ihr Blick blieb mit plötzlichem Widerwillen an ihren elegant bestrumpften Knien hängen. Das war nicht richtig. So war es nicht. So war sie nicht. »Haben Sie eine Ahnung«, fuhr sie verbissen fort, »irgendeine Ahnung davon, wie empfänglich ein siebzehnjähriger Junge für sexuelle Stimulation sein kann?«

»Nun, Ma'am, ich versuche nur die Fakten zu ermitteln.«

»Ach, wirklich«, sagte sie tonlos und zupfte den Kittel über ihre Knie.

»Dr. Chase«, setzte er erneut an, »gegen Sie und Ihre Klinik sind einige zum Teil sehr schwerwiegende Vorwürfe erhoben worden. Meine Pflicht ist es herauszufinden, ob diese Vorwürfe in irgendeiner Weise begründet sind.«

»Was soll das Ganze? Sie haben Ihr Urteil doch schon gefällt.«

»Verzeihen Sie, Ma'am, aber das habe ich nicht«, erwiderte er leicht gereizt. »Ich bin, wie gesagt, hier, um die Tatsachen festzustellen.« Er warf einen Blick auf seine Notizen. »Und bisher haben Sie mir bereits bestätigt, daß Sie eine offenbar endlose Liste extrem ungewöhnlicher Experimente an bewußtlosen Patienten durchführen, die, korrigieren Sie mich, wenn ich mich irre, nicht in der Lage sind, Ihnen mitzuteilen, ob sie Schmerz oder Unbehagen empfinden, und die Ihnen auch nicht sagen können, wann Sie aufhören sollen. Und ich bin sicher, ich muß Sie nicht daran erinnern, daß in dieser Klinik kürzlich ein Junge gestorben ist, während er einer solchen Behandlung unterzogen wurde. Und das ist, da Sie danach gefragt haben, der Sinn und Zweck des Ganzen.«

* * *

Nachdem er gegangen war, saß sie lange im Halbdunkel der heraufziehenden Dämmerung in ihrem Büro. Irgendwann stand Lewis in der Tür und verlangte einen möglichst wortgetreuen Bericht.

»Is' was, Doc?« scherzte er, als er ihre Miene sah.

»Tut mir leid, Lewis.« Sie seufzte. »Ich hab es vermasselt.« Er fragte, was passiert war. »Nicht jetzt, Lew. Hättest du was dagegen, mich für eine Weile allein zu lassen?« Kein Problem, erwiderte er lächelnd, und sie solle sich keine Sorgen machen, »noch sind wir nicht am Ende«. Dann verschwand er wieder in sein Büro.

Sie blieb noch eine Weile im Dämmerlicht sitzen, erhob sich dann schwerfällig von ihrem Stuhl und ging zur Wand mit dem Bücherregal. Über dem Regal hing das goldgerahmte Foto einer Familie, die sie strahlend anlächelte, Gary Perlman und seine Großeltern, ein Weihnachtsgeschenk aus dem vergangenen Jahr. Rose hatte eine Widmung an den Rand geschrieben. »Für Lizzie, unser Muster aller Geduld. Frohe Weihnachten und liebe Grüße von uns allen.« Sie betrachtete die Gesichter, die makellos geschwungene Handschrift, die sorgfältig gewählten Worte. Dann hielt sie inne.

Sie ging zurück zu ihrem Schreibtisch, beugte sich über die Gegensprechanlage, die Augen auf den dicken Packen Computerausdrucke gerichtet, den Nathan ihr dagelassen hatte. »Wer ist im Moment bei Raoul und Annie?« fragte sie, die Sprechtaste gedrückt.

»Ich bin's, Lizzie«, erwiderte eine Stimme. »Sally. Ich hab seit sechs wieder Dienst.«

»Sind sie noch angeschlossen?«

»Hm-hm, aber nur auf Intensivüberwachungsstufe 2.«

»Wie machen sie sich?«

»Beide gut. Raoul ist sehr ruhig, minimale Aktivität, wie üblich. Annie im großen und ganzen wie immer. Vielleicht ein bißchen aktiver, ein gelegentlicher Ausschlag der Amplituden, und dann ist alles wieder ruhig.«

»Okay. Ich denke, Raoul kann auf Stufe 1 heruntergefahren werden. Kannst du ihn bitte komplett entkoppeln, Sally? Annie lassen wir noch ein Weilchen vor sich hin schmoren. Piep mich an, falls irgendwas passiert. Ich bin mal kurz weg.«

Sie nahm den Jeep der Klinik, donnerte durch die Pfützen, daß der Schlamm nur so auf die elegante weiße Karosserie spritzte, und jagte über lange, gewundene Straßen, die den reglosen schwarzen Wald wie Tunnel durchzogen. Der Jeep war zu groß für sie, sie konnte kaum übers Steuer blicken, so daß sie angestrengt auf die grauen Nebelbänke spähte, die, von den Scheinwerfern ihres Wagens durchbohrt, über der Straße hingen. »Unendlich viel glaubwürdiger als ein BMW«, hatte Lewis erklärt, als er mit dem Ärmel seiner Anzugjacke stolz das Logo der Klinik auf der Fahrertür poliert hatte. »Als ob wir Teil der UNO-Friedenstruppen wären oder so.«

Nach einer halben Stunde erreichte sie Everdene. Den Blick suchend auf die Straße vor sich gerichtet, passierte sie eine leerstehende Mühle mit verfallenen Außengebäuden und rostenden Getreidesilos, holperte über einen Bahnübergang und bog auf die einzige Hauptstraße des Ortes ein. Sie fuhr vorbei an einem verlassenen Einkaufszentrum, einer Reihe von Gemischtwarenläden, einem K-Markt, einem 7-Eleven und ein paar Fast-food-

Restaurants. Und dann war die Straße, ehe sie sich versah, auch schon wieder zu Ende. Im Schrittempo fuhr sie weiter und kurbelte das Fenster herunter. Auf der gegenüberliegenden Straßenseite verkündete ein pinkfarbenes Neonschild, daß sie für 4,99 $ so viel essen könne, wie sie wolle; der dazugehörige blinkende Pfeil spiegelte sich grell in den Metallwänden des dahinterliegenden Diners.

Zehn Minuten später hielt sie hinter Boyds Chevrolet und stellte den Motor ab. Eine Weile blieb sie sitzen, sah sich unschlüssig um und lauschte dem Seufzen des Windes in den Bäumen. Das Haus lag direkt vor ihr, etwa fünfzig Meter entfernt, am Ende einer schmalen, bewaldeten Einfahrt. Es war ein großes, solides Holzhaus, das so gut versteckt eine halbe Meile abseits der Straße lag, daß sie es fast übersehen hatte. Sie stieg aus dem Jeep, und ihr Atem war in der kühlen Abendluft zu sehen. Hinter einem Fenster im Erdgeschoß brannte ein schwaches Licht. Ein paar Minuten später ging ein weiteres Licht an, die Haustür wurde geöffnet, eine Gestalt erschien in der Tür und kam forsch auf sie zu.

»Dr. Chase«, sagte Boyd ausdruckslos, als er näher kam. Sein Gesicht war aschfahl, seine Miene versteinert. »Ich weiß nicht, warum, aber irgendwie bin ich nicht überrascht, Sie zu sehen. Ich schlage allerdings vor, daß wir nicht noch länger hier rumstehen. Ich für meinen Teil könnte dringend einen Drink gebrauchen. Ein paar Meilen die Straße hinunter ist eine Bar, wenn Sie mir folgen wollen. Dort können wir auch alles besprechen, was Sie auf dem Herzen haben.« Er ging direkt an ihr vorbei, stieg in seinen Wagen, ließ den Motor an und setzte rückwärts aus der Einfahrt.

»Tut mir leid«, entschuldigte er sich kurz darauf, als sie die Tür ihres Jeeps abschloß. »Ich mag dieses Haus nicht, und ich mag auch diesen Mann nicht. Sie sind mir beide unheimlich.«

»Oh, ähm, hat er es getan?«

»Stamitz?« Sie gingen nebeneinander zu der Bar. »Nun, das ist natürlich schwer zu sagen, aber ich glaube schon. Das sind die Schlimmsten, total verrückt, aber kalt wie eine Hundeschnauze. Eines Nachts hat er seine Frau, seine Eltern und seinen Schwager im Schlaf erschossen, ein paar Fenster eingeschlagen, sich eine Kugel ins Bein gejagt, die Polizei angerufen und behauptet, sie seien überfallen worden.« Er schüttelte sich, bevor er ihr die Tür aufhielt. »Das Problem ist, wir müssen es ihm nur noch beweisen, das ist alles.«

* * *

»Hab ich Sie eben richtig verstanden«, sagte er wenig später und hielt dem Barkeeper eine leere Bierflasche hin. »Sie sind ins Ross' Diner in Everdene spaziert und haben nach dem Weg zu dem Haus des Massenmörders gefragt?«

»So ungefähr«, sagte sie und unterdrückte ein Lächeln. An einem Tisch in der Ecke saß eine stark geschminkte Frau mittleren Alters in einem zu engen Kleid und starrte sie an. »Um ehrlich zu sein, ich hab gesagt, ich sei Ärztin und hätte dort einen dringenden Termin. Was gewissermaßen ja auch mehr oder weniger der Wahrheit entspricht.«

»Und wie haben die reagiert?« Im Raum war es vollkommen still. Eine Reihe älterer Männer, die in Jeanslatzhosen und mit John-Deere-Baseballmützen auf den Köpfen an der Bar saßen, warfen im Spiegel verstohlene Blicke zu ihnen herüber. Als Elizabeth und Boyd das Lokal betreten hatten, hatten drei Jugendliche in Jeans und Cowboyhut kurz vom Billardtisch aufgeblickt und sich gegenseitig zugezwinkert, während sie die gutaussehende Blondine in dem smarten Großstadtkostüm gemustert hatten.

»Sie meinten, ich käme zu spät, es seien schon alle tot.« Vor ihnen auf dem Tisch standen plötzlich zwei weitere Flaschen Bier, obwohl sie ihre erste noch nicht einmal zur Hälfte geleert hatte. »Dann haben sie gelacht und mir erklärt, wie ich fahren muß.«

»Das kann ich mir vorstellen.« Er legte einen Geldschein auf das Tablett des Barkeepers. Er wirkte vollkommen verändert. Nicht mehr so steif und förmlich. Und er nannte sie auch nicht mehr Ma'am.

»Ich mußte kommen«, begann sie leise. »Nach heute nachmittag. Ich mußte einfach.«

»Ich dachte mir schon, daß Sie sich melden würden.« Er betrachtete die nikotingelben Wände. »Aber ich hatte, um ehrlich zu sein, eher damit gerechnet, daß Sie mich morgen früh im Büro anrufen.«

»Ich konnte nicht warten. Sie haben sich eine ganz falsche Meinung gebildet.«

»Moment mal.« Er hob die Hand. »Ich bilde mir keine Meinung, haben Sie das schon vergessen? Ich ermittle nur Tatsachen, das ist alles.«

»Nun, dann haben Sie eben einen falschen Eindruck gewonnen. Aber das ist nicht Ihre Schuld, sondern meine. Ich bin sehr schlecht darin, anderen Menschen etwas zu erklären. Ich gehe über Details hinweg und stürme voran, ohne zwischendurch innezuhalten. Es hat vermutlich mit meiner Arbeitsweise und meiner Art zu lernen zu tun. Schlechte Angewohnheit, hatte ich schon immer. Ich würde es Ihnen gern richtig erklären.«

»Hören Sie«, sagte er, lehnte sich zurück und breitete die Hände aus. »Ich bin zwar kein Arnold Einstein, aber ich war in der Schule immer gut in Rechtschreibung. Also legen Sie los.«

»Arnold?« Sie sah ihn zweifelnd an.

»Ein Witz?«

»Ah.« Sie lächelte schüchtern, und ihre Blicke trafen sich. Dann schlug sie die Augen nieder und runzelte konzentriert die Brauen. »Zunächst einmal geht es um Mitgefühl. Das steht ganz oben, vor allem anderen. Darüber wollte ich sprechen. Ich wollte

Ihnen erklären, wie wichtig das ist. Was wir machen, ist nicht irgendein kaltblütiges Laborexperiment, obwohl ich verstehe, daß es manchmal vielleicht ein bißchen so aussieht – für Außenstehende. Aber das ist es nicht. Diese Menschen liegen mir wirklich am Herzen, und allen anderen Ärzten und Schwestern auch. Das ist Teil unseres Ethos, unserer spezifischen Atmosphäre.«

»Ich weiß«, sagte er schlicht.

Sie sah ihn überrascht an. »Ja?«

»Ja.« Er griff nach seiner Flasche. »Sie bezeichnen sie nie als Patienten oder Klienten oder mit ihren Zimmernummern. Sie sprechen von ihnen immer als Menschen oder nennen sie beim Vornamen.«

Sie nickte langsam, bevor sie fortfuhr. »Nun, dann ist da noch die Frage nach dem unnötigen Leiden. Das habe ich auch nicht besonders gut erklärt. Zunächst einmal wenden wir nie etwas an, was nicht zuvor von uns an uns selbst getestet worden ist. Zweitens sind unsere Kontroll- und Überwachungsgeräte unglaublich empfindlich. Sie beobachten nicht nur die normalen Vitalfunktionen, sondern verraten uns auch sehr viel darüber, was diese Kinder durchmachen, was sie fühlen. Wir halten ständig nach den geringsten Anzeichen für Streß oder Schmerzen Ausschau.«

Er nickte erneut mit ernstem Gesicht. »Sex, Drogen, Rock 'n' Roll? Schmutzige Filme?«

Sie seufzte. »Das sind doch nur Kids, junge Menschen, die an einem dunklen Ort eingesperrt sind und nicht wieder hinausfinden. Wir betrachten ihre Vergangenheit, ihre schulische Laufbahn, ihre Hobbys und Interessen, ihre Vorlieben und Abneigungen, ihre Gewohnheiten, die guten wie die schlechten. Wonach wir suchen, sind Wege nach drinnen, Wege, sie zu erreichen und sie wissen zu lassen, daß sie nicht allein sind.« Sie nahm ihr Glas. Über den Rand hinweg sah sie, daß er sie noch immer mit ausdrucksloser Miene betrachtete. »Angenommen, ich habe einen Sechzehnjährigen, der dafür bekannt war, harten Rock, weiche Drogen, laute Klubs und Pornoheftchen zu mögen. Ich bin sicher, Sie sind mit mir einer Meinung, daß es keinen ...«, sie zögerte, »... Arnold Einstein erfordert, um zu erkennen, daß die Konzentration auf einen oder alle dieser Faktoren eventuell ein Schlüssel zu seinem Unbewußten ist.«

»Und funktioniert es?«

»Wie bitte?«

»Erzielen Sie Erfolge?«

»Nun, statistisch gesehen unter Anwendung eines mathematischen Modells, das wir entwickelt haben, um die Daten unserer Systeme mit unabhängig erhobenen Kontrolldaten sowie mit Daten zu vergleichen, die in anderen überwiegend passiven Behandlungssystemen gewonnen werden, glauben wir, eine konsistente und über die Standardabweichung hinausgehende Deviation von passiven wie auch Kontrolldaten demonstrieren zu können.« Plötzlich ging ihr Piepser los. Die Köpfe an der Bar wandten sich in ihre Richtung.

»Ist das ein Ja?«

»Ich glaube schon.« Sie nestelte am Bund ihres Rockes. »Ähm, oh«, fuhr sie fort, als sie auf den Piepser blickte. Sie schob ihren Stuhl zurück. »Tut mir leid, ich muß los.« Sie stand auf. »Sie können mitkommen, wenn Sie wollen. Vielleicht wird es Sie interessieren.«

»Ich würde es um nichts in der Welt verpassen wollen«, murmelte er und folgte ihr zur Tür. »Was immer es ist.«

* * *

Sie setzte Boyd zu Nathan in den abgedunkelten Kontrollraum. Nathan wandte sich kurz von seinem Keyboard ab, gab dem Ermittler einen Kopfhörer und wies auf den Stuhl neben sich. Durch die Scheibe sah er Elizabeth, die bereits am Bett eines jungen, schätzungsweise zwölf- bis dreizehnjährigen Mädchens stand, dessen nackter Körper, von Kabeln verhüllt, im grellen Licht mehrerer Deckenscheinwerfer lag. Sobald er den Kopfhörer aufgesetzt hatte, hörte er das leise Hintergrundsummen der elektronischen Anlagen und mehrere Stimmen, darunter die von Elizabeth.

»Gut, Sally. Was ist los?«

»Es hat vor fünfundzwanzig Minuten mit einem einzelnen, unspezifischen Rezeptorenalarm angefangen. Seither hatten wir mehrere Ausschläge, alle möglichen Impulse, aber nichts, was wir bis jetzt lokalisieren konnten.«

»Wiederholt?«

»In unterschiedlichen, aber immer kürzer werdenden Abständen. Alle paar Minuten.«

»Nate?«

»Ja, ich arbeite dran, ich melde mich, sobald ich was habe.«

»Okay, das Bett bitte ein Stück herunterfahren. Vitalfunktionen?«

»Stabil. Sieht alles gut aus.« Eine andere Männerstimme. Boyd entdeckte ihn vor einem Monitor ein wenig abseits des Bettes, ein junger, rothaariger Mann mit Pferdeschwanz.

»Kann ich die Daten haben, bitte.«

»110 zu 70, Temperatur 37, Herzfrequenz von 73 auf 76 gestiegen.«

»Danke, Fulton, weiterverfolgen und jede Veränderung melden.« Sie beugte sich über das Mädchen und klappte nacheinander sanft beide Augenlider auf. »Leute, Annie, das ist Mr. Boyd«, sagte sie leise, ohne aufzublicken. »Er ist mitgekommen, um zu sehen, was wir hier machen. Mr. Boyd, das ist Annie Dean. Annie hatte vor einem Jahr eine schwere Meningokokkenmeningitis und ist schon eine ganze Weile weg.«

Boyd beobachtete durch die Scheibe, wie sie sich über das Mädchen beugte, um es herumging, seinen Hals berührte, seine Finger streckte und seine Handgelenke und Knöchel drehte. Sie trat einen Schritt zurück, zog ihre Kostümjacke aus und warf sie in eine Ecke, bevor sie sich erneut vorbeugte. »Annie ist ein richtiger kleiner Star«, fuhr sie fort und krempelte die Ärmel ihrer Bluse hoch. »Nicht wahr, mein Schätzchen? Sie kann ohne Hilfe atmen. Und sie hat uns sehr bei unserer Forschung geholfen, sie und ihr Freund Raoul.«

»Da ist es wieder, Lizzie.« Sallys Stimme. »Zahlreiche Impulsausschläge überall.«

»Nathan?«

»Hm-hm, ich sehe es auch, aber ich kann sie nicht exakt lokalisieren. Sieht aus wie der rechte Subkortex, das heißt, es könnten die Extremitäten der linken Körperseite sein. Aber es ist echt verrückt, Mann, es ist überall.«

»Das Licht bitte dreißig Prozent dimmen«, sagte Elizabeth, während sie weiter um das Mädchen herumging und es dabei fortwährend berührte, streichelte und drückte und mit leiser melodischer Stimme ununterbrochen auf es einredete. »Aber unsere Annie ist eine ganz Durchtriebene«, fuhr sie mit einem Lächeln fort, »hat nie ein Wort gesagt, uns nicht den leisesten Hinweis gegeben, nicht wahr, mein Schätzchen? Unser Muster aller Geduld.«

»Was zum Teufel quatscht sie jetzt wieder?« brummte Nathan vor sich hin, während seine Finger über die Tasten des Keyboards flogen.

»Ich glaube, es ist Shakespeare«, murmelte Boyd.

»Hm-hm, so ist es«, kam ihre Stimme über den Kopfhörer. »›Ich will das Muster aller Geduld sein. Ich will nichts sagen.‹ Der schlaue alte König Lear, was, Annie? Und du hast auch nie was gesagt, nicht zu uns jedenfalls. Aber heißt es nicht auch: ›Komm, laß uns fort zum Gefängnis; wir beide allein wollen singen wie Vögel im Käfig.‹« Sie trat an das Fußende des Bettes. »Nate, laß noch einmal die Sequenz von gestern laufen, die von Annie und Raoul.« Sie starrte auf das Gesicht des Mädchens. »Irgendwo um die Seite sechzig herum. Irgendwo da drinnen ist es, unsere beiden Singvögel im Käfig.«

»Herzschlag auf 78 erhöht. Temperatur 38.«

»Annie? Kannst du mich hören?«

»Jetzt ist es überall!« rief Sally. »Sie, sie taucht auf, überall.«

»Ich bin's, Lizzie. Komm schon, Schätzchen, wir alle brauchen deine Hilfe, wir brauchen dich jetzt hier.« Sie blickte zur Trennscheibe. »Nate!«

»Okay, ich hab es auch. Linksseitige Extremitäten.«

Sie ging rasch um das Bett. »Alles in Ordnung, Annie, dir kann nichts passieren, es ist Zeit zurückzukommen.«

»Die linke Hand, es ist die linke Hand.«

»Unterbrecherschalter, Mittelfinger der linken Hand, schnell jetzt!«

»Verdammte Scheiße, ich hab's, ich sehe es direkt vor mir!« Nathan starrte auf seinen Bildschirm.

»Annie, nun wach schon auf, Mädchen. Es ist schwer, aber du mußt aufwachen. Es ist Zeit.«

»Es steckte die ganze Zeit hier drinnen, mit der verdammten Sequenz war alles in Ordnung.«

»Herzfrequenz 81, weiter steigend.«

»Komm schon, Baby, dir kann nichts passieren, nun streng dich mal richtig an, für Lizzie.«

»Mein Gott.« Boyd war aufgesprungen und beugte sich näher zur Scheibe. Elizabeth hielt die linke Hand von Annie und beugte sich über sie, ein Bein auf dem Bett, so daß sie praktisch über dem Körper des Mädchens lag und Annie direkt ins Gesicht sah, ihr Mund nur Zentimeter von ihrem Ohr entfernt, die freie Hand auf die verkabelte Wölbung ihres Schädels gelegt. In ihren Augen standen Tränen.

»Komm schon, Schätzchen. Es wird jetzt Zeit, bitte, Annie, du mußt es tun, für mich, bitte, streng dich an, nun komm schon…«

Plötzlich schrillte im Kopfhörer ein Alarm. »Blutdruck 140!«

»Zahlreiche Impulsausschläge am ganzen Körper.«

»Komm schon, Mädchen, tu es! Du kannst es, bitte, Annie –« Sie hielt abrupt inne und betrachtete die kleine Hand, die in ihrer lag.

Nathan blickte von seinem Monitor auf. »Sie haben miteinander geredet.«

Im Raum wurde es still, alle Augen waren auf sie gerichtet. Sie stand reglos da, dann beugte sie sich noch einmal über das Mädchen und sprach leise in sein Ohr. »Ja, ich weiß, es ist hart, meine Süße, aber ich bin so stolz auf dich, du schlägst dich wirklich so tapfer. Ich möchte, daß du noch einmal alles gibst, ja? Ich mach es dir vor, und dann möchte ich, daß du mir den dicksten und fettesten Händedruck gibst, den du kannst. Danach darfst du soviel schlafen, wie du willst, das verspreche ich dir, okay? Wir machen es zusammen, und los.«

Sie richtete sich langsam wieder auf, Annies Hand immer noch fest in ihrer. Dann löste sie ganz behutsam die Finger, so daß die Hand des Mädchens in ihrer lag wie ein neugeborenes Tier. Alle starrten wie gebannt darauf, und die, die am nächsten standen, sahen es: Sally hinter ihr sah es, Fulton hinter seinem Monitor sah es, sogar Nathan im Kontrollraum sah es. Und auch Boyd, das Gesicht an die Scheibe gepreßt.

Der fast gespenstische Hauch eines Lächelns huschte über Elizabeths Lippen. Sie blickte auf und sah ihn durch die Scheibe an. Die Knöpfe ihrer Bluse waren offen, ihr Rock verrutscht, ihre Füße nackt. Ihre Augen waren weit aufgerissen, ihre Wangen gerötet und tränenüberströmt.

»Ruft die Familie an«, keuchte sie leise. »Annie ist zurück.«

8. KAPITEL

Alison zückte ihr Notizbuch und blätterte es langsam durch. Mittlerweile stark zerknittert und vom häufigen Gebrauch abgegriffen, die eselsohrigen Seiten eng beschrieben, manche Stellen dick unterstrichen mit zusätzlichen an den Rand gekritzelten Notizen, war dieses Notizbuch ihr ein und alles; Kriegstagebuch.

Bei einem vertrauten einsamen Eintrag blieb sie hängen. »Susie Corning gestorben«, las sie mit einem bleischweren Gefühl im Magen. Die Schrift war klein und ordentlich, aber kaum zu entziffern. Darunter hatte sie das Datum und die Todeszeit hinzugefügt. Der Rest der Seite war leer.

Sie ließ das Notizbuch sinken. Mehr gab es dazu offenbar nicht zu sagen. Der Anblick der an ihren Stuhl gegurteten, ja gefesselten Susie war beinahe so schockierend gewesen wie die Nachricht von ihrem Tod. Was für ein Leben konnte sie gehabt haben? Hatte ihr Dasein nach ihrer Behandlung im Perlman Institute für sie irgendeinen Sinn, eine positive Qualität gehabt? Gab es irgend etwas, ein minimales unterschwelliges Bewußtsein der eigenen Existenz, das ihr ein Fünkchen Freude bereitet hatte? Oder war da einfach gar nichts? Oder, schlimmer noch, gab es Leiden und Schmerzen, ein Bewußtsein des eigenen Eingesperrtseins, eine endlose lebendige Hölle, aus der einfach erlöst zu werden sie sich sehnlichst gewünscht hatte? Und was, wenn es Frankie gewesen wäre? Was würden sie empfinden? Was würden sie tun? Wie konnten sie damit leben? Was wäre, wenn, was wäre, wenn, was wäre, wenn. »Wir hätten es nicht tun sollen«, hatte Linda gesagt, und die Belastung hatte sie fast gebrochen. »Wir hätten es nicht tun sollen.«

Sie klappte das Notizbuch hastig zu und blickte auf. Trevor Stanhope lächelte sie an, setzte eine Goldrandbrille mit halbmondförmigen Gläsern auf und schlug die Krankenakte vor sich auf. Er hatte seine Jacke abgelegt und trug wie üblich ein modisches Hemd, dunkelblau mit weißen Streifen, dazu knallgelbe Hosenträger und eine schrille rote Fliege mit gelben Punkten. Er strahlte in die Runde und räusperte sich. »Ja, David, ich fange natürlich gern damit an, uns alle auf den neuesten Stand zu bringen.«

Jack riß seinen Blick vom Himmel vor dem Fenster los und widmete seine Aufmerksamkeit wieder den Menschen, die sich um den Tisch versammelt hatten. Neben ihm saß Alison inmitten des ausgeschütteten Inhalts ihrer Leinentasche. Ihm gegenüber hatte der geschäftsführende Direktor des Krankenhauses, David Barclay, Platz genommen, flankiert auf einer Seite von einem Mann in einem dunklen Anzug, der Lister hieß und als Justitiar des Krankenhauses vorgestellt worden war, auf der anderen von dem ewig gutgelaunten Stanhope. Schwarzweiß zur Linken Gottes, dachte Jack, Technicolor zu seiner Rechten. In einer Ecke des Raums saß eine grauhaarige Sekretärin, die die Sitzung diskret mitstenografierte.

»Kurz gesagt, es ist mir eine große Freude, Ihnen zu berichten, daß Frankie in der vergangenen Woche wirklich großartige Fortschritte gemacht hat«, fuhr Stanhope fort. »Die Lungenentzündung, die sie sich zugezogen hatte, reagierte außergewöhnlich gut auf die Antibiotika. Der damit verbundene Anflug von Gelbsucht hat sich ebenfalls verflüchtigt, ihre Temperatur ist wieder fast normal, und ihre Lungen sind vollkommen frei. Es gibt die üblichen ein, zwei entzündeten Hautpartien an den Schultern und im Bereich des unteren Rückens, die sich so gut wie nie ganz vermeiden lassen, doch wir hoffen, sie durch häufigeres Umdrehen und die üblichen Vorbeugemaßnahmen in den Griff zu bekommen. Und schließlich werden wir auch ihren Blutzuckerspiegel im Auge behalten, der während des Fiebers ein wenig instabil war, der sich unserer Erwartung nach jedoch bald wieder einpegeln sollte.«

»Vielen Dank, Trevor«, sagte der Direktor höflich. »Und der Grundzustand?«

»O ja, nun, der Grundzustand ist unverändert«, antwortete Stanhope rasch. »Es erfolgt natürlich weiterhin eine enge intensive medizinische Überwachung ihres Zustands, die Ergebnisse des letzten CTs und EEGs sind gerade von einem Diagnosezentrum an der Uniklinik zurückgekommen, wohin wir sie zur Analyse geschickt hatten.« Er zog einen Brief aus der Krankenakte. »Sie bestätigen unsere Ansicht, daß die Bewußtlosigkeit anhält und die Prognose deshalb unverändert bleibt.«

Jack beugte sich vor. »Wie genau lautet sie?« fragte er leise.

»Verzeihung?« Stanhope blickte von der Akte auf und sah ihn über den Rand seiner Brillengläser hinweg an.

»Die Prognose. Wie lautet sie? Ich habe den Eindruck, daß in den letzten Monaten zwar viel über mögliche Szenarios, spekulative Theorien und hypothetische, ähm, Krankheitsverläufe geredet wurde, aber ich glaube nicht, daß ich oder wir Ihre grundlegende Ansicht gehört haben, die Sicht des Krankenhauses. Ihre konkrete Prognose.«

Alison saß steif neben ihm und nickte kaum merklich. Der Direktor neigte den Kopf in Stanhopes Richtung. Der Justitiar schürzte die Lippen und betrachtete die Finger seiner auf dem Tisch gefalteten Hände. Die Sekretärin wartete mit gezücktem Bleistift.

Stanhope ließ die Akte sinken. »Tut mir leid«, sagte er und sah sich verwirrt um. »Ich hatte den Eindruck, Zweck dieses Treffens sei es, die Implikationen der Tatsache zu erörtern, daß der

Zustand Ihrer Tochter sich wahrscheinlich nicht mehr ändern wird.«

»Aber dazu hätten wir natürlich zunächst gern eine Bestätigung von Ihnen gehört. Ich meine, daß das die Meinung des Krankenhauses ist«, sagte Alison.

»Die offizielle Meinung«, fügte Jack mit einem Blick auf die Sekretärin hinzu.

Stanhope warf einen raschen Blick zu dem Direktor. »Nun, zum jetzigen Zeitpunkt und unter Berücksichtigung der Analysen der vergangenen Woche und des etwas älteren Gutachtens von Professor Keach ist dies im Augenblick meine Meinung, offiziell und auch sonst.« Er blickte von einem zum andern. »Es tut mir schrecklich leid, aber ich dachte, das hätte ich hinreichend klargemacht.«

Jacks Blick wanderte zurück zum Fenster. Alison saß reglos neben ihm, vor sich ihren Bleistift auf einer leeren Seite des Notizbuchs. Stanhope verschanzte sich, nachdem er sein Verslein aufgesagt hatte, erleichtert hinter seiner Akte. Der Anwalt saß geduldig in der Kulisse und wartete auf sein Stichwort.

Schließlich lehnte sich der Direktor des Krankenhauses zurück. »Mr. Heywood, Mrs. Heywood«, sagte er sanft und breitete seine Hände aus, »zum jetzigen Zeitpunkt besteht ganz selbstverständlich überhaupt keine Eile oder Notwendigkeit, daß Sie oder irgend jemand über längerfristige Perspektiven auch nur nachdenkt, geschweige denn Entscheidungen trifft. Deswegen sind wir nicht hier. Und ich darf Ihnen auch versichern, daß weiterhin alles, absolut alles in unserer Macht Stehende für Ihre Tochter getan werden wird. Das ist überhaupt keine Frage, darauf gebe ich Ihnen mein Wort. Doch ich dachte, es könnte vielleicht hilfreich sein, unseren juristischen Vertreter Jonathan Lister zu bitten, an unserem Treffen teilzunehmen und uns in allgemeiner Form die rechtlichen Aspekte zu erläutern. Ich denke, es wird für uns alle nützlich sein, diese Aspekte und die Auswirkungen zu begreifen, die sie möglicherweise auf den Entscheidungsfindungsprozeß haben könnten. Falls und wenn der Zeitpunkt dafür gekommen ist.« Er blickte auf und zog die Brauen hoch. Sie sahen ihn ausdruckslos an. »Jonathan«, redete er unbeirrt weiter, »vielleicht könnten Sie uns die genaue rechtliche Situation erklären.«

Endlich rührte sich Lister neben ihm. »Ja, David, sicher. Ich wünschte, ich könnte es«, begann er in einem honigsüßen Sie-werden-es-nicht-glauben-Tonfall. »Erstaunlicherweise gibt es in dieser Angelegenheit keine festen und einfachen Regeln. Das Gesetz ist alles andere als präzise und, was Sie nicht überraschen wird, auch nicht so formuliert, daß es eine konkrete Hilfe wäre. Da es also keine formell festgelegten Richtlinien gibt, müssen wir buchstäblich selbst welche aufstellen oder, was logischer erscheint, uns an Richtlinien orientieren, die von anderen Krankenhäusern in vergleichbaren Situationen bereits angewandt worden sind.«

»Vielleicht wird es Sie interessieren«, unterbrach der Direktor hilfreich, »daß wir uns mit zwei anderen Einrichtungen im Süden des Landes in Verbindung gesetzt haben, die in jüngster Zeit aus aktuellem Anlaß entsprechende Grundsätze formuliert und in der Praxis angewandt haben. Sie schickten uns Kopien, in denen ihre Vorgehensweise dokumentiert ist.« Er nickte Lister zu. »Entschuldigung, Jonathan, bitte fahren Sie fort.«

»Eines jedoch ist ziemlich klar: Das geltende Recht zieht eine klare Linie, wenn es um aktive Sterbehilfe geht. Das ist Totschlag.« Er blickte in die Runde. »Und glauben Sie mir, es gibt zahlreiche Beispiele von Anklagen gegen Krankenhäuser sowie ihr klinisches und administratives Personal, gegen praktische Ärzte und Verwandte von Patienten, die diese Linie in den Augen des Gesetzes überschritten haben. Die genaue Definition dieser Linie ist indes leider weniger klar – mit anderen Worten:

die Definition von aktiver Sterbehilfe. Im klinischen Bereich gilt das Absetzen von Medikamenten oder Nahrung allgemein anerkannt als passiv und damit tolerierbar, während beispielsweise das Abschalten eines Beatmungsgeräts oder eine erhöhte Dosis von Sedativa als aktiv und damit ungesetzlich angesehen würde.«

Jack beugte sich wieder vor und hob die Hand wie ein Schuljunge. »Sie meinen, falls wir uns für – für diese Möglichkeit entscheiden würden, könnte sie nur in die Tat umgesetzt werden, indem man sie nicht mehr ernährt oder ihr keine Medikamente gibt, wenn sie wieder krank wird? Wollen Sie uns das sagen?« Der Anwalt blickte kurz zum Direktor, bevor er, die Augen auf den Tisch gerichtet, nickte. »Das heißt, im Endeffekt würde sie entweder verhungern oder – oder langsam an einer Krankheit oder Infektion, die man nicht behandelt, verenden?«

Im Raum blieb es still.

»Aber das ist doch grotesk«, sagte Alison schließlich. »Es ist unmenschlich.«

»So ist das Gesetz.«

* * *

Die Frau studierte einen Moment ihre Notizen und spielte gedankenverloren mit einem Kugelschreiber, während sie die Aufzeichnungen ein letztes Mal überflog. Schließlich sah sie ihn an und musterte ihn nachdenklich mit zusammengekniffenen Augen. »Wenn ich Sie richtig verstehe, Mr., ähm, Mr. Heywood, dann möchten Sie sich darüber informieren, wie die rechtliche Situation Ihres, ähm, Freundes unter den gegebenen Umständen aussehen könnte. Ist das richtig?«

»Rein hypothetisch, ja«, antwortete Jack und rutschte verlegen auf seinem Stuhl hin und her.

»Nun, ich glaube, das kann ich Ihnen nicht sagen.«

»Wie bitte?«

»Jedenfalls nicht sofort. Ich müßte mir den Fall genauer ansehen und ein paar Recherchen anstellen. Vielleicht könnte ich Ihnen in etwa einer Woche ein Resümee zukommen lassen.«

»Nein, ähm, ich weiß nicht, ob das möglich sein wird. Er, ähm, lebt zur Zeit im Ausland und wollte, daß ich ihm telefonisch eine grobe Vorstellung durchgebe.«

»Eine grobe Vorstellung?«

»Ja. Könnten Sie mir nicht einfach, sozusagen aus dem Bauch heraus, Ihre spontanen Gedanken zu dem Thema mitteilen? Ich würde Sie selbstverständlich nicht darauf festnageln. Es handelt sich lediglich um eine erste Orientierung.« Er spürte das Herz in seiner Brust pochen, und sein Hemd klebte feucht an seinem Rücken.

Sie atmete langsam aus. »Nun, auf den ersten Blick sieht es aus wie eine unglaublich komplizierte Materie, und ich muß gestehen, daß ich bisher noch nie mit einem auch nur entfernt ähnlich gelagerten Fall zu tun hatte. Offen gesagt, bin ich vertrauter mit den rechtlichen Implikationen eher alltäglicher medizinischer Streitfragen, wie zum Beispiel zu Unrecht in Anspruch genommene Leistungen der Krankenversicherungen, Kunstfehler- oder Haftpflichtverfahren und dergleichen. Ich würde wirklich nur ungern über die von Ihnen skizzierte Sachlage spekulieren, ohne vorher die Gelegenheit gehabt zu haben, den Fall gründlich zu recherchieren.«

»Bitte?« Er starrte sie direkt an und brachte sie in Verlegenheit, weil er ihren Blick nicht mehr losließ. Wie ein Tier zur Fütterungszeit, fuhr ihr durch den Kopf.

»Nun gut«, seufzte sie, wandte den Blick ab und griff zu ihren Notizen. »Also rein hypothetisch haben wir es mit einem Patienten zu tun, der unheilbar krank ist oder auch nicht, jedenfalls nicht in der Lage, für sich selbst zu sprechen oder zu handeln. Ist das zutreffend?« Er nickte. »Die nächsten Verwandten können sich nicht auf die weitere Vorgehensweise einigen, für die es, wenn ich das richtig sehe, drei Optionen gibt: erstens gar nichts zu tun und abzuwarten, was passiert; zweitens die Behandlung ganz einzustellen mit der wahrscheinlichen Folge, daß der Patient sterben wird; oder drittens nach alternativen medizinischen Behandlungsmöglichkeiten im Ausland zu suchen. Oh, und die medizinische Beurteilung des Falls ist ebenfalls nicht eindeutig, so daß sie auch keine verläßliche Grundlage für eine Entscheidung bietet. Ist das mehr oder weniger alles?«

»Ja, und es handelt sich um ein Kind.«

»Ein Kind?« Sie sah ihn überrascht an. »Und die Eltern können sich nicht einigen?« Er schluckte und nickte erneut.

»Nun, bei einem Kind liegt die Sache vollkommen anders – oder vielleicht auch nicht. Aber um es kurz zu machen, es ist unwahrscheinlich, daß ein Elternteil sich für eine bestimmte Option entscheiden und sie durchsetzen könnte, ohne daß der andere Elternteil damit einverstanden ist. Wenn sie gegensätzlicher Meinung bleiben und zu keiner Einigung kommen können, könnten die Anwälte, die die beiden Elternteile vertreten, möglicherweise das Oberste Gericht anrufen, um eine Entscheidung herbeizuführen. Das Oberste Gericht müßte alle Aspekte des Falls ausführlich würdigen, sich bestmöglich medizinisch beraten lassen und ein Urteil fällen.«

»Ich verstehe, und was, wenn die Eltern sich dann noch immer nicht einigen könnten oder einer von ihnen sich weigert, das Urteil zu befolgen?«

»Das Gericht wird das Interesse des Kindes immer an die erste Stelle setzen. Wenn die Eltern sich weigern sollten, das Urteil zu befolgen, könnte das Kind unter die Vormundschaft des Gerichts gestellt werden. Das heißt, das Gericht würde die Verantwortung für die Sorge des Kindes übernehmen und unabhängig von den Wünschen beider Elternteile über sein Wohl entscheiden.«

* * *

»Entschuldigen Sie, Mrs. Heywood, ich bin aufgehalten worden, ich hoffe, Sie haben nicht zu lange gewartet.« Die Frau betrat das Büro, schüttelte Alisons Hand und nahm hinter ihrem Schreibtisch Platz. Sie war Ende Vierzig und hatte ein pinkfarbenes Wollkostüm und eine cremefarbene Bluse an. Sie trug eine Perlenkette, ihr Gesicht war dezent geschminkt, ihr graues Haar zu einem adretten Pagenkopf frisiert. Alison, die sich ihrer eigenen Erscheinung auf einmal peinlich bewußt wurde, zupfte ihre Strickjacke zurecht und strich sich eine Strähne hinters Ohr, während die Frau einem Lederkoffer eine Akte entnahm.

»Nun gut, hier ist es«, sprach sie fröhlich weiter. Sie streifte ihre Armbanduhr ab und legte sie neben sich auf den Schreibtisch. »Ich bin Madeleine Rutherford, Leiterin der Leistungsabteilung bei der regionalen Direktion der staatlichen Gesundheitsfürsorge in Cambridgeshire. Soweit ich unterrichtet bin, wollten Sie mit jemandem über Ihre Tochter, ähm, Frances sprechen.«

»Das ist richtig.« Alison zog einen Aktenordner aus ihrer Umhängetasche. »Wie Sie wissen, habe ich beantragt, daß meine Tochter in eine Klinik in den Vereinigten Staaten verlegt wird, die sich auf die Behandlung von Kindern in ihrem Zustand spezialisiert hat.«

Die Frau studierte ihre Akte.

»Ja, in der Tat«, bestätigte sie und blätterte eine Seite zurück. Sie blickte kurz zu Alison auf. »Wie ich sehe, hat das Amt für staatliche Sozialleistungen um ein innerbehördliches Treffen zur Klärung der für Ihre Tochter in Betracht kommenden Behandlungsoptionen gebeten.«

»Das ist mir durchaus bewußt. Wie dem auch sei, mein Antrag auf Überweisung ist abgelehnt worden, und ich wüßte gern, warum.«

»Nun, das hätten Sie dem Briefwechsel doch entnehmen können«, erwiderte die Frau und zitierte aus einem Schreiben: »›... ist der Gutachter zu der Ansicht gekommen, daß eine Verlegung wenig erfolgversprechend wäre.‹ Wie ich sehe, spricht er sich offenbar sogar vehement dagegen aus.«

»Es mag sein, daß er sich gegen eine Verlegung in die Klinik ausspricht, aber in dem Brief ist nicht von ›wenig erfolgversprechend‹ die Rede, wenn Sie erlauben.« Alison las aus ihrer Abschrift des Schreibens vor. »›Es läßt sich in keinster Weise mit Sicherheit sagen, ob die Patientin von einem Aufenthalt in der Klinik profitieren würde oder nicht.‹« Sie blickte auf. »Mit anderen Worten, er weiß es nicht.«

»Kommt das nicht auf das gleiche heraus?«

»Meiner Meinung nach nicht. Die Feststellung, daß er es nicht weiß, ist nicht das gleiche, als wenn man sagt, es wäre wenig erfolgversprechend.«

Die Frau ließ die Akte sinken. »Mrs. Heywood, wir wollen ganz offen zueinander sein. Letztendlich geht es nur ums Geld. Meine Aufgabe ist es, den Etat zu verwalten, mit dem diese Behörde die komplette medizinische Versorgung der gesamten Bevölkerung von Cambridgeshire finanziert. Es ist ein fester Betrag – nein, genaugenommen ist es ein Betrag, der Jahr für Jahr real sinkt, aber darum geht es hier nicht. Auf der Basis dieses Etats mache ich Verträge mit Einrichtungen wie zum Beispiel Krankenhäusern, Pflegeheimen, kommunalen Gesundheitsdiensten, psychiatrischen Kliniken und so weiter, um sicherzugehen, daß allen Menschen in diesem Bezirk im Rahmen der staatlichen Gesundheitsfürsorge eine möglichst große Bandbreite an medizinischen Leistungen zur Verfügung steht.«

»Was ist mit der Härtefallregelung?« Alison rieb sich müde ein Auge.

Die Frau nickte. »Darauf wollte ich gerade zu sprechen kommen. Ein kleiner, ein sehr kleiner Anteil dieses Etats ist nach eingehender Einzelfallprüfung dafür vorgesehen, Leistungen von Anbietern zu kaufen, die wir normalerweise nicht beanspruchen. Da greift die von Ihnen erwähnte Härtefallregelung. Dieser Haushaltsposten deckt die Finanzierung außergewöhnlicher oder spezialisierter Leistungen, die im Rahmen der allgemeinen staatlichen Gesundheitsversorgung nicht vorgesehen sind.«

»Wie sie zum Beispiel das Perlman Institute für Patienten wie Frankie anbietet.«

»Das mag sein, obwohl nach der Härtefallregelung in der Regel vor allem Leistungen im Inland bewilligt werden. Es ist sehr, sehr ungewöhnlich, eine Behandlung im Ausland zu finanzieren. Aber wie dem auch sei, bevor wir irgend etwas nach der Härtefallregelung bewilligen, wollen wir sicher sein, so sicher wie möglich, daß das Geld gut investiert ist, mit anderen Worten, daß die Wahrscheinlichkeit sehr hoch ist, daß der Patient oder die Patientin von der Behandlung profitieren wird, so daß die Kosten gerechtfertigt sind. Und das entscheiden wir nicht am grünen Tisch, sondern auf der Basis der klinischen Beurteilung. Wir verlassen uns auf die behandelnden Ärzte und ihre Einschätzung, ob ein Behandlungserfolg wahrscheinlich ist.« Sie nahm erneut Frankies Akte zur Hand. »Leider hatten wir nicht den Eindruck, daß die klinische Beurteilung der behandelnden Ärzte Ihrer Tochter ihre Verlegung in eine sehr teure und, wir wollen ganz offen sein, experimentelle Klinik in Amerika rechtfertigt.«

»Und wenn ich ein oder zwei alternative Gutachten vorlegen würde? Von einem Neurologen oder anderen Spezialisten. Was, wenn ich Ihnen eine ganze Reihe medizinischer Prognosen präsentieren könnte, die Frankies Verlegung dorthin befürworten?«

Mrs. Rutherford atmete tief ein. »Nun, dann würden wir uns die Sache natürlich noch einmal ansehen. Aber um ganz ehrlich zu sein, besteht durchaus die Möglichkeit, daß wir den Antrag nach wie vor ablehnen würden.«

Alison schnaubte. »Mit anderen Worten und ungeachtet dessen, was Sie mir erzählt haben, würden Sie diese Entscheidung trotz einer klinischen Empfehlung treffen?«

»Mrs. Heywood. Wir leben in einer wunderbaren Welt phantastischer technischer und wissenschaftlicher Fortschritte. Sie müssen nur eine Zeitung zur Hand nehmen – jeden Tag lesen wir, daß irgendwo auf der Welt wundersame neue Behandlungsmethoden und Therapien gegen Aids, Krebs, Unfruchtbarkeit und Organversagen entwickelt werden. Die Liste ist praktisch endlos. Natürlich möchten Patienten in den Genuß all dieser Therapien kommen, aber das ist schlicht unmöglich, jedenfalls im Rahmen der staatlichen Krankenkassen. Viele der neuen Behandlungsmethoden befinden sich noch im Entwicklungsstadium, manche erweisen sich später als nur begrenzt oder gar nicht erfolgreich, und sie sind fast ausnahmslos enorm kostspielig. Es tut mir wirklich leid, und ich kann Ihre Gefühle verstehen.«

»Nein, Mrs. Rutherford, verzeihen Sie, aber das können Sie nicht.« Alison begann ihre Sachen einzupacken.

Die Frau schüttelte resigniert den Kopf. »Die staatliche Gesundheitsfürsorge ist nun mal nicht so strukturiert und organisiert, daß wir Patienten zur Behandlung in die ganze Welt schicken können. Das war sie nie. Dafür haben wir einfach nicht das Geld.«

* * *

Alisons Mutter schlich auf Zehenspitzen über den Flur, stellte den Wäschekorb leise neben der Tür ab und spähte durch die einen Spalt offenstehende Tür in Bens Zimmer. Der Junge lag auf dem mit Spielzeug übersäten Boden, das Gesicht zur Wand. Inmitten Dutzender kleiner Plastiksoldaten, seiner Modellschiffe und -flugzeuge. Inmitten seines ganzen Wagenparks von Pkws, Lastern und Bussen.

Janet bewegte den Kopf vor dem schmalen Schlitz hin und

her und hielt plötzlich inne. Unter den Spielzeugen befanden sich auch einige von Frankies Sachen. Eine Familie trollartiger Holzfiguren, die sie gesammelt hatte, ihr Lieblingsstofftier, ein Kaninchen, und ihr Bauernhof aus Plastik. Sie wollte gerade anklopfen, als sie eine Bewegung wahrnahm. Sein Arm, sein Ellbogen schnellte mechanisch hin und her wie der Kolben eines Motors. Janet riß die Augen vor dem Türspalt auf, während seine unsichtbare Hand in seiner Jeans hin- und herzuckte. Dann wandte sie den Blick ab und atmete leise aus. Ein paar Sekunden später war es vorbei, der Motor kam stotternd zum Stehen. Sie wartete noch eine halbe Minute, schlich sich leise von der Tür weg und hob den Wäschekorb auf.

»Ben?« flötete sie fröhlich und ging erneut auf die Tür zu, klopfte forsch an und riß die Tür auf. »Ah, da bist du ja, Schätzchen.« Sie ließ ihren Blick durchs Zimmer schweifen. »Mein Gott, was für ein Durcheinander.« Er sah sie mit wachsamen Augen an. »Alles in Ordnung, Schätzchen? Ich werd jetzt ein bißchen bügeln. Brauchst du irgendwas? Was zu trinken vielleicht?« Er schüttelte den Kopf. »Na gut, ich bin gleich gegenüber im Gästezimmer, wenn du mich brauchst.«

Er sagte nichts, sondern wandte den Blick wieder ins Zimmer. Sie zog die Tür hinter sich zu, achtete jedoch darauf, sie einen Spalt offenstehen zu lassen. Sie ging in das Gästezimmer gegenüber und runzelte ob des Geruchs gedankenverloren die Stirn. Zahnpasta und Rasierwasser. Auf einem Stuhl häuften sich Jacks Kleider, der Tisch in der Ecke war mit einem Stapel Papiere bedeckt. Sein Schlafanzug lag auf dem Kopfkissen auf dem Bett. Sie riß das Fenster auf und baute das Bügelbrett absichtlich mit Blick auf die sperrangelweit offene Tür auf.

* * *

Alle Menschen, alle Tiere und alle Maschinen bewegten sich in präzisen konzentrischen Kreisen um ihn herum und wanderten in einer großen, endlosen, majestätischen Prozession langsam über die weite Ebene. Von seinem Platz auf dem Hügel konnte er alles überblicken und über das gesamte Königreich und all seine Untertanen wachen. Von den Elefanten und Giraffen im fruchtbaren Tal am Fuße des Hügels über die Horden der stetig mit ihren Wagen und Tieren über die staubige Ebene dahinziehenden Reisenden bis zu den winzigen Soldaten, die sich in der Ferne ihren mühsamen Weg durch die Ausläufer des Gebirges bahnten. Silberne Bomber dröhnten am Himmel, Kriegsschiffe und Segelboote befuhren die Flüsse und Kanäle, die die endlose Landschaft durchzogen.

Als er so dastand und die Augen mit einer Hand gegen die flimmernde Wüstenhitze abschirmte, trieb ihm der Wind den Geruch von getrocknetem Gras und aus der Ebene hinaufgewehtem Präriestaub in die Nase. Menschen, Tiere und Maschinen grüßten ihn, während er sie sicher durch die Wildnis ins Gelobte Land leitete. Sie schwenkten die Arme, hoben ihre Köpfe, Rüssel und Pfoten. Autos hupten, Flugzeuge neigten ihre Flügel, Schiffschlote verschwanden in Wolken von Qualm, Sirenen ertönten zum Dankesgruß.

Und er winkte zurück. Er hob seinen Arm langsam himmelwärts, wandte die Hand hin und her, spreizte die Finger und schloß sie wieder wie Blütenblätter, die höher und höher in den sengenden, azurblauen Himmel aufstiegen, während die Macht in ihm aufs neue anschwoll und sich entfaltete und streckte wie ein riesiges, erwachendes Tier.

* * *

Jack saß geduldig in dem Sessel und ließ den letzten Schluck der goldgelben Flüssigkeit am Boden seines Glases kreisen. Er sah sich im Zimmer um, und sein Blick fiel auf das stumme Mahagoniklavier und das noch aufgeschlagen auf dem verstaubten Metallnotenständer stehende Album, dessen Notenlinien mit Clowns und Zirkustieren verziert waren.

Nach einer Weile kam Alison herein. »Startklar?« fragte sie und streckte behutsam ihre Finger in den bis zum Ellbogen reichenden weißen Spitzenhandschuhen.

»Hm-hm.« Er leerte sein Glas.

Sie blickte skeptisch an sich herab. »Kann ich so gehen?« Sie hatte ein blaßgelbes Chiffonkleid an, das an der Hüfte mit einer Seidenschleife gerafft war und bis über die Knie reichte. Dazu trug sie weiße Strümpfe und flache, cremefarbene Schuhe mit Schnallen. Um ihren Hals hatte sie eine falsche Perlenkette geschwungen und zu einem Knoten gebunden, der über ihrem Ausschnitt baumelte. Die Haare hatte sie hochgesteckt und sich dazu eine große, gelbe Feder in das straßbesetzte Haarband gesteckt. Das Ensemble wurde vervollständigt von der weißen Fuchsstola ihrer Mutter, die sie locker um ihre Schultern drapiert hatte.

»Super«, sagte er. »Picobello.«

»Okay, dann sind wir startbereit. Das Taxi ist auch schon da.« Sie warf ihm einen raschen Blick zu. »Es ist bestimmt eine gute Idee. Meinst du nicht auch?«

Jack atmete langsam aus. »Ich müßte lügen, wenn ich behaupten wollte, daß ich es kaum erwarten könnte, dorthin zu kommen. Andererseits hat deine Mutter wahrscheinlich recht, wenn sie sagt, daß es uns guttun würde, mal wieder rauszukommen. Und sei es auch nur für einen Abend. Na ja, eben einfach mal eine andere Umgebung sehen, ein paar Leute treffen und sich für ein paar Stunden wie ein Mitglied der Menschheit fühlen.«

»Ja, ja, sie hat bestimmt recht«, sagte sie skeptisch, nahm eine kleine Seidenhandtasche von einem Ablagetischchen und wandte sich zum Gehen. »Ganz bestimmt. Jedenfalls sollten wir es zumindest versuchen.«

Jack griff nach seinem Strohhut. »Also los«, brummte er und erhob sich ächzend aus seinem Sessel. »Partytime.«

Im Taxi blickten sie schweigend aus dem Fenster, während die dichtbesiedelten, städtischen Boulevards langsam in gewundene Landstraßen übergingen. Das warme, weiche Licht der Abendsonne fiel auf weite, goldgelbe Maisfelder und die Zweige uralter Holundersträuche, die die verschlafenen Dorfwiesen säumten.

»Wie war dein Tag?« fragte sie irgendwann. Der Taxifahrer musterte sie im Rückspiegel: Der Mann trug einen auffällig gestreiften Blazer und eine weiße Flanellhose, die Frau spielte gedankenverloren an der Perlenkette um ihren Hals. Sie saßen ein Stück voneinander entfernt, den Blick abgewandt wie zwei Fremde im Zug in einem alten Film.

»Prima, danke.« Es kostete ihn Mühe, sich an alles zu erinnern. An die angespannt formvollendete, kleine Aufführung im Büro des Krankenhausdirektors, die alptraumhafte Scharade mit der Fachanwältin für medizinisches Recht, den Anruf von seiner privaten Krankenversicherung – nein, Mr. Heywood, wir sind ganz sicher, daß der Versicherungsschutz nicht für Behandlungen im Ausland gilt. »Und deiner?«

Sie hatte nicht nur mit der Gesundheitsbehörde, sondern auch noch einmal mit Bens Psychologin sowie einer weiteren Kinderpsychologin gesprochen, die ihr Hausarzt empfohlen hatte. Und sie hatte ein weiteres Mal in Virginia angerufen. »So lala.«

»Jetzt weiß ich es!« rief der Fahrer plötzlich und neigte den Kopf in ihre Richtung: *»Bonnie und Clyde.* Nein, warten Sie einen Moment, dieser andere Film, mit Robert Redford. *Gatsby!* Das ist es: *Der große Gatsby!«*

Sie lächelten ihm höflich zu.

Zwanzig Minuten später fuhren sie durch ein hohes, gußeisernes Tor auf eine mit Bäumen gesäumte Einfahrt. Am Ende der Einfahrt lag ein imposantes georgianisches Pfarrhaus, auf der Wiese daneben war ein riesiges gestreiftes Zelt aufgebaut worden. »Ich weiß ja nicht, was du vorhast«, murmelte Jack, »aber ich glaube, ich werde mich heute abend betrinken.«

* * *

Er ließ sich auf seine Fersen zurücksinken und wartete geduldig, die Hände in die Hüften gestützt, röchelnd und nach Luft ringend. In seinem Kopf drehte es sich, und der kalte Tau begann durch die Knie seiner Hose zu dringen. Dann begann er wieder zu zittern. Auf seiner Stirn brach der kalte Schweiß aus. Sein Körper zuckte, und er riß den Kopf wieder nach vorn. Er würgte trocken und spuckte in den Rindenmulch unter die sauber gestutzte Ligusterhecke. Es ging immer weiter, wie eine Faust im Magen, ein Stahlgurt um seine Brust. Das Bild von Isabelles Mutter stand ihm verschwommen vor Augen.

Endlich ließen die Krämpfe nach. Langsam sog er die feuchte Abendluft ein. Die Gärten um ihn herum waren still, ein Stück entfernt sah er einige Gestalten bei Kerzenschein um einen Tisch am Seeufer sitzen. Aus dem Zelt drangen die rhythmischen Klänge der Dixielandband, die hin und wieder von lebhaften Rufen und brüllendem Gelächter übertönt wurden. Nach einer Weile hatte sich sein Atem beruhigt, sein Kopf war wieder einigermaßen klar. Er stand auf, klopfte sich die Erde von den Knien und setzte sich auf eine Parkbank in der Nähe. Dann zog er ein Taschentuch aus der Tasche seines Blazers, schneuzte sich und spülte sich mit einer Flasche Wasser, die er beim Hinausstürzen von einem Tisch gegriffen hatte, den Mund aus.

»Du siehst gut aus«, hatte Isabelles Mutter hinter einer dicken Schicht Make-up gesagt. Ein Vorwurf oder ein Kompliment. Auch sie war entsprechend gekleidet, mit Federboa, vergoldeten Haarspangen, Perlenkette und allem. Sie rauchte eine schwarze

Zigarette, die in einer langen Spitze steckte, auf deren goldenem Mundstück ein Abdruck ihrer roten, schmollenden Lippen prangte, und musterte ihn mit abgestumpften, glasigen Augen. Es war ein Schock. Der Gedanke, daß Isabelles Eltern auch da sein könnten, war ihm nie gekommen, obwohl es keinen Grund gab, warum sie nicht hier sein sollten. Es war ein großes Fest, und sie lebten im selben Viertel der Stadt, bewegten sich in denselben Kreisen und hatten viele gemeinsame Freunde. Er war schon auf ein paar Bekannte aus der Schule gestoßen. Wie *geht* es Ihnen, wie *geht* es Ben, wie *geht* es Frankie? Die gerunzelten Brauen, das traurige Kopfnicken, die übereifrige Anteilnahme, während sie seinem Blick auswichen und an ihm vorbei nach einer Möglichkeit zu entkommen Ausschau hielten.

»Du auch«, log er und hielt der vorbeikommenden Gastgeberin sein Glas hin. Sie war schrecklich gealtert; ihr Gesicht war eingefallen und verhärmt mit tief eingegrabenen Falten um Mund und Nase. Und ihre Augen... Er dachte zurück an jene unwirklichen Stunden im Wartezimmer des Krankenhauses, das ungläubige Entsetzen über die Mitteilung der Ärzte, die benommenen Gesichter am Grab. Was konnte er sagen? Er hatte es damals nicht gewußt und wußte es auch jetzt nicht. Wie ist es für euch? Schlimmer als für uns? Fangt ihr langsam an, darüber hinwegzukommen? Ist euer Leben inzwischen weitergegangen, oder hängt es noch immer in der Luft wie meins? Er spürte, daß die anderen Gäste sie beobachteten. Ist das nicht die Mutter des kleinen Mädchens, das...? War das nicht der Vater des Jungen, der sie begleitet hat...?

Alison stand auf der anderen Seite des Zeltes mit einem unberührten Teller am Buffet, den Kopf abgewendet, während sie mit halbem Ohr einem Mann in einem weißen Anzug zuhörte, der ernst auf sie einredete, die Mundwinkel zu einem verräterisch angespannten Lächeln hochgezogen. Er verspürte einen plötzlichen Stich, so jung und verletzlich sah sie aus. Er wäre gern hinübergegangen und hätte sie gerettet, hätte den Mann in dem weißen Anzug gern höflich angelächelt, sanft ihren Arm genommen und sie an einen kleinen Tisch in der Ecke geführt. Doch sie hatten den ganzen Abend lang kaum miteinander geredet.

»Wir werden klagen«, sagte Isabelles Mutter tonlos und lallend und beobachtete seine Augen. Er spürte, wie er erblaßte, die Lippen weiter zu einem grotesken Lächeln verzogen. »Es ist natürlich absolut nichts Persönliches. Eine Versicherungssache, Fahrlässigkeit oder so. Kevin kümmert sich um die Details.«

Er sah sie leeren Blickes an, schluckte und schmeckte Galle.

»Ich nehme an, ihr kriegt einen Brief von unserem Anwalt oder so.« Sie berührte seinen Arm. »Bitte, nehmt das nicht persönlich, wir geben nicht euch die Schuld. Wirklich nicht.«

Er wandte sich ab, die Hand vor dem Mund, und floh in die Nacht hinaus.

Er leerte die Wasserflasche, erhob sich langsam von der Bank und schlenderte in Richtung der mondbeschienenen Wiese am See. Am Ufer standen kleine Grüppchen von Menschen, immer wieder wurde die Stille vom Widerhall ihres Gelächters über dem Wasser zerrissen, und der Geruch von Parfüm und Zigarettenqualm hing in der Luft. Direkt am Ufer lag ein Pärchen eng umschlungen und offenbar schlafend auf einer Decke. Er wich ihnen aus und ging in großem Bogen um die anderen Gruppen herum, bis er neben den herabhängenden Zweigen einer riesigen Weide einen leeren Tisch entdeckte. Als er darauf zuging, sah er vom Zelt her eine Gestalt in Gelb auf sich zukommen.

»Scheiße, es gibt einfach absolut kein Entkommen, was?« sagte Alison und ließ sich auf einen Stuhl fallen.

»Nein.«

Sie nahm eine Flasche, die jemand auf dem Tisch stehengelassen hatte, und goß sich Wein in ein Glas. Von der Mitte des

Sees hörte man ein Platschen wie von einer Forelle. »Hast du es geschafft?«

»Hm?«

»Dich zu betrinken. Klingt wie eine verdammt gute Idee.«

»Eine verdammt schlechte Idee, glaub mir.« Er zögerte. »Ich wollte dir schon früher sagen, daß du toll aussiehst, weißt du, heute abend, meine ich, beser als alle anderen. Aber ich habe mich nicht getraut. Ich hatte Angst, es würde irgendwie trivial klingen.«

»Danke«, sagte sie leise.

»Willst du nach Hause fahren?«

»Gleich.« Sie starrte auf den See. In der Mitte hing ein blasser, hauchdünner Nebel wie ein Schleier über dem Wasser. Sie stand auf, trat ans Ufer, blickte in die Ferne und schlang die Arme um ihre Schultern. »Wir sind ganz allein damit.« Sie drehte sich zu ihm um. »Nicht wahr?«

Plötzlich bückte sie sich, löste die Riemen ihrer Schuhe und zog sie aus. Dann hob sie den Saum ihres Kleides, beugte sich vor, hakte umständlich ihre Strumpfhalter aus, rollte die Strümpfe herunter und warf sie hinter sich auf die Wiese. Kurz darauf hörte er, wie sie scharf einatmete, dann das leise Plätschern, als sie, das Kleid bis zu den Hüften gerafft, durch das Wasser watete, das ihr bis an die Schenkel reichte.

»Komm«, flüsterte sie ein paar Minuten später drängend. Sie saßen unter der Weide, versteckt hinter dem Vorhang aus Zweigen. Mit einer Hand rieb sie schon hart über die Vorderseite seiner Krickethose, die andere legte sie in seinen Nacken und zog seinen Mund auf ihren. Als sie ihn küßte, entfuhr ihr ein leises, kehliges Stöhnen. Ihre Zunge stieß in seinen Mund, während ihre Finger ungeduldig an den ungewohnten Knöpfen seiner Hose herumfummelten. Sie zog ihn auf sich, und ihre Köpfe und Zähne stießen gegeneinander, als sie ins feuchte Gras sanken. Er ließ sich schwer auf sie fallen und tastete sich, ohne zu zögern, unter dem Kleid an der eiskalten Haut ihrer Beine hinauf, legte seine Hand auf ihren Hügel und schob ihren Slip herunter. Dann lehnte er sich zurück, um rasch seinen Hosenschlitz aufzuknöpfen. Ohne den Blick von ihr zu wenden, ein gesichtsloser Schatten unter ihm, nestelte er zunehmend hektischer an seinen Knöpfen herum. »Himmel Herrgott noch mal!« Knöpfe flogen, als er sich wütend die Hose aufriß. Dann hatte er sich befreit und legte die Hände erneut auf ihre Hüften. »Nein, warte!« Sie entwand sich seiner Umarmung, drehte sich herum und erhob sich auf die Knie. Er beugte sich vornüber, und seine Hände glitten über die Rückseite ihrer Schenkel, bis seine Finger die feuchte Hitze ihrer Spalte spürten. Er kniete sich hinter sie und legte einen Arm fest um ihre Hüfte, während sie sich an ihn drängte. In atemloser Erregung ließen sie sich fallen und verfehlten einander. Er stöhnte vor Schmerz. »Mein Gott!« Sofort griff sie mit der Hand zwischen ihre Beine und führte ihn ungeduldig mit ihren Fingern, drängte sich noch fester an ihn, und er stieß verzweifelt und panisch erneut zu. Er drückte sie mit der Hand nach unten und spreizte ihre Öffnung mit den Fingern, bis sie plötzlich den Rücken wölbte, den Kopf hochriß und ein unterdrücktes Schluchzen ausstieß, als er stöhnend in sie eindrang.

Er beugte sie fast ganz vornüber und stieß, ihren Körper mit einem Arm an sich gepreßt, immer wieder heftig in sie, während sich die gespreizten Finger seiner anderen Hand in das dichte schwarze Haar auf ihrem Hinterkopf wühlten. Sein Gesicht lag seitlich auf ihrem Rücken wie bei einem Schwimmer, der keuchend nach Luft schnappt. Sie lag, die Knie gespreizt unter ihm, eine Hand auf der Wiese, die andere um die rauhe Borke des Baumstamms geschlungen, und drängte sich an ihn, im schneller werdenden Rhythmus ihrer Leidenschaft keuchend, den Kopf in den Nacken geworfen, die Zähne zusammengebissen, die Augen geschlossen.

* * *

»Du bist in dieser Sache wild entschlossen, was?« murmelte er und blickte auf die Digitaluhr des Elektroherdes. Halb drei. Teetrinkend saßen sie in der Küche.

Sie nickte langsam. »Weißt du, heute abend mit all diesen Menschen... Immer die gleichen Fragen, die gleichen leeren Blicke, während du genau weißt, daß sie nicht die leiseste Ahnung haben. Sie können nichts dafür, aber sie haben einfach keine Vorstellung davon, wie es wirklich ist und worum es eigentlich geht.«

»Ich weiß«, sagte er.

»Ich kann einfach noch nicht aufgeben, Jack, verstehst du«, fuhr sie leise fort. »Und je länger es dauert, desto mehr habe ich das Gefühl, wir sollten wenigstens alles versuchen. Für Frankie und für Ben.«

Er nahm eines der Sets, die auf dem Tisch lagen, hoch. »Ja, aber wo endet es? Wo ziehen wir die Linie? Ich mache mir nur Sorgen – daß es für sie alle beide, für uns alle unendlich viel schlimmer wird, wenn Amerika nicht gut ausgeht, wenn es sich als – als falsche Entscheidung erweisen sollte.«

Sie verstummten, beide in Gedanken verloren. Susie Corning, tot in ihrem Stuhl, die rollenden Augen still, die tanzenden Arme schlaff.

»Ja«, sagte sie schließlich. »Ich auch.«

»Bist du dir sicher, wirklich sicher«, fuhr er sanft fort, »daß es das Beste für Frankie und für Ben ist, Frankie in diese Klinik zu schicken?«

Sie ließ den Kopf sinken. »Nein, das kann ich nicht sagen. Ich kann nur sagen, daß ich es andersherum nicht könnte. Ich könnte sie nicht gehen lassen, ohne vorher alles versucht zu haben. Mit dem Gedanken könnte ich einfach nicht leben.«

Er lehnte sich zurück und betrachtete die reglose, schwarze Silhouette des Kirschbaums im Garten.

»Jack, würdest du einfach nur mit ihr reden? Mit Dr. Chase. Bitte. Hör dir einfach nur an, was sie sagt.«

»Ja, aber wie objektiv kann sie sein, Ali?« Er breitete die Hände aus. »Ich meine, sie lebt davon, Patienten wie Frankie zu behandeln. Natürlich will sie uns haben.«

»Nicht unbedingt. Weißt du nicht mehr, die Cornings? Sie haben erzählt, daß sie Susie zunächst nicht annehmen wollte. Und Winstanley sagt, daß sie häufig Patienten abweist. Vielleicht nimmt sie Frankie gar nicht an, selbst wenn wir es wollten. Wenn sie glaubt, daß es zwecklos ist, daß es keine Hoffnung gibt, oder wenn sie denkt, daß es falsch wäre, für Frankie oder für Ben, würde sie es uns bestimmt sagen.«

»Hm.« Er schürzte skeptisch die Lippen.

»Und wenn sie sich dagegen ausspricht, werde ich das widerstandslos akzeptieren. Das verspreche ich dir.«

»Ach ja?« Er lächelte spöttisch.

»Rede einfach nur mit ihr. Bitte.«

Er atmete langsam aus. »Okay.«

»Morgen? Sie ist den ganzen Tag da, ich habe nachgefragt.«

»Mein Gott, Alison, also gut, morgen.«

»Versprichst du es?«

»Ja, ich verspreche es!« Er hob den Finger. »Aber danach entscheiden wir gemeinsam auf der Grundlage dessen, was sie sagt und was alle anderen sagen. Wir schauen uns das Ganze an und treffen eine gemeinsame Entscheidung. Einverstanden?«

»Einverstanden.«

Doch am Ende wurde die Entscheidung für sie getroffen.

9. KAPITEL

In der Mitte des Küchentischs stand ein Telefon mit Verstärker und Freisprechfunktion, das mit einem Verlängerungskabel an das Wandtelefon angeschlossen war. Jack zog sich einen Stuhl heran und nahm Alison gegenüber Platz.

Sie nickte. »Fertig?«

Er sah auf seine Uhr. »Dort drüben ist gerade Mittagszeit. Bist du sicher, daß sie da ist?«

»Sie hat gesagt, sie sei den ganzen Tag erreichbar, Jack. Drück einfach auf die Knöpfe.«

Als er sich vorbeugte, um zu wählen, ging die Küchentür auf, und Janet stand auf der Schwelle, mit Einkäufen beladen. »Guten Abend, ihr zwei – hoppla, was ist denn das?« fragte sie munter und blickte zum Tisch. Schweren Schrittes kam sie in die Küche geschlurft.

Alison seufzte. »Das ist ein Konferenztelefon, damit wir beide gleichzeitig reden und zuhören können. Jack hat es aus dem Büro mitgebracht. Wir wollten gerade die Klinik anrufen.«

»Oh, gut. Habt ihr was dagegen, wenn ich mithöre?« Alison warf Jack einen Blick zu, er zuckte die Achseln. »Ich verspreche auch, daß ich keinen Mucks von mir geben werde.« Sie ließ die Einkaufstaschen geräuschvoll auf den Boden fallen und schlich dann albern auf Zehenspitzen durch die Küche. Jack beugte sich erneut vor, um zu wählen. »Wo ist Ben?« unterbrach Janet ihn und nahm am Fenster Platz.

»Er guckt sich ein Video an.«

»Sollte er nicht auch hier sein?«

Alison drehte sich zu ihr um. »Mutter, Jack und ich haben ausführlich darüber geredet. Wir finden es beide besser, wenn wir zunächst ein ernstes Gespräch führen und einen Eindruck von der Klinik gewinnen, um anschließend noch einmal in Ruhe darüber nachzudenken und weitere Informationen und Ratschläge einzuholen. Alles in allem dachten wir, daß wir das am besten zunächst allein tun.« Sie machte eine dramatische Pause. »Ganz allein.«

»Ganz wie ihr wollt.« Janet blieb sitzen und betrachtete ihre Hände.

Sie wurden gleich durchgestellt. »Hier ist Elizabeth Chase.« Jack erkannte einen gebildeten Ostküstenakzent.

Alison beugte sich über das Telefon. »Oh, hallo, Dr. Chase, hier ist Alison Heywood aus Cambridge in England. Mein Mann Jack sitzt neben mir.«

»Hallo, Alison, hallo, Jack, schön, Sie endlich persönlich zu sprechen.«

Janet wedelte vom Fenster mit einer Hand. »Ähm, ja, und meine Mutter Janet Catchpole.«

»Hallo, Mrs. Catchpole, nett, Sie kennenzulernen. Ist Ben auch da?«

»Ähm, nein, er ist nebenan. Wir dachten, daß wir uns zunächst in Ruhe und, ähm, allein unterhalten.«

»Natürlich, aber wenn ich einen Vorschlag machen darf, dann möchte ich Sie bitten sicherzustellen, daß er sich in den Entscheidungsprozeß einbezogen fühlt. Wie geht es ihm übrigens?«

»Nun, wir machen uns große Sorgen um ihn. Sein Zustand scheint sich nicht zu verbessern, und dieser Stillstand hat offenbar etwas mit Frankies Zustand zu tun.«

»Das ist sogar sehr wahrscheinlich, glauben Sie mir«, sagte Elizabeth leise und warf erneut einen Blick auf die Notizen, die Alison ihr zugefaxt hatte. »Die Informationen, die Sie mir geschickt haben, sind sehr hilfreich, vielen Dank dafür. Aber darunter befinden sich kaum Angaben zu dem Unfall selbst.«

»Ah«, sagte Alison. »Nein. Ist das wichtig?«

»Es könnte wichtig sein. Sogar sehr wichtig. Was können Sie mir darüber berichten?«

Jack räusperte sich. »Nun, im Grunde nicht viel, fürchte ich. Außer den Augenzeugen, deren Angaben ziemlich widersprüchlich sind, ist Ben wahrscheinlich der einzige Mensch, der weiß, was wirklich passiert ist.«

»Und Frankie«, korrigierte Elizabeth ihn. »Hat er darüber gesprochen?«

»Kein Wort.«

»Aber er war dabei, als es passiert ist.«

»Ja, das nehmen wir an.«

»War er ganz in der Nähe?«

Jack und Alison wechselten einen Blick, und Janet beugte sich auf ihrem Platz auf der Fensterbank aufmerksam vor. »Wahrscheinlich ja.«

»Kann ich mit ihm sprechen?«

Janet sprang sofort auf und strebte zur Tür. »Ähm, ja, natürlich«, sagte Jack. »Wir holen ihn, aber, ähm, wollen Sie nicht noch ein wenig mehr über Frankie erfahren?«

Elizabeths Mittagessen, ein Geflügelsalat in einem Plastikschälchen, stand unberührt auf dem Tisch. »Nein, im Augenblick nicht. Vielleicht später.« Ihre Tür ging auf, und Lewis winkte ihr mit einem Packen Papiere zu. Sie machte ihm ein Zeichen hereinzukommen. »Die Heywoods«, sagte sie und hielt dabei die Hand auf die Sprechmuschel. Er verdrehte die Augen, rieb Daumen und Zeigefinger aneinander und ließ sich in den Stuhl vor ihrem Schreibtisch fallen. Sie drückte auf die Lautsprechertaste und legte den Hörer auf. Die Leitung rauschte, und eine Frauenstimme meldete sich – älter, kultiviert und sehr englisch.

»Hallo? Hallo, ja, hier spricht Bens Großmutter. Er steht jetzt direkt neben mir, nicht wahr, mein Junge?«

Lewis unterdrückte ein Grinsen. »Oh, es ist nur die verdammte Königin«, murmelte er. Elizabeth beachtete ihn nicht, sondern starrte unentwegt auf das Telefon.

»Ben, mein Schätzchen, möchtest du der amerikanischen Ärztin nicht hallo sagen?«

Man hörte ein kurzes Gepolter, einen Stuhl, der über den Fußboden schrammte, dann ermutigendes Gemurmel der Erwachsenen. Elizabeth beugte sich direkt über das Telefon und lauschte angestrengt. Schweigen, dann möglicherweise der Hauch eines Murmelns, das geflüsterte Hallo eines Kindes wehte über den Äther wie ein Seufzer auf einer Brise.

»Hallo, Ben«, sagte sie locker. »Ich heiße Lizzie. Kannst du mich gut hören?«

Es entstand eine weitere Pause, dann hörte sie wieder ein Murmeln, deutlicher diesmal. »Ja.«

»Ich rufe aus einer Gegend namens Virginia an, in den Vereinigten Staaten. Hast du schon mal davon gehört?«

»Hm, ja. Dort pflanzen sie Tabak.« Er stand neben dem Tisch und starrte auf das Telefon, Alisons Hand auf seiner Schulter. Ihr fiel auf, daß ihre Mutter sich zu ihnen an den Tisch gesetzt hatte.

»Und ob. Es gibt sogar hier ganz in der Nähe eine Tabakplantage.« Sie machte eine Pause, schloß die Augen, um sich zu konzentrieren, und suchte nach Worten. »Wir haben hier eine Klinik, in der ich arbeite, Ben. Sie ist ziemlich modern, aber schön, und sie liegt in einer wirklich tollen Landschaft. Sie heißt Perlman Institute, vielleicht haben deine Mom und dein Dad dir schon ein bißchen davon erzählt.«

»Äh, ich, nein, ich weiß nicht …«

Elizabeth verzog das Gesicht.

Alison beugte sich vor. »Wir wollten nicht zuviel sagen, wissen Sie, bevor …«

»Das macht nichts, das macht nichts«, sagte Elizabeth rasch. Lewis beobachtete sie von der anderen Seite des Schreibtischs mit teilnahmsloser Miene. Sie hatte die Hand zu einer Faust geballt und rieb sich mit den Fingerknöcheln über die Stirn, während sie die Augen weiter fest geschlossen hielt. »Kein Problem. Also, Ben, sie wurde nach einem Freund von uns benannt, der Gary Perlman heißt. Gary hat bei einem Autounfall einen bösen Schlag auf den Kopf abbekommen und war eine Weile bewußtlos, genau wie deine kleine Schwester Frankie. Wir haben ihm geholfen, und jetzt geht es ihm gut. Seither haben wir vielen jungen Menschen wie ihm geholfen. Das ist das, was wir hier machen, kannst du mir folgen?«

Eine weitere Pause, dann ein »Ja«.

»Denn, siehst du, Ben, ich glaube, daß es einen Ort gibt, wo wir hingehen können, manchmal, wenn so etwas passiert, einen ruhigen Ort, wo man warten und sich ausruhen kann.«

»Sie meinen den Garten und das.«

Elizabeth riß die Augen auf und starrte Lewis blind an. »Den Garten, genau.« Sie bemühte sich, ihre Stimme ruhig klingen zu lassen. »Und ich nehme an, daß du natürlich ein wenig darüber weißt.«

Wieder entstand ein Schweigen in der Leitung. Der Hintergrundteppich aus Klicken und Zischen breitete sich aus wie eine Landschaft, die sich zwischen ihnen erhob. »Jedenfalls machen wir das hier. Wir helfen jungen Menschen wie Gary und Frankie zurückzukommen.«

»Man kann nicht zurückkommen.« Die entfernte Stimme trieb leise über ein Meer aus weißem Rauschen. »Das ist verboten.«

* * *

Elizabeth brach am Nachmittag auf, fuhr mit dem Jeep zum Flughafen in Norfolk, nahm am frühen Abend einen Flug zum

La-Guardia-Flughafen, wo sie einen Ford mietete und nach Connecticut hinausfuhr. Den dicksten New Yorker Feierabendverkehr hatte sie um eine Stunde verpaßt, doch sie legte trotzdem den größten Teil der Strecke im Schrittempo zurück. Als sie in die Einfahrt bog, war es schon nach neun.

Sie blieb im Wagen sitzen, die Hände am Steuer, und lauschte dem Ticken des abkühlenden Motors und dem leisen Rascheln einer abendlichen Brise in den Bäumen der Auffahrt. Sie waren in die Höhe gewachsen und sehr viel größer als in ihrer Erinnerung, doch das Haus selbst wirkte kleiner, weniger imposant als das, an das sie sich erinnerte. Die Haustür ging auf, und Elliot eilte die Stufen hinunter, um sie zu begrüßen.

Er grillte für sie im Garten, Lachssteaks und Garnelen wie früher in den Ferien in Vermont. Sie setzte sich an den alten, hölzernen Gartentisch ihrer Kindheit, trank Bier aus der Flasche und sah ihm zu, während eine Flut alter Erinnerungen auf sie einstürzte. Auch er wirkte kleiner und weniger imposant, sein braunes Haar war schütterer und grau meliert, die Falten um Augen und Mund schienen tiefer. Doch die Jahre waren gnädig zu ihm gewesen: Er war schlank und agil und wirkte entspannt in seinem offenen Hemd und der hellen Baumwollhose unter der Küchenschürze. Er war in seinen Sportschuhen flink zwischen Küche und Garten unterwegs, brachte frischen Salat, rührte eine Mayonnaise für die Kartoffeln an, wendete den Fisch und entkorkte den Wein. Alles wirkte wie eine routinierte und gelassene Studie in Bewegungsökonomie, wie ein endlos geprobtes Ritual. Während er arbeitete, unterhielten sie sich, fragten einander behutsam nach alten Freunden, Verwandten und Bekannten, beide dankbar für die natürliche Ablenkung durch die Vorbereitung und das Essen selbst, die ihnen über die kritische erste Stunde hinweghalf.

»Wie geht's Mom?« fragte sie später und wischte sich die Finger an einer Serviette ab. »Ich habe eine Weile nicht mehr mit ihr gesprochen. Triffst du sie überhaupt noch?«

»Hin und wieder. Ich glaube, es geht ihr gut, richtig gut. Sie ist froh, in der Stadt zu leben. Sie hat eine nette kleine Wohnung irgendwo downtown unweit von Greenwich Village. Du solltest mal rüberfahren und sie besuchen, wenn du die Gelegenheit hast. Sie ist eine echte Künstlerin geworden. Schreibt Gedichte, hat schon ein paar Lesungen gemacht und jetzt sogar einen Buchvertrag in Aussicht.«

»Ist sie immer noch mit, du weißt schon, dem Tänzer – wie heißt er noch – zusammen?«

»Anthony.« Er nippte an seinem Wein. »Der Choreograph. Ja, er ist offenbar noch immer ziemlich angesagt, soweit ich weiß. Er ist gut für sie, er macht sie sehr glücklich, es ist toll.«

»Und was ist mit dir?«

»Und Anthony? Nein, er soll ja phantastische Beine haben, aber er ist nicht ganz mein Typ.« Er zwinkerte ihr zu und nahm ihren Teller.

»Ich meinte, ob du irgend jemanden hast«, beharrte sie, jede Silbe betonend.

Er trug das Geschirr durch die Schiebetür in die Küche. »Nee«, rief er, sah sie durch das Fenster an und rümpfte die Nase. »Ich habe alles, was ich brauche. Die Praxis ist gut besucht und interessant, ich pflege ein aufregendes gesellschaftliches Leben, treffe im Tennisklub jede Menge Leute, habe Zeit für mich selbst – eine gute Mischung, die perfekte Balance.«

Sie grinste. »Und was ist mit Sex?«

»Elizabeth!« Behutsam stellte er eine Glasschüssel mit Obstsalat auf den Tisch.

»›Sexualität ist ein wichtiger Aspekt unseres grundlegenden Bedürfnisses nach Selbstausdruck‹«, zitierte sie. »Das hast du deinen Patienten immer erzählt.«

»Meine Patienten sind alle neurotisch. Außerdem, wer braucht Sex, wenn es die New York Giants gibt?« Er sah kurz zu ihr herüber. Ihre Augen lagen im Schatten, es wurde dunkel. »Und du?«

Sie schüttelte den Kopf und mußte plötzlich an Boyd denken. Nach seinem ersten Besuch war er noch zweimal wiedergekommen. Das erste Mal, durchaus einleuchtend, um ihr weitere Fragen zu stellen, das zweite Mal war es garantiert ein Vorwand, um nach irgendwelchen Autoschlüsseln zu suchen, die er angeblich verloren hatte. »Keine Zeit, die Klinik ist ziemlich am Ende, und ich bin permanent erschöpft.«

»Und sonst?« fragte er leise.

Sie nahmen den Kaffee mit ins Wohnzimmer. Er zog die Vorhänge zu, zündete ein Feuer im Kamin an und legte eine Schubert-CD auf. Das Streichquintett, eines ihrer Lieblingsstücke. Sie hockte sich auf den Teppich zu seinen Füßen, starrte in die Flammen und ließ den Blick an den vertrauten Regalen voller Bücher und Zierat entlangschweifen. Schockiert stellte sie fest, daß alle Sachen ihrer Mutter verschwunden waren.

»Vermißt du sie?« fragte sie.

»Ja.« Er überlegte. »Natürlich. Aber Ereignisse geschehen, die Dinge ändern sich. Das müssen sie, genau wie die Menschen. Dagegen kann man sich nicht wehren.« Er hielt inne. »Aber ja, ich vermisse sie. Ich vermisse euch alle.«

Sie blickte auf.

»Aber das ist in Ordnung.« Er lächelte und nickte sanft. »Wirklich.«

Einen Moment lang blickten sie einander fest in die Augen, bevor sie sich wieder dem Feuer zuwandte. »Ich stehe auf der Schwelle zu irgendwas, Daddy«, begann sie schließlich und atmete tief ein. »Es ist wichtig, aber es macht mir auch angst, und ich weiß nicht, was ich tun soll.« Unvermittelt spürte sie seine Hand, die sanft über ihr Haar strich und ihren Kopf hielt, wie er es früher immer getan hatte. Sie lehnte sich an seinen Stuhl und schloß die Augen.

»Erzähl mir davon«, forderte er sie auf.

Sie erzählte es ihm. Zum erstenmal erzählte sie ihm wirklich alles. Sie erzählte ihm von Gary Perlman, Dana Konakowski, Brooke Mills und all den anderen Erfolgen. Sie erzählte ihm vom Aufbau der Klinik, ihren Leistungen und Neuentwicklungen. Sie erzählte ihm von ihren Mitdirektoren Lewis und Nathan und ihrer Zuneigung und Achtung für all die anderen Mitarbeiter. Sie erzählte ihm von den begabten jungen Ärzten, Krankenschwestern und Medizinstudenten, den Technikern, Softwareanalytikern und Ingenieuren. Von den Heilpraktikern und Homöopathen, die zu ihnen kamen, um ihre Leute weiterzubilden, mit Patienten zu arbeiten und neue Ideen und Therapien zu entwickeln. Sie erzählte ihm von ihren Vortragsreisen und Seminaren, dem gewaltigen Interesse, das ihre Arbeit in medizinischen und wissenschaftlichen Kreisen und auch in der breiteren Öffentlichkeit und bei den Medien erregt hatte.

»Es erscheint einem fast unmöglich«, sagte sie. »Soviel ist passiert in fünf Jahren, soviel haben wir erreicht, gelernt und gewonnen.«

»Ich bin stolz auf dich«, sagte Elliot und schüttelte sanft ihre Schulter. Er wartete geduldig, diszipliniert durch jahrzehntelange Erfahrung.

Und sie begann, zunächst zögernd, von den Problemen zu berichten. Von den Patienten, die Rückschritte machten und manchmal Monate oder sogar Jahre nach ihrer vollständigen Genesung in die Bewußtlosigkeit zurückfielen. Von Patienten wie Robert Willis, die ein gefährliches, ja tödliches Trauma erlitten, wenn man versuchte, sie zurückzuholen. Von Patienten wie Susie Corning, die nur widerwillig aus der Dämmerung in ein kaum definierbares katatonisches Bewußtsein zurückfanden und zwar wieder von dieser Welt waren, aber ohne in dieser Welt zu sein.

»Und das erst in letzter Zeit«, sagte sie. »Und nur bei den Kindern, die am tiefsten versunken sind. Je ausgefeilter und stärker die von uns entwickelten Techniken und Methoden geworden sind, je weiter und tiefer wir vordringen, desto größer wird das Risiko. So kommt es mir zumindest vor.«

»Das ist vermutlich gar nicht so überraschend«, sagte er. »Vergleiche es einfach mit konventioneller Chirurgie. Je größer eine Operation, je massiver der Eingriff, desto höher das Risiko für den Patienten.«

»Ja, aber es ist noch schlimmer«, erwiderte sie. »Es ist, als gäbe es da einen Punkt, den wir nicht überschreiten können. Als ob wir zwar so weit vordringen, daß wir sogar eine Art Kontakt mit ihnen herstellen können, aber nicht in der Lage sind, sie herauszuholen.«

»Dann laß es sein«, sagte er schlicht. »Laß es sein, bis du es ohne Risiko kannst.«

Sie blickte erneut zu ihm auf. »Was? Du meinst, ich soll aufhören?«

Er lächelte. »Das ist, wie du weißt, eine Grundregel der Medizin. Und der Vernunft. Du bist dabei, in unerforschtes Gebiet vorzudringen, Lizzie. Nach allem, was du mir erzählt hast, und dem, was ich gehört und gelesen habe, bist du schon weiter vorgedrungen als irgend jemand vor dir. Aber hin und wieder stößt man auf jemanden, der einen zwingt, langsamer zu gehen, kommt man an einen Punkt, der einen nötigt, innezuhalten und nachzudenken, bevor man weiterdrängt.«

Sie starrte wieder ins Feuer. »Vermutlich schon, aber ...«

»Irgendwann«, fuhr er fort, »wirst du auf einen stoßen, der dich vollkommen zum Stehen bringt. Auf eine Art Barriere. Das weißt du doch, oder nicht? Vielleicht hast du sie schon erreicht.«

»Das mag sein.« Sie verstummte und ließ den Kopf sinken. »Aber es ist mehr als das«, sagte sie schließlich. Sie hörte, wie er hinter ihr ausatmete.

»Lizzie, ich ...«

»Es ist eine Art Verweigerung. Einige von ihnen wehren sich definitiv. Es ist nichts Körperliches, das haben wir immer und immer wieder gespürt. Es ist etwas anderes, etwas, das von innen kommt.«

»Lizzie, ich glaube, du solltest wirklich innehalten und schauen, was du da tust.« Seine Stimme klang sehr angespannt.

»Da ist noch etwas anderes«, drängte sie unbeirrt weiter. »Weißt du was? Wir haben eine Reihe von Vergleichstests durchlaufen lassen, eine gekoppelte Sequenz mit zwei Patienten gleichzeitig, um die Daten der Parallelreaktion zu vergleichen. Aber es hat nicht funktioniert. Wir haben sofort alle möglichen Probleme bekommen: Systemüberlastungen, erratische Daten, sinnlose unentzifferbare Anzeigen. Dann haben wir den Fehler endlich gefunden. Weißt du, was es war?«

»Nein.«

»Die beiden haben die Kontrollapparaturen benutzt, sie haben die Systeme überlastet, und zwar beim Aufbau eines unglaublich schnellen, binären Mechanismus zum Zwecke des synaptischen Austauschs. Weißt du, was das bedeutet?«

Er sprang auf. »Nein.« Er ging zur Terrassentür und zog sie mit einem lauten Knall auf.

»Sie haben miteinander kommuniziert, Daddy.« Ihre Augen folgten ihm durch den Raum. Er nahm dieses und jenes Objekt zur Hand und stellte es wieder hin, rückte die Möbel zurecht, die Lippen die ganze Zeit grimmig zusammengepreßt, ohne sie auch nur einmal anzusehen. »Sie müssen miteinander kommuniziert haben. Ich konnte sie nicht erreichen, wir konnten über die Anlage keinen Kontakt herstellen, aber sie haben untereinander Kontakt hergestellt. Und dafür muß es so etwas wie einen Kontaktpunkt geben.«

»Lizzie, hör auf.«

»Eine gemeinsame Bewußtseinsebene, eine gemeinsame Sphäre, eine Art Raum auf halbem Weg zwischen –«

»Elizabeth, um Gottes willen!«

»– zwischen der wahrnehmbaren Realität und einer nicht

wahrzunehmenden Realität. Mit anderen Worten, einen Ort, der für sie so real ist, so sensorisch real wie unsere Umwelt für uns.«

Er blieb plötzlich stehen, fuhr herum und sah sie mit lodernden Blicken an. »Wann wirst du endlich begreifen, daß du ihn nicht zurückbringen kannst, indem du mit diesen Dingen rumpfuschst!«

Sie zuckte zusammen. »Daddy!«

»Es ist verkehrt, es ist alles verkehrt«, murmelte er wütend und begann erneut, im Zimmer auf und ab zu laufen. »Es ist unmoralisch. Du wußtest von Anfang an, daß ich dagegen war, gegen diese – diese Obsession.«

»Ich wollte bloß deine Hilfe«, sagte sie mit Tränen in den Augen. »Deinen Rat. Von mir aus auch deinen professionellen Rat, wenn das alles ist, was du mir geben kannst.«

Er blieb wieder stehen und starrte vom Kamin wütend auf sie herab. »Meinen Rat? Du willst meinen professionellen Rat? Gut, hier ist er. Pfusch nicht an Dingen herum, die du nicht verstehst und für die du nicht vernünftig ausgebildet bist. Das Unbewußte ist kein netter, kleiner Vergnügungspark, in dem du mit deinen langhaarigen Hippiefreunden nach Belieben herumtrampeln kannst. Kehr um, pack ein und hör auf. Das ist mein Rat.«

Sie ließ den Kopf auf die Knie sinken und schlang ihre Arme mit zuckenden Schultern um ihre Beine. »Es ist da, Daddy«, schluchzte sie leise und abgerissen. »Es ist da, ich weiß es. Ich hab es gesehen.«

* * *

Sehr geehrte Mr. und Mrs. Heywood!

Bitte verzeihen Sie, daß ich dieses Fax an Ihr Büro sende, aber nach unserem Gespräch wollte ich mich möglichst schnell zurückmelden.

Ich bin unbedingt der Ansicht, daß es in jedermanns Interesse wäre, sowohl Ben als auch Frankie hierher nach Virgi-

nia zu bringen. Ich muß von Anfang an darauf hinweisen, daß ich noch nicht sagen kann, wie weit wir Frankie helfen können. Aber es wäre mir eine Ehre, es zu versuchen, und seien Sie versichert, daß ich, wenn ich zum jetzigen Zeitpunkt den Eindruck hätte, daß eine Behandlung wenig oder gar nicht erfolgversprechend wäre, nicht zögern würde, Ihnen das auch mitzuteilen.

Wie bei allen Neuaufnahmen müßten wir eine eingehende Untersuchung und eine Reihe von Tests durchführen, um Frankies Zustand und ihre Eignung für eine Behandlung genauer zu durchleuchten. Ich muß Sie warnen, daß viele Patienten für eine Behandlung ungeeignet sind und daß das Perlman Institute sich bedauerlicherweise gezwungen sieht, Patienten abzulehnen, denen wir unseres Erachtens nicht helfen können oder bei denen eine Therapie uns nicht ratsam erscheint. Sollten Sie sich also zu der Reise entschließen, besteht die Gefahr, daß Sie sie umsonst machen.

Des weiteren möchte ich Sie nicht zu der irrigen Annahme verleiten, daß Frankie notwendigerweise hundert Prozent ihrer ursprünglichen Fähigkeit wiedererlangt, falls eine Behandlung erfolgt und erfolgreich ist. Manchmal erholen sich die jungen Menschen, die wir behandeln, wieder vollständig, manchmal ist der Heilungserfolg nur partiell und sehr begrenzt. Manchmal tritt überhaupt keine Besserung ein. Das sollten Sie wissen.

Ich sollte ebenfalls darauf hinweisen, daß die Therapien und Behandlungsmethoden, die wir anwenden, physisch sehr anstrengend sind und hohe Anforderungen an den Kreislauf und das Stoffwechselsystem des Körpers stellen. Deshalb besteht – wie bei jeder medizinischen Behandlung – ein gewisses Risiko für den Patienten. Wir tun alles, um dieses Risiko so gering wie möglich zu halten, aber Sie sollten sich dessen bewußt sein.

Zum Schluß würde ich gern hinzufügen, daß unser oberstes Augenmerk bei allem, was wir hier tun, immer dem Wohlbefinden der Jungen und Mädchen gilt, die zu uns geschickt werden. Für mich ist es eine Geste großen Vertrauens, sie anvertraut zu bekommen, und eine Ehre, mit ihnen und ihren Familien zu arbeiten.
In diesem Zusammenhang möchte ich einen weiteren Punkt ansprechen. Das Ethos des Perlman Institute beruht auf der simplen Prämisse der Unschuldsvermutung bis zum Beweis des Gegenteils. Wir haben erlebt, daß medizinische Einrichtungen Menschen wie Frankie häufig für permanent und unwiderruflich bewußtlos erklären, es sei denn, die Patienten selbst widerlegen sie. Meiner Ansicht nach blicken sie verkehrt herum durch das Fernrohr. Wir ziehen es vor, das Fernglas umzudrehen und nach Kräften nach anderen Perspektiven zu suchen; mit anderen Worten, wir gehen davon aus, daß diese jungen Menschen geheilt werden können, bis bewiesen ist, daß es nicht möglich ist. Unschuldig bis zum Beweis des Gegenteils. Es ist eine Philosophie, an der sich die Geister oft scheiden und die uns vor allem in letzter Zeit in Konflikt mit der medizinischen Lehrmeinung und anderen Autoritäten gebracht hat, wie ich warnend hinzufügen sollte, weil ich das Gefühl habe, daß ich Ihnen gegenüber von Anfang an offen sein sollte.
Mein Kodirektor Lewis Kern wird Ihnen eine Kopie unserer Vertragsbedingungen zufaxen, die Sie gewiß ebenfalls in Ruhe durchgehen wollen, bevor Sie Ihre Entscheidung treffen. Es war mir ein großes Vergnügen, mit Ihnen allen zu sprechen, und ich hoffe, Sie in absehbarer Zukunft vielleicht auch persönlich kennenzulernen.
Mit den besten Wünschen für Sie beide, Ben und Frankie
Dr. Elizabeth Chase
PS: Herzliche Grüße auch an Mrs. Catchpole.

»Was für ein charmantes Mädchen«, sagte Janet und gab Alison das Fax zurück. »So wunderbar höflich.« Sie nahm ihre Brille ab. »Aber was um alles in der Welt hat es zu bedeuten?«

Alison starrte auf die zerknitterten Seiten in ihrer Hand, bevor sie zu Frankie aufblickte. Einer ihrer Mundwinkel zuckte, eine knochige Schulter hob und senkte sich unregelmäßig wie an einem unsichtbaren Faden. Das Beatmungsgerät unter dem Bett klickte, saugte und pumpte wie immer, blies gnadenlos Luft in ihr Lungengewebe, während sich die entsprechende Muskulatur wegen Nichttätigkeit immer weiter zurückbildete. Mit der Zeit hatte Alison die unbarmherzige Präsenz der Maschine hassen gelernt; ihr war, als würde der Apparat sie langsam auslaugen, ihre letzten Reserven an Ausdauer und Entschlossenheit aufzehren und auf dem Schlachtfeld des endlosen Zermürbungskriegs Zentimeter für Zentimeter vorrücken.

Sie verbrachte neuerdings weniger Zeit mit Frankie, wie sie sich schuldbewußt eingestehen mußte. Zwar besuchte sie sie nach wie vor jeden Tag oder fast jeden Tag, wann immer sie konnte, doch die anfängliche bedingungslose Besessenheit, jede Minute an ihrer Seite zu verbringen, erlahmte mit den Monaten, die verstrichen. Das tägliche Ritual, das sie anfangs mit geradezu religiöser Inbrunst zelebriert hatte, wurde nachlässiger, das unermüdliche Geplapper verstummte zunehmend öfter zugunsten eines brütenden Schweigens. Sie merkte, daß ihr langgehegter Optimismus systematisch an den Rand gedrängt wurde, wie ein Ei aus dem Nest gestoßen von dem gierigen Kuckucksküken der Hoffnungslosigkeit.

»Es bedeutet, daß es sehr riskant ist und sie keine Garantien gibt, überhaupt keine Garantien«, sagte sie müde. »Es könnte alles nur eine komplette Zeitverschwendung sein.«

»Von Geld ganz zu schweigen«, fügte ihre Mutter hinzu. »Und was soll das ganze Zeug mit dem Fernrohr und der herrschenden Lehrmeinung? Heißt das, die Klinik wird von der Schulmedizin in Amerika nicht anerkannt? Ich weiß nicht, ob mir das gefällt.«

»Ich weiß es nicht.« Alison überflog das Fax erneut. »Es ist seltsam. Einerseits sagt sie, daß sie glaubt, sie könnte etwas für Frankie tun, und dann versucht sie den Rest des Briefes, uns abzuschrecken. Als ob sie an sich zweifelt, als ob sie wollte, daß wir kommen, und dann doch wieder nicht.«

»Vielleicht versucht sie nur, so offen wie möglich zu sein.«

»Und warum spricht sie ständig von Ben *und* Frankie? Gestern am Telefon war es das gleiche; ihr Interesse schien gar nicht in erster Linie Frankie zu gelten. Es war Ben, nach dem sie gefragt hat und den sie sprechen wollte.«

»Nun, sie hat das Gefühl, daß da eine Art Verbindung besteht, das hat sie doch gesagt. Das kann ich verstehen, ich bin ganz ihrer Meinung.«

Alison blickte auf und sah zu ihrer Mutter hin, die auf dem Stuhl am Fenster saß und, einen Arm auf die Fensterbank gelehnt, durch die Scheibe den langsam fließenden Verkehr unter ihr beobachtete. Sie trug einen Tweedrock, passende braune Schuhe und um die Schultern ein weißes Seidentuch, bedruckt mit Rennpferdmotiven. Proper, adrett, solide und verläßlich wie immer. Schon solange Alison denken konnte. »Was meinst du, was wir machen sollen?«

»Ach du meine Güte, das zu entscheiden, steht mir wirklich nicht zu.« Janet reckte das Kinn und blickte auf den Parkplatz. Sie konnte Jacks Wagen erkennen und daneben Ben und Jack.

»Mum, ich wüßte es wirklich gern. Du hast uns in der ganzen Sache von Anfang an beigestanden. Deine Meinung ist mir wichtig.«

»Hast du schon mit Rosemary darüber gesprochen?«

»Natürlich.« Alison zuckte die Schulter. »Aber sie meint, da sie selbst keine Kinder hat, könne sie nichts dazu sagen, verstehst du, weil sie sich nicht vorstellen könne, wie es sei. Sie sagt, sie werde uns unterstützen, wie immer wir uns entscheiden würden.«

Ein Teewagen klapperte laut über den Korridor, und im Schwesternzimmer ein Stück weiter den Flur hinunter klingelte ein Telefon.

»Ich hatte auch einmal eine kleine Schwester – hab ich dir das je erzählt?« begann Janet nach einer Weile. »Stella. Sie ist gestorben, als sie drei war, an Lungenentzündung. Ich muß damals sechs oder sieben gewesen sein. Ich kann mich noch daran erinnern, daß meine Eltern natürlich sehr traurig waren, aber auch vollkommen pragmatisch. Es war Teil ihrer Kultur, ihrer Erziehung, verstehst du. Von Zeit zu Zeit verlor man ein Kind, das ging jedem so, aber man konnte nichts dagegen tun. Es war nichts Unnatürliches, es gehörte zum Familienleben dazu. Mein Vater erklärte uns anderen, es sei der Wille Gottes, daß Stella abberufen wurde, um mit Jesus im Himmel zu leben. Das akzeptierten wir alle, betteten sie auf dem Friedhof zur Ruhe, und danach ging das Leben genauso weiter wie vorher. Das wäre die Natur, sagte er. Mein Vater. Die Natur, die ihren natürlichen Lauf nahm. Wir scheinen das Empfinden dafür verloren zu haben. Die schlichte Einsicht in die Tatsache, daß der Tod natürlicher Bestandteil des Lebens ist.«

»Willst du damit sagen, wir sollten Frankie sterben lassen?«

Janet wandte den Blick zum Fenster. »Ein Kind zu verlieren wegen eines so simplen Erregers wäre heutzutage undenkbar. Antibiotika hätten sie vermutlich problemlos retten können. Doch so etwas gab es damals nicht, so daß wir gar nicht erst vor der Wahl standen. Wenn du mir die Frage vor zwei Tagen gestellt hättest, hätte ich gesagt, daß wir unsere Anstrengungen auf Ben konzentrieren sollten, daß wir die Bedürfnisse der Lebenden vor die der To…« Sie unterbrach sich, blickte zu Frankie und senkte die Stimme. »Vor die anderer stellen sollten. Das habe ich schon immer geglaubt. Aber als ich gestern diesem Mädchen aus Amerika am Telefon zugehört habe und nachdem ich jetzt ihren Brief gelesen habe, weiß ich nicht, ob wir das Recht wirklich haben. Ob wir überhaupt ein Recht haben zu wählen. Die ganze Technik und all die wunderbaren Medikamente und wundervollen Operationen, die es heute gibt, bedeuten vielleicht, daß wir keine Wahl haben. Genauso wie meine Eltern und die arme kleine Stella keine Wahl hatten. Unschuldig bis zum Beweis des Gegenteils, hat sie sich nicht so ausgedrückt?«

* * *

Jack lehnte sich an den Wagen und ließ seinen Blick müßig an der Betonfassade des Krankenhauses entlangwandern. Automatisch zählte er fünf Stockwerke nach oben, dann vier Fenster nach rechts, bis er es gefunden hatte. Er erkannte es an der Sonnenblume aus Seidenpapier, die auf der Scheibe klebte. Ben stand hinter ihm und blätterte in einem Comic-Heft. Sie waren im Laden des Krankenhauses gewesen, einmal um den Parkplatz geschlendert, zum Getränkeautomaten gegangen und auf der Toilette gewesen. Er blickte auf die Uhr.

Er konnte sich nicht mehr daran erinnern, wann Ben Frankie zum letztenmal besucht hatte. Er kam durchaus bereitwillig mit zum Krankenhaus, kannte es mittlerweile recht gut und stromerte eigenständig durch die Etagen und Flure, während Jack oder Alison ihren Besuch machten. Er kam sogar mit bis in den fünften Stock, wo er sich im Schwesternzimmer mit Keksen füttern und von den Mädchen bemuttern ließ. Aber weiter ging er freiwillig nie. Früher hatten Jack und Alison darauf bestanden und ihn, die Hand auf seiner Schulter, durch die Tür geschoben. Doch in dem Zimmer stand oder saß er nur in der Ecke, den Kopf gesenkt, stumm. Nach ein paar Minuten fragte er dann, ob er jetzt gehen könne. Schließlich hatten sie es mehr oder weniger aufgegeben.

Eine kräftige Bö fegte um das Gebäude und drückte die den Parkplatz säumenden Kronen der Silberbirken nach unten und wirbelte Strudel welker Blätter vom Boden auf. Eine vorrückende Mauer grellen Lichts glitt stumm über die Autos auf sie zu. Jack blickte auf und sah gerade noch, wie die Sonne hinter einer dahinjagenden Regenfront hervortrat. Er blickte erneut auf seine Uhr und klopfte auf der Suche nach seiner Sonnenbrille auf seine Jackentasche. »Willst du ein Pfefferminz?« fragte er und zog eine Rolle aus der Tasche. Er gab sie Ben und beugte sich in den Wagen. »Hast du meine Sonnenbrille gesehen?« Er kniete sich auf den Sitz und suchte den Boden ab.

»Diese Ärztin«, sagte Ben leise.

»Hm?« Er kletterte rückwärts wieder aus dem Wagen und schlug die Tür zu. »Welche Ärztin?«

»Die am Telefon, aus Amerika.«

In dem Moment, als er die Sonnenbrille aufsetzte, war die Sonne auch schon wieder hinter der nächsten Regenwolke verschwunden. »Ja, was ist mit ihr?«

Ben hatte den Kopf gesenkt und starrte auf die ungeöffnete Rolle Pfefferminzbonbons in seiner Hand.

»Frankie soll dahin gehen.«

* * *

»Sie kommen. Ich dachte, das würde dich interessieren.«

»Wirklich?« Elizabeth wandte sich vom Spiegel ab; ihr eigenes Aussehen war sofort vergessen. »Das ist gut«, sagte sie und nahm das Telefon mit ans Fenster. »Ja, in der Tat, das ist gut. Kommen sie alle?«

»Ähm, davon steht hier nichts. Es heißt nur, vielen Dank für das Material, das Sie uns geschickt haben, wir haben es sorgfältig durchgesehen, es ist natürlich eine gravierende Entscheidung, bla bla, wir haben uns jedoch entschieden, die Sache sofort in die Wege zu leiten, und wir werden uns melden, sobald wir entsprechende Regelungen getroffen haben.« Lewis machte eine Pause. »Ich hoffe doch ernsthaft, daß sie damit finanzielle Regelungen meinen.«

Sie blickte auf und sah den Chevrolet im Schrittempo auf ihr Haus zufahren. Er steckte den Kopf durch das Fenster, um die Hausnummern zu erkennen. »Vielen Dank, daß du mir Bescheid gesagt hast, Lewis.«

»Nichts zu danken. Einen schönen Abend wünsche ich noch.«

»Nette Wohnung«, sagte Boyd ein paar Minuten später und sah sich zwischen den nackten Wänden um. In einer Ecke standen Kisten mit Bildern und Zierat, an einer anderen Wand reihten sich gefährlich instabil aussehende Stapel von Büchern, neben der Wohnungstür lag ein ramponierter Koffer inmitten eines Haufens ungeöffneter Werbesendungen. »Gerade erst eingezogen?«

»Vor zwei Jahren.« Nervös verschränkte sie die Arme. Sie hatte ein Kleid angezogen, nachdem sie hektisch nach etwas Passendem gesucht und es zuletzt in der hintersten Ecke einer Schublade im Schlafzimmer gefunden hatte: ein grünes Baumwollkleid mit Blumenmuster, das sie zweimal bügeln mußte, um die Falten herauszubekommen. Als sie sich vor dem Spiegel die Haare gekämmt hatte, war ihr im letzten Augenblick aufgefallen, daß die breiten weißen Träger ihres BHs albern unter den Spaghettiträgern ihres Kleides hervorstanden. Fluchend hatte sie auf die Uhr gesehen, den BH dann rasch aufgehakt, heruntergerissen und in eine Ecke geschleudert, worauf sie sofort anfing, sich Sorgen zu machen, ob ihre Brüste unter dem Baumwollstoff zu deutlich zu sehen waren oder zu tief hingen oder beim Gehen zu stark wippten. »Himmel Herrgott, das ist doch absurd!« verfluchte sie verzweifelt ihr Spiegelbild. Und dann hatte Lewis angerufen.

»Wollen wir los?«

»Gern«, sagte sie, und winzige Schweißtropfen bildeten sich auf ihrer Oberlippe. Es war ein drückend schwüler Abend. »Ich glaube, ich hol mir nur rasch eine Jacke.«

Sie fuhren nach Paxton, wo er vor einem großen Holzhaus hielt, einem Fischrestaurant namens Marina. Es lag direkt am Fluß mit Blick auf eine Reihe von Bootsstegen mit Yachten, die sanft im Wasser schaukelten. Ein Stück weiter hinaus lagen einige Fischerboote vor Anker, und ein wenig stromaufwärts überspannte die Brücke, die die Innenstadt mit dem gegenüberliegenden Ufer verband, den Fluß.

»Oh, John, das ist wirklich schön«, sagte sie aufgeregt und sah sich mit großen Augen um, als der Kellner ihnen einen Tisch auf der Terrasse zuwies, sich als Gordon vorstellte, die Kerze anzündete, die Speisekarten präsentierte und ihnen erklärte, daß die Spezialität des Abends auf Mesquitebaumholz gegrillter Marlin wäre.

»Du solltest öfter ausgehen«, erwiderte Boyd lächelnd.

»Das ist so ungefähr alles«, sagte er eine Stunde später und beugte sich vor, um ihr Wein nachzuschenken. Sie hatte die Jacke ausgezogen und über die Lehne ihres Stuhls gehängt, ihre Wangen glänzten rosig. »Und absolut alles über mich. Jetzt bist du dran, was ist mit dir? Warst du je verheiratet?« Sie schüttelte den Kopf. »Oder kurz davor?«

»Eigentlich nicht.« Sie ließ den Blick auf ihren Teller sinken. »Nein, überhaupt nicht, um genau zu sein. Ich habe mich in Stanford mit ein paar Typen getroffen, hatte eine katastrophale Geschichte mit einem Professor für Biochemie, bin in Boston zweimal mit einem Assistenzarzt der Unfallchirurgie ausgegangen, und das war's so ziemlich. Dann hat die ganze Sache hier angefangen, und ich hatte einfach keine Zeit.«

»Zeit?«

»Die Klinik. Sie, na ja, sie beansprucht mich total. Sie ist mein ganzes Leben.«

»Aber hallo, habe ich da gerade etwa eine bequeme Ausrede gehört?« neckte er sie, eine Hand an sein Ohr gelegt.

Sie verzog das Gesicht. »Also gut, es fehlte an Zeit und Willen.« Sie wandte den Blick erneut ab. »Ich bin in diese ganze Rendezvous-Geschichte nie so richtig reingekommen. In der Schule, meine ich. Manchmal denke ich, es ist fast so etwas wie eine Gewohnheit, die man entwickeln muß, eine Fähigkeit. Wenn man nicht in relativ jungem Alter übt, den Bogen rauskriegt und ein paar Grundregeln lernt, ist es eigentlich ziemlich leicht, es – es einfach irgendwie ganz zu lassen und ohne klarzukommen.«

Sie sah ihn schüchtern an. »Ein bißchen so wie ein Fach, das man abwählt, weil man es nicht mehr braucht.«

»Es ist ein Fach, das wir alle brauchen, Lizzie«, erwiderte er leise.

Sie starrte in ihr Glas und sagte nichts. »Und was ist mit deinem Partner?« fragte er und lehnte sich unvermittelt zurück. »Dem so glatt und gefällig daherredenden Mr. Kern.«

»Lewis?« Ihre Miene hellte sich auf, und ihre Augen funkelten im Kerzenlicht. »Lewis hat eine dauerhafte und innige Liebesaffäre mit dem Dollarzeichen. Das einzige, was je in die Nähe seines Herzens kommt, ist seine Brieftasche.«

»Meinst du?« Er sah sie unentwegt an. »Da wäre ich mir nicht so sicher.«

Eine sanfte Röte breitete sich von ihrem Halsansatz bis hinunter zu der Linie aus, wo die glatte Rundung ihrer Brüste unter dem Stoff ihres Kleides verschwand. Sie griff nach ihrem Glas, um ihre Verlegenheit zu überspielen.

Gordon tauchte wieder auf, beladen mit Platten voller Käsekuchen und Schwarzwälder Kirschtorte. Geduldig sahen sie zu, wie er um sie herumhantierte, ihre Gläser nachfüllte und dabei im netten Plauderton berichtete, daß der Chefkoch den ganzen Abend lang schrecklich viel zu tun gehabt habe.

»Wie war sie?« fragte sie, nachdem er sie wieder allein gelassen hatte. »Deine Frau?«

»Hübsch, brünett, irgendwie zierlich. Wir haben uns während des Jurastudiums kennengelernt und waren etwa ein Jahr zusammen, bevor wir uns verlobt haben und in eine gemeinsame Wohnung in Virginia Beach eingezogen sind. Im folgenden Frühjahr haben wir geheiratet.«

Er blickte auf den Fluß; aus einer der Kneipen am anderen Ufer wehte das leise rhythmische Stampfen von Rockmusik herüber. »Es war toll, weißt du, die Zeit der ersten Verliebtheit. Dann haben wir uns ziemlich rasch etabliert. Ich hab einen Job bei einer Kanzlei in Norfolk bekommen, sie hat als Juristin im Büro des Bezirksstaatsanwalts gearbeitet. Nach ein paar Jahren konnten wir uns eine größere Wohnung leisten und sind in die Stadt gezogen.«

»Was ist passiert?«

»Sie wurde von einem Laster überfahren. Eines Tages stand sie vor dem Einkaufszentrum am Hafen, auf dem Bürgersteig, mit vier, fünf anderen Fußgängern zusammen, die darauf warteten, die Straße zu überqueren. Die Fußgängerampel wurde grün, sie gingen los, und ein Sechzehntonner raste in die Gruppe. Drei von ihnen waren sofort tot.«

»Mein Gott, das ist ja schrecklich.«

Er blickte weiter auf den Fluß. In der Fahrrinne schob sich ein Holzfrachter langsam stromaufwärts, sein rotes Navigationslicht spiegelte sich im Wasser. »Ja.«

»Hast du je herausgefunden, wie das passieren konnte?«

»Der Fahrer hat ausgesagt, er sei den Hang hinunter auf die Ampel zugefahren und habe auf die Bremse getreten, die jedoch überhaupt nicht reagierte. Er hatte keine Zeit mehr, irgendwas zu machen, er konnte nicht mal mehr hupen.«

»Aber dafür muß doch irgend jemand zur Verantwortung gezogen worden sein. Die Lkw-Firma zum Beispiel.«

»Das sollte man meinen. Aber es war ein geleaster Lkw. Die Spedition vertrat den Standpunkt, daß die Wartung Aufgabe der Leasingfirma gewesen wäre. Die Wartung des gesamten Wagenparks der Leasingfirma oblag wiederum einem Subunternehmer, der seinen Sitz natürlich in einem anderen Bundesstaat hatte. Ihre Haftpflichtversicherung behauptete, die Wartung sei korrekt erfolgt, es handle sich vielmehr um einen Produktionsfehler. Der Hersteller mit Sitz in einem dritten Bundesstaat bestritt jede Haftbarkeit und behauptete, daß ein ungeprüftes Einzelteil eingebaut worden sei. Der Autoteilzulieferer schob die Schuld an den Autoteilhersteller mit Sitz in einem vierten Staat weiter, und plötzlich hatten wir es mit mindestens sieben Firmen zu tun, die über den halben Kontinent verteilt waren, dazu mit diversen Versicherungsgesellschaften, und bis jetzt, sechs Jahre später, ist noch immer absolut gar nichts passiert.« Er lächelte trocken. »Und das wird es meiner Ansicht nach auch nie.«

»Aber was ist mit der Entschädigung?«

»Ich war nicht auf eine Entschädigung aus. Gerechtigkeit hätte mir genügt.«

Sie kratzte mit nachdenklicher Miene Wachs von dem Kerzenständer. »Hast du deswegen deinen Job in der Kanzlei aufgegeben und angefangen, für den Distriktstaatsanwalt zu arbeiten?«

»Oha!« Er lachte und hob beide Hände. »Ich hoffe, wir fangen jetzt nicht mit der Psychoanalyse an, Doktor, ich kann mir Ihre Großstadthonorare nicht leisten.«

Sie grinste schelmisch und stützte ihr Kinn in die Hände. »Ist es so?« bohrte sie nach.

Er zuckte mit den Schultern. »Vermutlich fand ich eine Arbeit, bei der man damit beschäftigt ist, dem Gesetz Geltung zu verschaffen, einfach interessanter als einen Job, bei dem man den ganzen Tag damit beschäftigt ist, es zu umgehen.«

Sie blieben lange und tranken noch einen Kaffee, während sich das Restaurant langsam leerte und es auch in der Kneipe am anderen Ufer still wurde. Zum Gezeitenwechsel ging der Mond über dem Fluß auf. Irgendwann fing Gordon an, demonstrativ im Hintergrund herumzulungern, er gähnte und blickte auf seine Uhr. Sie standen auf, Boyd gab ihm zwanzig Dollar Trinkgeld, und sie verließen das Restaurant.

»Weißt du was?« fragte er, als er den Chevrolet über enge Nebenstraßen nach Hause steuerte und die Scheinwerfer an undurchdringlichen Mauern aus dichtem Kiefernwald entlangglitten. »Der Typ, der den Lkw gefahren hat. Hinterher hat sich herausgestellt, daß er wußte, daß die Bremsen defekt waren. Und ein anderer Fahrer der Firma sagte, dieser spezielle Truck sei dafür bekannt gewesen, alle Fahrer hätten es gewußt.«

»Aber das ist ja schrecklich«, sagte sie und sah ihn an. »Könnte man ihn nicht dazu bewegen, es zuzugeben, vor Gericht auszusagen oder so?«

Er schnaubte und starrte durch die Scheibe auf die Straße. »Irgendwie glaube ich nicht daran«, erwiderte er mit grimmiger Miene. Sie kamen an einem Hinweisschild nach Everdene vorbei. »Hey, wir haben übrigens Stamitz überführt. Unseren unheimlichen Freund, den Massenmörder.«

»Ach ja?«

»Wir haben ihn vorgestern verhaftet. Die Vernehmung zur Anklage ist in drei Wochen angesetzt.«

»Herzlichen Glückwunsch, John, das muß dich doch freuen.«

Sie verfielen erneut in Schweigen.

»Lizzie?« Er blickte zu ihr herüber. Sie hatte den Kopf gesenkt und die Hände im Schoß gefaltet. »Alles in Ordnung?«

Sie sah ihn mit großen, runden Augen an. »John. Die Klinik. Sie *ist* alles für mich. Manchmal wünschte ich, es wäre anders.

Ziemlich oft sogar. Und ich würde auch gern etwas daran ändern, wirklich. Aber ich weiß nicht, ob das möglich ist, ich weiß nicht, ob ich es kann.« Sie ließ den Blick erneut sinken. »Ich dachte, das solltest du wissen, es ist nur fair.«

Er streckte den Arm aus und berührte ihre Hand in der Dunkelheit. »Das weiß ich.«

10. KAPITEL

Am nächsten Morgen um neun Uhr rief er sie in der Klinik an.

»Hi, John«, sagte sie und mußte unwillkürlich lächeln. »Vielen Dank für den gestrigen Abend. Ich fand ihn sehr schön.«

»Elizabeth, der Staatsanwalt wird die Einstellung aller Tätigkeiten am Perlman Institute beantragen.«

»Was?«

»Du mußt deine Arbeit mit den Kindern bis auf weiteres einstellen.«

»Mein Gott, warum denn das?«

»Das ist das übliche Verfahren, Lizzie. Wenn gegen eine Firma Anschuldigungen erhoben werden, gravierende Anschuldigungen wie in diesem Fall, ist es durchaus üblich zu beantragen, daß diese Firma ihre Geschäftstätigkeit einstellt, bis die Ermittlungen abgeschlossen sind.«

»Aber das können wir nicht, es ist undenkbar. Für wie lange?«

»Das kann ich nicht sagen. Wochen, vielleicht auch Monate.«

Sie ließ den Hörer langsam sinken und bedeckte ihr Gesicht mit einer Hand. Nach einer Pause fragte sie: »Ist das die Konsequenz deines – deines Berichts? Des Berichts, den du über uns geschrieben hast?«

»Zum Teil vermutlich schon. Aber der Staatsanwalt sieht sich alles an, die ganze Akte, nicht nur meinen Bericht.«

»Ich kann es nicht glauben«, stöhnte sie. »Das ist unmöglich. Nicht jetzt.«

»Es tut mir sehr leid.« In der Leitung war es eine Weile still. »Lizzie?«

»Du wußtest es schon gestern abend, oder?« fragte sie leise.

Er seufzte. »Ich wußte, daß die Möglichkeit bestand. Mit Sicherheit weiß ich es erst, seit ich heute morgen in mein Büro gekommen bin. Ich wollte dich nicht unnötig beun…«

Er hörte ein Klicken, und dann war die Leitung tot.

Zwei Minuten später platzte sie in Lewis' Büro. Sie waren schon da: Nathan lehnte am Fenster, Lewis saß, die Hände hinter dem Kopf verschränkt, an seinem Schreibtisch. »Lewis, du bist der Anwalt.« Ihre Augen waren in Panik aufgerissen. »Was hat das zu bedeuten?«

Er nahm ein Fax von seinem Schreibtisch. »Es bedeutet genau das, was Boyd sagt. Es bedeutet, daß wir unseren Betrieb stilllegen müssen.«

»Aber das ist unmöglich«, stöhnte sie und schüttelte den Kopf. »Ich kann es einfach nicht glauben.«

»Glaub es mir, Lizzie, das ist nicht die erste einstweilige Verfügung, die ich lese.« Er reichte ihr das Fax.

»Aber was ist mit der Forschungsarbeit?« Sie studierte das Schreiben mit aschfahlem Gesicht. »Vielleicht könnten wir wenigstens damit weitermachen.«

»Lizzie.« Lewis beugte sich vor. »Wir können diese Sache nicht einfach umgehen wie einen Hundehaufen auf dem Bürgersteig. Diese einstweilige Verfügung meint genau das, was sie besagt. Sie ordnen die Einstellung der Tätigkeiten an. Und zwar *aller* Tätigkeiten.«

»Das kann ich nicht machen. Und das werde ich auch nicht machen. Wir sind zu nah dran.«

»Zu nah dran an was, verdammt noch mal?«

Sie blickte zu Nathan hinüber, der noch immer mit verschränkten Armen und teilnahmslosem Gesicht am Fenster saß.

»Lewis«, begann sie leise und ließ sich auf den Stuhl vor seinem Schreibtisch sinken, »irgend etwas geht vor, irgendeine Entwicklung, einige unserer jüngsten Erkenntnisse deuten darauf hin. Ich glaube, daß wir möglicherweise kurz davor sind, die Existenz eines neuen Zugangs zum Unbewußten und vielleicht auch ganzer, bisher unbekannter Sphären unterschwelligen Bewußtseins nachzuweisen.«

»Nathan, wovon zum Teufel redet sie?«

»Zwei der Kinder haben offenbar über unsere Monitorsysteme für kurze Zeit eine Art gemeinsames Bewußtseinsfeld aufgebaut.«

»Na und?«

»Wir waren es nicht. Sie haben uns umgangen; sie haben einfach unsere Anlage für ihre Zwecke gekapert. Und in letzter Zeit sind wir auf weitere Sachen gestoßen, die in dieselbe Richtung weisen könnten.«

»In welche Richtung, Himmel Herrgott noch mal?«

Nathan zuckte mit den Schultern. »Wer weiß, Mann? Um dazu etwas zu sagen, ist es noch zu früh.«

Lewis warf verzweifelt die Hände in die Luft. »Scheiß gemeinsame unterschwellige Bewußtseinsfelder«, stotterte er. »Das ist doch Spinnkram, Computerquatsch! Ich meine, wovon genau reden wir? Geht es um Gedankenübermittlung per Draht oder um irgendeine Form von beschissener computerisierter Intelligenz? Häh?«

»Lew.« Elizabeth beugte sich über den Schreibtisch. »Wir wissen es einfach noch nicht. Aber wir stehen kurz davor, es herauszufinden. Deshalb können wir nicht aufhören. Nicht jetzt.«

Lewis schob seinen Stuhl zurück. »Also, Leute, das ist ja alles sehr faszinierend, und es tut mir auch wirklich leid, wenn ich irgend jemandem die Parade verregne, aber ich möchte, wenn ich darf, nur auf ein paar winzige Wahrheiten hinweisen. Ungeachtet möglicher bedeutender wissenschaftlicher Durchbrüche sind wir drei die geschäftsführenden Direktoren dieser netten kleinen Versammlung hier. Das heißt, unsere ganz persönlichen Hälse stecken in der Schlinge. Was mich angeht, meine ich, wenn der Staatsanwalt von Dalmatia County sagt, wir sollen aufhören, dann hören wir auf. Und zwar mit allem. Und alle gemeinsam. Wenn ihr beide weiter Neutronen durch Telefonleitungen jagen wollt, habe ich nichts dagegen. Aber ich steige aus.« Er fischte seine Jacke von der Rückenlehne seines Stuhls, nahm seinen Aktenkoffer und marschierte zur Tür.

* * *

»Peter, hi, hier spricht Jack Heywood von Heywood-Knight. Gut, gut, danke. Hör mal, ich brauche eine Preisinformation von dir, und zwar so schnell wie möglich. Es geht um einen Krankentransport. Von Cambridge nach Norfolk. Nein, Norfolk, Virginia, Peter, in den USA. Ja, das ist eine lange Strecke, deswegen brauchen wir wahrscheinlich eine Lear oder eine Citation oder so was. Genau, die Maschine soll in Cambridge eingesetzt werden, wo Patient und Begleitpersonal an Bord gehen, um von dort direkt nach Norfolk zu fliegen... Was? Gehfähige Verletzte? Nein, der Patient wird mit einer Trage plus einer Menge Geräte an Bord gebracht, vielleicht ist eine Lear doch zu klein. Wie ist es mit einer Gulfstream? Okay. Richtig, wahrscheinlich werden es insgesamt fünf Passagiere plus Besatzung, der Patient, die üblichen zwei medizinischen Begleiter und vielleicht zwei bis drei Verwandte. Wie? Nein, Rückflug leer. O ja, das Abflugdatum, Moment bitte.« Er bedeckte die Sprechmuschel und blies seinen Atem zur Decke. »Weiß der Himmel«, murmelte er. Carol tauchte mit einem Becher Kaffee in der Tür auf, und er machte ihr Zeichen hereinzukommen. »Peter, das Datum steht noch nicht ganz genau fest, aber es könnte in den nächsten Tagen sein. Kannst du fürs erste einfach ein bißchen herumtelefonieren, dich umhören, was zur Verfügung steht, und ein paar Preise einholen? Danke, sehr nett von dir.«

»Sie fliegt also?« fragte Carol und stellte den Kaffee auf seinen Schreibtisch.

»Sieht ganz so aus.« Er nickte und blickte zu ihr hoch. »Setz dich einen Moment, Carol.« Sie nahm auf dem Stuhl vor seinem Schreibtisch Platz, während er ans Fenster trat. »Dieser Job«, begann er und starrte auf den Teppich. »Der Job, den Myriad dir angeboten hat, ist der noch frei?«

Sie zog die Schultern hoch. »Ich weiß nicht. Vermutlich schon.«

»Im Prinzip ist das ein guter Laden, wie du weißt. Knallhart, aber finanziell solide. Gateskill führt ein strenges Regiment, aber er ist ein guter Geschäftsmann.«

»Jack, was willst du mir sagen?«

»Ich sage, rede mit ihm, hör ihn an, schau dir an, was er dir anbietet, und denke ernsthaft darüber nach.«

»Du fliegst auch mit«, sagte sie leise. »Nicht wahr? Nach Amerika.«

»Ich weiß es nicht.«

»Doch, das tust du.« Sie drehte sich zu ihm um. »Du gibst es auf, du gibst alles auf, alles, wofür du so hart gearbeitet hast, wofür du gekämpft hast. Du gehst, gerade jetzt, wo alles anfängt, sich zum Guten zu wenden.«

»Carol, ich weiß es nicht«, wiederholte er. »Jedenfalls noch nicht sicher.« Er seufzte. »Aber ich weiß, daß ich schnell große Summen Bargeld auftreiben muß und daß ...« Seine Stimme verlor sich, und er hob den Kopf. Draußen hatte der ununterbrochene Nieselregen den Flughafen in einen grauen Schleier gehüllt. »Es ist meine Familie«, sprach er leise weiter. »Sie liegt in Trümmern, und es ist meine Schuld, meine Verantwortung. Und obwohl wir noch nicht wissen, was in Amerika passiert, und obwohl wir nicht wissen, ob wir das Richtige tun, haben wir eine

Entscheidung getroffen. Es ist das, was wir wollen. Wir alle, auch Ben. Und nachdem wir diese Entscheidung nun gemeinsam getroffen haben, ist es an mir, einen Weg zu finden, sie auch umzusetzen. So sollte es sein, verstehst du das?« Er drehte sich wieder zu ihr um. Sie hatte ihm den Rücken zugewandt und den Kopf gesenkt.

Nachdem sie gegangen war, ging er langsam an seinen Schreibtisch zurück und rückte den Stuhl ein Stück ab. Er setzte sich, streckte die Beine aus und stützte sein Kinn auf seine zusammengelegten Fingerspitzen, während er seinen Blick durch den Raum schweifen ließ, über die Bilder, Modellflugzeuge und Möbel, über das Bücherregal und den Aktenschrank. Kriegsandenken, sinnierte er. Erinnerungsstücke an einen zermürbenden, sechsjährigen Feldzug, der seine Spuren hinterlassen hatte. Andenken an hart erfochtene Siege und bittere Niederlagen. An Verstöße, Rückschläge, Neuformationen und Gegenangriffe. An Kampf und Überleben. Ohne Hilfe, ohne Unterlaß, ohne Sicherheiten. Und er hatte gewonnen. Und er hatte verloren. Sein Blick fiel auf seinen Schreibtisch, auf die gerahmten Fotos der drei, die ihn gelassen anlächelten, unschuldig, vertrauensvoll und zuversichtlich.

Er griff erneut nach dem Hörer. »Myriad? Ja, David Gateskill, bitte.«

* * *

»Wenn Sie bitte hier unten und auf Seite drei unterschreiben könnten, und noch einmal auf der Rückseite, ja da, vielen Dank.« Alison kritzelte hastig ihren Namenszug, wo immer der Verwaltungsdirektor des Krankenhauses hinzeigte, während ihr vage bewußt wurde, daß sie nur eine äußerst verschwommene Vorstellung davon hatte, was sie da unterschrieb. »Gut, vielen Dank, sehr gut«, sagte der Verwaltungsdirektor, ein sauertöpfischer und humorloser Mann. »Damit hätten wir die Verzichtserklärungen erledigt. Als nächstes kommen der Antrag auf Transportgenehmigung und die Entlassungspapiere.« Er zückte einen weiteren Ordner und klappte ihn auf. Alison saß über die Bogen gebeugt, folgte seinem Finger und unterschrieb gehorsam, wo immer er stehenblieb.

Endlich war sie fertig. Er sammelte seine Unterlagen zusammen und verschwand mit einem knappen »guten Morgen« Richtung Fahrstuhl. Offenbar war niemand damit einverstanden, daß sie Frankie von hier wegbrachten. Sie verließ das leere Schwesternzimmer und ging zu der Teeküche nebenan. Es war Frühstückszeit, und sie konnte das gedämpfte Murmeln hören, doch als sie den Raum betrat, verstummten alle und starrten mit leeren Gesichtern in ihre Tassen. Es war, als würde sie ihnen mit Frankies Verlegung Versagen vorwerfen.

»Ich wollte Ihnen nur etwas sagen«, begann sie, nach Worten suchend. Sie hatte nichts vorbereitet, war gar nicht auf den Gedanken gekommen, daß sie vielleicht eine Rede halten mußte, doch auf einmal war es wichtig. »Zunächst einmal schulde ich, schulden wir Ihnen allen großen Dank. Die letzten paar Monate waren für uns als Familie in jeder Hinsicht sehr belastend. Ich weiß, daß Sie das verstehen. Ich weiß auch, daß es manchmal schwierig war.« Sie lächelte schüchtern in die Runde. »Okay, ich weiß, daß ich manchmal schwierig war und Sie bestimmt oft in Ihrer Arbeit behindert habe.« Die Tür ging leise auf, die Stationsschwester kam leise herein und lehnte sich an die Wand neben der Tür. »Aber vielleicht hilft es Ihnen, wenn ich Ihnen sage, daß ich jedesmal, wenn ich schwierig war, eine richtige Nervensäge, um genau zu sein ...«, sie sah, daß sich einige der Schwestern ansahen und ein Lächeln unterdrückten, »... eigentlich nur Angst hatte. Schreckliche Angst sogar. Die ganze Zeit. Und meine drängelnde, aggressive Art war wohl meine einzige Möglichkeit, mit dieser Angst umzugehen –« Sie brach ab. »Oje, ich glaube, ich drücke mich nicht besonders verständlich aus, was?«

Sie blickte sich in dem Zimmer um und sah, daß ein, zwei Schwestern verständnislos lächelten, während die anderen weiterhin auf den Boden starrten. Eine Schwester sah auf die Uhr. Die Stationsschwester stand, die Hände hinter dem Rücken verschränkt, mit zusammengepreßten Lippen und ausdrucksloser Miene an der Wand.

Auf einmal begriff sie es, auf einmal wußte sie, was es war. Für sie war Frankie immer so gewesen. Sie kannten sie nicht anders. Sie war ihr kleines Dornröschen, die Patientin, die sie umdrehen, deren Beutel sie wechseln und deren Daten sie stündlich ablesen mußten. Sie war der vegetative Fall aus dem fünften Stock, Zimmer vier. Das war alles. Kein einziger Mensch im Krankenhaus hatte sie je gesehen, je getroffen, sie je in irgendeinem anderen Zustand gekannt als dem, in dem sie eingeliefert worden war. Für sie hatte sie kein früheres Wesen, war überhaupt keine Person. Frankie, ihre Frankie, existierte für diese Frauen gar nicht.

Sie bückte sich rasch über ihre Schultertasche und kramte darin herum, bis sie es in einer Seitentasche gefunden hatte. Sie zog es hervor und glättete es. »Das ist im letzten Jahr gemacht worden«, sagte sie und reichte es der am nächsten sitzenden Schwester, »in Florida. Wir sind im Urlaub in Disney World gewesen.« Ben und Frankie, die am Strand spielten und in Jacks Kamera grinsten. Sie knieten am Wasser und errichteten eine riesige Sandburg. Frankies Haar war vom Salzwasser feucht, einige steife Strähnen klebten an einer Wange. Nasser Sand pappte an ihren Armen und Knien und der Vorderseite ihres kleinen, orangefarbenen Bikinis. Mit der einen triumphierend in die Höhe gereckten und zur Faust geballten Hand hielt sie einen Stock mit einem Papierfähnchen hoch, die andere hatte sie, die Finger gespreizt, begeistert in den weichen Sand gegraben. Ihre Haut glänzte, ihre Augen strahlten fröhlich. Ihr Mund stand weit offen, die Lippen waren mit Salz überkrustet, ihre sandige Zungenspitze ragte hervor, und sie lachte vor Freude.

Sofort gab es entzückte Seufzer, während sie die Köpfe zusammensteckten, um das Bild zu betrachten. Auf einmal redeten sie mit ihr, fragten nach ihr, nach Frankie, dem kleinen Mädchen, nach Frankie, dem Säugling, nach Frankie, der Schülerin, nach Frankie, dem lebenden, atmenden Menschen.

»Was werden sie mit ihr machen?« fragte eine der Schwestern ein paar Minuten später. »In der Klinik?«

»Sie werden einfach versuchen, sie aufzuwecken. Daran arbeiten sie dort.« Alison registrierte ein paar überrascht hochgezogene Brauen, als wäre die bloße Vorstellung vollkommen undenkbar.

»Wann geht es los?« fragte jemand anders. Das Foto war inzwischen bei der Stationsschwester angekommen. Sie betrachtete es ein paar Sekunden lang, den Arm ausgestreckt und mit ausdruckslosem Gesicht. Kurz darauf reichte sie das Bild weiter.

»Wir versuchen, die Reisevorbereitungen so schnell wie möglich abzuschließen. Innerhalb der nächsten paar Tage, vielleicht in einer Woche.«

Nach und nach kehrten die Schwestern zu ihren Pflichten zurück. Sie blieb noch ein paar Minuten, trank ihren Kaffee und starrte auf das Foto. Dann stand sie auf und ging langsam zum Aufzug. Auf dem Weg dorthin kam sie noch einmal am Schwesternzimmer vorbei, in dem zwei Schwestern saßen. Sie lächelten ihr zu und sagten: »Viel Glück.«

»Danke.« Sie stopfte das Foto wieder in ihre Tasche, ging zum Fahrstuhl und drückte auf den Knopf.

»Mrs. Heywood? Einen Moment, bitte.« Es war die Stationsschwester, und die Gummisohlen ihrer Schuhe quietschten, als sie ihr über den Flur entgegenkam.

»Ich wollte nur sagen«, begann sie, und ihre grauen Augen suchten Alisons Blick, »daß das alles gute Frauen sind.« Sie wies mit dem Kopf in den Korridor. »Sie müssen ihnen verzeihen, wenn sie den Eindruck machen, als würden sie Sie nicht verstehen. Wenn jemand einen kranken Patienten ihrer Pflege entzieht, können sie daraus nur schließen, daß ihre Pflege nicht gut genug war.«

»Oh, aber das ist nicht wahr«, flehte Alison. »Ich hab doch versucht, es zu erklären, ich hoffe ehrlich, daß sie mir glauben.«

Die Stationsschwester verzog die Mundwinkel zu einem winzigen Lächeln. »Vielleicht, das hoffe ich auch. Es ist weiß Gott schwer genug, in Zeiten wie diesen die Moral hochzuhalten.« Ihre Augen flackerten. »Ich weiß nicht, ob ich das, was Sie tun, billigen kann. Aber diese Entscheidung steht mir auch gar nicht zu. Trotzdem wünsche ich Ihnen von ganzem Herzen Glück, und ich hoffe, Sie finden, wonach Sie suchen.« Sie machte unvermittelt einen Schritt nach vorn und kniff Alison in die Wange. »Gott segne Sie.« Dann wandte sie sich rasch ab und quietschte wieder den Flur hinunter.

* * *

Das Telefon klingelte erneut. Jack riß den Hörer von der Gabel. »Heywood.«

»Gateskill hier. Myriad Air Services.«

Jack lehnte sich zurück. Das war ja verdammt schnell gegangen. Doch dann wurde ihm klar, daß es auch absolut vorhersagbar gewesen war. David Gateskill war ein Meister im Zuschlagen-bevor-dir-jemand-zuvorkommt.

»Ich habe einen kurzen Blick auf Ihr Angebot geworfen«, fuhr Gateskill abschätzig fort. »Es birgt eine Menge Probleme.«

»Das dachte ich mir schon«, erwiderte Jack tonlos.

»Ich muß mir die Zahlen erst noch einmal ganz genau ansehen, bevor ich es ernsthaft in Erwägung ziehe.«

Mein Gott, das Schwein genoß die Situation regelrecht, dachte Jack wütend. »Zweifelsohne.«

»Sie müssen auf jeden Fall revidiert werden«, fuhr Gateskill wichtigtuerisch fort. »Und zwar beträchtlich nach unten, wenn es überhaupt klappen soll, obwohl ich mir selbst in diesem Fall nicht ganz sicher bin.«

»Warum um alles in der Welt machen Sie sich dann überhaupt die Mühe, mich anzurufen?« platzte es aus Jack heraus.

»Ich habe gehört, Sie brauchen eine G 4.«

»Wie bitte?«

»Eine Gulfstream. Für einen gecharterten Krankentransport in die Staaten. Peter Baker von London Air Charter hat den ganzen Vormittag danach herumtelefoniert. Erst später habe ich begriffen, daß sie für Heywood-Knight war.«

»Ja«, seufzte Jack und griff nach seinem Notizblock. Er hatte den Preis vor einer Stunde bekommen. Astronomisch hoch, fast neuntausend Pfund.

»Ziemlich kostspielig, nehme ich an.«

»Hm-hm.«

»Nehmen Sie unsere.«

Jack erstarrte. »Verzeihung?«

»Nehmen Sie sie.« Es entstand eine Pause. »Sie ist für Ihre Tochter, nicht wahr?«

»Ja, nun, in der Tat, wir schicken sie in eine Spezial… Woher wußten Sie davon?«

Gateskill gluckste. »Du liebe Güte, Jack, das hier ist ein Flughafen. Gerüchte machen hier schneller die Runde als Gurkensandwiches auf der Gartenparty der Königin.«

Jack war überrascht. »Nun, das ist wohl wahr, aber wieviel? Die Kosten werden –«

»Nehmen Sie sie. Und machen Sie sich keine Sorgen um die Kosten, das tut der verdammte kuwaitische Besitzer auch nie. Sie müssen nur schnell zuschlagen, wenn Sie sie haben wollen. Die Maschine ist jetzt in Rom und fliegt am Wochenende für drei Wochen in den Mittleren Osten. Es müßte also morgen sein. Ich erzähl den Besitzern, daß wir das Flugzeug zur obligatorischen

Generalinspektion nach eintausend Flugstunden zum Hersteller geflogen haben, die wäre ohnehin bald fällig. Wir machen hier einen Zwischenstopp und setzen Sie, ohne daß irgendwer das groß mitkriegen muß, in Norfolk ab, bevor wir nach Savannah weiterfliegen.«

»Ja, aber das ist... das ist unglaublich großzügig.« Es war auch unglaublich riskant. Wenn die Besitzer je davon erfuhren, würden sie Myriads Vertrag ohne Zögern zerreißen. »Vielen Dank, David, das ist wirklich sehr nett von Ihnen.«

»Jack, wir kennen doch beide das Geschäft. Fressen oder gefressen werden. Wenn ich einen Mitbewerber ausstechen, einen Vertrag durch die Hintertür ergattern oder die Konkurrenz sonstwie austricksen kann, werde ich nie zögern, genau das zu tun. Aber ich möchte gern glauben, daß selbst ich davor zurückschrecken würde, aus dem familiären Unglück eines anderen Profit zu schlagen. Das Flugzeug wird morgen abend um sechs startklar vor Ihrem Büro stehen. Versuchen Sie, abflugbereit zu sein, das Timing ist ziemlich eng.«

»Ja, okay. Gut, David, danke. Vielen herzlichen Dank.«

»Ist mir ein Vergnügen, Jack, und viel Glück mit Ihrer Tochter.«

* * *

Jack platzte in die Küche, wo Alison und Ben zu Abend aßen. »Wie schnell können wir abflugbereit sein?« fragte er atemlos und ließ seinen Aktenkoffer und einen großen Pappkarton auf den Boden fallen.

»Was ist denn das?« fragte Alison von der Kühlschranktür her.

»Kram aus dem Büro. Wie schnell?«

»Nun ja, ich weiß nicht. Frankie ist bereit, und das Krankenhaus weiß Bescheid; ich war heute dort und habe den ganzen Papierkram erledigt. Aber ich habe noch nicht angefangen zu packen und das Haus –«

»Pässe?« Er fischte sich einen Keks vom Tisch und hielt ihn zwischen den Zähnen fest, während er sein Jackett auszog.

»Alles okay, die sind noch vom letzten Jahr gültig, aber –«

»Gut. Wir fliegen morgen.«

»Was?« Alison starrte ihn fassungslos an. »Morgen?« Ben blickte auf, Messer und Gabel noch in der Hand. »Aber, mein Gott…« Sie begann sich mit wachsender Panik umzusehen. Janet kam, eine leere Teetasse in der Hand, in die Küche. »Aber das wird nie –« Plötzlich hielt Alison inne und starrte ihn an. »Warum? Was ist passiert?«

»Morgen abend um sechs wartet am Flughafen eine Gulfstream, die uns direkt nach Virginia fliegen wird.«

»Uns?«

»Ich komme mit.« Jetzt starrten ihn alle an.

»Aber was ist mit der Firma?«

»Ich habe sie heute nachmittag an Myriad verkauft. An David Gateskill. Er stellt uns auch die Gulfstream zur Verfügung. Umsonst.«

»Was? Gateskill?«

»Ja, das habe ich auch gedacht. Irre, was?«

»Aber, Jack, die Firma, deine Firma.« Sie ließ sich vollkommen perplex auf den Stuhl neben Ben sinken. »Du hast Heywood-Knight verkauft. Einfach so. Bist du sicher?«

Er sah sie an. »Es ist okay. Ich fühle mich gut damit. Sogar sehr gut.« Sie starrte ihn mit offenem Mund an, die Augen vor ungläubigem Entsetzen weit aufgerissen, ihre Wangen mit einemmal blaß. Er ging um den Tisch herum und hockte sich zwischen die beiden. »Alison, ich möchte es tun«, fuhr er leise fort und legte seinen Arm behutsam um ihre Schultern, während er Ben zuzwinkerte. »Aber ich möchte, daß wir es zusammen tun, wir alle zusammen. Und der Verkauf der Firma war die einzige Möglichkeit. Es war außerdem die einzige Möglichkeit, das Geld aufzubringen.«

»In diesem Punkt würde auch ich gern aushelfen«, sagte Janet und goß sich eine weitere Tasse Tee ein. »Wenn ihr mich laßt.«

»Mum, das ist wirklich nett von dir, aber deine Ersparnisse – das kannst du nicht machen, das lassen wir nicht zu.«

Sie winkte ab. »Ich spreche nicht von meinen Ersparnissen. Ein paar tausend aus einem Bausparvertrag sind sozusagen Peanuts.« Sie nippte bedächtig an ihrem Tee. »Ich hab eine Hypothek auf mein Häuschen aufgenommen.«

»Was?« rief Alison und vergrub ihr Gesicht in den Händen. »Ich kann nicht glauben, was ich da höre, Mum, dein Haus, um Himmels willen, das kannst du nicht machen!«

»Warum nicht? Es ist schließlich mein Haus, oder? Ich habe eine großartige Vereinbarung mit der Bank getroffen. Eine Hypothek über fünfzig Prozent des Gesamtwerts. Und wenn ich abkratze, kriegt die Bank das Haus. Für die Zinsen habe ich einen ordentlichen Batzen beiseite gelegt, der Rest kommt in den Topf für Frankie. Was könnte einfacher sein?«

Alison stöhnte und schüttelte den Kopf, das Gesicht noch immer in den Händen vergraben.

Jack stand auf, ging auf seine Schwiegermutter zu und küßte sie auf die Stirn. »Wunderbar. Es ist eine wundervolle Geste. Aber Alison hat recht, ich glaube nicht, daß wir das zulassen können.«

»Papperlapapp. Dann betrachtet es meinethalben als Reserve, auf die ihr im Notfall zurückgreifen könnt.«

»Nun, also gut, das werden wir sehen. Vielen Dank jedenfalls. Also«, fuhr er fort und blickte in die Runde, »dann ist ja alles geregelt. Morgen fliegen wir.« Er rieb sich die Hände. »Gut. Ich gehe jetzt nach oben, um ein paar Unterlagen zu sortieren.«

»Ich würde auch gern mitkommen«, sagte Janet leise.

Alisons Kopf schnellte hoch.

»Wenn ich darf«, fuhr Janet zögernd fort, »würde ich gern mit nach Amerika kommen und die ganze Sache mit euch zusammen durchstehen.«

* * *

Sie saß in dem dunklen Zimmer, den Kopf gesenkt, die Hände zwischen den Knien, und starrte blind auf die blinkende grüne Anzeige des Telefons zu ihren Füßen.

Sehr viel später hörte sie Schritte auf der Außentreppe, dann ein Klopfen. »Lizzie, bitte, laß mich rein. Ich weiß, daß du da bist, dein Wagen steht draußen.« Sie antwortete nicht. »Okay«, sagte er. »Ich kann warten.« Kurz darauf hörte sie ein leises Kratzen, als sein Rücken langsam von außen an der Tür entlangglitt.

»Komm rein«, seufzte sie. »Es ist nicht abgeschlossen.«

»Nicht abgeschlossen, das ist aber nicht klug, Elizabeth«, sagte Boyd und schloß die Tür hinter sich. Er ging durch das dunkle Zimmer auf ihren Stuhl zu.

Sie zuckte die Schultern. »Ich könnte ja jederzeit die Gesetzeshüter alarmieren. Wenn sie nicht zu beschäftigt damit wären, Krankenhäuser zu schließen.«

»Sie schließen es nicht«, sagte er und ließ sich neben ihr auf die Knie sinken. Der verblichene Deckenanstrich verfärbte sich im grellen Widerschein einer Verkehrsampel vor dem gardinenlosen Fenster von Rot zu Grün. »Das ist das übliche Verfahren. Vielleicht verläuft die ganze Geschichte ja im Sande, und du kannst weitermachen.«

»Nein, dazu wird es nie kommen. Sie wollen uns fertigmachen. Das ist nur der Anfang.«

»Sie sind bloß vorsichtig. Das müssen sie sein.«

»Das ist keine Vorsicht, John«, sagte sie, sprang unvermittelt auf und lief barfuß auf und ab. »Das ist Ignoranz, blanke Ignoranz. Und Angst. Sie haben Angst davor. Sie haben Angst, weil sie es nicht verstehen. Angst, weil ihre sogenannten Experten es auch nicht verstehen. Sie haben Angst vor Politikern wie Willis, Angst vor den Medien, Angst vor den Versicherungsgesellschaften und Regierungsbehörden. Panische Angst, denn voranzuschreiten, dieses kleine Stück weiterzugehen, würde bedeuten, einen Schritt ins Unbekannte zu tun und eine Handbreit ins Dunkel zu tasten. Es würde bedeuten, ein Wagnis einzugehen.«

»Es ist das übliche Verfahren. Das war doch zu erwarten, oder etwa nicht?«

»Nein, es ist Angst. Sie töten, was sie fürchten, und sie fürchten, was sie nicht verstehen. So einfach ist das.«

Schweigen senkte sich über den Raum. Nach einer Weile richtete er sich auf und trat, die Hände in den Taschen, neben sie ans Fenster.

»Lizzie«, setzte er an, »weißt du, jener Abend in der Klinik... mit dem kleinen Mädchen... Annie, nicht wahr?« Sie nickte kaum merklich. »Nun, was dort geschehen ist, was du mit ihr gemacht hast, war... es war eine der außergewöhnlichsten, bewegendsten und wunderbarsten Begebenheiten, die ich je erlebt habe.«

»Danke«, sagte sie, ihre Stimme kaum mehr als ein Flüstern.

»Aber es war auch eine der beängstigendsten Erfahrungen meines Lebens«, fuhr er leise fort. »Deine Arbeit mit diesen Kindern ist wirklich erstaunlich. Aber sie ist auch kontrovers und riskant, und deshalb wollen die Menschen sicher sein, daß angemessene Vorsichtsmaßnahmen und Sicherheitsvorkehrungen getroffen werden. Das ist doch nur vernünftig.«

Sie nickte zögernd. »Ja. Ich weiß. Aber irgend etwas passiert, John, etwas Entscheidendes. Es jetzt abzubrechen, wäre einfach so furchtbar, so undenkbar.«

»Aber warum denn?«

»Ich weiß nicht, warum. Ich kann es nicht erklären. Aber es hat etwas damit zu tun, was und wer ich bin –« Sie brach ab.

Er wandte sich wieder zum Fenster. »Und was wirst du jetzt tun?«

»Ich weiß es nicht, ich weiß es wirklich nicht. Ins Ausland gehen, wenn es sein muß, ich hatte schon Angebote.«

»Ein Verlust für Amerika.«

»Amerika«, wiederholte sie bitter. »Das Land der unbegrenzten Möglichkeiten für den einzelnen, aber regiert zum Nutzen und Schutz der großen Konzerne.«

»Das ist mir durchaus bewußt«, sagte er. »Mich hat es auch enttäuscht.«

»John.« Sie sah ihn rasch an, die Augen schmerzvoll aufgerissen. »Es tut mir leid, das war unverzeihlich.« Sie streckte zögernd die Hand aus und legte sie auf seine Schulter. »Und du vertraust trotzdem noch immer darauf?« fuhr sie leise fort.

»Ich muß. Was bleibt mir anderes übrig. Ich muß daran glauben, daß das amerikanische Gesetz letztendlich dem Schutz der amerikanischen Bürger dient.«

Sie atmete leise aus und lehnte ihren Kopf an seinen Arm. Eine Weile standen sie schweigend nebeneinander. »Warum hast du es mir nicht erzählt?« fragte sie irgendwann. »Gestern abend. Sobald du es wußtest.«

Er schwieg eine Weile. »Seit sechs Jahren bist du die erste Frau, die ich eingeladen habe, mit mir auszugehen. Die erste seit Cheryl. Für mich war es vermutlich eine ziemlich große Sache. Es war einfach nur egoistisch. Ich nehme an, ich wollte bloß nicht, daß irgend etwas den Abend verdirbt.«

»Es war nicht egoistisch.« Sie faßte seinen Arm und starrte durch die schmutzige Scheibe auf die sanft hin- und herpendelnde Verkehrsampel und den steten Wechsel der Farben.

* * *

Der nächste Tag verschwamm zu einer hektischen, endlosen Folge von gepackten Koffern, Einkäufen in letzter Minute, eiligen Telefonaten, hastig abgeschickten Briefen, überquellenden Kartons und vergessenen Verabschiedungen. Jack konnte schon vor Anbruch der Dämmerung nicht mehr schlafen, weshalb er früh auf den Beinen war und in die Küche hinunterschlich. Dort traf er Alison, die Wäsche von einem riesigen Haufen auf dem Fußboden in die Waschmaschine stopfte.

»Was um alles in der Welt machst du hier?« fragte er mit rot unterlaufenen Augen.

»Was meinst du wohl, was ich hier mache? Die Rosen beschneiden?«

»Ali, in Amerika gibt es auch Waschmaschinen. Ich glaube, sie haben sie sogar erfunden.«

Sie wischte sich mit einer Handvoll Wäsche über die Stirn. »Das schaffen wir nie.« Sie seufzte und blickte sich um.

Er sah auf sie herunter. »Wie lange bist du schon auf?«

»Seit vier«, murmelte sie.

Er kochte Tee und zog sie vom Boden hoch. »Komm«, sagte er ruhig und führte sie an den Tisch. »Wir machen eine Liste.«

»Das schaffen wir nie«, sagte er eine halbe Stunde später, und seine ganze vorgetäuschte Ruhe war verflogen wie der Morgennebel. Vor ihnen auf dem Tisch lagen fünf Listen. Auf einer war verzeichnet, was Jack noch im Büro zu erledigen hatte, bevor er David Gateskill die Schlüssel für Heywood-Knight überreichen konnte. Die zweite lange Liste umfaßte alles, was die Vorbereitung, Durchführung und technische Ausstattung von Frankies Transport vom Krankenhaus zum Flughafen in Cambridge und am anderen Ende vom Flughafen zum Perlman Institute betraf. Eine dritte Liste führte die Unterlagen über Frankie auf, um die die Klinik gebeten hatte: medizinische Berichte, Schulzeugnisse, Fotos, Privatvideos, Lieblingsbücher, Spielzeug, Spiele und CDs. Eine vierte Liste konzentrierte sich auf alles, was im Zusammenhang mit ihrer Abreise in und um das Haus erledigt werden mußte: einen Nachsendeantrag stellen, die täglich ins Haus gebrachte Milch abbestellen, Telefon, Strom und Gas abmelden …

»Wie lange sind wir eigentlich weg?« fragte sie irgendwann.

»Weiß der Himmel«, erwiderte er grimmig.

Die letzte Liste, die genaugenommen aus drei Unterlisten bestand, enthielt die persönlichen Sachen, die sie und Ben mitnehmen wollten.

»Ich bleibe noch«, sagte er schließlich, als er auf die verschiedenen Zettel starrte. »Nur ein oder zwei Tage. Ich kümmere mich vernünftig um das Haus, regle alles im Büro und nehme einen Linienflug.«

»Bist du sicher?« fragte sie und sah ihn zweifelnd an.

»Absolut. Es ist wahrscheinlich sogar besser so. Und wo deine Mum jetzt mitkommt, kann sie dir am anderen Ende in Amerika helfen, während ich hier in Ruhe alles abschließe. Außerdem – wenn du irgendwas vergessen hast, kann ich es noch mitbringen.«

»Klingt vernünftig. Also gut.« Sie schob ihren Stuhl zurück. »Danke, Jack. Ich fange besser gleich oben an.«

Um neun ging er ins Büro.

»Ja, ich weiß«, sagte Carol und zog weiter Akten aus einem Schrank.

»Du weißt?« sagte er ungläubig. »Woher?« Sie warf ihm einen amüsierten Blick zu und knallte den Aktenschrank zu. »Okay, das hier ist ein Flughafen, ich weiß«, grinste er und wurde dann wieder ernst. »Carol, ich wollte mich bei dir bedanken. Myriad, die Gulfstream, da steckst du doch dahinter, oder?«

»Tut mir leid, Jack, aber mit diesen Lorbeeren kann ich mich wirklich nicht schmücken. Das war komplett Davids Idee.«

Er schüttelte den Kopf. »Ich weiß nicht, ob ich dir das glauben soll, aber trotzdem vielen Dank.« Er zögerte. »Wirst du ihn annehmen? Den Job?«

»Ich weiß nicht. Ich hab ihm gesagt, ich würde es mir überlegen.«

»Du hast noch Geld zu bekommen«, fuhr er fort. »Technisch gesehen ist es wohl eine betriebsbedingte Kündigung. Wir werden uns um die Details –«

»Jack«, unterbrach sie ihn. »Du schuldest mir gar nichts, keinen einzigen Penny. Als ich vor fünf Jahren hier reinspaziert bin, hatte ich nichts außer einer rosaroten Brille, einem Stenotypistendiplom und der unausgegorenen Vorstellung, Executive Air Charter hätte etwas mit Luxusreisen zur Costa Brava zu tun. Du und Bill, ihr habt mir alles beigebracht, was man in der Branche wissen muß und dazu noch eine ganze Reihe neuer Fähigkeiten und die Erkenntnis, daß man selbstbewußt mit offenen Augen durchs Leben gehen muß. Unterwegs und in einer Situation, in der wir beide unter extremem äußeren Druck standen, haben wir einen kleinen Umweg in eine Sackgasse genommen, aber wir sind wieder herausgekommen, und jetzt ist es vorbei.« Ihr Blick wurde sanft. Sie streckte die Hand aus und schnippte einen winzigen Fetzen der Plastikverpackung von seiner Anzugjacke. »Endgültig vorbei«, fuhr sie leise fort. »Ich mache ein paar Wochen Pause, um in Ruhe über alles nachzudenken.« Sie grinste. »Eine Luxusreise an die Costa Brava. Hier wird es in den nächsten Tagen wohl ziemlich chaotisch zugehen, und du hast eine Million Dinge zu erledigen, also ...«, sie küßte ihn auf die Wange, »... ich wünsche dir viel Glück. Dir und deiner Familie. Alles Glück der Welt.«

Er arbeitete den ganzen Vormittag durch, rief Kunden an, erklärte die jüngsten Entwicklungen, schrieb Briefe, verschickte Faxe, sprach mit Banken, Zulieferern, Gläubigern und der Flughafenverwaltung. Irgendwann stellte Carol ihm einen Teller mit belegten Broten hin. Eins schaffte er zwischen zwei Telefonaten, die anderen blieben unangerührt. Am Nachmittag rief Alison an, um zu berichten, daß das Krankenhaus mehr oder weniger bereit war, jedoch offensichtlich noch Theater wegen des Krankenwagens für Frankie machte. »Sie wollen nicht garantieren, daß ein Wagen zur Verfügung steht, wenn wir ihn brauchen«, sagte sie mit vor Verzweiflung angespannter Stimme. »Sie haben mir erklärt, Notfalleinsätze hätten Vorrang.«

»Himmel Herrgott.« Jack lehnte sich zurück und fuhr sich mit der Hand über das unrasierte Kinn. Er hatte schon selbst nachgerechnet. Das Flugzeug kam um fünf Uhr aus Rom an und mußte binnen einer Stunde wieder in der Luft sein, damit die Besatzung die vorgeschriebene Höchststundenzahl im Einsatz nicht überschritt und illegal weiterflog. Der Krankenwagen am anderen Ende war für neunzehn Uhr Ortszeit bestellt. Aber wie lange würde er warten, wenn die Gulfstream Verspätung hatte? Er ließ seinen Blick über das Chaos aus Kisten und Umzugskartons schweifen, die in seinem Büro verstreut standen. Und die Maschine konnte in Norfolk nur kurze Zeit am Boden bleiben: Sie mußte schnell wieder starten, wenn sie es noch bis nach Savannah schaffen wollte. Plötzlich hatte Jack eine alptraumhafte Vision: Alison, Janet und Ben, allein auf einer windigen, verlassenen Rollbahn, auf einer Trage neben ihnen Frankie, und keiner, der sie abholte, kein Ort, wo sie hinkonnten. Es war Wahnsinn. Er fragte sich, ob er die ganze Aktion nicht abblasen sollte.

»Jack?« Alison war noch immer in der Leitung. »Alles in Ordnung?«

»Ja, ja, alles bestens«, sagte er und rieb sich die Augen.

»Mach dir keine Sorgen«, sagte sie aufmunternd. »Ich kümmere mich um die Jungs mit dem Krankenwagen. Wir werden da sein, dafür werde ich, verdammt noch mal, schon sorgen.«

* * *

»Hallo zusammen«, begann Elizabeth nervös und blickte in die Runde der etwa zwanzig Gesichter vor ihr. »Ich habe euch hier zusammengerufen, um ein paar Dinge zu erklären.«

Sie waren alle da, das komplette Personal hatte sich zwanglos in der Lobby verteilt und wartete geduldig darauf, daß sie die Gerüchte dementierte, die schon seit Tagen herumschwirrten. Alle ihre Leute. Die Medizinstudenten, das Pflegepersonal, die Techniker, Nathans Assistenten, der Buchhalter, der Hausmeister, sogar die Empfangssekretärin, die in der Tür zu ihrem Büro stand und ein Ohr am Telefon hatte. Nur Lewis fehlte, und seine Abwesenheit war deutlicher zu spüren, als sie es je erwartet hätte. Nicht ein Wort. Gerade jetzt, wo sie ihn am meisten gebraucht hätte.

Sie nahm ihre Brille ab und rieb sich mit Daumen und Zeigefinger über den Nasenrücken. »Ich nehme an, die meisten von euch haben die Zeitungen gesehen. Viele von euch haben vermutlich auch den Ermittler Boyd getroffen oder sogar mit ihm gesprochen. Und ihr habt bestimmt auch ein paar der Gerüchte gehört«, fuhr sie fort. »Gerüchte sind immer schlecht, deshalb hier die Tatsachen. Bis eine Untersuchung bezüglich, ähm, diverser Vorwürfe und Anschuldigungen abgeschlossen ist, hat man uns per einstweiliger Verfügung de facto untersagt, unseren Betrieb weiterzuführen.«

Ein Murmeln erhob sich in der Halle. »Ja, ich weiß, und es tut mir leid. Diese einstweilige Verfügung ist reichlich vage, was den genauen Umfang der untersagten Tätigkeiten betrifft, aber wir müssen wohl davon ausgehen, daß das Verbot unsere gesamte Arbeit mit den jungen Menschen da oben umfaßt.« Sie blickte zur Decke.

»Nun, was das für die Zukunft dieser Klinik bedeutet, weiß ich schlicht nicht«, fuhr sie zögernd fort. »Ich kann euch auch nicht sagen, wie lange dieser Zustand andauern wird. Ich weiß nicht einmal, ob wir je wieder da weitermachen können, wo wir aufgehört haben. Ich weiß nicht, welchen Rat ich euch geben soll.« Sie schlug die Augen nieder. »Im Grunde weiß ich eigentlich gar nicht, was ich euch sagen soll.«

In der Lobby herrschte angespanntes Schweigen. »Aber warum?« rief schließlich irgend jemand. Es war einer der Studenten. »Warum geschieht das?«

»Nun, unsere Arbeit ist ungewöhnlich. Möglicherweise sogar umstritten. Und mit den Zweifeln kommt der Argwohn. Was wir hier tun, hat manche Menschen von Anfang an argwöhnisch gemacht. Und einige dieser Menschen haben die Macht, Einfluß auf die Behörden auszuüben.«

»Werden Sie es tun?« fragte ein anderer mit trotziger Stimme. »Werden Sie wirklich mit allem aufhören?«

»Das scheint mir die logische Konsequenz dieser einstweiligen Verfügung zu sein.« Sie blickte in die Runde, die fassungslosen Mienen, die ängstlichen Blicke. »Entscheidend ist«, fuhr sie fort und atmete tief ein, »daß sich nun alle, jeder einzelne, um sich selbst kümmern müssen. Ihre Hauptsorge muß jetzt Ihrer eigenen Karriere gelten, Ihrem Lebensunterhalt und Ihrer Zukunft.«

»Aber was wird mit Ihnen passieren? Mit den Patienten, mit all den Kindern?«

»Ich weiß es nicht.« Sie seufzte. »Einige bleiben hier, andere werden vermutlich verlegt – das müssen die Familien entscheiden. Ich werde mich mit ihnen in Verbindung setzen und die Situation erklären. Und wir können keine Neuaufnahmen mehr akzeptieren. Soviel scheint klar zu sein.«

»Aber was ist mit dem englischen Mädchen? Heywood?« Es war die Empfangssekretärin, die den Kopf durch die Glasschiebetür steckte.

»Ich werde mit ihren Eltern sprechen«, sagte Elizabeth. »Sie wollten nicht vor nächster Woche kommen.«

»Doch, doch«, sagte die Empfangssekretärin. »Sie haben ein

Fax geschickt. Gestern. An Mr. Kern. Ich habe es auf seinen Schreibtisch gelegt.«

Elizabeth starrte sie zwei Sekunden lang an und marschierte dann, gefolgt von der Empfangssekretärin, in Lewis' Büro. Die anderen in der Halle murmelten leise miteinander oder standen schweigend und gedankenverloren da.

Sehr geehrter Mr. Kern,
Bezug nehmend auf mein letztes Fax möchte ich nur kurz mitteilen, daß sich eine Möglichkeit ergeben hat, unsere Pläne ein paar Tage vorzuziehen. Deswegen werden wir morgen, am 16., um 17 Uhr Greenwichzeit in Großbritannien starten und gegen 19 Uhr Eastern Standard Time auf dem Flughafen von Norfolk landen. Ich habe Vorkehrungen für den Weitertransport getroffen, der gegen 22 Uhr Ihrer Zeit bei Ihnen eintreffen sollte. Wenn ich nichts weiter von Ihnen höre, gehe ich davon aus, daß Sie mit diesem Plan einverstanden sind. Ich werde Sie morgen auf jeden Fall noch einmal anrufen, um die genaue Abflugzeit zu bestätigen und die geschätzte Ankunftszeit durchzugeben.

Mit den besten Wünschen
Jack Heywood

PS: Dr. Chases Brief aus der vergangenen Woche hat uns bei unserer Entscheidung sehr geholfen. Ihre erfrischende Offenheit wie auch ihre leidenschaftliche Hingabe an ihre Arbeit haben uns überzeugt. Bitte sagen Sie ihr, daß wir uns sehr darauf freuen, das Fernglas gemeinsam umzudrehen.

* * *

Jack schlug den Kragen seiner Jacke hoch, wischte den Regen vom Glas seiner Armbanduhr und drehte sich zum zwanzigsten Mal zu dem etwa fünfzig Meter hinter ihm liegenden offenen Tor um. Nichts. Direkt neben dem Tor saßen Ben und Janet teilnahmslos wartend hinter der beschlagenen Windschutzscheibe des Wagens, das Gepäck im Kofferraum bereit. Das Tor war dank einer Sondervereinbarung weit für sie geöffnet worden. Daneben stand ein älterer Wachmann mit einer kleinen Regenschutzhülle aus Plastik über der Schirmmütze, den Kopf zwischen die Schultern seines Jacketts gezogen. Er klopfte demonstrativ auf seine Armbanduhr und breitete die Hände zu einem übertriebenen Schulterzucken in Jacks Richtung aus. Jack ignorierte ihn und wandte sich wieder dem anschwellenden Dröhnen der Düsentriebwerke zu.

Der Pilot der Gulfstream hatte die Drehzahl ein wenig erhöht und beschrieb mit der schlanken Nase des Flugzeugs eine langsame Kurve. Jack reckte beide Arme hoch, und der Pilot gab ihm durch das einmalige Aufblenden der Landelichter das Zeichen, daß er ihn gesehen hatte. Zögernd ließ er die Maschine auf ihn zurollen, wobei das vordere Triebwerk in den tiefer werdenden Pfützen auf dem Asphalt winzige Wellen aufwirbelte. Eine Minute später gab Jack dem Piloten mit gekreuzten Fäusten das Signal zum Stopp, die Nase neigte sich, die Bremsen wurden angezogen, und das Heulen der Motoren erstarb. Er blickte erneut auf die Uhr. Fünfundzwanzig Minuten hinter dem Fahrplan.

Er duckte sich unter den Flügel, schob die Bremsklötze in Position und rannte zur Kabinentür und die Gangway hinauf, sobald sie hinabgelassen worden war.

Die Piloten saßen noch auf ihren Sitzen und beendeten ihre Checks. Er wartete, bis sie ihre Listen abgehakt hatten, während er durch die ovalen Kabinenfenster immer wieder zu dem offenen Sicherheitstor blickte. »Jack Heywood.« Er streckte die Hand aus. »Das ist wirklich unglaublich freundlich von Ihnen.«

Sie stellten sich vor. »Wir können hier auf keinen Fall lange rumhängen«, sagte der Kopilot, ein junger Mann mit knabenhaftem Gesicht und makellos sitzender Uniform. Er füllte mit kaum verhohlenem Mißfallen das Formular für die absolvierten Flugstunden aus.

»Gateskill hat mir erzählt, daß Sie bei der Luftwaffe Sieben-Dreier geflogen haben«, sagte sein Kapitän freundlich, ein blonder Mann mit rundem Gesicht und etwa in Jacks Alter. Er hatte sich auf seinem Sitz halb umgedreht, eine Hand auf der Instrumententafel, den Kopfhörer locker um den Hals.

»Hm, ja, das ist richtig. Ich bin nach der Pilotenausbildung abkommandiert worden.«

»Perth?«

»Hamble.«

»Ach ja?« fragte der Kapitän interessiert. Sie hätten ebensogut Fußballresultate erörtern können. »In welchem Jahr? Ich war auch in Hamble.«

Jack sah sich um, seine Nerven zum Zerreißen gespannt. Über seinem Kopf trommelte der Regen auf den gewölbten Rumpf des Flugzeugs, und durchs Fenster sah er, wie launische Böen das auf der Rollbahn stehende Wasser kräuselten und die Maschine sanft auf ihrem Fahrwerk hin und her wiegen ließen. Sie waren mittlerweile fünfunddreißig Minuten hinter dem Plan, und er hatte seit einer Stunde nichts mehr von Alison gehört. Irgend etwas mußte schiefgelaufen sein.

»Ähm, einundachtzig bis zweiundachtzig, nein dreiundachtzig, meine ich.«

Der Kopilot blickte auf seine Uhr und nahm einen letzten Eintrag in dem Formular vor. »Tut mir leid, Donald«, sagte er zu seinem Kapitän und hielt ihm das Klemmbrett hin. »Ich glaube, wir kommen hier langsam wirklich in Schwierigkeiten.«

Der Kapitän warf einen Blick auf das Formular und reichte es seinem Kopiloten zurück. »Simon, mein Junge, ich sag dir was«, meinte er freundlich, »warum verpißt du dich nicht wieder in die Kabine. Überprüfe noch mal, ob alles bereit ist für unsere Gäste. Achte darauf, daß die Toiletten sauber sind, und räum ein bißchen auf, wenn du gerade dabei bist. Und dann siehst du zu, ob du für mich und Captain Heywood hier eine Tasse Kaffee auftreiben kannst.«

Zwanzig Minuten später kniete sich Jack neben Bens Sitz und zog den Sicherheitsgurt fest. »Du hast großes Glück«, sagte er leise. »Dieses Flugzeug gehört einem Prinzen.«

»Ich weiß«, erwiderte Ben aufgeregt. »Der Kapitän hat es mir erzählt.«

Er fuhr mit der Hand durch das Haar seines Sohns. »Sei schön brav, ja? Tu immer, was Mummy sagt, und paß auf Granny auf, okay?«

Ben nickte. »Wann kommst du?«

»Sobald ich kann.«

»Ehrenwort?«

»Ehrenwort.«

Tränen brannten in seinen Augen. Er zog den Kopf des Jungen unvermittelt an sich und küßte ihn fest auf die Stirn. Dann drehte er sich rasch zu der Trage hinter ihm um. Zwei Krankenschwestern saßen daneben. »Ihr geht es gut«, sagte eine von ihnen lächelnd. »Machen Sie sich keine Sorgen, wir passen auf sie auf.«

Er beugte sich über die Trage und strich mit dem Handrücken sanft über Frankies Wange. »Auf Wiedersehen, mein Schätzchen«, murmelte er ihr ins Ohr. »Bis bald.«

Er umarmte Janet, während die Triebwerke vor ihrem Fenster aufheulten.

»Gibt es hier auch eine Bar?« fragte sie.

»In einem arabischen Privatflugzeug?« Er grinste und klopfte auf ihr Knie. »Keine Sorge, man wird sich gut um dich kümmern.«

Dann ging er nach vorn. Alison stand auf der obersten Stufe der Gangway und kramte in ihrer Tasche. Durch die offene Tür fiel Regen in die Kabine; dahinter trieb eine dichte graue Nebelbank vor dem mittlerweile fast dunklen Himmel vorbei.

»Hast du alles?«

»Weiß der Kuckuck.« Sie zwang sich zu einem Grinsen. »Ich glaub schon.«

»Ruf mich von Norfolk aus an, wenn du kannst.«

Sie nickte. »Rufst du die Klinik an, um ihnen zu sagen, daß wir gut weggekommen sind?« Ein zweites Triebwerk wurde dröhnend angelassen.

»Sobald ihr in der Luft seid, werde ich mich um alles kümmern.«

»Also gut.«

Plötzlich umarmten sie sich. Er schlang seine Arme um sie und drückte sie fest an sich. Sie vergrub ihr Gesicht an seinem Hals. »Mach nicht zu lange hier«, flüsterte sie unter Tränen. »Wir brauchen dich.«

»Ehe du dich versiehst, bin ich schon da.« Er schloß die Augen und klammerte sich fast verbissen an sie. »Ich liebe dich.«

Sie küßte seinen Hals. »Ich weiß.«

Er stand am Rand der Rollbahn und beobachtete, wie die Maschine ihre Startposition einnahm. Regen prasselte auf seinen unbedeckten Kopf und lief unbemerkt seinen Nacken hinunter. Es war fast stockfinster, und in der Ferne blinkte das Positionslicht am Heck des Flugzeugs.

Wenig später wurden auch die weißen Blinklichter an den Flügelspitzen eingeschaltet, und die Gulfstream drehte sich in Richtung Rollbahn. Beim Hochfahren der Turbinen gab es ein ohrenbetäubendes Dröhnen. Kurz darauf wurden die Bremsen gelöst. Die Maschine setzte sich in Bewegung und beschleunigte rasch.

Er sah ihr nach, während sie steil aufstieg, in Schräglage ging und in einer sanften Kurve auf den helleren Horizont im Westen zuflog. Dann ging er langsam über den mit Pfützen übersäten Asphalt zu seinem Büro.

11. KAPITEL

»Danke, Dick, ja, ich stehe hier vor dem Eingang des Perlman Institute, einer ehemaligen Abtreibungsklinik, die heute morgen Schauplatz einer Demonstration einer hiesigen Menschenrechts-Aktivistengruppe namens Unheard Voice ist. Sie protestieren gegen Experimente, die in der Klinik, die sich auf Behandlung junger Komapatienten spezialisiert hat, angeblich durchgeführt werden.«

Die Kamera fuhr vom tiefgebräunten Gesicht des blonden Reporters zurück. Hinter ihm hielt eine kleine Gruppe von etwa sechs Personen Plakate hoch und marschierte vor der Treppe zum Haupteingang stumm im Kreis.

Janet beugte sich auf der Bettkante vor. »Alison«, rief sie und tastete nach ihrer Brille. »Alison, schnell! Die Klinik, sie ist im Fernsehen.« Alison kam im Bademantel aus der Dusche. »Was ist los?« fragte sie und rubbelte sich die Haare mit einem Handtuch ab, während sie sich zwischen Janet und Ben aufs Bett setzte.

»Das ist Dr. Chase«, sagte Ben und zeigte auf den Bildschirm.

Sie stand reglos neben dem Reporter, den Kopf gesenkt, die Augen hinter einer Brille verborgen, und starrte mit grimmiger Miene auf die Menschen vor ihr. Auf der anderen Seite des Reporters stand eine große, dunkelhaarige Frau in einem zitronengelben Hosenanzug, die sich halb abgewandt hatte und zu den Demonstranten hinüberblickte.

»Neben mir stehen die Gründerin und medizinische Leiterin der Klinik, Dr. Elizabeth Chase, und Mrs. Floyd Beamon von

Unheard Voice. Ähm, Mrs. Beamon, wenn ich zuerst Sie fragen dürfte, könnten Sie uns vielleicht sagen, was der Zweck der heutigen Demonstration ist?«

Die Frau beugte sich eifrig zum Mikrofon. »Ja, Bob. Wir sind hierher gekommen, um unsere Stimme im Namen der jungen Menschen zu erheben, die in diesem Gebäude unvorstellbare Schmerzen und Demütigungen erleiden müssen«, sagte sie mit schriller Stimme. »Hinter diesen Türen werden bewußtlose Kinder obszönen und unmoralischen Experimenten unterzogen. So werden sie unter anderem mit Stromstößen, halluzinogenen Drogen und Hypnose behandelt. Wir als besorgte christliche Eltern, die sich für das Recht auf Leben aussprechen, sind hier, um die Aufmerksamkeit auf die Menschenrechtsverstöße zu lenken, die in diesem Haus der Schande geschehen, und um erneut für das Leben der stummen Opfer zu bitten.«

»Menschenrechtsverstöße, Dr. Chase?«

»Im Gegenteil, wir glauben an das Recht auf Leben«, sagte Elizabeth mit dünner Stimme. Sie zuckte zusammen, als der Reporter ihr das Mikrofon dichter unter die Nase hielt und damit ihr halbes Gesicht verdeckte. »Darum geht es doch gerade bei allem, was wir tun. Wir versuchen, bewußtlose Menschen aufzuwecken, die ansonsten möglicherweise dazu verurteilt wären, den Rest ihres Lebens gefangen in sich selbst zu verbringen oder, schlimmer noch, hilflos darauf zu warten, daß ihre lebenerhaltenden Maschinen abgeschaltet werden …«

»Fragen Sie sie nach dem jungen Willis«, unterbrach die Frau sie.

»Ähm, ja, in der Tat.«

»… vielleicht ihre Umgebung oder Außenwelt wahrnehmen können, ohne in der Lage zu sein, sie zu erreichen oder mit ihr Kontakt aufzunehmen …« Elizabeths Stimme verlor sich, und sie wirkte hilflos.

»Das arme Ding«, sagte Janet und starrte auf den Bildschirm, wo in einer riesigen Staubwolke im Hintergrund ein Wagen hielt. »Und was diese andere Frau betrifft, entsetzlich, guck dir bloß diese Schuhe an.« Alison beugte sich vor und kaute nachdenklich auf ihrer Unterlippe.

»Der republikanische Kongreßabgeordnete John Willis hat Anzeige wegen Tötung seines Sohnes erstattet und drängt die Staatsanwaltschaft zu einer Anklageerhebung ...«

»Da ist Dad.«

»... nachdem sein Sohn Robert während der Behandlung unter tragischen Umständen ums Leben gekommen ist.«

»... in einem obszönen nächtlichen Ritual mit Stromstößen zu Tode gefoltert, wie wir gehört haben.«

»... ein tragischer Fall von Herzversagen. Alle unsere Experimente werden zunächst ausführlich an uns selbst getestet.«

»Dad. Guckt mal, das ist Dad, der da aus dem Auto steigt!«

»... erneut unsere Verantwortung, diesem unmoralischen Treiben ein Ende zu setzen und dieses verabscheuungswürdige Haus der Schande ein für allemal zu schließen.«

»Was um alles in der Welt macht er denn da? Er sollte doch zuerst ins Hotel kommen.« Sie sahen, wie der Taxifahrer das Gepäck vor Jacks Füßen abstellte, wieder in den Wagen stieg und davonraste. Hastig griff Alison nach dem Telefon.

* * *

Jack klopfte das Revers seines Jacketts ab und sah sich in dem braunen Nebel des aufgewirbelten Staubs um. Überall schienen Leute zu sein. Hinter ihm vor dem Haupteingang marschierte eine Gruppe von Demonstranten mit Plakaten im Kreis. Ein Stück weiter entfernt führte ein Fernsehteam neben einem riesigen Übertragungswagen mit einer langen Teleskopantenne Interviews. Gewundene Rollen von Elektrokabel schlängelten sich aus dem Truck über die Einfahrt und die Treppe der Klinik hinauf. Kameramänner, Tontechniker, gestreßte Mädchen mit Clipboards und Sonnenreflektoren, Demonstranten, Schaulustige und Passanten liefen kreuz und quer. Laboranten in weißen Kitteln standen oder hockten vor der Eingangstür und beobachteten das Treiben. Durch die Glastüren und Fenster am Eingang spähten weitere Menschen nach draußen. Benommen und übernächtigt fragte sich Jack, ob er am richtigen Ort war: Er hatte das Gefühl, auf ein Filmset gestolpert zu sein. Ein wenig abseits lehnte ein Mann an einem grünen Chevrolet und betrachtete mit verschränkten Armen stumm das Geschehen. Er blickte kurz zu ihm herüber. Jack sah sich suchend um. Neben der Eingangstür war ein kleines Messingschild angebracht. Vorsichtig kletterte er über die Fernsehkabel, nahm sein Gepäck und stieg müde die Treppe hinauf, als die Türen des Gebäudes aufgingen und eine Frau ihren Kopf herausstreckte.

»Mr. Heywood? Mr. Jack Heywood?«

Er blickte zu ihr hoch. »Richtig.«

Sie eilte ihm entgegen und nahm ihm eine seiner Taschen ab. »Es tut mir schrecklich leid, wir haben Sie erst später erwartet. Ihre Frau ist am Telefon.«

Verwirrt folgte er ihr durch die Tür in die Lobby, die nach der Hitze und dem Durcheinander draußen angenehm kühl und still war. Die Frau führte ihn zu einem Telefon. »Hallo, Alison?«

»Jack, du hast es geschafft! Alles in Ordnung? Wir haben dich im Fernsehen gesehen.«

»Ja, mir geht es gut, ich bin nur ein bißchen müde. Ich hab eine höllische Woche hinter mir, und sämtliche Flüge waren ausgebucht, aber sonst ist alles okay. Was ist hier eigentlich los?«

»Weiß der Himmel. Wahrscheinlich läßt du es dir am besten von Lizzie selbst erklären. Ist sie da?«

»Lizzie?«

»Dr. Chase. Paß auf, Jack. Ich bin im Hotel. Warte dort, ich komme sofort rüber und hol dich ab.«

»Was ist mit Frankies Therapiesitzung? Deswegen bin ich direkt hierhergekommen. Hab ich sie verpaßt?«

»Nein, wir haben sie auf eine spätere Uhrzeit verschoben. Wir hätten nicht ohne dich angefangen.«

»Oh, gut. Dann warte ich hier auf dich.« Er sah sich in der Lobby um. »Bis gleich.«

»Ich mach, so schnell ich kann. Jack?«

»Hm?«

»Ich bin sehr froh, daß du da bist.«

Die Empfangssekretärin zeigte ihm einen Waschraum, kochte ihm Kaffee und forderte ihn auf, in einem der Sessel beim Eingang Platz zu nehmen. Ein paar Minuten später hastete eine schmächtige, blonde Frau mit Brille durch die Tür. Unter einem weißen Laborkittel trug sie eine zerknitterte Baumwollhose und eine karierte Bluse. Jack sah, wie sie mit der Empfangssekretärin sprach und dann unverzüglich auf ihn zueilte.

»Mr. Heywood?« Sie streckte ihm eine Hand entgegen und ließ mit der anderen ihre Brille in einer Tasche ihres Kittels verschwinden. Sie lächelte freundlich, doch ihre Augen wirkten müde und sorgenvoll und musterten ihn nervös. »Ich bin Lizzie Chase. Das alles tut mir sehr leid. Bitte, kommen Sie mit nach oben. Sie wollen bestimmt Frankie sehen.«

Sie ging durch die Lobby zur Treppe voraus.

»Was hat das alles zu bedeuten?« fragte er und wies in Richtung Eingang.

»Wir scheinen im Moment gerade ein paar negative Schlagzeilen zu machen. Ich verstehe es auch nicht ganz. Normalerweise kümmert sich mein Partner Lewis um die Medien und so was, ich bin nicht besonders gut darin…« Sie zögerte.

»O ja, Mr. Kern. Ich habe ein paar Unterlagen für ihn, und es gibt ein oder zwei vertragliche Fragen, die ich gern mit ihm besprechen würde, wenn sich die Gelegenheit ergibt. Ist er da?«

»Ähm, im Augenblick nicht.« Am Fuß der Treppe blieb sie plötzlich stehen, schlug eine Hand vor den Mund und wandte das Gesicht zur Wand.

»Dr. Chase?« fragte er unsicher.

Sie sagte nichts, sondern hielt den Kopf gesenkt. Dann nickte sie. »Tut mir leid«, flüsterte sie. Sie drehte sich zu ihm um, ihr Gesicht war blaß und ausgezehrt, mit dunklen Ringen unter den Augen. »Tut mir schrecklich leid«, wiederholte sie. »Ich bin wohl nur ein bißchen müde.« Sie holte ein Taschentuch hervor und putzte sich hastig die Nase.

»Ich weiß genau, wie Sie sich fühlen«, sagte Jack unsicher. »Kann ich, ähm, irgendwas für Sie tun? Ihnen ein Glas Wasser holen oder so?«

Sie schüttelte den Kopf. »Danke, mir geht es gut. Wirklich. Es ist bloß … in den letzten paar Wochen sind mir die Dinge ein wenig über den Kopf gewachsen. Es hat einige Entwicklungen gegeben, ich werde Ihnen so bald wie möglich alles erklären.« Sie sah ihn an und riß besorgt die Augen auf. »Machen Sie sich bitte keine Gedanken um Frankies Wohlbefinden. Sie wird bei uns sehr gut versorgt.«

»Okay«, sagte er schlicht. »Sie sind Ärztin.«

»Der ganze Aufruhr draußen tut mir auch schrecklich leid.« Sie blickte zur Eingangstür. »Ich hätte mir etwas anderes für Sie gewünscht, so machen wir das normalerweise nicht.«

Jack verspürte ein leichtes Unbehagen. Dr. Chase war ein Nervenbündel, ihr Partner war nirgends zu sehen, und vor der Tür standen Demonstranten und Kameras. Eine unheilvolle Ahnung beschlich ihn. Die ganze Reise, alle Vorkehrungen, die Verlegung von Frankie, die Schließung des Hauses, der Verkauf von Heywood-Knight, all das könnte ein schrecklicher Fehler gewesen sein. Er schluckte. »Kein Problem.«

»Danke.« Sie lächelte schwach und hielt ihm erneut die Hand hin. »Bitte, nennen Sie mich Lizzie.«

»Jack.«

Sie schüttelten sich noch einmal die Hände. »Möchten Sie sie jetzt sehen?«

»Sehr gern.« Er folgte ihr in den ersten Stock und einen Flur entlang zu zwei Doppeltüren.

»Jack, das Ganze mag Ihnen möglicherweise ein wenig seltsam vorkommen«, sagte sie, eine Hand auf der Klinke. »Aber lassen Sie sich bitte nicht beunruhigen, wir kümmern uns bestmöglich um sie.«

Frankie lag flach auf einem OP-Bett, das auf eine Höhe von etwa einen Meter zwanzig hochgefahren worden war, damit die beiden Techniker, die ihren ganzen Körper systematisch mit einem Netz von Elektroden bedeckten, in bequemer Haltung arbeiten konnten. Als Jack den Raum betrat, waren sie eben damit beschäftigt, Elektrodenbündel auf ihren kahlrasierten Schädel zu applizieren.

»Wir machen Frankie gerade für die Abendsitzung fertig«, fuhr Elizabeth fort. »Wie Sie sich sicher vorstellen können, ist es ein sehr langwieriger Prozeß, alles anzuschließen und zu testen.«

Jack nickte mit leerem Blick. Seine Tochter sah winzig aus, und vor den starren, schwarzen Polstern wirkte ihr schmächtiger, blasser Körper zerbrechlich. Mit dem kahlen Kopf schien sie noch jünger, genau wie sie als Baby ausgesehen hatte. Er folgte Elizabeth zu dem Bett.

Die Techniker lächelten, als Elizabeth ihn vorstellte, und schüttelten ihm höflich die Hand, bevor sie sich wieder ihrer Arbeit zuwandten. Im Hintergrund spielte leise Popmusik aus zwei Wandlautsprechern. Jack meinte, eine von Frankies Kassetten zu erkennen.

»In der vergangenen Woche haben wir sie beobachtet und zunehmend gründlichere und spezialisiertere Untersuchungen durchgeführt, um ein möglichst exaktes physisches Profil und auch ein Verständnis für die Dimensionen ihrer Bewußtlosigkeit zu entwickeln.«

»Dimensionen?« fragte Jack, bemüht, sich zu konzentrieren. Mit trockenem Mund beugte er sich mit Elizabeth über Klammern, Drähte und Klebebänder. Mit der Hand fuhr er sich über seinen Zweitagebart und rieb sich die Müdigkeit aus den Augen. Das alles erschien ihm wie ein bizarrer Traum. Eine Woche voller hektischer Sitzungen und Telefonate mit Bankdirektoren, Buchhaltern und Anwälten. Zwölf Stunden auf überfüllten Flughäfen mit streikendem Bodenpersonal, verspäteten Abflügen und dann nervenerschütternden Turbulenzen über dem Atlantik. Vor dem Flughafen in Norfolk in außergewöhnlich schwülheißem Herbstwetter eine weitere Stunde Schlangestehen am Taxistand und dann zwei alptraumhafte Stunden ausgeliefert den mehr als fragwürdigen Fahrkünsten eines des Englischen nicht mächtigen und selbstmörderisch unkonzentrierten Puertoricaners namens Erno. Und als er diese Tortur schließlich erschüttert überstanden hatte, fand er sich inmitten öffentlicher Unruhen und einem live vom Fernsehen übertragenen Chaos wieder, um wenig später erschöpft, verschwitzt und schmuddelig in einem sauberen, stillen, klimatisierten Raum zu stehen, in dem zwei vollkommen Fremde den nackten Körper seiner Tochter von oben bis unten mit Elektroden beklebten.

»Genau, wir haben enzephalographische Programme entwickelt, die es uns erlauben, sehr viel genauer, klarer und detaillierter hinzuschauen, als es mit konventionellen CTs und EEGs möglich ist. Sie versetzen uns in die Lage, ein sehr exaktes dreidimensionales Echtzeitmodell von Frankies Gehirn zu konstruieren.« Ohne den Blick von Frankie zu wenden, ging sie langsam um das Bett herum und streckte gelegentlich den Arm aus, um Frankies Arm oder Fuß zu berühren. »Sie hat wirklich prima mitgemacht.«

»Ah ja?« Er fuhr sich mit der Zunge über die Lippen und

wandte den Blick ab. *Menschen sind keine Versuchskaninchen* hatte auf einem der Demonstrantenplakate gestanden. Er sah sich um. Das einzige kleine Fenster war verrammelt, eine Wand wurde von einer großen, dunklen Scheibe eingenommen, hinter der sich vage Schatten bewegten. »Und was passiert als nächstes?«

»Nun, jetzt sind wir so weit, daß wir anfangen können.« Sie trat einen Schritt vor und strich mit den Fingerspitzen über Frankies Wange. »Rufen und horchen, die Hände nach ihr ausstrecken.« Die Techniker unterbrachen ihre Arbeit, traten einen Schritt zurück und warteten geduldig. »Sie ist perfekt«, sagte Elizabeth leise. »Wirklich wunderschön. Sie müssen sehr stolz darauf sein, daß sie sich so tapfer hält.«

Er räusperte sich. »Ja, also, ja, das sind wir ...«

Es klopfte an der Tür. Der Mann, der an dem Chevrolet gelehnt hatte, kam herein. »Die Empfangssekretärin hat uns hochgeschickt«, sagte er leichthin, während seine Augen zum Bett schossen. »Ich hoffe, das ist okay.« Elizabeth nickte unsicher. Der Mann lächelte Jack an. »Sie müssen Mr. Heywood sein. Besuch für Sie.« Die Tür wurde noch ein Stück weiter geöffnet, und im nächsten Moment war sie in seinen Armen.

»Gott sei Dank, daß du hier bist«, flüsterte Alison und drückte ihn an sich.

»Ich kann es selbst nicht glauben«, scherzte er und küßte sie auf die Stirn. »Alles in Ordnung mit dir?«

Sie nickte und sah ihn forschend an. »Und bei dir?«

»Jetzt geht es mir schon viel besser.« Er lächelte.

Boyd hüstelte. »Hast du einen Augenblick Zeit?« fragte er Elizabeth.

»Natürlich. Ähm, John, das sind Jack Heywood und seine Frau Alison aus England. Und das ist ihre Tochter Frankie.« Verlegen sah sie zu, wie er ihnen die Hand schüttelte. »John, ähm, arbeitet für das Büro des Staatsanwalts.«

»Hat mich gefreut, Sie beide kennenzulernen«, sagte Boyd höflich, bevor er sich wieder Elizabeth zuwandte. »Unten vielleicht?« fragte er und sah sie beschwörend an.

»Was in Gottes Namen glaubst du, was du tust?« fragte er leise. Sie waren in ihrem Büro. Draußen packte das Fernsehteam seine Ausrüstung ein, während die Demonstranten, die ihre Plakate mit geübter Präzision auf die Ladefläche eines Pick-up geladen hatten, sobald die Kameras abgeschaltet wurden, schon lange verschwunden waren.

»Ich werde sie behandeln, John«, sagte sie, den Blick gesenkt. »Das heißt, wenn sie es wollen.«

»Warum hast du mir dann erzählt, sie sei nur wegen diverser Tests hier?«

»Ich weiß nicht. Für den Fall, daß die einstweilige Verfügung zurückgenommen werden würde oder die Patientin sich als ungeeignet erweisen sollte. Um Zeit zu schinden, um… um…«

»Um mich loszuwerden.« Er stand mit niedergeschlagenem Blick in der Mitte des Raums. »Ich kann nicht zulassen, daß du es tust, das weißt du doch, oder?«

»Du kannst mich nicht aufhalten«, sagte sie trotzig. »Das ist nicht mehr deine Zuständigkeit.«

»Wie?«

Sie lehnte sich an ihren Schreibtisch und umklammerte die Kante mit beiden Händen.

»Amerikanische Bürger, weißt du nicht mehr? Du hast gesagt, das amerikanische Gesetz würde dem Schutz amerikanischer Bürger dienen. Das hat mich ins Grübeln gebracht.« Sie sah ihn noch immer nicht an. »Sie sind Ausländer. Das ist etwas anderes. Das macht die ganze Sache sehr viel komplizierter. Ich habe es nachgeprüft.«

»Das ist Unsinn, Lizzie. Das ist eine reine Formalie, das mußt du doch wissen.«

»Außerdem werde ich ihnen für die Behandlung kein Honorar berechnen.«

»Das sind reine Formalitäten«, wiederholte er. »Verzögerungstaktik. Damit kommst du nicht durch. Früher oder später werden sie dich daran hindern. Sie können dir den Zutritt zum Gebäude verwehren, sie können dich sogar ins Gefängnis stecken. Sie werden das Notwendige tun. Im äußersten Fall werden sie Zwangsmaßnahmen ergreifen müssen.«

»Wer?«

Er wandte den Blick ab. »Wir.«

»Ich weiß«, sagte sie leise. »Aber damit gewinne ich Zeit.«

»Zeit wofür?« flehte er sie an. »Was ist denn so verdammt wichtig?«

Schließlich hob sie den Blick und sah ihn an. »Denkst du manchmal übers Sterben nach?«

»Was?«

»Darüber, wie es ist, was genau passiert. Nicht den körperlichen Teil, sondern was mit uns als Individuen geschieht, mit unserem bewußten Empfinden, unserer Seele, wenn du so willst, unserem Bewußtsein für uns selbst. Denkst du je darüber nach?«

Er schüttelte langsam den Kopf.

»Ich schon. Es ist der Ort, wo ich arbeite und seit den letzten fünf Jahren gearbeitet habe, irgendwo dort in der Dunkelheit an der Grenze zwischen bewußtloser Existenz und Vergessenheit. Hast du schon mal eine Vollnarkose bekommen, John?«

»Klar, als man mir die Weisheitszähne gezogen hat.«

»Und woran erinnerst du dich?«

»An nichts, an absolut gar nichts.«

»Genau, aber du warst doch nicht tot, oder? Träumst du nachts?«

Er atmete aus. »Hin und wieder, nicht oft.«

»Sicher tust du das, das tun wir alle, und zwar sehr oft. Nur das Ausmaß, in dem wir uns daran erinnern, ist sehr unterschiedlich. Bist du je bewußtlos geschlagen worden?« Sie stieß sich von dem Schreibtisch ab und begann im Zimmer auf und ab zu gehen.

»Ähm, ja, einmal, für ungefähr zehn Minuten. Bei einem Footballspiel auf dem College bin ich mit einem Zweizentner-Quarterback zusammengestoßen.«

»Und woran erinnerst du dich?«

»An gar nichts. Na ja, an Fetzen, unterbrochen von Phasen des Nichts. Lizzie, ich –«

»Das ist gut. Hattest du je eine todesnahe Erfahrung?«

»Klar, jeden Tag auf der Autobahn.« Er lächelte dümmlich. Sie blieb stehen, und ihre Augen brannten sich in seine wie glühende Kohlen. »Wohl nicht.«

Sie zeigte zur Decke. »Frankie Heywood schon. Sie hat in diesem Moment eine. Alle diese Kinder, die ich behandelt habe, hatten eine. Hattest du je einen Tagtraum?«

Er schluckte, und sein Blick folgte ihr, als sie aufs neue begann, vor ihm hin und her zu laufen. »Natürlich.«

Das Telefon auf ihrem Schreibtisch klingelte, aber sie beachtete es nicht.

»Natürlich, wir alle haben Tagträume, und das ist genau der Punkt. Bewußtlosigkeit ist wie eine Rolltreppe. Die oberste Stufe ist – sagen wir – Tagträumen, eine genuine Form der Bewußtlosigkeit, aber die mildeste Art, ein kurzer Wachtraum. Als nächstes kommt das kurze Nickerchen, ein ganz leichter Schlaf, der uns selbst noch bewußt ist, halb bewußt, halb unbewußt. Als nächstes kommt der klassische REM-Schlaf mit Traumphasen, den wir alle fast jede Nacht haben, obwohl wir uns häufig nicht daran erinnern können, und dann sind wir schon ein Stück die Rolltreppe hinunter. Danach kommt die Art kurze Bewußtlosigkeit, aus der man rasch wieder erwacht, wie du bei deinem Footballspiel, dann Tiefschlaf, dann die tiefere Bewußtlosigkeit, in die man nach einer Vollnarkose oder bei schwereren Verletzungen fällt, und dann die ganz tiefe Bewußtlosigkeit, die die Kinder oben erleben.«

»Okay«, sagte er geduldig. »Es gibt also verschiedene Ebenen der Bewußtlosigkeit, na und?«

»Ich kann bis zu den tiefsten Ebenen vordringen, jenes winzige Flackern von Bewußtsein finden, das wir unser ›Selbst‹ nennen, es isolieren und eine künstliche Umgebung schaffen, die es ihm erlaubt, unabhängig zu existieren und vielleicht irgendwann sogar mit uns zu interagieren.«

Er wirkte zunehmend verwirrt. »Wie bitte?«

»Na ja, beinahe jedenfalls.« Elizabeth hielt in Gedanken versunken inne. Die Fensterscheibe klirrte leise, als der letzte Übertragungswagen die Einfahrt hinunterholperte. »Die ganze Zeit«, fuhr sie fort, »wenn wir tagträumen, schlafen, unter Narkose stehen oder schwere Verletzungen erleiden, fahren wir mit der Rolltreppe abwärts. Je weiter wir nach unten fahren, desto isolierter sind wir und desto schwieriger wird es, wieder nach oben zu kommen. Ich habe fünf Jahre damit zugebracht, immer stärkere Techniken zu entwickeln, um Menschen zu helfen, die Treppe aus immer größeren Tiefen wieder hinaufzugehen. Vielleicht gibt es einen Punkt, eine Grenze, die man, wenn man sie mal überschritten hat, nicht wieder überwinden kann, aber das heißt nicht, daß wir aufhören zu existieren, wir …«, sie suchte nach Worten, »… wir bewegen uns nur auf einer vollkommen anderen Ebene von Bewußtsein.«

»Lizzie, es tut mir leid, aber ich fürchte, ich kann dir nicht mehr folgen. Natürlich weiß ich zu würdigen –«

»John«, sie trat rasch auf ihn zu und legte ihre Hand auf seine Schulter, ihr Gesicht nur Zentimeter von seinem entfernt. »John, das Unbewußte, der Geist, die Seele, nenn es, wie du willst, es lebt weiter, es existiert weiter, unbehindert und befreit, jedoch auf einer vollkommen anderen Ebene als alles, was wir je erlebt haben oder uns vorstellen können. Vielleicht gibt es sogar eine gemeinsame Existenz zusammen mit anderen, ich weiß es nicht genau. Ich bin so nahe daran, Kontakt zu dieser Ebene, zu diesem Bewußtseinsfeld herzustellen. Verstehst du denn nicht, wie wichtig das ist?«

* * *

Jack ließ den Kopf gegen die Nackenstütze sinken. »Was zum Teufel ist hier eigentlich los?« murmelte er erschöpft.

Alison bremste ab und sah ihn von der Seite an. Vor ihnen senkte sich eine Schranke, eine Warnglocke bimmelte. Wenig später ertönte das klagende Hupen eines endlosen Güterzuges, der langsam vorbeiratterte und ihnen in beide Richtungen die Sicht versperrte. »Ich weiß es nicht. Ich hatte gleich den Eindruck, daß irgendwas vorgeht. Das Personal wirkte zum Teil sehr, ich weiß nicht, nervös, und da waren noch eine oder zwei andere Sachen. Aber erst als ich heute morgen die Nachrichten gesehen habe, wußte ich, daß etwas Ernstes im Gange ist.«

Jack wandte den Kopf, um aus dem offenen Fenster zu blikken. Es war bedrückend eng und die Luft schwer und schwül. Er sah die Gleise mit dem scheinbar endlosen Band des Zuges, das etwa eine halbe Meile entfernt zittrig aus der flimmernden Hitze auftauchte. »Was ist mit diesem – wie heißt er noch – Kern? Ist das Finanzielle geregelt?«

»Ich hab ihn noch gar nicht gesehen. Nicht ein einziges Mal. Und seit unserer Ankunft hat auch niemand etwas von Geld gesagt.«

Jack zuckte die Schultern. »Ich würde nicht darauf drängen. Wenn sie es nicht eilig haben, haben wir es ganz bestimmt auch nicht eilig.«

»Wenn ich darüber nachdenke, mußten wir bisher noch kein einziges Anmeldeformular oder einen Vertrag oder irgendwas unterschreiben. Seltsam.«

Endlich konnte man in der Ferne das Ende des Zuges sehen. »Was meinst du?« fragte Jack nach einer Weile.

»Ich weiß es einfach nicht. Es ist überhaupt nicht das, was ich erwartet habe. Trotzdem haben sie die erstaunlichsten Tests und Untersuchungen mit Frankie durchgeführt. Du solltest es sehen, Jack, sie sind so unglaublich konzentriert mit ihr. Aber gleichzeitig so sanft und einfühlsam. Vor allem Lizzie. Sie ist wirklich außergewöhnlich.«

Die Schranken gingen hoch. Alison startete den Wagen, ließ ihn behutsam über die Gleise holpern und bog gleich hinter dem Bahnübergang in eine breite Hauptstraße ein.

»Hm«, meinte Jack unverbindlich. »Und wie geht es Ben?«

»Weißt du, ich glaube, er macht wirklich Fortschritte. Er wirkt sehr engagiert und interessiert an allem, was passiert.« Sie zögerte. »Lizzie möchte ihn hypnotisieren.«

Jack hob den Kopf. »Was?«

»Psychoanalyse, um seiner Blockade, was immer es ist, auf den Grund zu gehen. Sie sagt, es könnte auch sehr wertvoll für die Vorbereitung von Frankies Therapie sein. Es könnte wichtig sein, von Ben zu erfahren, was bei dem Unfall passiert ist, verstehst du, was sie kurz vorher gesagt oder getan haben und dergleichen.« Sie sah ihn an. Er starrte mit nachdenklicher Miene durch die Scheibe.

»Gott, ich weiß nicht, es passiert alles so verdammt plötzlich.« Er wandte sich ihr zu. »Was hält Ben von der Idee?«

»Er ist dafür, er ist wirklich ziemlich entspannt und möchte es machen.«

Jack atmete langsam aus. »Ich glaub, ich brauch einen Drink.«

»Er kann es kaum erwarten, dich wiederzusehen.«

Ein Lächeln huschte über seine Lippen. »Ich auch nicht.«

»Und da ist noch etwas.«

»Hmm?«

Sie erwiderte sein Lächeln.

»Überraschung«, sagte sie und bog auf den Parkplatz des Hotels ein. »Du wirst schon sehen.«

Und er sah es wirklich. Als sie vor dem Hotel hielten, ging auf dem Balkon im ersten Stock eine Tür auf, und Ben stürmte die Treppe hinunter, um ihn zu begrüßen. Er trug blaue Shorts und ein großes weißes T-Shirt mit dem Logo des Perlman Institute.

»Dad! Wir haben dich im Fernsehen gesehen. Grandma meinte, das könnte nicht sein, der Mann wäre zu fett, um du zu sein, aber du warst es.« Jack ging in die Hocke, und Ben stürzte sich in seine Arme. »Ich bin so froh, daß du da bist«, sagte er und klammerte sich an Jacks Hals.

»Ich auch«, sagte der und küßte Ben auf den Kopf. Dann erstarrte er. Das Haar war dunkler geworden: Es war unverkennbar, zwar nur ein oder zwei Millimeter, aber unverkennbar. Die Wurzeln dunkelten nach. Jack starrte zu Alison hoch. Die Hände in die Hüften gestemmt, lächelte sie ihn mit hochgezogenen Brauen an. »Wann?« formten seine Lippen stumm.

»Zwei Tage«, hauchte sie.

Und es gab noch eine Überraschung. »Komm«, sagte sie und nahm seine Tasche. »Ich zeig dir unser Zimmer.«

* * *

Während er mit dem Fuß die Tür hinter ihnen zustieß, schlang sie bereits ihre Arme um seinen Hals, und ihr Mund suchte den seinen. Sie führte ihn zum Bett, zog ihm das Hemd vom Leib und die Schuhe von den Füßen, während er sich aufs Bett sinken ließ. »Ali, ich bin total verschwitzt«, protestierte er, als ihre Zunge an seiner Brust hinabglitt. Sie schüttelte den Kopf, und ihr Mund wanderte weiter zu den Härchen auf seinem Bauch, während ihre Finger in seine Hose glitten und ihn befreiten. Sofort schlossen sich ihre Lippen darum, ihre Zunge schnellte auf und ab, während sie ihn weiter mit einer Hand umfaßt hielt und gleichmäßig pumpte, bis er ganz hart war und sie spürte, wie der Druck in ihm gefährlich anschwoll wie ein auflodernes Feuer. Sie löste sich rasch von ihm, streifte den Slip unter ihrem Kleid ab, hockte sich rittlings auf ihn, faßte zwischen ihre Beine, schloß die Augen und beugte sich vor, um ihren Mund auf seinen zu pressen, während sie ihn rasch in sich einführte.

Später duschten sie und gingen wieder ins Bett, um sich noch einmal zu lieben. Langsam und zärtlich entdeckten sie verloren geglaubte Wonnen und längst vergessene Genüsse wieder. Sie lag mit geschlossenen Augen auf dem Rücken und seufzte leise, während er sie behutsam streichelte, mit seinen Lippen die feste Haut ihrer Brustwarzen reizte und ihr Knie anhob, um die satte, feuchte Wärme zwischen ihren Beinen zu schmecken. Dann kuschelte sie sich von hinten an ihn und erkundete seine Brust und seinen ganzen Körper, biß ihn zärtlich in Rücken, Schultern und Nacken und drückte ihr Becken, ein Bein über seinen Oberschenkel gelegt, so lange sanft an ihn, bis er es nicht mehr aushielt, sich ihr zuwandte und mit einem atemlosen Seufzer tief in sie eindrang.

Danach fiel er in einen tiefen Schlaf, und sie schlüpfte leise aus dem Bett. Später kam sie zurück und weckte ihn sanft. »Jack«, sagte sie und küßte ihn auf den Mund, »wir müssen jetzt aufstehen. Es ist Zeit.«

* * *

»Nun, guten Abend alle miteinander, ich hoffe, jeder hört und sieht gut.« Elizabeth stand neben dem Bett und blickte, eine Hand auf Frankies Arm gelegt, in den Raum. Sie trug einen schlichten, ärmellosen grünen OP-Kittel und flache Segeltuchschuhe. Jack spähte aus dem abgedunkelten Kontrollraum durch die Trennscheibe und rückte seinen Stuhl näher. Ben saß neben ihm und setzte fachmännisch seinen Kopfhörer auf. Daneben hockte Nathan und kaute nachdenklich auf seinem Kaugummi herum, seine braunen Augen spiegelten sich auf dem Bildschirm. Durch die Scheibe sah Jack Janet, die neben dem Monitor zur Überwachung der Vitalfunktionen saß und ernsthaft mit dem jungen Techniker mit dem Pferdeschwanz redete, den er auch schon getroffen hatte. Alison saß mit ausdruckslosem Gesicht am Fußende von Frankies Bett, neben ihr stand eine Krankenschwester. Er hob die Hand, um ihr zuzuwinken, doch sie beachtete ihn nicht.

»Sie kann dich nicht sehen, Dad«, sagte Ben und rückte Jacks Kopfhörer zurecht. »Es ist Einwegglas.«

»Ach so, ja.« Er rückte das Mikrofon vor seinen Mund. »Was ist denn das da auf Frankies Kopf?«

»Eine Datenbrille. Nathan hat alle Fotos und Videos und Kassetten und spezielle Grafiken einprogrammiert, damit sie es ihr vorspielen können, um zu sehen, ob sie eine Reaktion bekommen, richtig, Nathan?«

»Absolut«, murmelte Nathan, ohne den Blick vom Bildschirm zu wenden.

»Können Sie mich hören, Jack?« fragte Elizabeth und blickte zur Scheibe hoch.

»Laut und deutlich.«

»Nathan und Ben?«

»Check«, gab Ben sofort zurück.

»Vitalfunktionen?« Sie drehte sich zu Janet und Gardner um. Gardner nickte, Janet hielt einen Daumen hoch.

»Mein Gott, das ist ja wie bei einem verdammten Raketenstart«, murmelte Jack nervös. Auf der anderen Seite der Scheibe grinsten alle. Alison drohte ihm mit dem Finger.

»Ja, und wir können auch Sie laut und deutlich hören, Jack.« Elizabeth lächelte. »Also«, fuhr sie ohne Pause fort und wandte sich wieder dem Bett zu. »Wir alle kennen Frankie, natürlich. Sie hat in der letzten Woche sehr hart gearbeitet. Sie hat uns geholfen, Tests durchzuführen, uns von sich berichtet und uns eine ziemlich deutliche Vorstellung davon übermittelt, wie sie sich fühlt. Heute nachmittag haben wir ihr Netz angeschlossen und ihren Metabolismus ein wenig angeregt, denn heute abend wollen wir zum erstenmal ein paar präfigurierte Einleitungssequenzen in Verbindung mit einem breitangelegten Basisscanning nach Impulsausschlägen laufen lassen.«

Jack legte die Hand auf sein Mikrofon und wandte sich Nathan zu. »Bitte, was?«

»Wir werfen Kiesel ins Wasser und horchen auf ein Platschen.«

»Aber vorher möchte Frankie Ihnen etwas zeigen.« Unverzüglich tastete sie mit der Hand vorsichtig unter den Drähten auf Frankies Brust nach dem Beatmungsschlauch unterhalb ihres Halses und löste ihn mit einer raschen halben Drehung. Jack erstarrte. Frankie lag reglos da, ein leichenblasser Körper, gehüllt in ein Leintuch aus Drähten. Sekunden verstrichen. Sein verzweifelter Blick suchte den von Elizabeth. Sie stand, das Kinn in die Hand gestützt, mit nachdenklicher Miene am Kopfende des Bettes. Er sah Alison, die ängstlich zur Scheibe hoch und dann wieder zum Bett blickte. Plötzlich schlug sie die Hand vor den Mund.

»Es funktioniert ein bißchen wie ein Herzschrittmacher«, fuhr Elizabeth fort, während sie auf das stetige Auf und Ab des Brustkorbs starrte. »Mit ein klein wenig Hilfe von Gardner und dem Netz für die Vitalfunktionen senden wir minimale Impulse zu den Muskeln, die ihre Atmung kontrollieren. Aber es sind ganz ohne Zweifel ihre Muskeln, sie tut es selbst.« Jack drückte Bens Schulter. Alison strahlte, die Fäuste triumphierend geballt, zur Scheibe hoch. Bei dem Monitor für die Vitalfunktionen tupfte sich Janet abwechselnd die Augen und umarmte einen verdutzten Gardner.

Elizabeth beobachtete weiter Frankie, die Hände in die Hüfte gestemmt. »Das heißt, heute nachmittag um 15.35 Uhr hat uns die kleine Frankie Heywood zum erstenmal seit siebenundzwanzig Wochen gezeigt, daß sie ohne mechanische Hilfe atmen kann.«

»Schlaues Mädchen, deine Schwester«, murmelte Nathan Ben zu.

»Okay, Nate«, fuhr Elizabeth fort, »laß uns anfangen.«

* * *

Am Ende war es warm. Und dunkel. Und still. Keine Bewegung, keine Berührung, kein Geräusch, kein Geruch. Kein nah und fern, kein oben und unten. Überhaupt kein Gefühl, nur ein tiefes, behagliches, schwereloses schwarzes Nichts, das alles umhüllte wie eine undurchdringliche Decke.

Äonen verstrichen in einer Ewigkeit sich unendlich wiederholender Augenblicke. Das Nichts trieb weiter, drehte sich immer wieder langsam um die eigene Achse, tauchte tiefer und tiefer ins endlose Dunkel. Bewegung ohne Regung, Distanz ohne Dimension, ein zeitloses Verrinnen der Zeit.

Nach langer Zeit öffnete sich flüchtig ein Fenster der Rekoordination, ein fragmentarisches räumliches Bewußtsein, eine minimale, kaum wahrnehmbare Ausrichtung des Orientierungssinns wie das Zucken eines schlafenden Leviathan. Dann schloß sich der Augenblick wieder, und das Nichts trieb lautlos weiter.

Viel später erschien in weiter Ferne der zarte Hauch einer Tönung und kam langsam näher und näher, ein einzelner zarter Schimmer, der das unergründliche Schwarz durchdrang wie ein leise gesprochenes Wort die Stille. Langsam wuchs die entfernte Wolke, ein winziger am dunklen Horizont aufziehender Strudel aus Violetts, Blaus und Grüns, der nach und nach Form, Farbe und räumliche Dimension annahm. Glühende Ranken breiteten sich über das Nichts wie schwankende, schwebende Arme, die sich in einem endlos kreisenden Ballett aus Farbe und Form umeinander drehten.

Bald erfüllte die Wolke den ganzen Raum, eine strahlende, stumme Fanfare aus Licht und Bewegung. Dann begann sie langsam, sich zusammenzuziehen. Die Arme schlängelten sich zurück, die Farben verdichteten sich, das Licht wurde kleiner, aber intensiver, bis die gesamte Erscheinung zu einer einzigen glühenden Einheit verschmolz. Vergänglich, flackernd, aber leuchtend stand sie stumm am Firmament wie der Anfang eines neugeborenen Sterns.

12. KAPITEL

Fertig, *los!*« Jack schirmte die Augen mit der Hand ab und sah zu, wie Ben sich ein weiteres Mal in den Swimmingpool stürzte und begeistert auf die andere Seite zukraulte. Neben ihm zog Janet, das Haar unter einer rosafarbenen Badekappe versteckt, gesetzt ihre Bahnen, den Kopf erhoben und in ruhigen Zügen, die die Wasseroberfläche kaum kräuselten. »Seine Schwimmversuche machen wirklich große Fortschritte«, bemerkte Jack und ließ sich in seinen Liegestuhl zurücksinken.

Alison saß neben ihm und legte ihre Hand auf seinen Arm. »Ich meine mich zu erinnern, daß auch sein Vater ein ziemlich heldenhafter Schwimmer sein kann, wenn es sein muß.«

»Mein Gott, erinnere mich nicht daran«, stöhnte er. »Zweifelsohne der schlimmste Moment meines Lebens.«

Sie hob ihren Kopf von dem Kissen und sah ihn an, ihre Augen hinter einer Sonnenbrille verborgen. Sie trug einen weißen Badeanzug, und ihr warmer Körper glänzte unter einer frischen Schicht Sonnenöl. »Erzähl mir davon«, sagte sie. »Wir haben nie wirklich darüber gesprochen.«

Er dachte an den Abend zurück, an den wahnwitzigen Sprint über den Kiesstrand, den betäubenden Schock der Kälte, als er sich ins Wasser gestürzt hatte, die panisch strampelnde, blinde Suche, bevor die Leuchtrakete explodiert war. »Es war gar nicht so sehr das Hinausschwimmen, um ihn zu retten«, sagte er nachdenklich. »Das Schlimmste war, ihn endlich zu erreichen und ihn dann so vorzufinden. Er paddelte einfach aufs offene

Meer hinaus. Ein paar Minuten mehr, ein paar Minuten später...«

»Ich weiß«, sagte sie leise. »Der Gedanke ist unerträglich. Warum hat er das getan? Meinst du, es könnte etwas mit dem Besuch bei Susie Corning zu tun gehabt haben?«

»Schon möglich. Wer weiß? Die Therapeutin war offenbar der Ansicht, daß etwas Entscheidendes passiert sein muß, um eine derartige Reaktion auszulösen. Aber er hat nie offen darüber gesprochen. Oder es auch nur erwähnt.« Sein Blick wanderte zu Ben hinüber. »Als wäre das Ganze nie geschehen.«

»Lizzie ist hier«, flötete Janet aus dem Wasser.

Die Ärztin kam um den Pool herum auf sie zu und blieb kurz stehen, um Ben bei einem weiteren Kopfsprung zuzusehen, bevor sie sich einen Plastikstuhl heranzog und neben ihnen Platz nahm. Der Swimmingpool des Hotels war ruhig: Auf der Terrasse saßen nur zwei andere Familien auf der Durchreise, ein Vertreter mit einem Laptop, der sich ein frühes Mittagessen genehmigte, und ein älteres Paar unter einem Sonnenschirm. In der Luft hing ein schwacher Geruch von Dieselabgasen, Chlor und Sonnenöl, und das leise Rauschen des Verkehrs wurde immer wieder vom Lachen der spielenden Kinder übertönt.

»Ich hoffe, Sie sind hier gut untergebracht«, sagte Elizabeth und sah sich um. »Ich fürchte, das Tropicana Motel ist so ziemlich das Beste, was Dalmatia zu bieten hat.«

»Wir haben es sehr nett hier, danke«, sagte Alison. »Wie geht es ihr?«

»Gut, sie ruht sich aus. Ich bin gekommen, um Ihnen zu berichten, daß wir eine erste Analyse der gestrigen Sitzung beendet haben.«

»Haben wir ein Platschen bekommen?« fragte Jack und sah Lizzie gespannt an. Sie trug dieselben Kleider wie gestern und rieb sich mit einem Finger müde das Auge. Frankies Sitzung war erst weit nach Mitternacht beendet gewesen, und Jack vermutete, daß sie die ganze Nacht an den Ergebnissen gearbeitet hatte.

»Ah, Nathans Kieselsteine.« Sie lächelte. »Nun, kein Platschen, sondern eher das Echo eines Platschens.« Sie beugte sich vor und stützte ihre Ellbogen auf die Knie. »Die Sache ist die – ich bin zu Ihnen gekommen, um Ihnen zu sagen, daß die gestrige Sitzung zwei Dinge ergeben hat, auch wenn wir noch ganz am Anfang der Behandlung stehen. Erstens, die Resonanz, die wir bekommen haben, die Impulsausschläge deuten darauf hin, daß sie noch dort drinnen ist. Da bin ich mir absolut sicher.« Jack spürte Alisons Hand in seiner. »Das ist die gute Nachricht.« Sie zögerte. »Die nicht so gute Nachricht ist, daß ich vermute, daß sie sehr tief drinnen ist. Ich habe Nathans Team gebeten, sich die Daten noch einmal anzusehen, und es gibt zwei oder drei Teile der Sequenz, die ich noch einmal laufen lassen möchte, aber ich dachte, daß Sie das so schnell wie möglich erfahren sollten.«

Sie sahen sie an. »Bedeutet das, daß Sie sie vielleicht nicht... erreichen können?« fragte Alison.

»Das ist möglich.« Elizabeth ließ ihren Blick auf ihre Schuhe sinken. »In Wahrheit bedeutet es, daß ich es nicht weiß. Ich weiß es einfach nicht.« Janet kreischte plötzlich auf wie ein Schulmädchen, als Ben zwischen ihren Beinen hindurchtauchte. Das schwere Tuckern eines Dieselmotors war plötzlich deutlich zu hören, und eine Abgaswolke stieg zum Himmel auf, als jenseits des Zauns ein Truck vor der Ampel anfuhr. »Vielleicht kann ich sie erreichen, ja. Aber sie herausholen?« Sie hob den Kopf und sah sie an, ihr Blick besorgt, fast ängstlich. »Je tiefer wir vordringen, desto schwieriger und gefährlicher wird es offenbar, diese Kinder zu retten. In letzter Zeit hatten wir... ziemlich viele Probleme, vor allem mit den Kindern, die ganz tief drin waren. Ich habe... ich habe einige verloren, und andere hatten hinterher große Schwierigkeiten. Das war Ihnen doch bekannt?« In Gedanken versunken blinzelte sie zum Pool. Die Sonne spiegelte sich auf dem Wasser und warf kleine Lichtflecken auf ihr blasses Gesicht. »Soweit ich weiß, haben Sie Susie Corning getroffen«, sagte sie leise.

»Ja. Wir haben gerade über sie gesprochen.«

»So ein wundervolles Mädchen. Es hat mir so leid getan, von ihrem Tod zu hören. Wir konnten es gar nicht glauben.«

»Wissen Sie – ich meine, haben Sie eine Ahnung, was passiert ist?« fragte Jack zögernd.

»Nichts Genaues. Nichts, was ich erklären könnte.« Sie hielt inne. »Erzählen Sie mir noch einmal von Bens Verhalten während des Besuchs bei Susie. Wie war er – wie hat er auf sie reagiert?«

Sie sahen sich an. »Er war sehr still«, antwortete Alison. »Ich habe ihn beobachtet. Es war, als würde er sie betrachten, wissen Sie, als würde er ihre Bewegungen beobachten. Aber wir sind nicht lange geblieben, und er hat sie hinterher mit keinem Wort erwähnt.«

»Und das war das einzige Mal, daß sie sich getroffen haben?«

Sie nickte.

»Ich kann es mir nicht erklären.« Sie schüttelte langsam den Kopf. »Vielleicht war es falsch, sie anzunehmen. Sie war eines der Kinder, die am tiefsten versunken waren.«

Sie sah sie an. »Vielleicht ist Frankie genauso tief drin. Vielleicht sogar noch tiefer.«

Sie verstummten und ließen den Blick schweifen. Der Mann mit dem Laptop packte seine Sachen zusammen, das ältere Ehepaar unter dem Sonnenschirm schien zu dösen. Plötzlich beugte Jack sich auf dem Liegestuhl vor. »Hören Sie«, begann er und sah kurz zu Alison, »schon bevor wir hergekommen sind, wußten wir, daß die Sache mit einem Risiko verbunden ist. Niemand hat versucht, uns das zu verschweigen, am allerwenigsten Sie. Aber wir hatten eine Wahl. Die Wahl, Frankie entweder dauerhaft so weiterexistieren zu lassen, wie sie jetzt ist, oder die lebenerhaltenden Maßnahmen einzustellen und sie sterben zu lassen, oder sie hierherzubringen, damit Sie versuchen können, sie wieder aufzuwecken. Wir haben beschlossen, sie hierherzubringen, und wir haben diese Entscheidung getroffen, weil wir glauben, daß das nicht nur das Beste für Frankie ist, sondern auch für Ben.« Er wies mit dem Kopf in Richtung Pool. »Praktisch seit wir diesen Entschluß gefaßt haben, bessert sich sein Zustand zusehends. Und nicht nur das, in einer Woche hat Frankie hier mehr Fortschritte gemacht als in sechs Monaten in England. Wenn Sie das Gefühl haben, daß es sich lohnt weiterzumachen«, sagte er und drehte sich zu Alison um, »dann haben wir es auch.«

Sie betrachtete sie beide nacheinander. »Das habe ich«, sagte sie leise. »Ja, das habe ich.«

Alison legte eine Hand auf ihren Arm. »Wir wissen, daß Sie Ihr Bestes geben«, sagte sie leise, »und wir sind Ihnen sehr dankbar, daß Sie uns alles erklären, was geschieht und was Sie versuchen wollen. Die möglichen Risiken. Das hilft uns sehr, wirklich ganz enorm.«

Elizabeth wandte den Blick ab. »Da ist noch etwas, was Sie wissen sollten.«

»Ja?«

»Man hat uns bis auf weiteres die Betriebsgenehmigung entzogen. Mein Geschäftspartner ist ausgestiegen, gegen mich läuft ein Ermittlungsverfahren wegen des Verdachts auf Totschlag, und Menschenrechtsaktivisten versuchen, die Klinik dichtzumachen.« Sie zuckte die Schultern und verzog ihr Gesicht zu einem müden Lächeln.

»Ja, aber abgesehen davon ...« Sie blickten zum Pool. Janet lehnte am Beckenrand, das Kinn auf den Armen, die Badekappe verrutscht. Neben ihr tauchte ein atemlos grinsender Ben auf. »Abgesehen davon gibt es eigentlich nichts, was uns aufhalten könnte. Oder?«

* * *

Elizabeth überlegte, ob sie kurz in ihrer Wohnung vorbeischauen sollte, um zu duschen, sich umzuziehen und vielleicht sogar ein wenig zu schlafen, aber am Ende fuhr sie doch direkt zur Klinik zurück. Als sie aus dem Wagen stieg, überraschte sie Gardner und den Hausmeister beim Abschrubben einer Schmiererei in roter Farbe auf dem Mauerwerk neben dem Eingang.

»Was stand da?«

»Wir wünschen einen guten Tag«, scherzte Gardner. »Nichts, wirklich nichts, Lizzie«, fuhr er fort, als er ihr Gesicht sah. »Nur Blödsinn, wahrscheinlich irgendwelche Kids.«

Sie starrte mit grimmig aufeinandergepreßten Lippen auf die Wand.

»Rate mal, wer wieder im Lande ist?« Gardner wies mit dem Kopf in Richtung Tür.

»Lewis?« Sie platzte in sein Büro und stürzte auf ihn zu. »Mein Gott, Lewis, du bist es! Gott sei Dank, daß du zurück bist.« Er erhob sich hinter seinem Schreibtisch und kam ihr mit einem breiten Lächeln entgegen. »Gott, ich hab dich vermißt, es war ein absoluter Alptraum.«

»Um Himmels willen, Dr. Chase, lassen Sie mich wieder los, was sollen denn unsere Besucher denken?« Lachend löste er sich aus ihrer Umarmung und blickte an ihr vorbei. Sie drehte sich um.

Sie waren zu zweit, glattrasiert, proper, Mitte Vierzig, dunkle Anzüge, Lederkoffer. Sie hätten Brüder sein können, vielleicht sogar Zwillinge. Neben ihnen lungerte Nathan in Jeans und T-Shirt herum. »Das sind Dean Caldwell und Larry Chambers«, stellte Lewis die beiden Männer vor, als sie sich höflich erhoben, um ihre Hand zu schütteln. »Vom Verteidigungsministerium.«

* * *

Eine Dreiviertelstunde später nahm sie die Brille ab und fuhr sich mit dem Handrücken erschöpft über die Stirn. »Lassen Sie mich sehen, ob ich das richtig verstanden habe«, sagte sie. Ihr Kopf summte. Sie saßen noch immer zu fünft in Lewis' Büro. Die Männer hatten ihre Jacketts abgelegt, und zwischen ihnen türmten sich Papiere und halbleere Kaffeetassen. »Sie sagen, das Verteidigungsministerium ist bereit, sich zu einer dauerhaften Förderung unserer Arbeit zu verpflichten, wenn wir im Gegenzug sämtliche Rechte an den Ergebnissen unserer Forschung abtreten.«

»Korrekt«, sagte Caldwell und lockerte seine Krawatte. »Nicht zu vergessen die einmalige Bezahlung für die bereits bestehende Technologie und die Forschungsrechte.«

»Ja, ja, ich verstehe«, sagte Elizabeth nachdenklich, »das ist wirklich sehr großzügig. Aber im Endeffekt würden wir dann für Sie arbeiten, ist das richtig?«

»Sozusagen«, meinte Chambers. »Aber nur in einem sehr lockeren Sinn. Sie hätten alle Freiheiten, Ihre Arbeit ungehindert fortzusetzen, nur unter dem Schutz und mit Mitteln des Ministeriums, so daß Sie sich über die Finanzierung keinerlei Sorgen mehr machen müßten.«

Sie sah Lewis an, der die Brauen hochzog und die Hände ausbreitete. »Das ist eine wunderbare Gelegenheit, Lizzie. Denk nur daran, was man mit einer vernünftigen finanziellen Unterstützung alles erreichen könnte. Und außerdem bräuchtest du keinerlei Genehmigungen mehr. Deine Arbeit würde direkt von der Regierung legitimiert.« Er machte eine Pause und lächelte. »Und du hättest auch keinen Ärger mehr mit Channel Three oder irgendwelche Plakate schwenkenden Aktivisten.«

»Das wäre schön«, sagte sie nachdenklich. »Aber was ist mit der Arbeit? Wer würde sie verwalten? Wer würde sie leiten? Wer würde bestimmen, welche Richtung sie nimmt?«

Chambers lehnte sich zurück und sah seinen Partner an. »Nun, im weiteren Sinn würde es natürlich eine gewisse Beteiligung des Ministeriums geben«, antwortete er. »Man würde ein Aufsichtsgremium einsetzen, das die Arbeit verfolgt und, ähm, Richtlinien bezüglich der Bereiche vorgeben würde, die für das Ministerium und seine Ziele von besonderem Interesse sind.«

»Richtlinien?« Sie fing Nathans Blick auf.

»Hm-hm, aber Sie wären der Boß Ihres eigenen Teams und für die eigentliche Projektarbeit verantwortlich. Es würde keinerlei Einflußnahme geben, darauf haben Sie unser Wort.«

»Und haben Sie schon eine Idee, welche Bereiche unserer Forschung möglicherweise von besonderem Interesse für das Ministerium sind, ähm, seine Ziele sein könnten?«

Caldwell kratzte sich an der Schulter und blickte zu Lewis. »Ich möchte noch einmal nachdrücklich betonen, daß es von unserer Seite aus keine direkten Vorgaben gibt, Dr. Chase. Wir möchten, daß Sie sich frei fühlen, alle oder auch nur bestimmte Bereiche Ihrer Forschungsarbeit nach Belieben weiterzuverfolgen, innerhalb gewisser etatmäßiger und praktischer Grenzen, versteht sich.« Er räusperte sich. »Aber natürlich hat Mr. Lewis uns ein wenig über Ihre und Mr. Greenwaters Arbeit im Peripheriebereich künstlicher Intelligenzfelder erzählt.«

Schweigen senkte sich über den Raum. Plötzlich sprang Elizabeth auf und sammelte ihre Notizen zusammen.

»Nun, meine Herren, das ist in der Tat ein interessanter Vorschlag, ein sehr interessanter Vorschlag«, sagte sie und streckte ihnen die Hand hin. »Wenn Sie nichts dagegen haben, würde ich gern ein wenig darüber nachdenken, mich mit meinen Kodirektoren beraten und mich dann in Kürze wieder bei Ihnen melden.« Sie sahen sich verwirrt an und erhoben sich langsam, um ihre Hand zu schütteln. »Ihnen beiden mein herzlicher Dank, daß Sie sich hierher bemüht haben«, versicherte sie ihnen mit einem freundlichen Lächeln. »Ich wünsche Ihnen eine angenehme Rückreise nach Washington.«

Sie verließ das Zimmer und ging direkt in ihr Büro, wo sie

ihre Notizen in den Papierkorb warf, nach dem Telefon griff und aus dem Gedächtnis eine Nummer wählte. Als sie auf das Freizeichen wartete, hörte sie ein ungewohntes Klicken in der Leitung. Kurz darauf wurde am anderen Ende abgenommen.

»Dr. Chase, bitte«, sagte sie hastig.

»Tut mir leid, Dr. Chase ist zur Zeit nicht zu sprechen. Er hat einen Patienten. Soll ich ihn bitten, Sie zurückzurufen, oder möchten Sie gern eine Nachricht hinterlassen?«

»Nein, vielen Dank. Ich melde mich wieder.« Sie legte auf, nahm den Hörer wieder ab und wählte erneut. Wieder das Klicken. »Das Zimmer von Mr. und Mrs. Heywood, bitte.« Während sie noch darauf wartete, durchgestellt zu werden, blinkte das Display, um einen eingehenden Anruf anzuzeigen. »Hallo, Alison, hi, hier ist Lizzie. Hören Sie, wenn es Ihnen nichts ausmacht, würde ich gern gleich anfangen und die Sitzung mit Ben auf heute nachmittag vorziehen.« Ein zweiter Anruf blinkte auf der Anzeige. »Gegen vier? Super, bis später dann.« Sie legte auf und nahm das erste Gespräch aus der Warteschleife an. »Elizabeth Chase.«

»Hör gut zu, du kranke, kaltblütige, mörderische Hexe, wir werden dir und deinen Scheißhippiefreunden ein für allemal das Handwerk –«

Sie knallte den Hörer auf die Gabel und biß sich auf die Lippe. »Gütiger Himmel«, flüsterte sie. Nach ein paar Sekunden hob sie, die Augen in angstvoller Erwartung aufgerissen, den Hörer erneut ab.

»Lizzie, ich bin's, John, ich muß mit dir reden.«

»Oh, John, hallo. Ähm, ich auch, aber jetzt geht es nicht. Kann ich dich später erreichen?«

»Klar, jederzeit.« Er zögerte. »Was ist denn? Ist irgendwas passiert?«

»Nein, nichts. Nur ein weiterer Drohanruf.«

»Oh, das tut mir leid. Übel?«

»Gibt es auch andere Drohanrufe?« Sie machte eine Pause. »Läßt du meine Telefone abhören, John?«

»Was?«

»Jedesmal, wenn ich den Hörer abnehme, gibt es ein Klicken. Das war gestern noch nicht.«

»Bist du ganz sicher?«

»Natürlich bin ich sicher!«

»Okay, okay, ich glaub dir.« Er dachte nach. »Aber es ist nicht das Büro des Staatsanwalts, das kann nicht sein. Überlaß das mir, ich hör mich mal ein bißchen um.« Schweigen legte sich über die Leitung. Er konnte sie atmen hören. »Lizzie? Ist alles in Ordnung?«

Sie rieb sich den Nacken. »Ja, ja, mir geht es gut. Ich bin bloß müde, nehme ich an, und ein bißchen unter Druck.« Sie drehte sich zur Wand, und ihr Blick fiel auf das gerahmte Weihnachtsfoto. »John, ich muß jetzt Schluß machen. Wir reden später.«

Ein paar Minuten saß sie nur reglos da und starrte auf ihre wohlgeordnete Schreibtischunterlage. Irgendwann klopfte es. Sie beugte sich eilig vor und nahm den Telefonhörer von der Gabel. »Hi, Lewis«, sagte sie lächelnd und hielt die Hand über die Sprechmuschel. »Ich bin gerade sehr beschäftigt, kann ich dich später noch erwischen?« Er hob die Hand und zog sich zurück, Elizabeth atmete langsam aus und begann dann zu wählen.

Er nahm sofort ab. Sie schloß die Augen und stellte sich ihn auf seinem Stuhl vor, vor seinem Schreibtisch oder am Fenster, umgeben von seiner Ausrüstung: den Keyboards, den per Halsbewegung bedienbaren Druckschaltern, den Musik- und Stimmensynthesizern, der CD-ROM-Bibliothek, den Batterien von elektronischen Anlagen, via Telefonleitung, Computerbildschirm und Modem in Kontakt mit der Welt.

»Hallo, Gary«, sagte sie leise. »Wie laufen die Geschäfte?«

»Der Dow Jones bricht ein, Alaskan Oil ist wieder versiegt, IBM in den letzten anderthalb Stunden um drei Punkte gefallen, aber sonst einfach ein wunderbarer Tag an der Wall Street.« Seine Stimme klang monoton und synthetisch, ohne Ausdruck und Rhythmus.

»Und wieviel hast du heute schon verdient?« Sie hörte die Rockmusik, die leise im Hintergrund lief.

»Bis jetzt dreitausendsiebenhundertachtzig, und wie geht es Ihnen, Elizabeth.«

»Ich bin müde, Gary, sehr müde.«

»Das überrascht mich nicht, ich kriege alle zehn Minuten Anrufe von der Presse, das Netz ist heißer als die Hölle, und die Website hatte in den letzten zwei Wochen mehr Besucher als in den vergangenen elf Monaten.«

Sie plauderten eine Weile. Sie fragte nach seinen Großeltern, denen es gutging, wie er sagte. Sie planten eine Europareise, sobald Rose ihr künstliches Hüftgelenk eingesetzt bekommen haben würde. Gary traf Vorbereitungen, sie zu begleiten: Er hatte drüben viele Freunde und Geschäftskontakte und war eingeladen worden, vor einem Neurologenkongreß in Genf zu sprechen.

»Wie geht's Lana?« fragte sie nach einer Weile.

»Super, sie ist bei der Arbeit, hab ich Ihnen erzählt, daß sie schwanger ist.«

»Was?« Elizabeth lachte. »Wirklich?«

»Wirklich, sechzehn Wochen, wie finden Sie das.«

»Das ist ja phantastisch, Gary, meinen Glückwunsch, das freut mich so für euch beide.«

»Wir haben jetzt gerade die Fruchtwasseruntersuchung machen lassen, es ist ein Mädchen, raten Sie mal, wie es heißen soll.«

Sie spürte, wie sich ihre Brust zusammenschnürte und ihr die Tränen kamen. Sie schluckte, preßte die Lippen aufeinander und rang um Fassung. Über die Leitung hörte sie, wie die Musik leiser wurde.

»Elizabeth, alles in Ordnung?«

»Ja, wird schon wieder.« Sie hatte die Stirn auf die Hand gestützt. »Gary, ich möchte dich etwas fragen, etwas Persönliches.«

»Schießen Sie los.«

»Es ist ziemlich schwierig. Es ist etwas, worüber wir nie gesprochen haben.«

»An was erinnere ich mich.«

Sie hob den Kopf. »Wie bitte?«

»Sie wollen wissen, ob ich mich an irgend etwas aus der Zeit meiner Bewußtlosigkeit erinnere.«

»Ja, nun, ja, genau.«

»Nein nichts.«

»Überhaupt nichts?«

»Dad hatte die Kontrolle über den Wagen verloren, es regnete wie verrückt und war stockdunkel, plötzlich waren überall vor uns blinkende Lichter und ich wußte, daß wir nicht mehr bremsen konnten.« Er machte eine Pause und schaltete die Musik ab. Sofort war die Leitung vollkommen still. »Mom hat sich kurz vor dem Aufprall zu mir umgedreht, gelächelt, meine Hand genommen und gesagt, hab keine Angst Gary, und das nächste, woran ich mich erinnere ist, daß ich zwei Jahre später in Boston aufgewacht bin.«

»Sonst nichts?«

»Nichts, tut mir leid.«

Elizabeth atmete langsam aus und wandte sich zum Fenster. Ein warmer Herbstwind pflückte gelbe Blätter von den Platanen, die die Einfahrt säumten, und wirbelte sie verspielt über den Boden.

»Aber hinterher hatte ich diesen Traum.«

* * *

Ben blieb an der Bordsteinkante stehen und blickte in beide Richtungen, drehte sich noch einmal um und sah wieder nach vorn, wie man es ihm beigebracht hatte. Aber es war niemand da, wie er erwartet hatte. Also wartete er eine Lücke in dem stummen, verschwommenen, farbigen Band ab, trat auf die Straße und überquerte sie ohne Probleme.

Er lief die grasige Böschung hinunter und bog unweit der Schaukeln links in den Park ein, die Daumen unter die Riemen seines Rucksacks gehakt, der beim Gehen leicht auf seinem Rücken wippte. Bald fand er sich zwischen sauber gestutzten Rasenflächen und gepflegten Blumenbeeten wieder, kam an dem Springbrunnen und den stillen Eckchen mit den Rosenbeeten und den kleinen Holzbänken vorbei. Er wandte sich nicht nach rechts oder links, sondern folgte den gewundenen Pfaden mit vertrauter Leichtigkeit. Obwohl er wußte, daß er zur Straße zurückkehren sollte, um erneut zwischen den sich hektisch bewegenden Farben zu suchen, drang er tiefer und tiefer in die Gärten vor, denn es wäre sinnlos gewesen umzukehren.

Zuletzt erreichte er den hohen Wall der Ligusterhecke und folgte ihr, bis er den Torbogen fand, durch den er sofort auf die breite Birkenallee kam. Diesmal war es dunkler als bei den letzten Malen und windstill, die Blätter raschelten nicht, sondern hingen still und reglos an den Zweigen. Der Tunnel aus verwobenen, überhängenden Ästen wirkte düster und bedrohlich.

Als er die Allee betrat, spürte er eine feuchte Kälte, die unter seinen Pullover kroch, und seine Jeans und Stiefel waren bald naß von dem dichten Brombeer- und Nesselgestrüpp am Boden. Er ging weiter, ängstlich, aber entschlossen, den Blick fest auf den langsam anschwellenden Lichtkreis am Ende der Allee gerichtet, die kühle Feuchtigkeit und den Modergeruch der Blätter in der Nase. Er sah sich um: In der Ferne fuhren Autos und Laster in einer endlosen kreisenden Prozession aneinander vorbei wie bei einem Kinderkarussell. Er wußte, daß er umkehren sollte, wußte, daß sie wollten, daß er dort weitersuchte. Aber da war nichts, es war sinnlos, er mußte weitergehen.

Er drängte vorwärts, bahnte sich einen Weg durch das dichter werdende Unterholz. Langsam kam das Ende der Allee näher, das entfernte Halbrund des Himmels war milchig und blaß. Darunter erstreckte sich eine grau-grüne Wiese wie ein sanft wogender Ozean. Sie war dort. Er sah, wie sie langsam auf ihn zukam und ihm ihre Arme über das hüfthohe Gras entgegenstreckte. Sie breitete ihr weißes Hemd aus wie ein Segel und trieb über die schwankende Fläche auf ihn zu wie ein Schoner über das Meer.

Doch das Brombeergestrüpp wurde dichter und höher, zerrte an seinem Pullover und kratzte an seiner Jeans. Er hob einen schweren Birkenzweig auf und begann ihn vor seinem Körper zu schwenken, um sich durch das Unterholz einen Pfad zu ihr zu schlagen. Bald wurde er müde und blieb atemlos stehen, um durch das dichte Gewirr um sich herum zu spähen. Sofort bemerkte er, daß er sie nicht mehr sehen konnte. Das mattgrüne Schimmern, die meeresgleiche wogende Wiese war hinter einem dicken Vorhang aus verworrenem Gestrüpp verschwunden. Hinter sich konnte er aus weiter Ferne Jahrmarktsmusik hören. Er blickte sich panisch um und sah die verblassenden Lichter des Karussells, die buntlackierten Wagen und Lkws, erstarrt im grellen, flackernden, kalten Blaulicht, während der Lärm der Glocken und Sirenen die dröhnende Orgel übertönte. Er sollte zurückgehen, sie wollten, daß er umkehrte.

Dann hörte er sie. Sie rief ihn, direkt vor ihm durch das Grün. Sie rief seinen Namen und sagte, er solle kommen. Er sah sich ein weiteres Mal um. Das Karussell verblaßte. Er kehrte ihm ein für allemal den Rücken, hob seinen Stock auf, riß ihn hoch und kämpfte sich weiter vorwärts. Mit einemmal wurde es heller, die Vegetation dünnte ein wenig aus, und ihre Stimme kam näher, trieb ihn vorwärts und rief flehend nach ihm. Mit gesenktem Kopf um sich schlagend, drang er vor, bald hierhin, bald dorthin blickend, bis der Klang ihrer Stimme ihn von allen Seiten umgab und in seinem Kopf widerhallte. Er mühte sich weiter, bahnte sich, die Schultern voran, einen Weg durch das undurchdringliche Gestrüpp des dicht verwobenen Unterholzes. Dornen und Äste zerrten an seinen Kleidern und rissen seine Haut an den Händen und Unterarmen auf, während er mit seinem Stock wütend auf sie einhieb wie mit einer Machete.

Schließlich ging es nicht mehr weiter. Nach Luft ringend, die Hände und Arme blutig, beugte er sich vor, stützte sich auf den Stock, während sein Herz in seinen Ohren pochte wie ein rauschender Wasserfall. »Komm!« rief sie wieder, jetzt mit leiser, sinnlich drängender Stimme. »Bitte, beeil dich!« Er richtete sich langsam auf, leckte das Blut von seinem Arm und zog den schweren Stock aus dem Boden. Beide Füße auf den Boden gestemmt, hob er ihn mit beiden Armen hoch wie eine Axt, nahm all seine Kraft zusammen und ließ ihn mit einem letzten verzweifelten Schrei niedersausen. Der Vorhang teilte sich. Mühelos lösten sich die verwobenen Ranken in einen grünen Nebel auf. Aus dem Gleichgewicht geworfen, taumelte er unvermittelt ins Licht, einen erstickten Schrei des Entsetzens in der Kehle, die Augen groß vor Erstaunen. Im selben Moment sah er sie, direkt vor sich, ihr Haar wie Mais, ihre grünen Augen lächelten, und ihre Lippen hauchten seinen Namen. Er wurde nach vorn geschleudert, ließ den Stock los und stürzte unaufhaltsam in die Tiefe. Im Fallen sah er den Stock gegen das Tor schlagen, das aufging und in eine Million glitzernder Teilchen zersprang, die in der Luft hingen wie eine verblassende Erinnerung, bevor sie als Staub zu Boden fielen.

Er lag ausgestreckt auf der Schwelle, keuchend und schlukkend, die Augen geschlossen, und spürte unvermittelt die zarte Wärme der Sonne auf seinem Rücken, während der Donner in der Ferne verhallte. Kurz darauf hörte er ein Rascheln im Gras, dann kniete sie hinter ihm und legte eine Hand auf seine Schulter. Er schlug die Augen auf. Ihre Beine waren ein wenig gespreizt, ihre Knie direkt neben seinem Gesicht. Er konnte die Wärme ihres Körpers riechen, die samtige Weichheit ihrer blassen Haut spüren. Er blinzelte ins grelle Licht, drehte mühsam den Kopf und vergrub sein Gesicht in der Haut ihrer Beine. Sie streichelte sanft über seinen Kopf und seinen Rücken, und ihr Haar, das ihr Antlitz rahmte wie ein hauchdünner, goldener Schleier, strich ganz leicht über seine Wange.

»Du hast es geschafft.« Sie lächelte und beugte sich hinunter, um ihn zu küssen. Er öffnete die Lippen, preßte seine Zunge gegen ihre Haut und machte die Augen wieder zu. »Du hast es geschafft«, sagte sie noch einmal. »Ich bin so stolz auf dich.«

Dann spürte er einen stechenden Schmerz im Arm, kurz darauf eine Explosion aus Licht und Lärm, ein plötzlicher, durchdringender Schrei, der seinen Körper durchbohrte. »Komm, Ben!« Das Geschrei wurde lauter, es war überall, ohrenbetäubend. Er wandte sich ab, legte die Hände auf die Ohren und kämpfte sich verzweifelt auf die Knie, um ihm zu entkommen. Doch es packte ihn, warf ihn zurück, preßte die Luft aus seiner Brust und drückte ihn zu Boden.

»Komm, das reicht!«

»Nein!« schrie er und wehrte sich verzweifelt, doch er spürte, wie Hände ihn packten, ihn zurückdrängten und niederrangen. Und noch mehr Stimmen, überall Gebrüll, Rufe, er solle aufhören.

»Ben! Komm schon, es ist okay, hört jetzt auf.«

»Komm, Ben, ganz ruhig, du bist in Sicherheit, alles okay.«

Heftig keuchend schlug er die Augen auf und warf den Kopf hin und her, als man ihm eine Maske über die Nase stülpte. Hände packten seine Schultern, seine Beine waren schwer und taub, seine Zehen und Finger kribbelten, als er unter der Maske tief einatmete. Nach und nach legte sich das Pochen in seiner Brust, das Dröhnen in seinen Ohren verebbte, und sein Atem ging wieder gleichmäßig.

Schließlich beruhigte er sich, die Maske wurde entfernt, und ein feuchtes Handtuch kühlte seine Stirn und Wangen. »Mum«, krächzte er. Er fühlte sich schwach und schläfrig.

»Ja, Schätzchen, ich bin hier, wir sind alle hier.« Er sah zu ihr hoch. Ihr Gesicht sah fremd aus, blaß und ängstlich. »Lizzie ist hier und Granny und Dad. Wir sind sehr stolz auf dich, du hast dich so tapfer geschlagen.« Sie lächelte matt und gezwungen. »Ruh dich jetzt aus, Schätzchen, es ist alles vorbei.«

Er drehte den Kopf zur Seite, und seine Brust hob sich noch einmal bebend. »Nein«, schluchzte er leise, und seine Tränen flossen ungehemmt, »ist es nicht, das kann nicht sein.«

* * *

»Ich kann das natürlich nicht mit Sicherheit sagen, aber ich vermute, es ist eine Wanze des FBI«, sagte er leise am Telefon.

»Na, super.« Elizabeth ließ den Kopf hängen. Das Licht der Verkehrsampel wechselte stetig von Rot zu Grün und wieder zurück und warf ein grelles Relief auf die Risse an der Decke. Fast wie eine maßstabgetreue Karte des Nildeltas, fuhr es ihr durch den Kopf. Es war inzwischen beinahe dunkel, und draußen fegte ein launischer böiger Wind durch die Straßen. Durch das offene Fenster wehten Countryklänge und rauhes Gelächter aus der Bar gegenüber herüber. Eine leere Bierdose rollte klappernd über den Bürgersteig.

»Warum?« fragte sie grimmig. »Warum um alles in der Welt sollte das FBI die Telefone anzapfen?«

»Weiß der Himmel«, antwortete er. »Aber du scheinst in letzter Zeit eine Menge Aufmerksamkeit zu erregen.«

»Es scheint aus allen Richtungen gleichzeitig zu kommen«, sagte sie müde und zupfte ein paar Fäden vom Teppich. Sie saß im Schneidersitz auf dem Boden, inmitten aufgeschlagener Fachbücher und -zeitschriften, deren weiße Seiten in der hereinbrechenden Dunkelheit gespenstisch fahl schimmerten.

»Vielleicht ist es gar nicht so schlimm, wie du denkst. Das FBI interessiert sich in der Regel nur für Belange der öffentlichen Sicherheit. Ich schätze, sie hören bloß diese sogenannten Menschenrechtsgruppen ab, die dich ständig belästigen.«

»Meinst du?« erwiderte sie zweifelnd.

»Es ist durchaus möglich. Du hast doch die Schmäh- und Drohanrufe gemeldet, oder nicht?«

»Hm-hm.«

»Nun, das wird es wahrscheinlich sein.«

Sie nahm ihre Brille ab und rieb sich die Augen. »Lewis will, daß wir uns an das Verteidigungsministerium verkaufen.«

»Was?«

»Er hat diesen Deal eingefädelt. Sie kaufen uns für eine große Summe auf und bezahlen uns dann dafür, daß wir unsere Forschungsarbeit nach ihren ›Richtlinien‹ fortsetzen.« Sie betonte das Wort verächtlich.

»Wow«, meinte er. »Und was denkst du darüber?«

Sie seufzte. »Ich glaube, am liebsten würde ich all das so schnell wie möglich hinter mir lassen.« Sie betrachtete die Bücher um sich herum. »Aber ich kann nicht, noch nicht.«

»Möchtest du, daß ich vorbeikomme?«

»Willst du mein Leben noch schwieriger machen?«

»Und ob.«

Sie hängte lächelnd ein. Kurz darauf griff sie erneut zum Hörer und wählte.

»Hallo, meine Kleine«, sagte Elliot sofort. »Wie steht's im Kriegsgebiet?«

Sie schnaubte. »Du hast davon gehört?«

»Die Kunde verbreitet sich«, sagte er sanft. »Irgendwann sogar in Psychologenkreisen. Alles in Ordnung mit dir?«

»Ich glaub schon, vielleicht ein bißchen schlachtenmüde.« Sie zögerte. »Daddy, ich muß wirklich mit dir reden.«

»Natürlich.«

»Aber es – es hat mit dem anderen zu tun.«

Sie hörte ihn ausatmen. »Das überrascht mich gar nicht.«

»Ich stecke einfach so tief drin, daß ich es zu Ende bringen muß. Aber ich brauche dringend deine Hilfe, deinen Rat.«

»Als Psychologe oder Vater?«

»Beides, Daddy. Beides wäre einfach wundervoll.«

Dann erzählte sie ihm von der Sitzung mit Ben. Wie sie in ihrem Büro die Möbel so verrückt hatte, daß die ganze Familie bequem dabeisitzen konnte, das Licht freundlich und gedämpft, ein Bitte-nicht-stören-Schild an der Tür, das Telefon ausgestöpselt. Wie sie alle miteinander im Kreis gesessen, Tee getrunken und leise über Allerweltsdinge geplaudert hatten, über das Wetter, ihr Motel, Bens Lieblingssport und seine Hobbys. »Es war gut«, erklärte sie. »Eine wunderbare Atmosphäre, freundlich, unterstützend, genauso wie es sein sollte.«

»Hm-hm.« Sie hörte, daß er sich Notizen machte. »Was ist mit deinen, ähm, Kollegen und der technischen Ausrüstung, der ganzen Verkabelung – wie nennst du es? Das neurale Netz?«

»Nichts. Keine Leute, keine Drähte, keine Computer, überhaupt nichts. Nur ein mildes Beruhigungsmittel zur Entspannung und dann direkte Hypnose.«

»Okay, so weit, so gut. Was ist passiert?«

»Mein Gott, Daddy, er ist praktisch hineingetaucht. Sofort, überhaupt kein Zögern, keine Widerstände. So etwas habe ich noch nie gesehen. Als hätte er förmlich drauf gewartet, als hätte er sich direkt danach gesehnt.«

»Nun, das ist okay. Es zeigt nur, daß du es gut vorbereitet hast, daß er in deiner Gegenwart sehr entspannt war, daß er gern helfen wollte, daß er sich unbewußt danach gesehnt hat, es zu externalisieren. Wo habt ihr angefangen?«

»Am Unfallort, unmittelbar, bevor es passiert ist. Er ist gleich dorthin gegangen, ganz schnell, sehr klar, absolut kooperativ.«

»Klingt großartig. Ich wünschte, alle meine Patienten wären so leicht.«

»Aber ich konnte ihn nicht kontrollieren. Von Anfang an nicht. Ich habe versucht, ihn in Situationen zu versetzen, ich wollte zum Beispiel, daß er sich besonders auf die Szene des Unfalls konzentriert, aber er ist immer wieder aus eigenem Antrieb losgegangen.«

»Losgegangen?«

»Ja, ich habe versucht, ihn zurückzuhalten, aber er ist immer wieder ausgebrochen.«

»Wahllos?«

»Nein, ganz und gar nicht, es war immer das gleiche, immer derselbe Ort.« Er hörte, wie sie schluckte.

»Was für ein Ort?«

»Vor allem Landschaft«, sagte sie, bemüht, ihre Stimme ruhig klingen zu lassen. »Du weißt schon, eine Menge Bäume und Felder und Wege. Ist dir das schon mal begegnet?«

Er ignorierte ihre Frage. »Hast du ihn gehen lassen?«

»Ich konnte ihn nicht aufhalten, Daddy, er war so zielstrebig, so entschlossen.«

»War er angeregt? Hat er viel gesprochen, sich bewegt?«

»Ja, beides sehr viel, obwohl seine Sprache unverständlicher wurde, und am Ende hat er richtig gekämpft. Wir mußten ihn zurückhalten, ihn körperlich festhalten.«

»Du sprichst von dem Jungen, der mit angesehen hat, wie seine kleine Schwester überfahren wurde.« Seine Stimme klang verhalten. »Er hat das Gefühl, daß er in irgendeiner Weise dafür verantwortlich ist, nicht wahr?«

»Ja.« Plötzlich standen Tränen in ihren Augen, ihr ganzer Körper war angespannt und zitterte.

»Und er hat den Unfall gesehen, hat beobachtet, was passiert ist?«

»Ja.« Der Hörer glitt aus ihrer schweißnassen Hand. »Ist dir das schon einmal begegnet?«

Es entstand ein langes Schweigen. Das Gelächter und die Countrymusik wurden lauter und wieder leiser, als die Kneipentür geöffnet und krachend wieder zugeschlagen wurde. Irgendwann hörte sie den Hauch eines Seufzers in der Leitung. »Einmal.« Seine Stimme klang sehr leise. »War da irgendeine Grenze, eine Brücke oder Mauer?«

»Ja.« Als sie die Augen schloß, tropften die Tränen auf ihre Wangen. »Ein Tor. Daddy, du wußtest es, woher …?«

»Aber er hat sie nicht überschritten, diese Grenze. Das Tor. Lizzie, ist er hindurchgegangen?«

Sie weinte jetzt ungehemmt. »Daddy, bitte erzähl es mir, bitte, bitte, erzähl es mir.«

»Elizabeth, hör mir zu. Du darfst nicht zulassen, daß er diese Grenze überschreitet.«

»Aber warum nicht?«

»Weil ich glaube, daß du ihn dann nie wieder zurückholen kannst.«

* * *

Boyd kam durch die offene Tür herein. Sie saß noch immer auf dem Boden, den Kopf auf den Knien, und weinte leise. Er ging zu ihr, kniete sich vorsichtig hinter sie und legte seinen Arm um sie.

Eine Weile hielt er sie einfach nur schweigend im Arm, spürte das leise Zucken ihrer Schultern und lauschte dem Seufzen des Windes vor dem Fenster. Schließlich wurde ihr Körper ruhiger.

»Hilf mir«, flüsterte sie.

Er legte seinen Kopf an ihren. »Ich wünschte, du würdest mich lassen.«

»Das fände ich schön.« Sie schniefte. »Sehr schön. Aber ich habe auch Angst.«

»Ich weiß.« Er klopfte seine Jacke ab und kramte ein Taschentuch hervor. »Hier.«

Sie tupfte sich die Augen ab und schneuzte sich laut und trompetenartig die Nase. Er lachte leise in ihr Ohr und drückte sie enger an sich. »Nicht nur eine wunderschöne und talentierte Ärztin, sondern offenbar auch eine begabte Musikerin«, neckte er sie, woraufhin sie mit dem Taschentuch nach seinem Arm schlug. »Erzähl es mir«, fuhr er leise fort.

Er spürte, wie sie tief und zitternd Luft holte. »John, darf ich dich etwas ganz Persönliches fragen?«

»Natürlich.«

»Wie hast du dich gefühlt – ich meine, was hast du empfunden, als Cheryl gestorben ist?«

»Schrecklich«, erwiderte er schlicht. »Eine entsetzliche Art von Taubheit. Schock, Unglauben, Schmerz. Schuld.«

»Schuld?«

»Klar, Schuld. Jede Menge. Was, wenn ich dieses oder jenes getan hätte, wenn ich fünf Minuten früher aus dem Büro gekommen wäre oder angeboten hätte, sie abzuholen, was sie, wie ich wußte, eigentlich wollte. Was, wenn ich selbst einkaufen gegangen wäre, wie sie es mir an jenem Morgen tatsächlich taktvoll nahegelegt hatte. Was wäre, wenn, was wäre, man hört nie damit auf.« Sie schmiegte ihre Hand in seine. »Aber nach einer Weile und mit der richtigen Hilfe habe ich gelernt zu akzeptieren, daß Schuldgefühle nur ein Symptom des gesamten Trauerprozesses sind.« Er zuckte die Schultern. »Man lernt, damit umzugehen, damit klarzukommen. Und dann fängt man irgendwann an, darüber hinwegzukommen.«

»Und kommt man darüber hinweg?«

»Sicher. Irgendwann. Es ist eine hohe Hürde, ein Berg, den man einfach erklimmen muß. Anfangs denkt man, man würde es nie schaffen. Aber nach und nach stellt man fest, daß man langsam vorankommt, daß man alles hinter sich läßt, weitergeht. Meiner Erfahrung nach ist der Anfang das Schwierigste, nämlich die Entscheidung, aufzubrechen. Den Willen aufzubringen, sich der Sache zu stellen. Es ist wie ein großer, furchteinflößender Bär. Am Ende muß man ihn einfach in Grund und Boden starren.«

Sie saßen schweigend nebeneinander. Schließlich rutschte sie unbeholfen herum und sah ihn an. »Danke«, flüsterte sie und küßte ihn zärtlich auf den Mund, ihre Augen waren im Dunkel verschleiert.

»Bitte.« Er lächelte und erwiderte ihren Kuß. »Hilft dir das weiter?«

»Ja. Ja, sehr. Vielleicht mehr, als du je ahnen kannst.«

13. KAPITEL

Sie befanden sich im Innern eines Berges und folgten einem steilen Höhlenpfad, der zum Gipfel hin immer schmaler wurde und sich zwischen den von Flechten bedeckten Felswänden hindurchschlängelte. Es war dunkel und drückend heiß und stickig. Sie waren nicht allein. Mit ihnen waren leise vor sich hin murmelnde Fremde, denen die Angst in ihre im schwachen Licht blassen Gesichter geschrieben stand. Als sie hinaufstiegen, spürte man aus der Tiefe des Berges ein Rumoren. Kurz darauf traf sie ein Strahl heißer Luft, und der Boden unter ihren Füßen bebte. Ein unbehagliches Schaudern ging durch die Gruppe, und in der Luft hing der Geruch von Schweiß und Angst.

Dann wurden sie in einen kleinen Zug getrieben, wo sie in beengten, offenen Waggons mit harten Sitzen und unnachgiebigen Sicherheitsbügeln Platz nehmen mußten, die sich in ihre Schultern und Hüften gruben. Um sie herum verdichtete sich das Unbehagen in offene Angst. Ein kleines Kind fing an zu schluchzen und wollte raus. Sein Vater beugte sich hinab, um es zu trösten, sein Gesicht eine Maske falscher Sicherheit.

Denn hier würde niemand rauskommen. Unvermittelt wurden sie in ihre Sitze gedrückt, als der Zug einen Satz nach vorn machte, ohne Warnung in die klaffende Öffnung eines Tunnels eintauchte und sich in spiralförmiger Bahn ins schwarze Nichts stürzte. Man hörte ein anschwellendes Donnergrollen, Angstschreie wurden von dem heulenden Sturm verweht, der ihnen entgegenschlug, ihre Kleider flattern ließ und ihnen den Atem raubte.

Kurz darauf wurden sie unvermittelt aus dem Berg ins Freie katapultiert, um sofort wieder in einen dichten, dunklen Wald einzutauchen. Sie schossen unkontrolliert durch ein hypnotisches Farbenspiel aus Grün- und Brauntönen, drehten sich unter Bogen aus riesigen, überhängenden Kletterpflanzen, wurden nach oben in das bunte Blätterdach geschleudert. Einen flüchtigen Moment lang blitzte das Blau des Himmels auf, bevor sie wieder abwärts Richtung Waldboden trudelten.

Dann ging es ohne Vorwarnung steil nach oben. Sie brachen ins Freie, wobei sich die Fahrt immer weiter verlangsamte, bis sie hoch über dem Boden schwebend reglos in der Luft hingen, die Erde unter ihnen ein auf dem Kopf stehendes Muster aus Farben und Formen. Sekunden verstrichen, die alptraumhafte Stille dehnte sich, bis sie elend langsam den höchsten Punkt überschritten hatten und wieder erdwärts stürzten. Das Rauschen des Windes schwoll zu einem donnernden, heulenden Sturm an, als sie wie ein Felsblock steil zu Boden fielen.

»Gütiger, allmächtiger Gott!« stammelte Janet, als sie von der Rampe taumelte.

»Noch mal!« rief Ben und zerrte an ihrem Arm.

»Im Leben nicht! Ich brauche einen Drink. Du kannst ja noch mal fahren, ich warte mit Mummy und Daddy an dem Tisch da vorn.« Sie strich entschlossen ihren Rock glatt und marschierte zielstrebig Richtung Bar.

»Ich kann es einfach nicht glauben«, meinte Jack kopfschüttelnd, als er einen Stuhl für sie heranzog. »Er will doch nicht etwa noch mal fahren?« Sie saßen in einem Gasthaus im nachgemachten Tudorstil, das sich »Ye Old King Harrye« nannte; Serviererinnen in langen Kleidern und weißen Schürzen trugen Tabletts mit sündhaft teurem englischem Bier zu den Tischen.

»Irgendwas stimmt nicht mit dem Jungen«, sagte Janet und leerte ihr Budweiser. Sie winkte eine der Serviererinnen heran.

»Noch einmal die Krüge gefüllt, Moll Flanders«, sagte sie und zeigte auf ihre Flasche.

»Das ist das fünfte Mal«, sagte Alison, als Ben sich erneut anstellte, um den Berg zu betreten. Er drehte sich um und winkte ihnen zu. Pflichtschuldig winkten sie zurück. »Er will gar nichts anderes sehen oder machen, nicht mal eine Pause für ein Eis.« Sie sahen von ihrem Tisch aus zu, wie er in einem Schwarm von Touristen im Eingang verschwand.

»Soll mir recht sein«, sagte Janet und holte eine Puderdose aus ihrer Handtasche. Kritisch drehte sie den Kopf vor dem kleinen Spiegel. »Ich und meine Krampfadern können auch sehr gut ohne auskommen.«

»Früher hat er diese Fahrten immer gehaßt«, sinnierte Alison. Eine kühle Brise trieb ein paar welke Blätter und Abfall vor sich her. Sie zog ihre Strickjacke enger um ihre Schultern. »Weißt du noch, letztes Jahr in Disney World haben wir ihn kaum auf ein Karussell bekommen.« Jack nickte und starrte gedankenversunken in sein Bier.

»Und wie ist es heute morgen gelaufen?« fragte Janet unschuldig und begann, sich die Nase zu pudern. Sie warf ihnen einen verstohlenen Seitenblick zu. Beide hatten die Augen niedergeschlagen, und ihre Mienen wirkten grimmig. Sie ließ die Puderdose zuschnappen und wieder in ihrer Handtasche verschwinden. »Du liebe Güte, nun kommt schon, so schlimm war es auch nicht. Seht ihn euch an!« Sie wies in Richtung des Berges. »Es geht ihm prächtig, er sprüht förmlich vor Energie.«

»Da ist er aber auch so ziemlich der einzige«, erwiderte Alison mürrisch.

Die Analysesitzung mit Ben lag zwei Tage zurück. Nachdem sie beendet gewesen war und sich eine Art atemlose Ruhe über Elizabeths Büro gesenkt hatte, waren sie stillschweigend übereingekommen, sie nicht gleich zu besprechen, sondern einen

Tag Pause zu machen, bevor sie sich wieder zusammensetzten. Am Abend hatte Elizabeth im Hotel angerufen, um sich nach Ben zu erkundigen und ihnen mitzuteilen, daß sie das Geschehene zunächst selbst analysieren und ein paar Recherchen anstellen wollte, bevor sie sich so bald wie möglich wieder bei ihnen melden würde. Gestern am späten Abend hatte sie erneut angerufen und um ein Treffen gebeten, mit ihnen allein.

Jack trank sein Bier aus. »Ich glaube, offen gesagt, sie war genauso perplex wie wir. Das hat sie sogar selbst gesagt.« Er sah Alison an. Er wußte, daß das Erlebnis sie sehr erschüttert hatte. Auf dem Weg zurück ins Motel hatte sie nur wortlos aus dem Fenster gestarrt, und gestern hatte sie den ganzen Tag grübelnd am Pool gesessen. Auch ihn hatte Bens Reaktion unter Hypnose schockiert: die Art, wie er sofort bereitwillig eingetaucht war, die Simulation unverzüglich akzeptiert hatte, sein Eifer und seine Energie. Dann das Zappeln und Umsichschlagen, das Grunzen und das atemlose Gestammel und zuletzt das plötzliche, kopulationsartige Zucken. Schließlich die erschreckende Tortur des Endes, wie er geschrien und sich gewehrt hatte wie ein wildes Tier, als Elizabeth ihn in den Wachzustand zurückgezerrt hatte. »Sie möchte noch weitere Meinungen einholen, da sie ihren eigenen Worten zufolge eine derartige Reaktion noch nie erlebt hat.« Er stellte sein Glas ab. »Sie weiß nicht, ob es sicher ist weiterzumachen.«

»Ich auch nicht«, warf Alison ein. »Ich weiß nicht, ob ich das noch einmal durchmachen könnte. Es war, als hätte er einen schrecklichen Anfall oder so was. Ich dachte ... am Ende dachte ich, er würde nicht wieder herauskommen.«

»Ja, aber dann hat er es doch geschafft, oder nicht?« beharrte Janet. »Und sieh ihn dir jetzt an. Er hat in jener Nacht geschlafen wie ein Baby – und ich teile schließlich das Zimmer mit ihm. Er ißt wie ein Pferd, strotzt vor Energie und Lebensfreude und wird jeden Tag kräftiger.« Sie blickte von einem zum anderen.

Jack betrachtete den Berg und rieb sich gedankenverloren das Kinn. Alison beobachtete eine Taube, die zwischen ihren Füßen herumstolzierte.

»Niemand hat behauptet, daß es ein Honigschlecken werden würde«, fuhr Janet aufmunternd fort und drückte Alisons Hand. »Was er am Tag des Unfalls durchgemacht hat, ist unvorstellbar, zu furchtbar, um es in Worte zu fassen. Aber er muß da irgendwie wieder rauskommen, und das wird garantiert eine traumatische Erfahrung. Für ihn und für euch. Aber vielleicht muß es so sein, damit die Therapie funktioniert. Vielleicht muß man ihm die Möglichkeit lassen, sich auf seine Art mit dem Geschehenen zu konfrontieren.«

»Aber es ist ja nicht so, als würde er sich dem stellen«, wandte Alison ein. »Er vermeidet es, läuft davor weg. Du hast ihn doch gesehen und gehört. Er hat die Konfrontation schlichtweg verweigert.«

Janet seufzte. »Ich will gar nicht so tun, als ob ich irgendwas von diesem Hokuspokus verstehe, und ich bin, offen gesagt, auch nicht sicher, ob ich das will.«

Ihr Bier kam, und sie goß es behutsam in ihr Glas. »Aber ich glaube an Gott, an die Macht des Gebets und an die Selbstheilungskräfte des Körpers, und das gilt auch für den Geist. Vielleicht, nur vielleicht, zeigt Ben uns den Weg, den Weg hinaus. Vielleicht müssen wir uns nur von ihm führen lassen, wohin er will, um sich dem Geschehenen zu stellen und es zu bewältigen. Vielleicht sollten wir einfach mit ihm gehen.«

Niemand sagte etwas, als sie ihr Glas zur Hand nahm und mit kritischem Blick ins Licht hielt.

»Weißt du was?« meinte Alison schließlich. Sie und Jack starrten Janet beide an. »Genau das hat Lizzie heute morgen auch gesagt.«

* * *

Elizabeth verließ ihr Büro und durchquerte gerade die Lobby, als ihr die Empfangssekretärin nachrief: »Päckchen für dich, Lizzie«, während sie den Erhalt mit einer Unterschrift bestätigte.

»Oh, könntest du es einfach auf meinen Schreibtisch legen? Ich hol es mir später.« Sie ging die Treppe hinauf in den ersten Stock, wandte sich nach links und öffnete die Tür zum Beobachtungsraum. Sally saß mit einem der jungen Techniker an einem Tisch und trank Kaffee. »Hallo zusammen.« Elizabeth lächelte. »Alles ruhig?«

»Bestens.« Sally blickte auf. Über die gesamte Länge der Wand waren zwei Reihen von Monitoren montiert, die jeweils mit einem handgeschriebenen Namensschild versehen waren. Über die Bildschirme wurden aus den Krankenzimmern die Daten der Vitalfunktionen sowie ein Videobild jedes Patienten übertragen. Insgesamt waren es zwölf Monitore. Bis auf vier waren sie alle abgeschaltet, die Namensschilder entfernt. »Viele sind ja nicht mehr übrig«, fügte sie leise hinzu.

»Nein«, sagte Elizabeth, während ihr Blick über die Bildschirme huschte.

»Wie ich sehe, sind auch unsere Freunde von Unheard Voice zurück«, fuhr Sally fort.

»Ja, ich fürchte ja.«

»Wo kommen die bloß alle her?«

»Weiß der Himmel«, sagte Elizabeth. Die Demonstranten waren schon da gewesen, als sie am Morgen in die Klinik gekommen war. Diesmal eine kleine Busladung, vor allem Frauen, einige in Begleitung von Kindern. Sie hatten auch eine Trage mit einer Puppe mitgebracht, die von oben bis unten mit Drähten bedeckt war und eine Halloween-Frankenstein-Maske trug. Auf einem Schild um ihren Hals stand: »Weniger Rechte als eine Laborratte.«

Elizabeth betrachtete die Bildschirme noch einen Moment länger, bevor sie sich wieder den beiden zuwandte. »Und was ist mit euch beiden?« sagte sie fröhlich. »Schon irgendwelche Pläne?«

Sie sahen sich an. »Nun, also, Fulton hat noch immer eine Stelle am MIT, auf die er zurückkehren kann«, begann Sally.

»Forschungsprojekt«, murmelte er schüchtern. »Immunologie.«

»Immunologie ist eine gute und wichtige Arbeit, Fulton, du solltest den Posten annehmen.«

»Und ich kann jederzeit wieder als gewöhnliche Krankenschwester arbeiten«, fuhr Sally fort. »Das heißt, wenn ich das wollte. Obwohl ich in letzter Zeit darüber nachgedacht habe, eine Fortbildung in geriatrischer Pflege zu machen. Die Arbeit mit den Kindern hier hat mich häufiger an alte Menschen denken lassen.« Sie lachte nervös. »Ich weiß auch nicht, warum.«

»Ich schon«, sagte Elizabeth leise. »Das ist eine wundervolle Idee, Sally, und du bist ein Naturtalent.« Ihr Blick blieb an Frankies Monitor hängen.

»Was wird mit ihr geschehen?« fragte Sally.

»Ich weiß es nicht. Sie ist sehr tief drin. Ich fange an, mich zu fragen, ob es ein Fehler war, sie anzunehmen, vor allem jetzt bei dem ganzen Theater.« Sie wies mit dem Kopf in Richtung Fenster. »Und ich fange auch an, mich zu fragen, wessen Interessen ich eigentlich diene, wenn ich sie behandle.«

»Ihren, Lizzie. Du tust doch immer, was das Beste für die Kinder ist, immer.«

»Mag sein«, sagte sie und starrte auf den Bildschirm. »Aber vielleicht ist es diesmal anders.«

Nach ein paar Minuten ließ sie die beiden allein, ging über die stillen Flure und blieb ab und zu stehen, um in eines der leeren oder belegten Zimmer zu blicken. Sie schaute auch bei Frankie hinein, setzte sich an ihr Bett und strich ihr mit den Fingern sanft über die weiche Kopfhaut.

Am Ende des Flurs befand sich die Doppeltür zum Operationssaal. Sie stieß sie auf. Nathan hatte ihr den Rücken zugewandt und beugte sich durch ein Loch, das in der Wand zum Kontrollraum klaffte. Die Trennscheibe stand vor seinen Füßen, und Bündel von Drähten ergossen sich wasserfallartig auf den Boden.

»Hallo, Knackarsch«, sagte sie leise und sah sich um. Normalerweise herrschte in diesem Raum emsige Geschäftigkeit, heute war es hier gespenstisch still.

»Der knackigste Arsch in der Branche, Baby.« Er zog den Kopf unbeholfen durch das Loch in der Wand, in einer Hand einen Haufen Stecker, in der anderen einen Schaltplan.

»Wie ich sehe, müssen wir jetzt auch noch unsere Reparaturen selbst erledigen, was?« Sie verzog das Gesicht.

»Ehrgeizige junge Elektroingenieure mit viel Geduld und muskulösem Körperbau?« Er grinste. »Wer braucht die schon?«

»Alle weg?«

»Ja, Gott sei Dank. Alle bis auf Gardner. Besser so, verdammt noch mal. Die machen eh nix als Ärger.« Er griff nach einem Schraubenzieher, klemmte ihn zwischen die Zähne und steckte den Kopf erneut in das Loch in der Wand.

»Nate?«

»Hm-hm.«

»Danke. Für alles.« Sie stieß die Tür auf.

»Hey, du verrückte Zicke!« Seine Stimme klang gedämpft.

»Was?«

»Weißt du noch, Boston?«

»Sicher, was ist damit?«

Sein glucksendes Lachen drang durch das Loch. »Gute Zeiten, Mann.«

Sie ging zu der letzten Tür und öffnete sie vorsichtig. »Annie!« rief sie leise und trat ans Bett. »Komm, komm, es ist Zeit aufzuwachen.« Annie seufzte tief und verzog das Gesicht, während ihre Augenlider sich flatternd öffneten. »Hallo, meine Süße«, sagte Elizabeth leise. Annie lächelte und blinzelte verschlafen, bevor sie sich unvermittelt aufrichtete, die Arme um Elizabeth schlang und ihr Gesicht an ihrer Brust vergrub.

»Aber, aber, nun komm schon, was soll denn das?« Elizabeth strich sanft über ihre Wange.

»Ich will hier nicht weg«, sagte Annie mit kleiner Stimme und klammerte sich noch fester an sie.

»Du willst nicht... aber, Liebes, deine Mom kommt doch heute. Du wirst mit einem Krankenwagen zum Flughafen gebracht, und dann fliegst du nach Hause.«

»Ich will aber nicht.«

»Natürlich willst du. Stell dir mal vor, wieder zu Hause bei Mom und Dad, mit all deinen Sachen, deinem Zimmer, deinen Freunden. In ein paar Wochen kannst du wieder zur Schule gehen. Das ist doch viel besser, als hier herumzuliegen mit einem Haufen Spinner wie uns.« Elizabeth hielt sie noch eine Weile länger im Arm, wiegte sie sanft hin und her und bettete ihren Kopf dann behutsam wieder auf das Kissen. »Nun komm, laß mich dich noch mal gründlich ansehen. Heute ist ein großer Tag für dich.« Sie setzte ihre Brille auf, nahm das um ihren Hals hängende Stethoskop und horchte Annies Brust ab. »Klingt großartig«, sagte sie aufmunternd.

»Was ist das für ein Krach?« fragte Annie, als die vor dem Fenster skandierten Parolen schriller wurden.

Elizabeth beugte den Oberkörper des Mädchens nach vorn, um ihren Rücken abzuhören. Dann ließ sie das Stethoskop sinken und tastete Annies Nacken und Hals ab. »Da draußen sind nur ein paar Leute, Liebes, Demonstranten. Nichts, worüber du dir Sorgen machen mußt, sie werden dir nichts tun.«

»Wogegen demonstrieren sie denn?«

»Nun«, sagte Elizabeth, zog eine Stablampe aus der Tasche ihres Kittels und richtete den Strahl nacheinander in beide Pupillen, »einige Leute meinen, daß das, was wir hier tun, falsch ist.«

»Warum?«

»Aus vielen verschiedenen Gründen.« Sie schob Annies Nachthemd hoch und tastete sanft ihren Unterleib und die Seiten ihres Körpers ab. »Einige von ihnen hassen offenbar nur das Gebäude und verwechseln das, was wir jetzt hier tun, mit dem, was hier vorher passiert ist.«

»Das ist doch verrückt.«

»Und wie. Und einige von ihnen glauben, daß es Gottes Wille ist, wenn jemand krank ist, und daß die Menschen sich da nicht einmischen sollen, weil Gott die Menschen schon wieder gesund werden läßt, wenn er es will. Andere sagen, es ist falsch, weil wir viel komplizierte Technik und ungewöhnliche Methoden anwenden. Und wieder andere sagen, daß wir Menschen wie dich nur benutzen, um Sachen herauszufinden, aus wissenschaftlichen und nicht aus medizinischen Gründen.«

»Aber das stimmt doch nicht.«

Elizabeth zog das Nachthemd wieder herunter und lehnte sich zurück. »Ich weiß das, Annie, aber die Leute haben vermutlich Angst. Sie sagen, weil du nicht mit uns reden konntest, hätten wir dir weh tun können, und du hättest es uns nicht sagen oder irgend etwas dagegen tun können. Oder wir hätten dir weh getan haben können, und du konntest dich hinterher nicht mal dran erinnern.« Sie hielt inne. »Ich kann ihre Sorge verstehen.«

»Aber es hat nicht weh getan, ich kann mich daran erinnern.«

Elizabeth sah sie an. »An was kannst du dich erinnern?«

Annie starrte auf ihre Finger und runzelte angestrengt die Stirn. »Ich weiß, daß ich sehr lange gelaufen bin. Ich war da und der große, dunkelhäutige Junge mit den schwarzen Locken. Ich habe geschlafen, und er hat mich geweckt und gesagt, daß wir jetzt zurückgehen müßten, und dann sind wir gemeinsam aufgebrochen.«

»Und wie war es?« Elizabeth bemühte sich, ihre Stimme ruhig zu halten. »Eure Wanderung.«

»Ziemlich lang und am Anfang auch sehr anstrengend. Ich wollte immer stehenbleiben und mich ausruhen, aber der Junge hat die ganze Zeit mit mir geredet und gesagt, wir müßten weitergehen, und das haben wir dann auch getan.« Sie grinste verlegen. »Er hat meine Hand gehalten.« Sie hob ihren Arm. »Jedenfalls sind wir einfach immer weitergelaufen. Es war anstrengend, aber es hat nicht weh getan, kein bißchen.«

»Und was ist dann passiert?«

»Nun, nach einer ziemlich langen Zeit ...« Sie biß sich auf die Lippe.

Elizabeth nahm ihre Hand. »Was?«

»Nun, es wurde irgendwie dunkler und verwirrender. Und da war so ein Geräusch, als ob der Wind heulen würde. Und ich hatte Angst, weil ich da schon allein war.«

»Was ist denn mit dem dunkelhäutigen Jungen passiert?«

»Ich weiß es nicht. Er war die ganze Zeit da, direkt neben mir. Und dann auf einmal nicht mehr, und ich hatte ein bißchen Angst. Doch nach einer Weile habe ich deine Stimme gehört. Du hast mich gerufen, meinen Namen. Also bin ich noch ein Stück allein weitergegangen, und dann habe ich auf einmal gemerkt, daß du es warst, die meine Hand gehalten und mir gesagt hat, du würdest meine Hilfe brauchen und ich solle aufwachen.« Sie zuckte die Schultern. »Das war's.«

Elizabeth blieb noch ein paar Minuten an Annies Bett sitzen. Dann stand sie auf und wandte sich zum Gehen. »Ich komme später noch einmal zu dir, wenn es Zeit ist aufzubrechen.«

Annie nickte. »Der dunkelhäutige Junge.« Sie hielt erneut die linke Hand hoch. »Meinst du, das war ein Engel?«

* * *

Lewis schloß seinen Wagen ab und schritt entschlossen auf die Treppe zu. Sofort wurden die bis dahin eher lustlosen Parolen lebhafter, während die Demonstranten sich gleichzeitig in fester Phalanx zum Eingang bewegten, um ihm den Weg zu versperren.

»Seht nur, er ist es.«

»Wer?«

»Ich weiß nicht. Ich kann nichts erkennen.«

»Schande, Schande!«

»Schande über wen? Wer ist es?«

»Er, der geschäftsführende Direktor. Oder nicht?«

»Der Geldbeschaffer.«

»Der Geldbeschaffer der Schande!«

»Finanzier der Folter!«

»Schande! Schande! Schande!«

Lewis stellte ruhig seinen Aktenkoffer ab, zog seine Hose hoch und knöpfte das zweireihige Jackett seines Anzugs zu. »Nun hören Sie mir mal gut zu«, sagte er gemessen und nahm seine dunkle Brille ab. Aus dem Augenwinkel sah er, wie ein Radioreporter über die Kieseinfahrt zu ihnen herübereilte, das Mikrofon in der Hand, das Bandgerät um die Hüfte baumelnd. »Sie sind zweifelsohne die bemitleidenswerteste Schar vertrockneter, alter Schachteln, die ich je gesehen habe. Warum verpißt ihr euch nicht wieder in euer Tipi im Wald oder wo auch immer ihr hervorgekrochen seid, anstatt ehrbaren Bürgern den Zutritt zu ihrem Arbeitsplatz zu versperren?« Einen Augenblick lang herrschte verdutztes Schweigen. Er blickte zu dem nahenden Reporter und senkte seine Stimme. »Und wenn ihr schon dabei seid, tut der Welt einen Gefallen und nehmt ein gründliches Bad, verdammt noch mal!«

Sofort erhob sich ein empörter Aufschrei. Lewis duckte sich unter gereckten Fäusten, fliegenden Flugblättern und geworfenen Plakaten. Der hinzueilende Radioreporter stieß auf eine undurchdringliche, brodelnde Masse. Mühsam bahnte er sich mit den Ellbogen einen Weg durch die Menge und erreichte schließlich atemlos das Zentrum, wo sich Lewis, den Aktenkoffer schützend vor die Brust haltend, einem dichten Ring von Demonstranten mit wutverzerrten Gesichtern gegenübersah.

»Don Riley, WKWV Radio!« brüllte der Reporter, den allgemeinen Tumult übertönend. Sofort legte sich der Lärm; ihre unverzüglich geweckte Neugier und die tiefsitzende Ehrfurcht vor den Medien ließen die Demonstranten verstummen. Der Reporter hielt Lewis das Mikrofon vors Gesicht. »Was ist passiert?« fragte er, den Ton auspegelnd.

»Die Herrschaft des Pöbels, das ist passiert«, sagte Lewis und strich empört seine Anzugjacke glatt. »Ich bin an meinem rechtmäßigen Arbeitsplatz eingetroffen und wurde am Zutritt gehindert. Ich habe gebeten, man möge mich durchlassen, das Ergebnis sehen Sie selbst. Und das in einer angeblich freien und demokratischen Gesellschaft.«

»Er hat uns vertrocknete, alte Schachteln genannt!«

»Ich habe nichts dergleichen getan, Madam, das möchte ich aufs heftigste bestreiten und sie gleichzeitig bitten, Ihre Sprache zu mäßigen. Dies ist eine Kinderklinik.«

»Nein, das ist es nicht.« Eine große, dunkelhaarige Frau drängte nach vorn. »Dies ist ein Haus schandhafter und barbarischer Perversionen an jungen Menschen.«

Der Reporter schwenkte sein Mikro in ihre Richtung. »Verzeihung, Sie sind ...«

»Linda Beamon, Sprecherin von Unheard Voice.«

Lewis streckte den Arm aus und bog das Mikro wieder in seine Richtung. »Ach ja, das wird Linda Beamon sein, Ehefrau von Mr. Floyd Beamon, der, wie Ihre Zuhörer vielleicht nicht wissen, Don, Vorsitzender eines Unterausschusses der Gemeinde ist, der unter anderem für den Flächennutzungsplan und die Erteilung von Bau- und Betriebsgenehmigungen in diesem Gebiet zuständig ist.«

»Ähm, nein, das wußte ich nicht. Mrs. Beamon?«

»Das hat absolut nichts mit den Grausamkeiten zu tun, die hinter diesen Mauern geschehen. Wir sind hier –«

»Derselbe Unterausschuß übrigens, der die Betriebsgenehmigung der vorherigen Pächter des Grundstücks zunächst erteilt und dann unter dem Druck lokaler sogenannter Menschenrechtsaktivisten wieder zurückgenommen hat. Derselbe Ausschuß, der auch die Betriebsgenehmigung des Perlman Institute erteilt hat und jetzt unter Druck steht, sie zurückzuziehen. Derselbe Unterausschuß, Don, der zur Zeit zufälligerweise auch drei weitere Anträge auf Nutzung dieses Grundstücks bearbeitet.«

»Tatsächlich? Ich –« Der Reporter wandte sich von einem zum anderen. Die Menge war gänzlich verstummt.

»Das ist vollkommen irrelevant, hier geht es um die systematische Mißhandlung von Kindern.«

»Einen von einer Supermarktkette, einen von einem Konsortium, das ein kleines Industriegelände plant. Und am interessantesten, einen dritten von einer Immobiliengesellschaft, zu deren Direktorium rein zufällig auch der zuvor erwähnte Floyd Beamon gehört. Finden Sie das nicht auch ein klein wenig merkwürdig, Don?« Er bückte sich, um den Aktenkoffer aufzuheben.

»Nun, in der Tat, Mrs. Beamon, möchten Sie das vielleicht kommentieren?«

»Und ob ich das kommentieren möchte.«

Lewis drängte sich bis zur Treppe vor und griff ein letztes Mal nach dem Mikrofon, während er mit der anderen Hand zum Himmel zeigte. »Sie sehen also, Don, wir haben es mit wirtschaftlichen Interessen zu tun, die sich mit dem Mantel der Nächstenliebe tarnen, mit kommerziellem Opportunismus, der sich hinter Plakaten versteckt, die angebliche Menschenrechtsverstöße anprangern, mit der Art bigotter Hexenjagdmentalität und einem zynischen Mißbrauch der Medien, die, das sage ich Ihnen, an der Wurzel unserer gesellschaftlichen Probleme liegen und nicht nur verfassungswidrig und undemokratisch, sondern auch unamerikanisch sind.« Aus den hinteren Reihen gab es vereinzelten Applaus, der sofort von einem wütenden Zischen zum Verstummen gebracht wurde. Lewis nickte der Menge zu, drehte sich um und marschierte durch den Eingang. Kurz darauf stieß er die Tür zu seinem Büro auf.

»Lew, das war absolut phantastisch.« Elizabeth blickte vom Aktenschrank zu ihm hoch. »Ich habe durchs Fenster alles mitgehört. Wie um alles in der Welt hast du den ganzen Kram mit der Supermarktkette und Beamon und dem Gemeindeausschuß herausgefunden?«

»Man muß seine Feinde kennen«, sagte er mit einem Blick auf den Schrank. Sie blätterte in irgendwelchen Patientenakten. Er warf sein Jackett ab, ging zur Kaffeemaschine und löste den obersten Knopf seines Hemdes. »Die erste Lektion im Jurastudium in Harvard. Ähm, kann ich dir irgendwie behilflich sein?«

»Ich suche nach der Akte von Raoul Hernandez.«

»Zweite Schublade von unten.«

»Ich wollte nachsehen, wann er die Klinik verlassen hat, um nachzuprüfen, ob Annie Dean ihn je getroffen hat. Nachdem sie aufgewacht ist, meine ich.«

»Ach ja?« Er goß sich eine Tasse Kaffee ein. »Und hat sie?«

»Ich glaube nicht.«

»Ist das gut?«

»Ich bin mir nicht sicher. Lewis, ich habe das hier gefunden.« Sie hielt einen Brief mit dem Siegel des Verteidigungsministeriums hoch. Sofort ließ er die Schultern sacken, schlug den Blick nieder und schürzte die Lippen.

»Der Brief ist elf Monate alt, Lewis. Du verhandelst schon seit fast einem Jahr mit ihnen, und ich habe vor drei Tagen zum erstenmal davon gehört.«

Meine liebste Elizabeth,
Du hattest recht, ich weiß ein wenig über das, was Du mit Deinem englischen Jungen erlebst. (Ben, nicht wahr?) Ich bin vor mehr als fünfzehn Jahren bei einer meiner Patientinnen selbst einmal auf dieses oder ein sehr ähnliches Phänomen gestoßen. Auch sie war jung und zutiefst traumatisiert durch den Tod eines Geschwisterkindes, den sie aus nächster Nähe mit angesehen hatte und für den sie sich verantwortlich fühlte.
Als Mediziner weiß ich instinktiv, daß wir im Umgang mit bestimmten Bereichen der menschlichen Psyche noch nicht soweit sind, daß wir noch nicht bereit sind, mit ihnen umzugehen – sowohl als Ärzte als auch als Menschen –, genauso wie es noch immer viele Bereiche der menschlichen Physiologie gibt, über die wir noch mehr lernen müssen, bevor wir beginnen können zu operieren oder bestimmte Krankheiten zu therapieren. Aber als Wissenschaftler weiß ich, daß all diese Gebiete irgendwann erforscht sein werden und daß jede Erforschung des Unbekannten Risikobereitschaft erfordert, wenn man einen Durchbruch erringen will. Irgend jemand muß der erste sein, genauso wie irgend jemand die erste Herztransplantation, die erste Mandeloperation und den ersten Kaiserschnitt durchgeführt hat.
Du wirst Dich kaum an die Sitzungen erinnern, darauf habe ich sorgfältig geachtet. Mir jedoch haben sie sich für immer ins Gedächtnis gegraben. Mein Ziel war es, Dir dabei zu helfen, Deine vollkommen unbegründeten Schuldgefühle wegen Daniels Tod zu überwinden und die Tatsache zu akzeptieren, damit Dein Leben weitergehen konnte. Ich war nur teilweise erfolgreich. Ja, Dein Leben ist weitergegangen, aber ganz und gar jenseits unseres Einflusses, weit weg von uns. Und bei meinem Versuch, Dir zu helfen, Dich Deinen Schuldgefühlen zu stellen, bin ich auf ein völlig unerwar-

tetes Schlupfloch in etwas anderes gestoßen: Deine berühmten »alternativen Bewußtseinsebenen«, wenn Du willst. Ich habe mich wie ein Narr in die Sache hineingestürzt, Du warst völlig unkontrollierbar, ich war zu Tode erschrocken und habe mich ganz daraus zurückgezogen.

Manche Menschen sind geborene Pioniere, so wie Du. Wir anderen können Euch nur folgen und von den Wagnissen profitieren, die Ihr auf Euch nehmt. Bitte urteile deswegen nicht zu streng mit mir. Doch vor allem, mein liebstes Mädchen, sei besonnen und geduldig wie ein Engel.

Mit all meiner Liebe

Dad

Es war dunkel geworden, und mit dem Abend war ein scharfer kühler Herbstwind aufgezogen, der die Fenster beschlug und den Boden mit einem Teppich aus glitzernden Tautropfen überzog. Ein strahlend leuchtender Halbmond tauchte aus dem zerrissenen Schleier einer hohen, dünnen Wolke, verschwand wieder, um wenig später erneut aufzutauchen. Durch das offene Fenster riß eine kalte Bö an der Jalousie und ließ den auf dem Tisch liegenden Brief aufflattern.

»Ich wußte, daß das Eis brechen würde«, sagte ein junges Mädchen. Ihre Stimme war kaum zu verstehen. Sie sprach gedämpft und machte lange Pausen zwischen den einzelnen Sätzen, ihr Tonfall war langsam und schwerfällig, als hätte man sie in halber Geschwindigkeit aufgenommen. »Ich wußte es einfach. Er war mit den Schlittschuhen schon fast zwei Tage lang immer über dieselbe Stelle gelaufen, die Kufen hatten sich in das Eis geschnitten. Immer dasselbe Muster, mehr als fünfzigmal. Ich habe es aufgeschrieben. Ich hätte es verhindern können, ich hätte nur die Torpfosten ein wenig umsetzen müssen, das ist alles.«

Elizabeth saß mit Kopfhörern reglos da und starrte blind auf die sich gleichmäßig drehenden Spulen der Kassette, während sie aus dem Augenwinkel eine einzelne Träne wegwischte. Kurz darauf blieben die Spulen stehen, die Kassette schaltete sich klackend ab. Sie schluckte und blieb noch eine Weile in der Stille sitzen, bevor sie sich langsam vorbeugte, die Kassette herausnahm und die nächste einschob.

Stunden später klopfte Lewis an ihre Tür. Als er keine Reaktion hörte, kam er herein. Im Zimmer war es fast vollkommen dunkel, doch er konnte ihre blassen Umrisse am Schreibtisch ausmachen. »Elizabeth?« fragte er vorsichtig. »Können wir reden?«

»Sicher, Lew«, erwiderte sie leise. »Komm rein.«

»Alles in Ordnung mit dir?« fragte er, rieb sich die Hände und sah sich in dem Raum um. »Mein Gott, hier drin ist es aber kalt. Bist du sicher, daß alles in Ordnung ist, Lizzie? Du bist weiß wie ein Laken.«

Sie nickte, ohne den Blick von dem Stapel Kassetten zu wenden. »Ja, mir geht es gut, ich bin nur irgendwie müde.«

»Bitte, du mußt mir glauben«, sagte er ein wenig später. Er hatte das Fenster geschlossen, seine Jacke über ihre Schultern gehängt und die Schreibtischlampe angemacht. »Ich wollte dich nie vorsätzlich täuschen, Lizzie, das mußt du verstehen. Doch es gab an allen Ecken und Enden Probleme, Schadensersatzklagen, schlechte Presse, finanzielle Schwierigkeiten. Ich wollte dich vor all dem schützen, das war schließlich mein Job. Gleichzeitig wollte ich unsere Zukunft sichern. Also habe ich angefangen, mögliche andere Organisationsformen und Geschäftsstrukturen zu sondieren. Das Vertragspaket mit dem Verteidigungsministerium war nur eine von vielen möglichen Optionen.«

»Aber du hast es trotzdem durchgezogen, ohne mir und Nate etwas davon zu sagen.«

»Ich weiß.« Er seufzte. »Aber ich wußte auch, daß du dagegen sein würdest, und als dann noch die einstweilige Verfügung und die Stillegung der Klinik drohten, bin ich einfach panisch geworden.«

»Also bist du nach Washington geflogen und hast einen Vertrag ausgehandelt.«

Er beobachtete ihre Augen. »Ja. Nein, noch schlimmer. Ich habe einen Vertrag unterschrieben. Oder, genauer gesagt, eine vorläufige Vereinbarung, was aufs selbe hinausläuft. Im Prinzip zumindest glauben sie, bereits Zugriff auf unsere Technologie zu haben.«

»Was?« Elizabeth starrte ihn fassungslos an.

»Das war der Hauptgrund für ihren Besuch neulich. Sie wollten sich Nathans Trickkiste oben ansehen.«

»Lewis, ich kann nicht glauben, was ich da höre. Wie konntest du nur?«

»Es tut mir leid. Aber ich habe in unserem besten Interesse gehandelt. Und es ist ein wirklich großartiges Paket, Lizzie, mit enormem Potential, überleg doch nur mal.«

Sie schob ihren Stuhl zurück, stand auf, ging zur Wand, schlang sich die Arme um die Schultern und betrachtete das gerahmte Bild.

»Wie dem auch sei«, sagte sie schließlich, »vielleicht ist es nicht mehr wichtig.«

»Was soll das heißen?«

Sie drehte sich zu ihm um. »Kannst du sie mir noch eine Weile vom Hals halten, nur noch ein bißchen länger?«

»Meine Güte, Lizzie, ich weiß nicht, es wird langsam unangenehm. Ich habe sie pausenlos an der Strippe, und sie planen, im Laufe der nächsten paar Tage vorbeizukommen, vielleicht schon morgen. Weiß der Himmel...«

»Halt sie hin, bitte, nur noch ein bißchen länger.« Sie fegte die Kassetten in eine Schreibtischschublade und gab ihm sein Jackett. »Das schuldest du mir. Ich muß jetzt los, aber wir reden morgen früh weiter.«

Lewis' Gesichtszüge entgleisten.

Plötzlich beugte sie sich zu ihm hinüber und küßte ihn auf die Wange. »Ich habe dir vertraut, Lewis. Das habe ich immer getan, seit jenem ersten schrecklichen Kaffee in dem Krankenhaus in Philadelphia. Ich wußte, daß du hattest, was mir fehlte, um den Traum wahrzumachen, und daß ich dir vertrauen konnte, es auch zu tun.« Sie nahm ihre Wagenschlüssel und ging zur Tür. »Jetzt brauche ich deine Hilfe, um es zu Ende zu bringen. Halte sie hin, nur noch eine Weile. Diese Sache ist einfach zu wichtig.«

Die Tür fiel zu, und er schüttelte langsam den Kopf. »Na, hoffentlich.«

* * *

Jack öffnete die Tür. »Du liebe Güte, hallo, kommen Sie rein. Alison, es ist Lizzie!« rief er über die Schulter und hielt sich mit einer Hand unbeholfen den Bademantel zu. »Ist irgendwas passiert?« fragte er rasch. Ihr Gesicht war wie versteinert.

Alison kam, die Stirn mit Nachtcreme eingeschmiert, aus dem Bad. »Ist mit Frankie alles in Ordnung?«

»Es tut mir leid, es ist schon schrecklich spät«, entschuldigte sich Elizabeth, verlegen in der Tür stehend. »Bitte, machen Sie sich keine Sorgen, Frankie geht es gut, absolut bestens.«

»Oh, nun gut, kommen Sie rein, bitte.« Alison sammelte eilig ein paar Kleidungsstücke vom Bett und stopfte sie in eine Schublade. »Tut mir leid, daß so ein Durcheinander herrscht, aber wir waren den ganzen Tag unterwegs. Nehmen Sie doch für einen Moment auf dem Bett Platz, ich hol uns noch einen Stuhl.«

»Das ist sehr nett von Ihnen, aber ich will nicht lange bleiben. Ich bin nur gekommen, um nach unserem Gespräch heute morgen alles gründlich zu erklären, um die Karten auf den Tisch zu legen, sozusagen.«

»Ah«, sagte Jack. Er zwängte sich an ihr vorbei und begann die Zellophanverpackung der Plastikbecher des Hotels aufzureißen. »Ich denke, in diesem Fall brauchen wir vielleicht einen Scotch.

Wir wollten uns gerade ein Schlückchen zur guten Nacht genehmigen.« Er sah sie an. »Und Sie sehen aus, als könnten Sie auch einen gebrauchen.«

»Danke.« Sie lächelte trocken. »Vielleicht kann ich das wirklich. Es geht um Ben und Frankie.«

»Sind Sie zu einer Entscheidung gekommen?« fragte Alison.

»Deswegen bin ich hier«, sagte Elizabeth. »Ich wollte, daß wir sie gemeinsam treffen.«

Jack sah Alison an, sie nickte, und er klopfte leise an die Wand. Sekunden später ging die Tür zum angrenzenden Zimmer auf, und Janet kam in Pantoffeln und Morgenmantel hereingerauscht, ihre Lockenwickler unter einem Haarnetz gesichert. »Hat hier irgendwer was von Scotch gesagt?«

Sie besprachen alles ausführlich. Lizzie berichtete von den Schwierigkeiten in der Klinik, von ihren Sorgen um die weitere Zukunft, von dem schrumpfenden Personalbestand, dem stetigen Exodus von Patienten und den finanziellen Problemen. Sie schilderte den wachsenden Druck durch die Demonstranten, die Schmierereien an den Wänden, die Drohanrufe und ihre zunehmenden Sorgen um das Wohlbefinden der verbliebenen Patienten. Sie erzählte ihnen von den Klagen, der Überwachung, den angezapften Telefonen und von der wachsenden Kritik aus Kreisen der etablierten Schulmedizin, dem Mangel an Einsicht, den Eifersüchteleien und Unterstellungen. Und sie setzte sie auch über die Pläne des Verteidigungsministeriums in Kenntnis, sich Zugang zu ihren Forschungsergebnissen zu verschaffen.

Sie schilderte ihnen ihre persönlichen Ängste und Zweifel daran, ob bestimmte Aspekte ihrer Arbeit ethisch gerechtfertigt waren. Sie räumte ein, den Standpunkt der Demonstranten nachvollziehen zu können, und gestand, daß die Ereignisse der jüngsten Zeit ihren Glauben an sich selbst und an ihr Recht untergraben hätten, ihre Arbeit fortzuführen. Sie offenbarte, wie sehr ihre Fehlschläge sie getroffen hatten und daß sie immer öfter darüber nachdenken würde, das Programm ganz einzustellen.

Und dann erzählte sie ihnen von sich selbst, von ihrer Kindheit, ihrem Bruder Daniel und wie er gestorben war. Wie ihr Vater damals versucht hatte, ihr bei der Bewältigung dieser Krise zu helfen, ziemlich genau so, wie sie es jetzt bei Ben versuchte. »Ich habe mir die Schuld gegeben, ich hatte das Gefühl, verantwortlich zu sein, genau wie Ben. Schließlich sollte ich auf ihn aufpassen.«

Schweigen senkte sich über das Zimmer. »Schrecklich«, sagte Janet schließlich. »Das muß einfach schrecklich für Sie gewesen sein. Für Sie alle.«

»Ja, das war es«, sagte sie leise. »Und trotzdem ist die ganze Episode, das komplette Trauma gleichsam entfernt, aus meinem Unterbewußtsein ausradiert worden. Deshalb habe ich es in gewisser Weise nie gewußt. Ich habe keine Erinnerung an die Therapiesitzungen, überhaupt keine. Ich wußte nicht einmal, daß sie stattgefunden haben. Bis mein Vater mir heute die Bänder geschickt hat.«

»Dann war die Behandlung bei Ihnen also erfolgreich«, sagte Alison. »Sie haben das Trauma überwunden, Sie haben es bewältigt und Ihr Leben weitergelebt.«

»Ja, das habe ich, aber nicht dasselbe Leben, sondern ein vollkommen anderes. Ich habe alles, was mit meinem vorherigen Leben zu tun hatte, gekappt. Ich habe es gelöscht, als hätte es nie existiert.«

»Wollen Sie damit andeuten, daß das auch Bens Art der Bewältigung sein würde, wenn wir weitermachen?«

»Vielleicht. Unbewußt funktioniert er bereits in einer ganz anderen Welt. Wenn wir die zusammen mit dem Trauma auslöschen, so wie mein Vater es bei mir getan hat, wird er möglicherweise als vollkommen veränderter Mensch wieder herauskommen – ein Fremder für Sie, genau wie Sie umgekehrt für ihn.«

Die Fensterscheiben vibrierten, als draußen ein Lkw vorbeifuhr. Jack griff nach der Flasche und schenkte ihnen nach. »Und was ist mit Frankie?« fragte Alison.

Elizabeth atmete langsam aus. »Ich habe Ihnen doch gesagt, daß wir nach der Sitzung und den Tests in der ersten Woche all ihre Daten noch einmal durchlaufen lassen wollten.« Sie sahen sie stumm und aufmerksam an. »Nun, es sieht nicht gut aus. Ich glaube noch immer, daß sie da drinnen ist, das habe ich von Anfang an gespürt. Aber sie ist sehr tief drinnen. Um sie zu erreichen und vielleicht sogar zurückzuholen, müßte man sehr massiv und weit vordringen, es ist ein furchtbares Risiko, und gerade jetzt ...«

»Wollen Sie sagen, daß es nicht geht? Daß man sie nicht erreichen kann?«

Sie schlug die Augen nieder. »Nein. Ich sage nur, daß ich nicht glaube, daß ich es kann. Es tut mir sehr leid.«

»Ich kann es.«

Sie drehten sich um. Er stand in der Tür, und das Licht aus dem Zimmer hinter ihm ließ seinen schmächtigen Körper unter dem Schlafanzug durchscheinen. Sein silbernes Haar war vom Schlaf zerzaust.

»Ich kann sie holen, ich weiß, daß ich es kann. Bitte, laßt mich.«

14. KAPITEL

Als sie sich über die Ebene in Richtung Horizont aufmachten, blies ein trockener Wind und pflügte mit einem Rauschen wie von wogender Brandung Furchen in das hohe Gras. Langsam und träge wie weidende Schafe zogen am azurblauen Himmel Wolken dahin und sprenkelten die Landschaft mit flüchtigen Schatten. Bis auf das Seufzen des Windes, das Rascheln ihrer Schritte und den gleichmäßigen Rhythmus ihres Atems war es vollkommen still.

Sie wanderten fast den ganzen Tag und machten nur hin und wieder eine Pause, um ein Stück Schokolade zu essen oder einen Schluck Wasser aus der Flasche in seinem Rucksack zu trinken. Als die Sonne sich langsam dem in weiter Ferne vor ihnen liegenden Horizont näherte, wurde das Weideland karger und felsiger, das Gras kürzer und stacheliger. Sie stießen auf niedrige Sträucher und kurze, knorrige Gewächse, der Boden unter ihren Füßen wurde hart und uneben. Nach einer Weile fiel die Landschaft sanft zu einem Tal hin ab. Sie faßten sich an den Händen und überquerten die Kuppe eines flachen Hügels, als sie das Geräusch von fließendem Wasser hörten. Mit einemmal fröhlich lachend, rutschten und schlitterten sie einen breiten Schieferbruch hinunter bis zu einem felsigen Flußlauf.

»Es ist so schön!« rief sie atemlos, und ihre grünen Augen strahlten. Der Strom war breit und flach, und das widerhallende Gurgeln und Plätschern seines vielfach gewundenen Laufes erfüllte die Luft. In den sandigen Becken vor ihren Füßen wirbelte das glasklare Wasser winzige Strudel auf und spritzte ein paar Armlängen entfernt gischtig um flechtengrüne Felsen und Steine. Noch weiter zur Mitte des Stroms hin wogten tiefere Fluten lautlos über unsichtbare Hindernisse in dem unebenen Flußbett. »Sollen wir hier übernachten?«

Er warf den Rucksack ab, ging in die Hocke und tauchte die Hände in das eisige Kristall. Sobald er das Wasser berührt hatte, verschwammen seine Finger zu einer braunen Brühe, das Murmeln des Stroms wurde zu einem tiefen, gedämpften Brummen. Er blickte auf: Ein dichter, giftig-gelber Nebel hatte das Licht getrübt. »Was ist los?« hörte er sie entsetzt rufen.

»Weiß der Himmel! Das ganze System flippt wieder aus, genau wie neulich.« Nathan drehte sich fluchend zu seinem Steuerpult um und legte mit einer Hand wiederholt diverse Kippschalter und herausgesprungene Schaltstufen um, während er mit der anderen auf seine Tastatur hämmerte, um Sequenzer und Meßwerterfassung neu ein- und Alarmtöne abzustellen. Jack saß neben ihm und beobachtete ihn atemlos. Er wandte sich zu der Scheibe und fing Alisons Blick auf: Angespannt und blind starrte sie in seine Richtung. Vor ihr lag Frankie in einem Geflecht aus Drähten und Kabeln. Auf dem Bett neben ihr zuckte Bens Körper spasmisch, sein Kopf mit einem neuralen Schädelnetz überzogen.

»Vitalfunktionen, Sally!« Elizabeth erhob ihre Stimme über den Dauerlärm diverser Alarmtöne und trat rasch an das Kopfende von Bens Bett.

»Frankie geht es bestens, keinerlei Veränderungen, leicht animiert, aber gleichmäßig und stabil.«

»Okay, und Ben?«

»Springt hin und her. Herzschlag achtzig, Atmung schnell und flach, aber keinerlei Anzeichen von Hypoxie oder Streß, er ist einfach nur...«, Sally studierte den Monitor, Janet saß steif neben ihr, »... unglaublich beschäftigt.«

»Okay, Nate, was hast du?«

»Geht ab wie ein Feuerwerk am Nationalfeiertag, alles knallt gleichzeitig durch. Ich muß die Kontrollprogramme für eine Weile runterfahren, bis ich einen Weg gefunden habe zu verhindern, daß sie permanent das ganze System überladen.« Er hielt inne. Der letzte Alarm verstummte.

»Okay. Und in der Zwischenzeit?« In der plötzlichen Stille klang ihre Stimme fest und klar.

Nathan zuckte die Schultern. »In der Zwischenzeit ist er auf sich gestellt.«

Sie schürzte die Lippen, betrachtete Ben und fühlte den Puls an seinem Hals. »Wie lange hat es alles in allem gedauert?«

»Alles in allem? Fünfundsiebzig Sekunden.«

Jack rückte sein Mikrofon zurecht und räusperte sich. »Ähm, Lizzie.«

Sie sah zu ihm hoch. »Schon gut, Jack, ihr Zustand ist stabil, bei allen beiden. Sally, kannst du die Sache ein paar Minuten im Blick halten, während Nathan das System wieder startklar macht und ich kurz mit Jack und Alison rede? Wir sind gleich dahinten im Überwachungsraum. Drück auf den Knopf, wenn etwas passiert, egal was.« Dicht gefolgt von Alison ging sie zur Tür.

»Also, beiden geht es gut«, wiederholte sie kurz darauf und reichte Alison einen Becher Wasser. Sie blickte zu den Monitoren an der Wand. Janet war von ihrem Stuhl aufgestanden, beugte sich über Ben und hielt offenbar seine Hand.

»Aber was ist passiert?« fragte Jack. »Es ging alles so unglaublich schnell.«

»Das wissen wir nicht mit Sicherheit, aber es hat ganz den Anschein, als würde auf irgendeiner Ebene ein massiver Datenaustausch stattfinden.«

»Was, zwischen den beiden?«

»Zwischen den dreien, Frankies Netz, dem Kontrollzentrum und Ben. Das System sendet und empfängt weiterhin Daten an und von Frankie, gleichzeitig haben wir einen unmittelbaren Schub sehr intensiver Aktivität von Ben. Das Problem ist nur, wenn wir versuchen, diesen Datenaustausch nachzuvollziehen, überladen wir die Kontrollsysteme.«

»Ist das gefährlich?« fragte Jack besorgt.

»Es ist an und für sich nicht gefährlich, aber es heißt, daß wir Probleme haben, das Geschehen zu verfolgen«, antwortete Elizabeth.

»Aber Ben ist so aufgewühlt, so erregt«, wandte Alison mit vor Sorge weit aufgerissenen Augen ein.

»Seine Vitalfunktionen werden nach wie vor vom Computer aufgezeichnet, und die sagen uns, daß sein Zustand stabil ist. Genau wie der von Frankie. Glauben Sie mir, wenn dem nicht so wäre, hätten wir die Sitzung längst abgebrochen, das können Sie mir glauben.« Sie schob ihre Brille hoch und starrte nachdenklich auf den Monitor. »Nein, im Augenblick ist unser Problem die Meßwerterfassung. Wenn wir versuchen, den stattfindenden Datenaustausch nachzuvollziehen, wird der Prozeßrechner überlastet.«

Jack beugte sich vor. »Und, ähm, was genau geschieht Ihrer Ansicht nach?« fragte er.

Sie sah die beiden nacheinander an. »Ich weiß es nicht genau, niemand weiß das. Doch unserer Ansicht nach könnte es sich so verhalten, daß Ben auf irgendeine Weise versucht, sie zu erreichen, möglicherweise unter Verwendung der Programmsteuerung und des neuralen Netzes, als Tritt- und Sprungbrett sozusagen.« Sie setzte sich und blickte auf einen der leeren Monitore. »Wir hatten ein Mädchen hier, Annie Dean. Sie ist gestern nach Hause gefahren. Sie ist vor ein paar Wochen aufgewacht, kurz nach einem ähnlichen Zwischenfall bei einer Sitzung, bei der wir bei ihr und einem Jungen namens Raoul eine kombinierte Programmsequenz haben laufen lassen. Gestern hat sie mir erzählt, daß sie sich an Raoul erinnert, an eine gemeinsame Wanderung; er hat mit ihr geredet und ihr gesagt, daß sie aufwachen müßte.«

»Aber hat sie diese Dinge wirklich erlebt, oder könnte sie sie nicht einfach nur geträumt haben?«

»Vielleicht beides«, erwiderte Elizabeth nachdenklich. »Aber sie hat sein Aussehen sehr präzise beschrieben. Dabei sind sie sich nie begegnet.«

»Und Sie glauben, die beiden hätten möglicherweise irgendwie miteinander kommuniziert?«

»Schon möglich, obwohl ›interagieren‹ vielleicht das bessere Wort ist. Denn da ist noch etwas Seltsames.« Sie leerte ihren Becher und erhob sich. »Annie erinnert sich daran, daß er mit ihr geredet hat. Sehr viel, ununterbrochen. Dabei ist er Peruaner. Er spricht gar kein Englisch.«

* * *

»Guaranteed Mutual and Medical? Ja, hier Lewis Kern vom Perlman Institute, ich rufe zurück wegen des Anrufs von Mr., ähm, Hixby.« Lewis wartete, trommelte mit den Fingern auf die Schreibtischplatte und reckte sich, um aus dem Fenster zu spähen, als ein weiterer Wagen die Auffahrt heraufrollte. »Mr. Hixby? Ja, Lewis Kern, Sie hatten um meinen Rückruf gebeten. Tut mir leid, daß es eine Weile gedauert hat... Ihr Schreiben? O ja.« Er kramte durch den Berg von Papieren auf seinem Schreibtisch. »Ähm, es scheint mir im Augenblick nicht vorzuliegen, vielleicht könnten Sie kurz umreißen, worum...« Er hörte lange zu, während er, das Telefon unters Kinn geklemmt, in seiner überquellenden Ablage wühlte, bis seine rastlose Suche nach und nach erlahmte. »Ja, das verstehe ich, Mr. Hixby, aber das erscheint mir doch ein klein wenig drastisch, finden Sie nicht auch? Ja, aber Sie müssen sich auch die Tatsache vor Augen führen, daß wir, wenn Sie die Deckungszusage für unsere Haftpflichtversicherung vorübergehend aussetzen, praktisch nicht in der Lage sind, unseren Betrieb weiterzuführen ... Ja, ich weiß, daß es sich nur um eine vorübergehende Aussetzung bis zum Abschluß der Ermittlungen des Bundesgesundheitsamtes handelt, aber es ist trotzdem ein ernsthafter Schlag. Könnten Sie Ihre Deckungszusage nicht fürs erste aufrechterhalten, bis ...« In der Lobby brach ein Tumult aus: Er konnte Schritte und erhobene Stimmen hören. »Ah, ja, wir müssen natürlich auch an unsere anderen Kunden denken. Nein, wir wollen auf gar keinen Fall, daß sie sich in irgendeiner Form kompromittiert fühlen, Gott bewahre. Nun, ich muß jetzt auflegen, ich habe hier ein paar kranke Kinder, um die ich mich kümmern muß, einen schönen Tag noch.« Er knallte den Hörer auf die Gabel. »Ermittlungen des Bundesgesundheitsamtes?« murmelte er nachdenklich. Der Lärm vor der Tür schwoll unvermittelt an. Fluchend schob er seinen Stuhl zurück und riß die Tür auf.

»Was zum Teufel ist hier eigentlich los?« donnerte er. In der Halle direkt vor der Eingangstür standen vier Demonstranten, angeführt von Linda Beamon, vor ihnen eine nervöse Empfangssekretärin, die mit erhobenen Händen versuchte, sie am weiteren Vordringen zu hindern. Mit angespannter und ängstlicher Miene drehte sie sich zu Lewis um.

»Oh, Mr. Kern, Gott sei Dank. Ich habe versucht, sie aufzuhalten, aber sie haben darauf bestanden.«

»Himmel«, murmelte er und ging auf die Frauen zu, während er kurz einen Blick zum Wartebereich hinüberwarf, wo zwei Techniker aus den Laboratorien des Verteidigungsministeriums es sich in den Sesseln bequem gemacht hatten und in Zeitschriften blätterten. Sie waren vor einer Dreiviertelstunde eingetroffen, Washington hatte sie zu einem technischen Informationsgespräch mit Nathan hergeschickt. Lewis hatte ihnen höflich erklärt, daß Mr. Greenwater zur Zeit sehr beschäftigt sei und das wahrscheinlich auch noch den ganzen Tag sein werde. Das sei kein Problem, hatten sie erwidert. Sie könnten warten.

»Okay, Judy, ich kümmere mich darum.« Mit hochgezogenen Augenbrauen musterte er die Demonstranten. »Da schau an, Mrs. Beamon. Welch unerwartete Freude. Normalerweise wäre es mir ein Vergnügen, hier herumzustehen und mit Ihnen zu plaudern, aber heute sind wir leider alle ein wenig beschäftigt. Wenn es Ihnen also nichts ausmacht, fassen Sie sich kurz. Indem Sie dieses Gebäude ungebeten betreten haben, haben Sie und Ihre Freunde soeben die Grenze zwischen einer legalen friedlichen Demonstration und dem unbefugten Betreten eines Privatgrundstücks in Tateinheit mit Hausfriedensbruch überschritten. Dies«, sagte er und zeigte auf den Boden, »ist Privatbesitz, den Sie widerrechtlich betreten. Ich gebe Ihnen fünf Sekunden, sich umzudrehen und das Gelände zu verlassen, andernfalls werde ich die Polizei rufen, Sie von dem Grundstück entfernen lassen und Sie samt Ihrem traurigen Arsch von hier bis Talahassee und zurück verklagen.«

»Nur zu, Großmaul«, erwiderte sie ruhig. »Die Polizei wartet schon draußen.«

»Was?« Er blickte über ihre Köpfe hinweg. Sie hatte recht. Tatsächlich stand in der Einfahrt ein Streifenwagen. »Nun, sehr gut, das spart mir den Anruf.« An den Demonstranten vorbei drängte er sich zur Tür. Direkt hinter ihnen stand ein kleiner Mann mit schütterem Haar, grauem Anzug und Aktenkoffer, eingekeilt zwischen Innen- und Außentür, und wartete. »Verzeihen Sie?« sagte er unsicher.

»Einen Moment.« Lewis fegte an ihm vorbei die Treppe hinunter und auf den Streifenwagen zu. Ein Polizist saß hinter dem Steuer, der andere lehnte lässig an der Beifahrertür. In der Einfahrt und auf dem Rasen lungerten weitere Grüppchen von Demonstranten herum und blinzelten in der matten Nachmittagssonne zu ihm hoch. »Meine Herren, in dieser Klinik findet soeben ein Hausfriedensbruch statt. Vier Personen haben das Gebäude gerade unbefugt betreten und weigern sich trotz meiner ausdrücklichen Aufforderung, es wieder zu verlassen. Könnten Sie bitte kommen und sie vertreiben.«

Der Beamte löste seine Arme aus ihrer Verschränkung und kratzte mit der Stiefelspitze müßig einen Halbkreis in den Kies. »Also, da wollen wir die Sache doch mal ganz ruhig und Schritt für Schritt angehen, was?« erwiderte er in einem trägen Singsang. »Name?«

»Kern, Lewis, Verwaltungsdirektor. Hören Sie, in diesem Moment wird keine dreißig Meter von hier entfernt eine Straftat be...«

»C-U-R-N?«

»Nein, K-E-«, er unterbrach sich. Der Polizist wartete mit gezücktem Bleistift, die Brauen hochgezogen. Lewis schürzte die Lippen und ließ seinen Blick, die Hände in die Hüften gestemmt, langsam über das Grundstück wandern. »Sie haben nicht vor, irgend etwas zu unternehmen, stimmt's?« fragte er leise und wies auf das goldene Country-Police-Department-Wappen des Wagens. Dann blickte er zum Haupteingang: Linda Beamon beobachtete ihn durch die Scheibe. »Natürlich nicht«, hauchte er wie zu sich selbst. »Das ist Ihre Gemeinde, Ihre Heimat, das sind Ihre Leute. Warum sollten Sie auch, verdammt noch mal?«

»Wir sind nur hier, um sicherzustellen, daß es keinen Ärger gibt, Mr. Lewis.« Der Polizist grinste. Aber Lewis war schon wieder auf dem Weg zum Eingang.

»Ähm, Verzeihung«, sagte der Mann mit dem Aktenkoffer wieder, als Lewis an ihm vorbei durch die Tür drängte.

»Nur noch einen Moment, bitte.«

»Und?« feixte Mrs. Beamon.

»Ach ja, ich habe Ihren Schwager getroffen, oder ist es Ihr Vetter? Ist ja auch egal. Alles dieselbe nette, kleine Inzucht, was?« Lewis beugte sich zu ihr. »Mrs. Beamon«, fuhr er vertraulich fort, »was genau tun Sie hier eigentlich?«

»Wir halten eine Mahnwache ab.«

»Eine was?«

»Eine Mahnwache. Für die Seelen Ihrer Opfer. Ein friedlicher Besuch mit dem Zweck, einen Gedenkgottesdienst zu halten. Ich denke, Sie werden feststellen, daß das absolut legal ist.«

»Ich verstehe«, sagte er. »Und was hoffen Sie mit dieser Mahnwache zu erreichen?«

»Wir werden Ihnen den Laden dichtmachen.«

Er seufzte. »Warum? Warum ist Ihnen das so wichtig?«

»Warum?« Sie sah ihn verdutzt an. »Weil wir Leute wie Sie hier einfach nicht haben wollen.«

Der kleine Mann mit dem Aktenkoffer hatte sich endlich bis in die Lobby vorgekämpft. »Ich suche einen Mr. Kern«, sagte er und zückte eine Visitenkarte.

Lewis sah ihn an. »Gehören Sie nicht zu denen?«

Der Mann sah Mrs. Beamon von der Seite an. »Ähm, nein. Mein Name ist Grey.« Er überreichte Lewis seine Karte. »Von der staatlichen Krankenhausaufsicht.«

* * *

Als es dämmerte, erwachte er mit dem Geräusch rauschenden Wassers im Ohr. Die Luft war kühl und grau. Er war allein. Rasch zog er sich an, setzte sich ans Ufer und aß einen Schokoriegel aus seinem Rucksack. Er trank aus dem Fluß, füllte seine Wasserflasche für die Wanderung, verstaute seinen Schlafsack und seine Schuhe in den Rucksack, band sich seine Jeans um die Schultern und machte sich daran, den Strom vorsichtig zu durchqueren.

In der Mitte reichte ihm das eisige Wasser bis zur Hüfte. Heftig zerrte es an seinen Beinen und machte es ihm schwer, auf den glitschigen Steinen unter seinen Füßen Halt zu finden. Vor Kälte keuchend, watete er weiter, den schweren Rucksack hoch über den Kopf erhoben, die Zähne zusammengebissen, den Blick fest auf die knorrigen Äste einer uralten Akazie am gegenüberliegenden Ufer gerichtet. Im nächsten Moment verschwand sie in einem chaotisch gurgelnden Strudel, als sein Fuß unsicher ins Nichts trat und er untertauchte.

Er sank tief. Das eisige Wasser packte seinen Kopf wie ein unnachgiebiger Schraubstock. In seinen Ohren dröhnte es, und die Luft wurde aus seinen Lungen gepreßt. Wild um sich schlagend, wand und drehte er sich, während sein Körper wie im freien Fall von dem reißenden Strom erfaßt wurde. Gischtiges Weiß wurde zu einer tiefen, schwarzen Strömung, Schlingpflanzen glitten durch seine Finger. Er schlug erst mit dem Bein, dann mit der Schulter gegen einen Felsen, und sein Kopf schürfte über den rauhen Boden, während die Strömung ihn erbarmungslos weiter mitriß wie eine willenlos trudelnde Puppe.

Nach einer Ewigkeit ebbte das Tosen um ihn herum ab, der Donner in seinen Ohren verhallte, Brauntöne mischten sich in das verschwommene Farbband vor seinen Augen, und er spürte eine flüchtige Liebkosung auf der Haut, als sich der eisige, reißende Strom in ein breiteres, sanfteres Bett ergoß. Die Fluten wurden ruhiger, und sein geschundener Körper erholte sich von dem verzweifelten Kampf. Er schlug die Augen auf und blinzelte durch das opake Braun, bis er in weiter Ferne eine gelbe, zitternde Kugel erblickte, während sich in seinen Ohren ein warmer Druck bildete, der im Rhythmus seines eigenen Herzens und dem langsamen, gedämpften Schlag einer entfernten Glocke pulsierte.

Plötzlich zuckte sein Körper und krümmte sich zusammen. Seine Füße waren auf schlammigen Grund gestoßen, seine Beine katapultierten ihn wie gespannte Federn ins Licht. Mit den Armen blindlings auf die glatte, wogende Oberfläche einschlagend, brach er ins Freie.

Nach und nach legte sich seine Panik, und er sog gierig die satte, warme Luft ein. Es roch nach Holzfeuer, und Kinderlachen wehte über den Fluß, begleitet vom dumpfen Klang einer Kirchenglocke.

Atemlos Wasser tretend, sah er sich um, während er wie Treibgut in der nachlassenden Strömung schwamm. Da entdeckte er seinen Rucksack, der ganz in der Nähe auf dem Wasser kreiselte, während der Strom breit und braun weiterfloß, seine Ufer üppig und grün und von großen, überhängenden Bäumen gesäumt. Das nähere Ufer war kaum zwanzig Meter entfernt. Eine Viertelmeile flußabwärts tauchte ein kleines Dorf aus dem Grün auf. Baufällige Holzhütten drängten sich am Ufer, und ein schwankender Landungssteg aus Holz ragte in den trägen Strom. Spuckend und hustend schwamm er an Land.

Später zog er seinen verschmutzten Rucksack aus dem Schlamm und schulterte ihn, noch immer keuchend. Als er sich langsam aufrichtete, mußte er innehalten, weil ein heftiges Schwindelgefühl ihn erfaßte. Dann streifte er seine klatschnassen Jeans über, zwängte seine Füße in die Schuhe und ging unsicheren Schrittes auf das Dorf zu.

Im Näherkommen sah er am Ufer zwischen einigen kleinen Booten Menschen, damit beschäftigt, Fische zu säubern oder Netze zu flicken. Männer sägten und hämmerten frische Planken für den Bootssteg, andere schürten ein Feuer aus Treibholz oder standen abseits und sahen zu. Plötzlich erhob sich ein fröhliches Jauchzen, und hinter dem Steg tauchte eine Gruppe von Kindern auf, die am Ufer entlang auf ihn zurannten wie entlaufene Ferkel. Im nächsten Moment fand er sich von aufgeregt schwatzenden und grinsenden Gesichtern umringt. Dünne, braune Arme reckten sich, um sein Gesicht und seine Hände zu berühren. Kleine Finger zupften am Logo seines T-Shirts, schoben sich in die durchnäßten Taschen seiner Jeans und fummelten an den Schnallen seines Rucksacks herum.

»Hört auf!« Er lachte nervös und bahnte sich mühsam einen Weg durch die Gruppe. »Okay, okay, hört auf.« Mit wachsender

Besorgnis sah er sich um. Ein anderes Kind, ein Junge, kam langsam am Flußufer entlang auf ihn zu. Er war sehr viel älter als die anderen, sein nackter Körper glatt und geschmeidig, seine Bewegungen lässig und entspannt, aber wachsam wie die eines jungen Pumas. Einige der jüngeren Kinder lösten sich aus der Gruppe und liefen auf ihn zu, riefen und winkten, faßten seine Hände und zerrten ihn eilig vorwärts.

Fünf Meter vor ihm blieb er stehen. Seine Haut hatte die dunkle, warme Farbe von Mahagoni, war glatt und unbehaart, seine Bauch- und Brustmuskeln waren straff und fest. Bis auf ein Medaillon, das um seinen Hals hing, war er vollkommen nackt. Die Kinder verstummten. Ben schniefte und wischte sich verlegen mit dem Ärmel über die Nase. Ihre Blicke trafen sich, die Augen des Jungen waren ruhig und gelassen. Nach kurzem Zögern gingen sie einen Schritt aufeinander zu.

Gemeinsam gingen sie durch das Dorf, dicht gefolgt von der Kinderschar. Hin und wieder blieb der Junge stehen, um ihm einen Verwandten vorzustellen, ehrerbietig einen zahnlosen Dorfältesten zu begrüßen oder auf bedeutendere Holzgebäude hinzuweisen, die Schule, das Versammlungshaus, die Kirche. Als sie die einzige staubige Straße hinuntergingen, traten Menschen aus den Häusern und überreichten ihnen kleine Pakete mit Lebensmitteln. Getrocknetes Fleisch, Datteln, Rosinen und Nüsse. Ben nahm sie mit einem höflichen Kopfnicken entgegen und verstaute sie in den Taschen seines Rucksacks.

Schließlich erreichten sie den Rand des Dorfes. Ein einzelner Lehmpfad wies wie ein ausgestreckter Finger durch das Buschwerk auf einen entfernten Horizont, an dem winzige silberne Wölkchen standen. Die kleineren Kinder fielen stumm zurück und sahen Ben und dem Jungen, die Augen mit angewinkelten Armen beschirmt, auf ihrem Weg in die gleißende Hitze nach.

»Dort entlang?«

Der Junge nickte. Dann nahm er das Lederband von seinem Hals und legte es Ben um. Ben blickte auf seine Brust: An dem Band hing ein Medaillon, eine polierte Ebenholzscheibe, auf der sich über einer einzelnen gezackten Linie ein Bogen aus winzig kleinen Pünktchen wölbte. »Danke«, sagte er und betastete den Anhänger. Dann drehte er sich um und machte sich auf den Weg.

Nach ein paar Stunden blieb er erschöpft in der Mitte des Pfades stehen. Die Riemen des Rucksacks scheuerten schmerzhaft an seinen Schultern, sein unbedeckter Kopf brannte, seine Füße waren müde und wund. Er legte den Rucksack ab, ließ sich schwerfällig auf den Boden fallen und zog keuchend die Schuhe von den Füßen. Er knöpfte seine Jeans auf und schob den rauhen Stoff vorsichtig bis zu den Knien. Die Haut zwischen seinen Schenkeln war rot und teilweise blutig. Er holte die Wasserflasche aus dem Rucksack, biß die Zähne zusammen und träufelte vorsichtig Wasser auf die Wunde, bevor er die Flasche, ins grelle Licht blinzelnd, an die Lippen setzte. Dann aß er langsam die getrockneten Früchte und starrte den langen Weg zurück, den er gekommen war.

Gleichmäßig kauend, wandte er den Blick wieder nach vorn. Der Ausblick war in beide Richtungen identisch, als ob ein Panorama das Spiegelbild des anderen wäre. Ein pfeilgerader Weg, der eine breite Ebene aus unscheinbarem, braunem Gestrüpp durchschnitt und sich in der flimmernden Hitze verlor.

Er schluckte und spürte Furcht in sich aufsteigen, während er den Kopf zunächst in die eine, dann in die andere Richtung drehte. Er rappelte sich auf die Füße, wandte sich hierhin und dorthin, bevor er, die Augen mit einer Hand abschirmend, den Hals reckte und nach oben blickte. Die Sonne stand senkrecht über ihm am Himmel und warf seinen Schatten als einen kleinen, dunklen Fleck vor seine Füße. Sofort hatte er die Orientierung verloren, war sich der Richtung, aus der er gekommen war, so ungewiß, wie er sich sicher war, die falsche Richtung einzuschlagen, wohin er seine Schritte auch lenken würde.

Er blickte sich panisch um, sein Atem ein abgerissenes, flaches Keuchen, die Umgebung ein unsteter Schimmer, der Boden unter seinen nackten Füßen bedrohlich schwankend. Unvermittelt flogen seine Hände an seinen Hals. Das Band. Das Medaillon an seiner Brust, es war noch da. Er kniff die Augen fest zu und atmete tief durch, während er das Medaillon in seiner Hand hin und her wendete und seine feste, harte, beruhigende Glätte spürte. Der Fluß, das Dorf, der Junge, sie waren kein Traum gewesen. Schließlich verflüchtigte sich seine Unruhe, der Dämmerzustand verflog, die Krise verwehte wie eine tückische Bö, sein Atem beruhigte sich, das Pochen in seiner Brust ebbte langsam ab.

Er packte den noch immer feuchten Schlafsack aus und band ihn sich als Umhang um die Schultern. Er pellte die Jeans von seinen wunden Beinen und stopfte sie in den Rucksack, zog sich den Halsausschnitt seines T-Shirts über die Stirn und krempelte es um, so daß es über seinem sonnenverbrannten Kopf lag wie eine antike ägyptische Kopfbedeckung. Zuletzt schulterte er den Rucksack, schlüpfte mit den Füßen in seine Turnschuhe und machte sich erneut auf den Weg. Bei Einbruch der Nacht hatte er die karge, endlose Ebene hinter sich gelassen und eine sich langsam wandelnde Landschaft aus grünen Feldern, sanft ansteigenden Weiden und kühlen, wohlriechenden Wäldern erreicht. Nachdem er auf einer mit Blättern bedeckten Lichtung unweit eines kleinen Baches sein Lager aufgeschlagen hatte und erschöpft in seinen Schlafsack gekrochen war, blickte er zum Himmel auf, sein Gesicht erleuchtet vom Widerschein der blutroten Sonne, die langsam hinter den nahen Ausläufern des Gebirges unterging.

* * *

Er erwachte von Glockengeläut. Nur widerwillig schlug er die Augen auf. Das weiche Sonnenlicht des frühen Morgens fiel durch die Bäume, die die Lichtung umstanden. Auf dem Pfad jenseits der Bäume machte er eine Bewegung aus. Neben dem blechernen Klimpern der Glocke erfüllten ein feuchtes, trompetenartiges Schnauben und der schwere Atem eines Tieres die Luft.

Er richtete sich auf. Da kam jemand. Kurz darauf tauchte ein Mädchen aus dem Schatten der Bäume. Sie trug eine Hose aus schwerem Baumwollstoff und eine Art langärmelige Fellweste. Sie stützte sich auf einen Hirtenstab, und von ihrer Schulter baumelte eine Tasche. An einem Strick zog sie eine große braune Kuh mit schwerem, angeschwollenem Euter hinter sich her, die ihr in schwerfälligem Trott auf die Lichtung folgte.

Sie führte das Tier direkt zu ihm, schnalzte mit der Zunge und stemmte sich stöhnend gegen seine Flanke, bis die Kuh seitlich neben seinem Schlafsack stand. Aus ihren Nasenlöchern strömten kleine, warme Wölkchen, und von ihrem Fell stiegen kleine Dampfschwaden in den Himmel wie Morgennebel. Sobald die Kuh stehengeblieben war, ließ sie den Kopf sinken und begann, das saftige Gras zu ihren Hufen zu fressen. Das Mädchen sprach beruhigend auf sie ein und klopfte auf ihre Flanke, dann ließ es den Haltestrick los und setzte sich neben ihn. Sie hatte ein breites, hellbraunes, mit dunkleren Sommersprossen übersätes Gesicht und olivfarbene, zu den Winkeln hin leicht hochgezogene Augen. Ihr dunkelbraunes Haar war zu festen, kleinen Zöpfen geflochten, die in ihrem Nacken zu einem einzigen, glänzenden Pferdeschwanz zusammengebunden waren. Sie roch nach Leder und Sandelholz. Sie betrachtete ihn stumm mit einer Mischung aus Sorge und Belustigung und faßte dann seinen Arm, um ihn aus dem Schlafsack zu ziehen.

Plötzlich schämte sich Ben, doch sie warf ihm nur einen spöttischen Blick zu und riß den Schlafsack bis zu seinen Knöcheln herunter, packte seinen Arm und führte ihn von seinem Schlafplatz entschlossen unter das Tier wie ein Kalb zu seiner Mutter. Auf allen vieren hockte er unter dem Körper der Kuh, roch die ranzige Süße ihres Fells und spürte die Wärme ihres geschwollenen Euters in seinem Nacken. Dann kniete das Mädchen sich neben ihn, ihr Gesicht nur Zentimeter von seinem entfernt, streckte den Arm aus und packte geschickt eine der Zitzen. Er spürte ihre andere Hand in seinem Nacken, als sie, ohne den Blick von der Zitze zu wenden, seinen Kopf anhob. Er schloß die Augen. Im nächsten Moment fühlte er einen Schwall feuchter Wärme in seinem Gesicht, hörte Lachen und Hufstampfen, und dann war die Zitze an seinen Lippen. Er öffnete den Mund und nahm die warme, süße Flüssigkeit verzweifelt und gierig in sich auf. Er stieß ein kehliges Grunzen aus und schluckte hastig, um die Flut zu bewältigen. Heiße Milch sprudelte aus seinem Mund über seine Wangen den Hals hinunter, während ihre Hand mit jedem pumpenden Zug sanft über seine Lippen strich.

Danach saßen sie gemeinsam auf der Lichtung und bereiteten seinen Aufbruch vor. Während er seinen Schlafsack zusammenrollte und am Bach seine Wasserflasche füllte, nahm sie Äpfel, Brot und geräucherten Schinken aus ihrer Tasche und verstaute alles in seinem Rucksack. Dann wickelte sie ein kleines Bündel aus Leinen aus, das eine zähe, blaßgelbe Paste enthielt, tunkte ihren Finger hinein und führte ihn an seine Lippen, ihr weißes Baumwollhemd hing lose über ihre Schultern. Die Paste an ihrem Finger roch süß und durchdringend. Er öffnete den Mund, und der sahnige Käse zerging ihm sinnlich wie Balsam auf Zunge und Gaumen. Noch immer lächelnd, tauchte sie ihren Finger erneut in die Paste, beugte sich ein wenig vor und strich sie behutsam auf seine wundgescheuerten Schenkel. Er schloß die Augen und biß die Zähne zusammen, ihre heilenden Fingerspitzen auf seiner Haut eine qualvolle Wonne.

Endlich war er bereit. Da stellte sie sich vor ihn hin, streckte die Hand aus und hängte ihre schwere Fellweste über seine Schultern. Überrascht starrte er sie an, doch sie verzog nur kurz das Gesicht und wies auf die entfernten Hügel jenseits der Baumgrenze. Dann beugte sie sich zu ihm, tastete an seinem Hals entlang und griff nach dem Ebenholzmedaillon, betrachtete es mit großen, sanften Augen und rieb zärtlich über die harte Oberfläche. Dann ließ sie es los, trat unvermittelt einen Schritt zurück, griff nach dem herabhängenden Führstrick der Kuh, wies noch einmal auf den Pfad, drehte sich um und verließ die Lichtung. Ben sah ihr nach, und für einen Moment überwältigte ihn die Einsamkeit. Dann war sie verschwunden.

Er schulterte seinen Rucksack und machte sich auf den Weg. Fast unmittelbar danach merkte er, daß der Boden unter seinen Füßen anstieg und der Rucksack ihn niederdrückte. Schon nach wenigen Minuten war er außer Atem und schweißüberströmt. Er blieb stehen, um die Weste auszuziehen, zusammenzurollen und mit einem Riemen auf seinen Rucksack zu schnüren, bevor er weitermarschierte, die Augen fest auf den Pfad vor sich gerichtet, der sich sanft durch einen stillen, belaubten Wald den Hügel hinaufwand, bis er wieder in strahlender Sonne durch eine Weidelandschaft führte.

Bis zum frühen Nachmittag war er in einen müden, tranceartigen Rhythmus verfallen. Er stapfte schwerfällig den Hang eines Hügels hinauf, den Kopf gesenkt, in einer Hand einen Stock, den er sich mit seinem Taschenmesser von einer Weide geschnitten hatte, als er plötzlich stolperte. Der Boden fiel steil ab, und Steine lösten sich unter seinen Füßen. Entsetzt blickte er auf und ließ sich instinktiv auf alle viere fallen, als er, vergeblich Halt suchend, bergab rutschte.

In seiner Panik klammerte er sich keuchend an den bröckelnden Fels, seine Füße suchten fieberhaft nach festem Grund, da war es unvermittelt vorbei. Um ihn herum verhallte das Prasseln der herabrollenden Steine langsam, bis es endlich vollkommen still war. Er klammerte sich mit zitternden Armen an den Hang und rang schluchzend nach Atem. Sein Kinn war aufgeschürft und brannte, seine Jeans über einem Knie aufgerissen, und warme Feuchtigkeit sickerte an seinem Schienbein hinab. »Dad«, wimmerte er, starr vor Angst. Langsam hob er den Kopf und blinzelte zu den harschen Umrissen über seinem Kopf hinauf. Er befand sich direkt unterhalb eines zerklüfteten Hügelkamms, der zu einer Seite hin schwindelerregend abfiel. Er schluckte unter Tränen, starrte auf seine blutigen Fingerspitzen, die sich fest in die Felswand krallten, und fuhr mit der Zunge nervös über seine ausgetrockneten Lippen. Dann zog er behutsam wie eine Krabbe ein Bein an, löste eine Hand von dem Stein, tastete sich zögernd weiter und hangelte sich ächzend langsam nach oben.

Fünf Minuten später hatte er die Kuppe erreicht, zog sich mit einem letzten, verzweifelten Schluchzer über den Rand und ließ sich erschöpft zu Boden fallen. Dort blieb er flach auf dem Bauch liegen, das Gesicht in einem Arm vergraben. Der Rucksack auf seinem Rücken bebte und zitterte. Hoch über ihm glitt ein einsamer Adler mühelos an dem Hügelkamm entlang und wandte, die Flügelspitzen in den warmen Aufwind gespreizt, auf der Jagd instinktiv den Kopf von einer Seite zur anderen.

Schließlich legte sich der Sturm. Das Pochen in seinen Ohren verklang, sein Atem ging wieder ruhiger. Langsam hob er den Kopf. Direkt vor ihm tat sich ein riesiger Krater von mehr als anderthalb Kilometer Durchmesser auf. Seine Wände waren glatt, felsig und steil und flachten erst weiter unten ein wenig ab. Dort waren sie auch mit vereinzeltem Grün von winzigen Bäumen und Büschen gesprenkelt. In dem tief unter ihm liegenden Becken des Kraters breitete sich tiefblau wie Tinte eine Wasserfläche aus. Er kämpfte sich auf die Füße, wischte sich mit dem Arm übers Gesicht und setzte die Flasche an den Mund, während sein Blick an den zerklüfteten Rändern des gigantischen Beckens entlangwanderte. In der Ferne, jenseits der gegenüberliegenden Seite, fiel das Gelände zunächst ab, um danach erneut anzusteigen. Er konnte weiche Gelb- und Brauntöne ausmachen, gesprenkelt vom dunkleren Grün der Wälder. Dahinter erhoben sich die Berge mit ihren still im Sonnenlicht glitzernden, schneebedeckten Gipfeln wie gewaltige, brütende Riesen.

* * *

Bei Einbruch der Dämmerung hatte er das Gebirge erreicht und stieg stetig weiter. Die Sonne war rasch hinter dem zerklüfteten Horizont verschwunden und hatte lange Schatten über die karge Landschaft geworfen. Er wanderte durch ein breites Gletschertal, das das gefrorene Wasser vor Äonen geschleift und als ein flaches, dürres und felsiges Flußbett zurückgelassen hatte, öd, vegetationslos und verlassen. Am Ende des Tals erhob sich, in Schatten gehüllt, die steile, unnachgiebige Granitwand des Berges.

Als er sich anschickte, ihn zu erklimmen, wurde es kälter, denn mit dem verblassenden Licht war ein kühler Wind aufgekommen. Im Zwielicht vor Einbruch der Nacht legte er eine letzte Rast ein. Er aß einen Streifen Trockenfleisch und zog sich seinen Pullover an. Dann entrollte er die Fellweste, die das Mädchen ihm gegeben hatte, und streifte sie sich schwerfällig über, wobei ihm ein flüchtiger Hauch von Sandelholz in die Nase stieg. Die Weste war zu groß und reichte ihm fast bis zu den Knien, aber sie war bequem und warm mit ihrem breiten Pelzkragen. Er gurtete sie um seine Hüfte, entleerte den Inhalt seines Rucksacks auf den Boden und begann, ihn neu zu packen.

Plötzlich überwältigte ihn die Erschöpfung, eine zermürbende Müdigkeit, die ihn auslaugte und verwirrte und seine Aufmerksamkeit ablenkte. Er betrachtete seine an den Schnallen des Rucksacks erstarrten Finger und wurde mit einemmal von einem Gefühl der Unsicherheit erfaßt. Was machte er hier? Wellen von Lethargie nagten an seiner Willenskraft, warfen ihn aus seinem Gleichgewicht. Er sehnte sich danach, sich hinzulegen und zu schlafen, nur für einen Augenblick. Doch er wußte, daß er das nicht durfte, ahnte instinktiv, daß dieser Schlaf sein Scheitern bedeuten würde. Er kniff die Augen zu und preßte seine Handballen auf die geschlossenen Lider, bis sich alles drehte.

»Hätt' ich keine Gummistiefel, wieständ' ich denn da«, sang er langsam mit zusammengebissenen Zähnen und blickte dann auf: Der erste Stern war aufgegangen und strahlte wie ein Leuchtfeuer am milchigen Firmament. »Ich hätt' bestimmt Pneumonia und läg' im Hospital.« Er stampfte mit den Füßen im Rhythmus des Liedes auf, die Worte eine entfernte, unzusammenhängende Erinnerung. »Wenn nicht im Leichensaal.« Der Park, ein feuchter, windiger Novembernachmittag, eine rasende Bö, die an heftig wogenden Baumkronen zerrte und Wolken von Blättern von den Ästen riß. Seine Mutter, die langsam neben ihm ging und seine Hand hielt, während er unsicher vorwärts stolperte, nur wenige Wochen nach seinen allerersten eigenen Schritten. Auf der anderen Seite ging sein Vater, hielt seine andere Hand, beugte sich zu ihm herab und sang fröhlich. Gebannt von dem neuen Reiz, spürte er die Ungewißheit der Elemente und die Sicherheit des festen Griffs ihrer Hände. Er taumelte unsicher voran, den Kopf gesenkt, die Augen starr auf den roten Glanz seiner neuen Schuhe gerichtet. »So ständ' ich ohne Stiefel da …«

Der Widerhall seiner Schritte und des Stabes auf den losen Steinen mischte sich mit dem leisen Stöhnen des Windes, der durch das Tal wehte, als er seinen Weg durch das Gletscherbett fortsetzte.

Zwei Stunden später war es vollkommen dunkel, und der Wind war zu einem eisigen Heulen angeschwollen. Er hatte das ausgetrocknete Gletschertal hinter sich gelassen und durch ein gigantisches Labyrinth aus Steinen und Felsbrocken seinen Aufstieg begonnen. Hier gab es keinen erkennbaren Pfad mehr, dem er folgen konnte. Nur sein Instinkt wies ihm den Weg bergan. Er kletterte über kleinere Hindernisse, zwängte sich durch enge Spalten und duckte sich unter Bogen, wo in einem anderen Jahrtausend Granitblöcke groß wie Häuser übereinandergepurzelt waren.

Gegen Mitternacht hatte er das Geröllfeld überquert und schleppte sich langsam einen schmalen Gebirgskamm hinauf, der zu beiden Seiten jäh abfiel. Hier war er den Elementen schutzlos ausgeliefert. Es war bitterkalt, und der eisige Wind fegte um seinen Körper, brachte ihn aus dem Gleichgewicht und saugte die Wärme aus ihm heraus. Blindlings kletterte er weiter. Ohne Sinn oder Ziel setzte er, tief gebeugt, einen Fuß vor den anderen, nur weil er das immer getan hatte und weil stehenbleiben Veränderung und den Schlaf des Scheiterns bedeuten würde. Seit dem Gletschertal hatte ihn zweimal diese jede Willenskraft zermürbende Erschöpfung überfallen, und zweimal hatte er sie abgeschüttelt, hatte wild in den Sturm hinausgeschrien, bis der Anfall vorüber war.

Langsam erklomm er den schmalen Grat, und sein Schritt verlangsamte sich weiter, je steiler sein Weg zum Gipfel hin anstieg. Als er ihn erreicht hatte, verlief der Pfad für ein kurzes Stück eben, bevor er zwischen Säulen aus schwarzem Fels verschwand, die himmelwärts ragten wie ein versteinerter Wald. Er stützte sich auf seinen Stab, sein Atem ging in kurz abgerissenen Stößen, und er zuckte zusammen, als ihm der Wind winzige Eissplitter in die Augen über der schützenden Gesichtsmaske blies, zu der er sich sein T-Shirt um den Kopf gebunden hatte.

Bald war er von den Türmen umgeben, der Wind war zu einem leisen Seufzen abgeflaut, das durch die Säulen hallte wie Gesänge durch ein Kloster. Er konnte keinen Weg mehr ausmachen und stieß blind in die Dunkelheit vor, das einzige Licht war der matte Widerschein des Mondes auf den schwarz schimmernden Felswänden. Tiefer und tiefer drang er in den versteinerten Wald vor, die Säulen rückten näher, glatt und nackt ragten sie in den Himmel, um sich hoch oben in riesigen weiten Bogen vor den verblassenden Mitternachtshimmel zu spannen. Nach und nach versiegelten sie das Firmament, die Bogen wurden niedriger und verschmolzen miteinander, bis sie zuletzt einen massiven Felsbaldachin bildeten. Das Murmeln des Windes erstarb zu einem Flüstern, und man hörte nur noch sein Keuchen und das leise Klicken des Stabs auf dem steinigen Boden, während sich die Höhle mit jedem unsicheren Schritt dichter um ihn schloß. Ihm wurde warm, und er nahm das T-Shirt von seinem Gesicht und löste den Hüftgurt seiner Weste. Sofort erfaßte ihn wieder diese Erschöpfung, die Wände der Höhle verschwammen zu einem schimmernden Nebel, und seine Beine wurden schwach und zittrig. Er sank auf die Knie, der Boden schwankte und schien sich unter ihm aufzulösen. Bunte Lichter tanzten vor seinen Augen, und er hörte Stimmen, die von ferne riefen, und das leise Heulen einer Sirene. Er sackte nach vorn, kniff die Augen zu und hielt sich gegen den anschwellenden Lärm beide Ohren zu. Sie schrien, und er hörte, wie sie seinen Namen riefen, ihre Stimmen angstvoll und flehend. Er duckte sich noch tiefer und wiegte sich auf seinen Knien hin und her. »Hänschen klein ging allein!« schrie er, die Arme um den Kopf geschlungen, seine Stimme ein körperloses Kreischen. Irgend etwas schwebte und baumelte vor ihm in der Luft. »Hänschen klein ging allein!« Etwas schwarz Schimmerndes, das hinter dem Schleier aus Tränen vor seinen Augen hin- und herpendelte. Keuchend vor Anstrengung lehnte er sich zurück und kniff die Augen zu schmalen Schlitzen zusammen. Es war das Medaillon. Das Medaillon, das der Junge vom Fluß ihm gegeben hatte und das jetzt um seinen Hals hing. Seine Faust schnellte vor und packte es fest. Sofort standen die schwankenden Wände der

Höhle still, und die schrillen Dissonanzen in seinem Kopf zogen sich zurück wie eine in die Flucht geschlagene Armee. Langsam blickte er auf, die Höhle noch immer starr und unbeweglich, das Medaillon in seiner Faust warm, hart und glatt. Am anderen Ende der Höhle sah er ein Licht, ein weicher Strahl samtigen Mondlichts, der in die stickige Kammer fiel. Wo er die Erde berührte, lag eine kleine Gestalt zu einer schlafenden Kugel zusammengerollt auf einem Kissen aus Stroh. Am oberen Ende des Strahls sah er durch eine zerklüftete Spalte in der Höhlendecke einen Bogen aus winzigen Sternen, der sich zur Erde hinabwölbte.

* * *

»Nathan?«

»Er ist drin, und zwar tief drin.«

»Sally?«

»Okay, er stabilisiert sich langsam wieder, die Atmung beruhigt sich, Herzschlag fällt auf achtzig, Blutdruck einhundertdreißig zu siebzig.«

»Er ist weg«, flüsterte Alison. Im Kontrollraum nahm Jack seine Kopfhörer ab und schob seinen Stuhl zurück. »Er ist weg.« Alisons Stimme zitterte, ihre Augen waren angstvoll aufgerissen.

»Nein.« Elizabeth strich sich eine feuchte Strähne aus der Stirn und beugte sich rasch über den Monitor.

»Und warum ist er dann nicht aufgewacht? Warum nicht? Er ist weg!«

»Psst, Liebes.« Janet war aufgestanden und hatte einen Arm um Alison gelegt. »Das wissen wir nicht. Vielleicht… ruht er sich nur aus.«

»Sich a-ausruhen, m-mein Gott!« stotterte sie, die Stimme schrill vor Angst, und schlug die Hände vor den Kopf. »Herrgott, Mutter, du hast ihn doch gesehen und gehört, er wird nicht wieder aufwachen, es – es bringt ihn um!« Sie stürzte nach vorn und packte seine Hände. »Ben! Ich bin's, Mummy. Bitte, bitte, du mußt aufwachen!« Seine Hand lag schlaff und feucht in ihrer. »Ben, bitte!« Dann spürte sie Jacks Arm auf ihrer Schulter.

»Ist schon gut, Ali, ist schon gut, laß ihnen eine Minute.« Er zog sie behutsam vom Bett weg. Elizabeth trat rasch von dem Monitor an Bens Bett, fühlte den Puls an seinem Hals und zog mit dem Daumen ein Augenlid zurück. »Nate?« Sie begann seine Brust abzuhorchen.

»Unverändert, ein paar Restimpulse, sonst nichts.«

»Hm-hm. Und Frankie?«

»Unverändert, möglicherweise ein paar schwache Hintergrundresonanzen, aber nichts Spezifisches.«

Elizabeth richtete sich langsam auf und starrte nachdenklich auf ihn hinunter.

»Was ist los?« wollte Alison wissen. »Was ist passiert?«

Elizabeth blickte mit angespannten Gesichtszügen von einem zum anderen. »Janet hat recht«, antwortete sie leise. »Alle gemessenen Daten sagen uns, daß er schläft.«

»Was, Sie meinen, er ist nicht bewußtlos?«

»Doch, schon bewußtlos, noch immer in tiefer posthypnotischer Trance, um genau zu sein, aber rein physisch, vom Stoffwechsel her betrachtet, schläft sein Körper.« Sie blickte auf ihre Uhr. »Das überrascht mich nicht. Schließlich hat es mehr als fünf Stunden gedauert.«

Alle Blicke richteten sich auf das Bett. Bens Haut war blaß und schweißnaß, sein Kopf hing schlaff zu einer Seite, seine Lippen waren geschürzt.

»Könnten wir es nicht noch einmal versuchen, Lizzie?« flehte Alison. »Könnten wir ihm nicht noch eine Spritze geben und – Elektroschocks?«

»Das tun wir bestimmt, aber nicht jetzt, er ist physisch erschöpft, vollkommen ausgelaugt. Wir lassen ihm ein paar Stunden Ruhe, ihnen beiden, dann versuchen wir es noch mal.«

»Aber wird er wieder aufwachen?«

»Aus dem Schlaf, ja, bestimmt.«

»Und aus der Bewußtlosigkeit, der Trance?« fragte Jack, bemüht, seine Stimme ruhig zu halten.

Mit pochendem Herzen blickte sie erneut auf das Bett und fuhr sich mit der Zunge über die Lippen. »Er muß.«

* * *

Er setzte sich neben sie auf den Boden und blickte zu dem Licht hoch.

»Du bist gekommen«, sagte sie verschlafen.

»Ja.« Er grinste und zupfte einen Strohhalm aus ihrem Zopf. »Hast du etwa gedacht, ich käme nicht?«

»Ich hatte den Traum«, murmelte sie. »Den mit den tanzenden Sternen.«

Er nickte. »Wir müssen jetzt zurückgehen.«

»Das geht nicht, es ist zu weit.«

»Ich weiß, aber vielleicht können wir es trotzdem versuchen.«

Sie schwiegen und starrten durch die Spalte in der Höhlendecke in den nächtlichen Himmel.

»Komm«, sagte er später. Er befeuchtete seinen Daumen mit Spucke und wischte den grünen Strich von ihrem Kinn. »Wir müssen los.«

15. KAPITEL

Gegen Mitternacht kehrten sie, wie verabredet, zur Klinik zurück. Sie waren in ihr Hotel zurückgegangen, hatten geduscht und sich umgezogen. Alison hatte sich geweigert, etwas zu essen, aber Jack hatte darauf bestanden, daß sie sich für eine Weile hinlegte. Er und Janet hatten im Restaurant des Hotels lustlos an einem gegrillten Thunfischsteak herumgepickt, bevor Janet auf ihr Zimmer gegangen war, um allein im Dunkeln auf Bens Bett zu sitzen und einen großen Gin Tonic zu schlürfen.

»Was für eine Menge Autos«, bemerkte sie, als Jack den Wagen parkte. »Was ist denn hier los?«

Sie stiegen die Stufen zum Eingang hinauf und stießen die Schwingtüren auf. In der Lobby wimmelte es trotz der späten Stunde von Menschen. Auf einer Seite hockten vier Demonstrantinnen im Schneidersitz im Kreis auf dem Boden und hielten sich mit geschlossenen Augen an den Händen, ihre Gesichter erleuchtet von flackerndem Kerzenschein. Bei der Treppe redete ein genervt aussehender Lewis Kern mit vier Männern in Anzügen. Direkt neben ihm stand ein Wachmann in blauer Uniform, ein weiterer war am Aufzug postiert, und ein dritter stand direkt bei der Eingangstür. Zwei Polizisten standen an der Rezeption und plauderten mit der sichtlich erschöpften Empfangssekretärin. Journalisten mit gezückten Kameras, Notizblöcken und Mikrofonen eilten hin und her. In der Mitte der Halle stand eine Mitarbeiterin der nächtlichen Putzkolonne und verfolgte, ihren Mop in der Hand, verwundert das Geschehen. Ein kleiner Mann mit Halbglatze und grauem Anzug saß in einem der Sessel und sprach, einen Laptop auf den Knien, in sein Handy. Ihm gegenüber saßen zwei weitere Männer, vor ihren Füßen Stapel von großen Metallkoffern, die Arme verschränkt, den Kopf in den Nacken gelegt; offenbar schliefen sie.

Jack faßte Alisons Arm und führte sie, dicht gefolgt von Janet, durch das Gedränge. Plötzlich stellte sich ihnen ein Fotograf in den Weg und feuerte eine Blitzlichtsalve direkt in ihre Augen ab. »Mr. und Mrs. Heywood!« Ein Reporter war neben ihnen aufgetaucht, den Notizblock in der Hand. »Könnten Sie uns einen Kommentar zu den Neuigkeiten geben?« Jack drängte ihn beiseite und versuchte blinzelnd, die schwebenden weißen Kreise vor seinen Augen zu vertreiben, während er Alison rasch die Treppe hinaufführte.

Eine Minute später betraten sie den Operationssaal. »Was ist los?« fragte er sofort.

Elizabeth blickte auf, ein müdes Lächeln auf den Lippen. »Es geht ihnen gut«, sagte sie leise. »Sie ruhen sich aus.« Er begriff, daß sie noch gar nicht unten gewesen, noch keine Minute von der Seite der Kinder gewichen war. Alison ging direkt zu Ben, beugte sich über ihn und faßte sanft seine Hand. Janet stieg über Bündel von Drähten und nahm wieder ihren Platz an dem Monitor neben Sally ein. Sie streifte ihre Strickjacke ab, hängte sie über die Lehne des Stuhls und zog, die Augen schon auf den Bildschirm gerichtet, Brille und Notizblock aus ihrer Handtasche. Jack verließ den Raum und blieb noch einmal stehen, um den Flur hinunter zu blicken. Aus der Lobby drang anschwellender Lärm nach oben.

»Hi«, begrüßte Nathan ihn aus der Dunkelheit, als er den Kontrollraum betrat.

»Hatten Sie schon eine Pause?« fragte Jack und setzte seine Kopfhörer auf.

»Später.«

Jack sah ihn an: Nathans Augen waren nur Zentimeter vom Bildschirm entfernt und vor Müdigkeit zusammengekniffen. »Irgendwas passiert?«

»Hm-hm. Während sie geschlafen haben, haben wir gerade noch mal den Code der Sitzung durchlaufen lassen.«

»Irgendwas gefunden?«

»Schwer zu sagen.« Er atmete aus. »Frankie, vielleicht.«

Elizabeth drehte sich zu ihnen um. »Willkommen zurück, alle miteinander.« Sie blickte auf ihre Uhr. »Wir haben heute den 23., und es ist jetzt 0.17 Uhr.« Plötzlich wurde die Tür aufgerissen. Im nächsten Moment kam ein Wachmann herein und postierte sich neben der Tür. Dicht auf seinen Fersen betraten Lewis Kern und ein älterer Herr mit braunem Hut, herabhängendem weißem Schnurrbart und einer abgewetzten Ledertasche den Raum. Hinter ihnen stürzte ein Fotograf herein, ging in die Hocke und blitzte in den Saal. Ihm folgte einer der Polizisten, die Hand am Pistolenhalfter. Zuletzt kam John Boyd herein, seine Miene ausdruckslos, und blieb an der Wand stehen.

»Raus mit ihm«, knurrte der ältere Mann mit dem Schnurrbart, und der Wachmann packte den Fotografen am Arm. Mit offenem Mund und blassem Gesicht starrte der Polizist auf die verkabelten Körper von Ben und Frankie. Elizabeth trat hastig nach vorn und baute sich zwischen den Kindern und der Gruppe auf.

»Was um alles in der Welt haben Sie hier drinnen zu suchen?« sagte sie kühl und starrte Boyd an.

»Tut mir leid, Elizabeth«, erwiderte er leise. »Ich kann nichts mehr machen.« Nathan starrte fassungslos durch die Scheibe des Kontrollraums, während Jack schon auf dem Weg zur Tür war.

»Lewis?« Elizabeth wandte sich mit aufgerissenen Augen an ihn.

»Sorry, Lizzie.« Er schüttelte den Kopf. »Ich habe mein Bestes getan, aber es ist vorbei.«

»Sind Sie Chase?« ging der ältere Mann knurrend dazwischen. Sie nickte. »Gut. Ich bin William Warner«, verkündete er und hob seinen Aktenkoffer an die Brust. »Staatsanwalt.« Er entnahm dem Koffer ein einzelnes Blatt Papier und sah sich in dem Raum um. »Ich habe hier eine einstweilige richterliche Anordnung für Sie.« Er überreichte ihr das Schreiben. »Kraft der mir durch den Staat Virginia übertragenen Amtsgewalt erkläre ich das Perlman Institute in Dalmatia County, Virginia, mit sofortiger Wirkung bis auf weiteres für geschlossen.« Er blickte auf. »Alle Aktivitäten sind unverzüglich einzustellen.«

Hinter der Scheibe riß Jack die Tür zum Kontrollraum auf. Direkt davor stand ein stämmiger Wachmann, ein Gewehr vor der Brust. »Würden Sie bitte bleiben, wo Sie sind, Sir?« sagte der Wachmann entschlossen. Hinter ihm drängten zwei Männer in den Kontrollraum.

»Dazu haben Sie kein Recht.« Elizabeth wandte sich mit loderndem Blick direkt an Warner. »Bitte gehen Sie jetzt.«

»Ich habe jedes Recht der Welt, junge Dame. Bitte hüten Sie Ihre Zunge, sonst machen Sie alles nur noch schlimmer.«

Sie blickte zu Boyd, der beschwichtigend die Hände ausbreitete und sie mit den Augen anflehte zu schweigen.

»Ich möchte, daß Sie mir alle sehr aufmerksam zuhören«, fuhr Warner fort. Er wies zur Tür. Der Wachmann öffnete sie, und zwei Krankenschwestern in Uniform sowie ein ernst wirkender Mann in einem Arztkittel kamen herein. »Das ist Dr. Fellows. Auf Antrag des Büros der Staatsanwaltschaft hat das Gericht ihn heute zum kommissarisch leitenden Arzt dieser Einrichtung ernannt, wirksam ab heute null Uhr. Deshalb übertrage ich ihm hiermit ab sofort die Obhut der in dieser Klinik verbliebenen Patienten.«

»Rühren Sie sie nicht an!« Elizabeth trat vor die Schwestern.

»Ich habe Sie schon einmal gewarnt!« Warner zeigte drohend mit dem Finger auf sie. »Es handelt sich um eine gerichtliche Anordnung, der Sie sich widersetzen. Noch ein Wort, und ich lasse Sie wegen Widerstands gegen die Staatsgewalt einsperren. Und jetzt gehen Sie aus dem Weg.«

Mit einemmal standen Tränen in ihren Augen. »John«, flüsterte sie verständnislos.

»Tu, was er sagt, Lizzie«, erwiderte er sanft. »Du hast keine Wahl.«

Geschlagen ließ sie langsam ihren Kopf sinken. Sofort traten die Schwestern an die Betten und beäugten unsicher das Gewirr von Drähten und Kabeln. Der Arzt folgte ihnen. »Rühren Sie die Netze nicht an«, flehte Elizabeth ihn an. »Es ist alles, was sie haben, entkoppeln Sie sie nicht.« Er sah sie mit ausdrucksloser Miene an und drängte an ihr vorbei zu den Betten.

»In Ordnung, und jetzt möchte ich, daß der Saal geräumt wird«, sagte Warner. »Oder genauer, ich möchte, daß das gesamte Gebäude geräumt wird.« Er sah Alison an. »Sind Sie die Mutter?« Sie nickte mit vor Schock bleichem Gesicht. »Ist Ihr Mann auch hier?« Sie nickte erneut und wies auf die Scheibe.

»Gut. Ich muß mit Ihnen beiden allein reden. Seien Sie versichert, daß sich Ihre Kinder in kompetenten Händen befinden. Diese einstweilige Verfügung wurde lediglich zu ihrem Schutz erwirkt. Wenn Sie so gütig sein wollen, mich nach unten zu begleiten, dann wird sich schon bald alles erklären lassen. Mr. Boyd?«

Boyd trat vor. »Es ist in Ordnung«, sagte er leise, legte eine Hand auf Alisons Arm.

»Aber die Kinder… ich sollte…«

»Sie befinden sich in besten Händen, wirklich, es ist in Ordnung, alles wird gut werden. Kommen Sie bitte ein paar Minuten mit nach unten, dort wird Staatsanwalt Warner Ihnen alles erklären.«

Die Tür flog erneut auf, und vom Flur ertönte ein Schrei

des Entsetzens. »Gütiger Gott! Heiliger Jesus, was haben Sie getan?« Linda Beamon stürzte, die Hände vors Gesicht geschlagen, in den Raum und auf die Betten zu. Kern machte einen Satz nach vorn und packte sie. »Halten Sie sich von ihnen fern!«

»Was zum –« Warner fuhr entsetzt zusammen. »Raus mit ihr, verdammt noch mal!« brüllte er wütend. »Schafft sie raus, alle miteinander, sofort!«

Mit einem Ruck erwachte der Polizist zum Leben. »Okay, okay, Sie haben gehört, was der Staatsanwalt gesagt hat!« rief er und schritt auf Lewis zu. »Alle raus!« Er nickte dem Wachmann zu, und gemeinsam trieben sie die Leute zur Tür.

Warner war schon im Flur und murmelte wütend vor sich hin: »Eine verdammte Schande.« Er marschierte den Flur hinunter. »Räumt das ganze verdammte Gebäude, sofort! Ich will ein bißchen Ordnung hier haben!«

Zwanzig Minuten später war die Lobby menschenleer. Pappbecher, zu Boden gefallene Plakate und zurückgelassene Essensverpackungen lagen auf dem Boden verstreut. Sogar die Putzfrau war hinauskomplimentiert worden; ihr Eimer stand einsam neben einer einzelnen flackernden Kerze an der Wand. Ein Wachmann stand direkt hinter der Eingangstür, die Arme hinter dem Rücken verschränkt. Die Rezeption war unbesetzt, auf der verlassenen Telefonanlage leuchteten wechselnde Muster aus blinkenden Lichtern auf.

Im Wartebereich saß Elizabeth zusammengesunken in einem der Sessel, ihre Finger um ein Taschentuch gekrallt. Boyd hockte neben ihr.

»Komm, Lizzie«, sagte er sanft, »wir müssen dich hier rausbringen.«

»Sie werden ihn umbringen«, stieß sie unter Tränen hervor. »Das ist dir doch klar, oder? Sie werden sie entkoppeln, und dann werden beide für immer verloren sein. Für immer.«

»Ich dachte, du hättest gesagt, der Junge wäre nur hypnotisiert?«

»Das ist er auch! Aber er kann ohne uns nicht wieder herauskommen, ohne das Netz, es ist unsere einzige Verbindung, unser einziges Mittel –« Sie sah sich bestürzt um. »Ich muß wieder da rauf«, sagte sie plötzlich und machte Anstalten aufzustehen. Boyd faßte ihren Arm.

»Lizzie!« zischte er. Der Wachmann kam auf sie zu. »Es ist vollkommen ausgeschlossen, daß sie dich auch nur in ihre Nähe lassen. Warner meint es ernst, er steckt dich ins Gefängnis, wenn du es versuchst.« Er stand auf, ohne ihren Arm loszulassen. »Ihnen wird schon nichts passieren. Fellows weiß, was er tut.«

»Tut mir leid, Mr. Boyd«, sagte der Wachmann. »Sie muß das Grundstück jetzt wirklich verlassen.«

»Danke, wir wollten gerade gehen.« Er führte Elizabeth langsam zur Tür, dicht gefolgt von dem Wachmann mit seinem klimpernden Schlüsselbund in der Hand.

In ihrem Büro saß derweil Staatsanwalt Warner und zitierte aus irgendwelchen getippten Unterlagen. »Der entsprechende Eilantrag wurde in der Tat durch die Staatsanwaltschaft eingereicht, und zwar im Anschluß an eine Benachrichtigung durch einen Beamten der staatlichen Krankenhausaufsicht, einen Mr., ähm, Grey, von heute nachmittag.« Er überflog das Dokument, sein Hut lag vor ihm auf Elizabeths Schreibtisch. Jack saß ihm gegenüber und hörte konzentriert zu, während Alison, beide Arme um die Schultern geschlungen, blind auf eine Reihe von Fotos starrte. »Seiner Ansicht nach war das Wohlergehen der Patienten ernsthaft gefährdet. Wir hatten im Laufe des Tages bereits die Nachricht erhalten, daß die Deckungszusage der Haftpflichtversicherung der Klinik ausgesetzt worden ist, des weiteren lag uns im Rahmen der innerbehördlichen Amtshilfe die Information vor, daß politische Aktivisten in das Gebäude eingedrungen waren und es besetzt hielten, so daß die Sicherheit der Patienten zusätzlich gefährdet war. Außerdem haben wir erfahren, daß die klinische Leiterin des Perlman Institute schon seit geraumer Zeit gegen eine einstweilige Verfügung der Einstellung aller Tätigkeiten verstoßen hat. Und wir haben eine Notiz aus dem Verteidigungsministerium bekommen, daß der geschäftsführende Direktor der Klinik Vertretern von Regierungsbehörden den legitimen und vertraglich zugesicherten Zutritt zur Klinik und ihren Einrichtungen verwehrt hat.« Er machte eine Pause, um Atem zu holen. Jack schüttelte den Kopf.

»Außerdem gab es weiteren Informationsaustausch über, ähm, diplomatische Kanäle.« Er warf ihnen einen kurzen Blick zu und las dann weiter, als würde er vor Gericht sprechen. »Nach einem Gespräch mit dem Beamten der staatlichen Krankenhausaufsicht am Nachmittag waren wir daher einstimmig der Ansicht, daß die Direktoren der Klinik unverantwortlich handeln und das Wohl ihrer Patienten fahrlässig gefährden. Deshalb wurde um 16 Uhr entschieden, daß es im Interesse der Patienten keine andere Wahl gibt, als die Direktoren von ihrem Arbeitsplatz zu entfernen und eine sofort vollstreckbare Schließung der Klinik zu beantragen.« Er blickte auf seine Uhr. »Diesem Antrag wurde um 21.25 Uhr stattgegeben, und die Verfügung wurde um 0.20 Uhr vollstreckt.« Er ließ das Blatt auf den Tisch sinken, blickte zu ihnen auf und faltete die Hände. »Nun, es tut mir wirklich leid, daß Sie und Ihre Familie in all das hineingeraten sind. Aber wie Sie verstehen werden, mußte es sein, und zwar jetzt. Im Grunde ist es zum Schutz Ihrer Kinder.«

Jack schluckte. »Wir, ähm, brauchen unverzüglich juristischen Beistand.«

»Natürlich«, stimmte Warner ihm zu. »Wir werden uns sofort darum kümmern. Ich würde Ihnen auch raten, sich so bald wie möglich mit Ihrer Botschaft in Washington in Verbindung zu setzen. Meines Wissens erwarten die Ihren Anruf bereits.«

»Wann kann ich meine Kinder sehen?« murmelte Alison.

»Schon sehr bald, Ma'am. Wenn Sie nichts dagegen haben, wollen wir Mr. Fellows und seinem Stab zunächst ein paar Stunden Ruhe und Frieden gönnen, damit er sich um die, ähm, Bedürfnisse der Patienten kümmern und gewissermaßen ein wenig Ordnung schaffen kann. Und morgen früh werden Sie dann vielleicht ...«

Alison versteifte sich. »Nein, ich will sie jetzt sehen.«

»Ma'am, es ist nur zu ihrem Besten. Weiß Gott, was die mit ihnen gemacht haben ...« Er bremste sich und atmete langsam aus. »Wir müssen Dr. Fellows genügend Zeit lassen, eine gründliche Untersuchung durchzuführen, und die Patienten brauchen Ruhe. Schließlich haben alle Krankenhäuser Besuchszeiten, das dient einzig dem Wohl der Patienten. Morgen früh werden wir dann gleich als erstes –«

»Nein, jetzt sofort, verdammt noch mal! Es sind meine Kinder.«

»Ali.« Jack faßte ihren Arm. Sie starrte ihn an. Es klopfte an der Tür, und einer der Wachmänner kam herein.

Warner blickte auf. »Ah, Stein, alles verriegelt?«

»Ja, Sir, das Gebäude ist geräumt und gesichert.«

»Sehr gut. Dann sind also alle draußen?«

»Ja, Sir, nur das medizinische Ersatzpersonal und die Sicherheitsleute sind noch hier sowie die, ähm, Familie, und –«

»Und?«

»Nun, vielleicht kommen Sie besser mit, Sir.«

Warner sah die Heywoods an und schob seinen Stuhl zurück. »Würden Sie bitte einen Moment hier warten?« Er ging zur Tür und warf dem Wachmann im Vorbeigehen einen Blick zu. »Mr. Stein wird bei Ihnen bleiben.«

Eine Minute später war er oben im Operationssaal. Dr. Fellows stand mit verschränkten Armen zwischen den Betten, die

Krankenschwestern beobachteten ihn nervös. »Nun?« Er sah den Arzt fragend an.

Fellows trat zur Seite und wies mit dem Kopf in die Ecke. »Die Großmutter der Patienten.«

Sie saß vor dem Kontrollmonitor für die Vitalfunktionen, ein bestrumpftes Bein elegant über das andere gelegt, die Hände im Schoß gefaltet. Ihre Brille hing an einem Band um ihren Hals und ruhte oberhalb ihrer schlichten, cremefarbenen Perlenkette auf ihrer weißen Wollstrickjacke. Dazu trug sie einen dunkelgrün karierten Rock und feste, braune Schuhe.

»Einen recht schönen guten Abend«, flötete sie, die Brauen erwartungsvoll hochgezogen. »Janet Catchpole.«

Warner schluckte. »Guten Ab … Ma'am, es tut mir leid, aber ich muß Sie bitten, diesen Raum zu verlassen. Unverzüglich.«

»Es tut mir schrecklich leid, wirklich, aber ich fürchte, das kann ich nicht tun.«

»Wie bitte?« Er starrte sie mit offenem Mund an.

»Nun, sehen Sie, ich bin britische Staatsbürgerin und genau wie diese Kinder in diesem Land nur zu Gast. Außerdem sind sie noch jugendlich – oder wie nennen Sie das? Minderjährig. Und bedauerlicherweise nicht in der Lage, für sich selbst zu sprechen. Bis vor einer halben Stunde waren diese beiden Minderjährigen der Obhut der Person unterstellt, die von ihren Eltern autorisiert worden ist, sie zu behandeln, nämlich der Obhut von Dr. Chase, der Leiterin des Perlman Institute. Doch das Perlman Institute ist leider offiziell geschlossen worden, und Dr. Chase wurde von ihrer Position entfernt. Das heißt, die Kinder befinden sich jetzt nicht mehr in der Obhut der einzigen von ihren Eltern dazu autorisierten Person. Und nicht nur das, ihre Eltern sind vorübergehend abwesend und haben die Obhut für ihre Kinder meines Wissens bisher nicht an eine dritte Partei übertragen. Bis ich also von den Eltern eine gegenteilige Bestätigung erhalten habe, geht die Verantwortung für diese Kinder logischerweise an ihren nächsten anwesenden Verwandten über. Und der bin allem Anschein nach zumindest für den Augenblick ich.«

* * *

»Wir müssen sie da rausholen.«

Elizabeth lief nervös im Zimmer auf und ab. Jack hockte in einer Ecke, den Telefonhörer unters Kinn geklemmt, und machte sich Notizen. Alison stand am Fenster und betrachtete das Fließen des frühmorgendlichen Verkehrs unter der leicht hin und her schwingenden Verkehrsampel. Sie sah einen weißen Jeep, der die Straße hinunter auf das Haus zuraste. Eine Minute später klopfte es an der Tür, und Lewis stürzte in Jeans und Sweatshirt in die Wohnung.

Abrupt blieb Elizabeth stehen. »Lewis, was ist los?«

»Komplett abgeriegelt«, sagte er atemlos und ließ sich auf einen Stuhl fallen. »Ohne Genehmigung kommt keiner rein und keiner raus. Wachen an der Tür, Namenlisten, Sicherheitspässe, den ganzen Kram.«

Jack blickte vom Telefon auf. »Sind Sie reingekommen?«

»Keine Chance. Die haben mich nur bis zur Treppe vorgelassen.«

»Hast du jemanden gesehen?« fragte Elizabeth, an ihrem Daumennagel kauend. »Ist irgend jemand gekommen oder gegangen?«

»Einige Leute. Ich hab ein paar Typen vom Verteidigungsministerium ankommen sehen. Um neun war Schichtwechsel des Pflegepersonals, aber alles neue Gesichter, niemand, den wir kennen. Und ein älterer Mann in einem Mietwagen, aber sie haben ihn abgewiesen, und –« Er brach ab.

»Wer noch?« fragte Elizabeth.

»Dein Freund Boyd von der Staatsanwaltschaft ist da.«

»Hat er etwas gesagt?«

Lewis zuckte die Achseln. »Er meinte, er würde sich umhorchen und dann später vorbeischauen. Äußerst zuvorkommend von ihm, würde ich sagen«, fügte er sarkastisch hinzu.

»Sonst niemand? Gardner, Sally?«

»Nein, das war's.«

Elizabeth wandte sich ab und fing wieder an, rastlos auf und ab zu laufen.

»Was ist mit Janet?« fragte Alison vom Fenster. »Meine Mutter.«

Lewis schüttelte den Kopf. »Das kann ich nicht sagen. Tut mir leid.«

Jack legte den Hörer auf und erhob sich.

»Was haben sie gesagt?« fragte Alison.

»Sie schicken jemanden«, sagte er. »Von der Botschaft. Sie werden heute abend hier sein.«

»Ja, aber was haben sie gesagt?«

»Na ja, offenbar wußten sie schon Bescheid.« Er warf einen Blick auf seine Notizen. »Sie sind gestern abend benachrichtigt und seither regelmäßig auf dem laufenden gehalten worden, sagen sie. Sie haben den Eindruck, daß die Entscheidung, die Klinik zu schließen«, er warf einen kurzen Seitenblick auf Elizabeth, »allein im Interesse der Kinder erfolgt sei und die Rechtmäßigkeit des Verfahrens außer Frage stünde.«

»Die Rechtmäßigkeit des Verfahrens? Aber man läßt uns nicht zu unseren Kindern vor!«

»Ja, das wußten sie auch schon.« Er blätterte in seinen Notizen. »Aber sie meinten, es wäre unter den gegebenen Umständen nicht unangemessen, der Nachtschicht Gelegenheit zu geben, eine ausführliche Untersuchung durchzuführen, die Einrichtung zu überprüfen und sich zu vergewissern, daß das Gebäude in Ordnung ist.«

Elizabeth blieb erneut stehen. »In Ordnung?«

»›Steril‹ war das Wort, das sie verwendet haben.«

»Das ist doch völlig absurd!« höhnte Lewis. »Sie schinden Zeit, das ist reine Hinhaltetaktik.«

»Vielleicht.« Jacks Blick ruhte auf seiner Frau. »Sie wollen, daß wir hier warten und nicht versuchen, die Kinder zu sehen, bis der Vertreter der Botschaft hier eintrifft.«

»Aber warum, um Gottes willen? Warum müssen wir warten?«

Er preßte die Lippen zusammen. »Ali, die Sozialbehörde von Cambridgeshire hat eine Amtsvormundschaft beantragt. Die Botschaft hat eine Benachrichtigung erhalten, daß das Sorgerecht für Frankie dem Jugendamt übertragen wurde.«

»Was?« Alle Farbe wich aus ihrem Gesicht.

»Sie haben die Vormundschaft beantragt. Zwangsweise. Um uns daran zu hindern, die Behandlung durchzuführen.«

Alison schlug die Hände vor den Mund. »Mein Gott.« Sie sah Jack an. »Stanhope.«

Plötzlich ging die Wohnungstür auf, und Nathan platzte herein, in der Hand einen kleinen Lederkoffer und Papiertüten mit Donuts und Bagels. »Frühstück«, trompetete er und stellte die Tüten auf dem Boden ab. Niemand rührte sich. »Hey!« Er blickte in die Runde. »Was ist passiert?«

Jack räusperte sich. »Es tut mir leid, aber ich glaube ... es ist möglich, daß all das – die Schließung der Klinik, der Ausschluß und das alles – unsere Schuld sein könnte. Diplomatischer Druck oder so.« Niemand sagte etwas. Vor dem Fenster verhängten niedrige Wolken den Himmel, das Licht war trüb und matt.

Mit einemmal beugte Lewis sich vor. »Nee«, sagte er und stand auf, um aus der Tüte einen Bagel zu angeln. »Das kann nicht sein, dafür liefen noch zu viele andere Sachen. Es war einfach so, daß jeder uns fertigmachen wollte. Das ist alles.«

Alison trat mit flehendem Blick vor Jack. »Kann das wirklich wahr sein?« Er legte einen Arm um ihre Schultern. »Sie wollen sie uns wegnehmen?« Sie ließ ihren Kopf langsam an seine Brust sinken.

»Weiß der Himmel«, sagte er hilflos.

»Und was gibt es sonst Neues?« fragte Nathan munter und nahm seinen Lederkoffer.

»Wir kommen nicht rein«, sagte Elizabeth. »Niemand kommt rein.«

»Tatsächlich?« Er hielt sein Bagel zwischen den Zähnen, öffnete den Reißverschluß seines Koffers und nahm einen Laptop heraus. »Jack, Alison, kommen Sie, Mann, nehmen Sie sich ein Donut, ich muß Ihnen was zeigen.«

Zehn Minuten später schwebten seine Finger über das Keyboard, während er auf den Monitor blickte, der nach einer Weile schwarz wurde. »Ah«, sagte er. Er saß auf dem einzigen Sessel vor dem Computer, von dem ein Kabel zum Telefonstecker in der Wand führte. Elizabeth beugte sich über eine Armlehne des Sessels, Jack und Alison drängten sich hinter Nathan. Lewis stand auf der anderen Seite des Raums und sprach in sein Handy.

»Was ist denn?« fragte Alison.

Nathan fuhr sich mit der Zunge über die Zähne und fischte einen Streifen Kaugummi aus seiner Hemdtasche. Wenig später leuchtete der Bildschirm auf, und er schnellte nach vorn. Seine Finger tanzten über die Tastatur. »Das ist mein Mädchen«, murmelte er. Sekunden später hielt er inne, lehnte sich zurück und drehte den Bildschirm in Alisons Richtung. »Sagen Sie Frankie hallo.«

»Sie ist noch immer angeschlossen!« rief Elizabeth.

»Verdammt richtig.« Nathan ließ den Inhalt des Bildschirms rasch vorrollen. »Und schaut sie euch an.«

»Was ist mit ihr?« fragte Alison. Sekunden verstrichen, während sie gebannt auf den Monitor starrten. »Was ist?«

Schließlich richtete Elizabeth sich langsam auf. »Es scheint ihr gutzugehen«, sagte sie nachdenklich. »Es scheint sogar eine

Menge Aktivität zu geben. Elementar, unspezifisch und sehr schwach, aber sie ist trotzdem zu sehen.«

»Aber das ist doch gut, oder nicht?«

»Ja.« Ihre Miene wirkte entschlossen. »Ja, das ist ziemlich gut. Oder es könnte zumindest ziemlich gut sein, wenn wir bei ihr sein könnten. Bei allen beiden.«

»Was ist mit Ben?« fragte Jack leise.

Sie sah ihn an. »Ich weiß es nicht. Er ist nicht da.«

* * *

»Sie haben ihn schon entkoppelt«, sagte Boyd. Nathan gab ihm eine Tasse Kaffee und kehrte dann auf seinen Sessel vor dem Computer zurück. Es war später Nachmittag, feucht und drückend. Seit einer Weile fiel draußen ein feiner Regen. Die Luft in der Wohnung war abgestanden und stickig, es roch nach Kaffee und Essensresten. »Sie haben es heute morgen gemacht. Am Nachmittag haben sie das gleiche mit Frankie vor. Dann werden sie beide ins Norfolk General Hospital verlegt. Wahrscheinlich heute abend oder morgen früh.«

Alison hockte neben Jack an der Wand. »Aber wann können wir sie sehen?«

»Das kann ich nicht sagen. Haben Sie mit der Botschaft gesprochen?«

»Ja«, sagte Jack. »Sie wissen Bescheid.«

»Es tut mir sehr leid. Ich nehme an, es ist ziemlich unwahrscheinlich, daß Sie sie ohne einen Vertreter der Botschaft sehen können.«

Jack atmete langsam aus. »Wie ging es Ben? War er wach?«

Boyd schüttelte langsam den Kopf. »Ich weiß nicht, ich glaube nicht. Ich habe ihn nur ganz kurz gesehen. Er sah müde aus, wissen Sie, und ziemlich blaß. Eine der Schwestern sagte etwas von einem traumatisch bedingten katatonen Stupor.«

»Das ist schlichtweg Blödsinn«, sagte Elizabeth. Sie stand mit dem Rücken zum Zimmer am Fenster. »Die haben absolut keine Ahnung, was sie tun.«

Alison stöhnte. »Das ertrage ich nicht.« Jack zog sie an sich.

»Gute Arbeit, Ermittler Boyd, würde ich sagen«, knurrte Lewis, der, seinen Aktenkoffer aufgeklappt vor seinen Füßen, auf dem einzigen Stuhl saß. »Sie müssen sehr stolz auf sich sein.«

Boyd blickte in die Runde. »Es tut mir leid. Ich hätte nie gedacht, daß es soweit kommen würde. Es ging doch bloß um eine einstweilige Verfügung, bis wir uns um die Willis-Anzeige gekümmert haben.« Er blickte zu Elizabeth. »Aber das Ganze ist uns irgendwie über den Kopf gewachsen.«

»Na, so ein Pech auch«, sagte Lewis sarkastisch. »Trotzdem sollte es für eine Belobigung durch Ihren Boß reichen – wer weiß, vielleicht springt sogar eine Beförderung dabei heraus.«

»Laß gut sein, Lewis«, murmelte Nathan aus seinem Sessel. »Es ist nicht seine Schuld.« Er tippte mehrfach auf die Tastatur des Laptops, klappte ihn dann zu und lehnte sich zurück. »Das war's, Leute, sie haben gerade den Stecker rausgezogen.«

Alisons Körper versteifte sich. »Jack, ich kann hier nicht einfach bloß rumsitzen. Wir müssen sie sehen, wir müssen etwas unternehmen.«

Boyd hob die Hand. »Sie werden Sie nicht ins Gebäude lassen, Alison, darauf gebe ich Ihnen mein Wort. Keine Chance. Es ist viel besser, wenn Sie hierbleiben, damit wir Sie jederzeit erreichen können, und erst zur Klinik kommen, sobald der Vertreter der Botschaft eintrifft.« Er zwang sich zu einem trockenen Lächeln. »Außerdem ist Ihre Mutter bei ihnen, und die hält die Stellung wirklich großartig.«

»Wie geht es ihr?« fragte Jack.

Alison ließ den Kopf auf ihre Arme sinken.

»Sie ist, nun, sie ist eine echte Persönlichkeit, was?« sagte Boyd und grinste. »Der Staatsanwalt ist am Verzweifeln. Ich glaube, er hat endlich seinen Meister gefunden. Sie ist die ganze Nacht nicht von ihrer Seite gewichen. Nicht ein einziges Mal, hat nicht mal die Augen zugemacht. Und heute morgen hat sie alle rumgescheucht, englischen Tee und Toast, heißes Wasser und Handtücher. Dann hat sie darauf bestanden, daß alle den Raum verlassen, während sie sich gewaschen hat.« Nathan warf einen Blick auf Elizabeths Rücken: Sie wandte kaum merklich den Kopf von dem verschmutzten Fenster. »Dann Zeitungen, Schreibzeug.« Er klopfte auf seine Tasche und zog einen Brief hervor, den er Jack gab. »Sie hat mich gebeten, Ihnen das hier zu geben und Ihnen auszurichten, daß es ihr gutgeht.«

»Können wir sie telefonisch erreichen?« fragte Jack und öffnete den Brief.

»Tut mir leid, aber das bezweifle ich sehr«, sagte Boyd. »Aber ich fahre später in die Klinik zurück und kann ihr eine Nachricht übermitteln und ihr mitbringen, was sie braucht.« Er wies auf den Brief.

Jack überflog die Liste. Kleidung zum Wechseln, ein paar Toilettenartikel, eine Zahnbürste. Er schnaubte. »Sie möchte, daß wir ihr den zollfreien Gin rüberschicken.«

»Und ihr Ginseng und ihre Primelöltabletten«, fügte Alison hinzu, die Stirn auf die Arme gelegt.

»Ähm, ja, die auch.« Er zögerte. »Wer ist Stella?«

»Hm?«

»Sie bittet um ihr Briefpapier und fügt dann hinzu, wir sollten Stella nicht vergessen?«

Alison hob langsam den Kopf und nahm Jack den Brief aus der Hand. »Unschuldig bis zum Beweis des Gegenteils.«

Elizabeth drehte sich mit entschlossener Miene um. »Wir müssen sie zurückholen. Jetzt. Heute.«

»Da hast du verdammt recht«, sagte Nathan tonlos.

Lewis blickte von seinem Aktenkoffer auf. »Wie bitte?«

»Elizabeth, sei nicht albern, das ist unmöglich.« Boyd starrte sie überrascht an.

»Nein, das ist es nicht, es ist lebenswichtig. Wir müssen sie zurückholen und beenden, was wir begonnen haben.«

»Ähm, Verzeihung, aber was genau hat dieses dauernde ›wir‹ zu bedeuten?«

»Lewis, ich brauche deine Hilfe, und zwar dringend. Dieses eine Mal in deinem Leben wirst du etwas tun müssen, nur weil es wichtig und richtig ist und nicht weil am Ende ein fetter Scheck auf dich wartet.«

»Lizzie, warte, hör mir bitte einen Moment zu.« Boyd hatte beide Hände erhoben.

»Nein, John, das kann ich nicht, dafür ist es zu spät. Ich habe diese Kinder hergebracht. Ich habe ihnen gegenüber eine Verantwortung. Wir müssen sie zurückholen, es ist ihre einzige Chance.«

»Ihre einzige Chance? Lizzie, wovon redest du überhaupt?«

»Sag es ihnen, Nate.«

Nate beugte sich vor, faltete die Hände und sah Alison und Jack direkt an. »Die kleine Frankie«, begann er, die Stirn konzentriert gerunzelt, »wird auf gar keinen Fall von allein aufwachen – das haben Ihnen auch die Ärzte in England gesagt, und sie hatten recht. Sie braucht jede Menge Hilfe. Nur mit dem neuralen Netz, den Anlagen und den programmierten Sequenzen, mit Lizzie und dem angekoppelten Ben, und nur wenn alles wirklich gut zusammenpaßt und funktioniert, gibt es vielleicht eine Chance, sie zurückzuholen.« Er klopfte auf seinen Laptop. »Die Anzeichen deuten sogar darauf hin, daß es ein paar erste Impulsausschläge gibt und daß wir vielleicht anfangen, zu ihr vorzudringen.« Er machte eine Pause und blickte in die Runde. »Lizzie und ich sind erledigt. Sie machen uns den Laden gründlich dicht, und wir werden für sehr lange Zeit nicht in der

Lage sein, ihn irgendwo wieder aufzumachen. Unsere Einrichtung wird wahrscheinlich, während wir hier noch reden, mit Lastern nach Washington verschickt. Wenn Frankie entkoppelt und nach Norfolk oder zurück nach England gebracht wird, ist sie weg. Dann kann ihr auf der ganzen Welt kein Mensch mehr helfen.« Er sah die Heywoods an. »Tut mir leid, aber so sieht's aus.«

»Und was ist mit Ben?« fragte Alison.

Elizabeth atmete tief ein. »Ben steckt auch in Schwierigkeiten. Der Sinn das Ganzen war, daß wir ihn Schritt für Schritt auf dem Weg begleiten, seinen Stoffwechsel kontrollieren, ihn auf Anzeichen von Streß oder Problemen beobachten und ihn herausholen, wenn er in eine massive Krise gerät. Doch jetzt ist er ganz allein, gestrandet. Weiß der Himmel, was er durchmacht. Er schwebt in ernsthafter Gefahr.«

»Elizabeth, hör mir mal bitte zu.« Boyd sprach leise, sein Gesicht im Schatten verborgen. Vor dem Fenster erstarb das letzte Licht, und heftiger Regen prasselte auf den glänzenden Asphalt. »Ich verstehe, warum du es machen willst, wirklich. Aber wir reden hier über das Gesetz, das schlichte, grundlegende Prinzip, daß anständige, intelligente, gesetzestreue Bürger sich auch genauso verhalten und sich an die Gesetze halten, so wie sie umgekehrt auch durch die Gesetze geschützt werden. Wenn sie das nicht tun, wenn sie das Gesetz einfach mißachten und selbst in die Hand nehmen, auch wenn sie sich dazu berechtigt fühlen, dann bleibt gar nichts mehr, dann gibt es nur noch Chaos.«

»Und Cheryl?« fragte sie, ohne den Blick von ihm zu wenden. »Hat das Gesetz ihr zu ihrem Recht verholfen?« Seine Gesichtszüge entgleisten. »Es tut mir leid, aber ich kann nicht tatenlos zusehen, wie das System diese beiden jungen Menschen im Stich läßt. Das mußt du doch verstehen, besser als irgend jemand sonst.«

»Du würdest nie reinkommen, du würdest nicht mal in ihre Nähe kommen.«

»Ich vielleicht nicht, aber du.«

»Nein«, sagte er leise. »Es tut mir leid. Das kann ich nicht.«

Niemand sagte etwas. Vor dem Haus fuhr langsam ein Wagen vor und spritzte das im Rinnstein stehende Wasser auf.

»Es gibt also keinen fetten Scheck, was?« Lewis kramte in seinem Koffer. Wenig später zog er ein Blatt Papier heraus. »Da ist es.«

Alison hielt Jacks Hand fest gedrückt. »Sie werden sie uns wegnehmen«, sagte sie mit Tränen in den Augen. »Dabei haben wir von Anfang an immer nur versucht, ihnen zu helfen, das Richtige zu tun.«

»Was ist schon das Richtige?« gab Jack mit steinerner Miene zurück. »Richtig und falsch gibt es nicht. Es gibt nur Verantwortung, Verpflichtung und das Bestreben, sein Bestes zu geben.«

»Und es gibt eine Wahl«, sagte Elizabeth.

»Und die Liebe«, sagte ihr Vater. »Die Liebe der Eltern zu ihrem Kind, das eine Frucht dieser Liebe ist.«

Er stand auf der Schwelle im Schatten, eine Silhouette im Türrahmen, die Schultern seiner Jacke dunkel vom Regen. Elizabeth schlug die Hände vors Gesicht. Sonst rührte sich niemand.

Elliot blickte in die Runde. »Hat hier irgend jemand Pizza bestellt?«

* * *

Er rief sie um acht an. »Ich bin's«, sagte er leise.

»John, wo bist du?«

»Ich bin in der Klinik. Ich sitze an deinem Schreibtisch, um genau zu sein.«

»Alles in Ordnung bei dir?«

»Ich denke schon. Ich kümmere mich nur noch um ein paar Kleinigkeiten und fahre dann gleich nach Hause.« Er zögerte. »Willst du die Sache wirklich durchziehen?«

»Ja, John, das muß ich.«

Sie hörte ihn seufzen. »Ich kann euch nicht helfen, ich hoffe, du verstehst das. Es ist nicht die Tat an sich, nicht das, was ihr vorhabt. Ich weiß, daß du glaubst, daß es das Richtige ist. Aber das Prinzip ...« Er klang sehr niedergeschlagen, so, als würde er versuchen, sich selbst zu überzeugen.

»Schon klar«, sagte sie leise. »Das ist okay, ich verstehe das.« Die Leitung rauschte leise. »Weißt du, ich mag Männer mit Prinzipien«, neckte sie ihn. »Ich bin sogar in einen verliebt.«

Er lehnte sich in ihrem Stuhl zurück und strich mit den Fingerspitzen sanft über die Schreibtischplatte. »Du bist wirklich eine ganz besondere Frau, Elizabeth Chase, wußtest du das?« Er wartete, aber sie sagte nichts. »Habt ihr einen Plan?«

»Mehr oder weniger.«

»Ist es ein guter Plan?«

Sie lächelte. »Ich weiß nicht. Wir können nur unser Bestes versuchen.«

»Wohin wollt ihr danach?«

»Wir können nur hierhin. Es ist nicht gerade ideal, aber eine andere Möglichkeit gibt es nicht. Lewis' Wohnung liegt mitten in der Stadt, da ist es zu voll, und Nathan wohnt im vierten Stock.«

»Du bist verrückt, Lizzie, die werden dich binnen Stunden finden. Dort werden sie als erstes suchen.«

»Vielleicht auch nicht. Kaum jemand weiß von der Wohnung, ich bin ja nie richtig eingezogen. Meine offizielle Adresse war immer die Klinik.«

»Nein. Das wird nicht klappen.« Wieder hörte sie ihn geräuschvoll ausatmen. »Hör zu, fahrt zu dem Stamitz-Haus. In Everdene, erinnerst du dich?«

»Ja, ich erinnere mich, aber John –«

»Es steht vollkommen leer und ist schon seit Wochen versiegelt. Da wird in einer Million Jahren keiner nach euch suchen. Mach es, Lizzie. Deine Wohnung ist hoffnungslos, glaub mir.«

»Aber –«

»Und was immer es euch nutzt – es gibt nur einen diensthabenden Wachmann am Haupteingang und ein paar Schwestern oben bei Janet und den Kindern. Das ist alles. Sonst sind keine Patienten mehr da. Fellows macht um neun Uhr Feierabend, kommt aber wahrscheinlich später noch einmal zurück, wenn Ben und Frankie noch heute verlegt werden sollen.«

»Vielen Dank, John«, sagte sie schlicht.

»Sei vorsichtig.«

»Bestimmt.«

»Elizabeth.«

»Ja.«

»Ich liebe dich.«

16. KAPITEL

Lewis parkte seinen Wagen neben einem großen Lkw und stellte den Motor ab. Sofort wurde das unnachgiebige Prasseln des Regens auf dem Autodach lauter. Er blickte in den Rückspiegel und rückte seine Krawatte zurecht, stieß die Tür auf und hastete eilig durch die Sintflut zum Eingang, wo er an die Glastür klopfte. Ein uniformierter Wachmann erschien und musterte ihn argwöhnisch. »Was ist?« fragte der Wachmann, das Kinn fragend gereckt, durch die Tür.

Lewis zog ein Blatt Papier aus seiner Brusttasche und entfaltete es. »Mein Name ist Kern. Ich muß die Inventarlisten fürs Verteidigungsministerium bestätigen«, rief er. Seine Stimme drang undeutlich durch das Glas.

Der Wachmann verzog das Gesicht. »Sie müssen was?« Er spähte auf das gegen die Scheibe gepreßte Papier; die Worte waren in dem schwachen Licht unleserlich und zum Teil vom Regen verschmiert. Doch der Brief trug das Siegel des Verteidigungsministeriums, war an einen gewissen Mr. L. Kern adressiert, und von einer Vereinbarung zur gemeinsamen Befugnis zur Inventarisierung und Inspektion der Einrichtung und Ausstattung des Instituts war ebenfalls die Rede.

»Ich muß den ordnungsgemäßen und vollständigen Abbau der Betriebsanlagen quittieren«, rief Lewis, schlug seinen Kragen hoch und sah sich nervös um. Die Auffahrt war leer. »Bevor sie sie nach Washington abtransportieren können. Die warten auf mich ... Hören Sie, machen Sie doch einfach die verdammte Tür auf und lesen das Beglaubigungsschreiben, ja? Weil ich hier draußen nämlich bald ertrinke.«

Der Wachmann musterte ihn argwöhnisch und griff dann nach dem Schlüsselring an seinem Gürtel. Sekunden später war Lewis im Gebäude.

»Danke«, prustete er geräuschvoll und schüttelte das Regenwasser von seiner Jacke. »Ein verdammt beschissener Abend, um Einkaufslisten abzuhaken.« Er zückte erneut den durchgeweichten Brief und schielte auf das Namensschild des Wachmanns, während er den Brief auf dem Empfangstresen ausbreitete. »Gut. Mr. Stein, nicht wahr? Okay, hier wären wir. Zwei Typen aus dem Verteidigungsministerium packen die Geräte im ersten Stock ein, oder?«

»Ähm, falsch.« Der Wachmann studierte kopfschüttelnd den Brief. »Damit sind sie längst fertig, sie sind schon gegangen.« Er blickte zu Lewis hoch.

»Sie sind was?«

»Es ist schon alles in den Lkw verladen.« Er wies mit dem Kopf auf den vor dem Haus geparkten Laster. »Sie sind noch kurz essen gegangen, bevor sie sich auf den Weg zurück nach Washington machen.«

»Richtig«, sagte Lewis. »Genau. Darum geht es ja gerade, sie können nicht losfahren, bevor ich die Bestätigung unterschrieben habe. Sie haben mich angerufen und gesagt, sie wären fertig, wollten nur noch schnell etwas essen, und ob ich bitte vorbeikommen könnte, um die Inventarprüfung zu beenden.«

»Die was?«

»Die Inventarprüfung. Es ist im Grunde nichts weiter als eine Einkaufsliste. Hören Sie, ich muß mich nur kurz in dem Lkw umsehen, die verdammte Bestätigung unterschreiben, und dann sind wir hier alle weg.« Er fuhr sich mit der Zunge über die Lippen. »Je eher, desto besser, wenn Sie mich fragen – ein Scheißabend, um irgendwelche Kartons auf Listen abzuhaken.«

Der Wachmann schürzte die Lippen und betrachtete den Brief. »Hier steht aber nichts von irgendwelchen verdammten Einkaufslisten«, murmelte er trotzig.

Am Ende der Einfahrt flackerte ein Blaulicht auf.

Im ersten Stock wandte sich Janet langsam von dem vom Regen schlierigen Fenster ab und begann mit einer Hand ihren Nacken zu reiben. Sie blickte auf und warf der Krankenschwester auf der anderen Seite des Raums ein schwaches Lächeln zu. Die Kinder lagen zwischen ihnen auf normalen Krankenhausbetten, mit Laken und Decken zugedeckt. Sie waren vollständig von ihren neuralen Netzen entkoppelt. Alle elektronischen Geräte waren aus dem Zimmer geschafft worden. Frankie lag ein wenig erhöht und vollkommen reglos, in beiden Armen eine Kanüle, den Kopf zur Seite gedreht, während das Beatmungsgerät unter ihrem Bett leise klickte. Auf dem Bett neben ihrem lag Ben zusammengekrümmt auf der Seite. Sein Mund stand offen, sein Körper zuckte gelegentlich, und durch den Schlitz seiner fast geschlossenen Lider sah man seine Augen ruhelos hin und her rollen. Die Schwester stand auf, beugte sich erneut über ihn und legte eine Hand auf seine Stirn.

»Wie geht es ihm?« fragte Janet matt.

»Er steht unter ziemlich schweren Beruhigungsmitteln«, sagte sie. »Ich bin froh, wenn sie ihn endlich nach Norfolk bringen. Dort wird es ihm viel besser gehen.« Sie blickte zu Janet auf. »Mrs. Catchpole, Janet? Geht es Ihnen gut? Sie sehen schrecklich aus.«

»Mir geht es gut, Liebes, ich spüre nur einen leichten Schmerz in der Brust, und mir ist ein klein wenig kalt.« Sie ließ ihre Hand auf die Schulter gleiten und verzog das Gesicht. »Ich frage mich, Darlene, ob Sie mir vielleicht ein Glas Wasser holen könnten.« Sie machte Anstalten, sich von ihrem Stuhl zu erheben, und sackte nach vorn auf den Boden.

»Mrs. Catchpole!« Die Schwester hastete um die Betten

herum zu ihr. »Jackie! Jackie, komm schnell. Janet ist zusammengebrochen!«

In der Halle blickte der Wachmann wieder von dem Brief auf. Ein Krankenwagen setzte mit flackerndem Blaulicht langsam rückwärts an die Treppe heran. »Was soll das jetzt wieder?« beschwerte er sich, legte den Brief auf den Tresen und ging zur Tür. »Würden Sie bitte einen Moment hier warten, Mr. Kern?«

»Erwarten Sie noch einen neuen Patienten?« fragte Lewis leichthin.

»Ja, nein, vielleicht kommt später ein Krankenwagen, um die Kinder abzuholen. Verdammt, was weiß ich denn, mir sagt ja keiner was.« Er schloß die Tür auf.

Zwei Sanitäter, die Köpfe zum Schutz gegen den Regen tief auf die Brust gedrückt, hasteten die Treppe hinauf.

»Ist das die Perlman-Klinik?« fragte der eine. Plötzlich summte die Telefonanlage, und ein Licht leuchtete auf. Lewis spähte durch die Glasscheibe. Auf dem Tisch neben dem Telefon lagen ein Clipboard und ein Satz Lkw-Schlüssel.

»Ja, genau. Kommen Sie vom Norfolk General wegen der britischen Kinder oben?« Der Wachmann blickte auf die Anzeige. Der Anruf kam aus dem ersten Stock.

»Hören Sie, soll ich rangehen?« bot Lewis an. »Sie sind offensichtlich beschäftigt.«

»Sie bleiben, wo Sie sind!« Der Wachmann warf Lewis einen warnenden Blick zu und hob den Finger.

Die Sanitäter sahen sich an. »Welche Kinder?« fragte einer von ihnen.

»Die englischen Kinder, Hayforth oder so – verdammt, was weiß ich, wie die heißen«, polterte der Wachmann. »Sie meinen, Sie sind nicht hier, um sie abzuholen und nach Norfolk zu bringen?«

Die beiden Sanitäter tauschten, die Hände in die Hüften gestemmt, erneut einen Blick. »Nein, wir sind aus Paxton. Wir haben einen Notruf bekommen, wir sollen uns um einen Herzinfarkt kümmern, eine ältere Frau, das Perlman Institute am Stadtrand von Dalmatia, behandelnder Arzt ist ein, ähm, Dr. Fleming.«

Ein zweiter Wagen raste mit aufgeblendeten Scheinwerfern auf den Eingang zu.

»Hören Sie, könnten Sie bitte eine Minute hier warten? Alle miteinander.« Der Wachmann wandte sich, die Hände erhoben und die Finger gespreizt, abwechselnd von Lewis zu den Sanitätern, stieß die Tür zum Empfang auf und griff nach dem Telefon. Aus dem Wagen war ein älterer, grauhaariger Mann mit einer Arzttasche unter dem Arm gestiegen und rannte auf den Eingang zu. Einer der Sanitäter machte ihm die Tür auf.

»Warten Sie!« rief der Wachmann hektisch, eine Hand schon am Telefon. »Ach, Scheiße, dann lassen Sie ihn, verdammt noch mal, auch noch rein. Warum auch nicht? Alle anderen sind ja auch schon da. Hallo, Jackie, bist du das? Okay, hier ist Walt am Eingang, was zum Teufel –«

»Walter, Darlene hier. Mrs. Catchpole hat einen Kollaps erlitten, wir glauben, es könnte ein Herzinfarkt sein, wir brauchen Verstärkung und –«

»Herzinfarkt?« Der Wachmann blickte zur Tür. Die Sanitäter sahen sich an.

Der grauhaarige Mann streckte den Kopf durch die Tür zum Empfang.

»Ich bin Dr. Hugo Fleming«, sagte Elliot Chase. »Soweit ich weiß, haben Sie hier einen Herzinfarkt, eine Mrs. Catchpole?«

»Ich, ähm, warten Sie, Jackie, bist du da?«

»Ich bin's, Darlene, Walter, Himmel noch mal –«

»Richtig, Darlene, mein Gott, tut mir leid, habt ihr einen Arzt gerufen, einen Dr … ähm …?« Er blickte verzweifelt zu Elliot auf.

»Fleming«, wiederholte dieser betont. »F-L-E-M …«

»Fleming, genau! Hör mal, Jackie –«

»Wir haben sie auf ein Bett im Nebenzimmer gelegt, aber Dr. Fellows hat schon Feierabend und kommt erst später noch mal rein. Außerdem haben wir kaum noch medizinisches Gerät hier, also schick sie so schnell wie möglich rauf.«

»Gut, okay, Jackie, wenn du es sagst, aber –«

»Darlene, Scheiße noch mal, Walter! Und jetzt mach bitte einfach voran!« Danach war die Leitung tot.

»Hören Sie, ähm, Walter, vielleicht paßt es zur Zeit nicht gerade so gut.« Lewis zuckte die Schultern. »Ich könnte auch später noch mal wiederkommen ...«

»Sie bleiben, wo Sie sind.« Der Wachmann fischte Lewis' Brief vom Tresen und schwenkte ihn wie einen Knüppel. »Ich bin sofort wieder da. Die anderen folgen mir!«

Eine Minute später rannte Lewis durch die verlassene Lobby um das Treppenhaus herum zur Rückseite des Gebäudes. »Schwein gehabt!« zischte er und hielt die Notausgangstür auf. Jack schlüpfte unter seinem Arm hindurch, dicht gefolgt von Nathan, der einen leeren Einkaufsbeutel aus Stoff über der Schulter hängen hatte. »Der ganze Kram ist schon verladen. Er ist in einem Lkw, der vor dem Haupteingang steht.« Er hielt den Schlüssel hoch. »Kinderspiel.«

»Astrein, Lewis«, grinste Nathan.

Elizabeth tauchte in der Tür auf. »Das habe ich mir aus dem Krankenwagen besorgt«, flüsterte sie atemlos und hielt einen Ambubeutel hoch. »Nathan, du kümmerst dich um die Medikamente. Die Liste hast du ja, nimm soviel mit, wie du kannst. Lew, du hilfst Alison im Krankenwagen. Nehmt mit, was ihr kriegen könnt, aber am wichtigsten sind der Defibrillator und das tragbare Beatmungsgerät. Dann fährst du mit Nathan den Lkw mit den Geräten nach Everdene. Dort treffen wir uns dann.« Lewis schlug den Kragen seiner Jacke hoch und tauchte in den Regen, während Nathan geräuschlos auf dem Flur verschwand. Jack folgte Elizabeth zur Feuertreppe, das Herz schlug ihm bis zum Hals.

Im ersten Stock lag Janet, die Augen geschlossen und schwer atmend, auf einem Bett zwei Zimmer von den Kindern entfernt.

Die Schwestern beugten sich über sie. »Janet, Mrs. Catchpole, können Sie mich hören?« Eine Schwester hielt ihr Handgelenk. Die andere knöpfte Janets Bluse auf und beugte sich über sie, um ihre Brust abzuhorchen. »Ich höre gar nichts, verdammt noch mal«, murmelte sie. Man hörte, wie am Ende des Flurs die Fahrstuhltüren aufgingen, gefolgt von rasch nahenden Schritten. »Hier drinnen!« rief eine von ihnen.

Eine Minute später beugte sich Elliot über Janet und horchte, die Augen konzentriert geschlossen, mit dem Stethoskop ihre nackte Brust ab. Die anderen standen im Halbkreis um das Fußende des Bettes und sahen ihm zu.

»Das ging aber verdammt schnell«, murmelte eine der Schwestern.

»Ich frage mich, ob Sie etwas dagegen hätten, die Tür zu schließen.« Elliot blickte kurz auf und tastete dann weiter Janets Hals ab.

»Ähm, ich sollte, glaube ich, besser wieder nach unten gehen«, sagte der Wachmann zögernd. »Wenn Sie nichts …«

Elliot richtete sich auf. »Könnten Sie bitte noch einen Moment warten? Vielleicht brauche ich Sie hier noch.« Er sah die Schwestern an, sein Mund war wie ausgetrocknet. »Sie hatten recht, es ist ihr Herz.« Seine Gedanken rasten. »Ähm, könnten Sie mir bitte genau berichten, was passiert ist?«

Die beiden Schwestern sahen sich an. »Tja, nun, sie sah schon den ganzen Abend ein wenig blaß aus«, sagte eine. »Nachdem Mr. Boyd ihre Sachen gebracht hat, hat sie ständig geklagt, ihr sei kalt, und sich dauernd die Schulter gerieben. Jackie dachte, das wäre die Erschöpfung. Offenbar war sie gestern die ganze Nacht wach, und heute hat sie den ganzen Tag noch nicht viel gegessen.«

»Sollen wir eine Trage holen?« fragte einer der Sanitäter.

»Ähm, nein. Warten Sie noch eine Sekunde. Vielleicht ist es

besser, ähm, sie zunächst zu stabilisieren, bevor wir versuchen, sie zu transportieren.«

»Hören Sie, ich muß wirklich zurück nach unten. In der Lobby wartet dieser Typ auf mich.« Auf dem Bett stöhnte Janet plötzlich auf und versteifte zuckend ihre Schultern.

Drei Türen weiter entkoppelte Elizabeth Frankie von dem Beatmungsgerät und schloß die Trachealkanüle an einen grauen Beutel aus Gummi an, der sich auf Frankies Brust blähte. Sie sah Jack an und drückte mit einer Hand vorsichtig auf den Ambubeutel. Er nickte und griff nach dem Beutel, als sie auf dem Flur Gemurmel hörten. Elizabeth sah sich suchend im Zimmer um. Jack beobachtete sie nervös und mit fragender Miene.

»Pflaster«, flüsterte sie tonlos und wies auf die Tracheotomie in Frankies Hals. Sie sah sich hektisch um. Plötzlich ging ein Stück den Flur hinunter eine Tür auf. Sie erstarrten. Man hörte Stimmen, zunächst ganz in der Nähe die eines Mannes, der allem Anschein nach in der offenen Tür stand. Eine Frau antwortete ihm aus dem Zimmer, ihre Stimme klang jünger und ruhiger, die Worte gedämpft und unverständlich. Jack und Elizabeth starrten sich über das Bett hinweg an und lauschten angespannt, ohne den Blick voneinander zu wenden. Schließlich ergriff ein anderer Mann mit tiefer und befehlsgewohnter Stimme das Wort. Eine Sekunde später hörten sie ein Quietschen, und die Tür fiel ins Schloß.

Jack wies mit dem Kopf zur Fensterbank, auf der ein Tablett mit Instrumenten und Mullverbänden stand. Eine Minute später hatte Elizabeth die Konnektion mit einem Heftpflaster gesichert. Sie schob ihre Arme vorsichtig unter Frankies Knie und Achseln und hob sie mit einem leisen Stöhnen behutsam vom Bett. Jack drückte Elizabeth den Ambubeutel in die gespreizten Finger, hakte die beiden Infusionsbeutel von dem Ständer und legte sie auf Frankies Brust. Elizabeth wies mit dem Kopf auf

Ben. Einen Augenblick später lag er, in Decken gewickelt, in den Armen seines Vaters.

An der Tür blieben sie stehen und horchten. Jack bückte sich und tastete nach der Klinke. Dann waren sie im Flur und bewegten sich rasch zur Feuertreppe. Er hielt ihr die schwere Tür auf und schlüpfte nach ihr selbst seitlich hindurch und stieg die Stufen hinab. Sie wartete im Treppenhaus und starrte nervös in den Schacht, während sie den Ambubeutel alle paar Sekunden zusammendrückte. Jack bremste, Bens Körper unbeholfen an die Brust gedrückt, die zufallende Notausgangstür mit dem Rücken ab, bis sie leise ins Schloß klickte. Am Fuß der Treppe wiederholten sie die Prozedur, er hielt ihr die Tür auf und folgte ihr leise in den Flur.

»Bleiben Sie stehen, und rühren Sie sich nicht vom Fleck.«

»Nein!« stöhnte Elizabeth unwillkürlich. Voller Entsetzen blickten sie auf.

Er stand am Ende des Ganges, das Licht aus der Lobby hinter ihm warf seinen Schatten auf den Boden. Er hatte die Beine gespreizt, die Arme gestreckt und die Hände um den Griff seiner Waffe gefaltet.

»So. Und jetzt kommen Sie schön langsam näher, damit ich Sie sehen kann.«

Sie blickten sich an. Elizabeth schloß die Augen, ließ den Kopf sinken und strich mit den Lippen über Frankies Wange. »Es tut mir so leid«, flüsterte sie.

Langsam gingen sie durch den Gang auf den grellen Lichtstreifen aus der Lobby zu, während der Wachmann, die Waffe weiter gezückt, rückwärts vor ihnen zurückwich.

»Sie, Sie sind Chase, nicht wahr?« sagte er, als sie ins Licht trat. Sie nickte. Er starrte auf Frankies Körper in ihren Armen, die Infusionsbeutel auf ihrer Brust, den Ambubeutel in Elizabeths Hand. »Was in Gottes Namen glauben Sie, was Sie hier machen?« Sein Kiefer klappte herunter, und er ließ die Waffe ein wenig sinken. Dann sah er Jack. »Und wer sind Sie, zum Teufel noch mal?«

»Ich bin ihr Vater«, sagte er leise. »Sie können die Waffe runternehmen, wir wollen niemandem etwas tun.«

»Gut, okay, ja, stimmt, wir haben uns gestern abend getroffen«, sagte der Wachmann eilig. »Aber es tut mir leid, wir werden alles schön fein so lassen, wie es ist, bis ich Hilfe gerufen habe.« Er ging rückwärts zum Empfangstresen. Im nächsten Augenblick gingen die Fahrstuhltüren in seinem Rücken auf, und einer der Sanitäter betrat die Lobby.

»Stehenbleiben!« rief der Wachmann hektisch und richtete die Waffe auf den Lift.

Der Sanitäter sah ihn erstaunt an. »Was zum Teufel ist hier eigentlich los?«

»Ich sagte, stehenbleiben!«

»Aber ich wollte doch nur eine Trage holen, um Gottes willen! Was soll denn das?«

»Ich weiß nicht, aber offenbar ist niemand und nichts, was es zu sein scheint, also werden Sie einfach dort stehenbleiben, bis ich herausgefunden habe, was hier, verdammt noch mal, los ist. Hier geht doch irgendwas Schräges ab.« Er blickte hektisch von einem zum anderen. »Und wo um Himmels willen ist Kern, und –« Er drehte sich zur Tür und riß panisch die Augen auf. »Mein Gott, der verdammte Lkw ist weg!«

»Walter, steck die Waffe weg.« Boyd schloß die Tür zu Elizabeths Büro und kam langsam in die Lobby.

»Mr. Boyd, Gott sei Dank! Sehen Sie, die beiden hier wollten die Kinder entführen, dann kommt ein Krankenwagen, den niemand gerufen hat, oben ist ein Typ, der behauptet, er sei Arzt, und – und ich glaube, Kern, der kleine Scheißer, hat den Lkw von den Typen vom Verteidigungsministerium gestohlen –«

»Stecken Sie die Waffe weg«, wiederholte Boyd leise. »Sie werden dieses Gebäude jetzt verlassen, und wir werden sie nicht aufhalten.« Er blieb vor dem Wachmann stehen und lächelte freundlich.

»Sie nicht... Aber, Mr. Boyd, ich kann sie doch nicht einfach so mit den Kindern hier rausspazieren lassen.«

»Doch, das kannst du, Walter. Ich möchte es so, ich übernehme die Verantwortung.«

In der Lobby war es bis auf den prasselnden Regen auf dem Vordach und das gleichmäßige Zischen des Ambubeutels vollkommen still. Jack stand neben Elizabeth und hielt Ben unbeholfen im Arm. Der Sanitäter wartete ein wenig abseits, die Arme verschränkt.

»Aber...« Die Gesichtszüge des Wachmanns entgleisten, und er ließ die Waffe langsam sinken.

Boyd machte einen Schritt auf ihn zu und legte den Arm um seine Schultern. »Das ist schon in Ordnung, Walter. Das sind gute Menschen. Sie tun nur, was sie tun müssen.« Er drehte ihn um und führte ihn langsam den Flur hinunter, während sein Blick erst zurück zu Jack und Elizabeth und dann zur Tür huschte. »Komm, wir trinken einen Kaffee, und dann werde ich dir alles erklären«, sagte er und schob den Wachmann langsam in Elizabeths Büro.

* * *

Zwei Stunden später bremste er den Chevrolet und rollte, angestrengt zwischen den Wischblättern hindurchstarrend, im Schrittempo weiter. Er sah sich noch einmal um, um sicherzugehen, daß die Straße leer war, beschleunigte dann rasch und bog in die Einfahrt. Sein Wagen holperte schwerfällig durch eine Reihe tiefer Pfützen. Auf halbem Weg machte er das Licht aus und tastete sich die letzte Viertelmeile im Dunkeln vor, bis die schwarzen Umrisse des Hauses schließlich aus dem Dunkelgrau der verregneten Nacht tauchten. In einem Fenster im ersten Stock schimmerte ein einzelnes, schwaches Licht.

Als er leise die Haustür öffnete, traf er auf Janet, die mit Decken im Arm und einer Kerze in der Hand lautlos durch die dunkle Halle geisterte. Als sie ihn sah, fuhr sie zusammen. »Du meine Güte, John, Sie haben mich zu Tode erschreckt!«

»Und Sie mich.« Er grinste. »Freut mich, daß Sie es geschafft haben.«

»Das war leicht. Nachdem Sie den Krankenwagen weggeschickt hatten, sind der galante Dr. Fleming und ich einfach durch den Haupteingang spaziert, während Sie in Lizzies Büro mit den Schwestern und dem Wachmann geredet haben.«

»Ist hier soweit alles in Ordnung?«

»Na ja, ich glaube schon. Es ist auf jeden Fall sauber, geräumig und, wie es aussieht, komplett ausgestattet, obwohl es offenbar ein Problem mit den sanitären Anlagen gibt. Außerdem haben wir keinen Strom, daher die Kerze.« Sie sah ihn an. »Die anderen sind alle oben, erste Tür rechts.«

Er nahm sich eine Kerze von dem Tisch in der Halle und ging die Treppe hinauf. Die Schlafzimmertür stand weit offen, und der Raum war von flackerndem Kerzenschein erleuchtet. Auf der anderen Seite des Zimmers beugte sich Elliot Chase unter dem mit einer Decke verhängten Fenster über ein eisernes Bettgestell und schloß Ben vorsichtig an einen Tropf an, die Stirn konzentriert gerunzelt, das Gesicht von Anspannung gezeichnet. Elizabeth beugte sich mit dem Rücken zur Tür über ein zweites Bett in der Mitte des Zimmers. Ihr gegenüber stand Alison und hielt eine Taschenlampe über das Bett. Als er eintrat, blickte sie auf. »Lizzie«, flüsterte sie. Sie fuhr herum, ein Instrumententablett aus Edelstahl in der Hand. Als sie ihn sah, hellte sich ihre Miene auf. Mit ein paar Schritten war er bei ihr.

»Danke«, murmelte sie. »Danke, daß du gekommen bist. Danke für heute abend in der Klinik. Danke für alles.«

Er küßte sie. »Was ist mit den Kindern?«

Sie löste sich aus seiner Umarmung. »Wir versuchen gerade,

sie zu stabilisieren und es ihnen bequem zu machen. Dann müssen wir den Kontrollmonitor für die Vitalfunktionen aufbauen und in Gang bekommen, um zu sehen, wie es ihnen geht, Blutwerte, Blutzucker, Elektrolyt- und Wasserhaushalt. Frankie scheint soweit in Ordnung zu sein, aber Ben …« Sie blickte zu ihm hinüber. Er lag zitternd mit geröteten Wangen zusammengekrümmt auf der Seite. »Er scheint Fieber zu haben. Außerdem ist er stark dehydriert. Dad kümmert sich um ihn.«

In einer Tür an der Wand zwischen den beiden Betten tauchte Lewis auf. Seine nassen Haare klebten an seinem Kopf, und sein Hemd war vom Regen durchweicht. »Na, da schau her, wen haben wir denn da?« sagte er grinsend. »Wie ich höre, haben Sie sich heute abend prima geschlagen.«

»Sie sollen auch nicht schlecht gewesen sein. Unbefugtes Betreten, Betrug und schwerer Diebstahl. Offenbar haben Sie ein Faible für so was.«

Durch die Tür drang Nathans verzerrte Stimme. »Kern, kannst du mal für fünf Minuten aufhören zu quatschen und den restlichen Kram reinbringen, Mann? Wir haben schließlich nicht die ganze Nacht Zeit.«

Boyd spähte in den Nebenraum. Nathan hockte auf dem Boden und studierte im Licht einer Stablampe, die er zwischen die Zähne geklemmt hatte, einen Schaltplan. Um ihn herum türmten sich stetig wachsende Stapel von glänzenden Metallkoffern und dicke, schwarze Kabelrollen.

»Kann ich irgendwie helfen?« fragte Boyd.

Plötzlich leuchtete die Birne an der Decke auf, flackerte, glühte einen Moment lang matt orangefarben und ging wieder aus. Nathan blickte auf. »Jack ist im Keller«, sagte er und nahm die Taschenlampe aus dem Mund. »Solange wir keinen Strom haben, geht hier sowieso nichts«, fügte er leiser hinzu.

Boyd verließ das Schlafzimmer. Auf der Treppe begegnete er Janet, die eine weitere von Nathans Kisten trug.

»Sind sie im Urlaub?« fragte sie, als sie sich an ihm vorbeizwängte. Eine Bö ließ den Regen gegen eines der großen Fenster im Treppenhaus prasseln.

»Wie bitte?«

»Ihre Freunde. Die Ihnen das Haus geliehen haben. Sind sie für eine Weile verreist?«

»Oh, ähm, ja. Gewissermaßen.«

Er durchquerte die Halle und fand die Tür zum Keller, duckte sich unter den niedrigen Balken und stieg vorsichtig die Stufen hinab. Ein Luftzug brachte die Flammen seiner Kerze zum Flackern. Als er den untersten Absatz erreicht hatte, entdeckte er auf der anderen Seite des mit Kartons und Kisten vollgestopften Kellers Jack, der sich über eine Kiste beugte, die vor einem großen, mit einem Dieselmotor betriebenen Generator stand. Über seinem Kopf hing eine Sturmlaterne. Seine Füße standen fünf Zentimeter tief in pechschwarzem Regenwasser. Es roch durchdringend nach Dieselöl. Man hörte nur das unaufhörliche Prasseln des Regens und das Gurgeln der verstopften Abflüsse.

»Mein Gott.« Boyd stapfte vorsichtig durch das auf dem Kellerboden stehende Wasser. Eiskalte Feuchtigkeit sickerte in seine Schuhe. Im Näherkommen sah er, daß Jack den Kopf gesenkt und das Gesicht in den Händen vergraben hatte. Er zögerte und zog sich dann leise zurück.

»Hey, Jack!« rief er laut vom Fuß der Kellertreppe. Der Kopf schnellte hoch, ein Ärmel wischte hastig übers Gesicht. »Wie steht's im Maschinenraum?« Geräuschvoll schlurfte er zu Jack hinüber. »Heilige Maria, haben wir einen Eisberg gerammt, oder was?« Zehn Minuten später saßen sie zu zweit vor dem Generator. Boyds Werkzeugkasten aus dem Kofferraum seines Wagens stand aufgeklappt zwischen ihnen.

»Wasser«, sagte Jack und betrachtete stirnrunzelnd die Maschine. Seine Hände waren schwarz und ölverschmiert, Blut sickerte an seinen aufgeschürften Fingern hinab, seine Augen waren glasig und rotgerändert, seine Stirn fettverschmiert. »Überall. Im Tank, in den Benzinleitungen, im Vergaser und wahrscheinlich auch in den Zylindern.«

»Aber sie ist doch kurz angesprungen, als Sie es eben versucht haben.« Boyd hängte seine Taschenlampe an eine Benzinleitung und krempelte die Ärmel hoch. Jack nickte. »Okay, wir arbeiten uns von vorn nach hinten vor. Wir fangen mit dem Vergaser an und säubern die Maschine, wenn es sein muß, bis zum Tank. Aber zuerst«, er griff in seine Tasche und zog eine halbe Flasche Jack Daniel's heraus, »ein kleiner Kickstart. Mit freundlicher Unterstützung unseres großzügigen und zuvorkommenden Gastgebers.« Er schraubte die Flasche auf und gab sie Jack.

Jack setzte sie an die Lippen und schloß die Augen. »Wissen Sie was?« Er schluckte, und der Alkohol brannte in seiner Kehle. »Vor einem Jahr um diese Zeit hatte ich alles. Eine Frau, zwei großartige Kinder, ein Haus, eine eigene Firma, die mir Spaß machte.« Er starrte auf den Generator. »Wir waren ein Team, eine Einheit, ein selbstversorgendes System, etwas, was stark und lebendig war und unabhängig von allem anderen funktionierte und lief wie ein – wie ein kleiner Motor.«

»Ja, ich weiß, was Sie meinen«, sagte Boyd leise.

»Doch irgendwo unterwegs fing dann irgendwann alles an auseinanderzufallen, kaputtzugehen.« Er trank noch einen Schluck. »Schlechte Wartung, vermutlich.«

»Ja, aber die läßt sich nachholen.«

Er kniff die Augen zusammen. »Vielleicht auch ein defektes Teil«, fuhr Jack leise fort, als hätte er Boyd gar nicht gehört. »Dann kam Frankies Unfall, und plötzlich krachte einfach alles zusammen. Aber erst als mein Leben wirklich auf dem Tiefpunkt war, als es gar nicht mehr schlimmer werden konnte, wurde mir so richtig klar, daß ich es wiederhaben wollte. Daß ich es einfach wieder zusammen und intakt haben wollte, genau wie vorher. Mehr als alles andere. Es war das einzige, was zählte. Und jetzt ...«

Sein Blick fiel auf seine ölverschmutzten Lederschuhe. »... was habe ich getan, verdammt noch mal?«

»Sie haben getan, was Sie für richtig hielten, Jack«, sagte Boyd leise. »Was Sie glaubten, tun zu müssen, Jack?«

»Hmm.«

»Ich glaube wirklich, daß alles gut wird.«

»Warum bist du gekommen?«

»Väterlicher Instinkt, nehme ich an. Je isolierter und umzingelter du warst, desto mehr wollte ich bei dir sein.«

»Wirklich?«

»Klar. Das ist ein menschlicher Reflex, weißt du. Das war doch hoffentlich nicht verkehrt, oder?«

»Ganz und gar nicht. Es ist wunderbar. Ich bin so froh, daß du hier bist. Wirklich. Hast du mir deswegen auch die Kassetten geschickt?«

»Hm, auch, vielleicht. Nein, eigentlich nicht. Ich habe sie dir geschickt, weil, nun ja, weil sie dir gehören und weil sie für dich und die Bereiche, in die deine Arbeit dich offenbar geführt hat, wichtig waren.«

* * *

Als Janet langsam erwachte, fühlte sich ihr Nacken steif an und schmerzte. Ihr Rücken war wie taub, und ihre Beine waren kalt. Eine Weile blieb sie mit geschlossenen Augen sitzen und lauschte dem leisen Gemurmel von der anderen Seite des Zimmers. Dann räkelte sie sich ächzend in ihrem Stuhl, fuhr mit der Zunge über ihre ausgetrockneten Lippen und schlug die rotgeränderten Augen auf.

Es war hell. Licht fiel durch das teilweise unverhangene Fenster und tauchte den Raum in ein milchiges Grau. Vor dem Fenster saßen Elliot und Elizabeth nebeneinander am Fußende von Bens Bett und redeten leise. Elliot hielt Elizabeths Hand und lächelte. Daneben lag Alison auf einer Matratze vor Frankies Bett, vollständig bekleidet. Sie hatte ihr Gesicht ins Kissen gedrückt und schlief fest. Durch die Tür sah Janet auf einer weiteren Matratze ein Paar Beine in Jeans: Ein Fuß steckte in einer weißen Socke, der andere noch in einem ausgetretenen Turnschuh. Sie beugte sich langsam vor und spähte ins Nebenzimmer. Es war Nathan, der flach auf dem Boden lag, den Kopf auf seinen angewinkelten Arm gebettet. Lewis war in einer halb liegenden, halb sitzenden Position an der gegenüberliegenden Wand eingeschlafen. Sein Kopf hing zur Seite, und er schnarchte gleichmäßig.

»Guten Morgen.« Elizabeth lächelte sie an. Janet hob die Hand zum stummen Gruß. Vom Flur hörte man schwere Schritte auf der Treppe. Bei dem Geräusch rührte sich Alison und seufzte tief. Sie hob den Kopf und blinzelte zur Tür. Boyd und Jack stapften müde über die Schwelle, bevor sie stehenblieben. Sie waren beide vollkommen schwarz. Ihre ölverdreckten Hemden hingen aus ihren Hosen, ihre Gesichter waren verschmiert, ihr Haar mit rostigem Staub gepudert und zerzaust. Sie sahen aus, als kämen sie direkt aus einem Kohlebergwerk.

»Viele Hände ...«, setzte Jack an, streckte die Hand aus und drückte auf den Lichtschalter. Die Birne glühte hell und gleichmäßig.

»... machen rasch ein Ende«, beendete Boyd den Satz und grinste Elizabeth an. Im Nebenzimmer ertönte ein elektronischer Gong, und der Bildschirm eines der Computer erwachte flackernd zum Leben. Von Nathans Matratze ließ sich ein verschlafenes »okay« vernehmen. Jack sank neben Alison auf die Knie. Sie streckte eine Hand aus und zog ihn an sich, um ihn zu küssen. Elizabeth ging mit ausgestreckten Armen um die Betten herum auf Boyd zu. »Aber hallo, Frau Doktor!« Er hob lächelnd die Hände, und sie blieb stehen. »Erst mache ich mich ein bißchen sauber. Du hast schließlich Patienten, um die du dich kümmern mußt.«

»Gut gemacht«, strahlte sie.

»Das ist Jacks Verdienst. Ich hab bloß ein bißchen assistiert. Jedenfalls tut es die Pumpe für den Hauptwassertank jetzt wieder, und in einer halben Stunde sollte es fließend heißes und kaltes Wasser geben. Die Toiletten funktionieren prima, und die Küche sollte auch betriebsbereit sein.«

»In diesem Fall«, sagte Janet und erhob sich unsicher, »Kaffee.«

* * *

Sie brauchten fast den ganzen Tag. Vormittags schliefen Jack und Boyd, während Nathan und Lewis im Nebenzimmer die Computeranlage aufbauten und verkabelten. Bis zum Mittag war alles angeschlossen und funktionsbereit, und Nathan machte sich an die mühsame Arbeit, jede Komponente der Anlage zu testen und neu einzustellen sowie die Software neu zu konfigurieren. Derweil schafften Alison und Elizabeth alle überflüssigen Möbel aus dem Zimmer, schrubbten Wände und Boden, wischten die Bettgestelle, Türklinken und Fenster mit steriler Lösung ab und bezogen die Betten mit einem Schonbezug aus Plastik und frischen Laken. Kurz darauf rollte Lewis den Kontrollmonitor für die Vitalfunktionen auf einem quietschenden Teewagen herein und stellte ihn zwischen die beiden Betten. In einer Hand hielt er ein dickes Bündel Elektrodenkabel wie einen verwelkten Blumenstrauß. »Die gehören, glaube ich, dir«, sagte er geringschätzig und gab sie Elizabeth.

»Kommen Sie«, sagte diese zu Alison. »Holen Sie sich einen Stuhl, wir fangen mit Ben an.«

Janet und Elliot als die unbekanntesten und unauffälligsten Mitglieder der Gesellschaft nahmen Elliots Mietwagen und fuhren nach Everdene, wo sie anschließend eine Stunde damit verbrachten, überladene Einkaufswagen in einem Einkaufszentrum herumzuschieben.

»War ich wirklich ein überzeugendes Herzinfarktopfer?« fragte sie noch einmal, als sie die Einkäufe in den Wagen luden.

»Unbedingt«, versicherte er ihr. »Sie haben mich perfekt getäuscht.«

»Haben Sie schon viele Herzinfarkte gesehen?«

Er richtete sich auf und schürzte nachdenklich die Lippen. »Nein. Ehrlich gesagt überhaupt keinen.«

»Nun«, schniefte sie stolz, ein Sechserpack Küchenrollen unter dem Arm, »es hat sich jedenfalls ziemlich echt angefühlt. Ich hab noch nie im Leben solche Angst gehabt.« Sie gab ihm das Paket. »Und ich muß sagen, daß Sie als Herzspezialist auch sehr überzeugend waren, obwohl ich, wenn ich das sagen darf, den Eindruck hatte, daß Sie mit Ihrem Stethoskop ziemlich lange in meiner Unterwäsche zugange waren.«

»Ja.« Er lachte schüchtern. »Das tut mir leid. Mir ist beim besten Willen nicht eingefallen, was ich sonst noch hätte tun können.«

»Das ist schon in Ordnung«, sagte sie mit hochgezogenen Brauen. Sie blieb wie angewurzelt stehen, starrte in den offenen Kofferraum und schlug die Hände vor den Mund.

»Janet?«

Sie nickte und zupfte ein kleines Taschentuch aus dem Ärmel. Elliot legte einen Arm um ihre Schultern und sah sich auf dem Parkplatz um. »Machen Sie sich keine Sorgen«, sagte er leise. »Lizzie wird tun, was immer auch nötig sein wird, glauben Sie mir.«

»Ich weiß.« Sie tupfte sich die Augenwinkel ab. »Wie dumm von mir.« Sie schneuzte sich elegant die Nase. »Tut mir leid. Soll nicht wieder vorkommen.«

»Seien Sie nicht albern. Sind Sie sicher, daß alles in Ordnung ist?«

»Absolut. Vielen Dank. Tut mir leid. Wohin als nächstes?«

»Zur Eisenwarenhandlung und dann in die Apotheke.«

Als sie zum Haus zurückkehrten, war der Kontrollmonitor für Bens Vitalfunktionen angeschlossen. »Wie geht es ihm?« fragte Janet, tastete, den Blick auf den Monitor gerichtet, nach ihrer Brille und beugte sich über den Teewagen.

»Sein Blutdruck ist niedrig, und er hat noch immer Fieber«, sagte Elizabeth, die neben Frankies Bett stand. »Wasserhaushalt und Blutzuckerspiegel sind total durcheinander, und wir versuchen gerade, das zu stabilisieren. Die haben ihm gestern wirklich ein paar schwere Hämmer an Beruhigungsmitteln gegeben. Er ist sehr schwach.«

»Was ist unsere Priorität?« fragte Elliot und beugte sich zu dem Bildschirm.

»Priorität ist es, ihn herauszuholen«, sagte sie schlicht und wischte sich mit dem Arm über die Stirn. Neben ihr beugte Alison sich vor und befestigte vorsichtig eine Elektrode oberhalb von Frankies Ohr. »Sobald Frankie soweit ist, fangen wir mit seinem neuralen Netz an. Wenn wir ihn angeschlossen haben und Nathan bereit ist, spulen wir die Sequenz zurück und versuchen, ihn genau dort wiederzufinden, wo wir ihn verlassen haben, um ihn von da aus rauszuholen.«

Plötzlich vibrierte der Boden unter ihren Füßen, und man hörte ein lautes Knattern über dem Haus. Alle blickten nach oben. Ein Hubschrauber zog eine Schleife über dem Haus. Boyd tauchte in der Tür auf, ging neben dem Fenster in die Hocke und spähte in den Himmel. »Alle Fahrzeuge in der Garage?« fragte er.

Elliot schluckte. »Alle bis auf den Mietwagen. Wir haben die Einkäufe noch nicht zu Ende ausgeladen.«

Das Geknatter verebbte, kehrte in einem großen Bogen zurück und schien dann auf der Stelle zu schweben. »Er ist eine Viertelmeile weiter westlich«, bemerkte Boyd.

»Hat er uns gesehen?« fragte Elizabeth ängstlich.

Boyd sagte nichts, sondern beobachtete, wie der Helikopter

einen langsamen Kreis flog. Die Fensterscheibe unter seinen Fingern zitterte. Dann stand der Hubschrauber wieder still in der Luft, die Baumkronen zehn Meter unter seinen rotierenden Flügeln schwankten heftig, bis er schließlich das Heck hochriß und in Richtung Norden davonknatterte. Boyd sah ihm nach. Als das Geräusch zu einem leisen Brummen verklungen war, wandte er sich wieder in den Raum.

»Ich weiß nicht«, sagte er. Elizabeth starrte ihn mit blassem Gesicht und großen, dunkel umrandeten Augen an. »Aber je schneller wir das hier hinter uns bringen, desto besser.«

Am späten Nachmittag kam Boyd mit einem Tablett mit heißer Suppe und Brot wieder ins Schlafzimmer. Sie saß mit gesenktem Kopf allein an Bens Bett und betrachtete wie in Trance einen feinen Draht in ihrer Hand. Bens Elektrodennetz war fast vollständig appliziert; die Drähte ergossen sich von seinem Körper auf den Boden und durch die Tür ins Nebenzimmer.

»Lizzie?« flüsterte er. Sie rührte sich nicht. Vorsichtig legte er seine Hand auf ihre Schulter. Sie schreckte zusammen, fuhr herum und sah ihn mit verwirrtem Blick und leicht entgeistertem Lächeln an. »Nach meinen Berechnungen«, sagte er und stellte das Tablett neben ihr ab, »hast du in den letzten beiden Nächten überhaupt nicht geschlafen. Warum gönnst du dir nicht eine Stunde Pause und machst dann ausgeruht weiter? Wir passen gut auf sie auf, das verspreche ich dir.«

Sie legte eine Hand auf seinen Arm. »Danke, aber ich kann nicht.« Sie blickte auf Ben hinunter. »Du wirst eine ganze Menge Ärger bekommen, oder, John?« fragte sie leise.

»Wahrscheinlich. Aber nichts, was ich nicht in den Griff kriegen kann. Warner ist in Wahrheit ein Weichei. Er wird schon nachgeben, er braucht mich.«

»Was willst du machen?«

»Auf jeden Fall Urlaub nehmen. Wahrscheinlich werde ich

vom Dienst suspendiert, bis die ganze Sache geklärt ist. Ich dachte, ich fahr vielleicht runter zu den Keys. Die Füße ins Wasser strecken und ein paar Drinks zum Sonnenuntergang.« Er sah sie an. »Wie klingt das? Gut?«

»Klingt großartig.« Sie lächelte und sah ihm direkt in die Augen. »Er ist ganz allein da drinnen, John, und es macht ihn fertig, es laugt ihn aus. Ich hab ihn da reingebracht, und ich muß ihn auch wieder rausholen, und zwar schnell. Ganz egal, was es kostet.«

»Was soll das heißen?«

Sie küßte ihn sanft. »Nichts.«

Im angrenzenden Raum saß Nathan auf einem umgedrehten Umzugskarton und beobachtete, wie das Steuerpult Tausende Stunden Programmcode durchlaufen ließ. Er klopfte auf seine Hemdtasche und zog einen Streifen Kaugummi heraus. Lewis lag hinter ihm auf der Matratze, die Hände hinter dem Kopf verschränkt, die Augen geschlossen.

»Hey, Lew.« Nathan warf das Kaugummipäckchen in hohem Bogen auf die Matratze.

»Was?« erwiderte Lewis schläfrig.

»Was wirst du tun, Mann?«

»Wie meinst du das?«

»Hiernach. Was wirst du tun?«

»Hiernach?« Lewis seufzte schwer, öffnete die Augen und griff nach dem Kaugummi. »Ungefähr fünf Jahre hinter Gittern abbrummen, nehme ich an.«

Jack und Alison saßen, ihre Suppenschalen auf den Knien balancierend, am Fuß der Treppe. Jack sah sich in der schwach beleuchteten Halle um: graugestrichene Wände waren mit grellen Kalenderfotos von großäugigen Kindern, rauschenden Gebirgsbächen und süßen Kätzchen geschmückt. Mit Tüchern verhüllte

Möbel und ein durchgetretener Läufer auf blanken Eichendielen. Er stellte seine Schale ab und verschränkte seine ölverschmierten Finger. »Ich hab gerade an den Tag gedacht«, sagte er leise, »als er geboren wurde. Weißt du noch?«

»O ja.« Sie ließ ihren Kopf an seine Schulter sinken. »Als ob es gestern gewesen wäre.«

»Der schönste Tag meines Lebens.«

»Hm.« Er spürte, wie sie nickte. »Es war wundervoll.« Sie schwieg, ihren Erinnerungen nachhängend. »Wundervoll«, wiederholte sie. »Aber weißt du, ich glaube, für mich war es nicht der schönste oder der wichtigste Tag meines Lebens.« Sie hob den Kopf. »Es war natürlich phantastisch, ein neues Baby und alles, aufregend, auch erschreckend. Doch gleichzeitig wußte ich, daß wir noch nicht vollständig waren, daß das, was wir waren und was wir geschaffen haben, noch nicht komplett war, verstehst du.«

Die Falten hatten sich tief und dunkel in sein Gesicht gegraben. Als ob er in zehn Monaten ebenso viele Jahre gealtert wäre. Sie streichelte seinen Nacken. »Jack.«

»Was wir waren«, wiederholte er leise wie ein Echo. Er sah sich noch einmal in der Halle um. »Wer hätte gedacht ...«

Sie rutschte auf der Stufe nach vorn und griff mit einer Hand in ihre Tasche. Im nächsten Moment hielt sie es in der Hand, das Foto von Ben und Frankie am Strand. Es hatte mittlerweile Eselsohren, war von weißen Knitterfalten überzogen und an einer Seite eingerissen. Doch die Wärme schimmerte immer noch durch wie ein Leuchtfeuer, die Energie, die Lebenskraft. Die Köpfe zusammengesteckt, starrten sie Arm in Arm auf das Bild, klammerten sich an das Lachen, die Freude, bis das lebhafte Blau, Gelb und Rosa vor ihren Augen zu einem hellen, warmen Glanz verschwamm.

17. KAPITEL

Er wachte langsam auf und drehte sich auf den Rücken. An der Art, wie das Sonnenlicht schräg und warm an die Decke fiel, erkannte er, daß es früher Nachmittag sein mußte. Verschlafen streckte er die Glieder und lauschte dem gellenden Kreischen der Möwen, die hoch am Himmel kreisten. Eine sanfte Sommerbrise bauschte den dünnen Baumwollvorhang und ließ gelbe Muster über das Spiel aus Licht und Schatten an der Decke tanzen. Mit der Brise wehte vom Strand das träge Rauschen der Brandung herüber.

Er sah eine Weile zu und wartete geduldig, während vertraute Wärmewellen über ihn hinwegrollten, bis seine Lider erneut zuzufallen drohten und die klaren Umrisse an der Decke zu einem flimmernden Schleier verschwammen. Er tat einen tiefen Seufzer, drehte sich auf die Seite und schloß die Augen wieder.

Doch diesmal hörte er eine Glocke. Wie aus weiter Ferne, langsam, hypnotisch, hartnäckig. Ein dumpfer, amelodischer Klang, der alle paar Sekunden in sein Bewußtsein vordrang, als würde jemand Kieselsteine in einen tiefen Brunnen werfen. Es war die Glocke der Kirche, der kleinen Kirche in dem Dorf mit dem baufälligen Steg am Fluß. Widerwillig schlug er erneut die Augen auf und spürte, wie sich Lustlosigkeit seiner bemächtigte. Sein Blick fiel auf einen Stuhl neben der Tür, auf dem seine Kleider lagen, ungefaltet und vergessen. Der Rucksack stand auf dem Boden, und an einem Nagel neben der Tür hing die Fellweste, die das Mädchen mit der Kuh ihm gegeben hatte. In einer Ecke lehnte sein Stab an der Wand, daran hing das Lederband mit dem Medaillon. Er drehte sich zur Wand, wickelte sich fester in seinen Schlafsack, kniff die Augen zu, zog die Knie an und vergrub den Kopf in seinem angewinkelten Arm.

Sie war weit entfernt am Strand, kauerte neben einem kleinen, von Seegras gesäumten Felsbecken, in einer Hand ein kleines Fangnetz mit hölzernem Rahmen, die andere in das muschelübersäte Becken getaucht, und beobachtete ihre Finger, die sich langsam öffneten und schlossen wie eine Anemone. Dann verblaßte ihre Hand in einem dunklen Schatten, der über die kristallklare Wasseroberfläche fiel. Sie blickte auf und blinzelte, ihr Mund offen, die Augen fragend aufgerissen, zu den stämmigen Konturen hoch, die über ihr schwebten.

»Komm«, sagte er mürrisch. »Wir müssen gehen.«

Schweigend gingen sie am Wasser entlang. Ihre Schuhe hinterließen glatte Abdrücke in dem feuchten Sand. Am Ende des weit geschwungenen Strandes ragte eine steile, grüne Landzunge ins Meer, die in großen, durcheinandergewürfelten Felsbrocken jenseits der sich brechenden Wellen auslief. Bald erklommen sie ihre zerklüfteten Ausläufer; ihre Hände klammerten sich an scharfe, verkrustete Kanten, ihre Füße rutschten gefährlich über herabhängende Büschel von seifigem Tang.

Nach einer Weile blieb er stehen und sog den berauschenden Duft von Salz und getrocknetem Seegras ein. Er sah sich um. Hin und wieder tauchte ihr gesenkter Kopf zwischen den Felsen auf und verschwand wieder, während sie mühsam bergauf kletterte. Er wandte sich wieder nach vorn und sah, daß die Felsen vor ihm noch höher aufragten und die Klippe zum Meer hin immer steiler abfiel. Er blickte auf, betrachtete, die Augen mit einer Hand abschirmend, die Umrisse der Landspitze und folgte dem schmalen Pfad, der sich den glatten, grasigen Hang hinaufwand. In seinem Rücken hörte er eine Reihe atemloser Schluchzer, als sie langsam zwischen den Felsen hindurch auf ihn zukam.

»Ich mag nicht mehr«, quengelte sie eine Minute später und warf sich auf den Boden.

»Ich sag dir was«, sagte er und fuhr sich mit der Zunge über die Lippen, »laß uns da raufgehen.« Er zögerte und beobachtete, wie ihr Blick seinem ausgestreckten Arm folgte. Mit zitternder Unterlippe musterte sie die Wand des Kliffs.

»Da rauf?« jammerte sie. »Ich kann nicht, es ist zu hoch.«

»Doch, du kannst.« Er griff nach seinem Stock. »Ich helfe dir. Wir tun so, als wären wir Bergziegen.«

Eine halbe Stunde später hatten sie die Kuppe der Landspitze erreicht. Vor ihnen lag eine sanft geschwungene Moorlandschaft. Die Luft war erfüllt von Lerchengesang und dem Duft von getrocknetem Gras. Tief unter ihnen glitzerte das Meer, das in der Ferne in einem blauen Dunst mit dem Horizont verschwamm.

Ben sah sich keuchend um, nahm den Rucksack ab. Plötzlich gaben seine Knie nach, und ihm war schwindlig vor Erschöpfung. Dunkelgraue Punkte tanzten vor seinen Augen, das Blut rauschte in seinen Ohren. Er sank zu Boden, die Hände auf die Ohren gepreßt, und wartete, daß der Anfall vorüberging.

»Was machst du?«

»Ist schon gut«, sagte er und schüttelte benommen den Kopf. »Ist schon gut. Laß uns einen Schluck trinken und dann noch ein bißchen weitergehen.«

»Können wir nicht hierbleiben und eine Pause machen?«

»Nein, wir machen später eine Pause.«

Während die Sonne in ihrem Rücken sich langsam dem Horizont näherte, machten sie sich auf den Weg durch die sumpfige Ebene. Bald waren der Sandstrand und das Kliff nur noch eine schwache Erinnerung. Sie durchquerten schweigend einige grasbewachsene Senken, während graue, flache Wolken über sie hinwegzogen. Nur gelegentlich hielten sie an, um einen Schluck aus der Wasserflasche zu trinken oder ein paar Kekse zu essen. Im Laufe des Nachmittags sank Ben noch zweimal erschöpft zu Boden.

Bei Anbruch der Dämmerung wurde das Moor rauher, der Boden torfig, sumpfig, von versteckten, gewundenen Bächen und schlammigen, schwarzen Teichen durchzogen. Der Himmel war inzwischen von einer dichten, schweren Wolkendecke verhängt. Als es zunehmend dunkler und kälter und Frankie neben ihm immer unruhiger wurde, hielt Ben nach einem Platz Ausschau, wo sie die Nacht verbringen konnten. Eine Stunde später, es war schon dunkel und es regnete, stießen sie auf eine verfallene Hirtenhütte.

Er gab ihr die letzten Kekse und breitete den Schlafsack auf dem rauhen, felsigen Boden der Hütte aus. Das Dach war eingestürzt, doch im matten Schein seiner Taschenlampe gelang es ihm, mit einem Stück Wellblech, den Resten des verfallenen Holzdachs und seinem Stock einen Unterstand zu errichten. Wenig später zog er sich erschöpft und hungrig die Schuhe aus und kroch neben sie in den Schlafsack.

»Okay?« fragte er und zeigte auf die zusammengerollte Fellweste unter ihren Köpfen. Der Boden war uneben und hart, und ihr Körper fühlte sich schmächtig und kalt an. Der Regen trommelte auf das Wellblechdach über ihren Köpfen. Am Fußende spürte er ein regelmäßiges Tropfen auf dem Schlafsack.

»Ja«, wimmerte sie unter Tränen und steckte einen Daumen in den Mund. Er spürte, wie sie zitterte, obwohl sie seinen Wollpullover über ihrer Sommerbluse und den Shorts bis zu den Knien gezogen hatte. Er kuschelte sich hinter sie, während er ihren Kopf und ihre Seite rieb, bis sich in dem Schlafsack eine laue und feuchte Wärme ausbreitete. Kurz darauf hörte er, wie ihr Atem gleichmäßiger und ruhiger wurde.

* * *

Er erwachte kurz vor Sonnenaufgang, als über den unbedachten Wänden der Hütte ein wäßriges, blasses Licht aufzog. Es hatte aufgehört zu regnen, doch die Luft war noch immer feucht. Ein dichter, tiefstehender Nebel trieb über die sumpfige Landschaft. Er rieb sich verschlafen die Augen und fing an zu packen. Dann weckte er Frankie, doch sie weigerte sich, ihr warmes Bett zu verlassen, sondern blieb zu einer festen Kugel zusammengerollt liegen, während er alles zum Aufbruch vorbereitete.

»Na, ich bin dann gleich weg«, sagte er schließlich und schulterte seinen Rucksack. »Bis dann. Du mußt immer nur nach Osten gehen, dann wirst du den Weg schon finden.« Mit betont lauten und schweren Schritten trampelte er auf die von Kieselsteinen übersäte Türschwelle zu.

Am Fußende des Schlafsacks rührte sich etwas. »Wo ist Osten?« fragte sie.

»Osten ist die Richtung, in die wir auch gestern gegangen sind. Es ist ganz leicht, aber paß auf die Treibsandfelder und die Wölfe auf.«

Sie marschierten den ganzen Vormittag. Die graue Wolke umfing sie wie ein feuchter Schleier. Es war bitterkalt. Ein steifer Wind wehte ihnen ins Gesicht, drang durch ihre klammen Kleider und hinterließ feine Tautropfen in ihrem Haar. Schon bald blieb er stehen, um die Fellweste des Hirtenmädchens für sie auszupacken.

»Sie ist zu groß«, beschwerte sie sich, watschelte im Kreis und ließ die leeren Ärmel auf und ab flattern wie ein bekümmerter Pinguin. Die Weste reichte ihr bis weit über die Knie, und das Leder war schwer von der Feuchtigkeit. Aber das Fellfutter war trocken, und wenn sie den Kragen hochschlug, waren ihr Gesicht und ihr Hinterkopf windgeschützt. »Außerdem ist sie zu schwer.«

»Hier, den kannst du auch haben«, sagte er, blinzelte gegen sein Schwindelgefühl an und krempelte einen ihrer Ärmel hoch. »Er ist etwas ganz Besonderes.«

»Oh, danke«, sagte sie und strich bewundernd über seinen Stock. Kälte und Hunger waren vergessen.

Gegen Mittag überquerten sie ein sumpfiges Feld. Der Boden unter ihren Füßen war leicht abschüssig. Aufgeschreckt vom heiseren Krächzen einer Krähe, blickte Ben auf. Direkt vor ihnen tauchten dunklere Umrisse aus dem Nebel. Ein hoher Schatten hing über ihrem Weg und erstreckte sich, so weit das Auge blickte.

»Was ist das?« rief sie und stolperte unbeholfen auf ihn zu. »Sind es wieder Klippen?«

»Nein, keine Klippen.« Er rückte den Rucksack auf seinem Rücken zurecht und betrachtete das endlose Grau. »Es ist ein Wald.«

Sie schlug die Augen nieder. »Ich kann da nicht reingehen«, sagte sie leise, reglos neben ihm stehend.

»Doch, das kannst du. Vielleicht finden wir etwas zu essen, Nüsse, Beeren und so.« Er spürte, wie das entfernte Donnergrollen in seinem Kopf anschwoll und Wogen von Müdigkeit ihn übermannten. »Wir können nicht stehenbleiben. Nicht hier.«

»Nein, aber du verstehst mich nicht. Ich kann einfach nicht.«

Er sah sie an, betrachtete ihren schmächtigen, in das Fell des Hirtenmädchens gehüllten Körper. Sie hielt den Kopf gesenkt und mied seinen Blick.

»Wir müssen noch ein bißchen weitergehen, Frankie«, sagte er leise. »Weil Mummy nämlich auf uns wartet. Und Daddy.« Er wies mit dem Kopf auf den Wald. »Es – es wäre nicht gut, wenn wir hier stehenbleiben würden. Wir müssen noch ein Stück weitergehen.«

»Ich habe Angst«, flüsterte sie. Tränen flossen ungehemmt über ihre blassen Wangen. »Wir werden uns verirren. Wir finden nie zurück.«

Er kniete sich vor sie und griff mit einer Hand unter sein Hemd. »Nein, das werden wir nicht.« Er zog das Medaillon hervor und streifte es von seinem Hals. »Wir haben das hier. Es – es sagt uns, wohin wir gehen müssen.« Sie hob langsam den Blick und starrte auf das glatte, schwarzglänzende Ebenholz in seiner Hand. »Es ist das Kostbarste, was wir haben, Frankie, und du darfst es tragen.«

Der Wald war klamm und still, die Luft schwer vom durchdringenden Moder- und Fäulnisgeruch. Durch das dichte Blattwerk fiel nur wenig Licht. Dunkle Schatten lauerten zwischen zahllosen hoch aufragenden Bäumen, moosbewachsen und von dichten Schlingpflanzen umrankt. Man hörte nur das Knacken der Äste unter ihren Füßen und seinen keuchenden Atem. Bald fiel sie zurück. Hin und wieder blieb er stehen, weil er merkte, daß der ungleichmäßige Rhythmus ihrer Schritte leiser geworden war oder weil ihr ängstlicher Schrei ihn aus seinen Träumen riß. Dann wartete er und beugte sich, die Hände auf die Knie gestützt, vornüber, während sie sich beeilte, ihn einzuholen, eine Hand um den Stock, die andere um das Medaillon geklammert. Doch jedesmal, wenn er stehenblieb, überkam ihn die Müdigkeit aufs neue und zog ihn nach unten wie eine tückische, unsichtbare Strömung.

Zuletzt blieb er stehen, drehte sich um und sah, daß sie etwa zwanzig Meter hinter ihm auf den Boden gesunken war, ihr Gesicht blaß und schlaff.

»Was ist los?« keuchte er und ging zu ihr zurück.

»Ich kann nicht mehr.« Ihre Lippen waren fest zusammengepreßt. »Ich kann einfach nicht mehr. Laß mich hier.«

Mit pochendem Herzen blickte er zu dem Blätterdach hoch. Das Licht wurde schwächer, bald würde es vollkommen dunkel sein. »Du weißt, daß ich das nicht tun werde, Frankie. Aber siehst du, wir können hier einfach nicht stehenbleiben, nicht jetzt. Und wir können auch nicht zurück. Also müssen wir weitergehen. Gemeinsam. Wir müssen.«

»Es tut mir leid, es tut mir leid!« jammerte sie gequält. Sie hob den Arm, bedeckte ihre Augen und verzog den Mund. »Ich habe es versucht, aber ich kann nicht. Es ist zu schwer, einfach zu schwer!«

»Hör mal«, sagte er und hockte sich mit bleischweren Beinen vor sie. Er sah sich suchend um. Der Wald sah genauso aus wie an der Stelle, wo sie ihn betreten hatten. Es war, als wären sie in einem dunklen, übernatürlichen Labyrinth gefangen. »Und was, wenn ich ...« Er schluckte, sein Mund war trocken. Er strich sich mit dem Arm über die Stirn. »Und was, wenn ich dich trage?«

Also trug er sie, huckepack, während der lästige Rucksack vor seinem Bauch baumelte. Sie schlang ihre Arme eng um seinen Hals, drückte ihre Stirn an seinen Rücken und kniff die Augen fest zu. Er stolperte tief gebeugt weiter, sein Atem ein abgerissenes Keuchen, während seine Augen blind der verwitterten Spitze seines Stocks auf dem Waldboden folgten.

Mit Anbruch der Dunkelheit begann sich auch die Substanz des Waldes um ihn herum zu verändern. Er verschmolz zu einer bedrückenden Kälte, einer formlosen, feuchten Einheit, die ihn wie Nebelschwaden umfing. Während er stetig weitermarschierte, glitten große Schatten langsam am Rande seines Gesichtsfeldes entlang, verschwanden auf einer Seite, huschten stumm über ihn hinweg oder kreuzten manchmal ganz nah seinen Weg. Er ignorierte sie und blickte weder nach rechts noch nach links, konzentrierte seinen Willen allein auf seine Last, auf diese feste, unbewegliche Last auf seinem Rücken.

Doch dann blieb er plötzlich stehen und hob den Kopf. Vor ihm hatte sich eine feste Wand dunkleren Nebels aufgetürmt und verschwamm in der Ferne wie ein turmhoher Wall, ein nebliger, schwarzer Ozean, ein wolkenverhangener Abgrund. Er tastete sich, den Stock fest gepackt, bis zum Rand vor. Die Finsternis dehnte sich ins Unendliche. Es gab keinen Horizont, keinen sichtbaren Boden des Abgrunds, nur eine schwebende, graue Grenze, die sich endlos zu beiden Seiten erstreckte. Darin konnte er einzelne Konturen ausmachen. Manche waren klein und ganz nah und huschten rasch und mit einem Geräusch wie vom kurzen Seufzen des Windes an ihm vorbei. Weiter über dem Abgrund schwebten größere Schatten, die sich hin und her bewegten, während in der Ferne gewaltige Berge als kaum erkennbare Schatten mit einem tiefen Rumpeln vorbeizogen.

Seine Beine gaben nach, er sank auf die Knie, das mittlerweile vertraute Pochen in seinen Ohren schwoll an, helle Punkte tanzten vor seinen Augen, während die Müdigkeit ihn mit zunehmend heftigeren Wogen überfiel. Er fiel nach vorn, stützte sich auf die Hände, ließ, die Augen fest zugekniffen, den Kopf sinken und spürte das Gewicht, das ihn niederdrückte. Er sank tiefer und tiefer, und sein Körper wurde von einem Zittern gepackt. Taubheit breitete sich in seinen Gliedmaßen aus. Mühsam bleckte er die Zähne und blickte noch einmal über den Abgrund. Sie war dort draußen, in der Mitte, und wurde von flinken Schatten umschwebt, während die Geräusche anschwollen und wieder verebbten wie flüchtige Seufzer. Als er flach auf dem Boden lag, die Müdigkeit wie eine riesige Hand auf seinem Rücken, hörte er, wie sie ihn rief, ein winziges, entferntes Wimmern im Heulen des Windes.

* * *

»Tu das nicht«, sagte Elliot und folgte ihr zu der Kommode. »Bitte, Lizzie, ich flehe dich an, tu das nicht.«

Sie warf eine Handvoll Elektroden auf den Boden, setzte sich vor den Spiegel und nahm ihre Brille ab. »Wir verlieren ihn, Daddy, und es ist meine Schuld. Ich kann nicht einfach danebenstehen und zugucken. Und das werde ich auch nicht.« Sie nahm eine Tube mit Haftcreme und die erste Elektrode. »Nathan?« rief sie und beugte sich zu dem Spiegel.

Nathan saß hinter ihr und steckte ein Mehrpolkabel in die Rückwand seines Steuerpults. »Ähm, ja, okay, vielleicht. Aber es wird eine ziemlich primitive Schaltung, und es besteht die große Gefahr, daß das System überlastet wird. Wahrscheinlich geht uns am Ende die ganze Anlage in die Luft.«

»Okay, was immer du schaffen kannst, aber paß auf, daß sie nicht hochgeht.« Sie nahm die nächste Elektrode und legte den Draht vorsichtig über ihre Schulter. »Ich werde deine Hilfe brauchen«, sagte sie leise und blickte zu Elliots Spiegelbild auf.

Er schüttelte den Kopf. »Das ist Wahnsinn.«

»Nein, das ist es nicht, es ist jetzt seine einzige Chance, *ihre* einzige Chance. Du und ich, wir können ihnen gemeinsam helfen. Wir müssen ihnen helfen.«

»Aber um Himmels willen, Lizzie, du hast die Bänder doch gehört, du hast es bei Ben selbst erlebt. Es gibt keinerlei Kontrolle, keinen Fluchtweg, kein Sicherheitsnetz, es ist, es ist –« Er ließ die Schultern sacken.

»Daddy«, erwiderte sie lächelnd, »es ist das, wozu all das hier gut gewesen ist, verstehst du das nicht? Darauf lief es hinaus, von Anfang an. Es geht nicht darum, Grenzen zu verschieben oder bahnbrechende Pionierleistungen zu vollbringen. Es geht um Menschen, um Familien, um Eltern und ihre Kinder, um Brüder und Schwestern. Und um Liebe, Daddy. Du hast es doch selbst gesagt. Um die Liebe der Eltern zu ihrem Kind, das eine Frucht dieser Liebe ist.« Sie reckte den Hals und blickte zu der offenen Tür. »Deswegen sind wir hier. Deswegen sind wir alle hier.«

»Scheinwerfer in der Einfahrt!« Ein gehetzter Schrei aus dem Treppenhaus, Lewis' Stimme, schrill und angespannt.

Ein Schatten huschte am Türrahmen vorbei. »Wie viele?« rief Boyd auf dem Weg ans Fenster.

»Zwei bis jetzt. Nein, mein Gott, drei.« Lewis hielt inne. »Sie sind stehengeblieben. Scheiße, guck dir das an. Die bleiben einfach da stehen.«

Beim Steuerpult schrillte ein Alarm. Sofort drehte Elizabeth sich zu Nathan um, die Finger an die Stirn gepreßt.

»Tachykardie«, sagte Nathan und beugte sich über den Bildschirm. »Herzjagen. Ich glaube, es ist okay, sein Herzschlag ist nur sehr unregelmäßig. Mein Gott, ich weiß nicht, es geht alles bergab. Er steckt in ernsthaften Schwierigkeiten.«

»Daddy, geh zu ihm, schnell. Ich bin in einer Minute soweit.«

Er zögerte, sein Gesicht blaß, seine Miene angespannt. »Was soll ich tun?«

»Führ mich zurück«, sagte sie. »Wie du es früher getan hast. Zurück an den See. Den Rest macht Nathan.«

»Mein Gott, Lizzie«, flehte er, »bitte, bitte, tu das nicht.«

Boyd tauchte in der Tür auf. »Ich nehme an, sie warten noch auf Verstärkung«, sagte er. »Oder auf Warner oder auf die Leute von der Botschaft. Vielleicht haben wir noch ein paar Minuten.« Er sah sie an. »Was machst du?«

»John, kannst du sie aufhalten? Geh mit Lewis raus und rede mit ihnen oder irgendwas. Sag ihnen, wir brauchen einen Krankenwagen, ein Notärzteteam – was auch immer. Halte sie nur so lange wie möglich auf.«

Er sah Elliot an und kniete sich neben sie. »Was machst du?«

»Es ist Zeit«, sagte sie leise und befestigte behutsam die nächste Elektrode. »Dein großer, furchteinflößender Bär, weißt du noch? Nun, es ist Zeit, ihn in Grund und Boden zu starren.«

»Lizzie!« Es war Alisons Stimme. »Elliot, er zuckt wieder – ich glaube, es ist wieder ein Krampf.«

Sie sah Elliot im Spiegel an. Er schüttelte langsam den Kopf. In seinen Augen standen Tränen. »Geh, Daddy«, flüsterte sie. »Geh jetzt zu ihm.«

Boyd küßte sie auf die Wange. »Sei vorsichtig.«

Sie lächelte. »Kannst du sie aufhalten?«

»Ich denk mir irgendwas aus.« Er stand auf. »Lewis! Sie kommen mit mir, los.«

Elliot sah sie noch einmal an, schloß die Augen und wandte sich zum Schlafzimmer.

* * *

Laufen. Rennen über die breite, weiße Ebene des Sees, das kolbenartige Auf und Ab der Knie, das rhythmische Pendeln der Arme, auf eine milchig silberne Scheibe zu, die in der Ferne zwischen einem blassen Himmel und einem stählernen Horizont schwebte. Es war eiskalt. Die klare Luft drang in ihre Lungen und brannte wie winzige Nadelstiche auf ihren Wangen.

Noch im Laufen spürte sie, daß der Boden unter ihren Füßen weicher wurde. Sie rannte weiter, stolperte und verlor Halt und Orientierung. Instinktiv streckte sie die Hand aus, vom schwankenden Boden und dem schrägen Horizont aus dem Gleichgewicht geworfen. Sie faßte sich rasch wieder und strebte weiter, als in dem wogenden Weiß ein einzelner, schwarzer Punkt auftauchte. Sie fixierte ihn und lief entschlossen darauf zu, stapfte über den nachgebenden Grund wie durch tiefer werdenden Sand.

Langsam kam der Punkt näher, nahm Form und Gestalt an und stach von dem blendenden Weiß ab wie ein schwarzer Riß in einem Tuch aus Seide. Dann ertönte ein Krachen wie von einer Gewehrsalve, und der Boden unter ihren Füßen bebte und schleuderte sie zur Seite. Sie rutschte, stolperte und stürzte. Ein erstauntes Stöhnen entwich ihren Lippen. Benommen und atemlos rappelte sie sich rasch wieder auf die Knie. Vor ihren Augen drehte sich alles, während sie mit den Händen nach Halt tastete. Sie kämpfte sich auf die Beine, zog ihre Füße aus dem zähen Matsch und marschierte weiter auf den schwarzen Schlitz zu.

Sie kam schnell voran. Die Spalte wurde größer und tat sich zuletzt als abgründiges schwarzes Nichts auf einem wogenden, eisgrauen Plateau auf. Als sie näher kam, spürte sie einen vertrauten Druck im Kopf, ein Geräusch wie entferntes Donnergrollen. Die Luft war drückend und schwer, zerrte an ihr und zog sie zurück. Sie riß sich los, stürzte vorwärts und tauchte in den klaffenden, schwarzen Abgrund.

Sofort toste ein heißer, weißer Sturm, der Boden unter Bens Körper bebte, die Luft entlud sich zischend. Neben dem rhythmischen Dröhnen, das tief in seinem Bauch widerhallte und die Erde unter seinem Körper beben ließ, war sein Kopf erfüllt vom anschwellenden Kreischen des Sturms und einer ununterbrochenen Folge von die Luft zerreißenden Donnerschlägen. Er rollte sich keuchend zusammen, zog die Knie instinktiv an die Brust und schlang beide Arme um seinen Kopf.

Zu einer Kugel auf dem Boden zusammengerollt, kniff er die Augen fest zu und schluchzte lautlos, während um ihn herum das Chaos tobte. Dann hörte er es wieder. Ein Geräuschfragment, ein dünnes, schrilles Jammern, das in dem Sturm kaum hörbar zu ihm herüberwehte wie eine in der Luft sirrende Lanze. Es war ihre Stimme, die von Frankie. Sie rief ihn, rief, daß er kommen sollte, rief seinen Namen.

Er hob den Kopf, hielt schützend die Hände vors Gesicht und kniff die Augen zusammen. Blitze zuckten heiß und krachend an einem grau-roten Himmel. Gewaltige, glühende Bogen wirbelten durch die Luft.

Sie stand in der Mitte des Mahlstroms und sah ihn an. Ihr Mund bewegte sich tonlos. Der Wind riß ihr die Schreie von den Lippen, ihr Haar und ihre Kleider flatterten um ihren Körper. Er versuchte sich zu bewegen, versuchte aufzustehen und zu ihr zu gehen. Doch die lähmende Mattigkeit übermannte ihn wieder, die Taubheit in seinen Armen und Beinen drückte ihn nieder wie eine Decke aus Blei. Ächzend vor Anstrengung drehte er sich auf die Seite und streckte, die Finger gespreizt, einen Arm in den Abgrund. In dem dichten Nebel sah er sie erneut. Sie drehte sich in orientierungsloser Panik um sich selbst, suchte ihn und rief verzweifelt seinen Namen. Dann überfiel ihn erneut die erstickende Müdigkeit, und sein Kopf sank wieder zu Boden.

»Ben, komm, laß uns gehen.« Lizzies Stimme war ein Murmeln dicht an seinem Ohr. Sie hallte über dem Tosen des Sturms weich und warm in seinem Kopf wider. Er spürte ihre Hand an seinem Nacken, einen Arm, der sich unter seine Achseln schob. »Ben, hier kannst du nicht bleiben. Du mußt jetzt aufstehen, ich helfe dir.« Er hob erneut den Kopf. Hände umfaßten seine Brust, und er wurde unter den Achseln angehoben, bis er auf den Knien hockte. »So ist es gut, das ist es, hoch mit dir.«

Er öffnete die Augen und sah sich suchend nach Frankie um. Sie war immer noch da, stand im Auge des Orkans. Aber kleiner, weiter entfernt, umringt von harten, glänzenden Umrissen, die sie gefährlich nah umkreisten. Der Arm legte sich um seine Hüfte und zog ihn hoch, während die Stimme ihn die ganze Zeit ermutigte und schmeichelnd in seinen Ohren säuselte. Unsicher taumelnd, kämpfte er sich auf die Füße. »Gut gemacht!« Er fuhr sich mit der Zunge über die Lippen. Vor seinen Augen drehte sich alles. Er stemmte seinen schwankenden Körper gegen den Sturm, streckte unsicher den Arm aus, pflanzte seinen Stab in den Boden und trat in die Dunkelheit.

Sofort umtoste ihn der Sturm, die kreisenden Lichter und Konturen wirbelten in einem schwindelerregenden Chaos aus Geräuschen und Farben um ihn herum. Sein Kopf war eine Explosion von Klängen: heulender Wind, himmelzerreißendes Donnerkrachen und im Vordergrund plötzlich das laute Dröhnen einer Autohupe, Schreie, Sirenen und eine Folge dumpfer, glaszersplitternder Aufpralle, die in der Ferne verhallten wie abklingendes Geschützfeuer. Er taumelte vorwärts, den Kopf gesenkt, ihren Arm fest um seine Hüfte, die ununterbrochen hypnotisch und aufmunternd murmelnde Stimme in seinem Ohr.

Er hob den Kopf und blinzelte in die treibenden Nebelschwaden und zuckenden Blitze. Frankie. Sie kam näher. Er konnte sie jetzt deutlich sehen. Aber sie wehrte sich, ihr Körper wand und bog sich, als würde sie von etwas zurückgehalten. Sie drehte den Kopf in seine Richtung und schrie, die Füße fest auf dem Boden, fast ganz vornübergebeugt, mit verzweifelt rudernden Armen. »Ben!« Er hob seinen bleischweren Arm und machte den Mund auf, um sie zu rufen, doch ein gleißender Blitz zuckte direkt vor seinen Augen. Ein heißer, donnernder Wind und eine riesige Mauer aus feurigem Licht rasten zwischen ihnen hindurch wie ein Schnellzug.

Er wich instinktiv zurück, sein Arm zuckte nach hinten. »Um Himmels willen!« Ein gequälter Schrei erhob sich über den Donner. Dann das dissonante Dröhnen einer Lkw-Hupe, irgendwo weit hinter ihm das leise Bimmeln einer Ladenglocke, atemlose, schwere Schritte, ein entsetztes Keuchen. »Mein Gott!« Und die ganze Zeit der fest um seine Brust liegende Arm, die Stimme wie ein feuchtes, warmes Murmeln in seinem Kopf. »Ist schon gut, Ben. Laß uns weitergehen, du machst das ganz prima.« Die Mauer raste vorbei und war plötzlich verschwunden. Er biß die Zähne zusammen und setzte zögernd einen Fuß vor den anderen.

Der Donner veränderte sich – weitere Stimmen erfüllten die Luft, andere Geräusche. Das Heulen eines Motors, das Quietschen von Reifen, ein metallischer Aufprall. »Ben, Ben, kannst du mich hören?« Eine Männerstimme, weit weg. Ganz in der Nähe ein entsetzter Aufschrei: »Von der Straße runter, um Himmels willen!« Der Donner verhallte, der Wind erstarb zu einem leisen Heulen, die kreisenden Blitze verlangsamten sich. »Das machst du sehr gut, Schatz, komm, geh weiter.« Die Stimme wurde leiser und schwächer, der Griff um seine Hüfte lockerer.

»Und nicht trödeln unterwegs«, flötete seine Großmutter.

»Geh weiter, Ben, du machst das wirklich ganz prima.« Er ging weiter. Er war jetzt ganz in ihrer Nähe. Er konnte sie deutlich sehen. Sie wartete auf ihn. Ihr Zickzackscheitel, das weiße Hemd, die nachlässig geknotete Krawatte, ihr ausgestreckter Arm, die angstvoll aufgerissenen Augen. »Hilf mir.« Ein riesiger Schattenwall trieb von hinten auf sie zu.

»Geh zu ihr, Ben, schnell.« Die Stimme war ein ersterbendes Flüstern, der Arm glitt von seiner Hüfte.

»Heilige Maria Mutter Gottes, es sind doch kleine Mädchen!«

»Ben. Ben! Ich bin's, Mummy!« Irgend jemand zählte. Der Mann zählte langsam von zehn an rückwärts.

»Los, weiter, Ben! Geh zu ihr, sie wartet.«

»Laß mich nicht allein.« Der Arm verschwand, die Stimme verhallte und fiel weiter und weiter zurück. »Los jetzt, du kannst es, du machst das ganz toll.« Er hob schwerfällig die Füße und tapste unsicher voran wie ein Baby. »Neun, acht, sieben ...«

Er sah sich um. Sie waren dreißig Meter hinter ihm. Sie hatten die Arme untergehakt und steckten die Köpfe zusammen. »Ihr bleibt da!« rief seine Stimme. Sie winkten fröhlich. »Ich bin sofort zurück.«

»Sechs, fünf, vier ...« Im Rhythmus des Zählens setzte er einen Fuß vor den anderen und ging auf sie zu. »Hätt' ich keine Gummistiefel, wie ständ' ich denn da!« Sie streckte die Hände nach ihm aus, ihre Lippen flehten ihn wortlos an, die schwarze Wand in ihrem Rücken raste auf sie zu.

»Ist schon gut«, hörte er sich sagen, und seine Lippen bewegten sich wie in Zeitlupe. Ohne den Blick von ihr zu wenden, streckte er die Hand aus, während die Dunkelheit auf sie zustürzte wie eine riesige Flutwelle.

»Drei, zwei ...« Er hob unsicher den Arm, während seine Füße stetig weiterstapften. Sie streckte die Hand aus. Finsternis umfing sie, als ihre Finger sich fest um seinen knorrigen Stab schlossen, das Holz hart und glatt in ihrer Hand.

18. KAPITEL

Als er ganz in der Nähe ein großes Fahrzeug manövrieren hörte, schreckte Jack aus unruhigem Schlaf und chaotischen Träumen auf. Er leckte sich den Schweiß von den Lippen und atmete tief durch, während sich die letzten Traumbilder verflüchtigten. Seine Kehle war trocken, und sein Kopf fühlte sich an, als wäre er mit Wolle ausgestopft. Er blinzelte, drehte sich auf den Rücken und tastete nach seiner Uhr. Draußen war es hell, der Himmel klar. Vogelgezwitscher erhob sich über dem lauten Tuckern eines Lasters.

Rasch schlüpfte er aus den zerwühlten Laken und trat lautlos ans Fenster. Vorsichtig zupfte er die Gardine ein Stückchen beiseite und reckte den Hals, um durch den schmalen Schlitz zu spähen.

»Was ist los?« murmelte Alison vom Bett her.

»Ein Umzugs-Lkw. Zwei Häuser weiter.« Er blickte noch einen Moment länger aus dem Fenster und ließ dann die Gardine sinken. Sie streckte die Arme aus. Er ging zu ihr, setzte sich aufs Bett und nahm ihre Hand.

»Wie geht es dir?« fragte sie leise.

»Ich bin okay.« Er zwang sich zu einem Lächeln und strich mit den Lippen über ihre Hand. »Gut. Und dir? Wie hast du geschlafen?«

Sie ließ ihren Kopf tiefer ins Kissen sinken. »Nicht schlecht. Und du?«

Er verzog das Gesicht. »So lala.«

Sie sah ihn besorgt an. »Hast du wieder eine Tablette genommen?«

»Ich hasse die Scheißdinger. Erst dauert es Stunden, bis sie wirken, und dann taumelt man am nächsten Tag rum wie ein Zombie.« Er tätschelte ihre Hand. »Keine Sorge, das wird schon wieder. Tee?«

Sie lächelte verschlafen. »Das wäre wunderbar.«

Er zog einen Bademantel über, trat in den Flur und schloß leise die Tür hinter sich. Vor Frankies Zimmer blieb er stehen und stieß die Tür auf. Es war leer und makellos sauber, lichtdurchflutet mit offenen Vorhängen. Bens Zimmer nebenan sah genauso aus: sauber, ordentlich, aber leer, das Bett gemacht, Spielsachen und Bücher untypisch ordentlich in den Regalen verstaut, die Kleidung gefaltet in den Schubladen. Er starrte auf das unbenutzte Bett. Bruchstücke seines Alptraums hingen ihm nach wie ein entferntes Echo. Er schloß die Tür und ging in die Küche. Kurz darauf hörte er Alison auf der Treppe.

»Du wirst es nicht glauben«, sagte er und wies mit dem Kopf auf die Post auf dem Tisch, während er ihr vorsichtig eine Tasse Tee eingoß. »Ein Brief von David Gateskill von Myriad.«

»Ach ja«, sagte sie argwöhnisch. »Und was will er?«

»Er schreibt, er habe ein paar Ideen für eine Reihe von regelmäßigen Passagierflügen nach Brüssel und Rotterdam.«

»Klingt ehrgeizig.« Sie nahm die Teetasse entgegen. »Und?«

Er griff nach dem Brief. »Und er möchte wissen, ob ich Lust habe, mit ihm essen zu gehen, um ›mögliche Felder von gemeinsamem Interesse zu erörtern‹, was immer das heißen soll.«

»Aber das ist ja großartig, Jack. Wahrscheinlich heißt es, daß du ihm helfen sollst, es aufzubauen.«

»Ich ihm helfen? Gateskill? Das bezweifle ich. Der Mann ist ein absoluter Hai, der jagt allein.« Er überflog den Brief noch einmal. »Trotzdem, ein kostenloses Mittagessen ist ein kostenloses Mittagessen.« Er sah sie an. »Carol arbeitet jetzt dort, weißt du.«

Sie zuckte die Schultern. »Irgendwie scheint mich das gar nicht mehr zu stören. Sollte es?«

Er beugte sich vor und küßte sie zärtlich. Ihr Mund war vom Tee warm und feucht. »Mein Gott, du bist wirklich unglaublich«, murmelte er.

»Du machst dich aber auch nicht schlecht.« Sie betrachtete sein Gesicht und strich mit dem Daumen über seine Augenbraue. »Geht es dir wirklich gut, Jack?«

»Ja, gut.« Er lächelte. »Jeden Tag besser.« Unvermittelt hellte sich seine Miene auf, und er wies mit dem Kopf auf die Post. »Da ist ein Brief aus Amerika, abgestempelt in Connecticut.«

Plötzlich hupte direkt vor dem Fenster ein Auto. Alison sprang auf. »Du meine Güte, sie sind da!« sagte sie entgeistert.

Jack erhob sich und spähte durch das üppige Blattwerk des Kirschbaums. »Sie sind es wirklich.« Er sah sie verständnislos an. »Um Stunden zu früh.«

»Irgendwas muß passiert sein«, sagte sie und eilte zur Tür. Kurz darauf rannten sie am Haus entlang auf die Straße.

»Tätärätä – Überraschung!« begrüßte Janet sie vom Fahrersitz und winkte fröhlich.

Jack atmete aus, drehte sich zu Alison um und verdrehte die Augen, während Alison ihr das Tor aufhielt. »Hallo, Mutter, alles in Ordnung?«

»Phantastisch, absolut großartig«, flötete sie munter. Sie hatte dunkle Ringe unter den Augen. »Wir sind nur alle ein kleines bißchen spät ins Bett gekommen. Dafür sind wir heute morgen herrlich früh wieder aufgewacht. Es gab ein großes Geschrei von wegen Frühstück im Hamburger-Restaurant, und dann haben wir uns gedacht, es wäre doch eine echte Schande, wenn Mummy und Daddy den ganzen Morgen im Bett rumliegen und den Spaß verpassen würden.« Sie lächelte arglistig. »Und was ist mit euch beiden, hattet ihr eine gute Nacht?«

»Danke, ja.« Die hintere Tür ging auf, und Ben hüpfte auf den

Bürgersteig. »Hi, Mum, hi, Dad. Ich hab meine Rollerblades vergessen.« Er ging zum Kofferraum des Wagens.

Jack hockte sich vor die offene Wagentür. »Hallo, Schätzchen, war es schön bei der Oma?«

Sie schwenkte den Kopf in seine Richtung und grinste ihn schief an. »Ah-ah.«

Liebe Alison, Janet, Jack, Ben und Frankie!
Vielen Dank für Eure Geduld. Es tut mir leid, daß es so lange gedauert hat, bis ich von mir hören lasse. Es erscheint mir fast unmöglich, daß es schon wieder ein halbes Jahr her ist, seit Ihr unsere Küste erobert habt. Vielen Dank für das Paket mit Briefen und Fotos. Erfreulicherweise geht es Euch allen gut, und auch die Leute von der Sozialbehörde scheinen endlich zur Vernunft zu kommen. Nach Frankies Briefen und Zeichnungen zu urteilen, macht sie großartige Fortschritte, und das ist doch eine tolle Nachricht. Vielen Dank, Ben, für das Material über klassische Chevrolets, obwohl ich den alten Impala demnächst wohl leider gegen einen dieser modernen Vans eintauschen muß, die für unsere Bedürfnisse einfach besser geeignet sind.
Die wichtigste Neuigkeit ist, daß wir uns so bald wie möglich ein eigenes Haus suchen wollen. Elliots Haus hier in Connecticut ist wirklich prima, und er ist ein wunderbarer Gastgeber – ständig erledigt er die Einkäufe, kocht für uns und hilft, wo er kann. Aber wir wollen seine Gastfreundschaft nicht endlos strapazieren, und das Haus ist sowieso nicht ideal. Ich habe mich im Norden nach einem eingeschossigen Haus umgetan, das ich für uns herrichten kann. Vielleicht in New Hampshire, Maine oder Vermont. Elliot hat mir erzählt, wie sehr Lizzie die Gegend geliebt hat. Das Geld ist natürlich ein Problem, auch wenn Elliot alle Rechnungen begleicht und die Perlman-Familie unglaublich

großzügig gewesen ist. Die resolute Rose ist zwei- oder dreimal aus Boston eingeflogen und hat jedesmal beschämend hohe Schecks hiergelassen – ich werde langsam nervös, das Leben als ausgehaltener Mann liegt mir gar nicht! Wenn wir uns erst einmal irgendwo richtig niedergelassen haben, hoffe ich, mir mit freiberuflicher juristischer Tätigkeit ein paar Cent dazuverdienen zu können.

Was gibt es sonst Neues? Ach ja. Bei der Staatsanwaltschaft ist alles mehr oder weniger glatt gelaufen. Wie vorhergesagt, bin ich bis zum Abschluß des Ermittlungsverfahrens vom Dienst suspendiert, aber ich habe sowieso gekündigt. Dort gibt es für mich nichts mehr zu tun. Bisher ist noch unklar, ob und, wenn ja, welche Anklage in der Sache erhoben wird, aber ich habe so ein Gefühl, daß der alte Bill Warner angesichts seiner angestrebten Wiederwahl im kommenden Jahr andere Sorgen hat und die ganze Geschichte schlußendlich im Sande verläuft und still vergessen wird. Jedenfalls hoffe ich das.

Letzte Woche haben wir mit Nathan Greenwater telefoniert. Ihm geht es gut, obwohl das Verteidigungsministerium ihm hart zusetzt. Er sagt, es könnte etwas damit zu tun haben, daß sie keinen der Perlman-Computer zum Laufen gekriegt haben. Offenbar mußten sie, als sie die Anlage schließlich ausgepackt haben, feststellen, daß die Festplatten unerklärlicherweise leergeräumt worden waren! Darüber waren sie alles andere als begeistert, aber nachdem sie Nathan zunächst mit Drohungen bombardiert haben, sind sie mittlerweile dazu übergegangen, ihn mit hochdotierten Posten in ihre Forschungslabors bei Washington zu ködern.

Ich habe ihn gefragt, ob er irgend etwas von Lewis gehört hat. Wie Ihr Euch erinnert, ist er an jenem Morgen, als wir das Stamitz-Haus verlassen haben, direkt untergetaucht, und seither hat ihn offenbar kein Mensch mehr gesehen. Nathan sagte, auch er habe monatelang nichts gehört, dann jedoch aus heiterem Himmel einen Zeitungsausschnitt per Post zugesandt bekommen. Es ging um eine Bürgerrechtsorganisation namens Unheard Voice, die einen prominenten Anwalt engagiert hat (Namen wurden nicht genannt, aber dreimal dürft ihr raten, wen), um wegen des ungesetzlichen Abhörens von Telefonen einen Musterprozeß gegen das Verteidigungsministerium anzustrengen und so. Der Junge ist wohl einfach nicht für ein ruhiges Leben gebaut.

Uns allen geht es gut. Lizzie ist weiterhin kerngesund und hat in den letzten Monaten großartige Fortschritte gemacht. Es ist schwer zu sagen, ob sie sich selbst und uns bewußt wahrnimmt, doch ich habe irgendwie das Gefühl, daß es so ist und daß sie ihren Frieden gefunden hat, auch wenn sie sich jetzt eine Zeitlang zurückzuziehen scheint. Ich verbringe viel Zeit damit, sie einfach nur anzuschauen und darüber zu grübeln. Im Moment ist sie still, obwohl ihre Augen nie zur Ruhe kommen. Sie beobachtet uns, sagt Elliot. Er ist unermüdlich in seinen Bemühungen, ihren Zustand zu erforschen, und zuversichtlich, daß ihre motorischen und kognitiven Fähigkeiten ständig zunehmen. Eines Tages wird sie für uns wieder so sein wie früher, dessen bin ich mir sicher, doch es wird Zeit brauchen, das müssen wir akzeptieren. Ich selber bin zuversichtlich und einfach nur glücklich, sie bei mir zu haben. Seit es Frühling ist, verbringe ich viel Zeit damit, einfach mit ihr in der Gegend herum- oder an der Küste entlangzufahren. Ich weiß, daß sie das gern hat. Und auch ich bin einfach nur gern mit ihr zusammen und in ihrer Nähe; das Ding mit dem kleinen Familienmotor, über das wir geredet haben, weißt du noch, Jack?

Ich sende Euch allen meine besten Wünsche. Sobald wir uns in unserem neuen Haus eingerichtet haben, schicke ich Euch die Adresse, und dann MÜSST Ihr uns besuchen kommen.

Auch Janet; Elliot hat mich ausdrücklich gebeten, ihr seine persönlichen Grüße zu übermitteln ...
Gott segne Euch.
Alles Liebe
John

Alison faltete den Brief, steckte ihn sorgfältig wieder in seinen Umschlag und lehnte sich auf der Parkbank zurück. »Wir müssen«, sagte sie nachdenklich.

»Schon?« neckte Jack sie, während er einer Gruppe Jugendlicher beim Fußballspielen zusah. »Wir sind doch gerade erst gekommen.«

Sie gab ihm einen Stoß in die Rippen. »Nein. Nach Amerika. Lizzie, John und Elliot besuchen. Das müssen wir unbedingt tun.«

»Ich weiß. Das werden wir auch, auf jeden Fall, sobald wir es organisieren können.« Er zögerte. »Ich wünschte nur, es gäbe noch etwas ...«

Sie blickten auf. Die drängenden Rufe der Fußballspieler und das Zwitschern der Vögel gingen im verklingenden Dröhnen eines Düsenmotors unter. Ein kleiner Airshuttle steuerte im Sinkflug den Flughafen an.

»Geht es dir wirklich gut?« fragte sie leise und schmiegte sich an ihn.

»Ja«, sagte er und verzog das Gesicht. Er legte den Arm um ihre Schultern. »Ich bin unausgeschlafen, arbeitslos, pleite und zappeliger als ein Truthahn zu Weihnachten, aber ansonsten könnte es mir gar nicht bessergehen.«

»Doch, das könnte es«, sagte sie. »Und das wird es auch, du wirst schon sehen.«

Sie schwiegen und betrachteten die gepflegten Blumenbeete gegenüber. »Es ist nur«, flüsterte er und strich nachdenklich über ihre Schulter, »eine nicht zu leugnende Tatsache, daß du recht hattest. Du hattest recht, durchzuhalten. Du hattest recht, alles zu versuchen und sich an jeden Strohhalm zu klammern. Daran führt kein Weg vorbei.«

»Jack.« Sie drückte seinen Arm. »Das ist doch Unsinn, hinterher ist man immer klüger. Es gibt kein richtig und falsch, das hast du gesagt, weißt du noch? Wir können nur unser Bestes tun. Und das hast du getan. Das haben wir beide getan, als Team. Und ich hätte es ohne dich nicht schaffen können. Ich hätte es einfach nicht geschafft. Glaub mir.« Sie suchte seinen Blick. »Tust du das? Glaubst du mir?«

Er zog sie an sich und küßte sie auf die Stirn. »Ich glaube dir.«

»Gut.« Sie lehnte sich erneut an seine Brust. Auf dem Weg kam ein junges Paar auf sie zu, das einen Doppelkinderwagen vor sich herschob. »Guck dir das an«, sagte sie und stieß ihm wieder in die Rippen.

»Was?« Er löste seinen Blick von dem strahlenden Frühlingshimmel. »O nein«, erklärte er entschieden und hob drohend den Finger. »Nein, nein und nochmals nein, kommt gar nicht in Frage.«

»Spielverderber.« Sie liebkoste seinen Nacken und betrachtete den nahenden Kinderwagen. »Aber es wäre schon toll. Stell dir das doch bloß mal vor. Dann wären wir wirklich komplett.«

»Nun, gönn mir mal eine Pause«, sagte er leutselig. Er lehnte sich zurück und wandte das Gesicht wieder zum Himmel. Die Nachmittagssonne schien warm auf ihren Rücken, die Luft war erfüllt vom Duft frisch gemähten Grases und feuchter Blumenbeete. Neben der Bank pickten ein paar Spatzen hoffnungsvoll um einen Papierkorb herum. Kurz darauf kam das Paar mit dem Doppelkinderwagen zurück, an Bord identische Zwillinge, die Köpfe im Schlaf friedlich aneinandergelegt.

»Ja, also«, fuhr er fort und strich sanft über ihr Haar, »laß uns erst mal eine Zeitlang sehen, wie es beruflich, finanziell und mit dem Haus weitergeht, ja? Und dann schauen wir mal.« Sie schmiegte sich enger an ihn, die Augen geschlossen. »Wir haben ja schon jetzt mit den beiden da alle Hände voll zu tun.«

Sie schlug die Augen auf. Sie waren bei den Schaukeln. Frankie saß in ihrem kleinen, elektrischen Rollstuhl. Ben balancierte, beide Hände auf die Armlehne gestützt und auf seinen Rollerblades rückwärts rollend, halsbrecherisch vor ihr und bediente den Kontrollhebel, während seine Schwester ihm in herrischem Ton verworrene Anweisungen zurief.

»Du liebe Güte«, seufzte Jack. »Sie sehen aus wie eine mobile Massenkarambolage.«

Ein älteres Paar ging, eingehüllt in Mantel und Hut, die Arme untergehakt, mit gesenkten Köpfen langsam an ihnen vorbei, während ein kleiner Terrier an einer Leine aufgeregt zwischen ihnen herumwuselte.

»Meinst du, es geht ihr gut?« fragte sie nach einer Weile. »Lizzie?«

Er zog sie fest an sich. Sie betrachteten ihre Kinder. Ben war auf eine Schaukel geklettert. Frankie hatte ihren unsicher hin- und herwackelnden Kopf gehoben und sah zu, wie er in immer kühneren Schwüngen an ihr vorbei himmelwärts sauste. Plötzlich drehte sie sich grinsend zu ihnen um und hob zögernd den Arm zu einem angedeuteten Winken.

Sie winkten zurück.

DANKSAGUNG

Mein tiefempfundener Dank geht an meine Familie, Kinder und Freunde für ihre Ermutigung, Nachsicht und Liebe. Außerdem danke ich all den wichtigen weiteren Bekannten, die mich über die Jahre unterstützt haben. Meinem Agenten Christopher Little für seine offenen Worte, meiner Lektorin Francesca Liversidge für ihre außergewöhnliche Geduld und Sensibilität und Dr. Paul Barnett, der ein Auge auf die Zahlen hatte. Schließlich danke ich der Familie Danel und allen in La Lussière für ihre große Güte und Gastfreundschaft.

RM

Anjou, Frankreich